BASTEI
LÜBBE

DAVE DUNCAN IM
TASCHENBUCH-PROGRAMM:

Die Pandemia-Saga
20263 Bd. 1 Der Weg Nach Kinvale
20271 Bd. 2 Die Insel der Elben
20277 Bd. 3 Das Meer der Leiden
20288 Bd. 4 Die Stadt der Götter

Die Zweiten Chroniken von Pandemia
20303 Bd. 1 Der Thron des Zauberers
20312 Bd. 2 In Acht und Bann
20318 Bd. 3 Das verlassene Schlachtfeld
20328 Bd. 4 Der lebende Gott

Das große Spiel
20356 Bd. 1 Das Tor ins Gestern
20365 Bd. 2 Die Klippen des Heute
20374 Bd. 3 Der Preis der Zukunft

Des Königs Klingen
20412 Bd. 1 Die vergoldete Kette
20422 Bd. 2 Der Herr des Feuerlandes
20429 Bd. 3 Schwur der Schwerter
20491 Bd. 4 Die verlorene Klinge

Die Legende von Longdirk
20439 Bd. 1 Im Schatten des Khan
20444 Bd. 2 Die goldene Horde
20454 Bd. 3 Die Rache des Khan

Das siebte Schwert
20462 Bd. 1 Der widerspenstige Schwertkämpfer
20465 Bd. 2 Die Wiege des Wissens
20477 Bd. 3 Das Schicksal des Schwertes

DAVE DUNCAN

Das Siebte Schwert

Das Schicksal des Schwertes

Roman

Ins Deutsche übertragen
von Angela Koonen

BASTEI
LÜBBE

BASTEI LÜBBE TASCHENBUCH
Band 20 477

1. Auflage: November 2003
2. Auflage: September 2004

Vollständige Taschenbuchausgabe

Bastei Lübbe Taschenbücher ist ein Imprint
der Verlagsgruppe Lübbe

Titel der amerikanischen Originalausgabe:
The Destiny of the Sword

Lektorat: Mona Gabriel / Stefan Bauer
Titelillustration: Geoff Taylor
Umschlaggestaltung: QuadroGrafik, Bensberg
Satz: Fanslau, Communication / EDV, Düsseldorf
Druck und Verarbeitung: Maury Imprimeur, Frankreich
Printed in France
ISBN 3-404-20477-8

Sie finden uns im Internet unter
www.luebbe.de
www.bastei.de

Von einem dankbaren Schützling
einem unvergleichlichen Beistand gewidmet:
Veronica Chapman, Herausgeberin des siebten Ranges

INHALT

Prolog:
Ein Heerbann wird ausgerufen 9

Erstes Buch:
Wie der Schwertkämpfer weinte 13

Zweites Buch:
Wie der Schwertkämpfer sein Ebenbild fand . . . 107

Drittes Buch:
Wie das beste Schwert siegte 201

Viertes Buch:
Wie der Schwertkämpfer den
Befehl übernahm 301

Fünftes Buch:
Wie der Schwertkämpfer das
Schwert zurückgab. 387

Epilog:
Das letzte Wunder 513

Prolog

Ein Heerbann ist ausgerufen

Ein Heerbann war in Casr ausgerufen worden, und die Göttin hatte ihn gesegnet. Nun konnte es jedem Boot oder Schiff, das einen Schwertkämpfer an Bord hatte, passieren, dass es überraschend in den Hafen von Casr einlief.

Die Schwertkämpfer gingen dann von Bord und auf die Suche nach Ruhm und Ehre. Die Schiffe wurden von Ihrer Hand in die heimatlichen Gewässer zurückgebracht, wo Mannschaften und Fahrgäste die Nachricht verbreiteten: Ein Heerbann ist ausgerufen.

In den Dörfern, den Städten und den Palästen der Welt vernahmen Ihre Schwertkämpfer den Ruf. Sie hörten ihn im dunstigen Regenwald von Aro und auf den windigen Ebenen von Grin; in den Obstgärten von Allia und auf den Reisfeldern von Az. Sie hörten ihn im sandigen Ib Man und auf den Gletschern des Zor.

Die fest verdingten hörten ihn auf den Gängen ihrer Kaserne, die freien auf dem Weg über einen Berghang oder auf dem verwitterten Landungssteg eines Dorfes. Sie wetzten ihre Klingen, fetteten ihre Stiefel und Harnische – und begaben sich hinunter zum Strom.

In den Kasernen herrschte wildes Durcheinander, weil jeder junge Mann aufgeregt seinen Beistand aufsuchte und verlangte, nach Casr geführt oder von seinem Eid entbunden zu werden. Die älteren hatten daraufhin zu entscheiden – bei ihren Bequemlichkeiten, ihren einträglichen Posten und ihren Familien zu bleiben oder dem Ruf der Ehre zu folgen und dem inständigen Bitten ihrer Schützlinge nachzugeben. Manche wählten die Ehre, andere die Schande.

Die umherziehenden Verbände freier Schwerter hatten eine solche Entscheidung nicht zu treffen, da sie alle Zeit in Ihrem Dienst standen. Vielfach wurde die Angelegenheit nicht einmal erörtert – sie standen einfach auf und gingen.

Doch die Göttin konnte nur wenige Ihrer Schwertkämpfer nehmen oder Sie hätte Ihre Welt ohne Hüter gelassen. Viele eifrige Männer schifften sich ein und segelten und fanden bald, dass sich die Tage änderten, das Wetter wechselte, die Landschaft sich wandelte, bis Casr in Sicht kam. Andere nicht weniger eifrige und augenscheinlich nicht weniger würdige bestiegen ein Schiff und segelten und wurden enttäuscht – der Strom brachte ihnen keine Veränderung. Kein echter Schwertkämpfer wollte glauben, er sei unwert... Es kam zu Wortgefechten. Wortgefechte führten zu Beschuldigungen, Beschuldigungen zu Streitereien, Streitereien zu Beleidigungen, Beleidigungen zu Herausforderungen und Herausforderungen zu Blutvergießen. Die Verwundeten gingen zu den Heilern, die Toten in den Strom. Die Überlebenden gingen von Bord, sammelten sich zu neuen Gruppen und versuchten es mit anderen Schiffen.

Nicht nur die Schwertkämpfer hörten den Ruf. Mit ihnen kamen ihre Frauen, ihre Sklaven, ihre Nebenfrauen und oft genug ihre Kinder. Es kamen auch die Herolde und Waffenschmiede, die fahrenden Sänger und die Heiler und ebenso die Geldverleiher, Schuster,

Pferdeknechte, Köche und Huren. Die Jugend der Welt folgte den Schwertkämpfern auf die Schiffe, um zu sehen, wohin der große Strom sie tragen würde. Seit Jahrhunderten hatte die Göttin Ihre Schwertkämpfer zu keinem Heerbann mehr gerufen. Solch Durcheinander und Unterbrechung des alltäglichen Lebens war dem Gedächtnis des Volkes entschwunden.

Bei Ankunft in Casr stellte jeder Schwertkämpfer die gleiche Frage: Warum ist dieser Heerbann ausgerufen? Wer ist der Feind?

Und die immer gleiche Antwort war: *Die Zauberer!*

Erstes Buch

Wie der Schwertkämpfer weinte

Für einen Schwertkämpfer des siebten Ranges war es undenkbar, sich zu verstecken, ganz gleich vor wem oder was. Trotzdem verhielt sich Wallie besonders unauffällig, um es mal so zu nennen.

Den Morgen hatte er an Deck verbracht, wo er an die Reling gelehnt das aufgeregte Treiben im Hafen von Tau beobachtete. Aber er hatte seinen Pferdeschwanz gelöst, sodass ihm das dichte schwarze Haar auf die Schultern fiel, hatte sich Harnisch und Schwert abgeschnallt und neben sich auf den Boden gelegt. Die Bordwand verdeckte dabei den blauen Kilt des siebten Ranges und seine Schwertkämpferstiefel. Passanten sahen darum nur einen sehr großen jungen Mann mit ungewöhnlich langen Haaren, außer wenn sie nahe genug kamen, um die sieben Schwertzeichen auf seiner Stirn zu erkennen. Doch dazu brauchte es gute Augen, denn der Kai in Tau war niedrig.

Zwei Wochen ununterbrochenes Segeln hatten der *Saphir* leere Vorratskammern und viel unerledigte Arbeit eingebracht. Die Mütter hatten ihre Kinder der Zähne wegen zum Heiler geschickt. Die alte Lina war die Laufplanke hinuntergewackelt, um mit einem Straßenhändler über Fleisch, Obst und Gemüse und auch Mehl, Kräuter und Salz zu verhandeln. Nnanji hatte seinen Bruder bei der Hand genommen, um einen Heiler zu finden, der ihm den Armverband erneuerte. Jja war mit Lae zu einem Bummel durch die Läden aufgebrochen. Der junge Sinboro hatte allgemeiner Einschätzung nach das Mannesalter erreicht, weshalb seine Eltern mit ihm zum Zeichner unterwegs waren, damit er sein erstes Stirnmal erhielte – am Abend würde es ein Fest geben.

Normalerweise verkaufte Brota die Ladung und Tomiyano ging auf die Suche nach neuer, aber diesmal machten sich die Matrosen Sorgen über Ballast und stabile Lagerung, und so waren die Rollen vertauscht worden. Die große fette Brota schnallte sich ihr Schwert um, nahm Mata mit, damit sie es notfalls schwingen konnte, und watschelte auf der Suche nach einem einträglichen Geschäft davon. Tomiyano befahl, zwei Bronzebarren am Fuß der Laufplanke auszulegen, stellte den jungen Matarro daneben und eilte zurück an Bord, um sich um andere Angelegenheiten zu kümmern.

Er hatte nicht lange seine Ruhe dabei – Händler kamen, und Matarro holte den Kapitän. Tomiyano war beim Feilschen fast so geschickt wie seine Mutter. Von seinem Posten an der Reling lauschte Wallie mit Vergnügen, wie die Verhandlungen in Fahrt kamen. Schließlich näherte man sich einer Einigung, und die Händler kamen an Bord, um die Ladung im Frachtraum zu begutachten. Wallie wandte die Aufmerksamkeit wieder dem Leben auf dem Kai zu.

Von allen Städten in der Schleife um den Regi Vul gefiel ihm Tau am besten, obwohl man Tau keine Stadt nennen konnte, ohne den Begriff zu überdehnen. Wie in den meisten Städten war die Hafenstraße zu schmal, um ihren Dienst zu tun. Zwischen Pollern, Laufplanken und gelöschter Ladung auf der einen Seite und den Hafenspeichern auf der anderen Seite ging es sehr beengt zu. Für einen Herbsttag schien die Sonne ungewöhnlich warm, und sie beschien eine Szene lauten, bunten Durcheinanders. Fuhrwerke rumpelten und klirrten, Fußgänger liefen hierhin und dorthin, Sklavenkolonnen schwitzten, Straßenhändler zogen ihre Karren und riefen die Ware aus. Es gab keine Verkehrsregeln, man fuhr und ging, wo man Platz fand. Der Lärm der Räder mischte sich mit Flüchen, Beleidigungen und Schimpfworten. Doch dieses Volk war gutmütig veranlagt und meistens blieb die Aufregung ohne Groll. Es roch nach Pferden, Staub und Menschen.

Wallie mochte den Anblick der hiesigen Pferde. Sie kamen ihm wie Sagengestalten vor, denn sie hatten den Kopf eines Kamels und den Rumpf eines Bassethundes. Ihr Geruch immerhin war irdisch genug. Im Laufe des Morgens hatte er zugeschaut, wie eine Herde Ziegen ausgeladen wurde, und dabei belustigt festgestellt, dass die Ziegen dieser Welt Geweihe und keine Hörner trugen. Aber auch die Ziegen rochen sehr irdisch.

Den Hintergrund all dieses lärmenden Durcheinanders bildete eine zweigeschossige Häuserfront, die ihn faszinierte: dunkles Eichenfachwerk und sandfarbener Putz, rautenförmige Fensterscheiben und überhängende Dächer aus struppigem Stroh – wie eine Filmkulisse des guten alten England. Aber wie sehr ihn die Bauweise auch an das Mittelalter oder die Tudorzeit erinnerte, es kamen keine Jungfrauen im Reifrock vorbei und keine elisabethanischen Kavaliere stolzierten über die Bühne. Die Kleidung der Leute war einfach und bescheiden – als Mann trug man Kilt oder Lendenschurz, als Frau ein Wickelkleid, die Älteren beiderlei Geschlechts hüllten sich geziemend in langärmelige Roben. Kinder liefen nackt. Sie waren ein braunhäutiges Volk mit braunen Haaren, geschmeidig und heiter, und Braun war auch die häufigste Kleiderfarbe, da sie vom dritten Rang getragen wurde, den befähigten Männern und Frauen der dreihundertdreiundvierzig verschiedenen Gewerbe. Das Gelb des zweiten und das Weiß des ersten Ranges hellten das Gesamtbild auf, das seltenere Orange und Rot und Grün der höheren Ränge gaben ein paar bunte Flecke im Gedränge.

Ein dünner Jugendlicher in einem weißen Lendenschurz rannte an Wallie vorbei und die Laufplanke hinab, um kurz darauf im Gewühl zu verschwinden, wobei er knapp dem Tod durch die Räder eines Zweispänners entkam. Er gehörte zu einem der Händler und war zweifellos geschickt worden, um Hilfe zu holen. Das hieß, dass Tomiyano den Verkauf abgeschlossen hatte. Ein paar Augenblicke später erschien der Kapitän an Deck und begleitete die Besucher von Bord. Das Lächeln, das er sich erlaubte, sagte Wallie, dass der Preis mehr als zufriedenstellend ausgefallen war.

Tomiyano war ein tatkräftiger junger Mann, angriffslustig und muskulös, wettergebräunt und rothaarig, aber nicht so rot wie Nnanji. Er trug nur einen knappen braunen Lendenschurz mit einem Gürtel und dem Messer, das ihn als Kapitän auswies. Seine Stirn war mit drei Schiffen gezeichnet, aber er war ein äußerst fähiger Matrose, der in einen höheren Rang hätte aufsteigen können, wenn er es gewollt hätte. Die Narbe auf seiner Wange war ihm von einem Zauberer beigebracht worden, und Wallie wusste inzwischen, dass sie von einer Säureverbrennung stammte.

Doch Tomiyano war verglichen mit Wallie ein kleines Bürschchen. Schwertkämpfer waren selten groß, aber Shonsu war eine Ausnahme – er war sehr groß. Der Matrose musste den Kopf in den Nacken legen, um Wallie in die Augen zu sehen. Das tat er nun und machte dabei ein erstauntes Gesicht.

»Versteckst dich?«, fragte er.

Wallie zuckte die Achseln und lächelte. »Bin nur vorsichtig.«

Der Kapitän kniff die Augen zusammen. »Ist das die Art, wie sich die Schwertkämpfer in deiner Traumwelt benehmen, Shonsu?«

Erst in den vergangenen zwei Wochen hatte Wallie die Mannschaft der *Saphir* völlig ins Vertrauen gezogen und ihnen erklärt, dass er nicht der ursprüngliche Shonsu, Schwertkämpfer des siebten Ranges, war; dass seine Seele aus einer anderen Welt geholt und in den Körper jenes Shonsu verpflanzt und ihm dessen Fechtkunst gegeben worden war; desgleichen jene göttliche Sendung, die er noch nicht ganz abgeschlossen hatte. Tomiyano war ein skeptischer Mann. Er hatte gelernt, dass er Gebieter Shonsu vertrauen durfte – was ihm schwer gefallen war, da auf der *Saphir* Schwertkämpfer nicht gut gelitten waren. Aber er war noch nicht so weit, diese unglaubliche Geschichte so recht für wahr zu halten. Und Takt war nicht seine hervorstechendste Eigenschaft.

Wallie seufzte, während er an Zivilfahnder und unmarkierte Streifenwagen dachte. »Ja«, gab er zu. »Das tun sie ziemlich oft.«

Tomiyano schnaubte verächtlich. »Und als wir zuletzt in Tau waren, hast du gejammert, weil du keine Schwertkämpfer auftreiben konntest. Jetzt wimmelt es hier davon.«

»Genau.«

Das war es, was er beobachtet hatte – die Schwertkämpfer. Pferdeschwanz und Heft verrieten sie in der Menge, und dass jeder, der gescheit war, ihnen Platz machte. Sie spazierten zu zweit oder zu dritt umher, manchmal auch zu viert oder fünft. Braune Kilts waren natürlich am häufigsten, aber Wallie hatte auch verschiedene Vierte und Fünfte gesehen, ja sogar – welche Überraschung – einen Sechsten. Er hatte innerhalb der letzten Stunde zweiundvierzig Schwertkämpfer gezählt. Tau wimmelte von ihnen.

Tomiyano schaute eine Zeit lang auf die lebhafte Straße, dann fragte er: »Warum?«

Wallie stützte die Ellbogen auf die Reling und versuchte, seine Sorge in Worte zu fassen. »Überlege mal selbst, Kapitän. Angenommen du bist ein Schwertkämpfer. Die Göttin hat dich nach Tau gebracht, und du bist auf dem Weg nach Casr. Du hast einen Schützling oder zwei bei dir. Du bist ein Dritter oder vielleicht ein Vierter. Da müssen inzwischen Hunderte Schwertkämpfer in Casr sein ... Was wird ein Schwertkämpfer als Erstes wollen, wenn er in Casr eintrifft?«

Tomiyano spuckte ans Ufer. »Frauen!«

Wallie lachte. »Natürlich. Und was sonst noch?«

Der Matrose nickte nachdenklich. »Einen Beistand?«

»Richtig! Sie fangen an, sich untereinander zusammenzuschließen. Jeder wird nach einem Ranghöheren Ausschau halten, auf den er sich einschwören kann.«

»Aber du willst kein Heer?«, fragte Tomiyano.

Wallie grinste ihn an. »Hast du noch Platz an Bord?« Es würden nur wenige Siebte da sein, und von denen würde die Mehrzahl alt sein, denn selten erreichte ein

Schwertkämpfer den siebten Rang, ehe er dreißig war und den Zenit seines Lebens erreicht hatte. Nur Shonsu war das offenbar gelungen – Wallie hatte immer wieder sein Gesicht im Spiegel betrachtet und entschieden, dass er irgendwo Mitte zwanzig sein musste. Er war also jung. Er war groß und hatte einen stählernen Blick. Wenn er sich mit seinem blauen Kilt oben auf die Laufplanke stellte, müsste er im Nu jede Menge angehende Neulinge abwimmeln.

»Nein!«, antwortete der Kapitän entschieden. Die Vorstellung, ein paar Dutzend Schwertkämpfer auf seiner geliebten *Saphir* zu haben, reichte, dass ihm die Zähne ausfielen. Er lächelte schief und murmelte: »Sehr rücksichtsvoll von dir!«

Und das, so dachte Wallie, war fast ein Wunder für sich.

»Sieh mal!«, sagte er.

Der Schwertkämpfersechste kam wieder vorbei, und diesmal marschierte er an der Spitze von zehn anderen. Ein Fünfter führte zwei Dritte auf sie zu, und die Sonnenstrahlen blitzten auf ihren Schwertern, als sie einander grüßten. Die gewöhnlichen Leute duckten sich an ihnen vorbei und fluchten wahrscheinlich leise vor sich hin.

Tomiyano brummte und ging, um seine Arbeit zu erledigen, während Wallie überlegte, dass seine Erklärung dem Kapitän gegenüber nicht einmal die halbe Wahrheit gewesen war. Die jüngeren würden sich einen Beistand suchen, wahr, aber die ranghöheren waren sicher noch eifriger dabei, Schützlinge anzuwerben. Gefolgsmänner brauchten Geltung. Und Geltung war derzeit das meist gesuchte Gut in Casr.

Was die Frage aufwarf, ob er nicht vielleicht doch ein Heer anwerben sollte. Er trug das ureigene Schwert der Göttin, er war Ihr Streiter … vielleicht sollte er schon deswegen mit einer gewissen Geltung beim Heerbann eintreffen. Es würde nicht schwer sein. Er könnte auf diesen Sechsten zugehen und ihn übernehmen, samt seiner zehn Lakaien. Wenn er sich sträubte, könnte Wallie ihn fordern – kein Sechster hatte eine Chance gegen Shonsu. Hinterher würde er den Mann verbinden lassen und ausschicken, um neue Männer auszuheben.

War das vielleicht die Erklärung dafür, warum die Göttin diese speziellen Schwertkämpfer nach Tau befördert hatte, anstatt direkt nach Casr?

Der Gedanke war ihm nicht angenehm. Den ganzen Heerbann fand er unangenehm. Er hatte noch immer nicht entschieden, ob er da mitmachen wollte oder nicht. Darum ließ er den Napoleon im grünen Kilt mit seiner Parade unbehelligt weitergehen. Wenn die Götter wollten, dass dieser Mann sich auf Shonsu einschwor, dann würde keiner von beiden Tau verlassen können, ehe sie sich nicht verbündet hätten. Ihre Schiffe würden höchstens nach Tau zurückkehren, anstatt nach Casr zu segeln.

Casr war eine riesige Gewitterwolke an Wallies gedanklichem Horizont. Er wusste nicht, was er dort tun sollte oder was ihn erwartete. Er wusste nur, dass der ursprüngliche Shonsu Vogt der Freistätte von Casr gewesen war. Also musste er damit rechnen, erkannt zu werden. Er könnte Familie und Freunde vorfinden, ebenso Feinde. Nnanji zum Beispiel war überzeugt, dass Shonsu dazu bestimmt war, Anführer des Heerbanns zu werden. Das mochte zutreffen, denn sicherlich wusste er mehr über die Zauberer und ihre im wahrsten Sinne des Wortes weltfremden Fähigkeiten als irgendein Schwertkämpfer sonst wissen konnte.

Aber er wusste auch genug, um zu glauben, dass der Heerbann ein schrecklicher Irrtum war. Er war fast mehr geneigt, ihn zu verhindern, als ihn anzuführen.

Tomiyano hatte seine Männer zusammengerufen. Holiyi, Maloli, Linihyo und Oligarro – zwei Vettern und zwei angeheiratete Vettern. Sie nahmen die Lukendeckel ab und stapelten die Planken, wo sie nicht im Weg waren. Oben auf dem Achterdeck spielten die Kinder laut unter den wachsamen Blicken von Fia, die die unanfechtbare Macht einer Zwölfjährigen ausübte.

Ein Wagen fuhr längsseits heran und entlud eine Gruppe Sklaven. Der Händler, ein untersetzter Fünfter, fing an, mit schriller Stimme unnötige Befehle zu rufen, und der Ladebaum wurde ausgefahren und eingesetzt. Wallie sah zu, wie die Bronzebarren aus Gi weggetragen wurden. Er überlegte müßig, welcher es wohl war, der die Musketenkugeln der Zauberer in Ov von ihm abgehalten hatte.

Die Sklaven trugen Schwarz und waren kaum bekleidet, denn niemand verschwendete Stoff an einen Sklaven. Sie waren ein verschüchterter, übel riechender Haufen, dieser Trupp – magere Männer in fadenscheinigen Lendentüchern, die wie die Ochsen schufteten, während ihnen der Schweiß über die knochige, schwer atmende Brust lief. Ihre Rücken waren narbig, und sie rannten, weil sie nicht zu gehen wagten. Sie überanstrengten sich an der Winde, bis ihnen die Augen hervorquollen. Wallie konnte den Anblick kaum ertragen, denn mehr als alles andere brachte ihm die Sklaverei die Fehler dieser barbarischen, eisenzeitlichen Welt zu Bewusstsein. Die Hafenspeicher wimmelten vielleicht von Ratten und die Leute von Flöhen, die Gassen stanken nach Urin und die Straßen nach Müll ... das konnte er hinnehmen, aber die Sklaverei stellte seine Entschlossenheit auf eine harte Probe. Der Sklavenführer auf dem Wagen brachte eine Peitsche hervor und ließ sie einige Male knallen, um das Tempo zu erhöhen. Er merkte nicht, welche Gefahr über ihm von der Reling drohte. Hätte er nur einen wirklichen Schlag getan – nur einen –, er hätte sich selbst mit dem Bauch auf den Steinen unter gnadenlosen Peitschenhieben wiedergefunden ... aber er wusste nichts davon, und er fand es auch nicht heraus.

Der Wagen war beladen und fuhr ab. Ein anderer nahm seinen Platz ein. Einige von der Mannschaft der *Saphir* kamen von ihrem Erkundungsgang zurück und blieben auf einen Schwatz bei dem großen Mann in dem blauen Kilt stehen. In Tau ging es lebhaft zu, wie sie berichteten. Zweihundert Schwertkämpfer waren auf dem Weg zum Heerbann durchgekommen, und auf jeden kam ein Vielfaches an Gefolgsleuten. Tau war eine kleine Stadt. Die Bewohner hatten keine Ruhe mehr.

Tomiyano ging auf den Kai hinunter und machte sich daran, das Gold des Händlers zu wiegen. Wallie fuhr fort, die Kulisse zu beobachten, und stellte fest, dass die Schwertkämpfer sich zu Haufen zusammenfanden, wie er es vorhergesehen hatte. Paare waren inzwischen sehr selten. Ein Fünfter hatte sieben Untergebene gesammelt, und später stolzierte jener Sechste mit fünfzehn vorüber.

Als Katanji wiederkam, überstrahlte ein schneeweißer Verband seinen weißen Kilt, und er sah schmaler denn je und blass aus, seine großen dunklen Augen funkelten nicht wie sonst – vielleicht hatte der Heiler zu kräftig gehämmert, als er den alten Gips entfernte.

Katanjis Haare erreichten inzwischen eine für einen Schwertkämpfer ansehnlichere Länge, aber sie rollten sich zu einem winzigen Haarknoten zusammen, anstatt einen Pferdeschwanz zu bilden. Natürlich trug er kein Schwert. Wenn kein Wunder geschah, würde er diesen Arm nie wieder gebrauchen können – aber Wunder waren in Shonsus Umgebung nicht ungewöhnlich.

Was Katanjis keckes Lächeln betraf, so gelang ihm diesmal eine gute Annäherung, seine weißen Zähne leuchteten auf, während seine Augen überrascht Wallies unbewaffneten und unbekleideten Zustand quittierten.

»Wo ist dein Bruder?«, fragte Wallie.

Aus dem matten Lächeln wurde ein einfältiges Grinsen. »Ich hab ihn dortgelassen, mein Gebieter.«

Mehr brauchte er nicht zu sagen. Nnanji war noch immer in einem Zustand geistloser Verliebtheit, was die geschmeidige Thana betraf, aber es war vier Wochen her, seit er zur Zerstreuung an Land gewesen war.

»Die Mädchen waren fleißig, nehme ich an?«, fragte Wallie.

Katanji verdrehte die Augen. »Die armen Dinger sind völlig erschöpft, wie sie mir gesagt haben.« Er machte ein finsteres Gesicht. »Und sie haben die Preise erhöht!«

Die kleine Unschuld namens Katanji hatte auf dem Schiff natürlich Diwa, Mei und kürzlich wahrscheinlich Hana verführt, und sein Bedarf war nicht so groß wie der seines Bruders. Es brauchte schon mehr als eine Frau, damit Katanji den Kopf verlor.

Wallie nickte und setzte seine Beobachtungen fort. Seine Gedanken begannen zu schweifen und kehrten zu seinen ständigen Sorgen um Casr und dem, was ihn dort erwartete, zurück.

Tomiyano kam wieder an Deck geschlendert, schwang einen Lederbeutel und grinste Wallie glücklich an. Verzückt ließ er den Inhalt klimpern. Dann ging er an die vordere Luke, spähte hinein und unterhielt sich laut rufend mit Oligarro und Holiyi, die unter Deck gegangen waren, um die Verteilung des Ballasts zu untersuchen. Die Sklaven hatten ihre Arbeit beendet und schleppten sich soeben die Laufplanke hinunter.

Da ...

Verdammt!

Wallie vergaß Matrosen und Sklaven. Zwei Schwertkämpfer schritten über die Straße und strebten offensichtlich der *Saphir* zu. Die Ferien waren vorbei! Leise fluchend duckte er sich und griff nach seinem Schwert. Er war noch auf den Knien und schloss hektisch die Schnallen seines Harnischs, als Stiefeltritte auf der Laufplanke dröhnten. Die beiden Schwertkämpfer kamen an Deck und marschierten direkt an ihm vorbei.

Tomiyano drehte sich um, als hätte er einen Tritt bekommen. Mit zwei schnellen Schritten war er bei ihnen, stand breitbeinig mit verschränkten Armen da und schob angriffslustig das Kinn vor, sein Ärger so offensichtlich wie ein Leuchtfeuer.

Wallie musterte überrascht ihre Stiefel: geprägtes Leder, glänzend wie Glas. Darüber hingen Kilts aus weicher, feinster Wolle, vom allerbesten Zuschnitt, die Falten scharf wie Messerschneiden – der rote eines Sechsten und der weiße eines Neulings. Sein Blick wanderte höher. Harnische und Schwertscheiden waren so reich wie die Stiefel mit Prägungen und Topasen verziert. Noch weiter oben – die Hefte waren mit Silberfiligran und weiteren Topasen verziert, die Haarspangen ebenfalls aus Silber.

Aha!

Er richtete sich lautlos auf, strich sich das Haar zurück und steckte es mit seiner Saphirspange fest, während er über die Fremden ein paar Überlegungen anstellte. Sie waren keine freien Schwerter, denn diese brüsteten sich mit ihrer Armut. Sie mochten zu einer Kaserne gehören, aber welche Stadt würde ihre Wache freiwillig so einkleiden? Konnte überhaupt ein Schwertkämpfer auf ehrenhafte Art zu solchem Reichtum gelangen?

Mit einer Bewegung der Schulterblätter verschob Wallie sein Schwert, sodass das Heft hinter seinem Kopf verborgen war. Dann lehnte er sich zurück, stützte die Ellbogen auf die Reling und wartete, bis der Spaß begann.

Der Fünfte war ohne Erlaubnis an Bord gekommen. Das mochte Unwissenheit sein, aber er wusste immerhin so viel, dass er den Kapitän als Höherrangigen begrüßte und davon absah, auf Deck das Schwert zu ziehen. Er begnügte sich mit den ganz gewöhnlichen Begrüßungsgesten. »Ich bin Polini, Schwertkämpfer des fünften Ranges, und es ist mein innigster und untertänigster Wunsch, dass die Göttin höchstselbst dir Glück und ein langes Leben bescheren möge und dich veranlassen möge, meinen bescheidenen und bereitwilligen Dienst anzunehmen und in jeglicher Weise zu nutzen, die deine edlen Zwecke voranbringt.«

Keinen Titel, kein Amt? Er war ein großer, langgliedriger Mann von Anfang dreißig. Seine Stimme war volltönend und klang vornehm. Dem ersten Eindruck nach und so von hinten gesehen, war Wallie geneigt, diesen Polini gut zu finden. Tomiyano nicht. Er ließ einen langen, beleidigenden Augenblick verstreichen, ehe er antwortete, und betrachtete ihn aus schmalen Augen. »Ich bin Tomiyano, Matrose des dritten Ranges, Kapitän der *Saphir*, und es ehrt mich, deine freundlichen Dienste anzunehmen.« Dabei hörte er sich an, als meinte er kein Wort davon ernst.

Der Neuling war im Grunde noch ein Kind, dünn und schmächtig und viel kleiner als sein Beistand. Die beiden untersten Ränge wurden gewöhnlich nicht vorgestellt. So stand er steif und still an Polinis Seite. Maloli und Linihyo schoben sich unauffällig näher zu den Löschsandeimern, in denen die Messer versteckt waren. Tomiyano hatte Wallie im Blickfeld, hielt aber die Augen auf den Fünften gerichtet.

»Erlaubnis, an Bord zu kommen, Kapitän?«

Tomiyano schürzte die Lippen. »Mir scheint, als hättest du sie dir selbst erteilt.«

Wallie wusste aus Erfahrung, wie gerne Tomiyano Schwertkämpfer reizte.

»Kapitän«, sagte der Fünfte, »ich wünsche eine Überfahrt auf diesem Schiff für meinen Schützling und mich selbst.«

Tomiyano schob die Daumen in den Gürtel, wodurch er eine Hand am Messer hatte. »Das ist ein Familienschiff, Meister. Wir nehmen keine Reisenden mit. Die Göttin sei mit dir.«

»Zwei Silberstücke für dich, Matrose! So die Göttin will, wirst du innerhalb eines Tages wieder hier sein.«

Oligarro und Holiyi glitten aus der Tür des Vorderdecks. Auch sie stellten sich an den Sandeimern auf. Die Kinder auf dem Achterdeck waren verstummt und lehnten an der Reling, um zuzusehen. Das Rumpeln von Rädern und Hufgetrappel drang vom Kai herauf.

»Unheilbringer seid ihr?«, fragte Tomiyano. »Von wo hat Sie euch hergebracht?«

Polinis Nacken färbte sich rot, aber seine Stimme blieb ruhig. »Von Plo. Nicht dass du davon schon gehört hättest.«

Der Kapitän weigerte sich noch immer, Wallie anzusehen, aber seine Antwort war auch für ihn bestimmt. »Natürlich habe ich von Plo gehört. Die schönste Frau, die ich je gesehen habe, stammte aus Plo. Weit im Süden, soviel ich weiß.«

»Plo ist berühmt für die Schönheit seiner Frauen«, stimmte Polini zu.

»Aber nicht für das Benehmen seiner Männer.«

Sehr wenige Schwertkämpfer hätten diese Bemerkung von einem gewöhnlichen Mann hingenommen. Der Neuling stieß hörbar die Luft aus, und Polinis Schwertarm zuckte. Irgendwie beherrschte er sich. »Die Bemerkung selbst zeugt nicht von guten Manieren, Matrose.«

»Dann runzele die Stirn und geh.«

»Ich habe dir gesagt, dass wir eine Überfahrt wünschen. Ich werde großzügig sein – fünf Silberstücke, und ich werde über deine Unverschämtheit hinwegsehen.«

Der Kapitän schüttelte den Kopf. »Das Heer von Tau nimmt sich ein Schiff, das morgen auslaufen soll. Gestern hat eins, geführt von Ihrer Hand, Casr innerhalb einer Stunde erreicht.«

»Das weiß ich.«

Tomiyano zog die Augenbrauen in die Höhe. »Wollt also nicht nach Casr, wie?« Die Unterstellung von Feigheit schwang in seinem Tonfall deutlich mit. Wallie wartete auf den Knall.

Er blieb aus, aber nur knapp. Polinis Stimme sank um eine Oktave. »Richtig. Ich habe die Absicht, noch nicht nach Casr zu gehen, so Sie will.«

»Und ich habe die Absicht, nicht nach Plo zu gehen, trotz seiner Frauen.«

Der Schwertkämpfer ballte die Fäuste. Wallie machte sich aufs Einschreiten gefasst. Das war zwar ein Spaß, aber ein gefährlicher.

»Deine Unverschämtheit wird ermüdend. Schwertkämpfer dienen der Göttin und verdienen deine Hilfe. Fordere mich nicht noch weiter heraus!«

»Runter von meinem Schiff – bevor ich meine Freunde rufe!«

Unglaublich, aber Polini zog noch immer nicht blank, obwohl sein Schützling erstaunt und zornig zu ihm aufschaute.

»Welche Freunde, Kapitän?«, fragte Polini verächtlich und streifte die anderen Matrosen mit einem Seitenblick.

»Diesen da fürs Erste.« Tomiyano deutete mit einer Kopfbewegung auf Wallie. Der Neuling fuhr herum. Der Fünfte, der eine Falle vermutete, tat es nicht.

Der Neuling quiekte: »Beistand!« Darauf drehte Polini sich um. Er sperrte erschrocken den Mund auf – blauer Kilt, sieben Schwertzeichen ... und einer, der größer war als er selbst, was eine seltene Überraschung für ihn sein musste.

Einen Augenblick lang sagte niemand etwas. Wallie genoss seine Wirkung und schämte sich zugleich. Polini bemerkte offensichtlich seine abgenutzten Stiefel, seinen schäbigen Kilt und den Kontrast zu seinem prächtig gearbeiteten Harnisch. Der Neuling erholte sich als Erster von seinem Schreck und grüßte.

Wallie erwiderte den Gruß. Es war sein Vorrecht, als

Erster zu sprechen, und der Kapitän erwartete von ihm, dass er diesen frechen Eindringling mit dem Pferdeschwanz voran von Bord schickte; aber Wallie war inzwischen neugierig geworden, und nicht ohne Bewunderung. Polini hatte ein ehrliches Gesicht. Der Neuling verhielt sich still, aber er blinzelte, und Wallie konnte einen kurzen Blick auf seine Lider erhaschen. Aha!

»Meine Anerkennung, Meister«, sagte Wallie lächelnd. »Kaum ein Schwertkämpfer kann sich beherrschen, wenn er es mit Matrose Tomiyano zu tun hat.«

»Das ist sehr freundlich, Gebieter«, antwortete Polini steif. »Ich sehe, dass ich mich bei der Wahl dieses Schiff geirrt habe. Offenbar soll es nach Casr fahren.« Er dürfte dabei an Tomiyanos Feigheitsbezichtigung gedacht haben und starb wahrscheinlich tausend Tode bei dem Gedanken, dass ein Siebter es gehört hatte und ihm vielleicht zustimmte. »Mit deiner Erlaubnis, mein Gebieter, werde ich jetzt gehen.«

Wallie wollte ihn nicht ohne Erklärung entkommen lassen, aber zuerst musste er sich wieder in die Rolle eines Siebten einfinden. »Nein, Meister«, sagte er darum. »Du wirst mit mir einen Krug Bier teilen. So viel schulde ich dir für den gespielten Streich. Matrose – drei Krüge Bier vom leichten!«

Tomiyano fiel das Kinn herunter, sein Grinsen war verschwunden.

Wallie deutete nach achtern. »Komm, Meister Polini«, sagte er. »Und lass auch Seine Hoheit mitkommen.«

* * *

Die Sänger dieser Welt sangen Balladen und Heldenlieder über tapfere Kämpfer und tugendhafte Mädchen, Ungeheuer und Zauberer, großzügige Götter und gerechte Könige. Nnanji schätzte die heroischen Lieder und konnte sie endlos vortragen, aber ein Held fehlte hier ganz auffallend: Sherlock Holmes. Wegen Wallies Bemerkung hätte Polini fast das Schwert gezogen. Tomiyano machte das Zeichen der Göttin, aber dann entspannte er sich, als er begriff, dass Gebieter Shonsu nur wieder Dummheiten machte. Der Junge erbleichte.

»Nein, das ist keine Zauberei, Meister Polini!«, sagte Wallie hastig. »Nur das gute Auge eines Schwertkämpfers – gute Beobachtungsgabe.«

Polini warf einen Blick auf seinen Schützling, dann sah er den fremden Siebten an.

»Beobachtung, mein Gebieter?«

Wallie lächelte. »Kaum ein Beistand würde einen Neuling so gut kleiden. Noch weniger würde ein Fünfter einen zum Schützling nehmen, und du selbst bist offensichtlich wie ein Mann von hoher Stellung gekleidet. Aber ich kann noch weiter gehen: Ich sehe, dass sein Stirnmal verheilt ist, aber er ist so jung, dass sein Schwur noch nicht lange zurückliegen kann. Sein Haar ist aber lang genug, um einen ansehnlichen Pferdeschwanz zu ergeben, also wurde er vor mindestens einem Jahr für diese Zunft bestimmt, und nur der Sohn eines Schwertkämpfers kann gewöhnlich darauf zählen, ein Schwertkämpfer zu werden. Doch sein Abstammungszeichen besagt, dass er der Sohn eines Priesters ist. Ganz einfach, Meister Polini.«

Königshäuser wurden gewöhnlich von Schwertkämpfern gegründet, aber König zu sein war eine gefährliche Sache. Kein Schwertkämpfer konnte eine

Herausforderung zurückweisen, ein Priester dagegen war sakrosankt. Die Söhne eines Königs wurden meistens auf die Priesterschaft eingeschworen.

Polini dachte darüber nach, dann neigte er anerkennend den Kopf. Er fing den Blick seines Schützlings auf und sagte: »Lerne daraus!« Der Junge nickte und sah den Siebten ehrfurchtsvoll an.

Das Vertrauen war wiederhergestellt. Wallie führte sie geschmeidig auf die andere Seite des Decks, wo man ein klein wenig weiter vom Lärm auf dem Kai entfernt war. Die achterne Luke war noch offen, und die Planken der Abdeckung waren zu einem ordentlichen Stoß gestapelt, der als Bank genügen konnte. Aber bevor er sich hinsetzte ... »Stelle ihn vor, Meister.«

»Gebieter Shonsu, ich habe die Ehre, dir meinen Schützling, Arganari des Ersten vorzustellen.«

Wallie fragte sich, wo er diesen Namen schon einmal gehört hatte.

Der Junge griff nach dem Schwert, besann sich, dass er sich auf einem Schiff befand, und verwandelte die Geste in einen gewöhnlichen Gruß. Seine Stimme war kindlich, und er sprach ohne Satzmelodie, sodass sich eine Aussage wie eine Frage anhörte: »... die deine edlen Zwecke voranbringt?«

Wallie versicherte ihm ernst, dass er sich geehrt fühle, seine freundlichen Dienste anzunehmen. Er bat seine Gäste, Platz zu nehmen, und setzte sich selbst auf einen Sandeimer neben der Treppe zum Achterdeck. Auf diese Weise saß er ihnen gegenüber und konnte trotzdem ein Auge auf die Laufplanke haben. Über ihm spähte eine Reihe Kinder neugierig zu ihnen herab.

Arganari war wirklich noch sehr jung. Wallie dachte an die beiden anderen Schwertkämpfer-Neulinge, die er kannte. An Matarro, der zur Mannschaft der *Saphir* gehörte, ein Wasserratten-Schwertkämpfer und somit ein vollwertiger Matrose, nur nicht dem Namen nach. Doch er nahm seine Zugehörigkeit zur Zunft sehr ernst, glaubte fest, dass ein Schwertkämpfer zu sein eine große Ehre war. Und an seinen eigenen Bengel, Katanji, dessen spöttische Skepsis zu einem viermal so alten Mann gepasst hätte. Aber dieser Knabe hier besaß keine dieser Eigenschaften. Es musste wirklich aufregend für ihn sein, dass die Göttin ihn um die halbe Welt geführt hatte, aus dem tiefen Süden in den hohen Norden, und er nun in die unmittelbare Nähe des ersten Heerbanns seit Jahrhunderten gekommen war. Doch er stellte nur eine feierliche Behutsamkeit zur Schau, die nicht zu seinem Alter passte.

Die Besucher saßen steif auf dem Holzstoß und warteten auf den ersten Schritt des Siebten.

»Du bist in einer Verlegenheit, Meister Polini«, sagte Wallie. »Kann ich vielleicht behilflich sein?«

»Es ist eine unbedeutende Kleinigkeit, Gebieter Shonsu, aber sie berührt meine Ehre.« Sollte heißen: *Ich werde keinesfalls darüber sprechen.*

»Dann werde ich raten!« Neugierde war das Vorrecht eines Siebten. »Ihr seid vom Tempel gekommen?«

Polini erhob sich halb, stand kurz davor blankzuziehen, und sank wieder zurück, wobei er Wallie unbehaglich anschaute.

Wallie lächelte gut gelaunt. »Du tust recht daran, Zauberei zu vermuten. Die Zauberer können Stirnmale ändern, also kann jeder Mann und jede Frau ein Zauberer sein. Ich bin trotzdem keiner.« Er fragte sich, ob sie die verflixte Feder auf seinem linken Augenlid bemerkt hatten, sein Mutterzeichen, das der Gott dort platziert hatte. Das würde noch zu einem ernsten Problem werden. »Ich habe mich wirklich gefragt, wie ein Mann von Ehre in der Lage, in der du dich meiner Vermutung nach befindest, handeln würde.« Polini besaß ein ehrbares Gesicht. Er war aus der Palastwache als Beistand eines Prinzen ausgewählt worden – was eine große Anerkennung seines Charakters war. Die verehrungsvolle Haltung des Jungen schien aufrichtig zu sein. »Aus einem bestimmten Grund bist du gezwungen, ein Schiff zu besteigen. Du solltest viele Schwertkämpfer als Gefolge haben, wenn du einen Prinzen zu beschützen hast. Die Göttin wollte sie jedoch für Ihren Heerbann, also bist du hier.«

Polini und Arganari nickten nur, sie waren sprachlos, solche Scharfsinnigkeit bei einem Schwertkämpfer anzutreffen, was Wallies Selbstgefälligkeit steigerte.

»Darum befindest du dich in einem Zwiespalt – was gebietet die Ehre mehr: Die Pflicht an der Göttin oder die Pflicht an dem Prinzen zu erfüllen? Du hast dich dafür entschieden, die restlichen Schwertkämpfer zum Heerbann zu schicken und den Jungen selbst heimzubringen. In einer solchen Lage würde ich mich zum Tempel begeben und Sie anflehen, mich mit dem Jungen unbeschadet heimkehren zu lassen, und dabei feierlich geloben, sofort danach hierher zurückzukommen. Ich würde wohl das Versprechen hinzufügen, noch mehr Schwertkämpfer mitzubringen.«

Polini sah den Jungen an, dann lächelten sie beide.

»Ein Volltreffer!«, sagte der Fünfte.

»Deine Auffassungsgabe entspricht deinem Rang, mein Gebieter?«, sagte Arganari.

Wieder dieser fragende Tonfall. Und eine blumige Ausdrucksweise für einen seines Alters.

Tomiyano kam mit einem Tablett und stellte neben

jeden Gast einen schäumenden Krug auf die Planken, wobei er vor Wallie eine tiefe Verbeugung machte – was ihn sofort hätte misstrauisch machen müssen.

»Möge Sie deinen Arm stärken und deinen Blick schärfen!«, sagte Wallie und hob seinen Krug.

»Und ebenso den deinen!«, riefen die andern im Chor. Dann tranken sie.

Wallie würgte und spuckte und rang nach Luft. Sein Bier war großzügig gesalzen worden. Er drehte sich zu Tomiyano um, von dem er nur noch den Rücken anfunkeln konnte, und sah das Grinsen der anderen Matrosen, die in einiger Entfernung standen – sie würden ihn lehren, gegenüber dem Kapitän den Anführer herauszukehren! Wallie schleuderte den Krug über Bord, wischte sich den Mund ab und erklärte den Vorfall betreten seinen Gästen, die ihn einmal mehr ratlos ansahen.

»Du weißt, dass die Wasserratten-Schwertkämpfer die Matrosen das Fechten lehren?«, fragte er.

Polini zog die Brauen zusammen. »Davon habe ich gehört, mein Gebieter. Es ist ein Gräuel.«

»Keineswegs«, versicherte Wallie. »Es gibt ein Sutra, das die Matrosen von den Bestimmungen für gewöhnliche Leute ausnimmt. Ich wollte gerade erklären, warum ich mich mit diesem unverschämten Freund da drüben abgebe. Auf seinem eigenen Schiff ist dieser Mann, was seine Fechtkunst betrifft, mindestens ein guter Fünfter, wenn nicht gar ein Sechster.«

Der Fünfte riss die Augen auf. »Du scherzest, mein Gebieter!«

»Nein, ganz sicher nicht! An Land entspräche sein Können natürlich einem niedrigeren Rang, weil er keine Gelegenheit hatte, die Beinarbeit zu entwickeln. Aber einem gewöhnlichen Mann mit solchen Fähigkeiten vergibt man vieles.«

Dieser unlogische Gedankengang beeindruckte den Schwertkämpfer.

»Ich erwähne das zur Warnung, Meister Polini. Und nun sag mir, warum du dieses Schiff ausgesucht hast.«

Bei der neuerlichen Erwähnung seines Problems versteifte sich Polini. »Es scheint gut gepflegt zu werden, mein Gebieter.«

Wallie nickte beifällig. »Würdest du einen Rat annehmen?«

Natürlich würde er das, von einem Siebten.

»Euer Putz ist von großem Wert, Meister. Auf dem Strom hat man keine Zeugen, und nicht alle Matrosen sind über einen kleinen Raub erhaben. Ich würde euch raten, die Kleidung zu wechseln und eine weniger verlockende Ausrüstung zu wählen.«

Polini errötete. »Ich danke dir für deinen Rat, mein Gebieter!«

Aber annehmen wird er ihn nicht, dachte Wallie und seufzte. Das war die Art Sturköpfigkeit, die er bei Nnanji schon hatte bezwingen wollen. Polini konnte den Gedanken nicht ertragen, ohne seinen schicken Kilt in Plo anzukommen. Das würde seine verdammte Ehre herabsetzen. Wallie hatte vergessen, wie engstirnig Schwertkämpfer sein konnten – was ihm zeigte, wie weit er Nnanji schon vorangebracht hatte.

»Und auch wenn du beim Heerbann ankommst, Meister«, beharrte er. »Die meisten Schwertkämpfer dort werden Freie sein. Ganz gewiss wird kein Erster dort herausgeputzt sein wie Neuling Arganari.«

Er erhielt einen wütenden Blick. Der Junge runzelte die Stirn.

»Ich sehe nun, dass dieses Schiff eine schlechte Wahl für uns wäre«, sagte Polini und lenkte das Gespräch ab. »Offensichtlich will Sie deine tapferen Dienste in Ihrem Heerbann haben. Du segelst nach Casr.«

Nun war es Wallie, der sich gereizt zeigte. »Nein, nein! Ich segele schon zwei Wochen durch diese Gewässer, seit ich von dem Heerbann gehört habe.« Der Windgott war gefällig gewesen, seit die *Saphir* Ov verlassen hatte, aber die Göttin hatte Ihre Hand nicht ausgestreckt, um das Schiff weiter zu bringen als bis Tau.

Polini machte ein erstauntes Gesicht, zu Recht. Ein Siebter, den die Göttin nicht wollte?

»Trotzdem kommen wir gut vorwärts«, sagte Wallie. »In einer Woche etwa werden wir in Casr sein.«

»Dann kennst du diese Gegend, mein Gebieter«, sagte der Junge, und seine Frage klang wie eine Feststellung. Auf einmal hatte Wallie es begriffen: Arganari war stocktaub. Er würde eine Zielscheibe des Spotts aus sich machen, wenn er versuchen wollte zu singen, und selbst ein Priester von königlichem Geblüt müsste singen können. Also hatte man ihn auf die Schwertkämpfer eingeschworen – keine andere Zunft wäre für einen Königssohn angemessen.

»Ich lerne sie gerade kennen, Neuling. Siehst du das Gebirge im Süden? Es heißt Regi Vul, und die Zaubererstadt Vul liegt irgendwo dort drin.« Die Schwertkämpfer blickten über den glänzenden Strom. Über der verwischten Linie des jenseitigen Ufers schienen die Gipfel schwach blau durch den Hitzeschleier. Die vulkanische Wolke darüber war noch schwächer zu sehen. »Der Strom fließt um das Gebirge herum. Das linke Ufer, die Innenseite der Schleife, ist von den Zauberern eingenommen worden – alle sieben Städte. Setze dort keinen Fuß an Land, sonst wirst du unweigerlich sterben.«

»Dann ist es also wahr?«, fragte Polini. »Es gibt Geschichten über Zauberer in dem Gebirge im Süden von Plo, aber ich habe den Erzählungen nie geglaubt, bis ich hierher kam und die Neuigkeit von dem Heerbann hörte.«

Holiyi kam schief grinsend angeschlendert und gab Wallie einen neuen Krug Bier. Wallie dankte ihm und spülte sich den üblen Geschmack aus dem Mund.

»Es ist wahr. Dieses Schiff hat alle vierzehn Städte in der Flussschleife angesteuert, und ich gebe freimütig zu, dass ich mich im Ruderhaus versteckt gehalten habe, solange wir in einem Zaubererhafen geankert haben.«

Polini war entsetzt, versuchte aber, es sich nicht anmerken zu lassen. »Also sind sie so gefährlich, wie man sich hier erzählt?«

»Wahrscheinlich noch gefährlicher«, versicherte Wallie ihm. »Einer hat einen Mann auf diesem Deck erschlagen. Ein Zauberer kann auch aus einer gewissen Entfernung töten. Nur mit Schnelligkeit kann man gegen sie siegen. Ein Wurfmesser wäre eine angemessenere Waffe als ein Schwert.« Seine Zuhörer wären empört gewesen zu erfahren, dass er ein Wurfmesser im Stiefel versteckt hatte und dass er täglich damit übte. Er machte sich nicht die Mühe zu erklären, dass die Löcher in der Schiffswand von den Musketenkugeln der Zauberer stammten.

»Aber sie sind nicht unsichtbar?«, rief Arganari aus und wischte sich den Schaum von den Lippen. »Man berichtet hier vom Sieg eines Schwertkämpfers!«

»Ach, tatsächlich?«, sagte Wallie. »Dann erzähle mir davon.«

Der Junge strahlte und begann in seinem komischen Singsang zu plappern, aber in Polinis faltigem Gesicht zeigten sich bereits erste Bedenken.

»Es war in Ov, mein Gebieter, vor zwei Wochen. Es heißt, dass Schwertkämpfer von einem Schiff aus auf dem Pier eine Bande von Zauberern angegriffen und deren Feuerblitze überlebt haben. Sie stürmten mit einem Wagen, mein Gebieter, und richteten ein großes Gemetzel unter den Unheiligen an. Sie wurden von einem Siebten und einem rothaarigen Vierten angeführt, mein Gebieter. Man sagt, dass sie den Turm der Übeltäter hätten einnehmen und die Stadt zurückerobern können, nur dass ... der Siebte ... sich ... anders entschied?« Schrecken breitete sich über das junge Gesicht aus.

Rufe und dumpfe Schläge kamen vom Kai herauf, weiße Vögel segelten auf dem Wind vorbei. Die Ankerwinde auf dem Nachbarschiff quietschte.

Siebte waren selten. Siebte, die diese Gewässer befuhren, waren so alltäglich wie eckige Eier. Siebte schätzten es nicht, wenn man ihnen Feigheit unterstellte. Polini war erstarrt und harrte dessen, was sein Schützling nun hervorgerufen hatte.

»Ich bin sicher, dass er vorzügliche Gründe dafür hatte, mein Gebieter«, flüsterte der Junge.

»Wahrscheinlich«, erwiderte Wallie bitter. Er hatte nicht damit gerechnet, dass die Geschichte bereits landauf, landab erzählt wurde. In dieser zurückgebliebenen Gesellschaft, so hatte er geglaubt, konnten sich Neuigkeiten nicht schneller verbreiten, als die Tauben der Zauberer flogen, wenn sie sich überhaupt verbreiteten. Aber nun schickte die Göttin Schiffe wie Schneeflocken in alle Winde. Die Geschichte der Schlacht von Ov würde sich den Strom entlang verbreiten, und das hieß, in der ganzen Welt – eine Geschichte von Schwertkämpfern, die gegen Zauberer kämpften, von einem rothaarigen Vierten und einem schwarzhaarigen Siebten, der sein Heer an der Schwelle zum Sieg zurückgerufen hatte. Da konnte er also ein weiteres Problem zu den anderen hinzuzählen – wieder eins, das er nicht bedacht hatte.

Er merkte, dass er eine Weile stumm gebrütet hatte. Darum lächelte er und sagte: »Es mag mehr an der Geschichte dran sein, als der Hafenklatsch hergibt.«

Die Antwort kam im Chor.

»Natürlich, mein Gebieter!«

»Natürlich, mein Gebieter?«

In diesem Augenblick kam Nnanji die Laufplanke herauf, sah die in Gang befindliche Unterhaltung und steuerte wie ein Jagdhund sofort auf die Besucher zu. Er hatte wie üblich ein eifriges Grinsen im Gesicht, und es war noch breiter als sonst, vielleicht wegen der Dinge, die er an Land getrieben hatte. Er war groß und schlaksig und nach den Maßstäben dieses Volkes sehr rothaarig. Und er trug den orangenen Kilt des vierten Ranges.

Polini und Arganari wechselten einen Blick und standen auf.

»Darf ich mir erlauben, Meister …« Wallie stellte Nnanji des Vierten, seinen Schützling und Eidbruder, vor, dann verblüffte er Nnanji, indem er ihm den Neuling vorstellte.

»Arganari?« Nnanji zog die Nase kraus, wie er es immer tat, wenn er nachdachte. »Es gab mal einen großen Helden mit diesem Namen.«

»Mein Vorfahre, Eingeweihter?«

Nnanji hielt das für eine Frage und war verwirrt.

»Der Gründer dieses Königshauses«, sagte Wallie, um seinen Schützling in die richtige Bahn zu lenken.

Der Junge nickte stolz. »Das Königreich von Plo und Fex«, sagte er. »Mein Vater hat die Ehre, der heilige Arganari XIV. zu sein, Priester des siebten Ranges.«

Also war dieser Arganari der älteste Sohn. Polini steckte in einer größeren Klemme, als Wallie gedacht hatte.

»Es gibt viele großartige Lieder über ihn!«, erklärte Nnanji feierlich. »Mein Lieblingslied ist das mit der …«

Nach etwa zwanzig Versen legte Wallie eine Hand auf seinen Arm und schlug vor, dass sie sich alle wieder hinsetzen sollten.

Nnanji hockte sich zwischen Wallie und den Besuchern auf die Fersen. »Und Arganari hat natürlich den Heerbann von Xo angeführt«, sagte er und zwinkerte Wallie zu. »Mit dem Topasschwert, dem vierten Schwerte Chioxins!«

Darum war ihm der Name so bekannt vorgekommen!

»Meinem Schwert!«, rief Arganari stolz aus.

Nnanji schaute auf das Schwertheft des Jungen und runzelte die Stirn.

»Er trägt es nicht«, erklärte Polini. »Aber es ist der stolzeste Besitz seines Hauses; und als er in seine Zunft eingeführt wurde, hat Gebieter Kollorono, der Oberste der Palastwache, es ihm verliehen. Er ist der erste Schwertkämpfer in der Dynastie seit dem großen Arganari, darum war es angemessen. Es war eine bewegende Zeremonie.«

Wallie lachte leise. »Ich bin sicher, dass es ihm hinterher schnell wieder abgenommen wurde.«

Polini lächelte verständnisvoll. »Man muss ein großer Schwertkämpfer sein, um eins der Sieben lange tragen zu können, mein Gebieter.«

»Beschreibe uns, wie das vierte Schwert aussieht«, bat Nnanji freundlich.

Der Junge bekam glänzende Augen. »Der Bügel ist

ein goldener Basilisk, der einen Topas hält. Der Basilisk bedeutet ›Gerechtigkeit gepaart mit Gnade‹, so lautet der Wahlspruch unseres Hauses. Und in die Klinge sind auf der einen Seite Schwertkämpfer eingraviert, die gegen Ungeheuer kämpfen, und auf der anderen Seite junge Mädchen, die mit ihnen spielen.«

»Es ist eine wunderbare Waffe«, sagte Polini, der nach der peinlichen Befragung vermutlich froh über den unpersönlichen Gesprächsgegenstand war. »Ich habe sie in der Hand gehabt. Das Gleichgewicht, die Schnellkraft – ausgezeichnet! Chioxin hat seinen Ruf wohl verdient.«

Nnanji sah Wallie grinsend an.

»Sieht es in etwa so aus?«, fragte Wallie, zog sein Schwert und hielt es den anderen hin. Das Heft war die ganze Zeit über hinter seinem Kopf verborgen gewesen.

Polini und sein Schützling stießen erstaunt die Luft aus.

»Das siebte!«, rief Arganari. »Ein Saphir und ein Greif! Und die Bilder sind fast gleich. Ist es echt? Ich meine, ist es wirklich das siebte Schwert Chioxins?«

»Wahrscheinlich.«

Das sagenhafte Schwert hatte eine sensationelle Wirkung auf die beiden Besucher. Polini war vollkommen bleich geworden, der Junge leuchtend rot vor Erregung.

»Aber, mein Gebieter ...« Arganari wurde sogar noch röter.

»Ja?«

»Die sechs Schwerter sind berühmt ... Die Sage erzählt aber nichts über das siebte. Es heißt, Chioxin habe es der Göttin gegeben.«

»Vielleicht ist die Geschichte ja noch nicht zu Ende«,

schlug Nnanji vor, und sein enormes Grinsen hielt sich hartnäckig.

Polini und Arganari nickten feierlich und waren vom Anblick des Schwertes wie gebannt.

»Der Greif ist das Zeichen der Königswürde. Er bedeutet ›Macht gepaart mit Weisheit‹«, sagte der Junge und betrachtete das schön gestaltete Heft.

»Die Klinge ist sehr lang.« Polini würde ein langes Schwert bevorzugen, da er groß war.

»Willst du dein Glück versuchen?«, fragte Wallie.

Polini wurde schon wieder blass. »Natürlich nicht, mein Gebieter!«

»Es ist in ausgezeichnetem Zustand?«, meinte der Junge und ließ es wie immer wie eine Frage klingen. »Meins hat Kerben und ist abgenutzt. Dieses hat nur einen Makel.«

Nnanji nickte ernst. »Dieser Fleck stammt von dem Feuerblitz eines Zauberers.«

Polini und sein Schützling tauschten erneut einen Blick, dann fuhr der Junge mit der Begutachtung des Schwertes fort. Er zeigte auf die eingravierten Figuren. »Siehst du die Kreuzschraffierung, Beistand? Es heißt, dass Chioxin Linkshänder war. Auf allen seinen Schwertern, nicht nur auf den sieben, verläuft die Kreuzschraffierung von links nach rechts.«

»Was du nicht sagst!«, murmelte Wallie und sah genau hin. »Wie bei Leonardo da Vinci? Ich danke dir, Neuling. Das habe ich nicht gewusst. Dann ist das schließlich doch keine Fälschung!«

Nnanji kicherte.

»Mein Gebieter ...«, begann Arganari und hielt inne. Sein Beistand räusperte sich warnend.

»Du willst wissen, woher ich es habe«, sagte Wallie, während er die unbezahlbare Klinge in ihre Scheide schob. Er zuckte die Achseln. »Die Frage zu stellen ist billig. Es wurde mir von einem Gott verliehen.« Er trank einen Schluck Bier.

Die Besucher waren verständlicherweise verblüfft.

»Er hat mir auch diese Haarspange gegeben und mir gesagt, ich hätte eine Aufgabe für die Göttin zu erfüllen.«

Polini verstand und war beeindruckt. »Dann sollst du der Anführer des Heerbanns sein, mein Gebieter!«

»Vielleicht«, sagte Wallie. »Wenn ja, dann hat Sie es nicht eilig, mich dorthin zu bringen, und da könnte der Grund eures Hierseins liegen.« Er blickte zu Nnanji, der nachdenklich nickte.

»Ich? Wir?«

»Ich frage mich, ob wir einander begegnen sollten, Meister Polini. Manchmal geschehen seltsame Dinge – tatsächlich passieren mir andauernd seltsame Dinge. Es ist merkwürdig, dass du dieses Schiff ausgewählt hast, und noch merkwürdiger ist, dass du und dein Schützling mit einem der anderen sieben Schwerter Chioxins vertraut seid. Ein Heerbann könnte eine gute Schule für einen Schwertkämpfer-Prinzen sein. Denn schließlich erwartet man von einem Neuling nicht, dass er kämpft, er wäre also nicht weiter in Gefahr.«

Zum ersten Mal war Arganari eine jungenhafte Aufgeregtheit anzumerken. Er drehte sich begeistert zu seinem Beistand herum, um zu sehen, was er darüber dachte.

Polini erhob sich missbilligend. »Du magst sehr wohl Recht haben, mein Gebieter. Ich hoffe es sogar. Aber ich habe bereits meinen Eid geschworen, und ich muss nun meinen Schützling nach Plo zurückbringen. Wenn ich mich aber irre, werden wir uns sicher wieder begegnen – in Casr.«

Das Leuchten in den Augen des Jungen erlosch, und er stand pflichtschuldig auf. Prinzen lernten mehr als eine blumige Redeweise, und Neulinge widersprachen nicht. Er drehte sich zu Nnanji um und sah zu ihm auf.

»Eingeweihter«, sagte er, und seine Stimme klang seltsam matt, »hast du wirklich den Wagen angeführt, der die Zauberer in Ov angegriffen hat?«

Nnanji grinste. »Wir haben ihnen die Haut abgezogen! Vierzehn tote Zauberer.« Er schaute Wallie bedauernd an, der den fünfzehnten, den sie leicht hätten haben können, verschont hatte.

Der Junge griff nach seiner Haarspange und löste den Pferdeschwanz. »Ich werde wahrscheinlich nicht bei dem Heerbann dabeisein, Eingeweihter«, sagte er. »Gebieter Shonsu hat eine Haarspange von einem Gott bekommen, also wird es ihm nichts ausmachen. Diese hier hat meinem Vorfahren gehört, und er hat sie im Heerbann von Xo getragen. Willst du sie nehmen und für mich tragen, wenn du gegen die Übeltäter ziehst?« Er hielt Nnanji die Spange entgegen.

»Neuling!«, schnauzte Polini. »Diese Spange gehört seit Jahrhunderten deiner Familie! Dein Vater würde es nicht billigen, wenn du sie an einen Fremden weggibst. Ich verbiete es!«

»Nicht an einen Fremden, Beistand, an einen Helden.«

»Ich glaube, er hat Recht, Neuling«, sagte Wallie sanft.

Das entschied die Sache natürlich, aber Nnanji, dem es gehörig schmeichelte, ein Held genannt zu werden, schluckte hart. Doch dann sagte er, dass auch er dieser Meinung sei. Widerstrebend klemmte Arganari sich die Spange wieder ins Haar. Dabei sah er unter den drei großen Männern sehr jung aus.

»Wir danken dir für deine Gastfreundschaft, mein Gebieter«, sagte Polini förmlich. »Ich wünsche mich nun zu entfernen und, mit deiner Erlaubnis, ein Schiff zu suchen. Wahrscheinlich ist ein kleineres passender. Eins, das keine Matrosen-Schwertkämpfer des Sechsten an Bord hat!«, fügte er lächelnd hinzu und zeigte frei heraus seine Zweifel.

Ratlos und irgendwie beunruhigt brachte Wallie die Besucher bis zur Laufplanke, wo im selben Augenblick Lae heraufkam, dicht gefolgt von Jja. Jja hatte ihren Matrosen-Bikini, den sie gewöhnlich an Bord trug, gegen das schwarze Wickeltuch der Sklavinnen vertauscht. Aber ihre Figur triumphierte über jede Kleidung, und ihr Gesicht war wie aus einem Märchen. Wallie sah ihr lächelnd entgegen. Er legte einen Arm um sie und schickte sich gedankenlos an, einen groben gesellschaftlichen Fehler zu begehen. Seit Wochen an das zwanglose Leben auf dem Schiff gewöhnt, hatte er die gespreizte Förmlichkeit dieser Kultur völlig vergessen.

»Jja, mein Liebling«, sagte er, »hier sind Gäste aus deiner Heimatstadt, Meister Polini und seine Hoheit Neuling Arganari.«

Die Schwertkämpfer starrten entgeistert auf den Sklavenstrich im Gesicht der Frau. Auch Jja war einen Moment lang wie gelähmt. Es gab kein Ritual, mit dem man einen Sklaven vorstellte, wie Wallie sich hätte erinnern sollen.

Jja fiel auf die Knie und drückte die Stirn zu Boden. Wallie biss sich auf die Lippe, er war wütend über seine eigene Dummheit. Polini fehlten die Worte. Es war der junge Arganari, der als Erster handelte. Er trat einen Schritt vor und hob sie auf.

»Wirklich, ich verstehe, warum Plo für schöne

Frauen berühmt ist«, sagte er mit kindlicher Stimme. »Wenn es das noch nicht wäre, dann jetzt.«

Das war wahrhaft vornehm gesprochen.

***

Meister Polini ging, seinen Schützling auf den Fersen, die Planke hinunter. Wahrscheinlich war er erleichtert, den Verrücktheiten auf der *Saphir*, diesem unverständlichen Siebten und seinem rabiaten Kapitän zu entkommen. Falls er ein Dankgebet zum Himmel schickte, dann zu früh, denn ein weiterer Frevel harrte seiner – am Ende der Planke angekommen stand er der zurückgekehrten Brota direkt gegenüber.

Weibliche Schwertkämpfer waren jeder Landratte ein Gräuel. Fette Schwertkämpfer waren unerträglich. Schwertkämpfer, die noch im höheren Alter ihr Schwert trugen, waren nichtswürdig. All das traf auf Brota zu, ein Berg in roter Robe, der Pferdeschwanz von Grau durchzogen, das Schwert auf dem Rücken. Wallie sah dem Zusammentreffen zu und kicherte. Offenbar lag etwas in Polinis Gesicht, das sie ärgerte, denn sie fixierte ihn mit ihren Schweinsäuglein und trat ihm in den Weg. Dann zog sie und vollführte den Gruß an einen Gleichrangigen. Mit offensichtlichem Widerstreben antwortete er. Sie wechselten ein paar Worte, dann lief Polini mit großen wütenden Schritten los, dass sein kleiner Schützling Mühe hatte, mitzuhalten. Brota schaukelte die Planke herauf und trug ein befriedigtes Grinsen zur Schau. Als Wasserratte quälte sie die verschiedenen Landratten fast so gern wie ihr Sohn Tomiyano.

Polini hatte Mata im Hintergrund wahrscheinlich nicht bemerkt, obgleich sie in ihrer braunen Brustschärpe und dem Lendenschurz noch immer bestens aussah. Wallie fragte sich, was er wohl gesagt haben würde, hätte er ihm erzählt, dass sie als Matrose des dritten Ranges und Mutter von vier Kindern ihm einen ansehnlichen Kampf mit dem Florett oder Schwert bieten könnte.

Wallie hatte sich bei Jja entschuldigt, sich mehrere Male wegen seiner Dummheit verflucht und dann die ganze Begebenheit Nnanji berichten müssen, der darauf befriedigt nickte und hoch erhobenen Hauptes wegging und wahrscheinlich immerzu »Held« vor sich hin murmelte. Ein Prinz hatte ihn so genannt – eine berauschende Sache für den Sohn eines Teppichwebers.

Brota kam zu Wallie und sah ihn unter ihren ulkigen, buschigen, weißen Augenbrauen hervor verdrießlich an. »Ich nehme an, du hast es nun eilig, von hier wegzukommen, mein Gebieter?«

Wallie zuckte die Achseln. »Nicht besonders. Falls die Göttin Eile hat, dann kann Sie unsere Reise so sehr beschleunigen, wie Sie will. Du hast kein Geschäft gemacht?«

»Pah! Die Preise hier sind verbrecherisch«, schnaubte sie.

Katanji hatte schon Bemerkungen zu den Bordellpreisen gemacht. In Geldangelegenheiten war er sehr gerissen. Wallie überlegte, ob ein Heerbann eine örtlich begrenzte Inflation hervorrufen konnte. Ein paar Hundert rührige junge Männer mochten den Preis für Lebensmittel – und für Frauen – sicherlich in Casr in die Höhe treiben, aber er hätte nicht gedacht, dass der Effekt bis nach Tau reichen konnte.

Daraus ergab sich eine ganze Reihe neuer Schwierigkeiten. Wer würde den Heerbann bezahlen? Die meisten, die sich dort einstellten, waren sicherlich freie Schwerter. Die besaßen kein Geld, und damit war Casr in einer üblen Lage. Denn sie erwarteten freie Kost und Logis – und Frauen. Die Wirtschaft dieser Welt war einfach und leicht ins Wanken zu bringen. Der Halbgott hatte Wallie ein Vermögen in Saphiren gegeben und als »Spesen« bezeichnet. Das war vielleicht ein Hinweis, dass von ihm erwartet wurde, der Anführer des Heerbanns zu sein. Aber warum wurde er dann nicht dorthin gebracht?

Er schaute über die Hafenstraße auf das nächste Speicherhaus. »Die Göttin hat dich bisher häufig zu den einträglichsten Geschäften geführt, Meisterin«, hielt er ihr entgegen. »Was wird dort drüben angeboten?«

»Rinderhäute!«, schnaubte Brota. »Widerliche Dinger! Ich will mein Schiff nicht mit diesen stinkenden Häuten beladen!«

»Häute.«, wiederholte Wallie nachdenklich. Brota merkte auf. Brota und Gold zogen einander magnetisch an.

»Häute?«, wiederholte sie. Die Unterhaltung begann monoton zu werden.

»Falls wir nach Casr kommen ... falls ich der Anführer des Heerbanns werden sollte – und das ist ein riesengroßes ›falls‹ – dann könnten die Häute von Wert sein.«

»Für Schwertscheiden? Oder Stiefel?« Sie runzelte ungläubig die Stirn.

»Wichtigeres, will ich meinen.«

»Sattelleder? Du willst die Zauberer mit Leder bekämpfen, Shonsu?«

Er lächelte und nickte.

Brota sah ihn eindringlich an. »Die Zauberer haben

alle Gerber aus ihren Städten vertrieben. Irgendein Zusammenhang?«

»Überhaupt keiner.«

Brota schmollte. Dann wandte sie sich energisch ab, rief nach Mata und schaukelte zur Laufplanke.

Wallie sah sich um. Er freute sich zu sehen, dass Katanji wieder an Deck aufgetaucht war und seine Farbe wiedergewonnen hatte. Er winkte ihn zu sich. »Geht's dir wieder besser?«, fragte er.

Der Junge schenkte ihm ein keckes und unglaublich unschuldiges Lächeln. »Ja, danke, mein Gebieter.« Katanji konnte engelhaft freundlich und teuflisch vulgär sein, je nach dem, was die Umstände erforderten.

»Ich brauche noch ein bisschen zusätzliches Wissen von dir, Neuling«, sagte Wallie.

»Ich stehe immer in deinem Dienst, und im Dienst der Göttin, mein Gebieter.«

Und zuallererst im Dienst deines Geldbeutels natürlich.

»Gut!«, antwortete Wallie mit verschwörerischem Lächeln. »Meisterin Brota ist jetzt darauf versessen, Leder zu kaufen. Ich würde gern wissen, wie viel sie dafür ausgibt.«

Katanji grinste. »Ist das alles?« Er nickte und ging fort. Zweifellos könnte er sogar Einzelheiten aus dem Liebesleben des Gerbers herausfinden, wenn Wallie sie benötigte.

Wallie blieb an der Reling stehen und schaute seinem Späher auf Brotas Fährte hinterher. Schwertkämpfer waren nicht zu sehen. Dann tauchte Nnanji an seiner Seite auf, er war misstrauisch, was sein Eidbruder von seinem leiblichen Bruder gewollt hatte. Dieser Schützling war für Nnanji eine fortdauernde Prüfung, da er für einen Schwertkämpfer ganz unpassende Neigungen an den Tag legte und sein eigener Beistand fast ebenso schlimm war. Aus reiner Halsstarrigkeit beschloss Wallie, ihm nichts zu erzählen.

»Hast du den Eingeweihten Kionijuiy angetroffen?«, fragte er stattdessen.

Nnanji machte ein finsteres Gesicht. »Jemand ist mir zuvorgekommen, mein Bruder.«

Bei ihrem vorigen Aufenthalt in Tau war Kionijuiy faktisch der Oberste gewesen. Er hatte seinen Posten verlassen und die Stadt dem Schutz einer ungenügenden Stadtwache überantwortet. Dieses Vergehen hatte Nnanjis Ideale hinsichtlich der Zunftehre beleidigt. Obwohl sie seitdem nicht mehr darüber gesprochen hatten, so war doch klar gewesen, dass Nnanji niemals irgendetwas vergaß und dass er den Missstand diesen Morgen beseitigen wollte.

»Der neue Oberste ist der Ehrenwerte Finderinoli«, fügte Nnanji hinzu. »Er und sein Gefolge erreichten die Freistätte, kurz bevor deine Nachricht dort ankam. Deshalb ging er nach Tau und hat die Verhältnisse geordnet. Ich bin ihm nicht begegnet, aber er scheint seine Sache gut gemacht zu haben.« Er nickte beifällig.

»Was hat er dem alten Man angetan?«, fragte Wallie. Kionujuiys Vater hatte es versäumt, sich zur Ruhe zu setzen, als er für das Amt des Obersten zu alt geworden war. Schlimmer war aber, dass er seinen Söhnen, die einer anderen Zunft angehörten, das Fechten beigebracht hatte. Das war ein Verbrechen, ein Verstoß gegen die Sutras und sozusagen gegen die gewerkschaftlichen Regeln der Schwertkämpferzunft.

»Hat ihn ausbluten lassen«, sagte Nnanji einfach, während er die Leute auf der Hafenstraße beobachtete.

Wallie schauderte. »Und die Brüder?«

»Hände ab«, sagte Nnanji. »Ah! Da kommt sie ja!«

Thana kam die Straße entlang – Brotas Tochter, groß und schlank und verführerisch in einem gelben Wickelkleid. Thana hatte ein klassisches Profil und dunkle Locken. Immer wenn Wallie sie mit ihrem Schwert auf dem Rücken sah, so wie jetzt, dachte er an Diana, die Göttin der Jagd. Sobald Thana die Bildfläche betrat, dachte Nnanji nicht gern an etwas anderes.

Neben ihr ging der winzige Honakura, ein alter Priester und Weggefährte Wallies – in der Tat, Honakura war der erste Mensch gewesen, mit dem er gesprochen hatte, nachdem er in Shonsus Körper in der neuen Welt erwacht war. Heute hatte der alte Mann den Tempel aufgesucht, um Neuigkeiten in Erfahrung zu bringen. Er war noch immer mit der schwarzen Robe eines Namenlosen bekleidet und versteckte seine Stirnmale unter einem schwarzen Band. Wallie hatte eigentlich erwartet, dass Honakura diese Maskerade nun beenden würde, aber offenbar tat er es doch nicht. Honakura hatte ihren Zweck nie erklärt; möglicherweise wollte er aber nur nicht zugeben, dass er gar keinen verfolgte.

Jja tröstete Vixini, der wegen eines neuen Zahns unleidlich war. Katanji kam von den Hafenspeichern herübergeschlendert. Honakura stieg müde die Laufplanke hinauf. Nnanji lief darauf zu, um Thana in Empfang zu nehmen. Sieben war die heilige Zahl. Als Wallie den Tempel bei Hann verließ, um die Sendung der Götter anzutreten, waren sie zu siebt gewesen. Die siebte im Bunde, Nnanjis schwachsinnige Sklavin, lebte inzwischen anderswo. Wenn Nnanji in dieser Sache etwas zu sagen hätte, dann wäre Thana dazu bestimmt, diesen Platz einzunehmen. Dann wären sie wieder sieben …

Die *Saphir* hatte Wallie zu allen Städten in der Flussschleife um den Regi Vul gebracht; ihre Mannschaft war sein Heer in der Schlacht von Ov gewesen. Mit der *Saphir* hatte er die Zauberer entlarvt und ihre Geheimnisse aufgeklärt. Nun hatte jemand – und er wusste noch immer nicht wer – in Casr einen Heerbann ausgerufen. Er würde nach Casr gehen müssen. Wenn er Nnanji so ansah, wie er schwachsinnig lächelnd Thanas Hand hielt, dann fragte er sich, ob die heilige Zahl seiner Reisegesellschaft wiederhergestellt werden sollte. Möglicherweise war die Aufgabe der *Saphir* bei seiner Sendung ja beendet, und er stand im Begriff, das leichte, ungezwungene Leben auf dem Strom hinter sich zu lassen und seine Queste an Land fortzusetzen.

Doch Schülerin Thana zeigte wenig Neigung zur Mitwirkung, obwohl Nnanji es ihr regelmäßig vorschlug – dreimal am Tag, nach den Mahlzeiten vermutlich. Sie machte sich ganz klar keine Illusionen über diesen rothaarigen Idealisten, der die Ehre als den Sinn des Lebens, das Töten als sein Geschäft und Fechten und Huren als die einzig lohnenden Freizeitbeschäftigungen ansah. Wie die beiden so in ihre private Unterhaltung vertieft waren, hätte es Wallie kaum überrascht, wenn sein lüsterner junger Schützling ihr gerade seine jüngsten Leistungen im Bordell beschrieben hätte. Zu so etwas war er durchaus fähig und anschließend wunderte er sich, wie er sein Gegenüber wohl beleidigt haben könnte. Doch zweifellos hatte Nnanji bei ihrer göttlichen Mission noch eine Hauptrolle zu spielen, denn Wallie war angewiesen worden, mit ihm gemeinsam den vierten Eid zu schwören, den Eid der Brüderschaft.

Ob Brüderschaft oder nicht, Nnanji würde die *Saphir* nur widerstrebend ohne Thana verlassen. Angenommen, sie wollte nicht gehen? Was würden die Götter dann tun?

Bei Gelegenheit musste er das mit Honakura besprechen.

Zwei Stunden später legte die *Saphir* ab – stinkend wie eine Gerberei. Gleichzeitig schob sich ein anderes Schiff in einen freien Liegeplatz, und zwei junge Schwertkämpfer des zweiten Ranges sprangen ans Ufer, ohne auf die Planke zu warten. Sie wurden sofort von einem Vierten und drei Dritten angesprochen, die Wallie bereits als Gefolgsmänner jenes Headhunters von einem Sechsten wiedererkannt hatte. Bis zum Abend dürfte er alle frei herumlaufenden Schwertkämpfer der Stadt eingesammelt haben.

Wallie hatte sich auf das Achterdeck begeben, um den Matrosen nicht im Weg zu sein. Er lehnte an der Reling, Nnanji neben ihm und Thana wiederum dicht bei Nnanji.

»Auf nach Casr!«, sagte Nnanji in zufriedenem Ton.

»Könnte sein, dass wir hierher zurückkehren!«, gab Wallie zu bedenken und beobachtete, wie die beiden Zweiten weggeführt wurden, um den Sechsten kennen zu lernen und ihre Eide zu schwören.

»Was? Warum, Bruder?«

Wallie erläuterte seine Theorie, dass die Göttin vielleicht wollte, dass er ein eigenes Heer anwarb. Nnanji zog einen mächtigen Flunsch – ein Sechster würde im Rang weit über ihm stehen.

»Ich hoffe, dass das nicht der Fall ist«, versicherte Wallie ihm. »Aber warum sonst hätte sie all die Schwertkämpfer nach Tau bringen sollen? Von hier ist es weit bis nach Casr. Ich bin sicher, dass die Göttin besser zielen kann.«

»Ach so!« Nnanji sah erleichtert aus. »Das ist nicht nur in Tau so! Auch in Dri und Wo sammeln sich Schwertkämpfer, in Ki San wahrscheinlich ebenfalls. Sogar in Quo.«

Die Wege der Götter waren unergründlich. Vielleicht aber konnte einfach der Hafen von Casr dieses Verkehrsaufkommen nicht verkraften, und die Göttin nutzte diese abseits gelegenen Häfen als Zwischenstation ...

»Quo?«, wiederholte Wallie.

Nnanji kicherte und sah ihn von der Seite an. »Das liegt in der nächsten Kurve des Stroms! Es gibt von Casr aus eine Straße über die Hügel nach Quo, Bruder! Einen Tag zu Lande und Zwanzig Wochen zu Wasser, so wurde mir gesagt.«

»Wo hast du das erfahren?«

»Während einer Pause!« Nnanji grinste anzüglich, dann entsann er sich, dass Thana bei ihm war, und sein Gesicht bekam plötzlich die gleiche Farbe wie sein Haar. Vielleicht hatten sich seine sozialen Fähigkeiten entwickelt, zumindest ein bisschen.

Es gab auch eine Straße von Ov nach Aus, wie Wallie wusste, obgleich das Reisen auf dem Landweg in dieser Welt unüblich war. Es gab keine Landkarten, weil man keine Schrift hatte und weil die Geographie unangekündigten Veränderungen ausgesetzt war, ganz nach Laune der Göttin. Aber Wallie hatte sich die gewöhnliche Gestalt der Landschaft eingeprägt und versuchte sein Bild nun anzupassen. Woran dachte Nnanji, dass er ein solches Grinsen im Gesicht hatte?

»Eine weitere Flussschleife?«, sagte Wallie. »Dann hat Casr große Bedeutung bei der Planung eines Krieges!«

Nnanji wirkte ein wenig enttäuscht, dass sein Beistand das so schnell herausgefunden hatte. Er selbst hätte die Sutras bemühen müssen.

»Richtig!«, antwortete er. »Es hat drei Nachbarstädte anstelle von zweien, wie alle anderen sie haben.«

»Und eben darum könnte es das nächste Ziel der Zauberer sein?«

Nnanji nickte. Die Zauberer hatten etwa alle zwei Jahre eine Stadt erobert. Nun hatten sie die Herrschaft über das ganze linke Ufer, die Innenseite der Kurve. Schiffsverkehr durch die Schwarzöde war schwierig bis unmöglich, sodass die Schleife um den Regi Vul geschlossen war. Den Strom zu überqueren wäre ihr nächster Schritt.

»Casr ist sehr alt«, fügte Nnanji hinzu. »Es wird schon in den ältesten Heldenerzählungen erwähnt. Wurde wahrscheinlich Dutzende Male niedergebrannt, geplündert und wiederaufgebaut.«

»Und es hat eine Freistätte«, ergänzte Wallie.

Nnanji grinste und legte einen Arm um Thana für eine kräftige Umarmung.

Wallie setzte seine Beobachtung des Kais fort, der nach achtern zu hinter einem Palisadenzaun aus Masten und Takelwerk verschwand. Wo die Einzelheiten verblassten, schien Tau noch mehr einer Stadt der Tudorzeit zu gleichen.

Nnanji lachte leise. »Willst du noch immer Oberster werden, Bruder?«

»Ich?«, fragte Wallie erstaunt und sah ihn groß an.

Nnanji zeigte sein breites Grinsen. »Schon vergessen? Als wir zuletzt hier waren, hast du gesagt ...« – sein Blick ging in unbestimmte Ferne, und er ahmte Shonsus Bassstimme nach – »›Irgendwann werde ich mich wohl in einer stillen kleinen Stadt wie dieser niederlassen und Oberster sein. Und sieben Söhne großziehen wie der alte Kioniarru. Und sieben Töchter auch, wenn Jja sie haben will!‹ Und ich sagte: ›Oberster? Warum nicht König?‹ Und du darauf: ›Zu viel Blutvergießen, ehe man so weit kommt, und zu viel Arbeit, wenn man's geworden ist. Aber ich glaube, Tau gefällt mir.‹«

Nnanji warf Wallie einen belustigten Blick zu. Keiner von beiden brauchte diese Gedächtnisleistung zu kommentieren – sie wussten, dass es für Nnanji ein Kinderspiel war. Thana war entsetzt. »Das hast du wohl nicht ernst gemeint, mein Gebieter? Oberster? In so einer Stadt?« Sie drehte sich um und starrte auf die strohgedeckten Dächer des schwindenden Tau.

»Tau ist doch ein nettes Städtchen«, beteuerte Wallie schwach.

»Du kannst es haben«, sagte Nnanji großzügig.

* * *

Der Windgott verließ sie am nächsten Tag. Ein merkwürdiger goldener Dunst legte sich über den Strom, der schwach nach brennenden Stoppelfeldern roch, und das Wasser blieb glatt wie Öl. Direkt über ihnen war der Himmel ein blasses, kränkliches Blau, und ringsum sah man ins blanke Nichts. Tomiyano hisste nicht einmal die Segel, und das Ankertau hing schlaff ins Wasser. Bisweilen zeigten sich in der Ferne andere in die Flaute geratene Schiffe wie Flaggen, die das Ende der Welt markierten, aber die meiste Zeit über schien die *Saphir* von Göttern und Menschen verlassen zu sein.

Dieser unheilvolle Wandel machte die Mannschaft unruhig. Gebieter Shonsu wurde in Casr gebraucht, um den Befehl über Ihren Heerbann zu übernehmen, so glaubten sie. Warum beschleunigte Sie also nicht die Fahrt? Hatten sie Sie in irgendeiner Weise beleidigt? Wie üblich fassten die Matrosen ihre Sorge nicht in Worte, sondern bildeten einen Chor unbehaglichen Schweigens. Sie säuberten und schmirgelten und polierten; sie nähten Kleidung für den nächsten Winter; sie lehrten die Kinder die Eigenarten des Stroms und die Sutras der Matrosen; sie warteten auf den Wind.

Honakura war so beunruhigt wie alle anderen. Er nahm gerne von sich an, er sei auf Shonsus Sendung mitgeschickt worden, um ihm als Lotse zu dienen, als Berater, der den Willen der Götter deutet, wie er sich von Zeit zu Zeit enthüllt, und nun wusste er nicht, wie er diese plötzliche Flaute verstehen sollte. Es war befremdlich, dass Sie Shonsu nach der Schlacht gegen die Zauberer von Ov nicht auf direktem Wege zu Ihrem Heerbann geführt hatte. Aber wahrscheinlich bekam der Schwertkämpfer nur Zeit zum Nachdenken. Es schien vieles zu geben, was dem großen Mann Sorge machte, Dinge, über die er nicht gern sprach oder die er lieber nicht erörtern wollte, weshalb er unablässig brütete, ganz entgegen seiner sonstigen Art. Und der Windgott hatte sie wie mit der Peitsche vor sich hergetrieben – bis heute.

Es geschah nicht zum ersten Mal, dass die *Saphir* aufgehalten wurde, und jedesmal hatte es dafür einen Grund gegeben. Entweder hatten die Götter auf den Eintritt eines Ereignisses gewartet oder die Sterblichen hatten etwas übersehen, das sie tun sollten. Honakura hatte kein Mittel, um herauszufinden, was diesmal der Fall war. Aber er vermutete, dass der nächste Schritt von den Sterblichen zu kommen hatte – warum sonst sollte das Schiff von Nebel eingeschlossen sein? Es war, als säßen sie in einem Schrank fest, so wie er in der Vergangenheit oftmals einen auf Abwege geratenen Schützling eingeschlossen hatte, damit er über seine Pflichtversäumnisse nachdächte. Als es Nachmittag wurde, machte er sich schon ernsthafte Sorgen.

Er setzte sich auf seinen Lieblingseimer und schaute über das Deck. Oben auf dem Vordeck scharten sich die Kinder um den Neuling Katanji. Nach den Possen zu urteilen, die sich dort abspielten, erzählte er ihnen schmutzige Geschichten. Die Frauen hatten sich auf dem Achterdeck versammelt, strickten, flickten und schwatzten leise. Ein paar Männer angelten ... ohne viel Erfolg, wie er verdrießlich bemerkte.

Vorerst war keine Fechtstunde im Gange. Der Eingeweihte Nnanji saß zusammen mit Neuling Matarro und Schülerin Thana auf dem vorderen Lukendeckel um drei gekreuzte Schwerter herum. Das war so ein dummer Schwertkämpferbrauch, wenn die Sutras aufgesagt wurden. Priester lehrten ihre Sutras beim Auf- und Abgehen – was viel gesünder war, und auch vernünftiger, da die Bewegung das Denken anregte.

Gebieter Shonsu saß allein auf dem anderen Lukendeckel. Die Mannschaft verstand, dass er nachzudenken hatte, und ließ ihn in Ruhe, wenn er für sich sein wollte, so wie jetzt. Aber seine Sklavin hatte er bei sich, sodass er sich wahrscheinlich nicht allein fühlte. Sie redeten jedoch nicht, und das war ungewöhnlich. Shonsu war wahrscheinlich der einzige Schwertkämpfer der Welt, der mit seiner Nachtsklavin redete – außer »leg dich hin« natürlich.

Shonsu schnitzte. Damit hatte er in Ov angefangen und Stunden mit Holzabfällen und Werkzeugen verbracht, die er aus der Schiffstruhe stibitzt hatte. Er weigerte sich zu sagen, was er tat, und hatte offenbar auch keine Freude daran. Seine Hände waren zu groß für feine Arbeiten – sie passten besser zu einem Schwertheft als zu einem Messergriff. Er machte ein finsteres Gesicht, schob die Zunge im Mund hin und her, schnitt sich in die Finger, verwarf, was er geschnitzt hatte, und fing wieder von vorne an. Und er wollte nicht sagen, warum.

Ein saurer Schwefelgestank mischte sich mit Holzrauch und Ledergeruch. Das kannten sie schon. Shonsu meinte, das müsse aus dem Gebirge kommen, wo der Feuergott auf den Gipfeln tanzte. Und auf die Decksplanken legte sich ein heller Staub.

Honakura seufzte und suchte nach einer bequemeren Sitzhaltung. Die Schmerzen verschlimmerten sich. Er erinnerte sich, wie seine Mutter Brot buk, als er noch ein Kind war, und wie sie ein Messer am Rand der Backform entlangzog, um den Laib zu lösen, damit er unbeschädigt aus der Form käme. Das war es, was die Göttin mit ihm tat – sie ermahnte ihn, dass er den Tod nicht zu fürchten brauchte, dass dieser nicht das Ende, sondern der Anfang von etwas Neuem und Aufregendem war. Als er seinerzeit Hann zusammen mit Shonsu verließ, betete er demütig, dass er in diesem Leben lange genug verschont bliebe, um das Ende von Shonsus Sendung noch zu sehen. Inzwischen war er nicht mehr so vermessen. Er dachte, dass er vielleicht glücklicher wäre, wenn er ihren Ausgang nicht mehr erlebte.

Wenn jemand vor einem halben Jahr behauptet hätte, er würde jemals mit einem Schwertkämpfer befreundet sein, dann hätte er gelacht, bis seine alten Knochen zu einem Haufen zusammengefallen wären. Doch es war so gekommen. Und er mochte dieses riesige Stück Muskelfleisch. Er konnte ihn sogar bewundern, und dabei hatte er noch nie für einen Schwertkämpfer Bewunderung übrig gehabt. Natürlich war Shonsu im Grunde seines Herzens kein Schwertkämpfer, aber er bemühte sich redlich, den Geboten der Götter zu gehorchen, und kämpfte darum, seine eigentliche Sanftmut mit den mörderischen Pflichten seiner Zunft in Einklang zu bringen. Natürlich war beides unvereinbar. Shonsu wusste das und war darum aufgewühlt. Aber er versuchte es, und er war ein anständiger und ehrenhafter Mann.

Eben darum war es merkwürdig, dass sein göttlicher Gebieter ihm nicht genügend vertraut hatte, um ihm genau zu erläutern, was seine Aufgabe war. Dieser Makel hatte Shonsu offensichtlich gequält und tat es noch immer. Er meinte nun zu wissen, worin sie bestand. Er war recht unerbittlich gewesen, sobald er den Zauberern begegnete – das heißt, unerbittlich für Shonsus Verhältnisse. Doch hatte er sich in Ov Wissen beschafft; Wissen, das er nicht erklären konnte oder nicht erklären wollte, und seitdem war er mehr denn je in sorgenvolle Gedanken vertieft.

Honakura war überzeugt, dass er eine viel bessere Vorstellung davon hatte, worin Shonsus Sendung bestand, als Shonsu selbst. Er wollte ihr Ende lieber nicht erleben. Die Götter wussten, was sie taten und warum, auch wenn die Sterblichen nichts verstanden. Und sie konnten grausam sein.

Manchmal konnten sie sogar undankbar erscheinen.

Eine plötzliche Veränderung ging über das Schiff. Zwei Frauen kamen schwatzend vom Achterdeck herunter und strebten der vorderen Kajütstreppe zu. Die Männer verließen im selben Augenblick ihre Angeln und gingen ins Ruderhaus, während sie was von einem Würfelspiel murmelten. Schülerin Thana war die Sutras leid, stand auf und reckte sich, was herrlich aussah. Honakura seufzte ... Wenn die Göttin ihn jetzt zurückschickte, dann würde er sich in zwanzig Jahren oder weniger an eine wie Thana heranmachen. Außer natürlich er käme als Frau zurück, dann würde er nach einem Shonsu Ausschau halten.

Nnanji drehte sich um und rief nach seinem Bruder. Katanji zog ein Gesicht, unterbrach seine Geschichte und kam herunter, um an einer Lehrstunde in Sutras teilzunehmen. Damit konnte Nnanji unbegrenzt fortfahren. Er war der zielstrebigste Mensch seines Alters, den Honakura je gekannt hatte, und er besaß zweifellos das beste Gedächtnis.

Darum war er, was das Lernen anging, unvergleichlich. Es war unterhaltsam gewesen zu beobachten, wie Shonsu sich anstrengte, einen besseren Schwertkämpfer aus sich zu machen – was letztendlich hieß, zu sein wie Nnanji, der der geborene Schwertkämpfer war –, wohingegen Nnanji danach strebte, mehr wie sein Held sein, wie Shonsu. Es konnte kein Zweifel bestehen, welchem von beiden es gründlicher gelungen war. Der Eingeweihte und angehende Meister Nnanji hatte nichts mehr mit dem ungestümen, großäugigen Jungen gemein, der an jenem ersten Tag nach Hardujus Tod im Tempel hinter Shonsu hergelaufen war. Doch keinem der beiden Männer würde es jemals wirklich gelingen. Sie waren einander so unähnlich wie der Löwe und der Adler, die den Greifen am Heft des siebten Schwertes bildeten.

Ein Löwe und ein Adler machten zusammen nicht zwei Greife.

Dann kehrte unerklärlicherweise wieder Stille ein,

und alle Bewegung hörte auf. Das Schiff lag in seinem Kokon aus goldenem Dunst, die Stille wurde einzig von dem leisen Sutrageleier durchbrochen.

Thana hatte sich nach achtern begeben und saß auf der Treppe am Ruderhaus. Irgendetwas schien ihm an ihr zu fehlen. Honakura brauchte einen Moment, bis er es heraus hatte – sie trug Nnanjis Perlen nicht. Und er wusste nun, dass er sie seit ein paar Tagen schon nicht mehr an ihr gesehen hatte.

Sie sah Shonsu an, mit gerunzelter Stirn und tief in Gedanken.

Hm?

Von ihrem Standpunkt aus lohnte es sich natürlich, Shonsu eingehend zu betrachten: Er war riesig, die muskulöse Männlichkeit in Person und ein Schwertkämpfer des siebten Ranges, ein Mann von allergrößter Macht.

Wie Brota und Tomiyano dem Golde nachjagten, war unvergleichlich, aber in Thana war dieses Familienmerkmal leicht verändert. Sie sah weiter. Thana wusste, dass Gold nur ein Mittel zum Zweck war, und dieser Zweck war Macht. Für die meisten Leute war Gold das sicherste Mittel, um dieses Ziel zu erreichen, aber Macht war in hohem Maße ein männliches Gütezeichen, und für heiratsfähige junge Mädchen gab es einen schnelleren Weg dahin.

Honakura stand auf und wanderte zu ihr hinüber, um sich neben ihr auf die Stufen zu setzen. Sie machte ein böses Gesicht.

Selbst in seinem Alter war es noch wohltuend, neben Thana zu sitzen.

»Wenn schöne junge Frauen die Stirn kraus ziehen, müssen sie Kummer haben«, sagte er. »Und der Kummer ist mein Geschäft.«

»Bettler haben sich um kein Geschäft zu kümmern.«

Er blickte sie von unten herauf an, bis sie die Augen abwandte.

»Verzeih, Heiliger«, murmelte sie.

Natürlich ahnten sie alle, dass er ein Priester war. Seine Art zu reden verriet es.

»Im Augenblick bin ich kein Heiliger«, erwiderte er freundlich. »Aber ich stehe in Ihrem Dienst. Also, was plagt dich?«

»Ich bin nur verwirrt«, sagte sie. »Wegen etwas, das Nnanji mir erzählt hat.«

Honakura wartete. Er hatte tausendmal mehr Geduld als Schülerin Thana.

»Er wiederholte, was Gebieter Shonsu einmal gesagt hat«, erklärte sie endlich, »als er zum ersten Mal in Tau gewesen ist. Er sprach davon, dort eines Tages Oberster zu werden. Mann! Als ein Niemand in so einer Stadt? Das heißt, wenn seine Sendung vorbei ist, verstehst du? Es kommt mir einfach sonderbar vor. Das ist alles.«

»Mir kommt das gar nicht sonderbar vor, Schülerin.«

Sie sah ihn überrascht an. »Warum nicht? Ein Siebter? In einem schmutzigen kleinen Loch wie Tau?«

Honakura schüttelte den Kopf. »Shonsu hat nie ein Siebter sein wollen. Er wollte nicht einmal ein Schwertkämpfer sein. Die Götter haben ihn um ihrer eigenen Zwecke willen dazu gemacht. Du redest von Macht, junge Frau, und Macht ist für Shonsu nichts Verlockendes.«

»Macht?«, wiederholte sie nachdenklich. »Ja, vermutlich hast du Recht.«

»Oder denk an Ehrgeiz. Er hat keinen! Er ist schon

ein Siebter, was bliebe da noch? Aber der Eingeweihte Nnanji ... da siehst du Ehrgeiz.«

Thana runzelte wieder die Stirn. »Er ist ein Schlächter! Erinnere dich, wie es war, als die Piraten kamen. Ja, es ist richtig, die Piraten zu töten. Aber Shonsu weinte hinterher – ich habe seine Tränen gesehen. Nnanji lachte. Er war blutüberströmt und hat sich darüber gefreut.«

Honakura hatte viel schlimmere gekannt als diesen liebenswürdigen jungen Mann. »Das Töten ist seine Pflicht, Schülerin. Er hat nur gern die Gelegenheit wahrgenommen, sie zu erfüllen. Er ist ehrbar und tötet nur im Rahmen seiner Pflicht. Ein Schwertkämpfer bekommt selten die Gelegenheit, sein Können zu nutzen. Der Eingeweihte Nnanji ist ein sehr guter Schwertkämpfer – in mancher Hinsicht ein besserer als Gebieter Shonsu.«

»Du meinst, Nnanji wird eines Tages ein Siebter sein?«, schloss sie scheinbar ruhig, aber er spürte die Schärfe in ihrer Frage.

Einen Moment lang zögerte er, dachte über das unerklärliche Ausbleiben des Windes nach, über die Flaute in Shonsus Sendung. Dann beschloss er, einer plötzlichen Eingebung zu folgen.

»Dessen bin ich sicher.«

»Sicher, alter Mann? Sicher ist ein starkes Wort.« Sie hörte sich an wie ihre Mutter.

»Das folgende muss unter uns bleiben, Thana«, sagte er.

Sie nickte verblüfft.

»Es gibt eine Prophezeiung«, begann er. »Als Shonsu mit dem Gott sprach, wurde ihm eine Botschaft für mich mitgegeben. Shonsu hat sie nicht verstanden – sie war so ausgedrückt, dass nur ein Priester sie verstehen kann. Aber sie stammt von einem Gott. Darum bin ich sicher.«

Sie hatte sehr schöne Augen, dunkle, große mit sehr langen Wimpern.

»Die Prophezeiung dreht sich um Nnanji?«

Er nickte.

»Ich schwöre bei meinem Schwert, Heiliger – auf meine Ehre als Schwertkämpfer. Wenn du sie mir verrätst, werde ich sie nicht weitererzählen.«

»Dann will ich dir vertrauen«, sagte er. »Die Prophezeiung ist das Epigramm eines unserer Sutras. Wir, die Priester, meine ich, haben es immer als unlösbaren Widerspruch angesehen, aber einem Schwertkämpfer mag das nicht so erscheinen. Das Epigramm lautet folgendermaßen: *Der Schüler kann größer sein als der Lehrer.*«

Thana sog scharf die Luft ein. »Damit ist Nnanji gemeint?«

»Ja. Er war dazu bestimmt, Shonsus Schützling zu werden. Er war nur ein Zweiter, weißt du. Shonsu hat ihn innerhalb von zwei Wochen zu einem Vierten gemacht. Und inzwischen ist er so gut wie ein Fünfter, sagt Shonsu.«

»Ein Sechster!«, erwiderte sie empört, aber dann blieb sie still und dachte nach.

Honakura wartete geduldig, und nach einer Weile schaute sie auf. »Es heißt nur ›kann größer sein‹, nicht ›wird größer sein‹.«

Honakura schüttelte den Kopf. »Die Götter mogeln nicht, Thana. Der Gott sagte, dass Nnanji größer sein *wird.* Es ist offensichtlich! Er ist noch lächerlich jung, sogar für seinen gegenwärtigen Rang, und Shonsu sagt, er ficht jeden Tag besser, ohne Ausnahme. Er vergisst nichts. Ja, Nnanji wird ein Siebter sein – und zwar sehr bald, meine ich.«

»Er glaubt, dass er bereits dem sechsten Rang entspricht, aber Shonsu will ihm die Sutras nicht sagen – die letzten, die er braucht, um den Aufstieg zu versuchen.«

»Ich bin sicher«, sagte Honakura und überlegte dann, ob das stimmte, »dass Gebieter Shonsu für seinen Schützling nur das Beste will. Nnanji hat großes Glück gehabt, einen solchen Beistand zu finden – nur wenigen wird es zuteil. Viele Beistände werden eifersüchtig auf ihre erfolgreichen Schützlinge und halten sie zurück. Tatsächlich ist dies die Stoßrichtung des Sutras, von dem ich sprach – dass der Schützling ermutigt und unterstützt werden muss, um jeden Preis, und nicht behindert werden darf.« Er kicherte und dachte an manches Beispiel, das er kannte. »Sogar Priester können sich daran schuldig machen, und offensichtlich hat es gewisse Vorteile, einen Schützling zu haben, der besser ficht, als es seinem Rang entspricht. Wohingegen dieser Schützling sich unabhängig machen kann, wenn er weiter aufsteigt. Aber ich glaube nicht, dass Gebieter Shonsu Nnanji je so etwas antun würde. Wenn er ihn von seinem Aufstieg zurückhält, dann nur, weil er denkt, dass Nnanji noch nicht so weit ist.«

Ich denke das, aber Shonsu ist kein Narr.

Sie nickte. »Und wenn die Sache mit dem Heerbann vorbei ist, dann wird Nnanji sich nicht damit zufrieden geben, Oberster von irgendeinem Dorf mit Kaulquappenteich zu werden?«

»Nnanji will ein freies Schwert sein. Er wäre glücklich, wenn er einfach einen Haufen Schwertkämpfergesindel durch die Gegend führen könnte, immer auf der Suche nach Kampf, Zeitvertreib und Hurerei.«

Sie nickte und seufzte. Honakura setzte ein zaghaftes Lächeln auf.

Er sagte: »Ich meine, dass das eine Verschwendung wäre. Die Göttin muss viel wichtigere Aufgaben für einen Mann wie Nnanji haben. Er braucht Führung!«

»Du meinst ...«

Er schüttelte den Kopf. »Ich glaube nicht, dass ich mehr zu sagen brauche.«

Thana errötete. Sie sprang auf und entfernte sich mit großen Schritten, wobei das gelbe Ende ihres Lendenschurzes hin und her schwang. Sie ging ohne einen Blick an Shonsu vorbei, dann an der Drei-Mann-Sutra-Sitzung, die langsam verstummte, weil der Sprechchor abgelenkt wurde. Dann verschwand sie durch die Tür des Vordecks.

Honakura gluckste in sich hinein. Der Sprechchor nahm sein Geleier wieder auf. Shonsu machte mit dem Schnitzen weiter – er hatte gar nicht gemerkt, dass Thana an ihm vorbeigegangen war. Aber Jja.

Honakura wartete hoffnungsvoll, aber kein Wind zeichnete sich ab, und keine Verminderung der stechenden Schmerzen in seinen Rippen. Er seufzte und ermahnte sich, Geduld zu haben. Möglicherweise hatte er aber eine winzige Belohnung verdient – es wäre befriedigend zu wissen, was dieser riesige Schwertkämpfer da tat, der dem Matrosen Tomiyano das geschrubbte Deck mit Spänen übersäte.

Der alte Mann hievte sich steif von der Treppenstufe, ging zur Luke hinüber und ließ sich neben Shonsu nieder. Er wusste ja, dass er klein war, aber neben dem Riesen kam er sich winzig vor. Der Schwertkämpfer drehte ihm schweigend den Kopf zu und sah ihn an. Einen Moment lang konnte Honakura sich vorstellen, wieder auf der Tempeltreppe zu sein an jenem Sommermorgen, als er ganz kurz dem ursprünglichen

Shonsu begegnet war – dieses gleichbleibende Starren, diese unversöhnlichen schwarzen Augen, die ein Blutbad ankündigten. Verwirrt erinnerte er sich daran, dass dieser Mann aus einer Traumwelt stammte und nicht der echte Shonsu war, und dass es nicht an ihm lag, dass sein Blick so tödlich war wie sein Schwert.

»Und wie geht es Schülerin Thana?«, fragte der Schwertkämpfer mit einer Stimme wie fernes Donnerrollen.

Welche Überraschung! Honakura hätte schwören können, dass Shonsu sie nicht einmal hatte vorbeigehen sehen, geschweige denn dass er bemerkt hätte, wie sie sich miteinander unterhielten. »Es geht ihr gut«, antwortete er umsichtig darauf bedacht, sich nichts anmerken zu lassen. Doch er wusste, dass Shonsu in jeder Hinsicht vom siebten Rang war. Konnte sein Gehör so gut sein, dass er das Gespräch hatte belauschen können? Unmöglich, oder?

Der Schwertkämpfer sah Honakura noch einen Moment lang prüfend an, dann wandte er seine Aufmerksamkeit wieder dem Pflock zu, den er formte. Kurz darauf bemerkte er: »Schülerin Thana hat mich überrascht.«

»Womit denn, mein Gebieter?«, fragte Honakura erwartungsgemäß.

»Sie hat plötzlich eine außerordentliche Neugier für die Sutras entwickelt«, brummte Shonsu. »Ich nehme an, dass sie auch einen Aufstieg versuchen will, wenn Nnanji es tut.«

»Lobenswert! Sie hat die Fähigkeiten, nicht wahr?«

»Im Fechten gewiss«, sagte der Schwertkämpfer. »Und sie hat mich mit ihrer schnellen Auffassungsgabe bei den Sutras erstaunt. Nicht gerade wie Nnanji, aber bemerkenswert.«

Honakura wartete. Er wusste, dass er noch mehr hören würde.

Da kam es auch schon. »Natürlich ist Nnanji als Lehrer für sie immer verfügbar – da kann er sie ohne Unterbrechung anstarren.« Shonsu legte eine Pause ein. »Aber sie hat auch mich belästigt, und sogar ihre Mutter. Sie dehnt es bis auf Katanji und Matarro aus und lässt Nnanji außen vor.«

Honakura entsann sich, dass die Schwertkämpfer höchstens drei Sutras pro Sitzung durchnahmen, noch so ein dummer Brauch.

»Vielleicht ist sie aber auch froh über die Gelegenheit, einen Blick auf deine edle Person zu werfen, mein Gebieter.«

Die schwarzen Augen blitzten gefährlich auf. »Nein, sie hat einen anderen Grund. Schülerin Thana beherrscht ihre Triebkräfte immer vollkommen. Sie ist eine kaltblütige kleine Goldgräberin!«

Honakura hatte gewiss nicht vor, ihm das zu sagen, aber er fand, dass Gebieter Shonsu ihr die Kaltblütigkeit ziemlich übel nahm. Bei seinem Rang und seiner körperlichen Erscheinung hätte er jede Frau mit einem Kopfnicken bekommen können, ohne Frage. Nicht dass er das tat, aber ihm musste bewusst sein, dass er es tun könnte. Genau darum, weil die junge Thana ihn einiges zu fragen hätte – und die Antworten vorher verlangen würde –, litt er unter ihrer Unempfindlichkeit.

»Warum sind wir in eine Flaute geraten?«, wollte Shonsu plötzlich wissen. Wahrscheinlich meinte er, damit das Thema zu wechseln.

Honakura wagte nicht zu sagen, was er vermutete. »Ich weiß es nicht, mein Gebieter.«

»Vielleicht weil ich in Tau ein Heer hätte anwerben sollen, was meinst du?«

Also darüber brütete er noch? »Das bezweifle ich«, antwortete der Priester. »Wie du schon sagtest, würden wir dorthin zurückgebracht werden, wenn das der Fall wäre. Wir müssen nur geduldig sein.«

Shonsu nickte und seufzte.

»Du bist verärgert, mein Gebieter?«

Der Schwertkämpfer nickte wieder. »Ich bin verblüfft über die Begegnung mit Prinz Arganari. Das sieht nach der Hand des Gottes aus, alter Mann, aber ich verstehe nicht, was da von mir verlangt wurde. Wie viele Schwertkämpfer gibt es, die eines von Chioxins Schwertern besitzen? Nicht mehr als zwei oder drei in der Welt! Die übrigen sind zerbrochen oder verloren gegangen. Dass wir einen durch Zufall treffen, war völlig unmöglich ... also warum?«

Er dachte eine Zeit lang nach. »Ich hätte ihn auf dem Schiff behalten müssen, glaube ich.«

»Aber du sagtest, dass Meister Polini einen Eid geschworen hatte?«

»Ja«, stimmte Shonsu unglücklich zu. »Aber ich hätte ihn herausfordern können.« Er schnitzte heftig an dem Holzstück und schnitt sich in den Daumen. Er steckte ihn fluchend in den Mund. Jja griff danach und zog ihn heraus, um ihn zu untersuchen.

»Sag mir, was du da tust, mein Gebieter«, bat Honakura. »Ist das vielleicht eine Erfindung aus deiner Traumwelt?«

»Ich mache ein Spielzeug für Vixini«, antwortete der Schwertkämpfer.

Das sagte er immer.

Die Schmerzen hatten Honakura reizbar gemacht. »Mein Gebieter! Der Gott hat dir gesagt, dass du mir vertrauen kannst!«

Wieder drehte Shonsu ihm das Gesicht zu und

bedachte ihn mit diesem todbringenden Blick. »Ja, das tat er. Hatte er Recht?«

Sollte das heißen, er hatte tatsächlich das Gespräch mit Thana belauscht? Das erschien unmöglich.

»Natürlich!«, sagte Honakura in dem Bewusstsein, dass es schwer war, im Gewand eines Namenlosen Würde zu zeigen.

»Sehr gut!«, versetzte der Schwertkämpfer. »Ich werde dir sagen, was ich tue, wenn du mir alles über Ikondorinas Bruder erzählst.«

Nun war es der Priester, der seufzte. Warum war er nur so dumm gewesen, das zu erwähnen? Das war ein schwerwiegender Vertrauensbruch gewesen, selbst wenn man berücksichtigte, dass er ihn zu einer Zeit begangen hatte, als er noch nicht begriffen hatte, wie sehr er selbst in die Sache verwickelt war. Die Botschaft des Gottes, er solle Shonsu die Geschichte von Ikondorina erzählen, war ganz offensichtlich ein Winkelzug gewesen. Sogar der Schwertkämpfer hatte das durchschaut, aber dann hatte Honakura dummerweise zugegeben, dass er noch zwei andere Erwähnungen in den priesterlichen Sutras kannte. Noch später, und das war mehr als dumm gewesen, hatte er noch erzählt, dass diese Stellen zwei Brüder Ikondorinas betrafen, von denen der eine rothaarig, der andere schwarzhaarig war. An jenem Abend war er sehr müde gewesen, das wusste er noch.

»Ich fürchte, ich habe dich in die Irre geführt, mein Gebieter«, sagte er jetzt. »Offensichtlich gab es da einen Hinweis auf Nnanji und Katanji. Aber das war alles – sie haben sich deiner Queste angeschlossen und die Prophezeiung ist erfüllt. Mehr gibt es dazu nicht zu sagen.«

»Das sollte wohl ich beurteilen!«

»Ich kann die Sutras meiner Zunft nicht offenlegen!«

»Dann kann ich dir nicht sagen, was ich hier tue.«

Honakura wandte sich ärgerlich ab. Schwertkämpfer! Es war so kindisch! Dann bemerkte er, dass Schülerin Thana wieder an Deck erschienen war und ihre Perlen trug. Aha! Und sie hatte sich an die Reling gelehnt, sodass Nnanji sie sehen würde. Die Sutra-Sitzung würde also bald zum Ende kommen.

Er drehte sich wieder zu Shonsu um, der mit Jja einen Blick wechselte, und sah gerade noch die Schwanzspitze eines Grinsens aus dem Gesicht der Sklavin verschwinden. Sie lachten über ihn!

»Die Geschichte ist ganz unbedeutend!«, sagte er zornig. »Und alltäglich! In dem Sutra zum Beispiel, wo der schwarzhaarige Bruder vorkommt – das Epigramm lautet einfach: *Wasserleitungen werden aus Blei gemacht.*«

Das sollte ein ganzes Heer von Schwertkämpfern abhalten, dachte er.

Shonsu nickte gedankenvoll. »Dem stimme ich natürlich zu.«

»Tatsächlich? Vielleicht wärest du so freundlich, das näher zu erläutern, mein Gebieter?«

Der Schwertkämpfer warf Jja noch einen Blick zu, den der Priester aber nicht sehen konnte. Er hatte doch nicht gezwinkert, oder?

»Sicherlich!«, sagte er. »Eine Wasserleitung fügt nichts hinzu und nimmt nichts weg; sie befördert lediglich einen Stoff, das Wasser, von einem Ort zum anderen, so wie Meisterin Brota und ihr Schiff Waren von einem Hafen zum nächsten. Aber das sind wichtige Dienste am Wohlbefinden des Volkes. Wasserleitungen sind nützlich, doch Blei ist das bescheidenste aller Metalle. Schlussfolgerung: Bescheidene Leute, die selbst nichts hervorbringen, mögen dennoch wertvolle Dienste leisten, die nicht verachtet werden dürfen. Richtig, Gelehrter?«

Ärgerlich gab Honakura zu, dass er Recht hatte. Nach all den Wochen hätte er sich erinnern können, dass das kein gewöhnlicher Schwertkämpfer war. Nur wenige Priester hätten das selbst herausgebracht, und noch dazu so schnell.

»Die Epitome, möchte ich annehmen, befasst sich mit dem Wert der Arbeit – nein, des Handels!«

Wieder richtig, musste Honakura mürrisch zugeben.

»Dann noch die Episode, bitte.«

Der Priester wollte schon aufs Neue widersprechen, dass er verborgene Dinge nicht offenbaren dürfe, als er Shonsus Blick auffing. Ein scheues Lächeln kroch über das Gesicht des Schwertkämpfers, und Honakura dachte unwillkürlich an Granitblöcke, die von Baumwurzeln beiseite gedrängt werden. Aber es war herzliche Freude – die ihn einlud, teilzuhaben. Plötzlich lachten sie beide. Das Messer drehte sich in Honakuras Brust um, aber nachher fühlte er sich besser.

»Also gut, mein Gebieter! Ich schätze, du hast es verdient. Aber ich warne dich, es ist ein dummer, alltäglicher Knittelvers.«

»Der dennoch wertvolle Gedanken mitteilen mag?«, fragte Shonsu unschuldig.

Honakura lachte, sich geschlagen gebend, und sagte ihm leise die Episode auf:

Ikondorinas schwarzer Bruder
nächtens durch ein Dorf wohl kam,
müde von des Tages Arbeit,
hungrig, durstig, beinah lahm.

Hörte zwei der Bauern streiten,
auch ein Ferkel quiekt' voll Not.
»Da«, rief er, der schwarze Bruder,
»hör ich schon mein Abendbrot.«

»Dörfler!«, so sprach er zu ihnen,
»Schaut ins ehrliche Gesicht.
Als ein Fremder steh ich bei euch,
Lasst mich sitzen zu Gericht.«

Jeder legt' ihm auseinander,
es gehöre ihm allein,
Schwertkämpfer zog und hat's geschlachtet,
lud die Bauern zum Schmause ein.

Der riesige Mann hatte ein riesiges Lachen, und jetzt warf Shonsu den Kopf in den Nacken und stieß ein Lachen aus, das sich wie ein Gewitter anhörte. Der Sprechchor verstummte. Vom Bugspriet bis zum Ruder drehten sich die Köpfe danach um. Man lächelte. Die Matrosen freuten sich, dass ihr Held seine gute Laune wiedergefunden hatte.

»Das ist wunderbar!«, rief Shonsu. »Kein Künstler hätte ihn besser zeichnen können – Katanji wie er leibt und lebt! *Ehrliches Gesicht!* Und du sagst, das ist unbedeutend? Komm schon, Heiliger, lass mich das andere auch wissen!«

»Nein, mein Gebieter.«

Der schreckliche Blick stellte sich wieder ein. »Ich mache ein Spielzeug für Vixini.«

»Das ist nicht anständig, mein Gebieter!«, empörte sich Honakura, obschon er nicht mehr besonders begierig war zu erfahren, was Shonsu wirklich tat. Jedenfalls durfte er das andere Sutra nicht preisgeben.

»Eine halbe Wahrheit verdient nicht mehr!«, beharrte der Schwertkämpfer. »Wenn Vixini etwas damit machen kann, dann stelle ich mir vor, dass die Schwertkämpfer ... Warum willst du es mir nicht sagen?«

»Der Gott hat gesagt, du kannst mir vertrauen«, antwortete Honakura. Nnanji und Thana an der Reling waren tief in ihre eigene Welt versunken.

»Aber kann ich dem Gott vertrauen?«, fragte Shonsu.

»Mein Gebieter!« Honakura tat bestürzt, aber insgeheim teilte er den Zweifel. Es hing freilich davon ab, was man unter Vertrauen verstand.

Der Schwertkämpfer musterte ihn genau. »Warum wollte er mir nicht sagen, was er eigentlich von mir erwartet? Wie soll ich ihm unter solchen Voraussetzungen denn dienen können? Was sollte ich tun, Priester? Sag du es mir, wenn du so vertrauenswürdig bist.«

»Ich bin kein Priester mehr«, sagte Honakura. »Ich bin ein Namenloser.«

»Du bist ein Priester, sobald du einer sein willst!«, brüllte Shonsu. »Also gut, dann beantworte mir diese Frage: Nach der Schlacht auf der heiligen Insel setzte der Gott als Vaterzeichen ein Schwert auf mein rechtes Augenlid. Nicht unangemessen, denn mein Vater in der Traumwelt war eine Art Schwertkämpfer. Aber nach der Schlacht von Ov habe ich die Feder der Zauberer als Mutterzeichen auf mein linkes Lid bekommen. Was bedeutet das? Wie kann ich je erwarten, dass der Heerbann einem Mann folgt, dessen Mutter eine Zauberin war?«

Darauf wusste Honakura nichts zu sagen. Schon seit das geschehen war, bekümmerte ihn diese Frage.

Ehe er antworten konnte, wurden sie unterbrochen. Nnanji und Thana standen Hand in Hand vor ihnen. Thana hatte die Augen sittsam niedergeschlagen, das Perlenhalsband schimmerte in jungfräulichem Weiß wie das Morgenlicht auf dem Strom. Nnanjis Gesicht war so rot wie sein Haar, und seine Augen waren groß vor freudiger Erregung.

»Mein Beistand und Bruder!«, rief er. »Dein Schützling bittet demütig um die Erlaubnis zu heiraten.«

* * *

Die Feier ging sofort los.

Natürlich gab Wallie die Erlaubnis, schluckte seine bösen Ahnungen wegen eines romantisch-idealistischen Nnanji, der sich an ein gewinnsüchtiges Biest band, hinunter. Da er die Heiratsbräuche dieses Volkes nicht kannte, wurde er sorgsam eingewiesen und dann von seinem kichernden Schützling souffliert, als er in aller Form mit Thanas Beistand über die Verlobung verhandelte und ein Kupferstück als Brautpreis anbot. Brota ging auf den Handel ein, aber Wallie argwöhnte, dass sie die Klugheit der Heirat so sehr bezweifelte wie er.

Selbst Wallie fand, dass Thana mehr als ein Kupferstück wert war, aber augenscheinlich hieß es entweder Spiel oder ernsthaftes Geschäft – und im letzteren Fall hätte Brota den beiden Schwertkämpfern ihren ganzen Besitz abgenommen.

Es gab viele Umarmungen und Küsse und Gelächter, als die Familie einwilligte. Das Schiff lag vor Anker, und der Sonnengott würde sich in zwei Stunden zur Ruhe begeben – da war es selbstverständlich, dass die Feier sofort beginnen musste. Tomiyano schaffte ein paar Fläschchen mit dem verzauberten Wein der Zauberer herbei, dessen Wirkung fast augenblicklich zu hören und zu sehen war. Oligarros Mandoline und Holiyis Panflöte und der junge Sinboro auf seinen Trommeln ... es wurde getanzt und gesungen. Die Kinder kreischten vor Begeisterung, als die alte Lina Leckerbissen aus einem geheimen Vorrat hervorbrachte – kandierte Früchte und Ingwer und fremdartige Süßigkeiten, die Wallie nicht identifizieren konnte.

Er fragte sich, wie lange wohl die Verlobungszeit in dieser Welt dauerte und welches komplizierte Ritual wohl bei der Hochzeit selbst verlangt wurde. Wenn er zu einem anderen Schwertkämpfer »guten Morgen« sagen wollte, dann brauchte es dazu vierzig Wörter und sechs Gesten. Nach diesem Maßstab konnte der Vermählungsakt Stunden dauern. Und was für ein Geschenk würde wohl ein hochrangiger Schwertkämpfer seinem Schützling machen? Keine Mikrowelle jedenfalls ...

Er tanzte mit allen Frauen und allen Mädchen. Er sang bei einigen wüsten Matrosenliedern mit. Er lachte über unflätige Scherze und Nnanjis prahlerische Antworten. Ihm wurde immer elender zumute.

Die Flaute hielt an, der Sonnengott versank in leuchtendem Nebel, der ekelhafte Schwefelgestank von den Vulkanen zerstreute sich und zurück blieb der stechende Geruch der Rinderhäute im Laderaum. Am Himmel begann es, dunkel zu werden. Schließlich stahl sich Wallie davon und stieg allein auf das Vordeck, wo er sich hinter der Ankerwinde auf die Reling stützte und aufs Wasser schaute. Er hörte die Musik und das

Gelächter und manchmal, wenn der Lärm nachließ, auch das neckische Schlagen kleiner Wellen gegen den Bug. Der Nebel wurde kalt.

Ein freier Mann konnte keine Sklavin heiraten.

Er dachte über diese Ungerechtigkeit nach und am Ende schloss er, dass ein verheirateter Schützling eine winzige Sorge zu all den anderen hinzufügte. Er fing an, sie sich alle aufzuzählen. Die Liste schien niemals kürzer zu werden, nur länger. Nnanji selbst war eine Nervensäge geworden, verlangte von ihm die Erlaubnis, sich für den sechsten Rang zu erproben, und Thana steuerte ihr Gemecker bei, um nur ja die Karriere ihres Verlobten voranzutreiben.

Honakura hatte diese dumme Verlobung angestiftet! Wallie hatte genug von ihrer Flüsterei gehört, um dessen sicher zu sein. Ganz sicher hatte er das Wort »Prophezeiung« verstanden, und er wusste, dass sich das nur auf die Geschichte von Ikondorinas rothaarigem Bruder beziehen konnte. Die Schweigsamkeit des alten Mannes, was dieses Thema anging, war merkwürdig, besonders da er nun die eine Hälfte der Geschichte aus dem Alten herausgepult hatte, die so offensichtlich auf Katanji passte. Was konnte über Nnanji prophezeit worden sein, das er, Wallie, nicht wissen durfte? Er wünschte, er hätte mehr von dem Gespräch belauschen können.

Er fragte sich auch, ob jene Sutras vielleicht durch ein Wunder abgeändert worden waren, um auf seine Sendung zu passen. Der Halbgott war sicher dazu fähig, das Gedächtnis aller Priester dieser Welt zu manipulieren. Eigentlich brauchte er nur Honakuras zu manipulieren. Wallie beschloss, in Casr einen Priester aufzusuchen und ihn zu fragen, ob er je von Ikondorina gehört hätte.

Nein, das würde nicht funktionieren. Kein Sterblicher konnte einen Gott austricksen.

Doch Nnanji war mit seinen anderen Sorgen eigentlich kaum vergleichbar. Was würde passieren, wenn er in Casr Männer und Frauen traf, die ihn als den alten Shonsu zu kennen meinten? Wenigstens brauchte er sich wegen der Namen keine Sorgen zu machen, da ja jede Unterhaltung mit einer förmlichen Begrüßung anzufangen hatte. Diese waren so nützlich wie ein Namensschild am Jackett: »Hallo, mein Name ist ...« Auch brauchte er nicht zu fürchten, herausgefordert zu werden. Nur ein Siebter würde das tun, und ein tapferer noch dazu, denn Shonsus überragendes Können musste in Casr bekannt sein.

Eine viel größere Gefahr war, dass man ihn anprangern, vor Gericht stellen, der Feigheit überführen und hinrichten würde. Das war sehr wahrscheinlich, und selbst seine Fechtkünste würden ihn davor nicht bewahren können.

Lautes Gelächter brachte ihn dazu, auf das Hauptdeck hinunterzublicken. Den Mittelpunkt der Belustigung bildete ein rangelnder Haufen männlicher Jugendlicher. Sogar Holiyi war dabei. Dann fiel er auseinander und offenbarte Nnanji als den untersten. Matarro schwenkte Nnanjis Kilt durch die Luft und rannte damit über das Deck, während Nnanji aufsprang und brüllend die Verfolgung aufnahm und die Zuschauer johlten und jauchzten.

Es war nicht lange her, da hätte Nnanji nach einer solchen Behandlung durch gewöhnliche Leute ein Gemetzel veranstaltet.

Wallie seufzte. Er sollte dort unten sein, an dem Spaß teilhaben, anstatt sich hier oben sauertöpfisch herumzudrücken.

Die Zauberer!

Sie waren ganz klar das große Problem. Meistens waren sie Schauspieler und Scharlatane, ihre Magie nur Fingerfertigkeit, die von ihren sorgfältig ausgestatteten Mänteln unterstützt wurde.

Ursprünglich mussten sie Schreiber gewesen sein, denn die Feder, das Zeichen ihrer Zunft, war eine Schreibfeder. Er hatte sich eine historische Entwicklung für sie ausgedacht. Es gab keinen Beweis dafür, aber die Theorie war so stichhaltig, dass er inzwischen sicher war, dass sie stimmte. Ob die Schrift nun ein Geschenk der Götter oder eine menschliche Erfindung war, sie war einer einzigen Zunft vorbehalten, und Lesen und Schreiben waren so nützliche Fähigkeiten, dass die Priester sie eines Tages für sich begehrten. Die Schreiber widersetzten sich. Vielleicht brachten sie sogar die Gewalt in die Auseinandersetzung. Die Schwertkämpfer stellten sich auf die Seite der Priester – das war sowohl einleuchtend wie unvermeidlich – und vertrieben die Zauberer. Diese nahmen Zuflucht in Gebirgsfestungen wie Vul, die weit ab vom Strom und der Göttin lagen, und behaupteten aus Selbstschutz, magische Kräfte zu besitzen. Dann streiften sie in Verkleidung durch die Welt und bewahrten ihr Monopol durch Morde. Das erklärte sowohl das Fehlen einer Schrift als auch die unerbittliche Feindschaft der Schwertkämpfer.

Die Fähigkeit des Lesens und Schreibens macht Wissen kumulativ, und über die Jahrhunderte häuften die Zauberer Kenntnisse an, bis zu ihren Taschenspielertricks schließlich eine primitive Chemie hinzukam. Sie kannten Schießpulver, Phosphor, irgendein Bleichmittel, um die Stirnmale zu entfernen, und die Säure, mit der sie Tomiyano das Gesicht verätzt hatten. Sie mochten noch andere Dinge haben, aber nichts wirklich Schreckliches. Ihre Schusswaffen waren äußerst primitiv, Ein-Schuss-Apparate, sehr langsam nachzuladen und nicht besonders exakt. Die Zauberer selbst waren nicht militärisch geschult, bewaffnete Zivilisten sozusagen. Als sie den Schwertkämpfern in Ov gegenübergestanden hatten, waren sie in Panik geraten. Unter freiem Himmel würden sie kein großer Gegner sein.

Die Türme waren die eigentliche Gefahr. Wallie wusste, dass die Tore mit Sprengfallen versehen waren, und er rechnete mit Kanonen, Schrapnellbomben und ähnlichem Zeug. Sollten die Schwertkämpfer versuchen, einen Turm einzunehmen, würde man sie abschlachten. Natürlich war es trotzdem zu schaffen, aber nicht auf die traditionelle Art, nicht nach den Sutras.

An dieser Stelle, so schien es, kam Wallie ins Spiel. Darum hatte die Göttin die Seele eines Chemikers in den Körper eines Schwertkämpfers verpflanzt – damit er den Befehl über den Heerbann übernahm, die Führerschaft per Kampf gewann und die Schwertkämpfer zum Sieg führte. Aber warum, warum nur hatte sie sich einen so furchtsamen Menschen wie Wallie Smith ausgesucht? An blutrünstigen Chemikern konnte an der Universität kein Mangel bestehen. Er hasste Blutvergießen. Er hatte noch immer Albträume von der Schlacht, die er geschlagen hatte, von dem Anleger auf der heiligen Insel, von der Nacht als die Piraten kamen, von Ov. Warum er?

Der Himmel war fast dunkel, im Süden schimmerte der Traumgott. Außen verschwanden seine Ringe im Nebel, nur an den Scheitelpunkten waren sie zu sehen. Unten auf Deck wurde die Feier ruhiger. Er sollte wieder zu ihnen gehen und mitfeiern.

Dieser Nebel war schlecht – gutes Piratenwetter –, und die *Saphir* hatte ihre Anwesenheit in die halbe Welt posaunt. Tomiyano wollte in der Nacht die Wachen verdoppeln.

Zauberer – Schauspieler.

Aber stimmte das? Alle Magie, die er gesehen oder von der er gehört hatte, konnte er sich inzwischen erklären – mit einer Ausnahme. Als er in Aus törichterweise an Land gegangen und den Zauberern in die Hände gefallen war, hatten sie ihm gesagt, was er zuvor an Bord mit Jja gesprochen hatte. Als in Wal ein Zauberer an Bord gekommen war, hatte er Brotas Namen gekannt. Das schmeckte beides nach Telepathie. Dafür fiel Wallie keine andere Erklärung ein. Es war die einzige Zauberei, die er nicht rational erklären konnte, und dabei hatte ihn das seit Ov mehr beunruhigt als alles andere.

Zauberei ... Wissenschaft. Sie waren miteinander unvereinbar, oder nicht? Er würde doch sicher nicht gegen beides auf einmal ankämpfen müssen?

Aber *niemand* konnte gehört haben, was er zu Jja gesagt hatte.

Und Jja war in Aus nicht an Land gegangen. Er hatte sie danach gefragt. Daran hatte er gemerkt, wie sehr es ihn beunruhigte – dass er sogar an Jja zweifeln konnte.

Folglich war das sein größtes Problem: Er war nicht ganz sicher.

Nein. Das war nicht das größte. Da gab es noch ein anderes, das über ihm hing wie das Beil der Guillotine: *Auf wessen Seite stand er?*

Kühle Finger schoben sich um seine Rippen und verschränkten sich vor seiner Brust. Eine Wange legte sich auf sein Schulterblatt.

Jja machte sich Sorgen um ihn. Er hatte noch nicht versucht, ihr zu erklären, was ihn beschäftigte, denn sie könnte es ohnehin nie ganz verstehen. Das nahm sie ihm nicht übel, dessen war er sicher. Sie tat, was sie konnte, bot ihm schweigendes Mitgefühl für unausgesprochene Qualen an, so wie jetzt. Dem gab er sich einen Augenblick lang still hin.

»Thanji? Brotsu? Shota? Nnathansu?«

Er drehte sich um und nahm sie in die Arme, zog sie fest an sich, bis er ihre Wärme durch den dünnen Baumwollstoff spürte. »Was redest du da, Mädchen?«, fragte er sanft.

»Namen für ihr erstes Kind natürlich!«

»Ach, meine Liebste«, flüsterte Wallie. »Ich wünschte so sehr, an ihrer Stelle zu sein!«

»Dummer Mann!«, schalt sie, aber auf eine Art, die kein Sklavenbesitzer übel nehmen konnte. »Wozu ist das wichtig? Ich bin viel mehr verheiratet, als Thana es jemals sein wird.«

Und auch viel schöner, dachte er. Jja war kein mageres Gespenst, keine Modepuppe. Sie war groß und kräftig und üppig gerundet und die begehrenswerteste Frau der Welt.

Das sagte er ihr.

Sie schnurrte.

»Ich wurde geschickt, um dich zu holen, mein Gebieter Wallie«, flüsterte sie, »denn sie warten.«

»Auf mich?«, fragte er. »Warum?«

»Wegen der Hochzeit natürlich.«

»Was? Jetzt? Heute? Aber ... was habe ich zu tun?«

»Einfach ja sagen.«

»Ja?«

»Ja!« Kichernd führte sie ihn zur Treppe, und sie tasteten sich im Dunkeln die Stufen hinab.

Kein Brautkleid, keine Brautjungfern, keine Orangenblüten? Nnanji und Thana standen beieinander, Brota hatte sich hinter Thana und Tomiyano allen dreien gegenüber aufgestellt. Offenbar konnte ein Kapitän wie auf der Erde eine Eheschließung durchführen. Wallie nahm seinen Platz hinter Nnanji ein, der sich seinen Kilt zurückgeholt hatte und sich nun mit einem breiten Grinsen zu seinem Beistand umdrehte. Der Rest der Mannschaft und damit der Familie hatte sich ringsum versammelt, verschwommene Gesichter, die still in die Nacht lächelten.

Die Zeremonie war unglaublich kurz und so empörend einseitig, wie er es nicht einmal in dieser sexistischen Welt erwartet hätte.

»Gebieter Shonsu, gestattest du deinem Schützling, diese Frau zu heiraten?

»Ja.«

»Meisterin Brota, gestattest du deinem Schützling, diesen Mann zu heiraten?«

»Ja.«

»Eingeweihter Nnanji, Schwertkämpfer des vierten Ranges, nimmst du Thana, Schwertkämpfer des zweiten Ranges, zu deiner Frau und versprichst du, sie zu kleiden und zu ernähren, ihre Kinder zu ernähren, diese göttlichen Gehorsam zu lehren, als dein Eigentum anzunehmen und sie einer ehrbaren Zunft zu übergeben, wenn sie alt genug sind?«

»Ja.«

»Schülerin Thana, Schwertkämpfer des zweiten Ranges, nimmst du Nnanji, Schwertkämpfer des vierten Ranges, als deinen Mann und willst du dich ihm und keinem anderen zu seiner Freude hingeben und seine Kinder empfangen, gebären und aufziehen und seinen Befehlen gehorchen?«

»Ja.«

Abgesehen von dem Kupferstück, so dachte Wallie, erhielt Brota nicht viel Engagement von Nnanji als Gegenleistung für das exklusive Vergnügen an Thanas Person.

Und dann war ein Kuss offenbar alles, was nötig war, um die Heirat zu vollziehen. Augen glänzten, Nnanji schloss Thana in die Arme, sie schaute zu ihm auf.

Er beugte sich über ihr Gesicht ...

Er hob den Kopf ...

... und sah Wallie mit aufgerissenen Augen an.

Und dann hörte Wallie es auch. Es kam über das Wasser durch die Dunkelheit – das Klirren von Schwertern.

* * *

Ja, da war etwas, es schimmerte blass, war kaum auszumachen in der nebligen Dunkelheit und trieb langsam stromabwärts auf den Bug der ankernden *Saphir* zu.

Bis Wallie die Tatsache festgestellt hatte, hatte Tomiyano die Persenning vom Steuerbord-Dingi gezogen, und seine Befehle krächzten durch die Nacht. Die Weindünste hatten sich verzogen, und eine eingespielte Mannschaft rannte auf ihre Posten. Schwerter und Bootshaken ... die vier erwachsenen Matrosen würden rudern, Tomiyano steuern ... die beiden Schwertkämpfer ...

»Nein, Thana!«, schnauzte der Kapitän.

»Ja, Thana!«, sagte Nnanji bestimmt. Einen Moment lang entstand ein Schweigen. Dann nickte Tomiyano und machte weiter. Sie war jetzt Nnanjis Frau, und der hatte zu bestimmen. Das Boot stürzte aufs Wasser, und Wallie verstand vage, was Nnanji sich dabei dachte ... Thana war kein schlechterer Schwertkämpfer als andere, und auf dem Strom wurden Familien nicht geteilt, denn die Göttin konnte launisch sein. Wäre Wallie nicht gewesen, die Mannschaft hätte die Sache wahrscheinlich nicht einmal untersucht. Sie hätten es tun können, denn Sie würde einen Akt des Mitleids nicht bestrafen, aber er wünschte, er hätte Jja bei sich.

Dann zogen die vier Männer das Dingi durch den tintenschwarzen Strom mit langen, geübten Schlägen, die Dollen quietschten, das Wasser zischte wogend vorbei. Thana saß bei ihrem Bruder an der Ruderpinne. Wallie und Nnanji drängten sich im Bug – ihre laienhaften Anstrengungen beim Rudern wären eher hinderlich gewesen.

Schlag. Schlag. Silberflecke flogen von den Riemen in die kalte Luft. Der Traumgott war eine Bahn aus nebeligem Schein am Nachthimmel, sein Licht verschwommen und unnütz.

Schlag. Schlag. Metall klirrte voraus durch die Dunkelheit, nun schon deutlicher. Wie eine kalte Klammer schnürte ihm die Angst die Kehle zu – er meinte zu erraten, wer sich da draußen befand. Er holte tief Luft und hielt sich die Hände trichterförmig an den Mund.

»Welches Schiff?«, brüllte er.

Keine Antwort. Schlag.

»Im Namen der Göttin, senkt die Klingen. Ich bin ein Siebter ...«

Dann ganz schwach: »Hilfe?«

Eine Frau? Eine Kinderstimme?

»Welches Schiff?«, schrie Wallie noch einmal.

Schlag. Schlag. Und immer noch Klirren, lauter jetzt.

»*Sonnenblume!*«, rief eine männliche Stimme. »Haltet euch raus!«

Schlag.

Nun war es klar zu sehen, eine dunkle Stelle im Nebel, die die Form eines Schiffes annahm, kaum größer als ein Fischerboot mit Stagsegel. Die Segel waren gehisst, aber mit dem vorderen stimmte etwas nicht. Es hatte leichte Schlagseite und trieb seitwärts.

Schlag.

»Ich bin Schwertkämpfer des siebten Ranges! Legt die Schwerter nieder.«

Schlag.

»Gebieter Shonsu.« Wieder diese hohe Stimme. Wallie war sich jetzt sicher: eine Jungenstimme, die die Angst schrill machte.

Mehr Ruderschläge, mehr Geklirre, dann eine harte, atemlose Stimme: »Polini, mein Gebieter!«

»Haltet euch raus!«, rief ein anderer.

Schlag. Silber flog von den Riemen.

Die Angst hatte sich ausgebreitet. Sie füllte Wallie mit eisiger Kälte. Er ballt so sehr die Fäuste, dass es schmerzte. Er spähte durch die kalte Nachtluft auf den blassen Fleck, der langsam wuchs. So langsam! Er würde zu spät kommen. Die Schwerter gingen schneller, und es gab Rufe und Flüche. Die Opfer wären tot und über Bord geworfen, ehe er ankäme. Die Piranhas würden die Beweise beseitigen.

»Polini! Halte durch!«, brüllte er. »Wir kommen!« Er wollte weinen und schreien vor Wut. Er schlug mit dem Fäusten auf die Bootswand.

Der Kampflärm war verstummt. *Oh, Göttin! Hilf ihnen!*

Schlag. Schlag. Jemand schrie – hoch und schrill, voller Schmerz. Dann ragte die Bordwand plötzlich vor ihnen auf. Tomiyano drehte die Ruderpinne und schrie, die Ruder einzulegen und noch nicht aufzustehen. Das Dingi drehte ab und schlug hart gegen die Seite, schaukelte. Über ihnen blitzten Schwerter, Gesichter zeigten sich als helle Flecken. Nnanji fasste die Reling mit einem Bootshaken. Holiyi stand auf und schwang ein Ruder. Wallie duckte sich unter dem Schlag hinweg und packte die Reling, während er mit der anderen Hand das siebte Schwert zog. Dann war er oben und parierte eine Klinge. Auch Nnanji war da. Metall klirrte durch die Nacht.

Aber sie wussten schon, sie waren zu spät.

Schwertkämpfer dürfen nicht weinen.

Polini war tot, gemordet in einem letzten schrecklichen Angriff. Jung Arganari würde sehr bald sterben. Er war durchbohrt worden, und kein Heiler der Welt konnte noch etwas für ihn tun. Er lag auf dem schwarz besudelten Deck, Wallie kniete neben ihm, Nnanji an seiner anderen Seite. Glücklicherweise war es so dunkel, dass nichts deutlich zu sehen war.

Mittschiffs lagen der tote Polini und zwei andere Leichen. Drei noch lebende Männer waren am Heck eingepfercht, umzäunt von einer Reihe Drachenzähne – den Schwertern, die ihnen die *Saphir*-Mannschaft entgegenstreckte, zornig und stumm abwartend.

Der Anker war gesetzt, die Segel eingeholt.

»Wasser … mein Gebieter«, flüsterte Arganari wieder.

Wallie hob seinen Kopf an, und Nnanji gab ihm einen Schluck zu trinken.

»Danke«, sagte er mit zitternder Stimme. Dann drehte er den Kopf und erbrach einen Schwall Blut, das schwarz aussah wie die Nacht.

Schwertkämpfer dürfen nicht weinen.

»Was ist geschehen?«, fragte Wallie, aber er hatte es schon erraten. Natürlich trugen die beiden noch immer ihre teuren Stiefel, Kilt und Harnisch, ihre silbernen Haarspangen. Polini hatte Wallies Rat nicht angenommen. Wallie hatte gewusst, dass er das nicht tun würde. Die Welt war voller Armut. Ein Mord wurde für Geringeres begangen als für feine Kleider. Nun waren die feinen Kleider blutbesudelt.

»Sie haben unser Silber genommen«, sagte der Prinz. »Wir haben sie bezahlt.« Auch beim Flüstern hatte er diesen Singsang. »Vorige Nacht sind sie über uns gekommen.« Er ächzte plötzlich vor Schmerzen. Nnanji nahm seine Hand. »Meister Polini hat sie aufgehalten.«

Eine Nacht und einen ganzen Tag? Eine Pattsituation – der große Schwertkämpfer hatte sich ihnen im Bug entgegengestellt, fünf Männer aufgehalten, sein Mündel verteidigt. Einer gegen fünf. Der Junge war wohl kaum von Nutzen gewesen.

Polini hatte das Fockstag durchgehauen und das Focksegel herunterkommen lassen. Damit war das Boot kaum noch manövrierfähig gewesen. Vielleicht hatte er aber auch gehofft, dass es Ablenkung und sogar Hilfe bringen würde. Die ganze Nacht und den folgenden Tag, bis zur Erschöpfung durch Wassermangel und Hunger, hatten sie ihn angegangen.

Und die Göttin hatte das Boot bewegt.

Aber nicht schnell genug!

Wallies Zähne malten wie Mühlsteine. Seine Fäuste zitterten.

»Ich glaube, ich habe einen verwundet, Eingeweihter.« Arganari beachtete Wallie nicht mehr. Nnanji war sein Held, der junge Vierte, der in Ov Zauberer erschlagen hatte. Vielleicht lagen nur drei Jahre zwischen ihnen, dachte Wallie mit plötzlicher Verwunderung, höchstens fünf.

»Du hast dich sehr gut geschlagen«, sagte Nnanji. Seine Stimme war immer weich, aber nun klang sie noch weicher und ruhig und ausgeglichen. »Wir werden bald einen Heiler für dich haben.« Er klang völlig beherrscht. Wallie war sprachlos, seine Kehle und die Augen brannten ihm fürchterlich.

»Eingeweihter?«

»Ja, Neuling?«, sagte Nnanji.

»Du wirst meine Haarspange nehmen.«

»Ja, einverstanden«, willigte Nnanji ein. »Ich nehme sie und werden sie gegen die Zauberer tragen. Ich trage sie nach Vul und wenn ich dort angekommen bin, dann sage ich ihnen, dass du mich geschickt hast. ›Neuling Arganari schickt mich‹, werde ich sagen. ›Ich komme im Namen Arganaris.‹«

Es hatte keinen Zweck, den Jungen zu bewegen. Es würde nicht mehr lange dauern. Er würgte und erbrach neues Blut.

»Eingeweihter? Erzähle mir von Ov.«

Also berichtete Nnanji über die Schlacht von Ov, ruhig und sachlich. Die Ankerkette quietschte leise, und vom Heck kam tiefes Gemurmel.

Dann unterbrach Arganari den Bericht. Wahrscheinlich hatte er nicht viel verstanden. Er lag im Todeskampf und versuchte, nicht zu wimmern. »Nnanji. Es tut weh. Werde ich sterben?«

»Ja, ich glaube«, sagte Nnanji. »Hier, fasse das Heft deines Schwerts. Du hast gelobt, es im Tode festzuhalten, weißt du noch?«

»Ich wünschte, es wäre mein anderes Schwert.«

»Ich werde es den Sängern in Casr berichten«, sagte Nnanji. »In der Saga über den Heerbann von Casr werden dein und Polinis Name als Erste unter den Ruhmreichen genannt werden.«

Der Junge schien zu lächeln. »Ich habe versucht heimzugehen.«

Nach ein paar Augenblicken sagte er: »Nnanji. Töte mich.«

»Wenn du es wünschst«, antwortete Nnanji ruhig.

»Ich glaube ... ja. Es tut weh.«

»Soll ich das siebte Schwert nehmen?«, fragte Nnanji.

Es kam keine Antwort, aber Nnanji stand auf und streckte die Hand aus. Wallie stand ebenfalls auf, übergab ihm das Schwert und wandte sich hastig ab. Er hätte nicht tun können, was Nnanji da tat – nicht einmal wenn der Junge bewusstlos gewesen wäre, nicht in tausend Jahren. Doch es wäre seine Schwertkämpfer-Pflicht gewesen. Inbrünstig dankte er der Göttin, dass es Nnanji war, den der Junge gebeten hatte.

Er starrte in die Dunkelheit und versuchte, nicht hinzuhören. Er hörte gar nichts. Schwertkämpfer dürfen nicht weinen.

»Sinnlos, es schon abzuwischen, oder?«, meinte Nnanji.

Wallie drehte sich herum und nahm sein Schwert zurück, ohne es anzusehen oder auf den Boden zu schauen. »Ja. Sinnlos«, sagte er, und gemeinsam begaben sie sich nach achtern, gingen Seite an Seite über das undeutliche Deck, bis sie hinter den Matrosen standen, die die Gefangenen eingezäunt hielten.

»Tu es!«, sagte Wallie zu Nnanji in einem harschen Befehlston.

Nicht einmal jetzt bekam Nnanjis Stimme irgendeine Schroffheit. »Gebieter Shonsu, diese Männer prangere ich des Mordes an Schwertkämpfern an.«

»Habt ihr etwas zu eurer Verteidigung vorzubringen?«, fragte Wallie. Er war der Richter und ein Zeuge, und er würde der Henker sein.

Das Trio rief entrüstet durcheinander. Sie hörten sich noch jung an, aber sie trugen alle Lendenschurz und waren somit vor dem Gesetz erwachsen.

Dann übertönte eine Stimme die anderen. »Sie haben unser Schiff mit Gewalt genommen, mein Gebieter! Sie waren zu viert. Wir haben die anderen ...«

Wallie ließ sie eine Zeit lang ihre Lügen und Verleumdungen in die Nacht hinausschreien.

Dann schrie er: »Schweigt! Ich befinde euch für schuldig.«

Dann trat Stille ein, außer dass einer der drei schluchzte.

Wallie machte eine Bewegung, aber Nnanji fasste ihn an der Schulter. »Lässt du mich das tun, Bruder?«

»Nein! Diese Freude soll mein sein!«

Vielleicht dachte Nnanji, dass Wallie es nicht tun wollte oder dazu nicht fähig war. Aber Wallie zitterte vor Zorn. Er ergriff sein Schwert mit ganzer Kraft, die Arme bebten wie vor ungeduldiger Begierde. Shonsus übersteigerter Zorn tobte in ihm. Auch Wallie Smith war fast wahnsinnig vor Wut. Er floss über vor Hass und Verachtung und vor Ekel. Er wollte diesen Mördern an die Kehle gehen und sie mit den Händen zerreißen.

Nein, Nnanji bat ihn. »Bitte, Bruder? Als Hochzeitsgeschenk?«

»Bleib da stehen!«, schnauzte Wallie. Er schob sich zwischen Tomiyano und Holiyi durch und fing an, die drei Jugendlichen abzuschlachten. Sie schrien und versuchten, das siebte Schwert mit bloßen Händen abzuwehren. Er konnte nicht gut sehen, darum hackte er sie in Stücke, bis er sicher war, dass sie tot waren. Es machte ihm kein Vergnügen, aber er bereute es nicht.

Er war der älteste. Er sprach die Abschiedsworte für Polini, aber am Ende versagte ihm die Stimme. Er bat Nnanji, an seiner Stelle die Pflicht an Arganari zu verrichten. Währenddessen flossen ihm die Tränen aus den Augen, er zitterte, er kämpfte verzweifelt darum, dass niemand sein Schluchzen hörte.

Er sah, wie der Strom brodelte und zischte, als die Piranhas die Leichen in der Ekstase eines Augenblicks fraßen.

Über die Mörder sprachen sie kein Wort, aber der Strom brodelte bei ihnen genauso heftig wie bei ehrbaren Männern.

Dann errang Wallie die Selbstbeherrschung wieder. »Was willst du mit dem Boot tun?«, fragte er Tomiyano.

»Zurücklassen. Jemand wird es finden.«

Das schien nicht zu ihm zu passen, andererseits wusste Wallie, dass ein Segelschiff kein anderes ins Schlepptau nehmen konnte, und es einem Teil der Mannschaft zu geben würde die Familie auseinander reißen. Also überließ man die *Sonnenblume* der Göttin.

Wallie kletterte elend in das Dingi. Ein nebliger Lichtfleck zeigte an, wo die *Saphir* lag.

Die Matrosen ruderten schweigend und langsam.

Wallie saß da, barg das Gesicht in den Händen und ließ die Tränen fließen.

Es war alles sein Fehler.

Er hatte die Botschaft nicht erkannt ... Nein, er hätte Polini nicht aufhalten können. Er hätte den Fünften nicht an Bord halten können, ohne ihn herauszufordern. Dann wäre es wahrscheinlich zum Kampf gekommen. Polini hätte sich nicht ergeben. Er hätte einen aussichtslosen Kampf gegen einen Siebten angenommen, hätte sich vermutlich auch nach einer Verwundung nicht ergeben. Dann hätte Wallie keine andere Möglichkeit gehabt, als ihn zu töten.

Er hätte Polini nicht aufhalten können.

Aber er hätte hinsichtlich einer anderen Sache die störrische Ansicht des Mannes ändern können, wenn er beharrlich geblieben wäre.

Dann wäre ihre Ermordung nicht notwendig gewesen.

Er hatte nicht gesehen, warum diese Begegnung so bestimmt worden war. Er hatte versagt. Sechs Männer und ein Junge waren gestorben, damit Nnanji eine Haarspange bekam.

Warum, o gnadenreiche Göttin – warum?

Wegen einer Haarspange?

* * *

Brota hielt eine Laterne hoch. Wallie hatte nicht gewusst, dass es an Bord überhaupt eine gab. Einer nach dem anderen stiegen die Möchtegern-Retter an Deck und wurden von ernsten Gesichtern, die am Rand des goldenen Lichtkreises aufschienen, in Empfang genommen. Das Geschehen war schnell berichtet, in knappen Sätzen und mit gedämpfter Stimme. Keiner machte dazu eine Bemerkung. Die Welt war ein düsterer Ort – der plötzliche, sinnlose Tod war auf der *Saphir* kein Fremder, aber man würde nie mit ihm vertraut werden.

Wallie legte Nnanji eine Hand auf die Schulter. »Ich übernehme heute deine Wache«, sagte er. Noch vor einer Stunde wäre das Anlass für eine Zote gewesen, aber Nnanji nickte nur und legte einen Arm um Thana und ging mit ihr weg.

Was für eine Hochzeitsnacht, dachte Wallie verbittert.

Sein Kilt klebte feucht an seinen Oberschenkeln. Er war blutgetränkt, ein Anblick des Schreckens. Er war auf eine krankhafte Art stolz darauf, hasste es und war doch entschlossen, es bis zum Morgen nicht abzuwaschen. Natürlich war das kindisch: *Siehst du, was du getan hast, Göttin?*

Er ging auf das Achterdeck, allein. Hinter ihm wurde die Laterne gelöscht.

Wie konnte er solchen Göttern dienen? Wo war da der Glaube? Vor ihm in der Dunkelheit hing das Gesicht dieses ernsten, gehorsamen Jungen wie ein Wappenschild der Schande. Die unmelodische Stimme klang ihm noch im Ohr.

Warum? Warum? Wie hätte ich wissen können, was Du von mir wolltest?

Den Göttern treu ergeben sein – treu ergeben in allem ... Die Zauberer waren ebenfalls Mörder.

Aber waren die Schwertkämpfer so viel besser?

Auf wessen Seite stand er?

Das war das ein großes, sein größtes Problem. Wenn er die Führung des Heerbanns mühelos haben könnte, würde er sie überhaupt wollen?

Die Schlusszeilen des göttlichen Rätsels lauteten:

Am Ende gib zurück das Schwert,
damit sein Los ihm sei gewährt.

Oh, er würde der Göttin das Schwert zurückgeben, in Ihrem Tempel in Casr, und dessen Schicksal mochte dann sein, den Heerbann anzuführen. Sollte doch ein anderer mordender Schwertkämpfer die Führung erringen und behalten – Shonsu würde auf der *Saphir* bleiben und eine Wasserratte werden.

Doch als er diesen Entschluss fasste, wusste er schon, dass er sich etwas vormachte. Das siebte Schwert zu tragen war, als besäße man die Mona Lisa oder den Taj Mahal. Er wäre niemals fähig, sich davon zu trennen, und wenn die Göttin persönlich aus dem Strom herausstiege und es zurückverlangte. Er könnte in den Tempel gehen, aber er würde es noch tragen, wenn er wieder herauskäme. Als er verwundet auf dem Schiff gelegen hatte, hatte Nnanji es für ihn bewacht – und hätte wenn nötig sein Leben geopfert, um es zu retten. Fast jeder andere Schwertkämpfer in der Welt wäre bei solch einer Gelegenheit verschwunden und hätte das Schwert mitgenommen. Nnanji war nicht einmal in die Versuchung gekommen.

Also würde Wallie mit dem Schwert in der Hand sterben, wie er es gelobt hatte. In ein paar Jahren, wenn seine Schnelligkeit nachließe, würden sich die Herausforderer einstellen. Die Ehrgeizigen und die Habgierigen ... sie würden sich melden, und eines Tages würde einer von ihnen Erfolg haben.

Jja tauchte aus der Dunkelheit auf mit einem Umhang. Er murmelte seinen Dank und hängte ihn sich über die Schultern, um die kalte Feuchtigkeit von sich abzuhalten. Der Nebel wurde dichter. Das machte ihm die Wache leichter, denn nicht einmal Piraten würden sich in dieser Suppe zurechtfinden.

»Kommst du später unter Deck?«, flüsterte sie.

»Nein«, antwortete er. »Ich lege mich im Ruderhaus schlafen. Du gehst jetzt schlafen.«

»Ja, Gebieter.« Sie machte keine Anstalten.

Er hatte ihr befohlen, ihn nie wieder so zu nennen ... aber er hatte ihr auch versprochen, ihr nie wieder etwas zu befehlen.

Er küsste sie auf die Stirn. »Bitte, geh jetzt schlafen.«

Er wandte sich ab. Er merkte nicht, dass sie noch da war, bis sie zu ihm sprach.

»Jjonsu? Shona?«

Er fuhr herum und nahm sie bei den Schultern. »Bist du sicher?«

»Ich bin in Tau bei einer Hebamme gewesen.«

Dann umarmten sie sich und hörten nicht auf, bis er entdeckte, dass sie weinte.

»Warum?«, fragte er. »Bist du nicht glücklich?«

»Oh, doch!« Sie schniefte und wischte sich mit dem Handrücken das Gesicht. »Ich bin nur zu glücklich! Ich wollte dir so gerne Söhne schenken, mein Herzensgebieter, aber nichts wollte geschehen. So glücklich bin ich nun ... und werden sie frei sein?«

»Wie kannst du das nur fragen?«, erwiderte er. »Und Töchter will ich genauso gern.«

Danach versprach er, hinunter in die Kabine zu kommen, sobald seine Ablösung käme, und er überredete sie, nun zu Bett zu gehen.

Und war wieder allein mit seinen Gedanken.

Ein Kind? Biologisch war es natürlich von Shonsu, nicht von Wallie Smith. Doch das konnte ihn nicht betrüben. Vixini nannte ihn Papa, und er liebte den kleinen Lümmel. Jedes Kind von Jja würde ihm lieb sein. Aber welche Art von Welt würden diese Kinder bewohnen?

Die Technik – sie würde die Welt entzwei reißen. Die Zauberer waren dem Rest der Gesellschaft um tausend Jahre voraus. Insofern hatten sie bei der Geheimhaltung ganze Arbeit geleistet, aber das konnte nicht andauern – nicht mehr nachdem sie ihren Schlupfwinkel verlassen hatten. Feuerwaffen und Destillation, sogar die Schrift ... das alles würde ihnen entgleiten. Veränderungen würden über diese Welt hereinbrechen, ohne dass sie damit umzugehen wüsste. Chaos und Umwälzung, dann Krieg, dann Hungersnot... Sicher war das die Gefahr, die die Göttin vorhersah und die Wallie Smith abwenden sollte. Der Halbgott, Ihr Bote, hatte gesagt, es sei wichtig. Wallie hatte nicht geahnt, wie wichtig.

Und doch...

Und doch waren die Zauberer in ihrer Entwicklung nicht so weit hinter der Erde, wie er sie gekannt hatte, zurück, ein paar Jahrhunderte nur. Da lag die Versuchung, denn wenn sie solche Kleinigkeiten wie Schießpulver hatten, dann konnten sie nicht mehr weit von Betäubungsmitteln entfernt sein, um Leiden zu lindern, und von Antibiotika, um kranken Säuglingen zu helfen, und von der Dampfkraft, um die Sklaven zu ersetzen. Selbst ein einfaches handgeschriebenes Register mit den Eignern der Schiffe könnte das Piratentum ausmerzen, das den Strom beherrschte. Dreihundert Jahre, oder vierhundert... Die Zauberer waren so viel versprechend! Sie versuchten sogar, den Handel zwischen den Städten zu fördern – ein Gedanke, dem die Schwertkämpfer mit Geringschätzung begegnen würden, der aber einem Wallie Smith, ehedem Bürger einer merkantilen Kultur, gefallen konnte.

Auf wessen Seite stand er?

Seine Mission war offensichtlich, die Zauberer zurück ins Gebirge zu treiben und die Herrschaft der Schwertkämpfer in den sieben Städten wieder zu errichten. Nun, da er wusste, was es war, wusste er auch, warum sein göttlicher Gebieter, der kleine Halbgott, so sparsam mit Erläuterungen gewesen war. Was hätte Wallie wohl geantwortet, wäre ihm gesagt worden: »Geh, Shonsu, und sichere die Herrschaft der Barbarei!«?

Auf wessen Seite stand er?

Ein Flüstern: »Mein Gebieter?« Es war Honakura, zerbrechlich wie ein verdorrtes Blatt im dunklen Wald.

»Geh weg!«, sagte Wallie barsch. »Ich will heute keine von deinen priesterlichen Abhandlungen hören.«

»Aber, mein Gebieter …«

»Kein Wort!«, schrie Wallie. »Ja, ich kenne die üblichen Linderungsmittel. Du kannst alle Schmerzen lindern und alle bösen Ahnungen beruhigen und mich innerhalb kürzester Zeit zum Lachen und Kichern bringen. Ich darf über die Götter nicht urteilen, wirst du mir sagen. Ich kenne nicht die ganze Geschichte, wirst du sagen. Der Junge mag einen Bruder haben, der ein besserer König sein wird, so können wir vermuten. Er mag in einem anderen Leben seine Belohnung finden, sehr wahrscheinlich. Die immer gleichen Redensarten, alter Mann, fadenscheinige Ausreden! Nichts weiter als uralte Entschuldigungen, die der Mensch für seine Götter hat.«

Er hätte wissen müssen, dass er Honakura nicht abschrecken konnte. Der kleine Priester stand einfach da, mit gebeugtem Kopf, bis Wallie trockengelaufen war wie eine Wasseruhr.

»Es war mein Fehler, mein Gebieter.«

»Deiner?« Wallie blieb der Mund offen stehen. Dann: »Nein! Es war meiner. Weißt du, warum es passiert ist, alter Mann?« Er erinnerte sich noch rechtzeitig, dass es Pfortluken gab und dass in dieser Nacht eine Menge Leute nicht gut würden schlafen können, und senkte die Stimme, bis nur noch ein Zischen zu hören war. »Es ist passiert, weil deine edlen Götter wollten, dass Nnanji zu einer Haarspange kommt!«

»Ich weiß.«

»Eine silberne Haarspange, sehr alt. Sie gehörte dem großen Arganari. Nnanji wird es gefallen! Ich kann mir nichts denken, das ihm in dieser Welt mehr gefallen würde. Ein großzügiges Hochzeitsgeschenk für einen Getreuen ... du hast es gewusst?«

»Verzeih, mein Gebieter«, sagte Honakura. »Ich muss mich hinsetzen ...« Er trottete zur Ruderbank hinüber. Wallie folgte ihm misstrauisch und fragte sich, ob das ein Trick war, um sein Mitgefühl zu wecken. Aber der alte Mann war in den letzten Tagen ungewöhnlich niedergeschlagen gewesen. Da er endlich mal an etwas anderes dachte als an seine eigenen Sorgen, fiel ihm auf, dass Honakura sehr grau und eingesunken aussah, noch mehr als sonst. Natürlich war er unglaublich alt, und dies war nicht sein früheres friedliches Leben in behüteter Bequemlichkeit.

Der Priester setzte sich auf die Bank, ein undeutliches Häuflein in der Dunkelheit. Wallie stand vor ihm und hielt ein argwöhnisches Auge auf den Strom gerichtet.

»Mein Fehler, mein Gebieter«, schnaufte er. »Der

Gott hat gesagt, du könntest mir trauen ... aber ich habe dir nicht getraut, verstehst du.«

Offenbar! Wallie wartete.

»Ich habe viele Schwertkämpfer gekannt, mein Gebieter. Also traute ich dir nicht. Du erinnerst dich an den Fluch?«

»Welchen Fluch?«

Honakura hustete, als würde es ihm weh tun. »Als du den Eingeweihten Nnanji gerade kanntest – den Schüler Nnanji vielmehr. Er könnte sich keinen Weg durch einen einsamen Hof erkämpfen, hast du gesagt.«

»Ja, ich erinnere mich.«

»Warum, mein Gebieter? Hast du dich je gefragt, warum die Götter ihn mit diesem Fluch belegt haben?«

Wallie glaubte, dass Nnanji sich selbst mit dem »Fluch« belegt hatte, einer geistigen Sperre, die auf seinen ambivalenten Gefühlen gegenüber den korrupten Schwertkämpfern der Tempelwache beruht hatte – aber dies war nicht der Zeitpunkt, um die Freudsche Psychologie zu diskutieren. »Warum?«

Wieder ein gequältes Husten. »Er wäre eine Bedrohung gewesen, mein Gebieter.«

Wallie versuchte, sich den jungen Nnanji vorzustellen, wie er ohne dieses Hindernis gewesen wäre. Er wäre die Ränge hinaufgeflitzt wie eine Katze den Zaunpfahl, sogar mit dieser mittelmäßigen Ausbildung, ein Schwan im Ententeich. Und Nnanji war unbestechlich.

»Tarru?«

»Und Gebieter Hardduju«, sagte der alte Mann mit Flüsterstimme. »Sie hätten ihn umgebracht. Deshalb beschützte die Göttin den einzigen ehrbaren Schwertkämpfer Ihrer Wache, indem Sie seine Begabung verbarg. Hochrangige können hervorragende Schüler behindern. Ich habe das erlebt, mein Gebieter, viele Male. Bei Schwertkämpfern kann die Behinderung von Dauer sein ... Ich habe dir nicht getraut.«

»Nnanji?«, sagte Wallie spöttisch. »Nnanji für mich eine Bedrohung? Aber wir sind jetzt Eidbrüder! Er würde mir kein Haar krümmen. Er war bereit, sein Leben wegzuwerfen, um mich zu rächen ... Du dachtest, ich hätte Angst vor Nnanji?«

Der Nebel verdichtete sich ringsum und zog über das Deck. Honakura raspelte einen halben Huster heraus.

»Nnanji ist keine Bedrohung«, sagte Wallie. »Er sieht sich gern als Sechsten, aber da ist er noch nicht. Noch ein paar Jahre, und er wird ein Siebter sein, ein verdammt guter. Aber noch nicht – und ich mache mir seinetwegen keine Sorgen. Nicht wegen meines Eidbruders!«

»Sorgen nicht, mein Gebieter, nein«, erwiderte der Alte beharrend. »Aber ich dachte, du könntest eifersüchtig werden. Darum wollte ich dir die Geschichte von Ikondorinas rothaarigem Bruder nicht erzählen. Ich dachte, du könntest neidisch werden.«

Also würde er sie am Ende doch erzählen, wie?

»Du hast die Haarspange gesehen?«, fragte Honakura.

»Ja. Das habe ich.«

Wieder hustete der alte Mann. »Ich nicht. Aber ich bat den Eingeweihten Nnanji, mir die Begegnung in Tau, als Meister Polini an Bord kam, zu berichten. Ich fand sie befremdlich – wie du. Natürlich wiederholte er mir gegenüber jedes Wort, und ich erfuhr von der Haarspange.«

»Ein silberner Greif«, sagte Wallie, der zu begreifen anfing.

»Das Königszeichen«, bestätigte Honakura heiser.

»Nnanji ein König?«

Wallies Verstand raste. Natürlich war Nnanji noch sehr jung. Es war schwer, ihn sich in fünf oder zehn Jahren vorzustellen.

»Das nehme ich an, mein Gebieter. Ich glaube nicht, dass die Prophezeiung irgendetwas mit deiner Sendung zu tun hat. Ich glaube, es wird später geschehen. Das war es, was ich heute gegenüber Schülerin Thana angedeutet habe – dass Nnanji zu gut ist, um ein freies Schwert zu bleiben. Die Göttin wird größere Pläne mit ihm haben. Die Haarspange war eine Botschaft an Thana, nicht an dich.«

Wallie verstand nun die Machenschaft des Alten. Nnanji als König erforderte viel Überlegung. Er war vielleicht denkbar als Revolutionär, aber nicht als Herrscher. Wie ein Hund, der einem Wagen nachjagt – ein großer Spaß, aber was macht er, wenn er ihn gekriegt hat? Dagegen war es nicht schwer, sich Thana als Lady Macbeth vorzustellen, die ihn vorantreibt.

Wallie setzte sich ebenfalls auf die Bank. Der Nebel war so dicht, dass neben der Bordwand das Wasser nicht mehr zu erkennen war, und sogar der alte Mann war nicht mehr gut zu sehen. Bei diesem Wetter konnten die Wachen nur noch horchen. Zwei standen schweigend auf dem Hauptdeck und zwei auf dem Vordeck. Sogar auf und ab zu schreiten wäre zu laut gewesen, besser war es, still zu stehen und mögliche Räuber vorbeitreiben zu lassen, sodass sie die saftige Beute in ihrer Nähe nicht bemerkten.

»Also sag mir, wie die Prophezeiung lautet«, bat Wallie leise.

»Wie du wünschst, mein Gebieter«, krächzte der alte Mann. »Aber sie klingt noch unbedeutender als die andere; sie reimt sich nicht einmal.

Ikondorinas rothaariger Bruder kam zu ihm und sagte: Bruder, du hast eine wunderbare Gabe mit dem Schwert; lehre mich, damit ich wie du ein Königreich erringen kann. Und er antwortete, das werde ich. So lehrte Ikondorina, und sein Bruder lernte. Schließlich sagte Ikondorina, mehr kann ich dich nicht lehren, geh nun und finde dein Königreich. Und sein Bruder tat wie geheißen, und sein Königreich war viel größer und bedeutender.«

Tatsächlich?

»Wenn ich es dir eher erzählt hätte«, flüsterte Honakura, »dann hättest du die Bedeutung der Haarspange erkannt, als sie ihm angeboten wurde ...«

Sutras konnten lang oder kurz, einfach oder vielschichtig sein, alltäglich oder unergründlich oder sogar abwegig. Sie konnten aus Epitome, Episode und Epigramm bestehen, oder aus einer beliebigen Kombination dieser drei. Aber Wallie hatte noch von keinem gehört, das so kindlich schlicht war. Ein hässlicher Verdacht schlängelte sich in seine Gedanken.

»Ist das alles?«, fragte er.

»Das ist alles«, schnaufte der alte Mann.

»Das schwörst du?«

Nach einer Pause fragte Honakura: »Welchen Eid soll ich dir schwören, mein Gebieter?«

Wallies Verdächtigungen fielen zu einem Haufen Schuldgefühle zusammen. Jede Zunft hatte ihre Eide, außer der Priesterschaft. Ein Priester durfte nicht lügen, niemals. Bei einem Priester galt schon das Lob einer schlechten Mahlzeit als Meineid. Honakura war so schwer zu fassen wie eine Walzer tanzende Schlange, aber er würde niemals eine glatte Unwahrheit sagen. Wallie bat hastig um Vergebung.

König Nnanji? Der alte Mann hatte offenbar Recht. Das war Nnanjis Bestimmung, nach dem Heerbann, nach den Zauberern. Es hatte überhaupt nichts mit Wallie zu tun.

Er entdeckte, dass er darüber erleichtert war – also war er darüber besorgt gewesen! Vielleicht hatte er darum so unablässig an seinen anderen Problemen gekaut: Er hatte den Gedanken an Nnanji und seine Haarspange fernhalten wollen.

Dann fing Honakura wieder an zu husten, und Wallies Gewissen schlug die Zähne in ihn hinein. Es war rücksichtslos und sehr dumm, den alten Mann in dieser feuchten Kälte draußen aufzuhalten.

»Komm, mein ehrwürdiger Freund«, flüsterte er, als der Hustenanfall vorüber war. »Ich werde dich die Treppe hinunterbegleiten. Dieses Wetter ist nichts für dich.«

Der Nebel war jetzt undurchdringlich.

Wallie brachte Honakura in die Kabine und kehrte auf seinen Posten zurück. Als Holiyi kam, um ihn abzulösen, löste er sein Versprechen ein und ging zu Jja.

Sie lag wach und wartete auf ihn. Sie liebten sich, um die gute Neuigkeit zu feiern, und Jja, die darin eine große Begabung hatte, sorgte dafür, dass es ein langes und sehr anstrengendes Liebestreffen wurde, und brachte ihren Besitzer zu unzähligen Höhepunkten der Leidenschaft und übermenschlichen Leistungen der Freude, bis er am Ende so entkräftet war, dass er einschlief, als er es gar nicht erwartet hatte.

In der übernächsten Kabine hatte der Eingeweihte seine Ehe vollzogen, mit Eile, Sachkenntnis, Zugaben und großer Befriedigung. Auch er schlief, während seine junge Frau wach an seiner Seite lag und über ihre Zukunft nachdachte.

Drei Kabinen weiter lag der Neuling Katanji in Hanas Bett, wo zu sein er kein Recht hatte, und träumte von Mei, die er zuvor besucht hatte.

In einer wieder anderen Kabine verbrachte Honakura, Priester des siebten Ranges, die übrige Nacht leise weinend auf den knochigen Knien und flehte die Göttin um Vergebung an.

Und am Morgen hatte sich der Nebel gelichtet, und die *Saphir* lag sieben Längen vom Ufer entfernt vor Anker, vom Ufer in Casr.

Zweites Buch

Wie der Schwertkämpfer sein Ebenbild fand

Die tugendhafte Huli, Priesterin des dritten Ranges, ging mit großen Schritten die Uferstraße von Casr entlang. Der Saum ihrer braunen Robe wehte ihr um die Fußknöchel, und finstere Gedanken tobten in ihr. Die Sonne schien warm, aber der Wind zog und zerrte an ihr, wehte ihr den Staub in die Augen, sodass sie kaum unterscheiden konnte, woher die Tränen rührten, vom Staub oder von Ärger und Enttäuschung.

Die Stadt war zu einem Tollhaus geworden, einer Zuflucht für verbrecherische Irre. Es gab keine Riegel, um die Häuser abzuschließen, und täglich kamen ihrer mehr. Sie ging am Karren eines Obstverkäufers vorbei, während auf der anderen Seite des Karrens zwei junge Schwertkämpfer einherstolzierten und sich im Vorbeigehen offen ein paar Äpfel verschafften. Nicht nur zogen sie keinerlei Bezahlung in Erwägung, sie hatten nicht einmal so viel Anstand, dem Besitzer zu danken oder ihm freundlich zuzunicken. Wenn es nach diesen beiden Flegeln ging, so gab es den armen Mann überhaupt nicht – und womöglich hatte er zu Hause acht oder neun Kinder zu füttern.

Schwertkämpfer! Sie knirschte mit den Zähnen. Sie hatte noch alle ihre Zähne.

Schwertkämpfer zu sechst. Schwertkämpfer zu Dutzenden. Sie warfen sich in Pose, und sie marschierten umher, sie schüchterten ein, und sie befriedigten ihre Wollust. Zornig sprang sie zur Seite, als ein Schwert durch die Luft pfiff – ein Fünfter, der zehn Männer anführte, grüßte einen Sechsten mit fünf. Niemand war mehr sicher!

Jeden Tag wandten sich die Opfer an den Tempel – verstümmelte Männer, geschändete Mädchen, ausgeraubte und vertriebene Hausbesitzer. Die Priester konnten ihnen kaum mehr als Trost geben. Jeden Tag dankte Priesterin Huli der Göttin, dass sie eine Frau der Geistlichkeit war, somit unantastbar und sicher vor Belästigung. Natürlich machten diese jungen Verführer auf weniger reife Beute Jagd, sodass darin ein weiterer Schutz für sie lag.

Der Heerbann hatte die Stadt auf den Kopf gestellt. Sogar ihr eigenes bescheidenes Dasein ... sie hatte sich ernsthaft überlegt, auf einen Heiratsantrag einzugehen – von Jinjino des Vierten, einem höchst angesehenen Tuchhändler, würdigen und wohlhabenden Witwer, Vater dreier Kinder, die dringend eine liebende Mutter brauchten, die ihnen Benehmen beibrächte. Sie hatte sich schon fast entschieden, ja zu sagen. Er hatte feierlich versprochen, dass seine Forderungen an ihre Person maßvoll und taktvoll sein würden. Und nun war er aus der Stadt geflohen und hatte die Kinder mitgenommen. Das war eine rechte Enttäuschung. Die Älteste war erst zwölf, und selbst diese schwertschwingenden Kerle erniedrigten sich nicht so weit.

Ihr Gesicht verfinsterte sich beim Anblick von drei Schwertkämpfern, die eine junge Frau einkreisten und lüstern scherzten. Schmutzige Witze, ohne Zweifel! Sie fragte sich, ob sie den Mut fände einzugreifen. Das waren nur halbwüchsige Zweite, aber andererseits auch sehr große, rohe Kerle. Sie blieb unentschlossen stehen. Dann sah sie mit Schrecken, dass die Frau diese Aufmerksamkeit offensichtlich freute – liederlich! Huli setzte ihren Weg fort und runzelte empört die Stirn.

Der große Platz war immer belebt, aber er war so weitläufig, dass er auch bei viel Verkehr vergleichsweise geruhsam erschien. An einem gewöhnlichen Tag mochten da ein Dutzend Schiffe am Kai liegen, die be- und entladen wurden. Nun mussten es fünfzig sein, eine fast endlose Reihe, und überall wimmelte es vor Menschen. Es waren nicht nur Schwertkämpfer, die in Casr eingefallen waren, sondern auch ihr Gefolge, von bewaffneten Anfängern über Huren bis zu Halsabschneidern. Ein Tollhaus!

Dabei war es schwierig zu sagen, wer daran Schuld hatte. Der höchst heilige Gebieter Kadywinsi, oberster Priester von Casr, war der offensichtlich Schuldige, aber sie konnte sich kaum dazu bringen, ein Urteil über einen Mann zu fällen, der so ehrwürdig war, selbst wenn er, nur möglicherweise, vielleicht, ein kleines bisschen ... vom Alter schwachsinnig war? Sei nachsichtig, sagte sie sich, als sie um einen Wagen herumging, um einer Gruppe rempelnder junger Schwertkämpfer auszuweichen, der heilige Gebieter ist nicht mehr der Mann, der er mal war, als du noch Neuling gewesen bist, aber er verdient noch immer deinen Respekt.

Ein blaues Schiff, so hatte man ihr gesagt, bei der Doppelstatue. Da, in der Ferne, war es nun zu erkennen, ein kleines blaues Schiff.

Und wenn Kadywinsi des Siebten keine Schuld trug, dann war es sicherlich nicht an Priesterin Huli, die Göttin zu rügen.

An jenem Tag vor zwei Wochen war sie ahnungslos

und aufgeregt gewesen, als das Gerücht sich verbreitete, dass der Vogt der Freistätte, der bezaubernde und gut aussehende Gebieter Tivanixi, mit seinen Männern gekommen war und den hohen Priester überredet hatte, mit ihm einen Heerbann auszurufen. Einen Heerbann! Das wäre seit Jahrhunderten der erste, sofern die Hochheilige ihre Gebete erhörte. Und die Gefahr dabei war so furchtbar! Sie meinte vor Angst in Ohnmacht zu fallen, als sie die Zeremonie mitansah. Neunundvierzig Ochsen, das arme Vieh, das Wasser rot und schäumend, und die beiden tapferen Gebieter wateten tatsächlich hinter ihnen her in den Strom! Noch immer schwitzte sie vor Angst bei dem Gedanken.

Welch ein Glaube! Und welch wunderbare Segnung durch die Allerhöchste! Es hatte weniger als eine Stunde gedauert, bis die ersten Schiffe mit Schwertkämpfern an Bord einliefen.

Die Schuld musste also dem Gebieter Tivanixi gegeben werden, der es versäumt hatte, die Schwertkämpfer bei ihrer Ankunft in die Schranken zu weisen. Aber er war ein so gut aussehender Mann!

Plötzlich hörte sie eilige Stiefel hinter sich. »Zweikampf!«, riefen männliche Stimmen. Schwertkämpfer rannten an ihr vorbei, und alle ungebundenen Schwertkämpfer der Umgebung rannten hinterher und verschwanden in einer Seitenstraße. Gut! Damit dürfte diese Gegend für eine Weile ruhig sein. Sie fragte sich, ob es in Kürze einen Schwertkämpfer weniger geben würde, der die unschuldigen Bewohner der Stadt einschüchterte. Dann tadelte sie sich selbst für diesen hartherzigen Gedanken. Noch war es so, dass sie schneller eintrafen, als sie sich gegenseitig umbrachten.

Inzwischen war sie bei den beiden Bronzestandbildern angekommen, die schon so verfallen waren, dass man nicht mehr unterscheiden konnte, ob sie Mann oder Frau darstellten. Dort lag das blaue Schiff, von dem die Rede gewesen war. Sie straffte die Schultern und ging die Laufplanke hinauf. Oben blieb sie stehen und warf einen Blick über das Deck. Sie war noch nie auf einem Schiff gewesen. Es war nicht groß, aber es war sauber und roch angenehm nach Leder. Zwei oder drei Matrosen saßen herum, und einer von ihnen stand auf und kam auf sie zu. Er trug ein Messer am Gürtel, also musste er den Befehl führen. Ein Dritter wie sie selbst ... man hatte sie angewiesen, den Gruß an einen Höheren zu entbieten – ein schimpfliches Zugeständnis von seiten einer Priesterin! Sein Benehmen sprach nicht von großer Achtung, aber er grüßte sofort.

»Ich habe eine Botschaft für einen Schwertkämpfer von hohem Rang, Kapitän.«

Der Matrose deutete mit einer rüden Kopfbewegung auf eine Tür. Naserümpfend schritt Huli hinüber, öffnete die Tür und trat in einen großen, hellen, nahezu leeren Raum. Eine junge Sklavin kniete in einer Ecke und spielte mit vier kleinen Kindern. Ein Mann stand von einer großen hölzernen Truhe auf, wo er gesessen hatte. Ein Siebter! Und ein riesiger noch dazu! Kopf und Heft berührten fast die Decke. Die meisten Schwertkämpfer, die sie in Casr gesehen hatte, waren schlanke, drahtige Männer, aber dieser hier war ein Hüne. Ein schöner Körper für einen Mann, musste sie zugeben und entdeckte zu ihrem Erstaunen, dass er sie freundlich anlächelte und dass sie das Lächeln erwiderte. Das war zweifellos der Hochrangige, den sie hatte finden sollen, also grüßte sie.

Er antwortete.

Shonsu!

Natürlich! Sie hatte ihn oft von weitem gesehen –

aber es hieß doch, er sei tot! Sie taumelte und riss sich dann mühsam zusammen. Der berüchtigte Shonsu war zurückgekehrt! Aber ...

Er hatte bemerkt, welche Wirkung er bei ihr hervorgerufen hatte, und sein Lächeln war verschwunden. Was an seine Stelle trat, gefiel ihr nicht.

»Wie kann ich dir zu Diensten sein, heilige Frau?«

Huli nahm ihren Verstand zusammen. Kein Wunder, dass man sie gewarnt hatte, nicht darüber zu sprechen. »Ich habe eine Botschaft für dich, mein Gebieter, von einem Priester des siebten Ranges.« Das war eine seltsame Art, Gebieter Kadywinsi zu benennen, aber so hatte sie ausdrücklich sagen sollen. In Casr gab es keine anderen Priester dieses Ranges, also von wem sonst sollte sie kommen?

»Also kommt er endlich aus dem Versteck, wie?«

»Mein Gebieter?«

Der Schwertkämpfer lachte. »Verzeih mir, Priesterin. Die Botschaft, wenn's recht ist?«

Huli holte tief Luft und wiederholte die Worte, die man ihr aufgetragen hatte. »›Die Person, nach der du fragtest, wurde weit von hier geboren, kam vor zwei Jahren hierher und ist unverheiratet, hat aber Kinder. Er bekleidete das Amt, das wir annahmen, und verließ die Stadt zu dem vermuteten Zeitpunkt. Er wurde für tot gehalten, aber jüngst gab es Gerüchte. Ich werde bis morgen im Tempel bleiben.‹«

Es war erniedrigend für eine Priesterin ihres Ranges, als gewöhnlicher Bote benutzt zu werden und nicht gesagt zu bekommen, worum es ging. Aber sie diente der Göttin auf die Art, die man ihr befahl. Nun hatte sie diesen einfachen Botengang ausgeführt und durfte umkehren ... *für tot gehalten ... kam vor zwei Jahren hierher?* Die Botschaft konnte auf Shonsu selbst passen!

»Ich danke dir, Priesterin. Es wird keine Antwort geben, denke ich.« Der Schwertkämpfer musterte sie eingehend, fast als könnte er ihre Gedanken lesen. »Dürfen wir dir eine Erfrischung anbieten, ehe du gehst?«

Huli lehnte stammelnd ab. Shonsu! Sie wollte fort und nachdenken. Was für Gerüchte? Shonsu war angeblich von Zauberern getötet worden. War nicht dieser schreckliche Heerbann ausgerufen worden, um ihn zu rächen?

Sie verabschiedete sich förmlich, eilte über das Deck, ohne die Matrosen anzusehen, und rannte die Planke hinunter. Shonsu zurück? Casr war ihn glücklich losgewesen …

Ärgerlich und aufgewühlt marschierte Priesterin Huli über den sonnenbeschienenen Platz, und der Wind peitschte ihre braune Robe. Sie achtete kaum auf den schlaksigen, rothaarigen Schwertkämpfer des Vierten, der mit einer Miene völliger Verzweiflung hinter ihr herging.

* * *

Die meisten Städte kehrten dem Strom eine Front von Speicherhäusern zu, nicht so Casr. In Casr machten die Schiffe an einem weiten Platz fest, der sich nach beiden Richtungen am Ufer entlang ausdehnte. Dahinter ragten große Bauten auf und zeigten sich die Einmündungen breiter Straßen. Der allgemeine Eindruck sprach jedoch von Unplanmäßigkeit. Es gab Bauten in jedem erdenklichen Stil und jeden Alters, einige elegant und beeindruckend, andere im Verfall begriffen oder schon Ruine. Bögen, Säulen, Kuppeln gesellten sich wahllos zu Minaretten und Pilastern und Arkaden, und an manchen Stellen schauten die Reste alter Mauern hervor. Breite Prachtstraßen gingen unvermittelt in schmale Straßenschluchten über und wechselten immer wieder die Ebene, als hätte man die Überreste untergegangener Städte ausgegraben. Die einzige Konstante war die Farbe, denn alles, vom Turm bis zum Straßenpflaster war aus dem gleichen schimmernden, gelbbraunen Stein gebaut, der an altes Gold erinnerte, und sogar die vereinzelten Bäume, jene, die noch Laub trugen, strahlten in derselben Farbe. An vielen Fenstern leuchteten Markisen in rot, blau und grün wie die farbigen Lichtreflexe eines Diamanten.

Casr war eine alte Stadt. Ihre Statuen waren zu formlosen Monolithen verwittert, die Poller am Ufer hatten von dem jahrhundertelangen Vertäuen die Form von Pilzen angenommen.

Wallie hatte seine Truppen auf Kundschaft ausgeschickt, während er selbst den Morgen lauernd im Ruderhaus verbrachte, als ob Casr eine Zaubererstadt wäre.

Die üblichen Wagen und Stapel von Handelswaren waren stark vertreten, Sklaven arbeiteten kolonnenweise wie in jedem Hafen. Die Kaufleute und Straßenhändler und geschäftigen Einwohner wanderten wie überall umher, doch war die Menschenmenge viel weniger dicht als anderswo, und wegen der großzügigen Weite des Platzes brauchte niemand zu drängeln. In Casr ging der Handel mit mehr Anstand und weniger Lärm vonstatten. Das einzig Schnelle war der Wind, der die Markisen wie Staubtücher flattern ließ und die Blätter umherfegte, als räumte er vor dem Winter ungeduldig auf.

Überall sah man Schwertkämpfer. Nicht einzeln oder zu zweit wie in Tau, sondern im halben und ganzen Dutzend marschierten sie mit ihrem Anführer an der Spitze, zumeist ein grün gekleideter Sechster, selten ein Fünfter und noch seltener ein Siebter. Braune Kilts waren natürlich am häufigsten, aber hinzu kam eine lächerliche Anzahl Neulinge und Schüler, die mehr oder weniger nutzlos wären, bloße Botenjungen und zusätzliche Kostverzehrer.

Schon vom Schiff aus konnte Wallie die Anspannung spüren, die in Casr herrschte. Horden kleiner Kinder rannten manchmal hinter den Schwertkämpfern her und riefen Grobheiten, die sie von ihren Eltern übernommen haben dürften. Die Schwertkämpfer erwarteten Jubel, keinen Hohn. Er meinte ein paar Erwachsene zu sehen, die unauffällig die Faust schüttelten, beobachtete kleine Diebstähle. Mädchen wurden angesprochen, Männer rüde zur Seite gestoßen oder beleidigt. Wenn so etwas in der Öffentlichkeit geschah, was spielte sich dann hinter verschlossenen Läden ab?

Freie Schwerter lebten von der Wohltätigkeit, was eine primitive Form der Besteuerung war. Wenn eine Gruppe für ein oder zwei Nächte ins Dorf oder in die Stadt kam, um die Verbrechen, mit denen die Ortsansässigen nicht zurande kamen, zu beseitigen oder um festzustellen, ob diese selbst ehrlich waren, oder um die schönsten Mädchen zu Fall zu bringen und dann weiterzuziehen, dann war diese Art Erpressung erträglich. Eine große Stadt würde sie kaum bemerken, aber unter diesem Ansturm musste selbst eine Stadt wie Casr taumeln. All diese Männer erwarteten, regelmäßig zu essen und irgendwo zu schlafen. Und sicherlich nicht allein zu schlafen, nicht die Schwertkämpfer! Hunderte von tatkräftigen jungen Männern und kaum etwas, um sie zu beschäftigen – wer befehligte diesen

Zoo? Wer hatte so unüberlegt gehandelt und einen Heerbann ausgerufen?

Wallie hatte sein Schwert auf dem Rücken behalten, jederzeit bereit, hinunterzurennen und einzuschreiten, wenn er irgendeine ernste Störung beobachtete. Aber es war nicht nötig gewesen. Doch offenbar war der Heerbann ein Chaos mit Zins und Zinseszins. Er wollte nichts damit zu tun haben.

Dann kam die Nachricht von Honakura, überbracht von einer sauertöpfischen Priesterin, und es waren gute Neuigkeiten. Zu erfahren, dass Shonsu in Casr weder Eltern noch andere Familie hatte, verschaffte Wallie ein großes Gefühl der Erleichterung. Das Mittagessen war fast fällig. Er beschloss, es mit einem Krug Bier zu feiern, und bat Jja, es ihm zu holen. Ehe er einen Schluck trinken konnte, hämmerten Nnanjis Stiefel über das Deck, dann kam er herein, staubig und verschwitzt. Seine fröhliche Sorglosigkeit war verschwunden und ein unheilvoll drohender Blick war an ihre Stelle getreten.

Wallie hielt ihm den Krug hin: »*Was meins ist, ist deins*«, sagte er.

Nnanji schüttelte den Kopf. »Nein danke, Bruder. Das Zeug wurde mir den ganzen Morgen nachgeworfen.«

Ein Vierter wäre ein guter Fang, zumal ein sehr großer und ungewöhnlich junger. Die Anwerbungsmethoden waren aufdringlich und wild. Sobald die *Saphir* angelegt hatte und der Hafenmeister wieder an Land gegangen war, hatten nicht weniger als acht Schwertkämpfer versucht, an Bord zu kommen und auf Neuankömmlinge Jagd zu machen. Brota hatte ihr Schwert umgeschnallt und sich mit finsterem Blick oben vor die Planke gestellt, wuchtig und rot und hässlich, der Albtraum eines Schwertkämpfers. Sie hatte alle fern gehalten, aber Nnanji war wohl in der Stadt auf einige getroffen.

»Wie oft wurde dir ein Antrag gemacht?«, fragte Wallie.

Sein Schützling runzelte die Stirn und zählte an den Fingern ab. »Dreizehnmal!« Er schüttelte den Kopf, änderte seine Meinung, nahm den Krug und leerte ihn. Doch offensichtlich war es nicht die Anwerbung, die ihn verärgert hatte. Es war etwas anderes.

»Was hast du ihnen geantwortet?«, fragte Wallie belustigt.

»Nur dass ich schon einen Beistand habe. Dann wollten sie wissen, wen und welchen Rang; ich habe ihnen einsfünfundsiebzig aufgesagt! Mann!« Dann kam Thana herein. Nnanji griff nach ihr und verabreichte ihr einen langen und zweifellos nach Bier schmeckenden Kuss.

Jja schickte taktvoll die Kinder nach draußen. Wallie setzte sich auf die Truhe ans Fenster, wo er den Morgen verbracht hatte. Nnanji und Thana ließen sich eng umschlungen auf der anderen nieder, und Wallie erzählte ihnen von Honakuras Nachricht.

Dann schlenderte Katanji herein. Er sah vergnügt aus. Auch er war auskundschaften gegangen. Sein verletzter Arm entband ihn von der Pflicht, ein Schwert zu tragen, und wahrscheinlich war das für ihn ein großer Vorteil gewesen, überlegte Wallie.

»Nimm Platz, Neuling«, sagte er und deutete auf den Boden. »Ich nehme nicht an, dass die Presser dich belästigt haben?«

Katanji sank in den Schneidersitz und grinste. »Doch, mein Gebieter! Viermal! Natürlich erkennen sie einen guten Mann, wenn sie ihn sehen!«

Wallie war verblüfft. Wenn schon ein verkrüppelter Neuling bedrängt wurde, dann wurde der Kampf um die Anzahl jenseits aller Vernunft ausgetragen.

»Also, lasst uns die Neuigkeiten hören«, bat er. »Neuling?«

Katanji sah zufrieden aus. Er berichtete, als hätte er den Text einstudiert: »Gebieter Shonsu war früher Vogt der Freistätte. Er kam von weit her, und ich glaube, er war nicht verheiratet. Vor einem halben Jahr ist er fortgegangen und nicht wiedergekehrt. Der neue Vogt ist viel beliebter.«

»Wie hast du das herausgefunden?«, fragte Wallie.

Er schmunzelte. »Im Freudenhaus, mein Gebieter. Ich fragte ein paar andere Leute, aber jeder hat gelacht und gesagt, ich soll dahin gehen und fragen. Also habe ich es getan. Die Mädchen kannten Shonsu alle. Ich sagte, er war mein Onkel und dass mich die Göttin nach Casr gebracht hätte und ich versuche, ihn zu finden. Er war ein häufiger Kunde, mein Gebieter, obwohl er gewöhnlich nicht bezahlt hat. Aber die Mädchen ...« Sein Grinsen wurde anzüglich. »Sie haben über sein Verschwinden keine Träne vergossen, meine ich.«

Wallie kannte Shonsus dämonischen Sexualtrieb, und er hatte die vielen kleinen Diebstähle an den Karren der Straßenhändler gesehen. Dasselbe Prinzip.

»Niemand scheint zu wissen, wohin Shonsu gegangen ist oder warum. Er ist einfach verschwunden. Ich glaube, das ist alles, mein Gebieter.«

»Gut gemacht, Neuling«, sagte Wallie. »Hast du dabei viel ausgeben müssen?«

Katanji zögerte, dann sagte er bedauernd: »Nein, mein Gebieter. Die Ältesten haben festgelegt, dass die Häuser für Schwertkämpfer frei sind.«

Das war interessant. »Viel los, wie?«

Katanji kicherte. »Sie waren froh, einfach mal nur reden zu können, mein Gebieter!«

Er musste seine Sache sehr gut gemacht haben, um auch nur die Gelegenheit zum Reden zu bekommen, denn er war nur ein Neuling. »Du hast nur mit ihnen geredet?«, fragte Wallie ungläubig.

Katanji sah ihn mit großen Augen an. »Mein Beistand hat mir immer wieder eingeschärft, die Ehre der Zunft hochzuhalten, mein Gebieter!« Nnanji knurrte über diese Unverschämtheit.

Wallie lachte. »Wie steht's mit der anderen Sache?«

»Ich habe mich ein bisschen erkundigt, mein Gebieter.« Bewundernd und verblüfft sah Katanji ihn an. »Ja, die Preise sind gefallen. Wieso hast du das vorher gewusst?«

»Welche Preise?«, fragte Nnanji.

»Für Edelsteine«, sagte Wallie. »Und Lina jammert, dass die Preise für Lebensmittel in die Höhe gegangen sind. Ich werde euch heute Abend beibringen, warum, wenn ihr es wissen wollt. Was hast du herausgefunden, Bruder?«

Nnanji entließ Thana aus seinem Arm und faltete seine großen Hände auf den Knien. »Über Shonsu selbst nicht viel. Sein Vorgänger war ein Siebter namens Narrinko. Shonsu kam in die Stadt, wollte den Posten haben und tötete ihn.«

»Hässlich! Was sagten die Ältesten dazu?«

Nnanji rieb sich das Kinn – und Wallie wusste, wo er sich diese Geste abgeschaut hatte. »Sie haben anscheinend nichts zu sagen, Bruder. Diese Stadt hat eine Freistätte; da scheint alles anders zu sein. Es gibt keine Stadtwache, keinen Obersten. Der Vogt der Freistätte hält Ordnung mit denen, die sich gerade dort aufhalten.«

Dann war es also dessen Verschulden, dass die Stadt einem Tollhaus glich.

»Die Freistätte ist unabhängig?«, fragte Thana. »Mit den Türmen der Zauberer wird es ebenso sein, oder? Wenigstens nehme ich es an – der Hafenmeister hieß das Schiff immer im Namen der Ältesten und des Hexers willkommen. In Schwertkämpferstädten erwähnen sie den Obersten gar nicht. Merkwürdig!«

Das war das erste Mal, dass sich jemand auf diesem Schiff für Politik interessierte, und plötzlich verspürte Wallie Bewunderung für Honakuras Scharfsinn. Lady Macbeth!

»Shonsu war ein Sammler«, fuhr Nnanji fort und runzelte missbilligend die Stirn. Das kam überraschend.

»Was ist das, Nanj?«, wollte Katanji wissen.

»Ein Mörder«, antwortete Nnanji und war zu eifrig mit seinem Bericht beschäftigt, als dass er die ungezwungene Anrede bemerkt hätte. »Sammelt die Schwerter toter Männer. Es scheint, dass er einen Feldzug gegen die Zauberer begonnen hatte. Ohne Heerbann natürlich. Fünfzig Männer, wie ich gehört habe, und aus irgendeinem Grund tat er es heimlich. Eines Tages waren sie einfach verschwunden. Keiner ist je zurückgekehrt.«

Ratloses Schweigen.

Der Halbgott hatte gesagt, dass Shonsu katastrophal versagt habe. Wallie schauderte bei dem Gedanken, dass fünfzig junge Männer bewaffneten Zauberern in die Arme gelaufen und niedergemäht worden waren. »Aber gegen welche Stadt? Warum haben wir nie davon gehört, weder an dem einen noch an dem anderen Ufer?«

Nnanji zuckte die Achseln. »Es sind keine Schwertkämpfer mehr in der Stadt, die Shonsu noch gekannt haben. Er hat sie alle mitgenommen. Die Vermutung liegt nahe, dass er bei irgendeinem Dorfanleger an Land gegangen ist und sich auf den Weg nach Vul gemacht hat.«

»O Götter!«, rief Wallie aus. »Er war auf ein Gemetzel aus! Ich frage mich, ob der Heerbann das Gleiche plant.«

Nnanji konnte das nicht beantworten. Er sah aus, als begänne ihm, unbehaglich zu werden, und Thana, die es spürte, musterte ihn genau.

»Dann erzähl mir jetzt die schlechte Neuigkeit«, bat Wallie.

Nnanji ballte die Fäuste und starrte darauf. »Ein paar Wochen später, im Frühsommer, so hieß es, stellten die Zauberer in Aus einen Schwertkämpfer auf der Straße zur Schau.« Er verstummte, aber den Rest konnte sich jeder denken – der Schwertkämpfer war nackt auf dem Bauch gekrochen.

»Und der Name dieses Schwertkämpfers?«

»Sie meinen, es war Shonsu.«

Wallie nickte. »Ich habe es ein bisschen anders in Erinnerung«, sagte er. »Ich wurde gefangen und durfte zum Schiff zurückkriechen.«

»Aber das Gerücht lautet anders!«, rief Nnanji zornig. »Es klingt, als hätten die Zauberer dich hervorgeholt, herumgezeigt und wieder irgendwo in eine Kiste gesperrt.«

Darin lag die Gefahr für Wallie. Die Einzelheiten zählten nicht. Gefangen von den Zauberern und unbewaffnet, war ihm die öffentliche Erniedrigung als geringer Preis erschienen, um sein Leben zu retten. Damals hatte er nicht daran gedacht, was andere Schwertkämpfer – wirkliche Schwertkämpfer – über seine Schande denken würden oder was sie mit einem solchen Feigling tun würden, wenn sie ihn in die Finger bekämen.

»Und die Ov-Geschichte ist noch schlimmer, mein Bruder! Man erzählt, dass eine Bande Schwertkämpfer den Hafen angegriffen hat – wegen meiner verdammten Haarfarbe haben sie mich gefragt.« Er sah vollkommen elend aus. »Das Gemetzel findet man richtig, aber dann heißt es, dass du ... dass ein Siebter, wegen seiner Größe wahrscheinlich Shonsu ... aufgetaucht ist und alle auf das Schiff zurückbefohlen hat. *Sie tun so, als hättest du auf Seiten der Zauberer gestanden!*«

Ja, das war schlimm. Trübsal machte sich im Ruderhaus breit. Wallie war darauf vorbereitet gewesen, sich einer Anklage wegen Feigheit zu stellen, aber nicht wegen Verrats. Bei dem Durcheinander des Kampfes konnten die Tatsache leicht verdreht werden. Als der angreifende Wagen auf die Zauberer zuraste, war er bei ihnen und wurde gesehen. Seine Verfolgung auf dem Pier und die Gefangennahme hatte man anscheinend nicht bemerkt.

Für Ov könnte er immerhin Zeugen vorweisen. Aber das Geschehen in Aus war ein unlösbares Desaster.

»Ich hab's vermasselt«, sagte er bitter. »Die Göttin hat mir Ihr Schwert gegeben, und ich habe es weggeworfen. Jetzt nennt man mich einen Verräter.« Und sein mütterliches Abstammungszeichen war dabei auch keine große Hilfe.

»Einen Wiedergänger, so nennen sie dich«, brummte Nnanji. »Sie denken, dass die Zauberer Shonsus Körper für ihre Zwecke wiederbelebt haben.«

»Sehe ich aus wie eine lebende Leiche?«

Nnanji schaffte es zu lächeln. »Eigentlich nicht.«

Wallie schwieg. Er machte sich Vorwürfe, obwohl er seine Entscheidung von Ov nicht bedauerte. Dass er in dieser Schlacht ein Loch in die Schwertscheide bekommen hatte, von einer Gewehrkugel, darin lag eine besondere Ironie. Keiner wusste, was eine Gewehrkugel war, aber ein Loch in der Scheide zu haben war unter Schwertkämpfern ein stehender Ausdruck für Feigheit.

Ein Scheppern auf dem Deck kündigte an, dass der Mittagstisch gedeckt wurde.

»Was weißt du über den Heerbann?«, fragte er.

Nnanjis Gesicht hellte sich ein wenig auf. »Über tausend Schwertkämpfer, die niedrigen Ränge nicht mitgezählt! Den Heerbann haben natürlich Gebieter Tivanixi, Vogt der Freistätte, und Gebieter Kadywinsi, oberster Priester des Tempels, ausgerufen. Und noch immer kommen Schwertkämpfer in der Stadt an.«

»Und wer ist der Anführer?«

»Das soll durch Kampf entschieden werden. Der allgemeine Liebling ist ein gewisser Boariyi, aber es wird auch auf Tivanixi gewettet.«

»Warum nicht du, mein Gebieter?«, fragte Katanji, der seine Knie umschlungen hielt und aufmerksam zuhörte.

Wallie seufzte. »Nnanji verbessere mich, wenn ich falsch liege. Die Schwertkämpfer des siebten Ranges ermitteln durch Zweikampf, wer der Beste ist, richtig? Die Unterlegenen schwören, seine Gefolgsmänner zu sein, das heißt, sie schwören den dritten Eid auf den Anführer. Alle anderen schwören den dritten Eid auf ihren jeweiligen Beistand oder einen höherrangigen, sodass auf diese Weise alle aneinander gebunden sind. Habe ich Recht?«

Nnanji nickte.

»Kennst du den dritten Eid?«, fragte Wallie Katanji.

»Nein, mein Gebieter.«

»Er ist furchtbar! Der Gefolgsmann gehört seinem Anführer wie ein Sklave. Seine eigene Ehre zählt nichts mehr – er muss jedem wie auch immer gearteten Befehl gehorchen. Darum darf dieser Eid nur vor einer Schlacht geschworen werden.«

»Aber, mein Gebieter, wenn du der beste Schwertkämpfer bist …«

Wallie schüttelte den Kopf und blickte zu Nnanji, der nicht aussah, aus wollte er etwas darauf erwidern.

»Ich bin ein Wiedergänger oder ein Verräter oder ein Feigling oder alles zusammen, Neuling. Der Karren ist festgefahren.«

Man schwieg eine Zeit lang, dann sagte Thana: »Ein festgefahrener Karren ist besser als gar keiner. Warum ziehen wir ihn nicht heraus? Du bist der größte Schwertkämpfer der Welt, sagt Nnanji.«

»Vielleicht!«, erwiderte Wallie. »Der Gott sagte, es gebe keinen besseren, aber es könnte einen gleich guten geben. Das ist nicht entscheidend. Ich habe Nnanji seinerzeit gezwungen, den dritten Eid auf mich zu schwören. Ich setzte ihm die Schwertspitze an die Kehle und drohte, ihn zu töten.« Er brauchte ihr nicht zu erklären, dass ein Schwertkämpfer niemals auf Nötigung plädiert – Nnanjis Eid war so bindend, als hätte er ihn freiwillig geleistet. »Aber bei tausend Männern hätte das keinen Erfolg, Thana. Den ersten würde ich noch bekommen und vielleicht zwei langsame, fette, aber die übrigen neunhundertsiebenundneunzig wären schon in Quo, ehe ich mich nach ihnen umgedreht hätte. Sie würden sich nicht auf einen Verräter einschwören. Sie würden wegrennen.«

Es war hoffnungslos – und plötzlich überkam Wallie eine Woge der Erleichterung. Er brauche sich keine Sorgen zu machen, wie er die Anführerschaft erringen sollte, weil es gar nicht ginge. Diese Möglichkeit bestand überhaupt nicht, also brauchte er sich damit nicht mehr zu befassen.

Aber er hatte Nnanji versprochen, dass er seinen Aufstieg probieren sollte. Als sein Beistand sollte er ihn begleiten. »Nun gut, Bruder«, sagte er. »Was wird geschehen, wenn ich zur Freistätte gehe? Sag mir deine Meinung.« Nnanjis Vorhersagen über das Verhalten von Schwertkämpfern waren gewöhnlich besser als seine eigenen.

Nnanji machte ein erschrockenes Gesicht. »Natürlich wärst du durch den Ehrenkodex sicher, Bruder. Sie wissen, wie Shonsu die Klinge gebrauchte – keiner würde dich herausfordern. Aber ...«

»Aber wenn sie mich anprangern ...« Wallie nickte. Wenn sie ihn anprangerten, stünden seine Chancen tausend zu eins. »Trotzdem ... Ov geht klar. Wir haben Zeugen.« Brota, Honakura, sogar Thana – Schwertkämpfer bevorzugten Schwertkämpfer als Zeugen. »Sie dagegen haben keine Zeugen für Aus!«

Thana runzelte die Stirn. »Sie könnten sich welche beschaffen, mein Gebieter – Matrosen ...«

»Aber nicht mehr heute Nachmittag, nein! Nicht sofort! Ein schneller Besuch und dann abhauen? Wir versuchen es!«

Er grinste Nnanji mutwillig an und erwartete, dass dieser das waghalsige Unternehmen begrüßte. Aber Nnanji wurde blass und schüttelte heftig den Kopf. Wallie hatte noch nicht erlebt, dass er Angst zeigte, wenn er sich selbst in Gefahr befand – vielmehr schien er die Gefahr zu genießen, und seine schauspielerischen Fähigkeiten waren gleich null. Offenbar kannte er überhaupt keine Angst. Aber die Gefahr für seinen Eidbruder erschreckte ihn. Wenn schon Nnanji die Sache für zu gefährlich hielt …

Eine Weile sagte keiner etwas.

Dann ließ sich Katanji vernehmen: »Nanj? Du hast gesagt, dass jeder große Heerbann von sieben Siebten angeführt wurde. Ein Siebter hat diesen hier ausgerufen. Drei andere sind dem Aufruf gefolgt. Zwei Sechste haben den Aufstieg geschafft. Mir wurde gesagt, dass sie darauf warten, dass die Göttin ihnen noch einen Siebten schickt.«

Aberglaube! Die ganze Welt drehte sich darum!

Wallie lachte. »Gut! Das ändert alles! Dann werden sie mich nicht in die Jauchegrube werfen, ohne mich anzuhören, wie? Iss nicht so viel zu Mittag, Schützling; du musst heute Nachmittag ein bisschen fechten.«

Nnanji sah noch immer nicht wohl aus. »Bruder!«, rief er. »Wenn sie dich als Verräter anprangern … oder als Feigling …«

»Nein!« Wallie schlug mit der Faust auf die Eichentruhe. »Ich bin es leid, mich auf diesem Schiff zu verstecken! Es wird Zeit, etwas zu tun! Sie können nicht beweisen, dass ich ein Verräter bin … und ich kann auf jeden Fall beweisen, dass ich kein Feigling bin!«

Nnanji riss die Augen auf. »Indem du zur Freistätte gehst?« Er schluckte schwer, dann grinste er bewundernd. »Recht so!«

***

In dem nagelneuen, ultramarinblauen Kilt, den Jja ihm genäht hatte, führte Wallie seine Truppe die Laufplanke hinunter. Sein Heft blitzte in der Sonne, und sein Herz pumpte eifrig in Erwartung der kommenden Ereignisse.

Hinter ihm ging Nnanji des Vierten, das Grinsen fest an den Ohren verankert, den Kopf in den Himmel gereckt. *Nnanji des Fünften?* Er hatte Mühe, seinen Beistand aus lauter Ungeduld, endlich zur Freistätte zu gelangen, nicht ständig von hinten anzurempeln. Auch er trug seinen besten Kilt, aber die Haarspange war die gewöhnliche mit dem orangefarbenen Stein. Arganaris Silbergreif war weder herumgezeigt noch erwähnt worden, was für Nnanji ungewöhnlich taktvoll war.

Hinter Nnanji kam Thana, aufsässig mit dem Lendenschurz der Matrosen und der butterblumengelben Brustschärpe bekleidet. Ihr einziges Zugeständnis an die Landratten waren ein Paar Schuhe. Wallie war zögerlich gewesen, als sie mit dem Schwert auf dem Rücken ankam und bekannt gab, sie wolle sich ebenfalls für einen Aufstieg prüfen lassen. Der Heerbann war seinetwegen schon feindselig genug, auch ohne einen weiblichen Wasserratten-Schwertkämpfer an seiner Seite. Sicher, sie beherrschte das Fechten für den dritten Rang mit geschlossenen Augen, und sie hatte ihn in den Sutra-Sitzungen wiederholt in Erstaunen versetzt, aber er war überzeugt, dass sie erst seit neustem den brennenden Wunsch empfand, Sutras zu lernen. Da gab es viele Anfänger-Nummern, von denen sie noch nie gehört hatte. Dann hatte Nnanji seinen beleidigten Cockerspaniel-Blick aufgesetzt. Mit dem Hintergedanken, dass sie Jja Gesellschaft leisten könnte, hatte Wallie zugestimmt.

Hinter Thana folgte Neuling Katanji, der sich bemühte, den zynischen Mann von Welt zu geben, der die kindischen Schwertkämpfer nur belächelte. Aber es gelang ihm nicht besonders gut, seine Aufgeregtheit darüber zu verbergen, dass er die Freistätte zu Gesicht bekommen und bald der Bruder eines Fünften sein würde. Er hatte zwei Schwerter zu tragen, die er unter seinen Gipsverband geklemmt hatte und mit der gesunden Hand festhielt.

Den Schluss bildete Jja. Sie trug ein Bündel, denn ein Schwertkämpfer durfte nichts außer einem Florett oder einem zweiten Schwert tragen, alles andere beeinträchtigte seine Ehre. Sie ging in Sandalen und dem üblichen schwarzen Wickelkleid der Sklavinnen, aber sie hatte es selbst mit Sachkenntnis geschneidert, und es war aus dem feinsten Leinen gemacht, das ihr Besitzer hatte beschaffen können, und eigens eingefärbt worden.

Sie waren kaum ein Stück über den freien Platz gegangen, wo ein starker Wind ihnen die Tränen in die Augen trieb, die guten Wünsche der Mannschaft waren kaum hinter ihnen verklungen, als sie von ein paar unteren Rängen entdeckt wurden, was deutliche Folgen zeitigte. Dort kam der erwartete siebente Siebte! Die jungen Burschen machten auf dem Absatz kehrt und liefen zur Freistätte. Andere Schwertkämpfer, einschließlich der Pressbanden, sahen, was los war, und nahmen die Verfolgung auf.

Nnanji gab den Weg an, aber bald war das nicht mehr nötig, denn eine wachsende Menge von Schwertkämpfern ging ihnen voraus, sammelte neu dazukommende wie ein Schneeball, und er brauchte ihnen nur noch zu folgen. Auch die Städter hatten die Aufregung bemerkt und unterbrachen ihre Arbeit, um ihnen hinterherzugaffen. Mehrmals glaubte Wallie Anzeichen des Wiedererkennens zu sehen oder seinen Namen zu hören. Shonsu kehrte von den Toten zurück.

Der Weg führte sie durch die Stadtmitte, dann durch

eine enge Gasse und wieder auf einen freien Platz, an dem die meisten Gebäude verlassene Ruinen waren. Am Ende stand in seltsamem Winkel ein riesiger Klotz, und die Schwertkämpfer strömten durch ein Tor hinein.

Von außen sah man nur eine blanke Mauer wie die Fläche eines Kubus mit einem Torbogen und einem einzelnen Balkon hoch darüber. Fenster gab es keine. Als Wallie und sein Gefolge sich näherten, drängten gerade die Letzten seiner inoffiziellen Vorhut ins Innere, um ihn bei seiner Ankunft zu erwarten.

Bis sie den Platz überquert hatten, war die Menge gänzlich verschwunden. Zwei Wachen des dritten Ranges zückten ihr Schwert zum Gruß, und ein einzelner Mann kam ihm entgegen, um ihn zu empfangen. Er war ein Siebter, aber kein Schwertkämpfer. Er sah aus wie ein blauer Ochsenfrosch. Der kahle Kopf saß ihm auf den Schultern seiner Robe, als gäbe es keinen Hals dazwischen. Wallie beäugte die unvertrauten Stirnmale, die wie Münder aussahen, und wartete auf den Gruß.

Der Mann war ein Herold, und er nahm Wallies Name mit Bestürzung auf.

»Gebieter Shonsu!«, wiederholte er. Dann nahm er sich zusammen. »Unter welchem Titel wünscht der Gebieter angekündigt zu werden?« Seine Stimme klang wie Steinschlag.

»Mein Name wird genügen, mein Gebieter.«

Der Herold verbeugte sich und ging voraus durch einen dunklen Tunnel, der auf einen Innenhof führte. Die Freistätte, so schien es, war ein Schuhkarton, ein hohler Quader, dessen Außenwände kahl waren, während die Innenwände Stockwerk um Stockwerk mit Balkonen ausgestattet waren, die den gesamten Innenhof überblickten. Wallie stand schließlich auf dem oberen Absatz einer kurzen Treppe und schaute auf einen sonst sicherlich bezaubernden und friedlichen Ort. Aber dies war kein gewöhnlicher Tag, und darum war es nicht bezaubernd und ganz gewiss nicht friedlich.

Der Innenhof war riesig. An jedem Ende standen ehrwürdige, knorrige Eichen, nun ohne Laub, ein Symbol für Kraft und Dauer. In der Mitte war ein Rechteck durch Steinbänke und Säulenstatuen aus Marmor und Bronze hervorgehoben, von denen Letztere so alt und verwittert waren, dass sie nur noch ein Zerrbild der Krieger abgaben, die sie einst darstellen sollten. Wahrscheinlich war dieser kleinere Platz zum Fechten gedacht. Er war größer als alle Decks der *Saphir* zusammen.

Von Ruhe und Frieden war man allerdings weit entfernt. Der Hof wimmelte von lauten Schwertkämpfern, es ging zu wie auf einer Kirmes. Der Platz war durch hölzerne Hürden in vier Abschnitte unterteilt, und auf jedem dieser kleineren Plätze befanden sich Fechtpaare. Am Rand und auf vielen der unteren Balkone drängten sich Zuschauer, die ihnen etwas zuriefen und jubelten, wenn ihr Favorit auftrat. Höhere Ränge drängten mit ihrem Gefolge durch die Menge, wichen aus oder stiegen über die Köpfe von Schwertkämpfern hinweg, die mit gekreuzten Beinen auf dem Boden sitzend eine Sutra-Stunde abhielten. Laute Auseinandersetzungen wurden ringsum in völliger Missachtung der Umgebung geführt. Wenigstens zwei fahrende Sänger versuchten, mit einem Lied das Geschrei der Straßenhändler zu übertönen, die ihre Waren anboten. Schwertkämpfer wetzten ihre Schwerter an drehenden Schleifsteinen, aßen, stritten, würfelten, brieten sich etwas über Holzkohlenbecken, sogar Ringkämpfe fanden statt. Eine Leine mit bunten Flaggen hing wie Wäsche in der Mitte des Hofes und streifte an der tiefsten Stelle fast die Köpfe. Tatsächlich hingen auch Betttücher zum Trocknen von der Hälfte der Balkone herab.

Nicht nur Schwertkämpfer hielten sich hier auf. Wallie sah Sklaven und Köche und viel anderes Volk, deren Zunft er auf die Entfernung nicht ausmachen konnte. Auch viele Frauen waren darunter. Kirmes! Er missbilligte es und meinte, dass Shonsu es ebenfalls tat.

Der Herold war nicht als Einziger in Alarmbereitschaft versetzt, denn ein Siebter und ein paar Sechste warteten am Fuß der Treppe, und als Wallie aus dem Durchgang trat, schallte ein Fanfarenstoß von dem Balkon direkt über ihm. Er ließ eine Wolke von Tauben vom Dach aufsteigen, hallte von den Wänden wider, übertönte das übrige Spektakel und wurde seinerseits von einem Trommelwirbel verschluckt, von dem ihm die Ohren klingelten. Die Zweikämpfe wurden unterbrochen. Der letzte Sutra-Sprechchor fiel in achtungsvolles Schweigen. Tausend Augenpaare richteten sich auf ihn, um den lang erwarteten siebenten Siebten und sein Gefolge prüfend anzusehen.

Der Siebte am Fuß der Treppe musste Tivanixi sein. Er war ein bisschen älter als Shonsu, wahrscheinlich Anfang Dreißig, schlank, selbstsicher und gut aussehend. Sein Pferdeschwanz war länger als üblich, wellig und von derselben goldbraunen Farbe wie seine Haut. Kilt und Harnisch trug er in Kobaltblau, was ungewöhnlich war, desgleichen die Stiefel, und alles an ihm sah teuer und elegant aus – bis auf das Heft, das auffallend schlicht war. Diese Wirkung war zweifellos beabsichtigt und durchaus beeindruckend. Tatsächlich bot er eine imposante Erscheinung.

Bevor der Herold sprechen konnte, noch während

die Posaunen schmetterten, schwand das Willkommenslächeln von Tivanixis Gesicht. Für Schwertkämpfer war Schnelligkeit wertvoller als Kraft. Große Männer waren selten. Hünenhafte, schwarzhaarige Siebte waren … einzigartig. Das konnte nur sein Vorgänger sein, und Tivanixi wäre kein Mensch, hätte er nicht als Erstes gedacht, dass Shonsu kam, um seinen Posten zurückzuverlangen. Shonsu, der die Schwerter toter Männer sammelte? Shonsu, von dem das Gerücht ging, er sei ein Werkzeug der Zauberer? Dann wechselte sein Blick zu Nnanji, der an seinen Platz an Wallies linker Seite trat, und Überraschung zeigte sich auf seinem Gesicht. Ein rothaariger Vierter? Jener geheimnisvolle Held der Schlacht von Ov musste Gegenstand vieler Gespräche gewesen sein, und nun stand dieser Mann an der Seite von Shonsu. Die Sechsten hinter Tivanixi lächelten noch. Tivanixi, so schloss Wallie, war ein schneller Denker.

Der blaue Ochsenfrosch holte gemächlich Luft, und die Vögel erhoben sich erneut vom Dach, um die Posaunen mit lautem Geflatter abzulösen. »Ehrenwerte Gäste … im Namen der Göttin … und nach Art und Überlieferung eurer ehrwürdigen und alten Zunft … heißen wir willkommen den tapferen Gebieter … *SHONSU* … Schwertkämpfer des siebten Ranges.«

Bestürzung!

Entsetzen!

Ungläubigkeit!

Abergläubischer Grusel?

Einen Moment lang stand Wallie da und genoss das Schauspiel, dann zog er sein Schwert und vollführte den Gruß an die Zunftversammlung. Ein Brummen wie von einem Bienenschwarm setzte ein und wurde stetig lauter. Alles Lächeln verschwand bis auf eines – Tivanixis war wieder an Ort und Stelle.

Wallie ging die Stufen hinab, und es wurde wieder still, als hätten die Zuschauer ihren Ohren nicht getraut und wollten den Namen noch einmal hören. Und wieder zog Wallie sein Schwert und vollführte den Gruß an einen Gleichrangigen.

Der Vogt erwiderte den Gruß, wobei er den gefürchteten Namen wiederholte, und behielt das wachsame Begrüßungslächeln bei, während seine Bewegungen mit dem Schwert Selbstsicherheit und Anmut zeigten. Für das geübte Auge waren gerade jene aufschlussreich. »Ich bin Tivanixi, Schwertkämpfer des siebten Ranges, Vogt der Freistätte in Casr. Ich bin geehrt durch deine Höflichkeit und spreche deiner Erhabenheit höchst demütig dieselben Glückwünsche aus-und-heiße-dich-in-Freistätte-und-Heerbann-willkommen-mein-Gebieter.«

Dieser hastige Zusatz hatte Wallie zum Gast gemacht und damit gegen Herausforderungen gefeit. Das wäre durchaus anfechtbar, denn der Besucher hatte nicht um Gastfreundschaft gebeten.

Die Sechsten zogen sich unauffällig zurück. Sie wünschten nicht, vorgestellt zu werden. Die Menge schwieg angespannt, missbilligend.

»Ich bin nicht gekommen, um mich dem Heerbann anzuschließen.«

Die Empörung in der Menge wuchs, ebenso die Wachsamkeit des Vogts. »Es ist ein heiliger Zweck, zu dem die Göttin Ihre Schwertkämpfer einbestellt hat, mein Gebieter.«

Wallie machte eine leichte Verbeugung. »Zweifellos! Dennoch bin ich nur auf der Durchreise. Ich habe mich hier um zwei Dinge zu kümmern.«

Sollte das eine Drohung sein? »Was könnte wichtiger sein als der Heerbann?«, fragte Tivanixi. Die außer

Hörweite standen wurden zischend um Ruhe gebeten, die anderen hörten sehr aufmerksam zu.

»Ein Eid.«

Einen Augenblick lang glaubte Wallie, dass Tivanixi nun anführen werde, ein rascher Besuch im Tempel könne ihn von einem lästigen Eid entbinden ... aber Besonnenheit gewann die Oberhand.

»Auf welche Weise können wir also behilflich sein?«

Wallie hob die Stimme, bis sie von den Mauern widerhallte. »Eine traurige und eine freudige Pflicht habe ich zu verrichten. Ich bringe Nachricht von zwei ehrenwerten und tapferen Schwertkämpfern, die auf ihrem Weg hierher von Piraten erschlagen worden sind. Ich habe an den Schuldigen Gerechtigkeit verübt.«

Die Neuigkeit wurde schweigend aufgenommen.

»Die glücklichere Aufgabe ist, für zwei Schwertkämpfer um den Aufstieg zu ersuchen. Gebieter Tivanixi, gestatte mir ...« Wallie stellte seinen Schützling und Eidbruder, Nnanji des Vierten, vor. Thana ließ er einstweilen aus.

Nachdem er geantwortet hatte, schob Tivanixi sein Schwert in die Scheide, doch dann konnte er seine Neugier nicht mehr bezähmen. »Wir haben von einem rothaarigen Vierten gehört, der eine Schlacht gegen die Gottlosen in Ov anführte, Eingeweihter.«

Neben dem weltgewandten Tivanixi sah Nnanji jungenhaft und linkisch aus, aber er lächelte triumphierend und sagte ein wenig zu laut: »Jene Schlacht wurde von Gebieter Shonsu angeführt, mein Gebieter. Ich war beteiligt, aber die Ehre gebührt ihm.«

Überraschtes Geflüster. Tivanixi machte ein hocherfreutes Gesicht. »Das sind gute Neuigkeiten, mein

Gebieter! Wir müssen die Sänger herbestellen, damit das vortreffliche Gefecht dichterisch erhalten bleibt. Die Tatsachen wurden hier vielleicht nicht wahrheitsgetreu berichtet.«

Wallie zeigte mit der Spur eines Lächelns an, dass er wusste, was berichtet worden war.

»Lass uns zuvor die Gefallenen ehren, mein Gebieter«, sagte er. »Ich nehme an, dass Schwertkämpfer aus dem Königreich von Plo und Fex hier anwesend sind?«

»Zuvor wollen wir die bedeutenderen Toten ehren«, erwiderte Tivanixi mit einem seltsamen Gesichtsausdruck. »Jedem Neuankömmling wird das Ehrenmal gezeigt und damit der Grund, warum der Heerbann ausgerufen wurde.« Er drehte sich halb um, zeigte auf die Flaggenreihe, die schlaff über der Mitte des Hofes herabhing, und musterte eindringlich Shonsus Miene.

Flaggen? Merkwürdige Flaggen! Braune an den Seiten, dann orangenfarbene, rote, zwei grüne und eine einzelne blaue in der Mitte? Das waren keine Flaggen. Kilts! Einige waren zerrissen, andere versengt, und die Flecke konnten nur Blutflecke sein. Wallie war sicher, dass er blass geworden war, was den Umstehenden Befriedigung verschaffen musste.

»Was bedeuteten sie?«, stammelte er.

»Sie wurden von einem Matrosen nach Casr zurückgebracht, auf Wunsch eines gewissen Gebieters Rotanxi, der sich selbst den Hexer von Sen nennt.« Tivanixis Stimme war voller Grimm. »Am nächsten Tag habe ich den Heerbann ausgerufen – und die Hochheilige hat ihn gesegnet.«

Das also waren die Überbleibsel von Shonsus verhängnisvollem Angriff auf Vul? Kleider und Ausrüstung von Gefallenen zurückzugeben war ein Brauch der Schwertkämpfer. Ausschließlich die Kilts zurückzugeben war vermutlich als Beleidigung gemeint. Tivanixi hatte klugerweise die Beleidigung in eine Herausforderung, die Schande in Ruhm verwandelt. Wallie hatte diesen Schluss kaum verarbeitet, als ihn ein neuer Gedanke traf – die Zauberer hatten den Heerbann absichtsvoll provoziert, oder etwas dergleichen. Wusste Tivanixi, dass er vielleicht einen gefährlichen Köder schluckte?

Der blaue Kilt musste Shonsu gehört haben. Er wirkte ein wenig größer als die daneben. Wallie hätte für die Gewissheit mit Freuden seine Haarspange hergegeben, aber er musste wohl voraussetzen, dass kein anderer Siebter an dem unglückseligen Unternehmen beteiligt gewesen war. Es hätte Shonsu doch sicherlich nicht ähnlich gesehen, den Befehl mit einem anderen zu teilen?

Die Schwertkämpfer warteten auf ihn. Das Ritual war klar: Man erwartete von ihm, dass er hinging und den Gruß an die Toten vollführte – vor seinem eigenen Kilt? Er nickte Nnanji zu, der leicht grün im Gesicht war, dann setzte er sich in Bewegung. Die Menge teilte sich vor ihm. Er ging zwischen zwei Steinbänken hindurch, dann durch eine Lücke in der ersten Reihe von Hürden. Er hörte Nnanjis Stiefel hinter sich und bedeutete ihm, stehen zu bleiben.

Über der zweiten Hürdenreihe hingen die Kilts, der blaue am niedrigsten in der Mitte. Ohne im Schritt innezuhalten, sprang Wallie auf den Querholm, zog das Schwert, schwang es über seinem Kopf, sprang rückwärts, ehe er das Gleichgewicht verlor, und hatte die Klinge wieder in der Scheide, als er mit den Füßen den Boden berührte. Gar keine schlechte Turnübung! Der blaue Kilt fiel herab. Wallie drehte sich um und ging zurück, wo Nnanji in angemessener Entfernung auf ihn wartete, mit aufgerissenen Augen, aber beifälliger Miene.

Sie grüßten, dann kehrten sie zu Tivanixi und in den Kreis der schweigenden Zuschauer zurück.

»Dieser eine ist eine Fälschung, mein Gebieter«, sagte Wallie. »Die anderen müssen gerächt werden, aber dieser nicht.« Er hatte keine Ahnung, was mit Shonsu passiert war – vielleicht hatte er ohne seinen Kilt fliehen können, denn er war als Namenloser im Tempel bei Hann angekommen. Es schien aber auch sonst niemand zu wissen, vielleicht nicht einmal die Zauberer.

Tivanixis Misstrauen war nicht geringer geworden – was für ein Anführer ist einer, der als Einziger überlebt?

»Ich habe Sänger zu Gast, Gebieter Shonsu. Willst du uns die Namen der Gefallenen nennen, damit sie geehrt werden?«

Was sollte er jetzt tun? Das war wie Fechten im Dunkeln. Schlimmer! Aber neunundvierzig Namen nach einem halben Jahr aufsagen – selbst in einer Kultur ohne Schrift war das zu viel verlangt.

»Nein, mein Gebieter. Weder Namen noch Rang. Sie sollen im Ruhm gleich sein.«

»Dann berichte uns ihre Heldentaten und die Gräueltaten der Zauberer, die sie erschlagen haben.«

Wallie schwitzte inzwischen und hoffte, es würde nicht allzu sehr auffallen. Er hatte sich so sehr mit seinen eigenen Fehlern beschäftigt und darüber vergessen, dass er auch für Shonsus gerade zu stehen hatte. »Nein, auch das nicht.«

Ringsum schwelte die Feindseligkeit. Ein General hatte seine Armee verloren und verweigerte dann jede Erörterung des Geschehens?

Niemand widersprach einem Schwertkämpfer des Siebten, es sei denn er wäre selbst einer. Tivanixi schien kurz davor zu sein, aber er war durch den Ehrenkodex gebunden – er konnte von den Umstehenden keine Hilfe einfordern, er konnte die Weigerung lediglich hinnehmen oder Shonsu herausfordern.

Oder die Anprangerung verlangen.

Sein Gesicht war wie Stein. »Und du willst dich nicht dem Heerbann anschließen und Rache suchen, mein Gebieter?«

Wallie schüttelte den Kopf. »Ich habe einen Eid zu erfüllen, mein Gebieter.«

»Aber die Göttin hat dich hierher gebracht?« Vielleicht überlegten Tivanixi und auch andere, welchem Gott er den Eid geschworen hatte.

»Das tat Sie«, antwortete Wallie und sah, wie der Argwohn einen Bruchteil nachließ, die Verwirrung zunahm. »Aber was ist mit Plo?«, sagte er. »Rufe die Herolde herbei, Gebieter Tivanixi.«

»Ich komme aus Plo, meine Gebieter«, rief jemand, und ein unsicher blickender Dritter bahnte sich einen Weg nach vorn. Er grüßte den Vogt, dann Wallie. Sein Harnisch war mit Topasen besetzt.

»Und die Sänger?«, fragte Wallie an Tivanixi gewandt.

Dieser winkte einer Gruppe einfacher Leute zu, die sich sofort herandrängten. Die Schwertkämpfer ließen widerstrebend ein Dutzend von ihnen durch, dann versperrten sie den übrigen den Weg. Da standen fahrende Sänger beiderlei Geschlechts und von jeder Statur. Wallie musterte eine dicke ältliche Frau des vierten Ranges, zwei hagere Männer in gelben Lendentüchern und einen sehr großen jungen Kerl im Hintergrund, der über die Köpfe der anderen hinwegspähte. Sänger trugen das Haar lang und gingen mit einer Laute auf dem Rücken. Die Laute war auch ihr Stirnmal.

Indem er Jja das Bündel mit den Kilts und Harnischen und Katanji die beiden Schwerter abnahm, fing Wallie an zu erzählen. Seinen Rat an Polini ließ er unerwähnt, dafür hob er umso mehr hervor, dass der Mann einen Tag lang allein die Stellung gehalten hatte, und er meinte, die Geschichte gut erzählt zu haben. Dann fragte er Nnanji, ob er etwas hinzuzufügen habe, und Nnanji wiederholte das letzte Mitleid erregende Gespräch Wort für Wort.

Die Schwertkämpfer hatten alle anderen Angelegenheiten vergessen. Dieser Shonsu war das Ereignis des Tages, und sie umringten ihn, um zuzuhören. Während Nnanjis Bericht sah er noch mehr durch das Tor hereinströmen. Keiner ging hinaus. Am Ende der Erzählung fragten die Sänger noch dies und das, dann verbeugten sie sich und zogen sich zurück, um die von da an allgemein gültige Fassung zu dichten. Sänger hatten zwangsläufig ein Erinnerungsvermögen vom Schlage Nnanjis und natürlich eine gute Stimme. Den Dritten aus Plo, der das Bündel an sich drückte und nicht einmal versuchte, sein Schluchzen zu unterdrücken, nahmen sie mit sich – wegen der Vorgeschichte, versteht sich.

Tivanixi sah zornig und verwirrt aus. Gebieter Shonsu konnte augenscheinlich das gebührende Betragen eines Schwertkämpfers an den Tag legen, wenn er das wollte. Aber warum ehrte er zwei und nicht neunundvierzig?

»Nun die Prüfung, mein Gebieter«, sagte er, »und danach wollen wir die Sänger rufen, um die Ereignisse von Ov zu hören.«

Wallie nickte.

Tivanixi streifte Thanas Matrosenkluft mit einem

Seitenblick und lächelte vielsagend. »Eingeweihter Nnanji, wir haben eine breite Auswahl an Gegnern für dich, aber Raum ist knapp geworden. Die Prüflinge folgen so dicht aufeinander wie Schafköttel. Wir waren gezwungen, das Fechten auf diesen kleinen Bereich einzuschränken, aber wenn du gern auf den Platz hinaus möchtest, können wir das in die Wege leiten.«

Nnanji grinste und sagte, er würde sein Bestes tun, um mit den beengten Verhältnissen zurecht zu kommen. Wie es schien, erfuhr diese alltägliche Angelegenheit die ganze Aufmerksamkeit des Vogts, was Wallie zupass kam. Er spürte das tödliche Misstrauen und den Groll ringsum nur allzu deutlich. Er kam sich vor wie eine Maus in einer Schlangengrube, und er wusste, dass nur der Ehrenkodex ihn schützte. Tivanixi hielt zweifellos ein wachsames Auge auf Shonsu. Shonsu war froh, in Tivanixis Nähe bleiben zu können.

Natürlich waren weitere Förmlichkeiten vonnöten. Ein unwilliger Sechster wurde als zweiter Richter ausgewählt und vorgestellt. Wallie sorgte dafür, dass Jja einen sicheren Platz zwischen Thana und Katanji hinter einer der Steinbänke einnahm. Dann folgte er Nnanji und den Richtern auf den Fechtplatz. Die Menge verteilte sich längs der Hürden, die eine Seite begrenzten, und entlang der Seile an den anderen drei Seiten.

Tivanixi blickte suchend über die Zuschauer und winkte einen Fünften heraus, der naturgemäß etliche Jahre älter als Nnanji war und einen Witz über Kindestötung machte, was ihm einen Lacher einbrachte. Nnanji lächelte nachsichtig und sagte nichts. Es war nicht nötig, die Regeln zu wiederholen – ein Aufstieg erforderte zwei Kämpfe um zwei Gewinnsätze. Tivanixi gab das Zeichen zum Beginn.

Ausfall!

»Eins!«, rief Nnanji.

»Gewährt!«, sagten die Richter ein wenig verblüfft. »Weiter!«

Ausfall! Parade! Riposte!

»Zwei!«, sagte Nnanji. »Den nächsten bitte.«

Der Fünfte ging gedemütigt vom Platz. Die Menge war vor Staunen still, aber eine leichte Bewegung ging durch sie hindurch, und plötzlich waren Fünfte im Hof so selten wie Saurier. Tivanixi lächelte Wallie breit und scheinbar aufrichtig an. Es gefiel ihm. Für den Augenblick war der Argwohn durch die Freude an guter Fechtkunst und die gemeinsame Überlegenheit des hohen Ranges zurückgedrängt.

»Merkwürdig!«, sagte er. »Eben waren noch ein paar hier.« Er sprang leichtfüßig auf eine Bank, schaute über die Köpfe und rief einen Namen. Die Menge teilte sich, um einen kräftigen, dunkelhäutigen Fünften durchzulassen, der jünger war als der vorige, und verärgert darüber, dass er nicht rechtzeitig entkommen war.

Der zweite Kampf dauerte nicht länger. Der Hof brach in Jubel aus. Als Nnanjis Grinsen unter der Maske hervorkam, schüttelte ihm Wallie lachend die Hand.

Nun folgte die Sutra-Prüfung, die langweilig war, und die Zuschauer gingen murrend zu allgemeiner Unterhaltung über. Die Anforderungen der Freistätte waren beträchtlich. Die Richter fragten Sutra um Sutra ab. Nnanji rasselte sie alle herunter, ohne einmal zu zögern. Sie verlegten sich auf die schwierigen, und er kam kein einziges Mal ins Stocken.

Tivanixi warf die Hände hoch und stand auf. »Ich habe gehört, dass Gebieter Shonsu ein großartiger Lehrer war«, sagte er. »Meister Nnanji, ich beglückwünsche dich zu der beeindruckendsten Prüfung, die ich je gesehen habe.«

Nnanji strahlte. »Danke, mein Gebieter.«

Tivanixi sah Wallie an und dann den frisch gebackenen Fünften. »Du möchtest nicht vielleicht schon den sechsten Rang wagen?«

Nnanji warf seinem Beistand einen vorwurfsvollen Blick zu. »Unglücklicherweise kenne ich nicht alle Sutras, die dazu nötig sind, mein Gebieter.«

Tivanixi war überrascht, aber er nickte verständnisvoll. »Vielen guten Schwertkämpfern fällt das schwer.«

»Wie wahr«, sagte Wallie traurig – und wurde von einem wütenden Blick durchbohrt.

»Und jetzt meine Frau?«, fragte Nnanji.

Tivanixi verzog das Gesicht und sah Wallie prüfend an. Möglicherweise überlegte er, ob das eine Falle sein konnte, um eine Herausforderung zu rechtfertigen. Er entschied sich offenbar dagegen und lächelte wieder. »Ich habe noch nie von einem weiblichen Schwertkämpfer gehört, der die Kühnheit besessen hätte, eine Freistätte zu betreten, geschweige denn, um eine Aufstiegsprüfung zu ersuchen. Wie dem auch sei, Meister Nnanji, deinetwegen will ich eine Ausnahme gestatten. Stelle sie vor.«

Die Zuschauer murrten, aber Thana wurde vorgestellt, und Tivanixi sah sich gegen seinen Willen bezaubert.

»Ich nehme an, zwei Dritte, Schülerin?«, sagte er lächelnd.

»Vierte!«, widersprach Thana.

Wallie schluckte einen Einwand hinunter. Thana konnte einen Versuch gut wagen, denn der beengte Raum würde ihrem Matrosen-Fechtstil sehr entgegenkommen und ihren Gegner behindern. Aber er war fast sicher, dass sie nicht einmal für den dritten Rang genügend Sutras kannte … Er drehte sich zu Nnanji um und erhielt ein breites Grinsen. Nnanji musste ihr mehr Unterricht erteilt haben, als sie ihn hatten wissen lassen. Wallie zuckte die Achseln, und die Gelegenheit zum Einschreiten war verpasst. Dann dachte er, dass Nnanjis Grinsen irgendwie merkwürdig gewesen war …

Tivanixi sah ein paar von den Sechsten an und verdrehte die Augen. Dann machte er sich auf die Suche nach Gegnern. Die ersten beiden, die er fragte, lehnten sofort ab. Er warf Wallie einen Was-hast-du-erwartet-Blick zu, aber beim dritten Mal hatte er Erfolg. Das Gerücht, dass die hübsche Frau fechten werde, rief viel Gerede hervor, und das Wort Ketzerei fiel. Trotzdem gab die Menge rings um den Fechtplatz noch einmal Ruhe, und ein paar junge Kerle kletterten in die Bäume, um besser sehen zu können.

Thana hatte zunächst einen großen Vorteil auf ihrer Seite: Ihr Gegner hatte zweifellos noch nie gegen eine Frau gekämpft. Und er unterschätzte sie gewaltig. Daher war er aus der Fassung, als er seinen ersten Punkt verlor. Sie gewann auch den zweiten. Ab nun wurden im Hintergrund Wetten angenommen und die alten Streitfragen über die Zulassung weiblicher Schwertkämpfer wieder aufgewärmt.

Es wäre schwierig geworden, einen weiteren Vierten zu finden, der seinen Ruf freiwillig aufs Spiel setzte, aber Thana war es gewohnt, ihre eigenen Wege zu gehen. Sie pickte sich einen großen jungen Mann heraus und lächelte ihn auf berückende Weise an. Er war im Begriff abzulehnen, als seine Freunde ihn lachend vorwärts schoben. Wallie erriet es sofort und wurde kurz darauf bestätigt. Thana war auf einen Schläfer getroffen – er war mindestens ein guter Fünfter und hätte wahrscheinlich sogar einem Sechsten einen guten Kampf bieten können. Er war so gut wie Nnanji! Sicherlich hätte er Thana so leicht vom Platz peitschen können, wie Nnanji es mit seinen Gegnern getan hatte, aber er entschied sich, mit ihr zu spielen. Die Menge begriff, und Gelächter setzte ein. Thana sprang und griff an und stieß zu, aber der Vierte bewegte kaum die Füße, so als könnte er den ganzen Tag noch so weiter machen. Er ließ ihr Florett nicht einmal an sich herankommen ... eine Wildkatze, die nach einem Regenbogen springt.

Nnanji war blutrot vor Zorn und brummte etwas über Schläfer. Sogar die Richter grinsten. Thana war jung und kräftig, aber am Ende ließ sie nach.

Inzwischen waren von hinten Rufe nach einem Unentschieden zu hören. Sie wurden lauter und zahlreicher. Der Prüfling hatte sein Können gezeigt, und ein glatter Sieg wurde nicht verlangt. Die Richter willigten schließlich ein. Die Stimmung hatte sich gewandelt. Über die Vorurteile hatte fachliche Bewunderung gesiegt, aber auch Zuneigung. Die männliche Freude, einen schönen weiblichen Körper in Bewegung zu sehen, war wahrscheinlich nicht ohne Einfluss geblieben.

Nach einer Pause, in der der Prüfling zu Atem kommen sollte – und in der Wallie Nnanji davon überzeugte, den grinsenden Vierten nicht herauszufordern –, war es Zeit für die Sutra-Prüfung. Die beiden Richter setzten sich Thana gegenüber, drei Schwerter wurden auf dem Boden zwischen ihnen über Kreuz gelegt. Die Leute verloren das Interesse und einige entfernten sich. Tivanixi begann mit Sechsfünfunddreißig, »Über den Bau einer Festung«, und Wallie stöhnte, denn das Sutra war lang, fade und schwierig und keines, das er sie je hatte aufsagen hören. Thana lächelte Wallie an und sprach die Worte langsam und deutlich. Sie blieb zweimal hängen, verbesserte sich und kam richtig zu Ende. Der Sechste fragte nach einem anderen, und auch dieses sagte sie richtig auf. Wallie war verwirrt – wie machte sie das? Er sah Nnanji fragend an und erhielt ein triumphierendes Supergrinsen. Aber wieder war daran etwas faul. Es schien nicht das Richtige zu sagen.

Nnanji fuhr fort, die Prüfung zu beobachten – Sechsdreizehn, »Über weite Märsche« –, und er lächelte ermunternd. Wallie starrte ihn an, dann sah er sich um, dann wieder zu Thana.

Das plötzliche Begreifen durchfuhr ihn wie ein Erdbeben.

Thana verstand sich auf Zauberei.

***

Als Wallie in Aus von den Zauberern an Land aufgegriffen worden war, hatten sie gewusst, was er kurz zuvor an Bord der *Saphir* zu Jja gesagt hatte. Der Zauberer, der in Wal an Bord gekommen war, hatte Brotas Namen gekannt. In allen Zaubererstädten waren die Hafenmeister ehrlich gewesen, außer in Ov – und da gab es keine Hafenspeicher, die die Anlegestellen überblicken.

Im Turm von Sen, in den Katanji sich eingeschmuggelt hatte, hatte er eine Zauberin dabei beobachtet, wie sie einen Teller auf etwas rieb, und gemeint, sie würde gerade zaubern. Oder eine Linse schleifen!

Wallie schaute noch einmal rechts und links an den Zuschauern entlang. Wenigstens die Hälfte bewegte die Lippen. Auch Nnanji – das tat er immer. Wallie schaute wieder Thana an, und ihre Augen huschten über die Schar der Gesichter. Dann traf sich ihr Blick, und stumm formte es die Worte: »Du betrügst, Thana.«

Der Prüfling kam ins Stottern und brach das Sutra ab.

»Ich darf vor Nnanji kein Geheimnis haben«, sagte Wallie lautlos. »Er ist mein Eidbruder.«

Sie fing noch einmal an und stockte wieder. Die Zuschauer hielten den Atem an wie bei einem Schauspieler mit Lampenfieber. Die Lippenbewegungen fielen umso mehr auf, aber kein Laut war zu hören.

»Er wird dich töten, Thana.« Das mochte übertrieben sein, aber vielleicht nicht viel. Honakura und Wallie hatten harte Arbeit vollbracht, um Nnanjis strenge, kaum erfüllbare Maßstäbe abzumildern. Von ihnen hatte er gelernt, gnädig und nachsichtig sein zu können, so weit sogar, dass er gewöhnlichen Leuten die tödliche Rache an Schwertkämpfern hatte verzeihen können – wegen außergewöhnlicher Umstände freilich. Aber hier konnten keine außergewöhnlichen Umstände geltend gemacht werden. Thana betrog einfach. Nnanjis Zorn und Scham würden grenzenlos sein.

»Fang noch einmal an«, schlug Tivanixi hilfsbereit vor.

Thana wurde rot. »Nein, lieber nicht, mein Gebieter.«

Nnanji rannte zu ihr und nahm sie tröstend in den Arm. Die Richter wünschten ihr für das nächste Mal viel Glück und gratulierten ihr zu ihren Fechtkünsten.

Wallie frohlockte. Das letzte Geheimnis der Zauberer war gelöst, der letzte Schleier fortgerissen, und das verdankte er Thanas Ehrgeiz!

Wallie riss sich erschrocken aus seinen Gedanken. »Verzeihung, mein Gebieter, wie bitte?«

Tivanixi hatte eine Hand auf die Schulter eines Neulings gelegt, der ein Gestell mit Floretten hielt. »Ich fragte, ob du wohl Freude an einem kleinen Zweikampf hättest, Gebieter Shonsu. Wir wissen beide, wie schwer es ist, einen guten Übungsgegner zu finden.«

Wallie wollte schon ablehnen, als er sah, dass Tivanixi ihn sehr genau beobachtete. Vielleicht glaubte er nicht gerade an einen Wiedergänger, aber er wollte zumindest die Referenzen dieses geheimnisvollen Fremden prüfen. Nnanji hatte schon bewiesen, dass er ein echter Schwertkämpfer war – aber war sein Gefährte auch einer – oder war er ein Hochstapler?

Wallie für sein Teil war neugierig auf diesen würdevollen und wohlwollenden Siebten. Und er konnte es ohnehin nicht wagen abzulehnen. »Warum nicht?«, sagte er darum. »Um drei Gewinnsätze?« Er suchte sich ein Florett aus, das längste, das er finden konnte.

Tivanixi legte seinen Harnisch ab, da er keine zusätzliche Last wollte, und gab ihn dem nächstbesten Sechsten. Wallie tat es ihm nach und überließ seinen Nnanji. Dann ging er zwischen den Bänken hindurch auf den Fechtplatz.

Wenn über den Anführer durch Zweikampf entschieden werden sollte, dann würden die Siebten sich gegenseitig unter dem Vorwand der Übung mit dem Florett testen. Der endgültige Kampf mit scharfen Klingen wäre wahrscheinlich eine reine Formalität, dem die Sänger dann fürs Volk mit Blut und Dramatik Glanz verleihen würden; Schwertkämpfer bewunderten Mut und Tapferkeit über alles, aber sie waren nicht völlig hirnlos.

Ihre Absicht hatte sich herumgesprochen, und die Männer versammelten sich wieder. Die Balkone füllten sich wie durch Gedankenübertragung, und der allgemeine Lärm nahm ab.

Die Gegner setzten die Masken auf, tauschten vorsichtshalber die Florette und führten ein paar Scheinangriffe aus. Tivanixi besaß die Anmut eines Balletttänzers, war geschmeidig wie ein Sonnenstrahl. Er focht tatsächlich sehr gut und sehr schnell, und er sorgte dafür, dass Wallie zum ersten Mal, seit man ihn zum Schwertkämpfer gemacht hatte, wirklich etwas abverlangt wurde. Sie sprangen vor und zurück, wie es sich beim Fechten gehörte, und das war ganz anders als der Matrosen-Stil, der auf die beengten Verhältnisse an Deck Rücksicht zu nehmen hatte. Tivanixi hatte selbstverständlich mehrere Siebte zum Üben, wogegen Shonsu in seinem Niveau keine Praxis mehr gehabt hatte, seit Wallie seinen Körper übernommen hatte.

Die Zuschauer murrten oder jubelten von Zeit zu Zeit, aber meistens schauten zu still zu. Finte – Stoß – Parade – Riposte – sie stampften vor und zurück.

»Eins!«

Wallie lernte ein paar Dinge und lehrte ein paar mehr, aber wenn es hier einen ebenbürtigen Siebten gab, dann war es nicht dieser.

»Zwei!«

Sie verschnauften einen Augenblick, dann gingen sie wieder in Fechtstellung. Stampf ... stampf ... Dann hörte man laute Stimmen, es gab eine Störung unter den Zuschauern; Wallies Aufmerksamkeit verließ einen Moment den silbernen Nebel, den Tivanixi entstehen ließ.

»Eins!«, rief Tivanixi aus.

Mist! Shonsu sollte diesen Kampf ohne Punktverlust gewinnen. Wallie brummte ärgerlich und drang hart auf Tivanixi ein, drängte ihn gegen die Hürden zurück, wo die Beinarbeit nichts mehr nützte.

»Drei!«, sagte Wallie; gewonnen.

Sie setzten die Masken ab und bedankten sich atemlos. Die Menge beklatschte laut den schönen Kampf und begann, den Stil zu erörtern, wobei sicherlich viele Bemerkungen fielen, dass Shonsu vielleicht ein Heer verloren habe, aber ohne Zweifel mit der Klinge umzugehen wisse.

Wallie gab Maske und Florett an den Neuling zurück und nahm das angebotene Handtuch. Während er sich keuchend trockenrieb, ging er zu seinen Gefährten zurück und erwartete, sie lächeln zu sehen. Stattdessen empfingen ihn warnende Blicke, die auf den Hintergrund deuteten. Er fuhr herum. Zwei Siebte standen auf der anderen Seite der Hürden.

Verflucht!

Fast gewann Shonsus höllischer Zorn die Oberhand.

Er hatte soeben seinen Fechtstil und sein Können Tivanixi gezeigt, aber bei einem fairen Austausch. Er hatte nicht die Absicht gehabt, diesen beiden eine kostenlose Schau zu bieten. Sicher hatten sie ein Recht, hier zu sein, aber er fühlte sich, als habe man ihn ausspioniert. Die Wut brannte ihm in der Kehle, und an seinen Lidrändern sah er es rot flackern. Es kostete ihn enorme Anstrengung, diesen Berserker in sich niederzuringen, und er ballte die Fäuste, um nicht das Zeichen der Herausforderung zu machen.

Einen der beiden konnte er mit einem Blick vertreiben, aber der andere ...

Der allgemeine Liebling war jemand mit Namen Boariyi, hatte Nnanji gesagt. Der Siebte, der noch dort stand, war größer als er, und das war unfair; Wallie war in dieser Welt noch keinem begegnet, der größer war als er. Noch dazu war der Mann jünger. Das war noch gemeiner, denn Shonsu war schon sehr jung für einen Siebten, und Wallie war stolz darauf.

Das musste Boariyi sein. Er war eine menschliche Gottesanbeterin, ein Basketballspieler, offenbar nach einem Giraffen-Sutra erschaffen. Sein Kilt war eine schmale blaue Röhre und umgab die Hüften eines Gibbons und Oberschenkel wie Baseballschläger. Sein Kinn war zu groß für diesen Kopf und sein Mund zu breit für das Kinn. Als schwarzer Haarbalken zogen sich die zusammengewachsenen Augenbrauen über die Stirn seines hässlichen Gesichts. Er stand da, ein Bein senkrecht, das andere schräg gestellt, die Golfschlägerarme über der Vogelkäfigbrust verschränkt, den Kopf leicht zur Seite geneigt, und sah Wallie mit einem herablassenden Grinsen seiner übergroßen Gummilippen an.

In diesem Moment war die Entscheidung gefallen.

Du hinterhältiger, arroganter Flegel!, dachte Wallie – und vermied mit knapper Not, es laut herauszuschreien. *Denkst, du kannst mich kriegen, wie? Also gut, Mister Boariyi, falls das dein Name ist, ich werde dir was sagen: Anführer dieses Heerbanns wirst du nur über meine Leiche!*

Noch einen Augenblick lang stand Wallie allein in der Mitte des Fechtplatzes, wohl wissend, dass sein Gesicht vor Zorn glühte und das für jeden sichtbar sein musste. Dann wurde der Bann dieser Szene von dem älteren der beiden gebrochen. Er zog sein Schwert zum Gruß ... Zoariyi, Schwertkämpfer des Siebten.

Der Mann war im mittleren Alter, klein und schmächtig, aber drahtig, seine Haare waren grau. Wie groß sein fechterisches Können auch sein mochte, seine Schnelligkeit dürfte inzwischen nachlassen, weshalb Shonsus Instinkt ihn als Bedrohung ausgeschieden hatte. Der Mann trug die schmucklose Tracht eines freien Schwerts, hatte verdächtig viele Narben und die gleichen durchgehenden Augenbrauen wie sein jüngerer Gefährte. Auch sein Name war sehr ähnlich – etwa Vater und Sohn?

Wallie nahm dem verdutzten Neuling ein Florett ab und vollzog damit das Grußritual. Das war als Beleidigung gemeint. Zoariyi machte ein finsteres Gesicht.

Dann zog die Bohnenstange das Schwert – ein sehr langes natürlich – und grüßte oberflächlich, ohne die lässige, in der Hüfte abgeknickte Haltung aufzugeben. An seinem herablassenden Lächeln änderte sich nichts. Er war tatsächlich Boariyi, der allgemeine Favorit. Mit diesen Armen war der Grund offensichtlich.

Wallie benutzte wieder das Florett. Die Belustigung des Knaben steigerte sich. Eines seiner Stirnmale war noch nicht ganz verheilt.

Er mochte ein wenig älter als Nnanji sein, und das war für einen Siebten lächerlich. Dreißig war normal. Tatsächlich verhinderten die Zunftregeln mit Absicht, dass ein junger Mann zu schnell aufstieg. Wie überall. Bis ein Mann elfhundertvierundvierzig Sutras gelernt, sich durch sechs Ränge gefochten, einen Siebten als Beistand gefunden und es dann noch geschafft hatte, zwei Siebte als Prüfer zu finden – was äußerst selten vorkommen dürfte –, war er mindestens dreißig Jahre alt. Wie Shonsu das eher geschafft hatte, konnte sich Wallie nicht vorstellen. Nnanji würde es schneller schaffen, wegen seines Gedächtnisses und weil er einen Beistand gefunden hatte, dem wirklich an seinem Aufstieg lag und der ihn gut ausbildete.

Was insgesamt nahe legte, dass Zoariyi die treibende Kraft hinter Boariyi war.

Wallie warf noch einen Blick auf den älteren der beiden und befand, dass er, ja, ein Gutteil scharfsinniger war als diese grinsende Hypophysendysfunktion neben ihm. Dann drehte er sich um und schlenderte zu der Bank hinüber, wo Nnanji stand. »Mein Schwert, bitte«, bat er laut.

Nnanji sah seinen Beistand zweifelnd an, aber er machte Anstalten zu gehorchen ...

»Zeige es mir!«, verlangte Tivanixi schroff. Nnanji gehorchte unwillkürlich der gebieterischen Stimme und händigte das siebte Schwert aus.

Tivanixi betrachtete den Greifen am Heft, den Saphir in dessen Schnabel und dann die Klinge; ganz besonders die Klinge. Wallie gab dem Neuling das Florett zurück, erntete ein Grinsen von Katanji und ein Lächeln von Jja und fuhr fort, sich mit dem Handtuch abzutrocknen. Die Menge wartete gespannt.

»Shonsu!«, flüsterte Thana eindringlich, und er blickte sie überrascht an. Sie starrte an ihm vorbei zu Boariyi. »Nicht herausfordern!«, zischte sie.

Wallie widerstand der Versuchung, sich umzudrehen.

»Ganz gleich, was geschieht!«, fügte sie leise hinzu.

»Das ist ein bemerkenswertes Schwert, Gebieter Shonsu!« Tivanixi hatte einen seltsamen Ausdruck im Gesicht.

Wallie lächelte und nickte.

»Darf ich fragen, woher du es hast?«

»Es wurde mir verliehen«, antwortete Wallie.

Tivanixi sah ihn eindringlich und prüfend an. »Es sieht aus, als wäre es noch gestern in der Schmiede gewesen.«

Wallie lächelte verbindlich. »Nicht ganz – es gibt einen Vorbesitzer.«

Tivanixi wurde blass. »Habe ich Recht mit dem, was ich vermute?«

»Ja.«

Der Vogt sah ihn lange streng an. »Dennoch willst du dich dem Heerbann nicht anschließen?«

Wallie schüttelte den Kopf. »Ich denke noch darüber nach.«

Tivanixis Augen huschten zu Boariyi und Zoariyi. »Ich würde das nicht tragen«, sagte er leise.

Wallie dachte an den jungen Arganari und das Topasschwert Chioxins. Der Junge hatte dieses kostbare Erbstück nur ein paar Augenblicke lang getragen, nachdem es ihm förmlich verliehen worden war. Dann hatte man ihm ein anderes gegeben.

»Jeder hat seine Last zu tragen«, antwortete Wallie. Er nahm das siebte Schwert von Tivanixi zurück, der nicht aufhörte, ihn voller Bestürzung anzusehen.

»Der Name Shonsu ist in der Freistätte wohl bekannt«, ließ sich jemand vernehmen.

Wallie drehte sich um, und Boariyi stand vor ihm. Er schob sein Schwert unauffällig in die Scheide.

»Der Name Boariyi dagegen nicht.«

Der Knabe verengte die Augen. »Nicht jeder ist für etwas Gutes bekannt.«

»Aber gar nicht bleibt gar nicht.«

Boariyis Hand zuckte, und sein Begleiter brummte ihm leise etwas zu. Ein Wald von grünen Kilts stand hinter den beiden Siebten und hinter diesen eine Wüste aus roten Kilts – und sie drängten sich nicht gegen die Hürden wie die übrigen Zuschauer. Sie standen in militärischer Aufstellung hinter ihren Befehlshabern. Als der Favorit hatte Boariyi ein großes Gefolge um sich geschart – und Disziplin gelehrt.

Wallie drehte sich nach seiner eigenen Entourage

um. Nnanji bewegte stirnrunzelnd die Lippen, als wiederholte er Sutras. Katanji hatte sein Grinsen verloren. Thana warf Wallie erneut einen warnenden Blick zu und setzte die Beobachtung der Gegner fort.

»Sein Oheim«, merkte Tivanixi an niemanden gerichtet an.

Ein warmes Gefühl der Erleichterung durchströmte Wallie, als er begriff, dass der Vogt auf seiner Seite stand.

Boariyi rief über den Platz hinweg: »Ich nehme an, du bist gekommen, um dich dem Heerbann anzuschließen, Gebieter Shonsu.«

Wallie drehte den Kopf nach ihm. »Nein.«

Das war eine Überraschung, und Boariyi sah zu dem Mann hinunter, der sein Onkel sein musste, wenn Tivanixis Bemerkung etwas bedeutete.

»Das ist eine ehrbare Sache – für ehrbare Männer.«

»Dessen bin ich sicher«, erwiderte Wallie ruhig.

»Angst vor den Zauberern?«

Die Zuschauer hielten hörbar die Luft an. Das war die Grundlage, auf der man Pulsadern durchtrennte.

Wallie hatte die Hand gehoben, ehe ihm Thanas Warnung einfiel, und er ließ sie sinken. Sollte daraus der Kampf um die Anführerschaft werden – ohne Formalitäten, aus einer vulgären Kabbelei, die auf die Spitze getrieben werden sollte? Dann begriff er. Er sollte dazu verlockt werden, die Herausforderung auszusprechen – und Boariyi würde sie sodann verweigern, indem er geltend machte, Shonsu sei kein Mann von Ehre. Wenn es keine Zeugen gab und der Fall vorbereitet war, war eine Anprangerung gefährlich, denn wenn der Ankläger die Schuld nicht beweisen konnte, dann hatte er die Strafe auf sich zu nehmen. Dieser Weg war sicherer, denn Tivanixi musste als Gastgeber und vorläufiger Anführer des Heerbanns als Richter fungieren. Was Boariyi hier schlimmstenfalls riskierte, war eine Herausforderung anzunehmen, während er gleichzeitig alle unhaltbaren Gerüchte anheizen könnte, um seine Position zu stärken. Es war ein hinterhältiger Plan, offenbar das Geistesprodukt des erfahreneren Zoariyi. Wenn Wallie sich nicht verlocken ließ, wäre er als Feigling entlarvt. Seine einzige Verteidigungsmöglichkeit bestand darin, Boariyi seinerseits zur Herausforderung zu zwingen, denn das wäre dessen Eingeständnis, dass Wallie ein Mann von Ehre war. Nicht dass das funktionieren würde, aber es war seine einzige Möglichkeit.

Er ging langsam bis zur Mitte des Fechtplatzes, ließ die Spannung steigen, versuchte verzweifelt, sich Munition auszudenken und war sich gleichzeitig elend bewusst, dass ein Kampf nun so gut wie unausweichlich war ... und dass Boariyi glaubte, der bessere Fechter zu sein.

»Ich will dich etwas fragen, Kleiner, bevor ich dir antworte. Hast du je einen Zauberer zu Gesicht bekommen?«

Boariyi runzelte ärgerlich die Stirn. »Noch nicht. Aber ...«

»Nun, ich schon«, rief Wallie. »Und ich werde deine Frage beantworten. Ja, ich habe Angst vor den Zauberern. Hast du das gesehen?« Er zeigte nach oben, wo hinter Boariyis Kopf die Leine mit den Kilts hing. »Jeder Mann, der weiß, was das bedeutet, und trotzdem keine Angst vor den Zauberern hat, ist so dumm, dass er besser nicht geboren worden wäre. Aber Angst zu haben bedeutet nicht, dass man nicht gegen sie kämpfen kann! Wir haben vierzehn in Ov getötet, mein junger Freund, also habe ich die Rechnung noch nicht ganz beglichen. Aber ich habe dir vierzehn voraus.«

»Nein, Shonsu! Du liegst mit fünfunddreißig im Rückstand.«

Autsch! Der Junge war nicht so dämlich, wie er aussah.

»Du hast die Absicht, der Anführer des Heerbanns zu werden, Kleiner?«

»Sofern es der Wille der Göttin ist.« Boariyi war dahingehend zuversichtlich.

Das musste fast der ganze Heerbann sein, der da inzwischen in stummer Faszination an der Auseinandersetzung teilnahm.

»Du solltest lernen, genauer zu zählen«, brüllte Wallie und hörte seine Stimme von den Mauern widerhallen. »Vor Elf Jahren in Aus: achtzehn Schwertkämpfer getötet von zwanzig Zauberern, die Feuerblitze schleuderten, und seitdem wurde dort mindestens ein weiteres Dutzend umgebracht. Vier Jahre davor in Wal: zweiunddreißig Schwertkämpfer getötet von achtundzwanzig Zauberern. Und etwa vor zwei Jahren ging eine Gruppe von vier Schwertkämpfern an Land ...«

Er hatte gelernt, ohne Notizbuch auszukommen – er hatte Nnanji, und sie waren an die hundertmal diese Zahlen durchgegangen. Eine nach der anderen ging er die Städte an der Flussschleife durch und rief laut den furchtbaren Blutzoll ... Aus und Wal und Sen und Cha und Gor ... in Gor die gesamte Stadtwache mit einem einzigen Donnerschlag. Vielleicht stand das alles in der Bibliothek von Vul aufgezeichnet, aber er war sicher, dass noch kein Schwertkämpfer das bisher herausgefunden hatte. Er hatte dieses Wissen zusammengetragen – Katanji, Honakura und die Matrosen der *Saphir* hatten es zusammengetragen, indem sie in den Zaubererstädten unauffällig Fragen stellten und Gespräche belauschten. Fünfzehn Jahre des Vordringens auf Seiten der Zauberer und fünfzehn Jahre krasser Dummheit auf Seiten der Schwertkämpfer. Kein Einziger hatte in den fünfzehn Jahren etwas dazugelernt. Und Amb und Ov ... in Ov vierzig Männer in Stücke gerissen ...

»Nun zähle sie alle zusammen, Kleiner«, schloss er. »Rechne die neunundvierzig noch dazu, und du kommst auf dreihundertdreißig tote Schwertkämpfer. Das ist die beste Schätzung, die ich abgeben kann. Auf wie viele kommst du? Willst du dreizehnhundertdreißig in Angriff nehmen?«

Das Echo verhallte und hinterließ staunendes Schweigen. Boariyi und sein Onkel sahen entsetzt aus. Jeder war entsetzt. Gebieter Shonsu hatte mit seiner Litanei des Todes dem gesamten Heerbann von Casr den Schrecken in die Kilts gejagt. Es war Zoariyi, der sich als Erster erholte.

»Du warst hier Vogt, Gebieter Shonsu! Warum hast du nicht eher gehandelt? Warum hast du den heiligen Heerbann nicht ausgerufen?«

Einen Moment lang überlegte Wallie, ihn statt seines Neffen herauszufordern. Aber da würde sich das gleich Problem ergeben: Zoariyi würde sich weigern.

»Der Göttin sei Dank, dass ich es nicht tat, Gebieter Zoariyi!« Noch einmal zeigte er auf die jämmerliche Leine Kilts, die über dem Hof hing. »Dann hingen jetzt tausend Kilts da oben, nicht fünfzig. Ich wusste nicht, wie die Zauberer zu besiegen sind! Aber jetzt weiß ich es. Das habe ich in Ov bewiesen!«

Er drehte sich um und ließ ihn stehen. Hoffentlich ließen sie ihn in Ruhe, solange sie darüber nachdachten. Tivanixi war blass – Shonsu gefährdete seinen Heerbann.

Wallie war kaum einen Schritt gegangen, als Boariyi sich vernehmen ließ: »Aber den Turm von Ov wolltest du nicht angreifen? Was für ein Anführer ist das, der seine Männer zurückruft, wenn der Sieg schon greifbar nahe ist?«

Ov war sicheres Gelände. Wallie winkte Katanji zu sich, der erschrocken zurückwich, gegen ein Gestell mit Floretten stieß und dann widerstrebend nach vorn kam. Wallie fasste ihn bei den Schultern, schob ihn vor sich und drehte ihn mit dem Gesicht zu Boariyi.

»Das, meine Gebieter, ist der Neuling Katanji, der Schützling meines Eidbruders und darum auch meiner. Ich sollte ihn nicht vorstellen, weil er mit seinem verletzten Arm nicht grüßen kann.« *Und du könntest nicht darauf antworten und mich zur Herausforderung zwingen.* »Er wurde ihm vom Feuerblitz eines Zauberers gebrochen.« Er hob die Stimme, um den plötzlichen Tumult zu übertönen. »Ihr alle, merkt es euch: Dieser Junge ist der tapferste Mann in diesem Hof. Er ist in jeder Zaubererstadt an Land gegangen und hat sich der Gefahr eines schrecklichen Todes ausgesetzt. In Ov wurde er gefangen, und wir haben ihn gerettet. Er ist in einem der Türme gewesen und hat gesehen, was darin ist – er ist vermutlich der einzige Schwertkämpfer der Welt, der das getan hat und noch am Leben ist.«

Er musste warten, bis sich die Aufregung gelegt hatte.

»Wie groß ist so ein Turm, Gebieter Boariyi? Wie dick sind die Wände, Gebieter Boariyi? Wie viele Türen, Gebieter Boariyi? Wie hoch liegen die untersten Fenster, Gebieter Boariyi? Du weißt es nicht? Aber

Neuling Katanji weiß es! Er hat mehr über die Zauberer vergessen, als du jemals über sie wissen wirst, Gebieter Boariyi. Und ich sage, dass er geeigneter ist, den Heerbann anzuführen, als du je sein wirst!«

»*Schluss!*« Tivanixi trat vor und stellte sich zwischen sie. »Das vor aller Ohren zu erörtern geziemt sich nicht. Gebieter Zoariyi, Gebieter Boariyi, ihr werdet uns jetzt entschuldigen. Gebieter Shonsu, ich habe ein Wort mit dir unter vier Augen zu reden!«

Uff! Gerettet!

Tivanixi drängte Wallie und Katanji zurück zu den anderen. »Meister Nnanji, du musst einen Zeichner aufsuchen. Wir haben außerdem einen Schneider hier, der mit dem Kilt dienen kann, den du dir wahrlich verdient hast. Gebieter Shonsu, vielleicht wollen wir gemeinsam den Waffensaal besichtigen?«

Wallie nickte. »Willst du dafür sorgen, dass meine Freunde nicht belästigt werden?«

Tivanixi runzelte die Stirn und schnippte mit den Fingern einen Sechsten herbei. Er gab Anweisungen, dann sah er Wallie erwartungsvoll an. »Geh voran, Gebieter Shonsu.«

»Nach dir, Gebieter Tivanixi«, erwiderte Wallie höflich.

* * *

Tivanixi ging auf die südwestliche Ecke zu, und ein rascher Blick zeigte Wallie, dass es in jeder Ecke des Hofes einen Durchgang gab. Aus der Anordnung der Fenster konnte er schließen, dass jeder zu einem Treppenhaus führte. Eine freundliche, schlichte Bauweise, dachte er bitter – damit kein Schwertkämpfer in Verwirrung geraten konnte.

Die Treppe wand sich nach oben, die Stufen der unteren Fluchten ausgetreten von Generationen von Schwertkämpferstiefeln. Auf den unteren Fluren war es laut, und es roch nach Schweiß, aber die beiden Sieben stiegen höher hinauf, der Lärm verklang, die Stufen waren weniger ausgetreten. Als sie oben ankamen, war die Luft kühl und abgestanden, und sie streiften einander mit einem Blick, um zu sehen, wer heftiger atmete.

»Meinst du, wir werden mit dem Riegel fertig?«, fragte der Vogt.

Es gab nur die eine Tür, und die große Eisenstange, die quer davor lag, hatte sechs Griffe, nicht vier.

»Ich hab's immer mit nur einer Hand gemacht«, sagte Wallie bescheiden, aber es war eine Anstrengung für zwei Männer, das Ungetüm anzuheben und abzusetzen, ohne sich die Füße zu zermalmen oder allerhand Muskeln und Sehnen zu zerren. Der Boden war ein paarmal eingekerbt und wieder verfugt worden, wie Wallie bemerkte. Es brauchte drei Männer oder zwei sehr starke, um den Saal auszurauben. Diese Welt kannte keine Schlösser.

Die schwere Tür öffnete sich mit qualvollem Ächzen. Die Schwertkämpfer betraten eine lange Galerie, in der es nach Mäusen und Fäule und grauer Vorzeit roch. An einer Seite befanden sich die Fenster, blind vom Staub, die gegenüberliegende Wand war mit Holz vertäfelt, und darauf hingen Hunderte rostfleckiger Schwerter. Der Fußboden lag voller Unrat, der bereits zerfiel, wurmstichige Tische standen dicht beieinander, darauf die verschiedensten Haufen undefinierbarer Überreste. Von der Decke herab hingen, voller Spinnweben und zerfressen von Insekten, die kläglichen Reste von Bannern. In dem kalten Dämmerlicht verblassten ihre Farben zu einem einheitlichen Grau. Sogar die Luft schien aus einer anderen Zeit zu sein. Eines der Fenster klapperte beständig im Wind.

Wallie fröstelte, während er Tivanixi durch den düsteren Raum folgte. Der Vogt blieb stehen und nahm das Bruchstück einer Klinge von der Wand.

»Das Rubinschwert«, sagte er. »Das fünfte. So heißt es.« Er fegte damit die Abfälle vom nächsten Tisch herunter und wirbelte eine Staubwolke auf. Dann legte er es nieder, und Wallie legte das siebte Schwert daneben.

Tivanixi beugte sich darüber, um die beiden zu vergleichen. Wallie unternahm einen Gang bis zum Ende des Saals und wieder zurück. Er hatte noch keinen Ort gesehen, der ihn so niedergeschlagen machte wie dieser, der gestaltet war, um die Tapferkeit junger Männer zu ehren, deren Namen vergessen waren, deren eigene Nachkommen sie vergessen haben mussten ... jene, die Nachkommen hatten haben können, weil sie überlebt hatten. Die verehrten Kilts im Hof würden eines Tages hierher gebracht werden, vielleicht mit Zeremonie und Pomp und hohlen Worten. Die Mäuse würden frohlocken, und nach einer Generation wären die Kilts ein namenloser Haufen Abfall wie das Übrige.

Er ging zur Wand und nahm die unzähligen Klingen in Augenschein, die vielfältig gestaltet und von unterschiedlichem Wert waren. Die meisten, stellte er fest, waren sehr lang. Vielleicht waren die Männer mit der Zeit kleiner geworden, aber wahrscheinlicher war, dass die praktischeren Waffen lautlos abhanden gekommen waren.

Er gesellte sich wieder zu Tivanixi, der mit seinem Wetzstein einen Fleck auf dem Bruchstück abrieb, um die Verzierung untersuchen zu können. Das Heft gab es nicht mehr. Das Klingenstück war genauso, wie er es in Erinnerung hatte – seit langem, wie es jetzt schien –, in dem kurzen Einblick, der ihm je in Shonsus persönliche Erinnerung gewährt worden war: ein halbes Schwert ohne Heft, ohne Spitze ... und ohne Zweck, wie der ganze deprimierende Haufen Abfall.

Die Gravur der beiden Klingen war ähnlich. Auf einer Seite kämpften Schwertkämpfer gegen sagenhafte Ungeheuer, auf der anderen spielten Jungfrauen mit eben jenen Ungeheuern. Die Anordnung war verschieden, und bei den Figuren war keine Pose genau gleich, aber die überragende Kunstfertigkeit war unzweifelhaft dieselbe.

»Ich bin überzeugt«, sagte Tivanixi, ohne aufzuschauen.

Dann nahm er das siebte Schwert vom Tisch und prüfte die Balance und die Biegsamkeit, ehe er es Wallie mit einem durchdringenden Blick zurückgab.

»Es ist zu lang für mich«, stellte er fest.

»Aber nicht für unseren hageren Freund.«

Tivanixi schüttelte den Kopf, lehnte sich gegen den Tisch und verschränkte die Arme vor seinem kobaltblauen Harnisch.

»Du hast den Weg zu diesem Saal nicht gewusst, mein Gebieter.«

»Ja, das ist wahr.«

»Du hast Doa nicht erkannt.«

»Wen?«

Der Vogt zuckte die Achseln. »Eine Sängerin ... Shonsu sollte Doa kennen.«

Wallie traf eine Entscheidung – aber vielleicht hatte er sich auch schon eher entschieden. »Ich bin Shonsu – und ich bin nicht Shonsu«, sagte er. »Ich werde dir die Geschichte erzählen, aber du wirst selbst beurteilen müssen, ob mich die Göttin geschickt hat oder die Zauberer.«

Tivanixi nickte. Er war ein tapferer Mann, da er mit jemandem, der ein Zauberer sein könnte, allein an diesen Ort gegangen war, und die Anspannung zeigte sich in seinem Blick.

Wallie fing an, und er erzählte die ganze Geschichte von Wallie Smith und Shonsu, und es dauerte geraume Zeit. Der Vogt hörte still zu und beobachtete sein Gesicht. Wallie verfolgte umgekehrt sein Mienenspiel. Ja, dieser war ein ungewöhnlich intelligenter Schwertkämpfer – kein aufgeblasener, brutaler Schläger, kein kaltblütiger Schlächter, wie Shonsu einer gewesen sein musste, kein stürmischer Idealist wie Nnanji, nicht einmal ein hochnäsiger Prunkgeck wie Polini. Bei diesem Mann bestand Hoffnung auf eine rationale Reaktion ... aber würde er die Geschichte überhaupt glauben?

Als er fertig war, fragte Tivanixi: »Und der einzige Beweis ist das Schwert?«

»Es gibt da einen Priester«, sagte Wallie. »Einen Siebten aus dem Tempel bei Hann.«

Selbst in dieser Welt, wo wenige Menschen den Namen der nächsten Stadt kannten – was sich bald ändern mochte –, hatte jeder von Hann gehört. Hann war das Rom, das Mekka, das Jerusalem dieser Welt.

»Und meine Abstammungsmale. Ich weiß nicht, was für welche Shonsu hatte, aber sicherlich nicht diese.«

Der Vogt griff hinter seinen Kopf. Er nahm seine Haarspange ab und sah ihn abwartend an. Wallie kramte verwirrt in Shonsus Gedächtnis, denn dies war offensichtlich ein Ritual. Dann spulte er zwischen zwei geistigen Welten hin und her. *Er löste sein Haar!* Der

Ausdruck übertrug sich wortwörtlich, und die Albernheit dieser Übereinstimmung kollidierte nach irdischem Verständnis auf paradoxe Weise mit Tivanixis Erscheinung: ein gut aussehender Mann in Rock und Lederharnisch mit welligem, goldbraunem Haar, das ihm über die Schultern herabfloss. Das war die Verkörperung des Machismo, das Rollenvorbild für jeden lebensprühenden Jungen, das männliche Sexsymbol schlechthin. Wenn Wallie seinen Lippen erlaubt hätte, sich zu verziehen, er hätte einen Kicheranfall bekommen. Sich das Haar lösen! Es hieß nicht genau dasselbe. Hier hieß es: Ich werde offen sprechen, und ich werde dich nicht herausfordern, ich stelle das Gebot der Ehre zurück.

Mit unbewegter Miene nahm Wallie die Haarspange ab und löste seine schwarze Haarmähne.

»Zufällig kenne ich Shonsus Abstammungsmale«, sagte Tivanixi. »Du ... er ... hat ein paar Gefolgsleute hier zurückgelassen, Neulinge und ein paar Schüler. Einer davon hat dir heute das Florett gegeben und du hast ihn nicht erkannt.« Er zögerte. »Es gibt hier ein Scherzwort – Shonsus Abstammungszeichen waren Schwerter, darum heißt es, dass seine Eltern beide Männer waren.«

Wallie lachte schallend. »Hinter seinem Rücken?«

Der Vogt lächelte. »Weit hinter seinem Rücken, nehme ich an.«

Das war ein Test gewesen – dieser Mann war nicht Shonsu.

»Ich lasse gelten, dass dein Schwert das siebte Schwert Chioxins ist, mein Gebieter, aber man sieht nicht, dass es siebenhundert Jahre alt ist. Keiner weiß, wo es gewesen ist. Keine Königsfamilie hätte seinen Besitz so lange geheim halten können ... aber ein Tempel. Er gab es der Göttin ...«

»Sprich es aus!«

»Du kannst es aus dem Tempel bei Hann gestohlen haben.«

»Habe ich aber nicht. Sprich mit dem Priester.«

Tivanixi begann, auf und ab zu schreiten, dann sagte er: »Ich war nahe daran, dich anzuprangern. Deine Fechtkünste haben mich zögern lassen, denn wenn die Zauberer einen Schwertkämpfer wie dich erschaffen können, sind wir alle tote Männer. Das Schwert machte mich dann gänzlich ratlos. Deine Geschichten über die Zauberer haben alles noch verschlimmert, und dennoch, wenn du wirklich das linke Ufer ausgekundschaftet hast, dann bin ich beschämt, denn ich habe den Heerbann ausgerufen, ohne zu wissen gegen wen. Wir brauchen deinen Rat!«

»Lass die Frage noch offen«, sagte Wallie, »Vorerst. Du hast andere Schwierigkeiten zu lösen. Selbst angenommen, die Götter hätten mich geschickt, wäre ich ein Mann von Ehre? Ich habe ein paarmal fürchterlich versagt. Besonders in Aus. Ich ging an Land – ohne mein Schwert, welche Torheit! – Ich wurde gefangen und vor die Wahl gestellt, zu sterben oder auf dem Bauch zu meinem Schiff zurückzukriechen. Ich stand auf dem Kai. Ich hätte springen können. Stattdessen bin ich gekrochen. Vielleicht war die Entscheidung falsch.«

Ein seltsamer Ausdruck kam auf Tivanixis Gesicht. Er stellte sich an ein Fenster, als könnte er durch den goldgelben Schmutzfilm etwas sehen. »Es gibt kaum einen Schwertkämpfer, der nicht bei der einen oder anderen Gelegenheit Staub gefressen hätte«, sagte er sehr leise.

Das war Wallie neu. Shonsus Leben war für ihn ein weißer Fleck; der einzige Schwertkämpfer, den er gut kannte, war Nnanji. Er konnte sich ihn nicht dabei vorstellen, wie er das Ritual der Erniedrigung vollzog – aber Nnanji war nicht aus gewöhnlichem Holz geschnitzt.

»Als ich ein Schüler war«, erzählte Tivanixi, »wurde ich herausgefordert. Ich hatte mir Eingang ins falsche Bett verschafft.« Es hatte humorvoll klingen sollen, aber jeder Muskel seines Rückens war angespannt, und seine Stimme war kaum zu hören. »Er stand zwei Ränge über mir, und seine Augen waren rot. Er machte das Zeichen. Ich rollte mich auf den Rücken. Er verlangte meine Erniedrigung. Er befahl mir sogar, meine Freunde zu holen und sie zusehen zu lassen – und *ich tat es!* Die ganze Zeit über sagte ich mir, dass ich nachher gehen und mein Schwert waschen würde.«

Wallie war wie gebannt – und sagte nichts.

»Ich ging zum Strom hinunter«, flüsterte der Vogt zum Fenster hin. »Ich stand eine Stunde lang am Rand des Wassers, und meine Füße wollten sich nicht bewegen. Dann ging ich nach Hause und ließ mir das Haar wieder wachsen ... Das habe ich noch nie einem Menschen erzählt, mein Gebieter.«

»Ich werde es vor niemandem wiederholen«, versprach Wallie. »Aber du bist in den Strom gewatet, um den Heerbann auszurufen.« Weshalb Tivanixi die Begebenheit jetzt erzählen konnte, dachte Wallie.

Der Vogt lachte und drehte sich wieder um. »Oh – das war etwas anderes. Ich habe nicht nur mir selbst gesagt, dass ich es tun werde, ich habe es jedem gesagt. Da stand eine Menschenmenge! Es war eine Zeremonie. Neunundvierzig Ochsen starben vor unseren Augen.« Er schauderte. »Ein sehr eigenartiges Gefühl!«

»Was ich sagen will ist folgendes«, fuhr er fort, »fast

jeder hat sich einmal einem anderen Schwertkämpfer unterworfen. Du hast es vor den Zauberern getan, das ist alles. Wenn ich das auf meinem Gewissen hätte, würde ich nicht erwarten, dass mir das jemand vorhält, es sei denn um einen Kampf herauszufordern, und dazu gibt es immer Mittel und Wege. Aber ich glaube auch nicht, dass ich dann versuchen würde, Anführer eines Heerbanns zu werden, mein Gebieter.«

Ganz recht! »Ov war etwas anderes. Ich entschuldige mich nicht für Ov. Da habe ich die richtige Entscheidung getroffen.«

Tivanixi nickte. »Das meine ich auch. Du hattest kein Heer, nur einen Haufen zusammengetrommelter Schwertkämpfer ohne Plan, ohne Befehlskette – nicht einmal du hättest ihnen Befehle geben können, denn du kanntest ihre Namen nicht. Du hast recht getan – aber nur Hochrangige kennen die Sutras über die Kriegskunst. Die unteren Ränge werden jaulen.«

»Sag mir, was jetzt geschehen wird«, bat Wallie.

Der Vogt zuckte die Achseln und lehnte sich an den Tisch. »Die alten Überlieferungen sind nicht ganz eindeutig, aber es scheint, dass wir auf den siebenten Sieben warten müssen. Wenn der ankommt, dann rufe ich den Heerbann zusammen und verlange den Zweikampf.«

Er schaute düster auf seine Stiefel. »Ich hoffe, dass er nicht zu ungehobelt ist.«

Eine heftige Bö spielte auf dem lockeren Fenster den Zapfenstreich. Wallie sagte: »Ich sehe, dass es keine Aufgabe für einen kleinen Mann ist, einen Heerbann auszurufen. Was passiert, wenn es zwei Herausforderer gibt?«

»Ich kämpfe gegen den ersten und der Überleb– der Gewinner fordert als Nächster zum Zweikampf auf und kämpft. Wenn sich keiner mehr meldet, dann ist er der Anführer.«

»Dann sag mir, was geschieht, wenn ich dich herausfordere und gewinne. Angenommen, ich könnte auch Boariyi schlagen, werden die Männer mir den Eid leisten?«

Er musste lange auf die Antwort warten, während Tivanixi seine teuren Stiefel musterte und an seinen Haaren zupfte. Schließlich sagte er: »Ich glaube nicht. Nicht Shonsu. Ich glaube, sie würden fliehen oder sich zusammenrotten. Aber dazu wird es niemals kommen. Boariyi wird dich anprangern. Vorhin war Zoariyi noch unvorbereitet – inzwischen hatte er Zeit, um einen Fall vorzubereiten, mit Zeugen, die dich in Aus gesehen haben. Er wird seine Leute bereits am Hafen haben; es sind viele Männer.« Wallie nickte verdrossen. »Und Shonsu hat bereits ein Heer verloren oder hat es verraten. Nun ist er zurückgekehrt, um das nächste zu verraten ... Meine Sendung ist schwer genug, Gebieter Tivanixi, auch ohne meine Torheiten.«

Der Vogt nickte. »Erzähl mir noch einmal von diesem Rätsel.«

»Sieben Verse ...« sagte Wallie. »Zuerst den Bruder an die Kette, und das tat ich, als Nnanji und ich den vierten Eid schworen. Der Mächtige verschmäht, das war meine Dummheit in Aus, also hat der Gott das vorausgesehen. Den Kreis drehen war meine Erkundung der Zaubererstädte, und das Heer habe ich gewonnen, indem ich die *Saphir* vor den Piraten rettete. Sich die Weisheit eines anderen zunutze machen, das habe ich erfüllt – das war Katanji, der mir die Wahrheit über die Zauberer gezeigt hat. Die letzte Anweisung lautet, das Schwert zurückzugeben, und das verstehe ich noch nicht.«

Tivanixi lächelte. »Das hast du ebenfalls schon erfüllt. Nach der hiesigen Überlieferung stammte Chioxin aus Casr.«

Wallie fluchte im Stillen.

»Das Schwert wurde in der Freistätte geschmiedet.«

Wallie nickte und meinte das helle Lachen des kleinen Gottes hören zu können. *Du machst mir Spaß, Walliesmith!* Die Götter hatten ihn schon einmal ausgetrickst, und nun zum zweiten Mal. Er hoffte, dass es sie wirklich glücklich machte.

»Auch das hast du nicht gewusst!« Tivanixi sah Wallie nachdenklich an. Er schien seine Überraschung gutzuheißen.

»Also muss ich jetzt dem Schwert sein Schicksal gewähren«, sagte Wallie düster. »Den Heerbann anzuführen, offensichtlich. Wer immer es trägt. Mindestens drei der sieben Schwerter haben einen Heerbann angeführt.« Plötzlich begriff er fröstelnd warum. Ein Heerbann konnte nur von dem besten Schwertkämpfer der Welt angeführt werden. Jeder Geringere, der eins von Chioxins Meisterstücken trüge, würde rasch sterben. Die Heldenlieder erwähnten das nicht. Helden waren eben Helden.

»Wie viel Zeit bleibt noch?«, fragte er. »Du kannst wohl nicht noch einen Sechsten aufsteigen lassen?«

»Kaum sofort«, sagte der Vogt und begann wieder, auf und ab zu schreiten. Er sprach wie abwesend, sein Verstand war noch mit dem anderen Problem beschäftigt. »Natürlich könnte mit dem nächsten Boot einer dabei sein... Du meinst, man sollte mehr als zwei Siebte aus drei Dutzend Sechsten kriegen können, nicht wahr? Aber viele haben ihre beste Zeit hinter sich. Ein paar haben sie noch vor sich. Andere haben mit dieser Gelegenheit gar nicht gerechnet und die Sutras nicht gelernt – warum auch, wenn sie als Sechste zufrieden sind? Viele bemühen sich, aber es braucht seine Zeit. Manche haben es versucht und versagt und müssen ein Jahr warten.« Er kicherte. »Der Ehrenwerte Fiendori und ich kennen uns seit dem dritten Rang. Wenn er einen guten Tag hat, schlägt er mich wie eine Trommel … aber die Sutras? Zoariyi hat ihn nach der Neunhundertzwanzig gefragt. Fiendori fing an, Zehndreizehn aufzusagen, wechselte nach Achtzweiundsiebzig und endete bei Neunhundertachtzehn!«

Er schaute Wallie lange an. Dann seufzte er. Er war zu einer Entscheidung gekommen. Wallie hatte sich schon zu sehr an das siebte Schwert gewöhnt, um nachfühlen zu können, welchen Eindruck es – seine Schönheit, sein Mythos – auf einen Schwertkämpfer machte. In einer Welt, wo nur die Zauberer lesen konnten, hätte ihm die Göttin schlecht einen Empfehlungsbrief mitgeben können. *Der Überbringer dieses Briefes, unser treuer und geliebter Shonsu …* Sie hatte ihm also das zweitbeste gegeben, das großartigste Schwert, das je geschmiedet wurde, und Tivanixi hatte die Botschaft verstanden.

»Ich glaube, dass du von der Göttin geschickt worden bist, Gebieter Shonsu, mit Ihrem Schwert. Offensichtlich will Sie, dass wir Nutzen aus deinem Wissen und deinem Schwert ziehen. Aber ich warne dich – wenn du ein Verräter bist, werde ich dich eigenhändig töten, um jeden Preis.«

»Ich werde dein Vertrauen nicht missbrauchen, mein Gebieter«, erwiderte Wallie erstaunt und erfreut und schüttelte ihm herzlich die Hand. Hier war ein unschätzbarer Verbündeter – und vielleicht ein guter Freund, so dachte er. Dann fielen ihm seine nächtlichen

Zweifel ein ... auf welcher Seite stand er? Hastig unterdrückte er den Gedanken. Auch er traf eine Entscheidung.

»Eines weiß ich nun noch immer nicht«, sagte er. »Mit welchem Ziel hast du den Heerbann ausgerufen? Wenn du vorhast, an den Bewohnern des linken Ufers Rache zu üben, weil sie Zauberer beherbergen, dann will ich damit nichts zu tun haben.«

Der Vogt nahm das Klingenstück des fünften Schwertes und ging, um es wieder an seinen Platz zu hängen. »Ich wollte ihn ausrufen, um Shonsu zu rächen.« Er lachte leise. »Das wäre spätestens dann ein Problem geworden, als du zurückgekehrt bist, nicht wahr? Wohl gab es Gerüchte, du seist gesehen worden, und auch die Priester zogen wie gewöhnlich ihre Fäden und wollten wissen, wie ich denn Zauberer als Zeugen benennen könnte und so weiter. Und keiner wusste überhaupt, wie viele Städte eingenommen waren! Darum beschlossen wir schließlich, es uns einfach zu machen. Die Sache des Heerbanns von Casr lautet, die Ehre der Schwertkämpferzunft wiederherzustellen. Von hilfreicher Unbestimmtheit, wie?«

»Wirklich sehr gut!«, sagte Wallie. Das verpflichtete niemanden zu irgendetwas, und jeder Schwertkämpfer konnte das unterstützen. Er fragte sich nur, wie die Bewohner von Casr zur Zeit über die Ehre der Schwertkämpfer dachten.

»Und schon am Abend kamen die ersten Schwertkämpfer«, erklärte Tivanixi stolz. Er musste gehofft haben, der Heerführer zu werden, aber er hatte sich die Unsterblichkeit schon als der Mann verdient, der den Heerbann einberufen hatte, dessen Gebete erhört worden waren. »Und jetzt hat Sie Ihr ureigenes Schwert gesandt!«

»Aber wer wird es tragen?«, fragte Wallie. Nun war er es, der auf und ab ging.

»Er ist der bessere Fechter, mein Gebieter. Bei acht oder zehn Zweikämpfen habe ich ihn kein einziges Mal getroffen. Natürlich ist seine Reichweite ...« Der Vogt lächelte. »Nun, das ist ungerecht! Er ist unglaublich schnell – und äußerst hinterhältig. Zoariyi hat ihm jeden Kniff beigebracht, den unsere Zunft kennt. Du könntest besser sein, wenn du mehr Übung hättest. Du bist angerostet wie das Rubinschwert, Shonsu. Das sage ich dir.«

»Was für einen Heerführer würde er abgeben?«, fragte Wallie traurig. »Sein Oheim denkt für ihn?«

»Natürlich. Aber du kennst den Bluteid – vollkommene Macht. Wenn er erst einmal diesen Eid geschworen hat, kann er seinem Oheim befehlen, sich selbst zu verstümmeln, wenn er das möchte. Er würde es sogar tun! Wenn ich selbst nicht der Anführer sein kann, dann hätte ich lieber dich als ihn, mein Gebieter. Du bist vielleicht ein Verräter, aber Boariyi ist der Untergang.«

Wallie war am Ende des Saales angekommen und kehrte um. »Was für ein Anführer ist er?«

Tivanixi schnaubte. »In seinem Alter?«

Wallie war erstaunt. Er glaubte nicht, dass Führungseigenschaften wesentlich vom Alter abhingen – Nnanji besaß sie sicherlich, das hatte er mehr als einmal bewiesen. Aber ein Augenblick des Nachdenkens zeigte ihm, dass das ein sprachliches Problem war, und ein kulturelles vielleicht ebenso. Für die Schwertkämpfer implizierte Führung ein gewisses öffentliches Ansehen, Würde, Vornehmheit ... der Begriff ließ sich nicht genau übersetzen.

»Ich glaube, dass ich der Anführer sein soll. Aber ich

kann Boariyi nicht schlagen, sagst du, und das Heerbann würde mich ohnehin nicht akzeptieren.«

»Du weißt, wie man gegen diese Feuerblitze kämpft?«

Wallie zuckte die Achseln. »Sie haben mindestens drei Arten davon. Ansonsten sind die Zauberer hauptsächlich Scharlatane. Schnelligkeit ist das Mittel zum Erfolg, aber das würde gegen die Türme nichts ausrichten. Trotzdem habe ich mir etwas einfallen lassen. Würde Boariyi als Anführer meinen Rat annehmen?«

»Das bezweifle ich«, antwortete Tivanixi. »Der siebte Rang ist ihm bereits zu Kopf gestiegen, und die Führerschaft wird sein Hirn zum Sieden bringen.« Offenbar gefiel ihm der Emporkömmling überhaupt nicht. »Und du wirst ihm das Schwert geben müssen! Er hat es entweder nicht bemerkt, oder er hatte noch nie von Chioxin gehört, aber inzwischen werden seine Männer es ihm erzählt haben. Und tatsächlich«, fügte er besorgt hinzu, »überrascht es mich, dass er noch nicht gekommen ist, um dich zu holen. Er wird keinesfalls zulassen, dass es die Freistätte verlässt.«

Er ging zum Fenster und wischte über die Scheibe, dabei sagte er über die Schulter: »Wähle dir ein anderes aus, mein Gebieter! Nimm irgendeins von der Wand. Ich werde die Zueignungsformel sprechen und es dir überreichen, und du kannst es statt des anderen in die Scheide stecken.«

Wallie entdeckte, dass er mehr Ehre besaß, als er geglaubt hatte. Mit einem rostigen alten Relikt auf dem Rücken hinauszuspazieren und das siebte Schwert unter dem Arm zu tragen wäre das öffentliche Eingeständnis, dass er sich nicht mehr für wert erachtete, es zu tragen, und zur Zeit brauchte er jedes bisschen Ansehen und Selbstachtung, das er kriegen konnte.

»Ja, er ist noch dort unten«, sagte Tivanixi.

»Gibt es eine Hintertür?«, fragte Wallie. »Wenn ich mein Schiff erreiche, bin ich in Sicherheit. An Deck der *Saphir* kann ich jeden besiegen.«

Der Vogt fuhr herum. Er sah ihn stirnrunzelnd an, dann zuckte er die Achseln. »Ja, es gibt eine. Also gehen wir.«

Sie banden sich das Haar wieder zurück und gingen hinaus, schoben die ächzende Tür zu, schlossen die Geister in ihre kalte, graue Einsamkeit ein.

»Lass den Riegel«, sagte der Vogt, als Wallie danach greifen wollte. »Ich werde ein paar junge Kerle schicken, damit sie sich einen Bruch heben.« Sie liefen die Treppen hinunter. »Ich kann Meister Nnanji und die anderen mit einem Begleittrupp zurückschicken. Gibt es ein Geheimwort, das er verstehen wird?«

Wallie dachte nach, dann gluckste er. »Riesenregenwurm. So hat er gefochten, als ich ihn kennen lernte.«

»Inzwischen hat er mehr von einer Kobra, Gebieter Shonsu! Ein Jammer, dass er die Sutras nicht bewältigt; er würde leicht den sechsten Rang schaffen.«

Sie trappelten über die zweite Treppe. Dort gab es zwei Türen, eine auf jeder Seite des Treppenabsatzes. »Hier entlang.« Die Tür führte in einen ähnlich langen Saal, auch er muffig und schmutzig, Bettzeug überall auf dem Boden und kleine Bündel mit Gegenständen, die ein freies Schwert bei seinem Vagabundenleben mit sich führen mochte. Alle Räume der Freistätte dürften lang und schmal sein und die Fenster auf einen Balkon hinausgehen.

»Wenn kein Siebter mehr aufkreuzt, wie viel Zeit habe ich dann noch?«, fragte Wallie, während sie den Raum durchquerten.

»Sehr wenig, fürchte ich! Du hast bekannt gegeben, dass du dich dem Heerbann nicht anschließen willst, also können sie dich nicht zählen. Aber auch wenn keiner mehr kommt, können wir nicht länger warten, meine ich.« Sie gingen durch die hintere Tür hinaus und stiegen eine weitere Treppe hinab. »Die Stadt kann nicht mehr verkraften.«

Also kümmerte sich Tivanixi doch darum, was in der Stadt geschah?

»Kannst du ihnen keinen Gehorsam auferlegen?«

Er erhielt einen ärgerlichen und gereizten Blick. »Ich habe es versucht! Das könnte einen Bandenkrieg auslösen, meine Männer gegen deine Männer. Das Problem sind die ungebundenen Sechsten und ein paar Fünfte; wer die Zügel locker lässt, hat es natürlich beim Anwerben leichter. Die Siebten haben ihre Schützlinge alle fest in der Hand, meine ich, aber die anderen sind Unruhestifter. Es ist schwer für die Städter. Und die Abgaben lasten ebenfalls schwer auf ihnen – ich habe nicht geahnt, wie viel das kosten würde, und die Ältesten heulen, wenn ich um mehr Geld bitte.«

Er öffnete eine weitere Tür, die wieder in einen langen Raum führte. Dieser war bis unter die Decke voll gestopft und stank, von den Fensterscheiben fehlte die Hälfte, Holztäfelungen waren von der Wand gerissen. Schimmel wuchs auf den aufgetürmten Möbeln, den Bettenhaufen, Kleidern und Harnischen und auf Kistenstapeln. Der Boden war stellenweise eingebrochen, und es stank nach Verrottung.

»Sag den Ältesten, dass es weniger kostet, einen Heerbann zu ernähren, als einen Zaubererturm zu bauen«, sagte Wallie, während sie sich auf einem gewundenen Weg durch das Gerümpel zwängten.

Tivanixi blieb stehen und starrte ihn an. »Daran habe ich noch gar nicht gedacht!«

»Das ist ihr nächster Schritt.«

»Zauberer können den Strom nicht überqueren!«

»Oh, doch, das können sie! Ich versichere dir, Gebieter Tivanixi, dass sich im Augenblick mindestens ein Zauberer da unten im Hof aufhält. Höchstwahrscheinlich ist er ein Sklave oder ein Straßenhändler oder etwas ähnlich Unauffälliges. Die Nachricht von meiner Ankunft dürfte bereits auf dem Weg nach Vul sein.«

* * *

Wallie war schon darauf vorbereitet gewesen, allein zum Schiff zurückzukehren, aber mit einem Blick auf seine Haarspange hatte Tivanixi taktvoll darauf bestanden, ihm eine Begleitung zu stellen, und hatte seinen alten Freund Fiendori des Sechsten damit betraut. So marschierte Wallie durch Gassen und über weite Plätze mit Fiendori und einem halben Dutzend Schwertkämpfern hinter sich.

Er strahlte von neuem Überschwang, seine Zweifel waren verschwunden. Dank der ehrgeizigen Thana hatte er nun die scheinbare Telepathie der Zauberer durchschaut. Biest! Sie hatte ihn und Nnanji und ihre Mutter um Sutra-Unterricht gebeten, sodass keiner wissen konnte, welche sie tatsächlich kannte. Nnanji setzte offenbar voraus, dass es Wallie war, der sie in den Sutras des vierten Ranges unterwiesen hatte, als Überraschung für ihn. Er fragte sich, wie viele Sutras Brota kannte – die Wasserratten hielten nicht viel von den Ritualen.

Lippenlesen war bei den Matrosen sicherlich gebräuchlich, schließlich war es bei starkem Wind in den Wanten nützlich, wenn weder Stimme noch Gesten eingesetzt werden konnten. Die Zauberer hatten das übernommen und kombinierten es mit dem Fernglas. Das war typisch für ihre Methoden: ein bisschen Technik plus eine Menge Schauspielerei ergab den Anschein magischer Kräfte. Das Fernglas konnten sie jedenfalls schon kennen – auf der Erde hätte man es jedenfalls viel früher erfinden können.

Also war das Rätsel gelöst. Er hatte das Schwert zur Freistätte zurückgebracht, wo es geschmiedet worden war. Und er gewährte ihm sein Schicksal, indem er akzeptierte, dass es den Heerbann anzuführen hatte.

Die Notwendigkeit war offensichtlich. Boariyi war ein nassforscher Junge. Tivanixi wäre intelligent genug, aber er hatte schon unübersehbar gepatzt. Er hatte sich verleiten lassen, zur falschen Jahreszeit, kurz vor dem Winter, einen Heerbann auszurufen. Er war vorangestürmt, ohne etwas über den Feind zu wissen. An die Finanzierung hatte er keinen Gedanken verschwendet. Treue zur Göttin war schön und gut, aber die Götter halfen jenen, die wissen, was sie tun. Der Heerbann brauchte nicht nur Wallies überragende Kenntnisse über die Kräfte des Feindes, sondern auch ein paar gute Managementmethoden – Zielerfassung, Kosten-Nutzen-Rechnungen, Netzplantechnik, Festlegung der Kommandostrukturen, Budgetplanung ...

Die kleine Schlacht in Ov hatte Wallie gezeigt, dass die Zauberer schlechte Kämpfer waren, bewaffnete Zivilisten, die schnell den Kopf verloren, während die Schwertkämpfer geübte Taktiker waren. Doch Tivanixis übereilte Antwort auf den Hohn der Gegner legte nahe, dass die Zauberer, was die Strategie betraf, besser waren als die Schwertkämpfer. Es gab Sutras zur Strategie, aber wer kam schon dazu, sie zu nutzen?

Krieg war selten in dieser Welt. Nur wenige Schwertkämpfer befehligten jemals mehr als ein Dutzend Männer, wohingegen die Zauberer offenbar seit fünfzehn Jahren nach einem sorgfältigen Plan vorgingen. Nun hatten sie die Städte auf dem linken Ufer durch. Entweder mussten sie es bei diesen Eroberungen belassen oder den Strom überqueren. Sie konnten schreiben; sie hatten Aufzeichnungen; sie hatten Nachrichtenübermittlung und Organisation; sie hatten den größeren Überblick. Wallie Smith dachte in diesen Bahnen, obwohl er auf dieser Welt ein Analphabet war. Er hatte den zusätzlichen Vorteil, dass er sich ein bisschen mit der Geschichte jener anderen Welt auskannte, die ein viel kriegerischer Planet war als dieser. Sein Gefühl für Strategie und Planung war besser als bei anderen Schwertkämpfern. Sie waren eisenzeitliche Barbaren, er war kultiviert, gebildet und ein leidlich gut informierter Techniker des zwanzigsten Jahrhunderts … der nur äußerlich ein eisenzeitlicher Barbar geworden war. Der Heerbann brauchte seine Art zu denken so sehr wie sein Wissen über die Technik der Zauberer. Er musste sich irgendwie an seine Spitze stellen.

Wie?

Er würde etwas Dramatisches tun müssen und konnte dabei von den Göttern kein Wunder verlangen. Aber Helden war es erlaubt, Glück zu haben. Er hatte schon eine Idee, was dazu nötig sein würde, und Glück war sicherlich ein grundlegender Bestandteil.

Die Schwertkämpfer des Heerbanns und ihr natürliches Misstrauen gegen ihn waren das eine Problem. Boariyi das andere. Der Gott hatte angedeutet, dass es einen Schwertkämpfer geben könnte, der vielleicht genauso gut war wie Shonsu – wer sonst, wenn nicht Boariyi? Das war eine offene Warnung gewesen, denn wenn Ebenbürtige aufeinander trafen und einer aus der Übung war, wer würde gewinnen?

Jetzt oder nie.

Das hieß Üben, und Üben hieß einen Partner finden. Nnanji war nicht gut genug. Aber – wie Wallie soeben einfiel – hinter ihm marschierte ein Sechster, der manchmal sogar Tivanixi schlagen konnte. Die Wartezeit an der Hintertür war wie ein Blasentest gewesen, so lange hatte der Vogt gebraucht, um Fiendori zu holen. Das konnte bedeuten, dass Freund Fiendori genauestens angewiesen worden war, oder nicht?

Als Wallie bei seinen Überlegungen so weit gekommen war, gelangten sie zu dem großen, windigen Platz, wo der Strom durch einen Schleier aus Masten und Takelage schimmerte, der nach beiden Richtungen einen Bogen in die Ferne machte. Die *Saphir* war ein kleines Stück stromabwärts zu sehen. Er bedeutete Fiendori zu ihm aufzuschließen.

Fiendori war ein angenehm wirkender Mann, nicht groß, aber breit und kräftig, und er hatte ein breites, freundliches Lächeln. Er bewegte sich mit derselben athletischen Anmut wie sein Beistand.

Wallie eröffnete das Gespräch mit der Frage, wie er nach Casr gekommen sei und wann. Er erfuhr, dass Gebieter Tivanixi mit seinen freien Schwertern nach Quo gekommen sei und von der Freistätte in Casr gehört habe. Dann habe er sich entschlossen, dorthin zu gehen, in der Hoffnung, einen oder zwei viel versprechende junge Männer anzuwerben. Etwa drei Tage, nachdem Shonsu die Freistätte verlassen hatte, waren sie eingetroffen, hatten vier Neulinge und zwei Schüler vorgefunden, die mit einem deutlichen Mangel an Erfolg versuchten, die Ordnung aufrecht zu erhalten.

»Sie plünderten ein Haus nach dem anderen, mein Gebieter«, erzählte Fiendori voll Abscheu, aber ohne zu erklären, wer »sie« gewesen waren. »Wir ließen auf diesem Platz ein paar Köpfe rollen, mein Gebieter, und die Sache hatte schnell ein Ende!«

Klar, in Fiendoris Augen war Gebieter Tivanixi der vollkommene Schwertkämpfer, ein Held, wie er zu sein hatte, ein Mann, der nichts Falsches tun konnte. Tivanixi hatte in der Stadt aufgeräumt und war geblieben, um auf Shonsus Rückkehr zu warten. Die Wochen waren verstrichen und die Gerüchte der Katastrophe durchgesickert, und Tivanixi war – ohne Ausrufung oder Entscheidung, mehr oder weniger zufällig – an Shonsus Stelle Vogt geworden. Seine Männer hatten sich nicht beklagt. Welche Aufgaben die Götter auch schickten, die der Boss übernahm, ihnen war es recht.

»Ich weiß nicht, ob der Vogt es dir gesagt hat, Ehrenwerter«, fing Wallie an, »aber ich brauche ein bisschen Übung. Ich habe viele Wochen auf einem Schiff verbringen müssen.«

Das große, freimütige Grinsen erschien. »Er befahl mir, dir zur Verfügung zu stehen, falls ich dir bei etwas nützlich sein kann. Vorbehaltlich eines Notfalls, bei dem er mich brauchen könnte, versteht sich.«

Gut, Tivanixi! Er hatte vorausgedacht. Wallie drückte seine Dankbarkeit aus. »Dann müssen wir einen geräumigen Platz finden, der zugleich abgeschieden ist«, sagte er. »Er hat eine hohe Meinung von deinem Können. Hat er mein Schwert erwähnt?«

»Ja, mein Gebieter.« Fiendori blickte zum Heft hinauf. »Eine große Ehre, aber auch eine große Bürde, wenn ich so sagen darf.«

Wallie dachte sich, dass dieser Sechste der geborene Gefolgsmann war und im selbstständigen Denken wahrscheinlich nicht nobelpreisverdächtig. Aber diese Bemerkung klang wie eine taktvolle Erinnerung an die Notwendigkeit, Boariyi aus dem Weg zu gehen, deshalb ging Wallie nicht näher auf diesen Punkt ein. Er wollte schon fragen, ob er einen geeigneten Raum wisse, den man mieten könnte, vorzugsweise nahe am Hafen, als die Unterhaltung durch eine Störung unterbrochen wurde.

Zwei Sklaven mühten sich die Laufplanke der *Saphir* hinauf. Zwischen sich trugen sie eine Sänfte. Wegen des Gefälles lastete das meiste Gewicht auf dem hinteren Sklaven, der soeben langsam in die Knie ging. Der vordere Sklave hatte noch größere Schwierigkeiten, denn er stand Tomiyano gegenüber, und es gab keine Macht der Welt, die die Sänfte hätte an Bord bringen können. Der Sklave jedoch hatte seine Anweisungen, und ein einfacher Dritter war anscheinend nicht genug, um sie abzuändern. Die unaufhaltsame Vollstreckung war auf einen unbeweglichen Gegner gestoßen.

Ein Schwertkämpfer des Siebten war jedoch etwas anderes. Wallie befahl dem hinteren Sklaven, rückwärts zu gehen, und der Mann an der Front hatte keine andere Möglichkeit, als zu folgen. Die Sänfte kehrte auf den Kai zurück, und die Sklaven setzten sie ab. Wallie winkte fröhlich gegen Tomiyanos finsteren Blick an. Dann trat er an die Sänfte und zog den Vorhang beiseite.

Wie er es erwartet hatte, saß Honakura darin und grinste ihn zahnlos an.

»Ich dachte mir schon, dass diese Erdbebenstimme zu dir gehört, mein Gebieter.« Er kicherte. »Du bist in der Freistätte gewesen.« Das war keine Frage; Honakura konnte selbst den Strandkieseln Informationen entlocken. »Wie geht es Gebieter Boariyi?«

»Besser, fürchte ich«, antwortete Wallie. »Wie geht es dem heiligen Gebieter Kadywinsi?«

»Vergreist!«, flüsterte der alte Mann. »Aber ich werde ihm helfen.« Dann nahm er die ausgestreckte Hand, um auszusteigen.

Das schwarze Gewand des Namenlosen war verschwunden. Er stand da, noch immer winzig und kahl und zahnlos, aber nun waren die sieben Wellenlinien auf seiner Stirn zu sehen und auf der Robe aus himmelblauem Satin schimmerte das gleiche heilige Muster. Sein Gesicht hatte eine gefährlich graue Färbung, und er sah sehr erschöpft aus, aber seine ganze Autorität war zurückgekehrt, jene Ausstrahlung, mit der Schwertkämpfer jeden Ranges kleinzumachen waren. Wallie zog das siebte Schwert und vollführte den Gruß an einen Gleichrangigen, und der alte Mann antwortete darauf mit seinem üblichen Genuschel. Dann stellte Wallie den Ehrenwerten Fiendori vor, der beeindruckt war.

Wallie hatte längst aufgehört, Zufälle argwöhnisch zu betrachten. Er zog Honakura und Fiendori unauffällig von dem Trupp Schwertkämpfer fort, während die Passanten einen weiten Bogen um sie machten. »Heiliger, der Ehrenwerte und ich haben gerade überlegt, wo man einen passenden und abgeschiedenen Raum finden könnte, um ein wenig zu fechten. Groß, verstehst du, und kein Ziel unerwarteter Eindringlinge.«

Honakura sah belustigt zu ihm auf. »Man hat mich gebeten, dir zu sagen, dass die Priester von Casr mehr als dankbar für die Gelegenheit wären, Ihrem Streiter in jeder erdenklichen Weise zu helfen.«

Sieh dich vor, Boariyi!

»Das hätten wir also«, meinte Wallie zu Fiendori.

»Der Tag neigt sich dem Ende zu – wir treffen uns am Morgen im Tempel. Ich nehme an, wir können die *Saphir* dorthin bringen?«, fragte er den alten Mann.

»Vermutlich ist das Wasser dort zu flach, mein Gebieter, aber man kann weiter draußen Anker werfen und mit dem Dingi hereinfahren. Meisterin Brota wird wegen der Anlegegebühren ohnehin bald ärgerlich werden.«

Wallie lachte und stimmte ihm zu. Er entließ seine Begleiter und führte den Priester die Planke hinauf.

Die Verwandlung war bemerkt worden, und an der Reling reihten sich verwirrte Gesichter. Tomiyano war so überwältigt, dass er freiwillig den Gruß an einen Höherrangigen vollzog und plapperte, sein Schiff sei geehrt, einen solchen Besucher zu empfangen. Die übrigen Matrosen starrten mit offenem Mund, als wäre zwischen der Schiffsladung ein Drache aus dem Ei geschlüpft. *Das* war der alte Mann, der in ihrer Kombüse Töpfe gespült hatte? Sie hatten sich schon gedacht, dass er ein Priester war, aber keiner des siebten Ranges. Das Ansehen eines Siebten war so groß, dass es niemanden befremdete, als Wallie jeden, der alt genug war um zu grüßen, noch einmal feierlich vorstellte. Jeder grüßte ehrerbietig und wurde seinerseits gegrüßt. Nachdem das geschehen war, entstand eine ratlose Pause. Honakura schaute rings in die Gesichter, taperte zu dem Löschsandeimer, auf dem er am liebsten saß, und fing laut an zu lachen. Dann lachten sie alle.

Der Platz am Hafen leerte sich, während der Abend voranschritt, der Himmel im Westen rötete sich, und selbst der Wind war scheinbar geneigt, die Tagesarbeit ruhen zu lassen. Wallie konnte sich nun dem Krug Bier zuwenden, den er sich die ganze Zeit über versprochen hatte. Er brachte etwas Bier zu beiden – bass erstaunten – Sklaven, die auf dem Kai saßen, und machte es sich selbst auf einem der Lukendeckel bequem, während sich die Mannschaft um ihn versammelte. Dann berichtete er von den Ereignissen in der Freistätte.

»Was soll jetzt geschehen, großer Anführer?«, fragte Tomiyano von dem anderen Lukendeckel.

»Möglicherweise werden wir geentert«, sagte Wallie. »Falls ein sehr langer Siebter aufkreuzt, halte deine Zunge im Zaum – sonst schneidet er sie dir heraus. Überlasse ihn mir, und ihr anderen trollt euch.« Es bestand immerhin die Möglichkeit, dass Boariyi, wenn er erst einmal von der Bedeutung des siebten Schwertes wusste, schäumend zum Hafen herunterkam. Auf dem Schiff würde Wallie leicht mit ihm fertig werden. Zoariyi wusste vielleicht nicht, dass es zwei Arten von Schwertkämpfern gab. Und selbst wenn, der Neffe mochte seine Warnungen in den Wind schlagen.

»Und davon abgesehen?«, drängte der Kapitän.

Wallie fragte sich, wo Nnanji und die anderen blieben – sie hätten inzwischen da sein müssen –, aber er begann, mit dem Mund voll Bier und Erdnüssen, ihnen die Sache auseinander zu legen.

»Zwei Schwierigkeiten. Der allgemein bevorzugte Mann, der die Führerschaft gewinnen soll, ist diese menschliche Giraffe namens Boariyi. Mir wurde gesagt, dass er besser ist als ich.«

»Quatsch!«, murmelte Brota.

»Vielleicht nicht! Er hat Arme wie euer Bugspriet. Also muss ich ein bisschen üben. Und zwar schnell! Die andere Schwierigkeit besteht darin, dass die Schwertkämpfer mir nicht vertrauen. Der andere Shonsu hat ein Heer verloren. Sie denken, ich könnte auch eins verlieren. Sie wissen von Aus. Darum kann ich die Führerschaft nicht einfach durch einen Zweikampf gewinnen wie Boariyi oder der Vogt. Aber ich wäre der einzige Anführer, der darauf hoffen kann, das Unheil abzuwenden. Die Zauberer sind böse, und die Schwertkämpfer sind dumm! Ihr und ich – falls ihr noch hinter mir steht – werden ein Blutbad verhindern müssen.«

Tomiyano sah skeptisch aus. »Wie?«

»Gute Frage. Wir müssen etwas Aufsehen erregendes tun, meine ich. Fällt jemandem etwas ein?«

»Ja, dir«, antwortete der Kapitän. »Sag's uns.«

Wallie lächelte über ihr Vertrauen – oder konnten diese abgebrühten Händler etwa in seinem Gesicht lesen? »Keine weiteren Fahrten ans linke Ufer«, sagte er. »Aber es wird trotzdem gefährlich – wir befinden uns im Krieg. Wollt ihr mir noch folgen?«

Das wollten sie, jeder einzelne, von der alten Lina, die wahrscheinlich so alt wie Honakura war, bis hinunter zu den großäugigen Kindern. Er dankte ihnen ernst und mit mehr Ergriffenheit, als er eigentlich zeigen wollte. Dann sah er den alten Mann an. »Wie viel Hilfe können wir von den Priestern bekommen, Heiliger?«

»So viel du willst«, antwortete Honakura selbstzufrieden.

Wenn Honakura den Tempel einsetzen konnte, dann war Boariyi auf einen Eisberg gelaufen und hatte bereits Schlagseite. Wallie überlegte eine Weile, aber dann entschied er, dass sein unüberlegter Plan der einzige war, mit dem er aufwarten konnte. Er holte tief Luft und begann: »Also, ich habe für jeden von euch eine Aufgabe. Du, Kapitän, kaufst mir ein Schiff.«

Tomiyano war überrascht. »Groß oder klein? Welche Takelung?«

Wallie zuckte die Achseln. »Eins, das acht bis zehn Leute tragen kann. Und das möglichst schnell ist. Groß genug, dass man unter Deck stehen kann.«

Jeder Matrose hatte Freude daran, Boote zu begutachten. Tomiyano stand auf und spähte die Hafenfront entlang, dann über die verstreuten Schiffe, die im Strom ankerten. »Wie das da? Wie wär's damit?«

»Welches du kriegen kannst«, sagte Wallie. »Wie viel muss ich dafür bezahlen?«

»Zwei- oder dreitausend.«

Wallie blickte kurz zu Brota und wäre unter ihrem Blick fast zu Eis erstarrt. Sie fürchtete, er könnte sie um eine Gabe für einen guten Zweck bitten. Wahrscheinlich hatte sie ein Vielfaches der Summe irgendwo an Bord versteckt, den Gewinn aus dreißig Jahren Handelsfahrt.

Er lächelte unschuldig. »Das ist zu machen.«

Sie zog ein noch finstereres Gesicht und warf ihrem Sohn einen Blick zu.

»Dann hast du also noch mehr davon!«, brummte Tomiyano.

Wallie langte in seine Tasche und brachte eine Hand voll blauem Feuer zum Vorschein. »Allerdings. Hätte das eine Rolle gespielt?«

Der Kapitän zeigte wütend sein Gebiss. »Möglich! Ich hätte es schon allein wegen der Haarspange getan. Ich konnte mir nur nicht vorstellen, was wir mit dem Schwert hätten tun sollen. Sie ließ mich nicht ... aber sie hätte mich gelassen, wenn sie von den Steinen gewusst hätte.«

Er scherzte, aber vielleicht ohne zu lügen – seine Mutter starrte ihn wütend an.

Wallie lachte und steckte die Edelsteine wieder ein. »Dann bin ich dir dankbar, Meisterin! Vielleicht könnten du und Katanji ein paar davon verkaufen, wenn wir wissen, wie viel Geld wir brauchen?«

»Einen Augenblick, mein Gebieter«, sagte Honakura. »Hast du die Edelsteine von dem Gott bekommen?«

Wallie nickte.

»Dann sind sie etwas ganz Besonderes. Der Tempel dürfte begierig sein, sie zu erwerben.«

»Danke, Heiliger.« Wallie sprach ernst, aber innerlich schmunzelte er. Der alte Gauner sagte soeben, dass er für ihn die Tempelschatulle plündern würde. »Brota, wir werden Seide brauchen. Vermutlich gibt es die hier zu kaufen? Hochwertige Seide?«

»Sehr gute Seide«, bestätigte Brota vorsichtig.

»Orange wäre natürlich am besten. Was können wir nehmen, um sie wasserdicht zu machen, was meinst du? Irgendein Wachs? Bienenwachs?«

»Stiefelwachs vielleicht«, meinte sie.

»Lina?«, fuhr Wallie fort. »Befindet sich der Kupferkessel noch in der Kombüse? Ich meine den mit der Schlange obendrauf, mit dem ich euch gezeigt habe, wie die Zauberer ihren Zauberwein machen.«

Die niedrig stehende Sonne schien Lina in die Augen; sie beschirmte sie mit einer Hand, die nahezu durchsichtig wirkte, und spähte zu ihm herüber. »Der stand mir im Weg herum, das hässliche Ding. Er liegt irgendwo in der Bilge.«

Tomiyano lief rot an und versuchte, sich zu beherrschen. Honakura zeigte sein Zahnfleisch und verkniff sich ein Lachen.

»Gut! Kapitän, haben wir noch verzauberten Wein übrig?«

Tomiyano meinte, es müssten noch ein oder zwei Flaschen herumstehen.

»Egal«, sagte Wallie. »Wir werden fünf, sechs Flaschen nehmen und daraus doppelt verzauberten Wein machen.«

»Was denn!«, rief Tomiyano. »Dann ist er noch einmal so stark, wenn du das tust?«

»Nein, ungefähr gleich stark. Aber ich brauche ihn möglichst rein. Das machen wir besser irgendwo an Land – die Brandgefahr ist zu groß. Mata, kannst du das für mich erledigen? Ich zeige dir, wie es geht.«

Die Matrosen waren nun in zwei Gruppen gespalten, die einen ärgerten sich, weil sie mit lästigen Dingen gefordert wurden, die anderen freuten sich über deren Ärger.

»Lae?«, fragte Wallie. »Kannst du mir eine Robe nähen?«

Die Ehrengroßmutter des Schiffes sah ihn mürrisch an. »Jja kann besser nähen als ich, mein Gebieter.«

»Aber sie näht schon die Seidenbeutel«, erwiderte Wallie, als wäre das selbstverständlich. Wo blieb Jja? Was hielt sie auf? »Was ich brauche, ist eine blaue Robe mit einer Kapuze und solchen langen weiten Ärmeln.«

»Du willst einen Zauberer spielen?«, rief Tomiyano. »Du willst als Zauberer verkleidet von Bord gehen?«

Wallie tat überrascht. »Hältst du mich für verrückt?«

»Der Gedanke beschlich mich gerade, ja.«

»Unsinn!«, sagte Wallie. »Holiyi, du bist der beste Zimmermann an Bord. Du wirst für mich ein paar Löcher ins Schiff schneiden, ja?«

Der hagere Holiyi hatte wahrscheinlich seit Stunden kein Wort gesprochen – er schien täglich mit einer Hand voll Wörtern auszukommen, wie der legendäre Araber mit einer Hand voll Datteln –, aber jetzt nickte er nicht nur, er rief laut »Aber klar!«, so als hätte er die Aufgabe vorausgesehen. Ringsum wurde gegrinst.

Wallie stand auf und ging an die Reling, um über den Platz zu schauen. »Gut, ich glaube, das ist alles. Der heilige Gebieter schlägt vor, dass wir beim Tempel vor Anker gehen und die Hafengebühr sparen.«

»Wohin willst du mit deinem Schiff fahren?«, fragte Tomiyano. »Ich meine das Schiff mit den Löchern drin und den Seidenbeuteln mit Zauberwein und mit dir in der Zaubererkutte?«

Wallie zeigte nach Osten, wo Vul lag. Die Vulkane waren wieder ruhig, es stieg kaum Rauch von ihnen auf.

»Und wer wird es für dich segeln?«

Das war das Knifflige an der Sache, und die ganze Geheimniskrämerei hatte nur dazu gedient, ihn so neugierig zu machen, dass er sich bereit erklärte. »Ich hatte gehofft, du, Kapitän.«

»Ich? Die *Saphir* verlassen? Du musst verrückt sein, mich nur zu fragen!« Tomiyano nahm den Vorschlag als Beleidigung.

»Es ist wichtig«, erwiderte Wallie ernst. »Ich habe mich zwar darüber lustig gemacht, aber es ist wichtig! Wenn die Schwertkämpfer den Zauberern in die Falle laufen, dann werden sie alle sterben, zu Hunderten.«

Der Matrose wurde rot im Gesicht. »Nein! Ich habe getan, was die Göttin wollte. Wir haben unser Schiff und unser Leben aufs Spiel gesetzt, und ich will auch weiterhin helfen, aber ich werde nicht die *Saphir* verlassen. Und damit Schluss.«

»Narr!« Honakura wand sich von dem Eimer herunter. »Du, ein Matrose, willst dich Ihr widersetzen? Die Göttin ist der Strom, und der Strom ist die Göttin! Sie sind Ihre Schwertkämpfer!« Der Kapitän erbleichte, als der kleine alte Mann mit schriller Stimme schimpfend auf ihn zukam. »Du wirst nie wieder günstigen Wind haben! Niemals den gewünschten Hafen erreichen! Keine Nacht ohne Piraten mehr kennen! Willst du das, Kapitän Tomiyano? Wie lange wirst du auf dem Strom überleben, wenn du die Göttin erzürnst?«

»Oh, *Mist!*« Tomiyano starrte finster auf das Deck. »Dann werde ich wohl mitkommen.«

»Danke, Kapitän«, sagte Wallie sanft.

»Augenblick noch, mein Gebieter!« Brota klang misstrauisch. »Du hast gesagt, du hast für jeden eine Aufgabe. Hast du nicht noch ein paar Kleinigkeiten übrig?« Sie zog den Kopf zwischen den gepolsterten Schultern ein und sah ihn stirnrunzelnd an.

»Nun, ja«, räumte Wallie ein. »Wenn ich mich auf meinem neuen Schiff vergnüge, bleibt noch eine kleine Sache zu erledigen – zumindest für dich, Meisterin.«

»Und die wäre?«

»Ich kümmere mich um die Zauberer. Du hältst den Heerbann auf.«

Sogar Brota war mitunter zu verblüffen. Die Kinder kicherten.

Dann fing Tomiyano an zu lachen – und das war so selten wie Schnee im Sommer. »Shonsu«, sagte er, »du bist nicht der Einzige, der noch ein bisschen üben muss.«

***

Nnanji des Fünften nahm die Laufplanke im Sprung und landete mit beiden Füßen sicher an Deck, die Arme ausgebreitet, um nach der unhörbaren Fanfare einer unsichtbaren Kapelle – Ta-Rah! – Applaus und

Blumen entgegenzunehmen. Sein neuer roter Kilt war lachhaft kurz und hatte einen scheußlichen Himbeerton, der sich mit seiner Haarfarbe biss. Aber seine Stirnmale waren, zum ersten Mal seit Wallie ihn kannte, symmetrisch, und er brachte es fertig, gleichzeitig zu grinsen und zu lachen.

Hier war ein Schwertkämpfer, dachte Wallie, der nie wieder Schwierigkeiten im Umgang mit Matrosen haben würde, im Gegensatz zu anderen. Und wäre der einstige Nnanji aufgefordert worden, eine Freistätte voller Schwertkämpfer zu verlassen und sich unter die Matrosen zu begeben, er hätte stundenlang geschmollt.

Thana trat neben ihn, schlang einen Arm um ihn, um an seinem Triumph teilzuhaben, und die Mannschaft stürmte mit Glückwünschen auf ihn ein. Sie sah Wallie, lächelte und streckte ihm die Zunge heraus. Er formte »Betrügerin!« mit den Lippen, aber sie grinste reuelos. Katanji kam an Bord, ebenfalls grinsend.

Dann Jja. Sie hielt nach Vixini Ausschau, während sie gleichzeitig auf Wallie zulief. Vixini hatte zufrieden neben Fala gesessen, aber jetzt ließ er den Knochen fallen, an dem er seinen neusten Zahn wetzte, und stellte sich von allein auf die Beine, wobei er den Po als erstes in die Höhe reckte. Da war seine liebste Mutter ...

Wallie nahm sie heftig in die Arme. Sie lachte, als er sie küsste und Vixini mit Wucht in sie hineinrannte.

»Was hat euch aufgehalten?«, wollte Wallie wissen. »Ich wollte schon einen Krieg anzetteln!«

Sie nahm Vixini in die Arme. »Die Sänger!« Sie war aufgeregt und glücklich. »Kurz nachdem du fort warst, fing ein Sänger an zu singen, ein Lied über dich! Über dich und Nnanji und den Kampf gegen den Ehrenwerten Tarru und seine Männer. Du schreckliches, schmutziges Flussungeheuer!« Die letzte Bemerkung galt Vixini.

Große Götter! Die Schlacht mit Tarru, die Flucht von der heiligen Insel – wie lange das schon her zu sein schien! Aber natürlich hatte Yoningu Nnanji versprochen, die Geschichte dem ersten fahrenden Sänger zu erzählen, der in die Kaserne käme. Also war dieser Sänger nun nach Casr gekommen oder einer, der die Geschichte von ihm gehört hatte.

Er lachte. »Was es ein gutes Heldenlied?«

Sie lächelte schelmisch. »Sehr gut! So meint Meister Nnanji.«

»Er ist voreingenommen! Nun, soll er glücklich sein.« Verzückt wohl eher! Ein Heldenlied war ausgezeichnete Reklame.

Dann schob sich Nnanji selbst durch die Menge, löste sich von seinen jugendlichen Bewunderern. »Ich bin heute vier Siebten begegnet, mein Bruder«, sagte er feierlich. »Das macht in meinem ganzen Leben zusammen sieben!«

»Wer war denn der vierte?«, fragte Wallie.

»Gebieter Chinarama. Aber er wird dir keine Schwierigkeiten machen – er ist alt!«

Für Nnanji begann das hohe Alter bei dreißig. »Wie alt?«

Nnanji überlegte. »Mindestens siebzig ... aber ein nettes altes Fossil. Sagt, er habe immer von einem Heerbann geträumt, darum hat er, als er von diesem hörte, sein Schwert aus dem Holzschuppen geholt und ist gekommen, in der Hoffnung, Rat geben zu können.« Dann fügte er hinzu: »Ich glaube nicht, dass er uns schaden wird.«

»Was hältst du von Boariyi?«

»Er ist ein Mann von Ehre«, begann Nnanji vorsichtig. »Er ist sehr beunruhigt über den Mangel an Gehorsam, meint, es sei eine Schande für die Zunft. Und er sagt, ich sei jünger, als er gewesen ist, als er den fünften Rang erreichte!«

Boariyi hatte den Schlüssel zu Nnanjis Herz gefunden.

»Und ich habe ein Heldenlied für dich!«, sagte Nnanji strahlend und drehte sich zu allen um. »Wer will es hören?«

»Jetzt nicht!«, sagte Wallie. »Wir haben einen Krieg zu führen.«

Casr war für ihn gefährlich geworden. Inzwischen dürften Zoariyi und sein Neffe auf jeden Fall verhindern wollen, dass das siebte Schwert die Stadt verließ. Wenn sie eine Wasserratte oder einen Matrosen ausfindig machen konnten, der Wallies Schande in Aus mitangesehen hatte, dann würde die Anprangerung auf der Stelle folgen – die ermächtigte Gruppe würde bald bei der Laufplanke ankommen. Wallie musste in den Dunst des Stroms verschwinden, und je eher, desto besser.

Er wurde niedergeschrien. Die Welt war schön. Die *Saphir* machte Ferien. Sein Krieg konnte warten. Fast verlor er die Geduld, aber Honakura sagte entschieden, er wünsche das Heldenlied zu hören, und das war's dann. Wagen und Pferde und schwatzende Leute machten sich auf den Weg nach Hause, der Wind ließ Markisen und Segel träge flattern, aber solche Einzelheiten konnten Nnanji nicht von seinem Heldenlied abhalten. Also setzte sich Wallie widerstrebend hin und lehnte sich, einen Arm um Jja, in den Windschutz der Bordwand.

Nnanji sprang auf einen Lukendeckel. »Gut!«, sagte er. »Setzt euch im Kreis! Fertig? *Wie Nnanji des Vierten und Shonsu des Siebten gegen zehn abtrünnige Schwertkämpfer fochten!*« Er schaute Wallie flüchtig an.

»Was! Du kriegst die Star-Reklame?«, rief Wallie empört – es übersetzte sich in »Ehrenplatz«.

Nnanji lächelte einfältig. »Das hast du Yoningu aufgetragen, Bruder!«

Das stimmte – Wallie hatte gescherzt, dass Nnanjis Name an erster Stelle stehen sollte. Damals war ihm die zweifelhafte Ehre, der Held eines barbarischen Liedes zu sein, noch egal gewesen ... aber da hatte er noch nicht für dieses Amt kandidiert.

Mit diesem Titel würde es nie in die Hitliste kommen, dachte er angesäuert. Doch sobald Nnanji mit dem Vortrag begonnen hatte, sah er das Gegenteil ein – es war ein sehr gutes Lied. Nein, es war ausgezeichnet; den kurzlebigen Liedchen, mit denen die Sänger die alltäglicheren Ereignisse festhielten, jenen Knittelversen, die er unlängst als die Sportnachrichten der Schwertkämpfer bezeichnet hatte, war es weit überlegen. Seinerzeit hatte er sich gefragt, ob er eines Tages einem zweiten Homer begegnen würde, der über die Waffentaten berichtete, die er für die Göttin noch vollbringen würde. Falls der Dichter dieses Werkes sich in Casr aufhielt, dann vielleicht. Sicher, er gebrauchte alle stereotypen Wendungen – lange dramatische Reden zwischen den Schwerthieben, schändliche Schurken und hehre Helden –, aber das Versmaß war eben, und die Metaphorik lebhaft. Darüber hinaus hatte der Dichter sich große Freiheiten bei der Handlung erlaubt, um sie dramatischer zu machen. Während sich die Ereignisse entwickelten, begann Wallie sich immer unbehaglicher zu fühlen.

Nnanji des Zweiten hatte bei der Tempelwache um Beförderung ersucht – wahr – und zwei Vierte herausgefordert, davon einen getötet – wahr – und hatte dann die Wache als bestechlich angeprangert – falsch und unglaubwürdig: Wie hätte er danach den Aufstieg erlangen können? Dann war der »blutrote« Nnanji des Vierten, dessen Stirnmale noch dramatisch bluteten, mit seinem Bruder aufgebrochen …

Wallie schluckte seinen Einspruch hinunter, als er sah, wie Katanji ihn gespannt angrinste. Wie war er da hineingeraten? Er war dabei gewesen, aber nur als eine sehr unbedeutende Figur. Wallie merkte verblüfft, dass der Sänger es doch aus dem Stegreif gedichtet haben musste. Während er die grundlegende Geschichte in der einen oder anderen Form schon kannte, hatte er sie an Ereignisse des heutigen Nachmittags angepasst, indem er die Rolle des zwielichtigen Shonsu herunterspielte, die des blutroten Helden von Ov aber unterstrich, einschließlich der seines Bruders, der so wirkungsvoll als der tapferste Mann im Hof herausgestellt worden war – und gab damit der Zuhörerschaft, was sie wollte. In diesem lächerlichen Mischmasch wurde Shonsu nicht einmal mehr namentlich erwähnt.

Die Szene verlagerte sich zum Pier, wo der schändliche Tarru des Sechsten fürchterliche Eide schwor und böse Günstlinge durch den Bluteid verpflichtete. Nnanji und Katanji betraten die Bühne. Tarru verhöhnte sie – und David forderte Goliath prompt heraus, alles in fünfhebigen Jamben.

Die Schlacht in der Schwebe lassend, wandte sich der Dichter der Höhle hinter dem heiligen Wasserfall zu, wo die Göttin die Ehre Ihrer Schwertkämpfer, die Sünden Tarrus, die Tugend und künftige Größe Nnanjis erklärte und schließlich einen Halbgott zu sich rief und ihm befahl, Ihren Helden zu retten.

Wallie blickte voller Zorn zu Honakura und sah, dass er vom unterdrückten Lachen dunkelrot war.

Der Halbgott fand Shonsu – wo? beim Sozialamt? –, übergab ihm das siebte Schwert – beschrieben mit geklauten Zeilen aus dem Lied von Chioxin – und versetzte ihn durch ein Wunder an den Ort der Schlacht.

Das Blut floss in Strömen. Mit ein wenig Hilfe von Shonsus Seite trug der wunderbare Nnanji den Sieg davon. Die Tugend triumphierte. Die beiden Helden schworen den Eid der Brüderschaft und segelten davon, um den Kampf gegen das Böse fortzusetzen. Vorhang, Applaus.

Das siebte Schwert war verständlich – Imperkannis Männer mussten davon gehört haben – aber niemand außer der Mannschaft der *Saphir* konnte von dem vierten Eid gewusst haben, bis Wallie ihn in der Freistätte erwähnte. Kaum einer der Anwesenden dürfte von diesem Eid je gehört haben.

Ganz sicher war Homer im Hof gewesen!

Also war das siebte Schwert jetzt allgemein bekannt! Und Wallie kam sich vor wie Agamemnon, der die Ilias hört; es war gute Werbung, aber für den falschen Mann. Er hoffte, seinen Groll verbergen zu können, als er mit allen zusammen applaudierte. Die Jugendlichen wollten es noch einmal von vorne hören, aber Nnanji weigerte sich. Vielleicht war Wallies Gesicht nicht so undurchdringlich, wie er gehofft hatte.

»Nicht ganz, wie ich es in Erinnerung habe«, sagte er und rang sich ein Zahnpastalächeln ab. »Aber eine vorzügliche Dichtung! Wer war der Sänger?«

Nnanji zuckte die Achseln. »Weiß nicht. Aber nicht schlecht, wie?« Er schaute ein bisschen ernüchtert aus.

»Ich nehme an, man sollte nicht alles glauben, was man in Heldenliedern zu hören bekommt.«

Die Mannschaft stand auf, bereit den Krieg auf sich zu nehmen. »Wohin, großer Anführer?«, fragte Tomiyano.

»Verschwinden!«, antwortete Wallie. »Der rätselhafte Shonsu verschwindet auf ebenso rätselhafte Weise, wie er aufgetaucht ist.«

Nnanji sah ihn erschrocken an.

»Dann schleichen wir uns zurück und gehen in den Tempel.«

»Aha! Und was tun wir da, Bruder?«

»Fechten«, sagte Wallie.

»Oh!« Nnanji war überrascht, aber Fechten war immer ein akzeptables Verhalten.

Honakura stieg von seinem Eimer herunter. »Ich werde euch dort treffen. Mir wurde gesagt, ich solle das obere Ende des Geländes vorschlagen. Dingis«, fügte er noch hinzu, »scheinen mir noch schlimmer zu sein als Maulesel, wogegen ich das Reisen in Sänften für eine ausgezeichnete Fortbewegungsart halte, überhaupt nicht ermüdend.«

Wallie begleitete den Priester die Laufplanke hinunter, während die Mannschaft sich zum Auslaufen bereit machte. Irgendwo auf dem weiten Platz standen jetzt die Beobachter und warteten darauf, was dieser Shonsu tun würde.

Er ging wieder zu Nnanji zurück, der Thana fest im Arm hielt. Er war seit Stunden nicht mehr im Bett gewesen und litt offensichtlich an Liebesentzug.

»Das ist ein schrecklicher Kilt«, fand Wallie.

»Das war alles, was sie hatten«, verwahrte sich Nnanji und machte ein blasiertes Gesicht. »Jeder scheint zu glauben, Fünfte sind entweder klein oder fett.«

Wallie erklärte, Jja habe ihm einen neuen genäht – einen sehr eleganten mit einem aufgestickten Greifen am Saum. Nnanji sagte erfreut, er werde gehen und sich umziehen. Thana merkte an, dass neue Kilts heikel sein können und sie sollte vielleicht mitgehen und ihm zur Hand gehen. Sie fingen an zu kichern.

»Danke, Thana«, sagte Wallie, »für die Warnung vor Boariyi – du hast den Tag gerettet.«

»Welche Warnung?«, fragte Nnanji.

»Unwichtig«, antwortete Thana hastig. »Lass uns diesen schrecklichen Kilt ausziehen.« Das war ein Angebot, das er nicht ablehnen konnte, und die beiden machten sich davon.

Die Laufplanke wurde eingeholt, es war Zeit, einen genauen Plan zu machen. Wallie kehrte an Jjas Seite zurück, um ihr das mit der Seide und dem Nähen zu erklären. Von Schwertkämpfern, die auf das Schiff zurannten, war nichts zu sehen.

»Hat dir das Lied gefallen, Liebling?«, fragte sie, und etwas lauerte in diesen dunklen, undurchschaubaren Augen.

»Eine großartige Dichtung, wenn auch nicht ganz zutreffend. Warum?«

»Es wird noch andere geben!«, sagte sie. »Nnanji hat den Sängern von Ov erzählt.«

Das hatte Wallie Tivanixi versprochen und es dann vergessen. Egal – Nnanji hatte es sicher besser gemacht. »Wie viele Sänger sind eigentlich dort?«

»Dutzende, Lieber«, sagte sie und runzelte die Stirn.

So viele? Eintausend Schwertkämpfer plus Anfänger – drei- bis vierhundert. Fahrende Sänger kamen natürlich in Scharen zu einem Heerbann. Und Herolde? Waffenschmiede? Huren? Ehefrauen? Kinder? Musikanten? Nachtsklavinnen? Wie viele Tausend waren in Casr eingefallen? Kein Wunder, dass die Ältesten unglücklich waren.

»Und Thana hat erzählt, wie du und Nnanji gegen die Piraten kämpften.«

Er richtete seine Gedanken wieder auf Jja. Wegen irgendetwas war sie betrübt.

»Was macht dir Sorge, Liebes? Die Piratengeschichte ist doch gut.« Freilich waren die Piraten nur Matrosen gewesen, die man um ihren Besitz gebracht hatte, und die Hälfte von ihnen Frauen. In der Version der Sänger waren daraus Käpt'n Morgan und Blackbeard und Long John Silver geworden, aber das war eine harmlose Prahlerei. Freie Schwerter hassten Piraten, weil sie nichts gegen sie ausrichten konnten, also würde die Geschichte Anklang finden.

Jja schlug die Augen nieder, sie wollte einem Gebieter, der sonst so schnell begriff, nicht vorsagen. »Wer hat den Kampf begonnen?«

Nnanji. Wallie hatte ihn durch das Fenster hinaufgehoben. Jetzt verstand er! Das Muster war gelegt. Nnanji war der Held des Kampfes gegen Tarru, er würde der Held der Schlacht von Ov sein und auch im Kampf gegen die Piraten. Da Thana die Piratengeschichte erzählt hatte, konnte Wallie von Glück reden, wenn er in einer Fußnote erwähnt wurde.

»Sie wurden auch über Gi befragt«, fuhr Jja fort. »Ob du es warst, der nach dem Brand mit einer Schiffsladung voll Werkzeug ankam, und wer für den Wiederaufbau der Stadt gesorgt hat.«

Wallie lächelte. »Also das wenigstens kann Nnanji mir nicht nehmen.«

»Die Werkzeuge kamen aus Amb, Liebling.«

Amb – eine Zaubererstadt! Der Verdacht war da ...

Für gewöhnlich war er nicht so begriffsstutzig, aber Jja hatte viel Zeit zum Nachdenken gehabt.

»Und Katanji wurde über den Zaubererturm ausgefragt«, sagte sie.

Verdammt! Wallie starrte nur, ihm fehlten die Worte. Natürlich hatten sie Katanji befragt – es war sein eigener Fehler, dass er das überhaupt erwähnt hatte. Nicht einmal Katanji hatte so viel öffentlicher Aufmerksamkeit widerstehen können ... Dutzende Sänger?

Verdammt! Verdammt! Was würden die Schwertkämpfer über einen Siebten denken, der sich auf einem Schiff versteckte und einen Neuling in die Gefahr schickte – und ihn außerdem als Sklaven verkleidete? Sie würden reagieren wie Nnanji: sagen, dass es ein Verbrechen sei, Stirnmale zu ändern. Sie würden niemals einen Schwertkämpfer in Zivil billigen. Die Piratengeschichte schadete vielleicht nicht, aber die Katanji-Erzählung war für Shonsus Image katastrophal.

Verdammt! Verdammt! Verdammt! Sänger! Wallie hatte nicht daran gedacht, welche Stellung die Sänger in dieser Welt einnahmen. Während er selbstgefällig über Managementmethoden geschwatzt hatte, hatten seine Untergebenen bei einer Pressekonferenz geprahlt, was die Köpfe hergaben.

Drittes Buch

Wie das beste Schwert siegte

Wie ein Mensch einen schlechten Tag haben kann, so hatte Casr ein schlechtes Jahrhundert, und nirgends zeigte sich das so deutlich wie im Tempel. Als kleinere Version des großen Urbildes bei Hann wandte er seine sieben Portale dem Strom zu, den die Menschen als Göttin verehrten. Aber hier waren die Portale verglast, als Zugeständnis an das kältere Klima. Zwei der sieben Spitztürme waren eingefallen, und von den anderen war viel Gold abgeblättert. Etliche Fensterscheiben und häufig auch das Stabwerk, das sie hielten, fehlten. Als der Sonnengott über dem Regi Vul aufstieg, spiegelte sich sein Glanz in der Fassade, und die schwarzen Lücken darin sahen aus wie Moderflecke.

Stromaufwärts befand sich, an den Tempel und seine vielfältigen Bauten angrenzend, eine Wildnis aus ungepflegten Bäumen, Gebüsch und verfallenem Gemäuer und einem verlassenen baufälligen Pier. Das musste der Anleger sein, von dem Honakura gesprochen hatte. Wallie ließ sich, in der kalten Morgenluft fröstelnd, an Land rudern, wo er auf eine Abordnung Priester traf. Nach vielen rituellen Gesten und Verbeugungen wurde er durch das feuchte Gestrüpp zu einem verlassenen Refektorium geführt. Der Saal lag halb unter der Erde, hatte eine gewölbte Decke und einen Boden aus Steinplatten. Er war nasskalt und modrig, aber für Wallies Zwecke vollkommen geeignet, wäre nur das Licht besser gewesen. Aber er würde genügen. Fenster gab es wenige, und sie lagen weit oben in der Wand, waren teilweise von Moos überwachsen und von Farnen verdeckt. Das Klirren der Florette würde draußen kaum zu hören sein. Und natürlich gab es eine angrenzende Küche, schmutzig und voller Abfälle zwar, aber ideal als Brennerei und praktisch im Hinblick auf die Beaufsichtigung. Die Priester warteten ängstlich auf seinen Urteilsspruch, und er sagte, ja, es werde genügen.

Brota und Pora würden Seide, Wachs und Öl einkaufen gehen, Lae einen schweren blauen Stoff. Tomiyano und Oligarro würden ein Schiff auftreiben. Thana, Jja und Katanji sollten an Bord der Saphir bleiben. Da diese Einzelheiten geregelt waren, konnte Wallie sofort mit dem Fechten beginnen. Er entließ die Priester und bat gleichzeitig, dass man den ehrenwerten Fiendori zu ihm bringen möge, sobald dieser eintraf.

Als Wallie sich an das düstere Licht gewöhnt hatte, schien ihm der Raum doch ein ausgezeichneter Fechtsaal zu sein.

»Gut, Meister Nnanji«, sagte er. »Da noch kein anderer da ist, den ich abschlachten kann ... bist du der Erste!«

Nnanji grinste fröhlich. »*Meine Geheimnisse sind deine Geheimnisse, Bruder*«, meinte er.

»Natürlich«, sagte Wallie. »Glaub nicht, dass ich den Matrosen nicht traue, Nnanji, es ist nur so, dass ein falsches Wort uns umbringen kann. Ich bin sicher, dass die Zauberer Spitzel in Casr haben.« Er schlenderte zu einer rauen Holzbank, befand aber, dass sie gesäubert werden müsste, ehe man sie benutzen konnte. »Folgendes habe ich im Sinn: Shonsu hat versagt, und zwar schlimm. In Aus habe ich versagt. Das macht zwei Niederlagen, richtig? In Ov dagegen haben wir gewonnen. Wir brauchen einen neuen Sieg! Und ich brauche einen Feuerblitz!« Wäre er in Ov nicht bewusstlos geschlagen worden, er hätte die Waffen der toten Zauberer aufgesammelt. Nnanji war auf den Gedanken nicht gekommen, aber deswegen konnte er ihm keinen Vorwurf machen.

Nnanji riss die Augen auf. »Du willst einen Zauberer gefangen nehmen?«

»Das hoffe ich«, erwiderte Wallie. »Lebendig, wenn möglich. Aber hauptsächlich will ich seinen Feuerblitz – ich will damit vor dem Heerbann einen Ochsen oder so etwas töten, um ihnen zu zeigen, womit sie es zu tun haben. Vielleicht hören sie mir dann zu!«

Sein junger Freund war nicht so begeistert, wie er erwartet hatte. Nnanji sah vielmehr beunruhigt aus. »Wann denn? Wir werden wenigstens eine Woche brauchen, um nach Sen und wieder zurück zu kommen; nach Wal noch länger. Wie lange wird es noch dauern, bis die Schwertkämpfer eingeschworen sind?«

So lange, wie Tivanixi sie würde aufhalten können, meinte Wallie.

Nnanji kaute auf seiner Unterlippe. »Wenn der Heerbann unterdessen eingeschworen wird, ist es zu spät, Bruder. Dann kannst du gar nichts mehr tun!«

Vielleicht hatte er Recht, aber Wallie sah auch nicht, dass er vorher noch etwas tun könnte, wenn er in Casr blieb – nicht, solange die Schwertkämpfer ihn als Anführer nicht nehmen wollten. Das Unternehmen wäre ein Blindflug.

In diesem Moment wurde Fiendori hereingeführt. Er wurde von einem weiteren Sechsten begleitet,

Forarfi. Dieser war, wie Wallie bald erfuhr, ein freies Schwert gewesen und als einer der Ersten von der Göttin nach Casr gebracht worden. Er hatte Tivanixi als guten Mann eingeschätzt und sich nach zwei Tagen auf ihn eingeschworen.

Jeder Sechste war begeistert, wenn er die Gelegenheit hatte, mit einem Siebten zu üben, deshalb wurden die Masken aufgesetzt und die Arbeit begann. Fiendoris Leistungen schwankten, aber wenn er sein Bestes gab, war er mit dem Florett ein recht guter Siebter. Forarfi zeigte konstante Leistungen, er war ein sehr guter Sechster – und Linkshänder. Wallie genoss es, gefordert zu werden und sich zu üben und die Freude, etwas zu tun, worin er gut war, manchmal Ratschläge zu geben, Neues zu probieren und ungewöhnliche Fechtfiguren aus Shonsus Gedächtnis auszukramen. Dabei kehrte langsam eine Gerissenheit zurück, die er schon halb vergessen hatte. Fiendori und Forarfi waren Enthusiasten – wie Nnanji konnten sie den ganzen Tag gut gelaunt fechten. Nnanji sah natürlich nicht ein, warum zwei leidenschaftliche Fechter müßig herumstehen sollten, darum waren in dem hohen, hallenden Speisesaal meistens zwei Kämpfe im Gange, und unter den stampfenden Füßen stoben Staubwolken auf.

Nicht einmal Shonsus Konstitution kam ohne Pause aus, und der gesunde Menschenverstand befahl Wallie, sich nicht zu verausgaben, aus Furcht, dass ein gewisser langer Siebter auftauchen und ihn höhnisch grinsend herausfordern könnte. Aber es gab ohnehin dauernd Unterbrechungen. Honakura kam und brachte den hohen Priester Kadywinsi des Siebten mit, um den ehrenwerten Gast mit ihm bekannt zu machen. Kadywinsi war beinahe so winzig und alt wie Honakura, aber er besaß noch ein paar Zähne, und eine Gloriole aus silbernen Löckchen wehte wie abendlicher Nebel um seinen Kopf. Er war freundlich und wohlwollend und machte keinen senilen Eindruck, außer vielleicht im Vergleich zu Honakuras schurkenhafter Gerissenheit. Später brachte Honakura andere Priester mit, um Wallies Saphire zu erörtern, dann nahm er sie wieder mit, um den Verwalter der Tempelgelder aufzusuchen.

Lae kam mit blauem Flanell, der von allen Stoffen, die sie hatte finden können, dem der Zaubererroben am ähnlichsten war. Sie brachte auch eine sehr große braune Robe zum Anprobieren für Wallie mit. Sie passte ganz gut, ausgenommen an den Schultern, und Lae nahm sie an sich, um sie als Nähmuster zu gebrauchen.

Man focht …

Mata setzte den Destillierapparat auf einen Herd in der Küche und hatte Sinboro und Matarro als Heizer bei sich. Bald zog der Geruch von Alkohol und Rauch durch die Halle.

Am nächsten Morgen machten sich die Fechter wieder an ihre Übungen, alle vier steif und wund und entschlossen, es nicht zuzugeben. Später kamen Tomiyano und Oligarro, um mitzuteilen, dass sie ein Schiff gefunden hatten, das den Vorgaben des Gebieters Shonsu entsprach. Sie beschrieben es in allen Einzelheiten, von denen Wallie die meisten nicht verstand, aber was er verstand, schien zufriedenstellend zu sein.

»Wie viel also?«, fragte er.

»Oh, er will zweitausendachthundert«, sagte Tomiyano. »Aber er wird in ein, zwei Tagen hierher kommen.«

»Die Zeit haben wir nicht. Kaufe es!«

Tomiyano zog einen Flunsch.

Man focht …

Jja kam von der *Saphir* und zeigte Beispiele ihrer Arbeit mit der Seide, und Wallie war hoch erfreut. Die Nähte waren unglaublich fein.

Aber sie wasserdicht zu machen war schwierig. Brota und Fala versuchten ihr Bestes, brachten aber nur klebrige Seide, ölige Seide oder steife Seide hervor und nicht das, was er brauchte. Das Experimentieren gehörte nicht zu ihrer Kultur – sie verlangten ein Sutra, und Gebieter Shonsu konnte ihnen keins nennen, denn er wusste nur, was er wollte, nicht, wie es hervorzubringen war. Dann fiel ihm Katanji ein, der schlecht gelaunt unter Schiffarrest stand, weil sein Gipsverband so verräterisch war. Katanji war ein schöpferischer Denker und zu jung, um in den erstarrten Bahnen dieses Volkes zu denken. Zur Mittagszeit kehrte Wallie zur *Saphir* zurück und legte ihm die Schwierigkeiten auseinander. Bis zum Abend hatte Katanji seine Aufgabe gelöst und eine Mixtur aus Öl, zweierlei Wachs und dem doppelt verzauberten Wein hergestellt.

Zur Mittagszeit besichtigte Wallie auch das neue Schiff. Verglichen mit der *Saphir* war es nur eine spitz zulaufende Kiste mit einem Mast. Es war schmutzig, stank, dass einem übel wurde, und hatte keine Farbe mehr gesehen, seit Casr ein Dorf gewesen war. Aber die Längstakelung würde für gehörige Geschwindigkeit sorgen und erforderte nur eine kleine Mannschaft, so jedenfalls sagten die Matrosen. Unter Deck gab es einen einzigen schmuddeligen Laderaum und achtern eine winzige Kabine. Wallie erklärte Holiyi, welche Umbauten nötig waren. Holiyi lächelte und ging sein Werkzeug holen. Die Segel seien neu und zufriedenstellend, meinte Tomiyano.

»Wie soll sie heißen?«, fragte er.

»Brechmittel«, sagte Nnanji und hielt sich die Nase zu.

Wallie sagte: »Greif.«

Dann begaben sie sich zurück, um zu fechten.

Die Tage flogen dahin. Die *Saphir* wurde häufig verlegt. Es hätte eines argwöhnischen Verstandes und erfahrener Matrosenaugen bedurft, um sie unter der sich ständig verändernden Flotille, die im Strom ankerte, herauszufinden und zu bemerken, dass dieses Schiff schon seit längerer Zeit im Hafen angelegt hatte. Brota und ein paar ältere aus der Mannschaft verbrachten ihre Tage unter den Händlern und Matrosen am Kai und sorgten für gewisse Vorbereitungen.

Wallie spürte schon, dass er sich beim Fechten verbessert hatte, was ihm Fiendori bestätigte. Aber während Wallie nur verlorenen Boden zurückgewann, nahm Nnanji neues Gebiet ein, erstieg die Höhen des fünften Ranges und bewegte sich unleugbar auf den sechsten zu.

Honakura rannte hin und her und unterhielt sich damit, dass er die Priester scheuchte, damit sie holten, was immer Wallie brauchte, und andererseits Ausflüchte machte, wenn sie ganz förmlich mit ihm speisen wollten, um Klatsch und Neuigkeiten zu erfahren. Körperlich nahm Honakura ab, da war Wallie sicher, aber der Alte wollte nichts davon hören, sich ein leichtes Leben zu machen. Sein Verstand sprühte wie immer, und ganz offensichtlich amüsierte er sich prächtig, indem er die örtliche Priesterschaft zu seinem Nutzen aufstachelte.

Vor dem Abend des dritten Tages, als die Fechter gerade eine Pause machten und auf die Holzbänke niedersanken, kam der alte Priester hereingeschlurft und setzte sich für ein Gespräch zu ihnen.

Nach einer Weile sah er Fiendori an und bemerkte: »Ich hörte, dass die Sänger neue Lieder singen?«

»Das ist wahr, Heiliger«, murmelte der Sechste mit einem besorgten Blick auf Wallie. »Vergangenen Abend habe ich einige gehört.«

»*Zehn abtrünnige Schwertkämpfer?*«, fragte Wallie und bekam ein Nicken zur Antwort. »Noch eins über den blutroten Nnanji?«

»*Wie der Eingeweihte Nnanji gegen die Piraten kämpfte* und *Wie Gi Hilfe bekam.* Es gibt zwei oder drei Fassungen von *Die Schlacht von Ov.*«

Das hörte sich an, als bekäme Nnanji die meiste Publicity, genau wie Wallie befürchtet hatte.

»*Nnanjis Abschiedsgruß an den Prinzen*«, sagte Forarfi. »Das ist ein trauriges Lied!«

»Die möchte ich wirklich gern hören«, sagte Nnanji begierig. »Sind sie so gut gelungen wie die *Abtrünnigen*?«

Nein, er glaube nicht, meinte Fiendori.

»Was ist mit dieser Katanji-Sache?«, fragte Honakura völlig unschuldig. Die beiden Sechsten sahen ihn finster an.

»Was für eine Katanji-Sache?«, fragte Wallie.

Es schien sich ein Lied in der Stadt zu verbreiten: *Neuling Katanji zum finsteren Turme kam*, ein ansprechendes Liedchen mit einer guten Melodie und komischen Textstellen. Die Jungen sangen es, wenn die Alten nicht hinhörten. Die Leute in der Stadt hatten es aufgeschnappt, und die Straßenbengel sangen es hinter vorbeimarschierenden Schwertkämpfern her. Wallie verlangte eine Probe und bekam einen Vers und den Refrain von Fiendori vorgetragen, der verlegen und in der Tonart unsicher war. Ein Schwertkämpfer, der sich als Sklave verkleidete, war in seinen Augen nicht lustig, und Zauberer waren auch keine Witzfiguren. Wallie versuchte keine Rechtfertigung, denn er wusste keine Methode, um Spott zu bekämpfen, aber offensichtlich war sein Beliebtheitsgrad bei den hochrangigen Schwertkämpfern niedriger denn je.

Honakura kicherte und ging, die Melodie vor sich hin summend, hinaus. Nnanji machte ein furchtbar verdrossenes Gesicht und wechselte freiwillig das Thema.

»Bruder«, sagte er. »Erkläre mir das: *Ein Tiger, der wie eine Maus aussieht, ist gefährlich wie ein Tiger; eine Maus, die wie ein Tiger aussieht, noch viel mehr.*«

Wallie drehte sich zu den beiden Sechsten um. Sie mieden seinen Blick.

»Es ist die Pflicht und das Vorrecht des Beistands, seinen Schützling die Sutras zu lehren, nicht wahr?«, sagte Wallie.

Sie nickten schuldbewusst.

»Dann mischt euch gefälligst nicht ein!«

Man focht ...

* * *

Am Nachmittag des vierten Tages, an dem Wallie mit Fiendori und Nnanji mit Forarfi focht, erschienen zwei Gestalten im Eingang, die sich dunkel gegen das Tageslicht abhoben. Wallie sah durch das Gitter seiner Maske, dass der eine ein Schwertkämpfer war, und glaubte, Boariyi habe ihn gefunden. Dann erkannte er, dass die Besucher der oberste Priester und der Vogt waren. Er setzte die Maske ab, hob sein Schwert von der Bank auf und schritt auf sie zu, um sie zu grüßen. Er war noch außer Atem und fühlte sich schmuddelig im Vergleich zu ihrer kühlen Eleganz.

»Bitte, setz doch den Kampf fort, mein Gebieter«, bat Tivanixi. »Es war ein Vergnügen, dir zuzusehen.«

Wallie verbeugte sich und führte sie zu den Bänken hinüber. Die beiden setzten sich auf die eine, Wallie auf die andere Bank. Nnanji und die Sechsten gingen taktvoll nach draußen.

»Nach dem wenigen zu urteilen, was ich gesehen habe, hast du deine Zeit gut genutzt«, begann der Vogt.

»Dann darf ich dich um eine Einschätzung bitten?«, fragte Wallie lächelnd.

Tivanixi war nicht in der Stimmung für leichtfertige Unterhaltung. »Ich kann keine abgeben. Ich habe Boariyi nie gegen Fiendori fechten sehen. Er ficht auch zu ungleichmäßig, um ihn zum Maßstab zu nehmen.«

»Ist meine Zeit um?«, fragte Wallie.

»Ich fürchte, ja. Seit zwei Tagen ist kein Schwertkämpfer mehr angekommen. Die anderen Siebten legen das einmütig als ein Zeichen aus – die Göttin wünscht, dass der Heerbann sich rührt. Gebieter Kadywinsi ist derselben Meinung.«

Wallie seufzte. Das Schiff würde am Abend bereit sein, die Umbauten abgeschlossen, die Vorräte geladen. Was es zu nähen, zu dichten und zu destillieren gegeben hatte, war getan. Nun musste er sich entscheiden, ob er sie einsetzen wollte – ob er mit dem irren Spiel, das er geplant hatte, fortfahren wollte oder lieber alles hinwerfen und nach den Schwertkämpferregeln spielen sollte.

»Kannst du es noch ein wenig hinauszögern?«

»Wie lange?«, fragte der Vogt nach kurzem Zögern.

»Sechs Tage, vielleicht sieben.«

»Unmöglich! Die Stadt steht kurz vor einem Aufstand. Gestern kam es zu acht Herausforderungen, und heute ebenfalls schon zu drei. Wenn das so weiter geht, wird keiner mehr übrig sein, den wir einschwören können. Schon der nächste Zweikampf könnte sich zu einer Schlacht auswachsen. Nein, mein Gebieter, wir müssen mit der Versammlung des Heerbanns und der Wahl des Heerführers fortfahren.«

Wallie stützte die Ellbogen auf die Knie und schaute missmutig auf den Boden. »Dann bitte ich um deine Einschätzung, mein Gebieter. Haben die Sänger etwas genützt? Wird der Heerbann mich annehmen, wenn ich Boariyi schlage?«

Tivanixi zögerte, sah Hilfe suchend den Priester an und erntete ein höfliches, aber unverbindliches Lächeln. »Einige ja, andere nein. Wenn du genügend zusammenbekommst, könntest du die übrigen natürlich zwingen.«

Das wäre keine Lösung, und sie beide wussten es. Ein widerspenstiges Heer würde Befehle nachlässig und widerwillig ausführen, und jeder Anführer war auf mehr als das angewiesen. Wallie sah Tivanixi nachdenklich an.

»Und du?«

Der Vogt runzelte die Stirn. »Was ich?«

»Wenn du die freie Wahl hättest zwischen Boariyi und mir, würdest du dich immer noch für mich entscheiden?«

Der Augenblick dehnte sich. Er bekam keine Antwort. Dann löste Wallie sein Haar.

Tivanixi sagte: »Nein.«

Vielleicht hatte sich der Eindruck des siebten Schwertes abgenutzt. Vielleicht hatte Boariyi den Vogt umgarnt, wie er Nnanji umgarnt hatte. Aber Wallie hatte das Gefühl, dass es der Spott von *Neuling Katanji zum finsteren Turme kam* war, der den Ausschlag gegeben hatte. Er würde es nie erfahren.

»Danke«, sagte er und band sich das Haar wieder zurück. »Ich kann dich nur bitten, dass du den Kampf um die Führerschaft so lange wie möglich verzögerst, mein Gebieter. Ich verlasse die Stadt.«

Tivanixi wurde flammend rot vor Zorn. Er sprang auf.

»Dann begreife ich nicht, was du willst, mein Gebieter, noch was du die letzten vier Tage getan hast. Es gibt einen sehr guten Sechsten, der morgen seinen Aufstieg versuchen könnte. Vielleicht ist er dazu bestimmt, unser siebenter Siebter zu sein. Vielleicht sollte man dich zählen, obwohl du dich Ihrem Ruf verweigerst.« Er verbeugte sich leicht. »Möge die Göttin mit dir sein ... und du mit Ihr.«

Dieser Zusatz wäre Grund genug für eine Herausforderung gewesen, aber Wallie ging darüber hinweg. Die Besucher gingen. Er blieb zusammengesunken auf der Bank sitzen, starrte verdrießlich auf den Boden und dachte darüber nach, was die beste Vorgehensweise wäre. Wenn er in Casr bliebe, um die Führung zu erringen, würde er sich vorher angeprangert sehen. Wenn er Erfolg hätte und es zum Kampf gegen Boariyi käme, könnte er getötet werden. Wenn er ihn besiegte, würden ihm die Schwertkämpfer die Gefolgschaft verweigern.

Die Alternative war ein verrücktes Abenteuer, bei dem er sein Leben und das seiner Freunde riskierte. Und selbst wenn es gut ginge, könnte es sein, dass er die Schwertkämpfer trotzdem nicht dazu brachte, auf ihn zu hören, oder dass er zu spät käme. Natürlich könnte die Göttin sein Schiff innerhalb eines Augenblicks nach Sen und wieder zurück befördern, aber diese Art Hilfe erwartete er eigentlich nicht. Große Taten von Sterblichen, das war es, was die Götter wollten, nicht ihre eigenen Wunder. Die Menschen sahen die geographische Veränderlichkeit nicht als Wunder an, dazu war sie zu alltäglich, etwa wie Gewitter und Regenbogen. Aber Wallie tat es.

Oh, Göttin! Es gab keine *beste* Vorgehensweise!

Tivanixi hatte seine Sechsten natürlich mitgenommen, daher glaubte Wallie, als sich ein einzelner Schatten in den Lichtfleck der Tür schob, es sei Nnanji – eine große Gestalt mit einem Heft neben dem rechten Ohr.

Dann sah er, dass es nicht Nnanji war, und sprang auf.

Boariyi war es auch nicht. Es war eine Frau. Sie kam langsam auf ihn zu, und er sah sie deutlich, als sie durch das staubige Sonnenlicht schritt, das durch eines der hoch liegenden Fenster fiel. Sie war außerordentlich groß, fast so groß wie er – die größte Frau, die er in dieser Welt bisher gesehen hatte. Sie hatte langes Haar, das sie lose trug. Was wie ein Schwertheft ausgesehen hatte, war der Wirbelkasten ihrer Laute. Eingehüllt in einen Umhang … einen saphirblauen, bodenlangen Umhang, schwebte sie über die Steinplatten auf ihn zu. Sie war eine Sängerin des siebten Ranges.

Vor ihm blieb sie stehen. Die Etikette war klar: Er war ein Mann und ein Schwertkämpfer, sie die neu Hinzugekommene. Sie hatte zu grüßen und er zu antworten; aber sie stand bloß da und musterte ihn.

Er hatte sie in der Freistätte gesehen, wie sie über die Köpfe der anderen hinwegspähte. Er hatte sie ihrer Größe wegen für einen jungen Mann gehalten.

Sie war nicht im landläufigen Sinne schön. Ihr Mund war zu groß, die Nase kühn gebogen und kantig, aber ihr glänzendes braunes Haar floss in Kaskaden über ihre nackten Schultern herab und das Wickelkleid wurde von festen Brüsten gestützt. Nicht allzu auffälligen Brüsten, wie er fand, aber sie passten doch ganz gut zu ihrer Erscheinung. Das Gesicht war reizlos, aber an ihrer Figur war nichts auszusetzen. Eine Göttin! Ihr Hülle war aus schimmernder Seide und schmiegte sich ... fast vollständig an. Sie hatte Format. Sie hatte Selbstbewusstsein. Wallie war sehr deutlich bewusst, dass diese erstaunliche Besucherin eine wahnsinnig begehrenswerte Frau war. Und sie wusste es.

Das Schweigen hielt an.

Tivanixi hatte einen Sänger erwähnt, den Shonsu hätte erkennen sollen. Wallie erinnerte sich an keinen Namen. Hatte der Vogt sie hierher gebracht oder war sie ihm gefolgt?

»Ist noch jemand mit dir gekommen?«, fragte er.

Sie schüttelte den Kopf.

Er überlegte, ob er sie küssen sollte. Das könnte ihm sagen, welche Beziehung zwischen ihnen bestand. Sie könnte flüchten oder ... oder es könnte ihn noch mehr aus der Fassung bringen. Er wünschte, sie würde endlich sprechen. Ihre arrogante Gelassenheit war aufwühlend.

»Singe für mich, wenn du nicht zu reden wünschst«, sagte er.

Sie zog eine Augenbraue hoch. »Seit wann erwärmst du dich für Musik?«

Er kannte die Stimme, eine volle Altstimme. Nnanji hatte sie nachgeahmt, als er die *Zehn abtrünnigen Schwertkämpfer* vortrug.

»Ich schätze eine Menge Dinge, die ich früher nicht zu schätzen wusste«, antwortete er und fragte sich, was sie wohl daraus machen würde.

»Was wirst du tun?«, verlangte sie zu wissen.

»Im Hinblick worauf?«

»Auf den Heerbann«, antwortete sie ungeduldig. »Wirst du der Heerführer sein?«

Der Verzicht auf die förmliche Begrüßung bewies, dass diese Frau mit Shonsu auf vertrautem Fuß gestanden hatte. Aber wie vertraut? Dem Gedanken, Shonsu könnte eine platonische Liebe gehabt haben, fehlte jede Überzeugungskraft – was bedeutete, dass er diese herrlichen Arme, diese Brüste gestreichelt hatte, sich gegen ihren Körper gepresst, ihre Lippen ...

Vielleicht aber auch nicht. Diese Frau mochte große Widerstandskraft haben.

»Die *Zehn abtrünnigen Schwertkämpfer* sind von dir?«

»Ja.«

»Dann bist du in Hann gewesen?«

Sie schüttelte den Kopf. »Wir zogen nach Quo und weiter nach Süden. Ich begegnete einem Sänger, der mir die Geschichte erzählt hat. Da wusste ich, dass du noch am Leben bist. Also kehrte ich um. Was ist mit dem Heerbann?«

Wir?

»Ich glaube nicht, dass die Schwertkämpfer mich nehmen würden.«

Sie lächelte. Er war bestürzt, die Befriedigung darin zu entdecken. »Wie klug sie sind!«

»Und was wirst du tun?«, fragte er, während sich ihm der Kopf drehte.

Sie blickte ihn seltsam an, ihr Argwohn war erwacht. »Was ich immer gesagt habe, das ich eines Tages tun werde – bei deiner Bestattung singen.«

Das klärte die Fronten ein wenig.

Doch in ihrer Haltung lag trotzdem etwas Herausforderndes. Konnte die Bemerkung eine Art Scherz gewesen sein? Wem sollte er glauben – ihren Worten oder ihren Augen?

»Es widerstrebt mir, dir die Gelegenheit zu verschaffen, Verehrte«, sagte er. »Ich werde die Stadt wieder verlassen.«

»Um wohin zu gehen?«

»Es steht mir nicht frei, das zu sagen.«

Sie schüttelte den Kopf. »Du gibst doch nicht auf diese Weise auf.«

Er setzte sich auf die Bank und deutete auf die andere. Sie blieb stehen. Ganz sicher hatte sie unter diesem dünnen Ding nichts an. Er schwitzte.

»Ich sage ja, ich habe mich geändert. Was immer zwischen uns gewesen ist, ist vorbei.« Das war angenehm vage. »Ich würde es zu schätzen wissen, wenn du vor niemandem erwähnst, dass du mich hier gesehen hast.« Er hoffte, dass sie das als Schlusswort auffasste.

»Im Gegenteil.« Sie nahm ihre Laute vom Rücken. »Ich fühle eine Ballade kommen. *Shonsu der Priester* vielleicht, oder *In den Ruinen des Tempels*?«

Sie berührte die Saiten, und ein paar spielerische Töne schwebten durch den nackten Saal.

»*Katanji zum finsteren Turme* ... stammt das auch von dir?«

Sie lachte harsch und setzte sich ihm gegenüber. »Nicht schlecht, nicht war? Aber ich glaube, *Shonsu der Priester* wird noch besser.«

»Was ich brauche«, sagte er aufgrund einer Eingebung, »ist *Shonsu der Held*. Wenn du für mich tust, was die anderen Sänger für meinen Schützling getan haben, dann könnte ich Anführer des Heerbanns werden!«

Ein zufrieden schnurrendes Lächeln zog über ihr Gesicht. Sie beugte den Kopf über die Laute und stimmte einen Akkord an. »Ja? Ja, das könnte ich tun. Aber warum sollte ich?«, fragte sie und blickte zu ihm auf.

»Um der Göttin willen, Verehrte«, sagte er. »Ich weiß viel mehr über Zauberer als Gebieter Boariyi oder irgendein anderer. Wenn ich nicht auf irgendeine Weise Anführer werde, dann ist der Heerbann verloren.«

Ihr anmaßender Blick war zermürbend. »Welchen Stoff würdest zu empfehlen? Deinen Besuch in Aus? *Shonsu die Schlange? Shonsu der Wurm?*«

Er seufzte. Sie war eine erregende Frau, und das Wortgefecht war herausfordernd, aber er verschwendete seine Zeit, träumte vergeblich, ging vor ihrer überwältigenden Art in die Knie.

»Versuch's mit *Shonsu der Matrose,* Verehrte«, erwiderte er und stand auf. »Ich muss gehen und meinen Dienst an Ihr erfüllen. Aber ich bitte dich sehr, über diese Begegnung zu schweigen.«

Er war schon halb an der Tür, als die Laute erklang und sie zu singen anfing:

Shonsu ... Shonsu ...

Er blieb stehen. Es war ein Klagelied, das schaurig durch den Saal hallte.

Wohin hast du sie geführt,
Wo ist unsre Freude?
Shonsu ... Shonsu ...
In der Sonne glänzt das Heft,
Stolz die Häupter, ungebeugt,
Brüder ... Väter ...
Söhne ... Liebste ...

Langsam ging er zurück. Sie setzte aus und begann von neuem, mit leicht veränderter Melodie, herzzerreißender und pathetischer, und sie fügte zwei

Verse hinzu. Es war eine Totenklage auf die neunundvierzig Männer – und sie komponierte sie aus dem Stegreif.

Das würde Shonsu vernichten.

Sie hörte auf zu spielen und sah ihn spöttisch an.

»Sag mir Bescheid, falls du vorhast, das zu vollenden«, meinte er. »Denn wenn du das tust, ist meine Sache verloren.«

Sie stand auf und hängte sich die Laute wieder auf den Rücken. »Ich werde mit dir gehen!«

»Unmöglich! Es wird sehr gefährlich werden.«

Sie zuckte die Achseln. »Ich komme mit.«

Die Sänger waren die Medien dieser Welt. Sie wollte Shonsus nächste Schlacht mit eigenen Augen sehen, wie ein Kriegsberichterstatter. Er zögerte. Wallies Verstand wurde plötzlich gewahr, dass Shonsus Drüsen randalierten.

»I-ich könnte versagen!«, stammelte er.

Sie lächelte. »Das hoffe ich! Es wird mir eine Freude sein, dich sterben zu sehen.«

Tatsächlich?

»Vielleicht enttäusche ich dich aber auch. Ich könnte den Sieg davontragen. Du solltest besser zu Hause bei den Kindern bleiben.«

Keine Reaktion. Den Göttern sei Dank!

Sie spitzte die Lippen und schien verhandeln zu wollen. »Wenn du tatsächlich siegst, werde ich ein Heldenlied über dich schaffen, über Shonsu den Helden. Damit wirst du der Heerführer werden.«

Er fragte sich, wer von ihnen beiden verrückt war.

Natürlich! Honakura!

Der alte Mann mischte sich wieder ein ... oder war das die Hand der Göttin? Nnanji, Katanji, Honakura selbst – sie alle waren außergewöhnliche Menschen und von den Göttern geschickt, um ihm bei seiner Mission zu helfen. Sicher verhielt es sich mit dieser überragenden Sängerin genauso. Sie war ein Genie. Honakura hatte das erkannt und sie angeworben. Typisch für den alten Gauner, dass er ihn nicht gewarnt hatte!

»Es wird sehr gefährlich werden«, sagte er noch einmal.

Sie zuckte wieder die Achseln. »Ich bin schon früher Zauberern begegnet. Sie schätzen die Musik mehr, als die Schwertkämpfer es tun.

Eine Spionin? Auch das war möglich!

Sie ging. Er starrte ihr nach, dachte an das kleine Schiff und eine einwöchige Reise. Was war sie für Shonsu gewesen? Sie kam bei dem Türbogen an. Das Sonnenlicht fiel durch ihr hauchdünnes Kleid, als sie die Stufen hinaufstieg, und sie war eine nackte Frau mit einer Laute auf dem Rücken, die durch blaues Feuer ging. Wallie hatte schon einmal den Verstand an Shonsus Ekstase verloren – und plötzlich flammte eine unbezwingbare Lust in ihm auf. Shonsus Geliebte! Er musste sie haben!

Er rannte hinter ihr her.

Draußen saßen Nnanji und Thana händchenhaltend auf einem eingefallenen Mauerstück und waren für alles verloren, außer für einander. Sie sprangen auf, als die große Frau zu ihnen trat. Nnanji hatte sie offenbar noch nie gesehen und auch nicht gewusst, dass sie da war, denn er machte ein verwirrtes Gesicht. Er zog sein Schwert und grüßte.

Wallie kam gerade rechtzeitig, um ihre Antwort zu hören: »Ich bin Doa, Sängerin des siebten Ranges ...«

Es war praktisch, ihren Namen zu wissen, dachte er selbstironisch – falls er sie im Dunkeln ansprechen wollte.

Bei Sonne und einem übermütigem Wind tollte das Dingi der *Saphir* über das Wasser. Nnanji saß dicht bei Thana, die das Ruder hielt, und zusammen starrten sie halb erstaunt, halb belustigt auf den unerwarteten Besuch. Doa saß zurückgelehnt in eine selbstzufriedene Betrachtung ihrer Umgebung versunken, ihre üppiges Haar wehte wie eine Flagge. Wallie konnte sich von dem Anblick nicht losreißen. Seine Hände zitterten.

Er hatte Jja nie versprochen, nur ihr treu zu sein. Er hatte es tun wollen; sie hatte ihn davon abgehalten, es auszusprechen. Inzwischen hatte er die hiesige Version eines Ehevertrages kennen gelernt und verstand nun, warum. Er hatte über Nnanjis Verliebtheit gespottet, aber er selbst benahm sich nun wie ein verblödeter Bauernbursche. Er versuchte, sich herauszureden – diese Frau sei Shonsus Geliebte gewesen und daher sei seine Reaktion ein bedingter Reflex.

Sein Gewissen glaubte keine Silbe davon.

Er befahl seinem Gewissen, das Maul zu halten.

Sie konnte ebenso gut eine Spionin der Zauberer sein. Er würde mit Honakura sprechen, sobald er sie sicher an Bord der *Saphir* eingesperrt hätte. Dann sah er, dass die *Saphir* nicht ihr Bestimmungsort war. Die *Greif* hatte ihre Testfahrt beendet und ankerte in der Nähe des Tempels. Sie waren fast angelangt.

Das Deck lag viel höher als das Dingi. Wallie fragte sich, wie Doa mit ihrem engen Seidenkleid es schaffen würde, hinaufzuklettern. Er bot ihr eine Hand an. Sie sah daran vorbei, raffte ihren Saum, ließ ein Paar lange, wohl geformte Beine aufblitzen und war schon an Deck, von wo sie ihn mit einem spöttischen Blick streifte.

Sie drehte sich schwungvoll um und vollführte den Gruß an den Kapitän, der staunend wie ein Schuljunge zu ihr aufsah. Dann nahm er seinen Verstand zusammen und stellte die anderen vor.

Wallie kletterte an Bord. »Wie gefällt sie dir?«, fragte er, als der Kapitän seinen Aufgaben wieder zur Verfügung stand.

»Du meinst das Schiff?«

»Natürlich das Schiff!«

»Gar nicht schlecht«, räumte Tomiyano ein. Es gab selbstverständlich nur ein Schiff, das als gut bezeichnet werden konnte. »Flink! Wir könnten sie noch schneller machen, wenn wir ein paar Tage Zeit hätten.«

»Haben wir aber nicht.« Wallie sah nach der Sonne; noch zwei oder drei Stunden Tageslicht. »Können wir bei Sonnuntergang auslaufen?«

Tomiyano zuckte die Achseln. »Können wir auch jetzt.«

Wallie sah zu Nnanji und bekam ein aufgeregtes Nicken zur Antwort. Warum nicht? Im Krieg war Schnelligkeit unschätzbar.

»Dann tun wir's!«

»Wer?«, fragte der Kapitän.

Sehr gute Frage! »Du und ich und Nnanji und Thana ...« Sie nickten ihm zu, als er in ihre Richtung schaute. »Und Gebieterin Doa. Wir brauchen einen weiteren Matrosen.« Er drehte sich zu der Gruppe eifriger Gesichter um. Die Jungen würden ihre Zähne dafür geben dabei zu sein, Sinboro und Matarro zum Beispiel. Nein, er würde nicht mit Kindern kämpfen. Die nahe liegende Wahl war der wortkarge Holiyi, der höhnisch lächelnd am Mast stand. Er war ein Junggeselle. Er hatte es sich augenscheinlich schon gedacht.

»Holiyi? Willst du?«

Holiyi nickte. Warum ein Wort verlieren, wenn man es sich sparen konnte?

»Das sollten genug sein«, erklärte Wallie.

Nnanji runzelte die Stirn. »Das sind nur sechs!«

Wallie seufzte. Nach den Gesetzen dieser Welt mussten sie sieben sein. Jja? Aber sie war nicht da. Er hatte Vixini immer mitgezählt und würde ihn auch diesmal zählen müssen, machte acht, und Jja von dem Kind zu trennen wäre ... wäre genauso schlecht, wie Jja und Doa beieinander zu haben. Nicht Jja.

Dann sah er in zwei schelmischen dunklen Augen Hoffnung aufblitzen... Das erschien ihm lächerlich. Mit einem zerschmetterten Arm brächte er keinen praktischen Nutzen. Doch irgendwie fühlte es sich richtig an. Er war in Sen an Land gewesen, welches die nächste Stadt am linken Ufer war und die darum ihr Ziel zu sein hatte. Eine Aura des glücklichen Zufalls umgab ihn ... und Wallie würde es überaus vorziehen, Katanji unter den Augen zu haben, als nachher in Casr wild herumzulaufen, weil er verschwunden war.

Nnanji kicherte und meinte: »Das finde ich auch, Bruder! Er bringt Wissen ein.«

Also dann Katanji. Die anderen würden mit dem Dingi zur *Saphir* zurückkehren, und die *Greif* konnte sofort lossegeln. Wenn Doa eine Spionin war, dann hatte sie keine Gelegenheit zu berichten.

Und Wallie würde Jja nicht ins Gesicht sehen müssen.

Nnanji begann die Ausrüstung aufzuzählen: Seidenbeutel, verzauberter Wein, Lebensmittel... Jedes Ding wurde bestätigt von dem, der es an Bord gebracht hatte.

Wallie ging zu Doa hinüber, die gegen die Reling gelehnt den Tempel betrachtete. Sie wandte sich ihm zu und schenkte ihm einen zweideutigen Blick, und er musste sich zusammenreißen, um die Hände von ihr zu lassen. »Wie viel hat der alte Mann dir erzählt?«, fragte er.

»Welcher alte Mann?«

»Gebieter Honakura.«

Doa runzelte die Stirn. »Wer?«

***

Diese Welt war sehr einfach. Besitztümer gab es wenige und Schreibarbeit überhaupt nicht. Es brauchte kaum Zeit, um die Abreise zu organisieren. Wallie holte selbst den Anker ein, während die Matrosen Segel setzten. Die zu Hause Bleibenden jubelten ihnen vom Dingi aus zu; die *Greif* lehnte die Schulter in den Wind und schnellte vorwärts.

Sie war mehr als flink. Sie war rasant und zeigte eine Spritzigkeit, die ihr hohes Alter Lügen strafte. Sie lag viel tiefer im Wasser als die *Saphir* und legte sich so weit auf die Seite, dass Wallie es zuerst beängstigend fand. Sie wiegte sich in den kleinen Wellen hin und her. Aber sehr bald begann er, sich zu entspannen. Das war zwar ein verrücktes Abenteuer, aber in den nächsten zwei, drei Tagen würde er erst einmal eine Kreuzfahrt genießen.

Die *Greif* war ein einfaches Schiff – ein Mast und ein durchgehendes Deck, das natürlich ringsum eingefasst war, denn wer von Bord fiel, lebte nicht mehr lange genug, um nach einer Schwimmweste zu schreien. Die Planken waren verkratzt und mit Fischschuppen übersät. Es gab zwei Luken, achtern eine kleinere für Leute und vorne eine größere für die Ladung, beide zur Zeit nicht abgedeckt. Es gab auch ein kleines Dingi, das dicht hinter dem Mast, gegenüber der Stelle, wo die Laufplanke ausgebracht wurde, umgedreht auf dem Deck lag. Man müsste sie scheuern und streichen, um den Gestank loszuwerden, und die *Greif* wäre ein sehr erfreuliches kleines Schiff, dachte Wallie.

Doch die *Greif* war jetzt auch eine maßgefertigte Zaubererfalle, dank Holiyis Zimmerarbeit. Sogar dieses unschuldig aussehende, umgedrehte Dingi war ein Teil davon.

Heller Sonnenschein und ein stürmischer Wind ... und ein breites Grinsen auf Tomiyanos Gesicht, während er sich ein Gefühl für das Ruder verschaffte und dem kleinen neuen Spielzeug Geschwindigkeit abpresste wie einer Frucht den Saft. Ein Frachtschiff, das größer als die *Saphir* war, fuhr schwer beladen voraus, und Wallie sah erstaunt zu, wie schnell die *Greif* es überholte. Schon näherte sich die erste große Flussbiegung. Er schaute nach achtern, wo Casr bereits in der Ferne verschwand. Inzwischen fuhren viel weniger Schiffe auf dem Strom als noch vor kurzem – die Göttin hatte Ihren Schwertkämpferlieferservice eingestellt.

Der günstige Wind war ein ermutigendes Omen, befand Wallie. Allerdings könnte ihn die nächste Biegung, falls er die falsche Entscheidung getroffen hatte, wieder zurück nach Casr bringen.

Die anderen machten es sich auf der Luvseite des Decks bequem, wo sie sich an die Bordwand lehnten ... nur vier? Wo war die Sängerin?

Dann kam Doa die Leiter herauf. Sie hatte ihr Seidenkleid in Streifen gerissen und sich einen Matrosen-Bikini gemacht, der gewagt knapp war. Sie stellte sich an die Reling, um die Szene zu betrachten.

Sie war die Szene. Shonsus Drüsen schalteten in Overdrive. Barfuß, das hüftlange Haar im Wind wogend, das wenig anziehende Gesicht abgewandt, während dieses Minimum an Stoff fast nichts verhüllte, wirkte ihre erstaunliche Erscheinung wie ein Fanfarenstoß auf Wallie. Jja war eine große Frau, aber sie war nicht nach Shonsus Maßstab gebaut wie diese singende Amazone. Er beschloss, dass es Zeit war, sie ein bisschen zu umwerben. Immerhin hatte er sie unbewusst beleidigt, indem er sie in der Freistätte nicht beachtet hatte. Er wünschte, ihm fiele eine glaubhafte Erklärung dafür ein. Er stellte sich neben sie und legte einen Arm um ihre nackte Taille.

Sie war schnell. Nur seine blitzartigen Reflexe retteten seine Augen. Er taumelte zurück und tastete nach einem blutigen Kratzer an seiner Wange.

»Fass mich nicht an!«

Während er sie offenen Mundes anstarrte, ging sie und gesellte sich zu den anderen.

Die verknoteten sich fast, um das Lachen zu unterdrücken, und warteten darauf, was der große Aufreißer als Nächstes tun würde.

Die Sonne war untergegangen, der Himmel wurde langsam dunkel. Die Reste des Abendessens wurden von Thana weggeräumt. Die Mannschaft der *Greif* hatte sich achtern auf dem Deck ausgestreckt.

»Schon Zeit, Anker zu werfen, Kapitän?«, fragte Wallie und zog sich eine Decke um die Schultern.

»Warum?« Tomiyano hatte Holiyi nach einigem Widerstreben schließlich ans Ruder gelassen. »Klarer Himmel, feine Brise.«

»Gut!« Wallie war nicht mehr bei Nacht gesegelt, seit er von der heiligen Insel geflohen war, aber offenbar konnte man sich mit der *Greif* mehr erlauben als mit der *Saphir*. Helden war es erlaubt, Glück zu haben. Er fuhr fort, über Doa nachzudenken.

Die anderen benahmen sich ehrerbietig wegen ihres Ranges. Ihre Haltung war umgekehrt hochmütig und reserviert, doch sie hatte alle ihre Fragen und Bemerkungen gnädig beantwortet, war geduldig und sogar freundlich gewesen. Gegen Wallie verhielt sie sich vollkommen anders – verführerische Blicke unter gesenkten Wimpern, tiefe Atemzüge, flehentliche Vertrautheitssignale, aber die wenigen Worte, die sie für ihn übrig hatte, waren giftig oder geradezu niederträchtig. Dieses Gemisch war so widersprüchlich wie ein Willkommensgruß an einer verriegelten Tür, und er wusste nicht im Geringsten, welches Verhalten von ihm erwartet wurde.

Gerade sprach sie mit Katanji, was für eine Siebte ein bemerkenswertes Entgegenkommen war, selbst wenn es sich um einen Neuling mit hervorragenden Fähigkeiten handelte. Natürlich war es Katanji gewesen, der für ihre satirische Ballade den Stoff geliefert hatte, und nun stellte sie fest, dass er sie noch gar nicht gehört hatte. Sie nahm die Laute, schlug einen Akkord an und sang *Neuling Katanji zum finsteren Turme kam*. Thana und die beiden Matrosen johlten vor Vergnügen, als die Geschichte sich entfaltete; Katanji war dem Ersticken nahe. Nnanjis anfängliches Lächeln verwandelte sich rasch in feindselige Blicke. Wallie gab sich große Mühe, seinen Groll hinter der Bewunderung für die gesanglichen Fähigkeiten zu verstecken, aber der Spott wirkte wie Natternbisse: Shonsu duckt sich hinter die Reling des Schiffs und schickt sein Heer, einen als Sklaven verkleideten kleinen Jungen, gegen den Feind. Die Zauberer wurden übel zugerichtet, aber die Schwertkämpfer schnitten noch schlechter ab.

Als sie geendet hatte, bat Nnanji kalt: »Und eins für mich, Verehrte? Den *Abschiedsgruß* vielleicht?«

Schmollend stimmte Doa einen Mollakkord an. Die Unterhaltung zwischen Nnanji und dem sterbenden Arganari trieb über das dunkel werdende Deck zu Wallie hinüber, und seine Augen kribbelten, als sich bei der Erinnerung sein Herz zusammenzog.

Plötzlich unterbrach sich Doa. »Schund!«, knurrte sie. »Lass mir ein paar Augenblicke Zeit.« Sie zupfte die Saiten, und Wallie erkannte einige Klänge aus dem Klagelied, das sie im Refektorium begonnen hatte. Kurz darauf hatte sie es fertig und fing noch einmal an zu singen: »Nnanji ... Nnanji ...«

Die vorige Fassung war kein Schund gewesen, aber jetzt gab sie ihm den Anstrich einer überragenden Schöpfung, die bloßes handwerkliches Können in den Schatten stellte. Die Lyrik war um vieles besser, und die neue Melodie war so quälend und herzzerreißend wie *Shenandoah* oder *The Londonderry Air.* Wallie merkte bald, dass seine Wangen nass waren. Still weinte er um einen stocktauben Jüngling, der nicht einmal einen Ton dieses Kunstwerks, zu dem sein Tod angeregt hatte, hätte genießen können. Schließlich verklang es, und er sah, dass auch die anderen sehr bewegt waren.

Er war von Ehrfurcht ergriffen. Er fühlte, dass er bei der Enthüllung von etwas dabei gewesen war, das unvergänglich sein sollte – und doch war es eine Stegreifkomposition gewesen. Sie war Mozart oder Shakespeare oder beides. Er hatte seinen Homer gefunden – falls sie geruhte ihm zu helfen.

In dieser Nacht tanzte die *Greif* mit dem Windgott über das Wasser, das wie Ebenholz und Platin war. Ein rotes Signalfeuer brannte für sie auf den Gipfeln des Regi Vul. Tomiyano und Holiyi steuerten und hielten Wache, während die Übrigen in dem stinkenden, feuchten Laderaum lagen.

Wallie bot Doa die einzige Kabine an. Sie fragte, ob die Tür verriegelt werden könne, aber Holiyi hatte den Riegel an die Außenseite verlegt und die winzige Kammer in eine Gefängniszelle verwandelt. Sie lehnte das Angebot ab.

Daher schlief Wallie selbst da drinnen, wehmütig hoffend, dass ihm später, unter der Augenbinde der Dunkelheit, Gesellschaft gewährt würde. Aber niemand kam. Er schlief schlecht, die Bewegungen des Schiffes waren ungewohnt, er lauschte auf das Knarren und Plätschern und war sich die ganze Zeit des fauligen Gestanks bewusst. Ebenso eines wilden unerwiderten Verlangens.

Sie war Shonsus Geliebte gewesen. Shonsus Feldzug war in einer Katastrophe geendet. Auf welcher Seite stand Doa?

Kurz vor Sonnenuntergang des zweiten Tages ging die *Greif* eine knappe Meile von Sens Ufer entfernt vor Anker. Der Windgott war ein begeisterter Helfer gewesen, und sie hatten ausgezeichnete Fahrt gemacht. Nur eines war ihnen verwehrt geblieben – eine kurze Zeit der Ruhe, um den Zaubererköder auszuprobieren. Seine Ausrüstung würde bei starkem Wind nicht funktionieren, aber vielleicht sahen Götter die Notwendigkeit von Generalproben nicht ein. Jetzt legte sich der Wind wie auf Bestellung. Der frühere Wallie Smith wäre deswegen besorgt gewesen, denn eine Flaute hätte ihn hilflos in Reichweite der Zauberer festgehalten. Inzwischen aber frönte er dem abergläubischen Vertrauen in die Götter.

Helden durften Glück haben.

Oder anders gesagt: Ohne Glück lebte man nicht lange genug, um ein Held zu werden.

Nein, der vorige Satz war besser.

Aber er stellte wilde Vermutungen an. Die Zauberer würden den Verkehr auf dem Strom sicher sorgfältig beobachten, und wahrscheinlich taten sie das mit Ferngläsern, die keine große Reichweite besaßen. Etwa eins zu zehn dürfte ihre Grenze sein, dachte er. Am meisten setzte er auf den Ruf der Schwertkämpfer. Das letzte, was die Zauberer von ihnen erwarteten, war List.

Dennoch wäre es große Torheit, den Gegner zu unterschätzen. Die Schwertkämpfer hatten aus Fehlern niemals gelernt, die Zauberer hingegen schon, dessen war er sicher, und sie waren in Ov schlimm zugerichtet worden. Von Shonsus Eintreffen in Casr und seinem neuerlichen Verschwinden dürften sie wissen. Sie würden besonders nach einem großen Siebten und einen rothaarigen Vierten Ausschau halten, und er traute ihnen sogar zu, bereits zu wissen, dass der Vierte jetzt ein Fünfter war.

Nnanji war darum unter Deck verbannt worden, bevor Sen in Sicht kam – rotes Haar war unter diesen Menschen eine Seltenheit. Auch Katanji war nach unten geschickt worden, wegen seines Verbandes. Doas Größe machte sie verdächtig, und ihre Beziehung zu dem ursprünglichen Shonsu könnte bekannt sein. Außerdem könnte sie eine Spionin sein – auch sie befand sich deshalb im Frachtraum.

Wallie trug das blaue Gewand, das Lae für ihn genäht hatte. Er hatte sich die Kapuze übergezogen und hielt das Gesicht von der Stadtseite abgewandt. Tomiyano hatte sich braune Paste über sein Brandmal geschmiert. Blieben nur Thanas Stirnmale als Gefahrenzeichen übrig, und Wallie glaubte nicht, dass sie auf diese Entfernung zu erkennen waren. Falls die Wächter Männer waren, würden sie an Thana ohnehin anderes mustern.

Der Anker war ausgeworfen, die Segel eingeholt. Er hatte seine Ausrüstung an Deck ausgebreitet – im Schatten des Schanzkleides, denn die Sonne stand niedrig. Es waren keine anderen Schiffe in der Nähe. Der Wind wehte nur noch sanft. Während der vergangenen zwei Tage war Wallie den Plan mit seinen Helfern an die hundert Mal durchgegangen. Mit trockenem Mund und klopfendem Herzen überprüfte er in Gedanken alles noch einmal, sorgte sich um tausend Gefahren und fragte sich, was er wohl übersehen hatte.

War er zu weit draußen? Vielleicht lag ja schon zehnfache Vergrößerung außerhalb ihrer technischen Entwicklung. Zur Stadt selbst durfte er nicht hinüberblicken, aber er konnte das Ufer stromabwärts sehen, und die Häuser erschienen ihm sehr klein. Wenn der Köder nun nicht einmal bemerkt würde? Und wenn er überhaupt nicht funktionierte? Und wenn . . .

»Und nun, großer Anführer?«, fragte Tomiyano ungeduldig.

»Was ist, wenn der Wind ausbleibt?«

»Pah!« Der Kapitän schritt auf die andere Seite zu dem unschuldig aussehenden Stück Teppich, das ebenfalls Teil des Plans war. Er rückte es mit einem schwieligen Fuß zurecht. »Der Wind hat nach deiner Pfeife getanzt, Shonsu! Jedesmal, wenn wir in eine Biegung fuhren, hat der Wind sich für uns gedreht. Wo ist dein Vertrauen, Streiter der Göttin?«

Er war ebenfalls unruhig und versuchte, es nicht zu zeigen.

»Dann los!«

Wallie kniete sich hin und goss Alkohol in eine Kupferpfanne. Thana erfüllte die ihr aufgetragene Rolle und brachte den Zunder mit einem Feuerstein zum Brennen – etwas, das Wallie noch nicht beherrschte. Er schob den Zunder in die Pfanne, während sie sie festhielt. Die Flamme war nicht zu sehen, aber Wallie spürte die Hitze. Er richtete den orangen Seidenbeutel gerade, indem er ihn am Scheitelpunkt hochzog. Im Geiste legte er zwei Finger überkreuz. Die Schale war vielleicht zu schwer oder nicht groß genug, oder die Darmsaiten, an denen sie hing, würden durchbrennen, oder er würde das Schiff in Brand setzen oder vielleicht funktionierte auch überhaupt nichts ...

Der Beutel begann sich zu füllen. Thana schaute beunruhigt auf, und Tomiyano machte das Zeichen der Göttin. Der Beutel blähte sich rascher. Der Wind blies dagegen, und Wallie hielt den Beutel mit beiden Händen fest. Dann fand er ihn genügend gefüllt. Er bückte sich nach der Pfanne, hob sie mit einer Hand, während er mit der anderen den Beutel ruhig hielt, der sich frei hin und her wälzte. Wallie spürte den Auftrieb und ließ los.

Der erste Heißluftballon dieser Welt stieg im Wind auf und davon, drehte sich langsam um die eigene Achse, flog höher hinauf, schwebte über den Strom. Wallie hörte die Ausrufe seiner Gefährten wie aus weiter Ferne, er war zu konzentriert, um darauf zu achten. Sicherlich hatten die Zauberer so etwas noch nie zuvor gesehen? Sie müssten meinen, er sei einer von ihnen, der gekommen war, um sie mit einem neuen Zauber zu rufen. In ein paar Minuten würde der Ballon abstürzen, aber bis dahin hätten sie ihn in dem grellen Dunst aus den Augen verloren.

Er war verschwunden. Wallie schaute in die Runde

und wurde mit abergläubischer Furcht betrachtet. Thana zitterte, und Holiyi war blass geworden.

Es gab noch einen Beutel, nämlich den, welchen er zum Ausprobieren vorgesehen hatte. »Wir machen es noch einmal!« Er kicherte und ließ den zweiten Ballon starten. Dieser stieg schneller auf. Jetzt konnte seine Magie nicht als verrückte Einbildung abgetan werden.

»Bring sie in den Hafen, Kapitän!«, sagte er heiser und widerstand dem Drang, sich zur Stadt umzudrehen. Das Gesicht unter der Kapuze verborgen, begab er sich zur Luke.

Würde der Wind ausreichen oder abflauen und sie im Stich lassen? Holiyi und Tomiyano blieben an Deck, während die anderen gereizt im Frachtraum saßen und an den Nägeln kauten. Sogar mit zwei geöffneten Luken stank es dort. Bei jeder Neigung des Schiffes wirbelte das Wasser unter den Planken und spülte widerliches Zeug nach oben. Es gab eine Leiter unter der kleineren Luke und eine Tür zu der Kabine, aber im übrigen war es eine leere Holzkiste ... möglicherweise ein Gemeinschaftsgrab. Die Bettrollen und Nahrungsmittel bildeten im Bug einen kleinen Haufen. Seile für Gefangene waren als Zeichen des Optimismus bereitgelegt worden.

Nnanji und Thana waren zappelig und hatten die Schwerter schon blankgezogen. Doa machten einen recht ruhigen Eindruck, saß auf einer Bettrolle und warf Wallie kleine verführerische Blicke zu. Er war selbst angespannt genug und konnte sie leicht ignorieren, und offenbar brauchte er sich keine Sorgen zu machen, dass sein Gast hysterische Anfälle bekäme.

Katanji saß, die Arme um die Knie geschlungen, in einer Ecke und machte sich sehr klein.

Wie lange musste das Schiff noch kreuzen? Es gab keine Pfortluken, und Wallie wagte nicht, die Leiter hochzusteigen und hinauszuspähen. Dann hörte er einen Schlag an Deck und von weiter her Hufgetrappel.

»Sind fast da!«, sagte er. »Ich glaube, wir müssen etwas tun, das nicht abgesprochen war. Gebieterin Doa muss gefesselt und geknebelt werden. Thana, würdest du das bitte übernehmen?«

»Du würdest es nicht wagen!«, schrie die Sängerin.

»Und ob«, erwiderte Wallie. »Falls nötig, schlage ich dich bewusstlos oder fessle dich eigenhändig, jedenfalls will ich hier keine Warnrufe haben! Also, was darf es sein?«

Doa verschoss mörderische Blicke, aber sie ließ sich fesseln.

Dann stieß die *Greif* sacht gegen die Fender am Kai. Die Taljen quietschten, als die Segel eingeholt wurden. Einen Augenblick später rutschte Tomiyano die Leiter herab und hastete zu den anderen, die sich alle möglichst weit entfernt von der Luke aufhielten.

»Jedenfalls mächtig viel Platz hier!«, rief er mit einer Fröhlichkeit, die falsch klang.

Wallie überlegte, was das bedeuten mochte, war aber zu angespannt, um reden zu wollen. Holiyi hatte unmittelbar unter den Trossen zwei Löcher in die Schiffswand gesägt. Nnanji und Thana fummelten daran herum, um die behelfsmäßigen Läden zu entfernen. Da die Löcher unterhalb des Kais lagen, waren sie von dort aus nicht zu sehen.

Wallie stieg auf einen Holzbalken und schob den Kopf durch ein weiteres Loch, das in den Decksboden gesägt war. Auf diese Weise gelangte er unter das umgedrehte Dingi und konnte durch die Gucklöcher in der Seitenwand schauen, von wo aus er das Ende der Laufplanke sah. Leider war die Aussicht nicht ganz so gut, wie er sich gewünscht hätte, denn er konnte die Planke nicht der Länge nach überblicken. Er würde äußerst schnell reagieren müssen.

Tomiyanos Narbe war aus der Nähe zu verräterisch, deshalb musste Holiyi das Messer tragen und den Kapitän spielen. Jetzt hing alles von ihm ab.

Die Zeit dehnte sich. Die Anstrengung des Wartens schien immer größer zu werden. Holiyis knochige Beine kamen wieder und wieder an den Gucklöchern vorbei.

Normalerweise kam als Erstes der Hafenmeister und ging wieder von Bord. Danach, falls der Köder geschluckt worden war, würden ein oder zwei Zauberer an Bord kommen, um den Besucher zu begrüßen. Aber in Ov hatten Zauberer den Hafenmeister begleitet – war das ein neues Verfahren, weil ein Heerbann einberufen worden war, oder einfach nur die in Ov übliche Abwicklung der Dinge? Würde Holiyi den Hafenmeister zufriedenstellen können?

»Und wenn sie uns nicht beachten?«, fragte Thana mit einem Kichern in der Stimme, das ihre Angst enthüllte.

Keiner sagte etwas. Die Antwort hätte gelautet, dass sie dann an Land einen Überfall machen und die Hafenpatrouille überwältigen müssten. Zauberer patrouillierten in Gruppen und trugen Feuerwaffen bei sich.

Wallie lief der Schweiß in Strömen. Sein Nacken schmerzte. Der Gestank war Übelkeit erregend. Er schwor sich gerade feierlich, nie wieder Fisch zu essen, als Holiyi zu husten anfing. Das war das Zeichen. Eine Robe kam in Wallies Blickfeld – eine, die fast über den Boden schleifte. Das war kein Hafenmeister …

»Jetzt!« Als der Zauberer mit einem Fuß auf das Teppichstück am Ende der Planke trat, zog Wallie darunter die Falltür. Thana und Nnanji schnitten mit den Schwertern die Trossen durch. Das Opfer krachte in demselben Augenblick in den Frachtraum, als Wallies Verstand das Unglaubliche registrierte: Die Robe war blau. Er hatte einen Zauberer des siebten Ranges gefangen.

* * *

Dann passierte alles gleichzeitig. Tomiyano und der einarmige Katanji führten die Enden der Ruder durch die neuen Löcher in der Bordwand, als Wallie herabkam und dem Zauberer mit einer Latte auf den Kopf schlug. Auf dem Kai gellten Stimmen. Nnanji ergriff Katanjis Ruder und stemmte sich dagegen, Tomiyano nahm das andere. Holiyi rannte und sprang durch die Frachtluke, dass seine nackten Füße auf die Gräting platschten. Die *Greif* schwankte heftig und begann, sich zu bewegen, sowie die beiden Ruder sie von der Kaimauer abstießen. Wallie eilte Nnanji zu Hilfe, Holiyi unterstützte Tomiyano. Das Klappern der fallenden Laufplanke mischte sich mit einem Schrei und einem Aufklatschen im Wasser – möglich, dass soeben ein Zauberer zur Göttin heimkehrte –, dann fielen die Ruder, nutzlos geworden, durch die Löcher und das Schiff trieb davon ... und niemand war an Bord gelangt.

»Runter!«, schrie Wallie, aber die anderen lagen schon mit der Nase auf dem schmierigen Schiffsboden. Eine Schusssalve machte drei kleine Löcher in die Verschalung, und ein Splitterregen ging über ihnen nieder. Dann erhob sich chaotischer Lärm, der ihnen aus Ov noch wohl bekannt war – Gewieher, Geschrei, das Gepolter umstürzender Wagen ...

Die *Greif* schaukelte sacht und ruhig. Das Sonnenlicht unter den Luken änderte die Richtung, als das Schiff sich in die Strömung drehte. Wie lange noch, bis die Pistolen wieder geladen waren? Würde der Wind anhalten? Würde die *Greif* ein anderes Schiff rammen und von einem Trupp wütender Zauberer geentert werden? Der Gefangene war bewusstlos. Aus ungünstiger Lage und ohne sich aufzurichten legte Wallie dem Mann die Arme auf den Rücken. Der Lärm vom Kai wurde schwächer. Die Zauberer hätten inzwischen nachladen können. Was taten sie stattdessen? Wallie stand auf und flitzte zur Leiter. Zwei Sprossen höher war Takelage zu sehen, aber weit entfernt. Dann kam der Turm in Sicht, und die Dächer der Hafenspeicher, die sich dunkel gegen den Abendhimmel abhoben. Er entschied, dass er sich außerhalb Musketenreichweite befand, und stieg an Deck.

Plötzlich begriff er, was Tomiyano mit mächtig viel Platz gemeint hatte. An beiden Enden des Hafens ankerten viele Schiffe, aber die Mitte war seltsam frei geblieben. Das schmutzige Mauerwerk des Kais war zu sehen, und die Straße und die Speicherhäuser dahinter. Der Kapitän war in diese große Lücke eingelaufen – jeder Kapitän hätte das getan.

Es war eine Falle.

Wallie brüllte nach den Matrosen und fummelte laienhaft an den Tauen herum. Die Menschen waren gerannt, um irgendwo Schutz zu suchen, Pferde hatten sich aufgebäumt und waren durchgegangen, aber die Straße hatte sich sehr rasch geleert.

Tomiyano und Holiyi tauchten auf und hissten die Segel. Es wehte ein Wind, aber kein starker. Die *Greif* sprach träge darauf an und drehte den Bug widerstrebend dem offenen Strom zu. Wallie spürte ein hässliches Kribbeln auf der Haut, spähte über den Kai und wartete. Er war außer Reichweite von Pistolen-, nicht aber von Kanonenkugeln. Die beiden nächsten Schiffe hatten rote Flaggen aufgezogen, also hatte der Befehl gelautet, außerhalb des beflaggten Gebietes zu bleiben...

Nnanji und Thana kamen die Leiter herauf, und Wallie schrie ihnen zu, in Deckung zu bleiben, aber Doa kam ebenfalls hinter ihnen herauf, ohne Fesseln.

Fast gleichzeitig stiegen bei den Hafenspeichern drei schwarze Rauchsäulen zum Himmel auf. Zwei weitere folgten unmittelbar. Der Donner von Kanonen dröhnte ihm in den Ohren, und er sah die Pferde erneut in Panik geraten. Vertikal? Er schaute hoch und sah einen einzelnen schwarzen Fleck in Bewegung.

»Das waren sehr große Feuerblitze, Bruder«, sagte Nnanji bedächtig. Dann stiegen Fontänen ringsum auf, und die *Greif* schwankte. Eine Gischtwoge schoss über das Deck. Das war knapp!

Mörser waren schnell nachzuladen. Wallie wollte die anderen schon unter Deck schicken, als ihm einfiel, dass sie dort ebensogut durch eine Kanonenkugel sterben könnten. Alle fingen an zu husten, als eine graue Rauchwolke sich des Schiffes bemächtigte. Schwarzpulver machte erstaunlich viel Rauch.

»Kurs ändern!«, rief er. Tomiyano fing an zu widersprechen, aber Wallie schrie ihn nieder. Die *Greif* änderte ganz leicht ihren Kurs, und zwei – vier – fünf weitere Explosionen breiteten sich von der Hafenstraße her aus. Diesmal sah er ganz deutlich ein paar Kugeln fliegen und zeigte darauf. Es schien, als bräuchten sie lange, um wieder zu fallen. Mörser hätten weniger Chancen, ein Schiff zu treffen, als Kanonen, aber wenn sie trafen, dann richteten sie größeren Schaden an, indem sie zum Beispiel den Kiel durchschlugen. Weil Kanonenkugeln horizontal flogen, durchschlugen sie allenfalls den Rumpf, wenn sie nicht glücklicherweise einen Mast trafen.

Wieder spritzte das Wasser auf – eine Fontäne direkt vor dem Bug. Ein Sturzbach ergoss sich über Segel und Deck und brachte das Schiff zum krängen. Katanji und Thana wurden niedergerissen, und alle waren durchnässt. Tomiyano fluchte mörderisch und manövrierte. Nun sah er die Notwendigkeit, rasch auszuweichen. Wallie spähte in den Frachtraum, aber es war überraschend wenig Wasser eingedrungen. Er hoffte, dass Piranhas es nicht überlebten, wenn sie auf so raue Weise an Bord gespült wurden, andernfalls wäre der Gefangene bald abgenagt.

Noch viel zu nah für eine Entwarnung! Ihr Entkommen gestaltete sich entsetzlich langsam. Den Zauberern würde mindestens noch ein guter Schuss gelingen, ehe die *Greif* außer Reichweite war. Warum brauchten sie so lange?

Seine Freunde waren schlachterprobte Veteranen. Sie waren angespannt und hielten sich an der Reling fest, aber sie gerieten nicht in Panik. Er blickte sich nach Doa um und sah sofort, dass er sich ihretwegen keine Sorgen zu machen brauchte. Sie war von Kopf bis Fuß nass, aber ihr Gesicht glühte vor Erregung. Ihre Augen strahlten. Sie bemerkte, dass er sie beobachtete, lächelte ihn glücklich an und sagte: »Wundervoll!« Sie war eine erstaunliche Frau!

Offenbar war die *Greif* in Sen eingelaufen, als die Zauberer den Empfang des Heerbanns probten. Ein derart weiter freier Raum hätte die ahnungslosen Schiffe angezogen und ein ungehindertes Schussfeld geboten. Das mochte sogar erklären, warum ein Siebter im Hafen gewesen war.

»Nnanji?«, begann Wallie so ruhig er konnte. »Wir haben noch von keiner Zaubererstadt gehört, die mehr als einen Siebten hatte, oder?«

»Ja, Bruder.«

»Dann weißt du, wen wir da im Frachtraum haben?«

»Rotanxi!«, rief Nnanji. »Den Hexer! Den Mann, der die Kilts zur Freistätte geschickt hat?«

Ehe Wallie antworten konnte, strömte neuer Rauch aus den Toren der Speicherhäuser, wo die Kanonen standen. Aber diesmal kamen die Geschosse horizontal, und es gab keine Fontänen. Als der Lärm ankam, schäumte das Wasser – achtern und zu beiden Seiten. Weiße Gischtwolken stiegen auf und verflogen. Kartätschen! Wallie zitterte wie bei einem Krampf.

Die Götter gewährten zwar keine Wunder auf Bestellung, aber das Glück ließen sie auf ihrer Seite. Die Zauberer hatten sich darauf vorbereitet, einen nahenden Angriff zurückzuschlagen, aber nicht, eine Flucht zu verhindern, darum waren die Kanonen anfänglich in Mörserposition gebracht und mit Kanonenkugeln für weite Entfernung bestückt gewesen. Wahrscheinlich brauchte es seine Zeit, um sie auf kurze Reichweite einzustellen und mit Kartätschen zu beladen. Gegen Schiffe voller Schwertkämpfer wären diese hundertmal tödlicher – sie würden die Decks leerfegen. Wäre die Kartätschen zuerst gekommen, die *Greif* wäre zu Sägemehl zersprengt worden.

Langsam, sehr langsam entfernten sie sich vom Kai.

»Nach unten!«, brüllte er. »Alle!«

Er versuchte Tomiyano das Ruder abzunehmen, während die anderen gehorchten. Es kam zu Streit. Bevor sie die Sache klären konnten, machten die Zauberer den nächsten Versuch. Für die Kartätschen waren sie außer Reichweite und nur ein sehr glücklicher Schuss mit einer Kanonenkugel konnte sie noch treffen. Heute war das Glück mit den Schwertkämpfern.

Bei Bewusstsein und in seiner Kapuzenrobe hätte der Zauberer eine imposante Figur gemacht. Er war groß und hatte ein gesundes Gesicht mit Augenbrauen wie Schneewehen und tiefen Falten. Wallie hielt ihn für einen gut erhaltenen Siebziger.

Er fing an, sich zu regen und zu stöhnen. Wallie löste ihm die Handfesseln und zog ihm die schwere Robe aus. Wie Katanji schon vor langer Zeit bemerkt hatte, war die Robe eines Zauberers klumpig. Sie enthielt zahllose Taschen, die sich von geheimnisvollen Dingen bauschten. Wallie erschauerte vor Befriedigung bei dem Gedanken, die Zaubererzunft mit dieser Eindeutigkeit zu entlarven.

Sein Opfer war nun nicht mehr imposant. Er war eine tragische Figur in einem kurzen Baumwollhemd, das kaum dazu taugte, seinen dicken Bauch und die spindeldürren Beine eines alten Mannes zu bedecken. Sein weißes Haar war dünn und an zwei Stellen mit Blut verkrustet, aber seine Verletzungen schienen sich darauf zu beschränken. Wallie bekleidete ihn mit der falschen Robe, die Lae für ihn genäht hatte, warf ihn sich über die Schulter und trug ihn an Deck.

Puls, Pupillen ... der alte Mann war augenscheinlich in guter Verfassung, und nun kam er langsam wieder zu sich, blinzelte, stöhnte und sabberte. Wallie lehnte ihn gegen das umgedrehte Dingi und wandte sich an Nnanji, dessen Gesicht genügend Befriedigung ausstrahlte, dass sie für eine siegreiche Armee gereicht hätte.

»Gib auf ihn Acht, Meister!«, sagte Wallie. »Er ist wie ein Blitz über die Reling, wenn wir ihn aus den Augen lassen – und wir brauchen ihn lebend!«

Dann ging er unter Deck, um die geheimnisvolle Robe und eine Flasche Wein zu holen.

Es kam wieder Wind auf. Die Sonne balancierte noch auf der Horizontlinie, blutig gefärbt vom Vulkanstaub, also hatte die ganze Eskapade viel kürzer gedauert, als es ihm vorgekommen war. Sieg! Helden durften zweifellos Glück haben. Wenn er daran dachte, wie dicht bei der *Greif* die Kartätsche das Wasser aufgeschäumt hatte! Dann dämpfte Wallie sein Triumphgefühl mit einem stillen Dankgebet. Die aufgefahrenen Geschütze waren beeindruckend gewesen – aber ebenso sein Glück.

Er setzte sich neben Tomiyano dem Zauberer gegenüber auf den Boden. Die anderen versammelten sich ringsum, plauderten und grinsten triumphierend und erleichtert. Nnanji und Thana drängten sich aneinander, das Fehlen der Anspannung rief andere Instinkte wach. Doa, seltsam feierlich, musterte den Zauberer und zog geistesabwesend einen Kamm durch ihr nasses Haar, während Wallie seinen Blick sehnsüchtig über die wundervoll langen Beine wandern ließ und sich bewusst war, dass auch seine eigenen Instinkte sich regten. Sie bemerkte es und schickte ihm ein eitles und einladendes Lächeln. Vermutlich war es genauso wenig echt wie seine Vorgänger, aber trotzdem beschleunigte es für einen Moment seinen Herzschlag.

Er ließ die Weinflasche kreisen und besah sich die vor ihm ausgebreitete Robe. Sie war nass und stank von dem Bilgenwasser. Einer der Klumpen zuckte, als er ihn berührte, also begann er mit diesem. Nach einem vorsichtigen Blick in die Tasche, griff er hinein und holte einen Vogel hervor. Tomiyano meinte, er wolle einen Besen fressen.

»Das ist nicht irgendein Vogel«, krähte Wallie stolz. »Es ist eine Taube, und sie hat einen Ring um den Fuß.« Die anderen tauschten verwunderte Blicke. Er schob den Vogel wieder in die Tasche und untersuchte die nächste.

»Und was ist das?« Er setzte sich die Entdeckung auf die Nase, und seine Zuschauer johlten vor Vergnügen. Augengläser waren natürlich der erste Schritt zum Fernglas. Alles musste erklärt werden, und jeder probierte die Brille einmal auf.

»Und hier haben wir einen Federkiel. In diesem Fläschchen muss wohl Tinte sein? Richtig.« Bisher hieß Tinte nur das, was die Tintenfische ausstießen, und nichts weiter.

Dieselbe Tasche enthielt auch kleinste Stücke Pergament, das so fein war, dass es auch Vogelhaut hätte sein können. Wallie kicherte. Er erinnerte sich plötzlich an die Weihnachtsfeiern seiner Kindheit, bei denen sein Vater für die Jüngsten Überraschungen in der Mehlkiste versteckt hatte. Aber das hier machte mehr Spaß.

»Wollt ihr alle versprechen, niemandem etwas zu erzählen?«, fragte er und sah ein Ballett nickender Köpfe. Mit der Tinte und dem Federkiel zeichnete er sieben Schwerter auf ein Pergamentstück und hielt es hoch, damit alle es sehen konnten.

»Was bedeutet das?«, fragte er.

Der Chor: »Ein Schwertkämpfer des Siebten.«

Dann versuchte er einen Greifen zu zeichnen. Es sah wie ein schwangeres Kamel aus. »Und was ist das?«

Das ratlose Schweigen wurde von Katanji durchbrochen. »Das siebte Schwert?«

»Du hast es erfasst!« Es war noch hell genug zum Fliegen. Wallie wedelte das Pergamentstück trocken, holte die Taube hervor und schob die Nachricht in den Ring. »Wir wollen das Zeichen zum Turm senden.« Er warf die Taube in die Luft. Sie beobachteten, wie sie kreiste, aufstieg und in Richtung Sen verschwand.

»Auf diese Weise schicken sie sich Botschaften«, erklärte Wallie. »Die schwarze Farbe stammt von den Tintenfischen. Natürlich kriegt man sie immer an die Finger«, fügte er kläglich hinzu – mit Federkielen war er nicht geübt. Er sah in die Gesichter. Sie wirkten erstaunt und glücklich. Nnanji und Thana schenkten einander mehr Aufmerksamkeit als allem anderen und kicherten schon wieder. Die Matrosen grinsten. Nur Doa machte einen besorgten und ratlosen Eindruck. Katanji starrte auf die Schreibutensilien und dachte nach.

»Du wirst langsam lästig«, sagte der Zauberer mit tiefer Stimme und sah ihn zornig an. »Gebieter Shonsu!« Er schaute in die Runde. »Meister Nnanji, der Wagenlenker? Und Neuling Katanji, der verständlicherweise lieber ein Sklave als ein Schwertkämpfer ist. Der verlogene Kapitän Tomiyano natürlich. Gebieterin Doa, du begibst dich in befremdliche Gesellschaft!«

Die Zuschauerschaft zischte ob dieser Zauberei. Wallie lachte und zeigte auf Holiyi. »Wie heißt er?«

Der Zauberer zuckte die Achseln. »Auf dich sollte ich meinen Fluch legen«, sagte er. »Ich habe Dämonen …«

»Taubendreck!«, erwiderte Wallie. »Du hast Spitzel in Casr, darum weißt du, wer wir sind. Ich drohe nicht mit Dämonen und Flüchen, Gebieter Rotanxi.«

Der Mann war noch immer angeschlagen oder zu stolz, denn er bestritt den Namen nicht.

Doa sagte ruhig: »Du bist es, der sich in befremdlicher Gesellschaft befindet, mein Gebieter.«

»Wahrscheinlich hat er eine Kopfwunde«, meinte Wallie. »Möchtest du einen Schluck Wasser? Nein? Sprich nur frei heraus, wenn du eine Decke oder etwas anderes benötigst. Nun wollen wir fortfahren.« Vorsichtig fasste er in die nächste Tasche. »Errät jemand, was für ein Schatz das ist? Kleine Holzstäbchen mit etwas an einem Ende!« Streichhölzer! Er riss eins an, und seine Zuschauer keuchten verblüfft. Also hatten sie Phosphor, und seine Vermutung war richtig gewesen. »Zauberer, wie heißt das Zeug, mit dem ihr die Dinger herstellt? Es ist weich und gelb, und man muss es unter Wasser aufbewahren, weil es sonst Feuer fängt. Komm, Mann, ich weiß alles darüber! Ich will nur wissen, wie ihr es nennt.«

Wütendes Schweigen.

»Wisst ihr auch, dass man es ungefährlicher machen kann, indem man es erhitzt?«, wollte Wallie wissen. »Es wird dann rot.«

Offensichtlich war die Antwort ein Ja. »Woher weißt du das alles?«, fragte der Gefangene bestürzt.

»Das ist eine lange Geschichte. Ich bin ein besserer Zauberer als du. Ich weiß, dass ihr von euren Türmen über weite Entfernung sehen könnt, und zwar mit einem Gegenstand aus Glas. Und ich weiß, wie man mit Federkiel und Tinte Botschaften macht, obwohl ich es mit euren Worten nicht kann.«

Der Zauberer schien zu schrumpfen.

Wallie wandte sich der Robe zu. »Was haben wir in dieser Tasche? Ach, da steckt der Feuerblitz.« Er zeigte die Pistole herum. Es war ein einläufiger Vorderlader. Er hatte ein Steinschloss erwartet, stattdessen beruhte der Mechanismus auf einer Zündkapsel auf Phosphorbasis – sehr erfinderisch. Die Ausführung war hervorragend, der Kolben war mit Silber und Perlmutt verschnörkelt. Weiteres Kramen brachte Bleikugeln zutage, aber auch abgemessene Portionen Schießpulver, und zum Glück waren sie wegen des separaten Lederbeutels trocken geblieben. Hier hatte er mit einem Pulverhorn gerechnet.

»Ich nehme an, das nennt ihr Donnerpulver. Es wird aus Schwefel, Holzkohle und Salpeter gemacht.« Wallie untersuchte die Kugeln und erklärte, wie die Pistole sie herausschnellte. Nnanji machte ein finsteres Gesicht, die anderen waren entrüstet.

Rotanxi war bleich geworden. Diese Zurschaustellung von Kenntnissen musste ein größerer Schock für ihn sein als die grobe Behandlung bei der Entführung. »Wer bist du?«, verlangte er zu wissen.

»Mein Name ist Shonsu, wie du schon sagtest. Ich stehe auf der Seite der Göttin, und die Schwertkämpfer und ich werden dich nach Casr bringen und dem Heerbann diese Waffe zeigen. Darum bin ich gekommen, und du selbst bist nur eine Dreingabe. Ich hoffe, dass ich der Heerführer werde, damit der Heerbann nicht solche Dummheiten macht, wie einen Frontalangriff auf Sen.«

Der Zauberer richtete sich auf und wagte ein höhnisches, siegessicheres Grinsen. Er hatte ein arrogantes Aristokratengesicht – tief liegende Augen unter schneeweißen Brauen, eine hohe, gebogene Nase, eine lange Oberlippe – ein gutes Gesicht um Hohn auszudrücken, ein Römer, der unter die Goten gefallen war. »Du kommst zu spät, Shonsu. Gestern haben die Schwertkämpfer ihre lächerliche Zeremonie abgehalten, bei der sie versuchten, sich gegenseitig umzubringen und herauszufinden, wer von ihnen der größte Schlächter ist. Der junge Boariyi hat gewonnen. Wie seltsam, seinen Anführer nach der Länge seiner Arme auszuwählen!«

Nnanji murmelte einen Fluch und sah Wallie an, um zu erfahren, ob er das glauben sollte.

»Also sind sie bereits auf dem Weg?«, fragte Wallie.

Der Zauberer zögerte, dann antwortete er: »Sie schiffen sich morgen bei Tagesanbruch ein.«

»Das nenne ich schnell!«, bemerkte Wallie so harmlos wie möglich. »Die ganzen Lebensmittel und Kram ...«

Rotanxi verzog spöttisch den Mund. »Es bleibt ihnen nichts anderes übrig, denn sie haben kein Geld mehr.«

»Nun, dann wollen wir sie abfangen und vor euren großen Feuerblitzen warnen.«

»Ha! Das kannst du nicht! Sie gehen nach Wal, sie kommen nicht hierher. Möglich, dass sie ihren Plan verwerfen, aber Sen ist für diesen Fall gerüstet.«

»Wal ist viel weiter weg«, sagte Wallie stirnrunzelnd. »Es erscheint mir dumm, besonders da du es warst, der ihnen die Kilts übersandt hat. Warum Wal?«

»Sie glauben, sie könnten Zauberer hereinlegen!«, antwortete Rotanxi mit einem Meer voll Geringschätzung.

»Mir scheint, dass Gebieter Shonsu dich allzu leicht hereinlegen konnte!«, schnaubte Nnanji. Das brach den Bann. Der alte Mann verschloss die Lippen. Er hatte zu viel gesagt.

»Aber ich hätte Gebieter Boariyi so viel Gerissenheit gar nicht zugetraut!« Wallie dachte einen Moment lang, Rotanxi würde etwas dazu sagen, aber er schwieg. Wal war vermutlich das Geistesprodukt von Onkel Zoariyi, und das Zögern des Zauberers legte nahe, dass er auch das wusste. Er war über den Heerbann außerordentlich gut unterrichtet, sogar über die Finanzen.

»Also hast du verloren, Shonsu!«, sagte Doa mit Befriedigung.

»Ich hoffe nicht, verehrte Gebieterin.« Wallie versuchte Zuversicht vorzutäuschen. »Ich habe Schritte unternommen, um den Heerbann am Auszug zu hindern.«

Sie bezweifelte das sichtlich.

»Mein Gebieter?«, meldete sich Katanji. »Wie hat er erfahren, dass Gebieter Boariyi der Anführer ist?«

»Durch die Tauben!«, sagte Wallie. »Seine Spitzel lassen Tauben frei, die zu ihren Gefährten nach Hause fliegen. Natürlich fliegen Vögel drei- oder viermal so schnell, wie die *Greif* segelt, und sie brauchen sich nicht an den Verlauf des Stroms zu halten.«

»Tauben können nicht sprechen, mein Gebieter«, hielt ihm Katanji entgegen. Die Dämmerung machte sein Gesicht undeutlich, aber seine Zweifel waren deutlich zu sehen.

»Du hast doch das kleine Stück Leder gesehen, das ich der Taube mitgegeben habe«, sagte Wallie und sah dabei den Zauberer an. »Nun, sie können Zeichen vereinbart haben – ein Dreieck für Boariyi, einen Kreis für Tivanixi ...«

Dem Zauberer konnte er zwar nichts vormachen,

aber er wollte den anderen nicht das Schreiben erklären. Es könnte sich als fatal erweisen, wenn die Zauberer herausfänden, dass sie davon wussten. Es würde die Zunft der Zauberer vernichten, sobald es sich verbreitet hätte; es könnte die ganze Kultur dieser Welt zerrütten. Das war vielleicht als Drohung nützlich, aber die musste er in der Hinterhand behalten. Jedoch glaubte er nicht, Katanji überzeugt zu haben.

Der Wind wurde kalt. Er wandte seine Aufmerksamkeit wieder der Robe zu. »Mal sehen, was wir sonst noch finden«, murmelte er. Das nächste, was er hervorholte, war ein gemeines kleines Messer. Es sah scharf aus wie eine Rasierklinge, und er vermutete, dass es einen Giftüberzug hatte.

»Wenn ich's mir recht überlege, lassen wir den Rest für morgen übrig, wenn das Licht besser ist. Gebieter Rotanxi, du wirst in die Kabine eingesperrt werden. Wahrscheinlich wirst du es da drinnen bequemer haben als wir anderen hier im Frachtraum. Am Tage darfst du an Deck, unter Bewachung. Du wirst zu essen bekommen und gut behandelt werden.«

»Damit ich für die spätere Befragung in guter Verfassung bin!«, spottete der alte Mann.

»Du wirst nicht gefoltert werden, falls du das befürchtest.«

»Tatsächlich?«, schnaubte Rotanxi ungläubig. »Der große Shonsu ist wohl bekannt dafür, dass er Männer bei Streitigkeiten im Freudenhaus entmannt. Hast du nicht einmal ein Haus niedergebrannt, weil aus dem Fenster ein Kind eine Tomate nach dir geworfen hat? Deine Vorstellung von guter Behandlung stimmt mit meiner vielleicht nicht überein, mein Gebieter.«

Wallie zuckte zusammen und wusste nicht, was er

darauf sagen sollte. Es war Nnanji, der als Nächster sprach.

»Diese Tage sind vorüber, Zauberer. Du kannst auf sein Wort vertrauen. Wenn es nach mir ginge, würde ich bei deinen Fußnägeln anfangen und mich nach oben vorarbeiten. Aber Gebieter Shonsu wird dich gut behandeln. Viel zu gut, fürchte ich.«

In dem verschwommenen Zwielicht zwischen untergehender Sonne und aufgehendem Traumgott strahlte Nnanjis junges Gesicht Ernsthaftigkeit aus. Der Zauberer schien überrascht zu sein und war still.

»Bring ihn nach unten«, sagte Wallie. »Gib ihm Essen, Wasser und Decken. Wir wollen auch essen, ich habe Hunger!«

Er raffte die Robe zu einem Bündel zusammen und stand auf. Rote Flammen flackerten über dem Regi Vul, und es roch nach Schwefel. Der Feuergott war zornig – und das sollte er sein, dachte Wallie. Mit den Beweisen, die er jetzt hatte, konnte er der Zaubererzunft ihr Geheimnis entreißen und ihren geheimnisvollen Nimbus zerstören ... sofern die Schwertkämpfer zuhörten.

Auf dem Strom war es hell. Tomiyano würde die Nacht hindurch segeln, um möglichst schnell zu seiner geliebten *Saphir* zurückzukommen.

»Ich wollte dich sterben sehen.«

Wallie drehte sich um. Doa stand dicht vor ihm.

»Verzeih, dass ich dich enttäuscht habe, meine Gebieterin.«

»Und nun erwartest du wahrscheinlich, dass ich für dich ein Heldenlied für dich erschaffe.«

Ihr Ton war süß, und sie lächelte. Jede andere Frau hätte er in die Arme genommen und versucht zu küssen. Die Einladung war so offensichtlich und so vollkommen unvereinbar mit ihren Worten. Genie und Wahnsinn lagen dicht beieinander – er war jetzt überzeugt, dass sie wahnsinnig war. Er fragte sich, was Shonsu ihr angetan hatte, um diesen giftigen Hass hervorzurufen, und den unheimlichen Reiz, der damit einherging. Wahrscheinlich wäre jedes Lied über die Ereignisse dieses Tages schlecht für Shonsus Ruf – ein verbaler Mordanschlag in eine unsterbliche Melodie gekleidet. Aber auch wenn sie fair spielte, würde ihm ein Lied nicht viel helfen, denn was er getan hatte, war hinterlistig. Das würde die Schwertkämpfer zwar nicht so empören wie Katanjis Geschichte, aber es würde sie auch nicht beeindrucken.

Sie war ein Vollweib. Ihre außergewöhnliche Größe erregte ihn trotz allem, und er hatte Mühe, ruhig zu sprechen. »Ich würde mich geehrt fühlen, in einem deiner Werke erwähnt zu werden, mein Gebieterin.«

Ihr Augen schienen zu blitzen. »Du meinst, ich kann es nicht? Du denkst, dass ein Heldenlied ohne Blut unmöglich ist?«

»Ich glaube, die Götter haben mir heute einen großen Sieg gewährt. Ich bin sehr froh, dass kein Blut vergossen wurde.«

»Pah!«, sagte sie. Sie glaubte ihm nicht. Sie ging an die Reling und betrachtete das letzte rote Glühen des westlichen Horizonts. Seine Füße bewegten sich, um ihr zu folgen, obwohl er nicht wüsste, dass er es ihnen befohlen hätte.

»Erzähl es mir«, sagte sie leise. »Was ist den Neunundvierzig geschehen?«

»Ich weiß es nicht.«

Erschrocken drehte sie sich um und sah ihm ins

Gesicht. Sie kam näher – oh, so nahe! »Du erwartest, dass ich das glaube?«

»Es ist wahr, Doa. Ich habe einen Schlag auf den Kopf bekommen. Ich erinnere mich an nichts, was vor Hann geschehen ist. Ich bin einem Gott begegnet, wie du schon weißt. Er hat mir dieses Schwert gegeben. Aber ich erinnere mich nicht daran, in Casr gelebt zu haben oder neunundvierzig Männer angeführt zu haben ... Ich erinnere mich nicht einmal, dass ich dich gekannt habe. Darum habe ich dich in der Freistätte nicht erkannt. Ich hielt dich für einen jungen Mann.«

Ihr Tonfall blieb zart wie Gaze. »Du bist ein nichtswürdiger Hund, Shonsu. Du behandelst mich wie Dreck, aber du solltest nicht denken, dass ich dumm bin.«

»Das war ein anderer Shonsu, mein Gebieterin.«

»Schwein.«

Wallie schlang Seile um seinen Zorn. »Es ist die Wahrheit – ich schwöre es bei meinem Schwert.«

»Aber ich werde es dir beweisen. Ich werde das größte Heldenlied erschaffen, das die Welt je gehört hat – auch ohne Blut.«

»Das würde mich ehren.«

Sie schwankte. »Ich muss wissen, was mit ihnen geschehen ist!«

»Ich kann dir nicht helfen.«

»Du bist ein gemeiner Hund. Dann werde ich morgen den Zauberer fragen.« Doa drehte sich um und ging.

Auf den längsten und schönsten Beinen der Welt.

***

»Ach, bin ich froh, dich zu sehen!«, brüllte Brota und kam wie eine rote Galeone unter vollen Segeln auf ihn zu. Ihre Robe flatterte im Wind, die schwammigen Arme streckten sich ihm entgegen. Die *Greif* hatte soeben die Fender der *Saphir* angestupst und war noch nicht festgemacht. Wallie war als Erster hinübergeklettert. Brota umwickelte ihn wie ein Zelt, und da er keine andere Wahl hatte, erwiderte er die Umarmung. Dann trat sie einen Schritt zurück, und er sah ihrem Gesicht die Strapaze an, die Anspannung hinter der Fröhlichkeit.

Dann Jja. Sie war schmutzig und für Vertraulichkeiten nicht genießbar, aber sie schlang die Arme um ihn und küsste ihn, und er erwiderte beides mit Inbrunst und Freude. Es tat gut, wieder bei ihr zu sein. Eine Frau im Arm zu halten, die ihre Gefühle kannte, die schön und liebevoll war, und – vor allem – geistig überaus gesund.

Der stürmische Wind, der ihn von Sen hierher geblasen hatte, stieß und schüttelte die *Saphir*, die in der kalten Morgensonne vor Casr ankerte. Es sah nach Regen aus.

Die übrige Mannschaft versammelte sich. Auch ihre Gesichter waren angespannt und blass, obwohl die Mannschaft der *Greif* nach vier Tagen in einer schaukelnden, stinkenden Wanne in deutlich schlechterer Verfassung war. Es gab Umarmungen, und man klopfte sich gegenseitig auf den Rücken.

Zwei andere Schiffe ankerten stromabwärts weit draußen, und zwei weitere machten an der Kaimauer fest, aber der große Platz war so gut wie leer, dem einsamen Wind überlassen, öde wie ein leeres Grab. Die goldenen Straßen waren so einsam wie an einem geruhsamen Sonntagmorgen.

»Ihr seid in Sen gewesen?«, fragte Brota. »Hin und zurück in vier Tagen? Wie habt ihr das gemacht?«

»Mit geschlossenen Augen!«, schnauzte Tomiyano und gesellte sich zu ihnen. »Bei Nacht. Was ist passiert?«

Brota sah Wallie finster an. »Du hast hier eine Stadt voller Verrückter, verrückter Schwertkämpfer und doppelt verrückter Städter. Der Heerbann hat seinen Anführer gewählt, am Tag, nachdem du fort warst.«

»Das haben uns die Zauberer erzählt«, sagte Wallie und lächelte, als sie die Augen aufriss. »Sie haben also versucht, Schiffe zu erobern?«

Brota verzog das Gesicht. »Dazu kamen sie gar nicht! Wir haben die Nachricht sofort verbreitet, wie du es gesagt hast; und sobald der Anführer ausgerufen war, bekamen es die Matrosen mit der Angst. Die unruhigsten verließen als Erste den Hafen, und dann wollte keiner der Letzte sein. Der ganze Hafen hat sich innerhalb einer halben Stunde geleert.«

»Und die Schwertkämpfer?«

Sie lächelte grimmig. »Als sie sahen, was vor sich ging, war es zu spät. Sie kamen in Booten hinterher, aber wir segelten einfach auf und ab, und sie konnten nichts tun.«

Nnanji und Thana kamen an Bord und halfen Katanji herauf.

»Und in den Nächten?«, fragte Wallie.

»Wir bewegten uns stromaufwärts.« Brota zeigte mit einem bauschigen Arm auf die fernen Schiffe, die wie die *Saphir* Quarantänebeflaggung hatten. »Diese beiden waren bereit, die Flagge zu hissen, und das half.« Dann zeigte sie auf die beiden Schiffe, die in einsamer Pracht am Kai angelegt hatten. »Zwei sind durchgeschlüpft – sie haben es nicht gesehen oder nicht geglaubt. Die Schwertkämpfer haben sie sich geschnappt.«

Sie wischte sich eine Träne ab, die vom Wind herrühren mochte. »Wir hätten nicht mehr länger ausharren können. Sie haben uns jeden Tag eine Horde kleiner Boote auf den Hals geschickt. Jetzt haben sie diese zwei Schiffe, und ich vermute, dass sie uns heute damit holen kommen werden.«

Die erduldete Prüfung, die überwundene Not, sie zeigte sich in den rastlosen Augen, der hastigen Sprechweise, in Ton und Satzrhythmus.

»Du hast deinen Posten gehalten, Schwertkämpfer!«, sagte Wallie anerkennend und umarmte sie noch einmal. Diese Schiffsleute, Matrosen wie Händler, waren ein stures Völkchen. Nur eine gewiefte Unterhändlerin wie Brota konnte sie dazu bringen, die Gefahr einer Beschlagnahme einzusehen und auf ihren Handel zu verzichten. Aber über die Strapaze, die es bedeutete, von tausend Schwertkämpfern verfolgt zu werden, konnte man auch nicht hinwegsehen. »Ich weiß, warum die Götter dieses Schiff für mich ausgesucht haben, Meisterin. Du warst der Hauptgrund.«

Zum Spaß tat sie geziert, aber in Wirklichkeit war sie geschmeichelt, vielleicht zum ersten Mal seit Jahren. »Jedenfalls bin ich froh, dass du zurück bist. Ich habe dich erst in ein paar Tagen erwartet.« *Oder gar nicht mehr?*

»Wem gehört dieses Dingi?«, fragte Tomiyano wie stets misstrauisch. Das fremde Boot, das an der *Saphir* angebunden war, hatte ihnen Angst gemacht, als sie mit der *Greif* darauf zu gehalten hatten.

Brota sah verwundert von einem zum andern und zeigte in eine Richtung. Neffen, Tanten, Onkel gaben eine Gasse frei, sodass Wallie ans andere Ende des Decks sehen konnte. Dort saß Honakura lächelnd auf einem Löschsandeimer, und zwei Priester des Dritten standen bei ihm. Wallie ging zu ihnen und vollführte seinen Gruß. Das Aussehen des alten Mannes war verstörend. Die vier Tage hatten an seiner unheilvollen Blässe nichts geändert. Er wirkte sogar noch eingefallener als vorher. Sein Lächeln war gezwungen.

»Willkommen daheim, mein Gebieter«, sagte er freundlich.

»Sie haben uns Lebensmittel gebracht«, erklärte Brota. »Wir wurden knapp.«

Wallie kniete sich hin, um mit Honakura auf Augenhöhe zu kommen.

»Ich fürchte, ich habe nicht gehalten, was ich versprochen habe«, sagte der alte Mann seufzend, »und was ich der Göttin schuldig bin. Der Heerbann hat seinen Anführer gewählt.«

»Boariyi! Ein Zauberer hat es uns gesagt.«

»Wie konnten …? Nun, es ist wahr. Gebieter Kadywinsi war einverstanden, und ich habe es ihm ausgeredet. Die Schwertkämpfer sind zu ihm gekommen und haben es ihm wieder eingeredet. Darauf habe ich es ihm noch einmal ausgeredet.« Er brachte sein altes Kichern zustande. »Dann machten die Schwertkämpfer Ernst. Aber sie haben nur sechs Siebte.«

»Das macht die Sache schwieriger«, stimmte Wallie zu. »Was geschieht jetzt?«

Honakura schob mürrisch seine Falten zusammen. »Kadywinsi steht inzwischen wieder auf der falschen Seite des Webstuhls. Die Weihezeremonie soll heute Morgen abgehalten werden.«

Wallie runzelte die Stirn. »Ich dachte, der Heerbann hat schon vor zwei Tagen aufbrechen wollen?«

»Ja. Der Heerführer ist ein ungestümer junger Mann, und er wollte sich durch den fehlenden Segen nicht aufhalten lassen. Aber du und Meisterin Brota haben ihn aufgehalten – ich nehme an, er will nur sein Gesicht wahren, wenn er jetzt die Zeremonie anordnet und vorgibt, das von Anfang an geplant zu haben.«

Wallie lächelte in die geplagten alten Augen. »Du hast das alles sehr gut gemacht, Heiliger! Du hast sie nicht davon abgebracht, aber du hast sie aufgehalten – und ich bin sicher, die meisten messen dem, was du getan hast, dreifaches Gewicht bei. Ein ganzer Tempel und tausend Schwertkämpfer gegen einen halben Priester, das ist kein gerechter Kampf!«

Honakura seufzte. »So war es immer. Ich fühle mich so alt wie sie alle zusammen.« Dann knurrte er: »Und Dingis sind genauso unbequem, wie ich erwartet hatte.«

»Wie geht es in der Stadt zu?«, fragte Wallie und bemerkte nebenbei, dass Nnanji und Thana sich zu ihnen gestellt hatten und auf Anweisungen warteten – nur dass er nicht wusste, was für welche er geben könnte.

»Sehr friedlich!«, räumte Honakura ein. »Gebieter Boariyi hat ohne Umschweife jedem Anstand und Gehorsam abgefordert. Seitdem wurde nicht einmal ein Keks gestohlen. Und nicht einen lüsternen Blick sieht man!« Er kicherte. »Nun, wahrscheinlich übertreibe ich, aber die tugendhaften Mädchen kommen wieder aus den Kellern hervor. Die Übeltäter verlassen die Stadt, sagen sie.«

Wallie wusste, welche Befriedigung diese Nachricht auf Nnanjis Gesicht zaubern würde, und schaute auf. Von dem, was Boariyi zu ihm gesagt hatte, war zweifellos etwas aufrichtig gewesen, und Nnanjis persönliche Lüsternheit wirkte sich niemals störend auf seine sittenstrengen Maßstäbe aus, die er an seine Zunftgenossen anlegte.

Wie war diese Neuigkeit zu bewerten? Die Information des Zauberers über Boariyi hatte gestimmt, aber Wallies Plan, den Heerbann aufzuhalten, war dennoch erfolgreich gewesen. Was nun? Er hatte den Fall mit Nnanji stundenlang erörtert, ohne zu einer Entscheidung zu kommen. Er fühlte sich schlapp und zerschlagen, innerlich und äußerlich schmutzig, nachdem er vier Tage lang gesegelt und mindestens zwei Tage mit einem arroganten, verbitterten Gefangenen und einer irren Sängerin eingesperrt gewesen war.

»Was diese Zeremonie angeht, Heiliger«, fragte Wallie, »so nehme ich nicht an, dass wir die Aufforderung zum Zweikampf noch einmal damit verbinden können?«

Honakura schüttelte sein haarloses altes Haupt. »Es geht nur noch um die Segnung des Heerbanns, mehr nicht.«

»Sie werden bereits alle eingeschworen«, bekräftigte Nnanji. »Dafür ist es zu spät.«

»Du willst dich also nicht mit diesem furchtbaren Eid auf Gebieter Boariyi einschwören und ihn als Anführer annehmen?«, fragte der Priester.

»Nein!«, schnauzte Wallie. »Das Erste, was er tun würde, ist, mein Schwert zu verlangen. Er würde mich wahrscheinlich noch dazu zwingen, es ihm zu verleihen!« Als er den ratlosen Blick des Priesters sah, erklärte er: »Verleihen heißt, sich vor ihn hinknien und die Zueignungsformel sprechen. Niemand bekommt das siebte Schwert, nur über meine Leiche! Eher würde ich ihn herausfordern.«

Nnanji schnaubte. »Tausend Mann herausfordern? Er würde sie zu dritt vorschicken und sich selbst bis zuletzt aufsparen.«

Boariyi stand über allem. Der Ehrenkodex würde

nun nicht mehr angewandt werden, außer er verlangte es ausdrücklich. »Dann brauche ich Rat«, befand Wallie. »Wir haben einen Zauberer gefangen, den Hexer von Sen persönlich, den Mann, der die Ausrufung des Heerbanns bewirkt hat.«

Honakura stieß hörbar die Luft aus und strahlte. »Das ist ein großartiger Sieg! Ein weiteres Wunder? Nein, eine Großtat! Wunderbar, Gebieter Shonsu! Wie können wir ihn uns zunutze machen, was meinst du?« Er fing an zu überlegen.

Der Wind wehte, die Sonne schien, das Schiff schaukelte, und nach einer Weile schüttelte er den Kopf. Jeder sah den anderen verdutzt an.

Keine Einfälle.

»Du könntest einen zweiten Heerbann ausrufen, mein Gebieter«, schlug Nnanji vor.

»Die Göttin hat aber diesen gesegnet«, wandte der Priester ein. »Sie hat Ihr Schwert doch sicher dem Anführer gesandt. Andernfalls verstehe ich die Sache nicht.«

Wallie stand steif auf. »Wenn du das nicht verstehst, Heiliger, dann versteht es auch sonst keiner. Das Schwert ist sehr lang. Es braucht einen großen Schwertkämpfer. Boariyi ist größer als ich. Ich nehme an, ich muss ihn sein Glück versuchen lassen.«

»Aber du brauchst einen gerechten Kampf!«, rief Nnanji. »Du kannst nicht gegen den ganzen Heerbann kämpfen!«

»Wenn die Schwertkämpfer versammelt sind«, ließ sich eine volltönende Altstimme vernehmen, »dann werde ich ihnen mein neues Heldenlied vortragen.«

Doa war an Bord gekommen und stand hinter den zuhörenden Matrosen, von wo sie über ihre Köpfe hinwegschaute. Sie sah schlechter aus als alle anderen.

Ihre Augen waren eingesunken, das Gesicht verhärmt und knochiger als sonst, die Haare zerzaust. Wahrscheinlich hatte sie seit Sen nicht mehr geschlafen. Sie hatte getan, was sie angekündigt hatte, war zwei Stunden mit Rotanxi eingesperrt gewesen und hatte ihn ausgefragt – wie Wallie vermutete –, oder sie hatte ihm einfach Bericht erstattet, falls sie ein Spitzel der Zauberer war. Dann hatte sie sich in eine Ecke zurückgezogen und Tag und Nacht ununterbrochen auf der Laute geklimpert. Essen und Gespräche hatte sie verweigert. Alle Versuche, vernünftig mit ihr zu reden, riefen nur Geschrei hervor, sie müsse allein gelassen werden, weil sie ein unblutiges Heldenlied zu erschaffen habe. Wallie hatte schon damit gerechnet, sie würde völlig dem Autismus anheimfallen.

Nun hatte sie erstaunlicherweise zu ihrer alten arroganten Lässigkeit zurückgefunden. Ihre Augen waren dunkel vor Erschöpfung, aber das Irre darin war verschwunden. Also war das Heldenlied fertig? Wallie hatte ein Heldenlied in Auftrag gegeben, und nun bekam er eins, aber er hatte nicht im Geringsten die Absicht, sie damit fortzulassen, ehe er es selbst einmal gehört hatte – und danach wahrscheinlich ebenso wenig.

Die Matrosen machten hastig Platz, um Doa durchzulassen, die in ihren zwei schmutzigen blauen Seidenstreifen sehr groß und kaum schicklich aussah. Honakura starrte sie offenen Mundes an, dann blickte er Wallie an. Er stand auf, und sie grüßte gelassen.

»Wovon handelt denn das Lied?«, fragte er vorsichtig.

»Es handelt von Gebieter Shonsu. Es ist sehr gut.«

Der Schwertkämpfer und der Priester tauschten

einen Blick. Wallie verdrehte die Augen, um sein Missfallen anzudeuten.

»Ich habe noch nie davon gehört, dass ein fahrender Sänger im Tempel vorgetragen hat«, sagte Honakura. »Das werde ich mit Gebieter Kadywinsi erörtern müssen.«

»Meine Gebieterin«, mischte sich Wallie ein, »du bist müde und brauchst eine Erfrischung. Thana, würdest du ihr bitte die Brausekajüte zeigen, vielleicht auch einen Platz, wo sie sich ausruhen kann, und ihr etwas Essen bringen?«

Thana bedachte ihn mit einem wissenden Blick und nickte. Sie ging voraus, und Doa folgte ihr ohne Widerstand. Wallie atmete erleichtert aus. Nun zu dem wirklich Wichtigen . . .

»Ein Heldenlied?«, sagte Honakura nachdenklich.

»*Nein!*« Wallie seufzte und mied Jjas Blick. »Ich war ein Narr, sie überhaupt auszuwählen – ich habe mit dem falschen Körperteil gedacht. Vielleicht hat sie sich ein Lied ausgedacht, aber was kann das schon nützen? Noch eins über Shonsu, der sich im Schiff versteckt und hinterhältig ist? Vergiss Doa!«

Der alte Mann nickte nachdenklich.

»Wenn ich den Tempel betrete, bin ich dann sicher?«, fragte Wallie.

»Sicherlich!«, sagte Honakura, als Nnanji »Nein!« rief.

Es entstand eine Pause.

Wallie war verärgert und ratlos. »Was ist mit diesem Segen? Wem gilt er? Den Männern? Dem Anführer? Dem Heerbann an sich?«

Honakura starrte ihn an, und um seine runzligen Lippen richtete sich ein listiges kleines Lächeln ein. »Warum nicht dem Schwert?«, meinte er.

Die winzige Kabine war düster und stank. Ihre Pfortluke war vernagelt worden, und der Gefangene hatte zwei Tage und Nächte darin zugebracht. Er saß in seine Decken eingewickelt in einer Ecke, als Wallie und Nnanji eintraten.

Die Gefangenschaft hatte von dem Mann, der an Macht und Ansehen gewöhnt war, ihren Zoll gefordert. Sein Gesicht sah aus wie ein Totenschädel, die Augen lagen in tiefen Höhlen, und die Linien um den Mund hatten sich tief eingegraben, das dünne weiße Haar stand ihm wirr um den Kopf. Dennoch war der Gefangene gut behandelt worden, nach den Maßstäben dieser Welt – das wusste Wallie aus Erfahrung.

»Wir haben Casr erreicht«, sagte Wallie. »Der Heerbann ist nicht fortgesegelt.«

»Dann hast du gesiegt?«

»Bisher. Wenn du uns nun an Bord der *Saphir* Gesellschaft leisten magst, mein Gebieter, dann gestatten wir dir eine Wäsche unter der Brause und versorgen dich mit frischer Kleidung, wenn auch nicht mit deiner eigenen. Es ist die Robe, die einem Zauberer seine Macht verleiht, verstehst du. Auf diese Weise machen wir dich unschädlich.«

Rotanxi runzelte die Stirn, dann nickte er bewundernd. »Und was geschieht dann?« Sein Hochmut war gedämpft, fast wirkte er Mitleid erregend, wie er sich so unwillkürlich gegen den Wand drückte.

»Ich will verdammt sein, wenn ich das weiß!« Wallie hielt ein Seil hoch. »Natürlich muss ich dich fesseln. Ich hätte nie gedacht, dass wir einen Siebten fangen würden.« Er lachte leise. »Wie du siehst, Gebieter Rotanxi, ist die Lage zur Zeit reichlich schwierig. An dem einen Ufer sind die Zauberer, am anderen die Schwertkämpfer. Der berüchtigte Shonsu und seine ruchlose Bande sind zwischen zwei Lagern hin und her gerannt und haben beide entsprechend verwirrt. Wenn du mich jetzt versteigern würdest, dann glaube ich, würden die Schwertkämpfer die Zauberer überbieten, um mich in die Hände zu kriegen.«

Der Zauberer sah ihn einen Moment lang neugierig an, dann griff er nach seinen Schuhen. »Das bezweifle ich«, sagte er. »Würdest du eine Bestechung annehmen?«

Wallie dachte an die Macht des Halbgottes und lächelte. »Nein, und wenn du mir die Welt schenken würdest! Ich werde dich als meinen Gefangenen zur Schau stellen, aber ich schwöre dir einen Eid, dass es keine Folter geben wird, und so wenig Erniedrigung, wie unter diesen Umständen möglich ist. Und da du lebendig mehr von Nutzen bist als tot, wird dir kein Leid geschehen.«

»Also habe ich mich zu benehmen? Du hältst mich zum Narren, Shonsu.« Rotanxi war nicht so gedemütigt, dass ihm der Spott vergangen war. Er erhob sich steifbeinig.

Wallie zuckte die Achseln. »Ich kann eigentlich nichts versprechen, weil mein eigenes Leben auf dem Spiel steht, aber Meister Nnanji wird mir als Gefangenenwärter nachfolgen, und er wird meine Wünsche beachten.«

Er brachte ihn zur Leiter. Nnanji und er selbst waren schon sauber. Thana und Katanji zogen sich um. Honakura und die Priester waren bereits fort.

»Wohin bringst du mich mit solcher Hast? Schwimmen dir die Felle davon?«

»Der Heerbann versammelt sich im Tempel«, erklärte Wallie. »Ich werde dich den Schwertkämpfern zeigen und die Führung verlangen.«

Der Zauberer betrachtete ihn misstrauisch. »Und dann?«

»Dann«, knurrte Nnanji, »werden die Schwertkämpfer ihn als Verräter anprangern, und er wird nicht durch den Ehrenkodex geschützt sein, und sie werden ihn töten.«

»Ich verstehe!« Rotanxi sah die beiden nachdenklich an. »Da gibt es wohl eine Meinungsverschiedenheit hinsichtlich der Taktik. Und wenn Shonsu tot ist, wessen Gefangener bin ich dann?«

»Meiner«, erwiderte Nnanji kalt. »Aber ich sterbe gleich nach ihm. Dann wirst du dem Heerbann gehören. Ich wünsche einen angenehmen Tag, mein Gebieter.«

Das Dingi wurde an dem bereits bekannten alten Anleger von einem unruhigen Priester des Sechsten in Empfang genommen. Wallie kniete sich auf die Planken und streckte Tomiyano, der noch im Boot stand, eine Hand entgegen.

»Kapitän«, sagte er währenddessen, »wenn weder Nnanji noch ich ... also, pass auf Jja und Vixini auf, ja? Und danke für alles.«

Tomiyanos Augenbrauen zogen sich in die Höhe und schoben seine drei Schiffszeichen bis in den Haaransatz hinein. Sie schüttelten sich die Hände. »Was möchtest du zum Abendessen, mein Gebieter? Damit ich es Lina schon mal sagen kann.«

Wallie lächelte und stand auf, um dem ungeduldigen Priester zu folgen.

Der Weg führte an dem denkwürdigen Refektorium vorbei, zwischen unbenutzten Gebäuden hindurch, überwachsene Pfade entlang, durch die eingefallenen

Gatter umgebogener Zäune ... an alten Eiskellern und Kapellen, ehemaligen Ställen und Schlafsälen vorbei, über eine Wiese mit undurchdringlichem Gebüsch, die einst ein Rasen gewesen sein mochte. Casrs Blütezeit war vorüber, aber in irgendeinem Jahrhundert könnte der Wohlstand zurückkehren, und all das würde wieder von einer wachsenden Tempelverwaltung genutzt werden.

Der Weg führte sie unterdessen auf die aufragende Masse des Tempels zu, und bald nahm sie den halben Himmel ein. Dann ... eine unscheinbare Seitentür und endlose dunkle Gänge und Hallen, die nach Fäulnis rochen. Aus weiter Entfernung war Gesang zu hören. Der Priester drehte sich um, legte einen Finger auf die Lippen. Er öffnete eine Tür, sehr langsam, und das Singen wurde laut.

Was sie betraten, war mehr ein großer Alkoven als ein kleiner Raum, denn eine Seite bestand aus einem Perlenvorhang, hinter welchem sich das Mittelschiff des Tempels befand. Ein Beobachter konnte hinaussehen, ohne selbst gesehen zu werden. Ein halbes Dutzend Leute konnte tausend andere bespitzeln. Wallie blieb vor dem Vorhang stehen, und sein Gefolge umringte ihn, um hindurchzuspähen.

Als erster Eindruck drängte sich auf, wie viel kleiner dieser Tempel im Vergleich mit dem großen Bau bei Hann war. Zu seiner Linken standen die Schwertkämpfer des Heerbanns – fünf Siebte in Blau, hinter ihnen in gemessenem Abstand eine Reihe von dreißig oder vierzig Sechsten und hinter diesen wiederum die Reihen der Fünften. Eintausend Mann oder mehr. Die Fünften verdeckten die Farben der mittleren Ränge, von denen nur die Köpfe und Schwerthefte zu sehen waren. Aber das Schiff war nicht voll, insofern war dieser Tempel immer noch sehr groß, jedenfalls größer als alle Kathedralen, die Wallie auf der Erde gesehen hatte. Es standen nicht nur Schwertkämpfer da. Hinter den schmalschultrigen Neulingen waren Männer ohne Schwerter versammelt: Herolde, Musikanten, Waffenschmiede, Heiler, fahrende Sänger und vielleicht auch die angesehenen Männer der Stadt.

Rechts von Wallie stand der Chor, der endlos die unharmonische Tonleiter auf und ab trällerte. Sie standen mit dem Gesicht der Göttin zugewandt, einem Götzenbild aus behauenem Stein, der der großen, von der Natur geformten Figur in Hann nachempfunden war. Das konturenlose Gesicht schaute durch das Mittelschiff und die sieben Portale auf den Strom hinaus. Dem Bildhauer war es nicht gelungen, ihr die Erhabenheit der Figur in Hann zu verleihen. Die blaue Farbe blätterte vom Stein ab und wirkte schäbig, eine Göttin mit Hautausschlag. Auf dem Podest lagen Schätze, aber nichts, was mit dem unermesslichen Hort in Hann vergleichbar gewesen wäre. Vielleicht war dieser Tempel ein paarmal ausgeraubt worden.

Wallie entdeckte, das seine Shonsu-Instinkte eifrig nach Fluchtwegen suchten. Es gab Hoffnung! Die Haupteingänge befanden sich in den Portalen unter den Glasscheiben. Von innen zeigten sich die fehlenden Scheiben als helle Flecke, die übrigen waren von einem Schmutzfilm überzogen, der den Blick auf den Strom trübte. In weiter Ferne sah man den Regi Vul unter seiner wachsamen Rauchfahne. Zwischen Wallie und jenen Türen standen die Schwertkämpfer. Ihm gegenüber gab es einen weiteren Perlenvorhang und dahinter vermutlich wieder eine Tür. Es dürfte also auch jemand hinter dem Steingötzen stehen.

Dann sah er Boariyi. Er stand gesondert und sah sehr allein aus. Eigentlich hätte er in der Mitte vor der Reihe der Siebten stehen müssen, am Kopf seines Heeres. Stattdessen hatte man ihn seitlich davor gestellt. Das schien ein merkwürdiger Platz zu sein, aber so befand er sich Wallie genau gegenüber. Wenn er jetzt durch den Perlenvorhang schritte, würden sie sich über das Schiff hinweg gerade ins Gesicht sehen, so als nähmen sie die gleiche Stellung ein. Das war ein willkommenes Zeichen, dass Honakura entscheidenden Einfluss auf die Priester hatte. Kadywinsi war freilich ein unsicherer Verbündeter, der immer gerade den unterstützte, der zuletzt mit ihm gesprochen hatte. Hoffentlich war Honakura, solange das Gesinge anhielt, irgendwo anders beschäftigt und hielt das Rückgrat der hohen Priester zusammen.

Boariyi war zu weit weg, als dass Wallie sein Gesicht erkennen konnte. Wahrscheinlich war ihm während der vergangenen Tage nicht mehr Fechtpraxis gewährt worden als Wallie, aber er hatte auch nicht in dem Tollhaus der *Greif* herumspringen müssen, und bei diesem Gedanken merkte Wallie, wie erschöpft er sich fühlte.

Tivanixi stand mit einem verbundenen Arm zwischen den übrigen Siebten.

Wallie schaute sich unter seiner eigenen Gefolgschaft um. Der Zauberer stand mit gefesselten Händen, ungekämmt und in einer schlecht sitzenden Robe da und trug ein spöttisches Lächeln fest in seinem abgezehrten Gesicht. Nnanji, der das andere Ende der Fessel hielt, versuchte, fröhlich auszusehen – Nnanji meinte, der Plan würde nicht aufgehen, und Nnanji behielt gewöhnlich Recht, wenn es darum ging, Schwertkämpfer einzuschätzen. Thana hatte darauf bestanden mitzukommen, und auch Katanji war dabei, klein und lächerlich jung, aber seine schwarzen Augen funkelten belustigt.

Katanji hatte eine kleine Ledertasche an der Hüfte baumeln, und plötzlich erriet Wallie, dass sie seine unrechtmäßig erworbene Beute von Gi enthalten musste, ein Vermögen in Form von Juwelen. Wenn Nnanji diesen mit Schande behafteten Hort seinem Bruder zurückgegeben hatte, dann glaubte er den Tag nicht zu überleben.

Die Versammlung begann, zappelig zu werden. Die jungen Männer im Hintergrund würden bald anfangen, mit Papierkügelchen zu werfen.

Bei Hann bestanden die Seitenwände aus farbigem Glas. Hier trugen die Wände Mosaike, von denen ebenfalls vieles abgebröckelt war. Wallie schaute nach oben, um das Dach zu prüfen, und fragte sich, wie sicher es noch war.

Er befand, er sei der einzige hier anwesende Mensch, der nicht begierig auf das Ende des Gesangs wartete. Die Pistole des Zauberers steckte in seinem Gürtel und etwas Pulver und ein paar Schuss in seiner Tasche, aber Gelegenheit zum Nachladen würde er nicht haben. Hier näherte sich ein kritischer Wendepunkt. Die Chancen standen wahrscheinlich hundert zu eins gegen ihn, doch er fühlte sich mehr resigniert als nervös. Die Götter hatten diese Lage herbeigeführt, waren ihm auf den Fersen gewesen und hatten ihn wie ein Schaf in den Pferch getrieben. Vielleicht entsprach das der letzten Zeile des Rätsels. *Damit sein Los ihm sei gewährt* – damit Boariyi es bekam. Wie alt war Alexander der Große gewesen, als er das Heer seines Vaters nahm und auszog, um die Welt zu erobern? Zwanzig? Boariyi war vermutlich älter. Irgendwie sah er auch nicht aus wie ein Alexander.

Die Sonne verschwand hinter einer Wolke, Schatten flutete in den kalten Tempel.

Zu guter Letzt war der Gesang vorbei, verklang in einem kollektiven Seufzer der Erleichterung. Der Chor beugte die Knie und zog in zwei Reihen ab, um sich zu beiden Seiten des Standbildes und außerhalb von Wallies Blickfeld aufzustellen. Eine kleine Gestalt in Blau schlurfte nach vorn, ließ sich mühsam auf die alten Knie nieder, um das Zeichen der Unterwerfung zu machen, stand noch langsamer wieder auf und drehte sich der Versammlung zu. Der hohe Priester Kadywinsi, dessen schneeweißes Haar im dämmrigen Licht leuchtete, hob die Arme und begann das lange Ritual der Segnung. Boariyi und seine Siebten entspannten sich sichtlich – die Zeremonie schien dem Ende zuzugehen. Die klagende Stimme des alten Mannes verstummte. Er wandte sich dem Standbild zu.

»Hochheilige!«, rief er in weinerlichem Ton. »Deinem Vogt und mir ist die Ehre zuteil geworden, diesen Heerbann auszurufen und zu sehen, wie Du ihn gesegnet hast. Wir danken Dir, dass Du unsere Gebete erhört hast, dass Du uns die Neulinge, die Schüler, die Schwertkämpfer, die Eingeweihten, die Meister, die Ehrenwerten und die Gebieter gesandt hast ... am meisten aber danken wir Dir dafür, dass Du uns Deinen erwählten Streiter gesandt hast, einen edlen und beherzten Schwertkämpfer, einen Mann, der schon vorher auf die Zauberer getroffen ist und gezeigt hat, dass er sie besiegen kann, einen würdigen Anführer, der von Dir kommt und *der Dein ureigenes Schwert trägt*.«

Ein Laut der Überraschung stieg von der Versammlung auf und steigerte sich zu einem zornigen, tierhaften Gebrüll. Die Andeutung eines Aufruhrs war von überall zu hören. Boariyi richtete sich kerzengerade auf, stemmte die Hände in die Hüften und schob den Kopf vor. Die anderen fünf Siebten äußerten Bestürzung, einige wurden rot vor Zorn bei der Vermutung, sie hätten sich auf den falschen Mann eingeschworen.

Wallie griff nach dem Perlenvorhang, und ein Befehl kam von hinten: »Noch nicht!« Er drehte sich stirnrunzelnd zu dem Priester um – dies war doch sicherlich der entscheidende Moment?

In der plötzlichen Stille kam die Sonne wieder zum Vorschein, flutete das Mittelschiff mit ihrem Glanz, schien auf Kadywinsis Silberhaar und auf eine große Frau in blauer Robe, die nach vorne schlenderte und eine Laute trug.

* * *

Wallie fuhr herum und starrte seine Gefährten an. »Ich dachte, sie wäre an Bord geblieben!«, schnauzte er so laut, dass sie zusammenzuckten.

Nnanji nickte, aber Thana schüttelte den Kopf und sagte: »Sie ist mit den Priestern gegangen.«

Zu dem Zeitpunkt war Wallie unter der Dusche gewesen. Wütend drehte er sich wieder um und sah weiter zu. Doa wirkte jetzt ruhig und würdevoll. Ihr fließendes braunes Haar glänzte wieder, war nicht mehr zerzaust wie das eines Steppenläufers. Sie trug das Baumwollgewand einer Priesterin, ein schlichtes Ding, das bauschig und nicht lang genug war, doch sie trug es wie eine Königin, als wäre es eigens für sie von einem Modeschöpfer angefertigt worden. Die Zuschauer raschelten. Wallie konnte nur hoffen, dass Honakura wusste, was er da tat. Vielleicht hatte er sie im Dingi ausgefragt. Es war genauso gut möglich, dass er die ganze Sache in blindem Glauben steigen ließ.

Doa vollführte keinen Gruß, sagte keinen Titel an. Sie zeigte weder Angst noch Aufregung, sondern nur eine Miene äußerster Sammlung. So stand sie da und stimmte die Saiten. Dann hob sie den Kopf, schlug einen Akkord an und füllte den Raum mit ihrer tiefen, strahlenden Stimme.

Am Morgen zieh'n die Kämpfer aus,
den Ruhm auf ihrer Stirn,
das Recht auf ihren Schultern und die Ehr'
in jedem Schwur.
Das Böse wird bezwungen und das Recht
zum Sieg geführt.
Ihre Schwerter zieh'n voran!

Wallie sah Nnanji an, und dessen erstauntes Gesicht sagte ihm, dass er auch noch nie von einer Marschmelodie in einem Heldenlied gehört hatte.

Aber sie war mitreißend, und es... Nein! Konnte das sein? Er hörte konzentriert auf den Refrain und die zweite Strophe...

Nein, selbst wenn man die Siebentonleiter berücksichtigte, es war nicht dasselbe. Dicht dran... aber eher noch mitreißender als das Lied, an das er sich erinnert fühlte. Er konnte sich denken, dass der Heerbann es sofort übernehmen würde. Man hörte sie schon mit den Füßen den Takt schlagen. Oder vielleicht doch nicht – es handelte von Shonsu, der sein Heer durch die Berge nach Vul führt. Jetzt würde er gleich erfahren, was bei dieser Katastrophe eigentlich passiert war – wenn Rotanxi Doa die Wahrheit gesagt hatte und Doa es nicht für ihre Zwecke geändert hatte.

Die Melodie ging in den klassischen Balladenstil über, als die schändlichen Zauberer ihre Verteidigung ersannen. Der Befehlshaber der Bösen war natürlich Gebieter Rotanxi, der Hass gegen alle Schwertkämpfer schwor und einen Feuerdämon herbeirief. Wallie sah sich nach ihm um, und auf dem Gesicht des Zauberers wechselten sich Ärger, Belustigung und Überraschung ab.

Wieder änderte sich die Melodie und sie spielte ein rastloses, zorniges Thema, an das sich auch ihre Singstimme anpasste. Die Schwertkämpfer waren an der Brücke einer Schlucht angekommen und konnten schon das entfernte Vul sehen. Sie begannen, die Schlucht zu überqueren. Der Feuerdämon schlug sie mit Dissonanzen, mit Donner und Blitz. Brücke und Schwertkämpfer stürzten in den Abgrund.

Eine verminte Brücke? Natürlich! Was wäre für die Zauberer einfacher gewesen als das? Und was überraschender für die Schwertkämpfer? Ohne nachzudenken drehte sich Wallie zu Rotanxi um und flüsterte: »So hat es sich zugetragen?«

Er erntete einen erstaunten Blick, aber keine Antwort.

Nur Shonsu, der an der Spitze seines Heeres marschiert war, blieb unversehrt. Der Feuerdämon warf ihn zu Boden, Shonsu verlor dabei sein Schwert und wurde von den siegreichen Zauberern ergriffen. Nun folgte eine Totenklage, und Wallie erkannte nach und nach, dass was er hier hörte, die Entstehung einer neuen Kunstform, ein Heldenoratorium war. Nnanji lauschte mit offenem Mund. Heldenlieder waren die Nachrichten und Unterhaltungssendungen dieser Welt. Schwertkämpfer sehnten sich danach wie Italiener nach der Oper. Und dieses war vorzüglich, die Zuhörer wie gebannt.

Die Namen und Ränge der Toten ... natürlich hatte

Doa sie die ganze Zeit über gewusst. Sie war Shonsus Geliebte gewesen. Hatte Tivanixi nicht daran gedacht, sie zu fragen, oder hatte sie sie ihm nicht sagen wollen?

Dann endete die Klage. Ein wildes, rhythmisches Thema begleitete die Erzählung von Shonsus Flucht. Zur Folterung schon an einen Baum gebunden, sprengt er seine Fesseln und stürmt nackt und unbewaffnet in den Wald ...

Ein schauriges Klagelied berichtete, wie die Dämonen der Göttin ihn nach Hann trieben. Doa hatte eine meisterliche Auswahl der Einzelheiten vorgenommen. Shonsu verlangt eine Austreibung. Sie misslingt. Er stürzt sich selbst zur Strafe in den heiligen Wasserfall – dass er anderenfalls hineingeworfen worden wäre, blieb unerwähnt.

Nun sang die Göttin eine Arie, in der sie die Annahme seiner Seele verweigert, den Tod der neunundvierzig und die verletzte Ehre Ihrer Schwertkämpfer beklagt. Die Melodie war die gleiche, die Wallie schon zweimal von Doa gehört hatte. Aber jetzt hatte sie ihr Vollkommenheit verliehen; sie schwang sich empor, zerriss einem das Herz, füllte den Tempel mit Gram und Schmerz. Er sah die verzückten Schwertkämpfer ihre Tränen fortblinzeln und spürte, wie es ihm selbst in den Augen kribbelte. Aber langsam verwandelte sich der klagende Ton in Entschlossenheit, und die Göttin befahl Shonsu, zurückzukehren und Ihr Schwert zu nehmen, um es erneut zu versuchen ... die Tränen trockneten, und rechtschaffener Zorn brandete auf.

Wieder im traditionellen Balladenstil schmiedet Rotanxi den nächsten Plan. Er sendet die Kilts nach Casr, der Heerbann wird ausgerufen, die Schwertkämpfer sammeln sich, und Shonsu tritt wieder auf, das siebente Schwert auf dem Rücken – und ein höhnisches Tanzlied beschrieb, wie die Schwertkämpfer ihn verschmähen und aus der Freistätte vertreiben. So war es nicht gewesen, aber jeder, einschließlich Nnanji, wusste, dass man nicht alles glauben durfte, was in den Heldenliedern zu hören war.

Dann nahm das Geschehen eine dramatische Wende. Die Zauberer ersinnen in Nachahmung eines früheren Ereignisses ein neues Komplott, aber diesmal in einem ungenannten Hafen, wo sie, die Ankunft der Schwertkämpfer voraussehend, ihre Feuerdämonen herbeirufen, um den Heerbann zu vernichten – der Tempel hatte noch keine aufmerksamere Gemeinde als diese gesehen. Der finstere Gebieter Rotanxi schreitet über den Kai und verkündet, welche Schrecken er herabsenden werde.

Dann begann die Musik schleichend und geheimnisvoll und steigerte sich stetig in ihrer Erregung bis zu einem Gipfel des Triumphes: ein Schiff läuft in den Hafen ein. Shonsu erscheint an Deck und erklärt spöttisch, er habe die Abfahrt des Heerbanns verhindert und den bösen Plan der Zauberer durchkreuzt. Dramatische Reden fliegen hin und her, bis Rotanxi bekundet, er werde selbst mit diesem hochfahrenden jungen Schwertkämpfer fertigwerden. Er schreitet an Bord – und sein Zauber versagt vor dem heiligen Schwert.

Die *Greif* legt ab, und Shonsu erklärt Rotanxi zu seinem Gefangenen, den er nach Casr bringen und mit dem Tode bestrafen werde. Einen Augenblick lang hörte man ungläubiges Gemurmel, dann verstummte es, und man lauschte wieder den Worten der Sängerin.

Molto vivace! Nun wurden die Dämonen freigelassen – Feuerdämonen, Wasserdämonen, die Dämonen der Lüfte, Dämonen der Gewitterstürme. Sie brüllen und lodern auf und toben rings um das Schiff, aber in gottgleicher Verachtung schwingt Shonsu das Schwert der Göttin und wendet das Böse ab. Die Geister stehlen sich fort, besiegt ...

Als Finale erklang das aufrüttelnde Anfangsthema als Siegesmarsch, die Worte ein wenig abgewandelt, und die Schwertkämpfer marschierten dem sicheren Ruhm entgegen.

Stille – vollkommene Stille.

Wallie blinzelte und sah sich um. Nnanji hatte den Mund geschlossen, aber seine Augen glänzten, und er hatte die Fessel des Gefangenen losgelassen. Rotanxi hätte sich unbemerkt fortschleichen können, wäre er nicht genauso verzückt gewesen. Desgleichen Thana. Katanji fing Wallies Blick auf und grinste. Wallie nahm das Seil und drückte es Nnanji mit einem finsteren Blick in die Hand, der den Zauber brach.

In demselben Augenblick brach der Bann der Zuhörerschaft. Gewöhnlich applaudierten Schwertkämpfer, indem sie mit den Stiefeln trampelten, manchmal klatschten sie auch mit den Händen und ganz selten jubelten sie einem Sänger zu. Aber diesmal taten sie alles gleichzeitig, und jeder Mann in der riesigen Menge schien so viel Lärm wie möglich machen zu wollen. Ein Orkan toste der Sängerin entgegen. Sogar die Siebten klatschten Beifall, auch Boariyi. Doa schien aus ihrer Ekstase aufzuwachen. Sie lächelte milde, verbeugte sich und drehte sich um, um vor dem Standbild niederzuknien. Der alte Kadywinsi stand noch an derselben Stelle. Er gab ihr den Segen, und sie verschwand außer Sicht, während der Beifallssturm noch anhielt. Wallie war sicher, dass er etwas so Bedeutendem wie der Uraufführung des Hamlet beigewohnt hatte ... Mr. Homer wird uns nun aus seiner neuen Dichtung über Odysseus vortragen ... Die Heldenlieder dieser Welt würden niemals wieder die gleichen sein.

Sie hatte getan, was sie versprochen hatte. Wenn es jetzt, nach dieser Vorstellung, zur Abstimmung käme, würde ihn der Heerbann mit Beifallsstürmen zum Anführer wählen. Aber der Heerbann war bereits eingeschworen. Hier herrschte Autokratie, nicht Demokratie.

»Mein Gebieter«, sagte er zu dem Zauberer und musste beinahe schreien, »selbst wenn wir beide heute sterben, haben wir Unsterblichkeit erlangt.«

Er bekam kein spöttisches Lächeln. Der alte Mann musterte ihn einen Moment lang, dann sagte er: »Ich glaube, du hast Recht, Gebieter Shonsu. Freilich ist es ein geringer Trost.«

»Jetzt, mein Gebieter!«, sagte der Priester.

»Gleich.« Das Getöse hielt unvermindert an. »Was ist als Nächstes geplant?«

»Nichts, mein Gebieter.«

Das sollte sich ändern. Wallie spähte in den Tempel und sah gerade noch, wie Boariyi die Hand hob, um Schweigen zu gebieten – und er bekam es sofort. Schwer beeindruckend! Also schob sich Wallie durch den Vorhang und trat hinaus, um sich dem Heerbann zu stellen.

Fast hätte er die Wirkung vermasselt, weil er über eine Stufe stolperte und beinahe gestürzt wäre. Ihm war nicht aufgefallen, dass der Raum um die Statue ein wenig erhöht lag. Nachdem er das Hindernis gemeistert hatte, schritt er vorwärts, bis er fast in der Mitte stand, aber nicht ganz. Er wandte sich dem Standbild zu, entbot der Göttin seinen Gruß, dann drehte er sich energisch um und grüßte die Versammelten. Die Echos seiner Grabesstimme hallten rollend von den verglasten Portalen wider.

Ihm gegenüber vor der Stufe standen die fünf Siebten. Zoariyi, der kleinste von ihnen, ließ außer Wachsamkeit in den Augen keine Regung erkennen. Tivanixi sah verwirrt und unglücklich aus. Jener alte Mann musste Gebieter Chin-sowieso sein, den Nnanji erwähnt hatte, daneben standen ein rundlicher Mann mit einer Narbe und ein junges Allerweltsgesicht. Hinter ihnen wartete die Reihe der grün berockten Sechsten, von denen einige finster blickten, andere ratlos, ein oder zwei schmunzelten über die Zuspitzung ... und hinter diesen wiederum setzten sich die Reihen der Männerköpfe und Schwerthefte fort.

Wallie wandte sich der Bohnenstange Boariyi zu, der mit verschränkten Armen und hochgerecktem Kinn dastand, das gummiartige Gesicht dunkelrot vor Zorn.

»Gebieter Boariyi, ich bin gekommen, um die Führung des Heerbanns zu fordern, wie es mir die Göttin befohlen hat.«

Der Tempel war still. Hätte er die Augen geschlossen, er hätte glauben können, er sei allein. Er wusste nicht im mindesten, womit er zu rechnen hatte. Hier standen an die fünfzehnhundert Schwertkämpfer, aber nur ein Wille. Und wenn Doas Vortrag sie noch so sehr beeindruckt hatte, warum sollte Boariyi die Führung freiwillig abgeben?

»Tatsächlich? Du kommst zu spät, Gebieter Shonsu. Der Heerbann ist bereits eingeschworen.« Seiner Stimme fehlte die Tiefe Shonsus, aber sie trug weit.

»Ich bitte um Verzeihung. Ich hatte in Sen zu tun, wie du gehört hast.«

»Ooooh!«, machten die niedrigen Ränge im Hintergrund.

Boariyis Augen wurden schmal. »Du erwartest im Ernst, dass wir das glauben? Deine langjährige Liebschaft mit Gebieterin Doa ist wohl bekannt, Gebieter Shonsu, und wenngleich wir ihre Vorstellung alle genossen haben, brauchst du doch mehr zum Beweis als das.« Er drehte sich seinem Heer zu, im Begriff, es wegtreten zu lassen. Geschickter Zug!

»Ich habe einen Gefangenen zum Beweis«, donnerte Wallie. Erregung fuhr durch die Versammlung wie der Wind durch ein Kornfeld.

Boariyi sah ihn mit plötzlichem Zweifel an.

»Mein Gefangener ist Gebieter Rotanxi, Zauberer des siebten Ranges, Hexer von Sen, der Mann, der die Kilts gesandt hat ...« Er wurde übertönt.

Wieder gebot Boariyi Ruhe und bekam sie. Sein Gesicht war noch röter geworden. »Zeig ihn uns!«

Wallie tat, als zögerte er. »Ich könnte ihn holen lassen ... Ich bedinge mir aus, dass er gemäß den Sutras *mein* Gefangener ist.«

»Ich werde dir deinen Gefangenen nicht wegnehmen, solange du am Leben bist«, brüllte Boariyi, »aber ich gebe dir keine Sicherheit für Leib und Leben.«

»Ich stehe unter dem Schutz des Ehrenkodex und meines Schwertes«, erwiderte Wallie und wünschte, er glaubte es selbst. Dann drehte er sich um und ging auf den Alkoven zu.

Rotanxi stolperte durch den Vorhang, von einer großen Hand im Genick gepackt. Aller Glanz des Traumgotts hätte es nicht mit Nnanjis strahlendem Gesicht aufnehmen können, als er den alten Mann vor sich herstieß, um ihn in dem riesigen Tempel Boariyi zu präsentieren. Den rechten Arm ausgestreckt, in der linken

Hand das Seil, trieb er den Zauberer in großer Eile dem Befehlshaber entgegen, der bass erstaunt vor den nunmehr enthüllten Stirnmalen zurückschreckte. Dann drehte Nnanji sein Opfer der vordersten Reihe zu und schubste ihn daran entlang, sodass die Siebten und Sechsten es alle sehen konnten, beschrieb am Ende einen Bogen, bis er neben Wallie zu stehen kam, und richtete sein Grinsen auf den Heerbann. Ein Stimmengemurmel rollte heran wie die rauschende Brandung, wurde immer lauter und überschlug sich schließlich wie ein Brecher.

Thana und Katanji waren hervorgekommen und hatten sich neben ihren Anführer gestellt, und Wallie hätte trotz Anspannung und Müdigkeit über diesen lächerlichen Gegensatz lachen mögen. Die Schwertkämpfer mussten es auch sehen: hier Boariyi und seine Horde, da Shonsu mit einem verletzten Ersten, einem weiblichen Zweiten und einem rothaarigen Jugendlichen, der sich als Fünfter verkleidet hatte. Allerdings hatte Shonsu einen Gefangenen vorzuweisen … und was für einen!

Boariyi blieben nur wenige Möglichkeiten, um sich mit Würde aus der Affäre zu ziehen. Der alte Priester stand zwischen ihnen, dem Heerbann zugewandt. Er drehte den Kopf und sah den Heerführer an, und alle anderen taten es ihm gleich.

Boariyi erhob barsch die Stimme. »Ich bin hierher gekommen, um einen Segen zu empfangen, nicht um einen Mummenschanz zu sehen. Willst du mich herausfordern, Gebieter Shonsu?«

Knifflige Entscheidung – Wallie würde zum Teufel gehen, wenn er ja sagte, und ausgestoßen werden, wenn er nein sagte.

»Ich möchte nicht gegen dich kämpfen, mein Gebieter, fürchte mich aber auch nicht, es zu tun, denn ich bin ein besserer Schwertkämpfer als du, und ich habe die Göttin auf meiner Seite.« Das hoffte er. »Aber ich werde nicht gegen den ganzen Heerbann antreten. Willst du Mann gegen Mann mit mir kämpfen oder versteckst du dich hinter dem Bluteid?«

Boariyis Blick huschte zu seinem Onkel. »Dass so etwas in einem Tempel ausgetragen wird, ist neu für mich. Ich werde meinen Rat befragen.« Die Siebten gingen gehorsam zu ihm hin. Das war klug gehandelt, stand er doch nicht mehr allein da, sondern scharte eine eindrucksvolle Verstärkung um sich.

Kurz steckten sie die Köpfe zusammen, während die Versammlung den Atem anhielt. Zoariyi übernahm offenbar das Sprechen, sein Neffe neigte den Kopf, um ihm zuzuhören. Dann trat er aus dem Kreis, sodass die anderen hinter ihm hergehen mussten.

»Mein Rat hat befunden, dass dies keine Sache der Ehre ist! Warst du es nicht, Shonsu, der das Heer der neunundvierzig Schwertkämpfer anführte, das von den Zauberern vernichtet wurde?«

»Das war ich«, antwortete Wallie und wurde unterbrochen, ehe er noch mehr sagen konnte.

»Warst du es nicht, der vor den Zauberern in Aus nackt im Schmutz kroch?«

»Ja ...«

»Warst du es nicht, der die siegreichen Schwertkämpfer in Ov zurückhielt, als sie den Sieg vollenden und den Turm angreifen wollten?«

»Ja, aber ...«

»Warst du es nicht, der die Absichten des Heerbanns an die Matrosen verriet, die Schiffe fortschickte, fälschlich die Seuchenflagge hissen ließ und unseren Angriff vereitelte?«

»Ja, aber nur weil ...«

Boariyi hob einen langen Arm und zeigte auf ihn. »Dann erkläre ich, dass du ein falscher Schwertkämpfer bist, ein Gräuel und ein Spitzel der Zauberer. Ich verurteile dich zum Tode als einen Feind des Heerbanns. Siebte – tötet diesen Mann!«

Wallie legte sich gerade seine Antwort zurecht und schaute seine Kameraden an. Nnanji sah krank aus. Der Zauberer bedachte ihn mit einem spöttischen Blick, obgleich sein Wohlergehen von Wallies abhing.

Dann sah Wallie Boariyi und den Rat an und erkannte, dass es keine Erwiderung mehr geben würde. Sie hatten die Schwerter gezogen und rückten Seite an Seite auf ihn vor. Sie kamen langsam, hofften vielleicht, er möge fliehen, aber sie kamen. Nnanji hatte Recht behalten.

Wallie zog die Pistole aus dem Gürtel und widerstand der Versuchung, Boariyi niederzuschießen. Er brauchte ein Ziel, von dem die Kugel nicht abprallte, also zielte er über die Köpfe hinweg auf die fernen Portale und die Aussicht auf die Berge.

Er drückte ab.

Die Explosion donnerte durch den Raum. Die Waffe schlug ihm fast aus der Hand, und eine riesige, beißende Rauchwolke trieb in Schwaden auf die Reihe der Sechsten zu. Keiner außer dem Zauberer und den Teilnehmern an Shonsus Feldzug hatten je so einen Knall gehört. Putz bröckelte von der Decke; Wandfliesen platzten ab. Er hatte das Fenster des Mittelportals getroffen, und offenbar eine schwache Stelle im brüchigen Gestein des Stabwerks. Während der Schuss noch widerhallte, gab es einen klirrenden Lärm, als das gesamte Mittelfenster einstürzte und die Scheiben

Reihe um Reihe samt Steinstreben wie bei einer Kettenreaktion zu Boden fiel, ein funkelnder Glasregen, der den Bogen leer fegte.

Das Heer geriet in Panik. Vom Ersten bis zum Siebten drehten sie sich um und rannten. Wallie steckte die Pistole zurück in seinen Gürtel, ohne sich um das Nachladen zu kümmern. Er warf einen Blick auf seine Gefährten. Sogar der Zauberer war von dieser Wirkung verblüfft. Nnanji schluckte heftig, dann grinste er und sagte: »Donnerwetter!«

Hinter ihnen hatte eine bunte Priesterschar alle Mühe, durch eine Tür neben dem Götzenbild zu entkommen. Nur der kleine Honakura war ruhig stehen geblieben. Er lächelte und hob anerkennend die Hand. Die Siebten erholten sich als Erste von dem Schreck. Sie bildeten, wo sie zuvor gestanden hatten, einen dicht gedrängten Haufen und begannen eine heftige Auseinandersetzung, bei der sie einige verstohlene Blicke auf Wallie warfen. Die Unbewaffneten setzten ihre Flucht fort, aber die Schwertkämpfer besannen sich, noch ehe sie die gläserne Schneewehe unter dem Mittelportal erreicht hatten. Beschämt kehrten sie an ihre Plätze zurück. Es war für alle offensichtlich, dass nur Wallies Gefolge nicht gewichen war.

Er wartete nicht ab, bis sie sich wieder in Reihen aufgestellt hatten.

»Ja«, gab er bekannt, »ich führte das Heer nach Vul und in seinen Untergang. Das habe ich wieder gutzumachen.« Er hatte nun jedermanns Aufmerksamkeit. Hinter ihm waren die Priester still geworden, und die Siebten vor ihm hatten zu reden aufgehört, um ihm zuzuhören. »Ja, ich ging in Aus an Land. Ich ging unbewaffnet, was eine Torheit war, und ich bezahlte einen hohen Preis dafür.

Ja, ich habe den Angriff auf den Turm aufgehalten, aus dem gleichen Grund, warum ich den Heerbann aufgehalten habe: Ihr wisst nicht, wie man gegen Zauberer siegen kann! Ich weiß es – jetzt weiß ich es. Ich habe Gebieter Rotanxi gefangen genommen, und ich habe ihn unschädlich gemacht. Dieser Donnerschlag war einer, wie ihn die Zauberer bei sich tragen – er kommt aus einem kleinen Ding, das Rotanxi in der Tasche hatte. Nennt es einen Donnerschlag des ersten Ranges, wenn ihr wollt. Von dieser Sorte stellten sie eine Reihe auf dem Kai auf und schleuderten sie gegen unser Schiff. Die Sängerin hat die Wirkung sehr gut beschrieben, aber es handelte sich nicht um Dämonen. Ich kann nicht zaubern, meine Gebieter. Das Schwert« – er zog es heraus – »zaubert nicht. Es ist heilig. Es gehört der Allerhöchsten, und Sie war es, die uns errettete.

Sie hat mich gesandt, den Heerbann anzuführen, denn Mut allein ist nicht genug. Ich ziehe euren Mut nicht in Zweifel, Schwertkämpfer, aber nur ich kann euch lehren, die Zauberer zu besiegen. Die Göttin gab mir Ihr Schwert, und Sie hat mir das nötige Wissen verliehen. Ich kann euch alle zum Sieg führen – aber du, Gebieter Boariyi, kannst es nicht. Wagst du es, dich Ihrem göttlichen Willen zu widersetzen?«

Die Siebten stritten heftig. Kadywinsi trat vor, aber Wallie hob eine Hand, um ihm Schweigen zu gebieten. Boariyi hatte die Entscheidung zu fällen, und Wallie bemitleidete ihn dafür. Er war sich schon sicher gewesen, als Anführer eines Heerbanns Unsterblichkeit zu erlangen, und nun wurde er durch eine Mischung aus Zauberei und priesterlicher Spitzfindigkeit darum betrogen. Doch die Entscheidung war nahezu unvermeidlich, denn Wallie war es gelungen, seinen Fall vorzutragen und die Sache zu einer persönlichen Herausforderung zu machen. Boariyi konnte sich nicht mehr weigern und darauf hoffen, dass das Heer ihm die Treue hielt.

Er war zu dem gleichen Schluss gekommen. Er brachte seinen Rat zum Schweigen, schaute mit dem bekannten unverschämten und geringschätzigen Lächeln über ihre Köpfe hinweg zu Wallie – was Wallies Zorn auflodern ließ.

Die menschliche Gottesanbeterin trat ein paar Schritte vor, stemmte die Hände in die mageren Hüften. »Du behauptest, du kommst von der Göttin? Ich wiederhole, dass dich die Zauberer geschickt haben. Die Priester haben den gesegnet, der das Schwert trägt. Also gut! Ich werde dich töten und das Schwert erringen. Fordere mich heraus, Gebieter Shonsu.«

* * *

Das Wetter hatte sich verschlechtert. Der Himmel spuckte Regentropfen aus tiefen, dicken Wolken, Wind wirbelte Blätter auf und fegte Staub über den Boden. Wallie stand allein vor dem Tempel und sah finster zu dem Schaden, den sein gelungener Schuss verursacht hatte. Drei Bögen auf jeder Seite spiegelten den Sturm über dem Regi Vul, während die Mitte dunkel und leer blieb. Er fühlte sich unbehaglich an den kleinen Gott mit seinem fehlenden Zahn erinnert, und er wusste nicht, ob sein Gedanke respektlos war, oder ob der kleine Gott wirklich einen Scherz mit ihm trieb.

Der Heerbann hatte sich in einem großen Bogen auf dem Vorplatz versammelt und wandte dem Strom das Gesicht zu. Wallie stand allein auf einer Seite, Boariyi, von seinem Rat umringt, auf der anderen. Die Siebten waren seine Gefolgsmänner und hatten ihn zu begleiten, aber das konnte Wallies Gefühl der Verlassenheit nicht abmildern. In der Mitte des Halbkreises standen die Herolde und die Musikanten. Zwischen den Herolden und den beiden Sekundanten, Nnanji und Zoariyi, hatte sich ein Streitgespräch entwickelt. Es dauerte eine Ewigkeit.

Solche Verhandlungen Nnanji anzuvertrauen schien verrückt zu sein. Dieser gerissene Zoariyi würde ihm den Verstand doch wie eine Brezel verknoten. Doch die Regeln des Zweikampfes ließen keine andere Wahl, und Nnanji hatte schon erreicht, dass Thana den Gefangenen zur *Saphir* bringen durfte, ganz gegen den Willen der Schwertkämpfer. Wallie hätte nicht geglaubt, dass er diesen Punkt für sich verbuchen würde, und hatte mit freudiger Zufriedenheit beobachtet, wie die Verlegung stattfand. Dann hatte es eine Art Zeremonie gegeben, bei der Nnanji allen Siebten vorgestellt wurde, wahrscheinlich um das Racheproblem zu beseitigen.

Es war seltsam beruhigend, dass der kleine Katanji ebenfalls in das Streitgespräch einbezogen wurde. Zwei Mal waren er und Nnanji beiseite getreten, um sich zu beraten, wobei sich Nnanji zu ihm hinunterbeugte, um zu reden oder ihm zuzuhören. Beide Male hatte Wallie damit gerechnet, dass ihm eine Botschaft übermittelt werden würde, aber jedes Mal waren die Brüder zu der Gruppe zurückgekehrt. Katanji wusste gar nichts über die Verfahrensweisen und Regeln, aber er kannte sich mit Menschen aus – überraschend war, dass Nnanji ihm ernsthaft Beachtung schenkte.

Boariyi ragte aus der Gruppe hervor. Er hatte den Vorteil größerer Reichweite für sich, und er kämpfte auf eigenem Boden. Außerdem hatte er Wallie bereits fechten gesehen. Aber er hatte entweder einen Zauberer zu besiegen, oder einen Helden, den die Götter gesandt hatte – keines von beidem war ermutigend. Er mochte sogar schneller sein als Wallie. Wallie dagegen war stärker und hatte die Göttin auf seiner Seite. Oder doch nicht? Ihm war verboten worden, auf Wunder zu warten.

Er verfluchte sich wegen dieser Gedanken und drehte sich dem windgepeitschten Strom zu, auf dem die Schiffe schaukelten und der die Farbe eines Gewehrlaufs hatte. Die *Saphir* lag unweit vom Ufer festgemacht, die Mannschaft stand an der Reling. Er sah die massige Brota und daneben Jja und winkte. Die Seuchenflagge war verschwunden, und die ersten Schiffe wagten sich wieder in den Hafen.

Der Kreis der Zuschauer schwoll an, als Priester und Bewohner der Stadt dazukamen, um hinter den Schwertkämpfern zusammengedrängt den Spaß zu verfolgen. Ein ernster Kampf zwischen zwei Siebten musste ein sehr seltenes Ereignis sein. Wallie fragte sich, ob Shonsu jemals gegen einen Siebten hatte antreten müssen. Er selbst hatte gegen Hardduju gefochten, aber das war eine Hinrichtung gewesen.

Schließlich wurde die Beratung beendet, die Sekundanten schritten zu ihren jeweiligen Duellanten. Katanji bedachte Wallie mit einem abschätzenden, mitfühlenden Blick. Nnanji war einfach fröhlich.

Nnanji war im siebten Himmel. Dass er als ein bloßer Fünfter mit Siebten verhandelte, um eine Gerichtsverhandlung per Zweikampf beizulegen – was in dieser Welt fast so selten vorkam wie auf der Erde –, dass er außerdem eine Aufgabe bei einer göttlichen Sendung zu erfüllen hatte, das war für ihn ein saftiges

Stück Schwertkämpferromantik. Nnanji hätte glücklicher nicht sein können.

»Ich glaube, ich habe alles, was du brauchst, Bruder«, sagte er. »Zoariyi wollte nicht anerkennen, dass dein Schwert der Göttin gehört, aber er war einverstanden, Feigheit anzusetzen, obwohl er sagt, dass sein Duellant dich niemals feige genannt hat.«

»Großartig! Wie wär's noch mit Kinderschändung und In-der-Nase-bohren?«, fauchte Wallie. »Wir wollen keinen Vorwurf unausgesprochen lassen.«

Nnanji lächelte höflich und sah sich um, als wollte er sich irgendwo mit überkreuzten Beinen hinsetzen. Dann straffte er die Schultern und schickte sich an, die Proklamation der Einberufung aufzusagen, Wort für Wort, mit einem Ausdruck, der den obersten Herold hatte bleich werden lassen.

»Höret, ihr Gebieter, Ehrenwerte, Meister, Eingeweihte, Schwertkämpfer, Schüler, Neulinge und alle, die sich hier versammelt haben – da der tapfere Gebieter Shonsu, Schwertkämpfer des siebten Ranges, vor dem Rat des vortrefflichen Heerbanns von Casr erschienen ist und da besagter tapferer Gebieter vor besagtem Rat vertreten hat, dass das sagenhafte siebte Schwert Chioxins seiner Hand von einem Gott verliehen worden ist, zu dem Zweck, dass er die Gräueltaten der Zauberei aus den Städten Aus, Wal, Sen, Cha, Gor, Amb und Ov vertreibe, und da besagter tapferer Gebieter vertritt, dass er der beste hier anwesende Schwertkämpfer ist und darum nach dem Recht der Tapferkeit Heerführer dieses hohen Heerbanns sein sollte, und da der tapfere Gebieter Boariyi, Schwertkämpfer des siebten Ranges, Heerführer des vortrefflichen Heerbanns von Casr, entgegnet hat, dass besagter tapferer Gebieter schon früher in einer Schlacht gegen die Zauberer versagt hat, und da besagter tapferer Gebieter ferner vertreten hat, dass besagtem tapferem Gebieter von den Zauberern in Aus Schande bereitet wurde, wodurch ihm selbst gezeigt wurde, dass er ohne Ehre und ein Feigling ist, und da der besagte tapfere Gebieter ferner vertreten hat, dass besagter tapferer Gebieter eine siegreiche Gruppe von Schwertkämpfern in der Schlacht von Ov behindert und einen Sieg vereitelt hat, und da besagter tapferer Gebieter ferner vertreten hat, dass besagter tapferer Gebieter ein Hochstapler ist, weil er ein Spitzel der Zauberer und ein Feind des Heerbanns ist, und da besagter tapferer Gebieter vertritt, dass er durch Tapferkeit im Kampf durch angemessene Form unzweifelhaft rechtmäßiger Führer dieses vortrefflichen Heerbanns ist, und da diese beiden unerschrockenen Gebieter darin übereinstimmen, dass die Angelegenheit zwischen ihnen durch einen ehrenhaften Waffengang beigelegt werden soll, gemäß den alten liturgischen Anweisungen und den Sutras ihrer Zunft, wobei besagter tapferer Gebieter auf das Recht der Rache seiner Gefolgsmänner verzichtet und selbige verworfen hat und die beiden kühnen Gebieter sich auf Zeit und Ort des Treffens geeinigt haben, darum seid ihr nunmehr geheißen näher zu kommen und Zeugen dieser ruhmreichen Begegnung zu werden, und möge die Göttin über sie urteilen und dem rechten Mann den Sieg gewähren!«

Wallie ließ es ihn wiederholen.

»Mir gefällt die Stelle mit ›Gräueltaten der Zauberei austreiben‹ nicht«, sagte er. »Der Heerbann wurde ausgerufen, um die Ehre der Zunft wiederherzustellen; lass uns daran festhalten.«

»Richtig!«, sagte Nnanji. »Guter Einwand.«

Ihm fiel es leicht, diesen Irrsinn als eine Übung in heraldischem Pomp anzusehen, dachte Wallie.

»Noch eins – ich dachte, das wäre ein bloßer Zweikampf, und nun höre ich an irgendeiner Stelle, Boariyi habe auf Rache verzichtet. Wie steht es mit dir, Bruder?«

Nnanji lächelte ihn an, als handle es sich um einen geheimen Scherz zwischen ihnen beiden. »Keiner von denen scheint daran gedacht zu haben! Der vierte Eid ist ziemlich unbekannt, weißt du.«

»Was geschieht also, wenn ich verliere?«

Nnanji lachte. »Du klopfst ihn weich, und ich mache ihn fertig.«

»Du meinst, du kriegst ihn, wie?«

Dann begriff Nnanji, woran er dachte, und schreckte zurück. »Natürlich nicht! Ich bin kein Siebter. Er würde mich im Nu aufspießen, Bruder. Du denkst doch nicht, ich würde ... dass ich ...«

»Dann setzte es in die Proklamation!«, schnauzte Wallie, der sich schuldig fühlte, weil er an ihm gezweifelt hatte. »Auch ich verzichte auf das Recht auf Rache.«

»Das kannst du nicht!«, erwiderte Nnanji, der seine gute Laune wiederfand und kicherte. »Erinnere dich an die Worte des Sutras: Er soll über allem stehen, uneingeschränkt gelten und unwiderruflich sein. Du kannst mich davon nicht entbinden, und ich kann dem nicht entsagen. Wenn er dich niedermacht, bin ich gleich als Nächster dran. Bitte, zwing mich nicht, das zu erwähnen, denn dann könnten sie sich irgendwie noch herauswinden!«

Also war es für Nnanji nicht hypothetisch! Auch für ihn war es eine Sache auf Leben und Tod. Es machte nur zufällig auch Spaß. Katanji stand still da, seine

Augen wanderten zwischen den beiden Gesichtern hin und her, und ihm machte die Sache keinen Spaß.

Aber Nnanji hatte Recht. Der vierte Eid war unwiderruflich, also durfte Wallie ihn nicht entbinden. Er würde um zwei Leben kämpfen müssen. Er brummte, die Proklamation sei prima. Nnanji nickte, sah ihn merkwürdig an und ging mit schwungvollen Schritten zu den Herolden zurück, wobei sein Pferdeschwanz glücklich hüpfte.

War es möglich? Wenn Wallie stürbe und Nnanji Boariyi herausforderte und wie durch ein Wunder gewänne, würde der Heerbann ihn als Anführer nehmen? Dies war nicht der übliche Zweikampf um die Führung. Der Racheverzicht galt nicht für jeden, er galt nur für diese beiden. Wallie dachte darüber nach und kam mit einem seltsamen Bedauern zu dem Schluss, dass es nicht funktionieren würde; die anderen Siebten würden sehr wohl die Gegenherausforderung machen, einer nach dem anderen, dann die Sechsten. Natürlich würde Nnanji Boariyi nicht schlagen ... außer durch ein Wunder. Auf Nnanji konnte er sich verlassen, auf die Götter nicht.

»Wirst du ihn töten, mein Gebieter?« Katanji war dageblieben.

Wallie riss sich aus seinen düsteren Gedanken und antwortete: »Nicht, wenn ich es verhindern kann. Warum?«

»Nanj macht sich Sorgen. Er sagt, du legst es auf eine Fleischwunde an, aber Gebieter Boariyi wird dich töten wollen, um das Schwert zu gewinnen. Er sagt, es wird wie damals sein, als du mit dem Kapitän Florett gegen Schwert gekämpft hast.«

»Ich brauche deinen Rat hinsichtlich der Fechtkunst nicht, Neuling.«

Katanji schlug die Augen nieder und war still.

Diesmal war die Beratung kurz. Die Herolde und Sekundanten schienen alle zu nicken. Der Regen hatte aufgehört. Nnanji kam wieder über den windigen Platz geschritten.

»Die Göttin sei mit dir, mein Gebieter«, flüsterte Katanji, dann drehte er sich um und strebte dem Rand zu.

»Alle einig!«, gab Nnanji bekannt. Er musterte Wallie ernst. »Du weißt, dass er dich töten muss?«

»Ich brauche deinen Rat hinsichtlich der Fechtkunst nicht!«

Nnanji machte ein reuiges Gesicht. »Verzeih mir, Bruder!« Er musterte Wallie eingehend und setzte ein ermunterndes Grinsen auf. »Du bist doch nicht ernsthaft beunruhigt, oder? Du hast das siebte Schwert!«

»Und er hat Arme wie ein Gorilla!«, antwortete Wallie leise. »Nnanji, ich habe noch nie gegen einen gekämpft, der größer war als ich. Shonsu vielleicht auch nicht!«

»Er muss kleiner gewesen sein, als er noch jünger war, oder nicht?«

»Ja, natürlich.« Wallie gelang ein Lachen. »Du hast Recht. Danke, Nnanji.« Er zögerte. »Du hast dich bei den Verhandlungen gut geschlagen, Bruder!«

Nnanji grinste. »Ich habe ihn mit Sagen eingelullt! Mit Beispielfällen, weißt du. Das Heldenlied von Xo, das Heldenlied von ...« Er rasselte ein Dutzend Namen herunter und zählte sie an den Fingern ab.

Wallie lachte laut, aber ehe er eine Bemerkung dazu machen konnte, begann das Verfahren. Ein Trommelwirbel hallte aus dem Tempel, und der Ochsenfrosch von einem Herold sprach seine Ankündigung mit einer Stimme, um die der Donnergott ihn hätte beneiden können.

Es gab einen neuerlichen Trommelwirbel. »Gut!«, sagte Wallie. »Jetzt lassen sie uns vielleicht endlich zum Wesentlichen kommen.«

Nein. Der Herold, der zum Strom hin gesprochen hatte, drehte sich um und sprach dieselbe Ankündigung, begleitet von Trommeln, zum Tempel hin; und als er das getan hatte, musste er sie noch nach stromaufwärts und stromabwärts wiederholen. Die letzte Wiederholung wurde vom Applaus eines Donnerschlags begleitet. Selbst wenn die Götter die Bitte um Wunder entschieden zurückgewiesen hatten, dachte Wallie, so verzichteten sie doch nicht auf dramatische Effekte. Der Regen setzte wieder ein.

Der Herold winkte, und die beiden Parteien näherten sich ihm und nahmen ihre Stellungen ein. Wallie beäugte seinen schlaksigen Gegner eingehend. Boariyi musterte ihn ähnlich, sein großes Kinn war fest angespannt, sein durchgehender Brauenbalken über einem finsteren Blick gesenkt, nicht ein Anflug von Spott war zu sehen. Was war er – vorsichtig oder unbesonnen? Ernste Kämpfe zwischen Gegnern, die einander nicht kannten, fingen gewöhnlich mit vorsichtigen Versuchen an. Wallie beschloss, es auf eine rasche Entscheidung anzulegen.

»Ihr mögt beginnen, meine Gebieter.«

Wallie griff rücksichtslos an. Er wurde sofort abgewehrt und sprang mit blutendem Oberarm zurück.

Die Menge brüllte auf.

Bei jedem anderen Kampf hätte Zoariyi jetzt »Ergebung?« gerufen. Er sagte nichts. Diese Möglichkeit wurde Shonsu nicht gewährt.

Der Schnitt ging nicht tief, war aber ein schrecklicher Anfang für ihn, und dem großen Mann musste es mehr Selbstvertrauen verschaffen, zeigte es doch, dass der mögliche Zauberer oder mögliche Held auch nur Blut in den Adern hatte. Außerdem tat es weh. Boariyi machte einen Ausfall. Parade, Riposte, Ausgangsstellung. Wallie verspürte einen Anflug aufsteigender Blutgier und unterdrückte ihn sofort. Berserker spürten keinen Schmerz, sondern kämpften, bis sie zu Brei geschlagen wurden. Er hatte keine Lust zu siegen und dann zu merken, dass er dabei leider tödlich verwundet worden war.

Ausfall. Riposte. Er wurde stetig zurückgetrieben. Sein Gegner grinste ihn an. Wie besiegte man eigentlich einen menschlichen Gorilla? Er dachte an Hardduju, versuchte es damit, ein wenig seine Deckung zu senken, und wartete auf den Schlag aufs äußere Handgelenk. Er kam sofort. Wallie parierte und versuchte eine Riposte, aber Boariyi deckte fast gleichzeitig, und es war Wallie, der nur knapp dem Gegenstoß entkam.

Tivanixi hatte Recht gehabt. Shonsu hatte seinen Gegner gefunden.

Sie tanzten vor und zurück, aber Wallie mehr zurück als vor. Wie weit war er noch vom Wasser entfernt?

Gedämpft hörte er das beständige Toben der Zuschauer. Sein rechter Arm blutete in Strömen. Er musste ihn ruhig halten, um die Blutung zu stillen. Ausfall. Ausgangsstellung. Er ging das tödliche Risiko ein, änderte die Fußstellung und nahm das Schwert in die linke Hand. Boariyi griff blitzschnell an, begegnete seinen linkshändigen Riposten so mühelos wie den vorigen, dann verlegte er sich höhnisch auf dasselbe Vorgehen, sodass sie beide linkshändig fochten. Der Lärm der Menge schwoll an – das würde in die Legenden eingehen.

Ausfall. Parade. Riposte.

Wallie probierte jeden Trick, auch welche, die er Nnanji noch nicht beigebracht hatte. Boariyi parierte sie alle und antwortete mit einigen, die Wallie noch nicht kannte. Sie waren einander ebenbürtig.

Die Schwerter klirrten wie eine Schmiede. Es war ein Ausdauertest. Der spindeldürre Boariyi hatte die Figur eines Marathonläufers. Und seine Reichweite war unglaublich. Wallie konnte nicht an ihn herankommen. Sein Schwert musste eine Handbreit länger sein. Parade. Parade. Parade ...

Lange Schwerter konnten schwächer sein. Das siebte Schwert? Wenn Shonsu hier nicht gewinnen konnte, dann vielleicht Wallie Smith? Vielleicht Chioxin? Riposte. Er hatte die bessere Klinge. Sollte er etwas so Unorthodoxes gegen einen so überragenden Gegner wagen?

Wie lange konnten Muskeln so etwas durchhalten? Er wurde langsam müde. Ausfall. Er wurde langsamer. Parade. Boariyi hatte es bemerkt. Er schaltete sein spöttisches Lächeln ein – und wieder flackerte Wallies Zorn auf.

Wallie änderte die Taktik, verlegte seine Angriffe vom Mann auf die Waffe, hieb so hart er konnte auf Boariyis Klinge. Vielleicht konnte er sie behandeln, wie Tomiyano seinerzeit Wallies Florett behandelt hatte. Parade. Hieb. Parade. Hieb ...

Der große Mann staunte über den ungewöhnlichen Angriff und wich ein wenig vor der rohen Gewalt zurück. Dann fing er an, sich zu wehren, und Wallie merkte, wie er aus der Balance geriet. Wieder und wieder peitschte die tödliche Klinge um Haaresbreite an seiner Haut vorbei. Er widerstand. Klirr, klirr, klirr. Boariyi hatte den Zweck erraten. Er parierte vorsichtiger, brachte Wallies Klinge in einen bestimmten Winkel. Parade. Wallie sah verzweifelt, dass er fast bis ans Ufer zurückgetrieben worden war. Die Menge schrie in einem fort über diese Aufsehen erregende Darbietung von Fechtkunst.

Klirr. Klirr.

Knack.

Das siebte Schwert schnitt durch die gegnerische Klinge und zischte an Boariyis Gesicht vorbei. Einen Moment schien es, als habe er ihn verfehlt, aber die Klingenspitze hatte ihn entlang der Reihe seiner Schwertmale gestreift, und ein Vorhang aus Blut fiel ihm vor die Augen. Er ließ das Heft fallen – geschlagen!

»Ergebung?«, schrie Nnanji, und seine Stimme überschlug sich fast vor Erregung.

»Ergebung!«, stimmte Zoariyi zu. Sein Neffe fiel keuchend auf die Knie, das Blut lief ihm übers Gesicht, er sah nichts mehr.

Wallie war in kaum besserer Verfassung; seine Brust hob und senkte sich heftig, während er rasselnd nach Atem rang, sein Puls hämmerte wie ein Specht in seinem Schädel. Einen Moment lang war er unfähig zu denken, fühlte sich in einen widerlichen schwarzen Nebelschleier gehüllt. Er war sehr nahe an seine Grenze gekommen. Die Herolde kamen gerannt, gefolgt von den Heilern und Sängern und dem Rat der Siebten. Dann löste sich die Rangordnung auf, und die ganze Versammlung strömte heran und bildete einen engen Kreis um die Kämpfer, jubelte und schubste und fand schließlich doch noch irgendwie zur Ruhe.

Langsam begann Wallies Kopf, sich zu beruhigen. Er fragte sich, warum niemand den verletzten Boariyi versorgte, dann fiel ihm ein, dass der Kampf noch nicht abgeschlossen war – der Sieger musste seine Sätze sprechen und das Schwert in die Scheide stecken, bevor irgendein anderer eingreifen konnte. Jetzt könnte er den dritten Eid fordern: *Blut soll vergossen werden, gelobe mir die Treue.*

Er zögerte, betrachtete Boariyi verschwommen, wobei ihn irgendetwas verwirrte. Der Junge war auf den Knien, sein knochiger Brustkorb pumpte wie ein Blasebalg, war nass von Blut, Schweiß und Regen, die Augen hielt er der triefenden Stirnwunde wegen geschlossen, der Kilt war blutgetränkt. Doch ... etwas schien falsch. Nnanji? Wie Nnanji? Wallie sah sich hilflos nach seinem Sekundanten um, aber der war verschwunden. Boariyis Miene war unter der roten Maske nicht zu erkennen, aber die Muskeln am Kiefergelenk waren angespannt, die Arme waren wie Eisenstangen verschränkt, die Fäuste geballt – der Kopf in den Nacken gelegt, das blinde Gesicht dem Himmel zugewandt, jede Sehne am Hals angespannt. Gewöhnlich hielt ein nach Atem ringender Mann den Kopf gesenkt.

Boariyi wartete auf die Forderung des Siegers. Die er dann verweigern würde. Und wenn er das tat, würde Wallie keine andere Wahl haben, als ihn hinzurichten.

Diese Unnachgiebigkeit hatte einer vorhergesehen: Nnanji, der den Tod der Schande vorzog. Gut, lassen wir ihm eine Minute Zeit zum Nachdenken, soll er sich noch ein bisschen erholen. Schwer atmend sah Wallie zu Zoariyi hin. Das offensichtliche Entsetzen, mit dem dieser seinen Neffen anstarrte, war alle Bestätigung, die er brauchte. Zu dritt, einer auf den Knien, zwei stehend, waren sie eingeschlossen von einer Mauer des Schweigens. Ängstlich ließ die Sonne ihr Gesicht sehen, und das Blut glänzte in hellem Rot.

»Heiler!«, krächzte Wallie. »Gebt mir ein Tuch.«

Es war schmutzig, doch er nahm es mit der freien Hand, rollte es zusammen und warf es dem blinden Boariyi zu. Der schreckte zurück, als es ihn an der Brust traf und ihm in den Schoß fiel. Er machte keine Anstalten es aufzuheben – eine weitere Bestätigung.

Wo zum Teufel war Nnanji hingegangen?

Inzwischen dauerte das Schweigen zu lange. Er musste etwas sagen, und fast war er dazu imstande.

»Gebieter Boariyi ...« Lauter. »Gebieter Boariyi, nicht du hast verloren. Mein Schwert hat gewonnen, deins verloren. Ich bin noch nie einem Schwertkämpfer wie dir begegnet. Bei einem Kampf um sechs Gewinnsätze wäre ich stolz, dir die Hälfte der Punkte abzuringen.«

Im Gesicht des großen Mannes zuckte es, doch er sagte kein Wort.

Wallie fuhr fort. »Du wirst jetzt dem Rat befehlen, mir den dritten Eid zu schwören. Du wirst ihn aber nicht schwören. Von dir verlange ich nur den ersten Eid.«

Es entstand eine Pause, während die Worte Eingang fanden. Dann tastete Boariyi nach dem Tuch, wischte sich damit das Gesicht und drückte es sich an die Stirn. Er öffnete die Augen – erschreckende Augen in einer blutigen Maske – und starrte Wallie ungläubig an.

»Den ersten Eid?«, murmelte er.

»Ich brauche dich im Kampf gegen die Zauberer«, flüsterte Wallie.

»Aber ich habe ihnen befohlen, dich zu töten.«

»Ich brauche dich«, wiederholte Wallie. »Der Heerbann braucht dich!«

Der Unterlegene holte tief Luft. Das Leben siegte über die Ehre. »Dann soll es so sein!«

Wallie schob sein Schwert in die Scheide und hielt ihm eine Hand hin, um ihm aufzuhelfen, dann hoben sie die vereinten Hände in die Höhe. Die Zuschauer brüllten.

»Tapfer geschlagen, meine Gebieter!« Das war Tivanixi, der vor Freude strahlte. »Eine sagenhafte Waffentat! Noch nie habe ich solch einen Kampf gesehen!«

»Und das wirst du auch nicht wieder – von mir jedenfalls nicht«, sagte Wallie mit Nachdruck. Er klopfte Boariyi auf den Rücken. »Und du?«

»Nie wieder, mein Gebieter!«

Die Heiler scharten sich um seine Wunde wie die Fliegen, aber Wallie schob sie zur Seite. Sein Arm hatte fast aufgehört zu bluten, und eine neue Blutvergiftung wollte er sich nicht einhandeln.

»Meine Gebieter ...« Der Ochsenfrosch quakte den Ausgang des Zweikampfs heraus. Große Regentropfen fielen trotz Sonnenschein. Wallie fing unwillkürlich an zu zittern.

Boariyi war verbunden worden, und nun winkte auch er die Heiler fort. »Meine Gebieter, ihr werdet Gebieter Shonsu den Bluteid schwören. Gebieter Shonsu, darf ich mir erlauben ...«

Er stellte Tivanixi vor, und Wallie erwiderte den Gruß, wobei er sich tausend Jahre alt fühlte und fürchtete, in die Knie zu sinken. »Wohin verdammt noch mal ist Nnanji verschwunden?«, verlangte er zu wissen und sah sich suchend um.

Tivanixi lächelte und sagte leise: »Elfvierundvierzig.«

Es gab ratloses Stirnrunzeln, während die Siebten darüber nachdachten und verärgerte Blicke von vielen Sechsten, die die vorderste Zuschauerreihe bildeten – nur ein paar von ihnen nickten wissend, um zu zeigen, dass sie alle Sutras kannten, sogar das letzte. Ein, zwei Siebte blieben ratlos.

Aber Wallie verstand und war bestürzt. *Deine Schwüre sind meine Schwüre!* Nnanji würde gleichfalls Heerführer sein! Wallie hatte diese Auswirkung des vierten Eides nicht bedacht, aber Nnanji. Wenn er jetzt da wäre, müssten die Siebten ihm die Stiefel küssen. Aber er war nur ein Fünfter. Nnanji fände das genauso empörend wie sie, darum hatte er sich taktvoll verzogen.

Die fünf Siebten wurden vorgestellt, dabei warfen sie sich nieder, um den schrecklichen Bluteid zu schwören und Wallies Fuß zu küssen. Die Sonne ging unter, und der Regen nahm bedenklich zu. Dann borgte sich Boariyi ein Schwert und legte den unbedeutenden ersten Eid ab, mit dem er schwor, Gebieter Shonsus Befehlen zu gehorchen – aber seine Ehre zu bewahren, was alles heißen konnte.

»Willst du vor der Versammlung eine Ansprache halten, mein Gebieter?«, fragte der oberste Herold.

Der Regen war Entschuldigung genug. Wallie schüttelte müde den Kopf. »Morgen werde ich dem Rat und den Sechsten gegenübertreten und erklären, wie man gegen Zauberer kämpft. Gebieter Zoariyi, dein Neffe verhängte bestimmte Grundsätze für die Behandlung gewöhnlicher Leute. Wiederhole sie doch bitte in meinem Namen. Gebieter Tivanixi? Es wurden zwei Schiffe beschlagnahmt?«

Der Vogt nickte unbehaglich.

»Gib sie frei und entschädige die Mannschaft. Fünf Goldstücke für jeden.«

Einen Moment lang glaubte er, dass ihm widersprochen werde, was wahrscheinlich hieß, dass die Schatzkammer fast leer war. »Gib bei den Matrosen und

Händlern bekannt, dass der Heerbann in Zukunft keine Schiffe beschlagnahmen, sondern für jede Fahrt einen ausgehandelten Preis bezahlen wird. Ich schwöre das bei meinem Schwert.«

Was noch! Ihm schwirrte der Kopf. Außerdem war ihm schlecht. »Wer ist der beste Reiter im Rat?«

Man tauschte erstaunte Blicke, und – nach einer Pause der Bescheidenheit – sagte Tivanixi, er sei in seiner Jugend viel geritten.

»Dann komme doch bitte eine Stunde vor Sonnenuntergang zu mir. Bringe einen Sattler und einen Schmied mit.«

»Aber keine Sänger«, setzte Nnanji hinzu, der plötzlich unbemerkt neben Wallie erschien und besonders breit grinste.

Dankbar stützte Wallie sich auf seine Schulter und wäre fast gefallen. »Bring mich nach Hause«, flüsterte er. Er konnte sich nicht mehr auf den Beinen halten.

Nnanji taumelte unter seinem Gewicht und musterte ihn dann von oben bis unten.

»Gut!« Er zeigte frech auf zwei große Sechste. »Du! Und du! Auf!« Dann wandte er sich, was noch unverschämter war, dem Haufen Siebter zu. »Ihr werdet folgen, meine Gebieter!« Wallie musste es zulassen, dass die Sechsten ihn auf ihre Schultern hoben, aber Nnanji war noch nicht fertig. »Musikanten? Sänger? *Am Morgen zieh'n die Kämpfer*!«

Tomiyano hatte sich nahe dem Ufer in einem der Dingis aufgehalten für den Fall, dass jemand eine rasche Flucht nötig hätte. Nnanji hatte die Wahl zwischen zwei Anlegern, also nahm er den weiteren Weg. Die Musikanten begannen einen Marschrhythmus, ein Trompeter setzte mit der Melodie ein, die Sänger fingen zu singen an, und der Heerbann marschierte los, voran die beiden kräftigen Sechsten, die den neuen Anführer auf ihren Schultern zu seinem Boot trugen, hinter ihnen die Siebten und dann die anderen. Und alle sangen freudig das Lied, das von da an nicht nur der Marsch des Heerbanns wurde, sondern das Lied der Zunft überhaupt: *Am Morgen zieh'n die Kämpfer.* Und ganz vorne an der Spitze führte mit gezogenem Schwert laut singend und gleichzeitig grinsend Nnanji des Fünften die Parade an.

Viertes Buch

Wie der Schwertkämpfer den Befehl übernahm

»Was mache ich jetzt?«

Die Frage kam so deutlich, dass er einen Augenblick lang meinte, jemand hätte laut gesprochen. Das verwirrte ihn. Er öffnete kurz die Augen und starrte mit leerem Blick an die nackten Planken der Decke. Falls die Worte ausgesprochen worden waren, dann mit seiner eigenen Stimme.

Er befand sich in seiner Kabine an Bord der *Saphir*, sein verletzter Arm pochte dumpf unter dem Verband. Seine Haut fühlte sich am ganzen Körper weich an, gab ihm so ein verschwommenes Gefühl, wie es der Schlaf manchmal mit sich brachte. Jja hatte ihm schon mit heißem Wasser, das auf einem Schiff aus Holz ein undenkbarer Luxus war, das Blut abgewaschen. Seine Müdigkeit war fort, was bedeutete, dass der Körper das verlorene Blut bereits ersetzt hatte. Er fühlte sich gut. Die unmittelbare Gefahr war vorbei, und seine Aufgabe begann.

Nackte Planken an der Decke, nackte Planken als Wände – doch er fühlte sich wie zu Hause. Wenn Brota einverstanden war, würde er weiter an Bord leben. Ein General sollte bei seiner Armee bleiben, aber er würde niemals ein herkömmlicher Anführer sein. Wahrscheinlich würde Brota ihr Schiff lieber eine Zeit lang in Casr lassen, als Thana zu verlieren.

Tageslicht schien durch die Luke, also hatte er nicht lange geschlafen. Das Leben in dieser Welt war einfach – keine Fernseher, keine Klimaanlagen, keine Heizungen, weder Bücher noch Zeitschriften. In der Kabine gab es nur eine Matratze, Decken und eine kleine Truhe für ein paar Ersatzkleider. Vixinis kleines Bett war in eine Ecke gerückt ... man besaß kaum etwas.

Dann sah er, was ihm gehörte. Sie saß mit überkreuzten Beinen da und betrachtete ihn. Sie mochte schon die ganze Zeit dagesessen haben, während er schlief, wie eine Statue, ein Buddha, und mit der ewigen Gleichmut der Sklaven auf ihn gewartet haben – weiche braune Haut und zwei schwarze Schärpen, schwarze unergründliche Augen, schwarzes Haar, das endlich zu einer schicklichen Länge gewachsen war. Ihr Lächeln sprach voller Friede von Dingen, für die es keine angemessenen Worte gab.

»Was mache ich jetzt?«, fragte er.

In einer anmutigen gleitenden Bewegung, wie die Landung eines Vogels, kam sie von ihrem Platz an der Wand und legte sich neben ihn. Sie strich mit einer kühlen Hand über sein Gesicht und sah ihm in die Augen – belustigt, zufrieden.

»Was du willst. Bist du hungrig? Durstig?« Sie wartete. »Einsam?«

Er lächelte und wollte nach ihr greifen, aber auf seinem gesunden Arm spürte er ihr warmes Gewicht, und er unterließ den Versuch, den anderen zu bewegen. »Nichts von all dem, meine Liebe. Nein ... ich habe jetzt ein Heer. Ich bin Heerführer. Ich habe über tausend Männer schwören lassen, mir zu gehorchen, für mich zu sterben. Was mache ich jetzt?«

Jja fuhr ihm mit den Fingern durchs Haar und hielt

seinen Kopf fest, während sie ihm einen schwesterlich keuschen Kuss auf die Lippen drückte. Aber ihre andere Hand glitt an ihm hinab und streichelte seine Brust. Als der Kuss endete, schwebte ihr Gesicht erwartungsvoll über seinem.

»Gleich«, sagte er. »Was mache ich also?«

»Ich meine, dass ein Heerführer seine Sklavin so etwas nicht fragen sollte.«

Er hatte Boariyi den Heerbann abgenommen, um ihn daran zu hindern, was immer er vorgehabt hatte. Aber er hatte noch keine Entscheidung getroffen, was er selbst damit vorhatte, wenn er das Kommando erst einmal hatte.

»Trotzdem frage ich.«

Sie sah ihn ernst an. »Tu, was sich richtig anfühlt!«

Er spürte ihre warme seidenweiche Haut. Das fühlte sich richtig an.

Das andere fühlte sich nicht richtig an. »Der Gedanke an einen Krieg schreckt mich, meine Liebste – Tod und Verstümmelung, Raub und Leid, brennende Städte ... Aber die Göttin will, dass die Zauberer vertrieben werden, in ihre Berge zurückkehren – oder nicht? Ist das nicht meine Sendung? Das ist Ihr Heerbann, es sind Ihre Schwertkämpfer. Sie hat mir den Befehl übergeben. Was mache ich jetzt?«

Jja drückte ihre Lippen auf seine, und diesmal war der Kuss weniger schwesterlich. Ihr Hand setzte die Liebkosung, fort, erkundete das Terrain. Auf unerklärliche Weise löste sich ihre Brustschärpe.

»Ich habe gesagt, gleich!«, beharrte er, sobald sie ihn reden ließ. »Lass uns zuerst darüber reden – hinterher kann ich nicht gut denken. Die Götter sind grausam, Jja! Dieser kleine Prinz ... Ein paar tausend Tote bedeuten ihnen nichts. Sie leben ewig. Wenn ein Sterblicher sein Leben verliert – es muss ihnen so unwichtig vorkommen.«

Sie schüttelte sanft den Kopf, das Haar fiel ihr über die Augenbrauen.

Um dem nächsten Kuss vorzubeugen, drehte er den Kopf zur Seite und sprach zur Wand. »Ich kann es schaffen ... wenn ich die Schwertkämpfer je dazu bringe, mir zuzuhören.«

»Tu, was dir richtig erscheint«, sagte sie.

»Aber wenn das, was ich tue, nicht das ist, was die Götter wollen, werden sie mich hindern.«

»Nein.«

Er sah sie an. »Wie kannst du das wissen?«

»Das fragst du ernsthaft deine Sklavin?«

»Ja. Du hast einen gesünderen Verstand als jeder andere in der Welt, mein Liebling. Sag es mir. Erkläre es mir.«

Sie runzelte die Stirn. Jja verständigte sich nicht mittels Sprache, außer wenn sie musste. »Die Göttin hätte dir nicht Ihren Heerbann übergeben, wenn sie nicht meinen würde, dass es das Beste wäre, wenn du ihn hast.« Ihre Lippen kamen wieder näher. »Also musst du tun ... was ... sich ... richtig ... anfühlt.«

Die Küsse kamen immer schneller, heftiger, drängender, und ihre Hand fuhr mit der Erkundung fort.

Er versuchte standhaft zu bleiben und zuckte seines Armes wegen zusammen. »Ja! Also gut! Wir tun es gleich. Aber was mache ich hinterher?«

»Noch einmal dasselbe«, flüsterte sie drängend von irgendwoher.

»Und danach?« Sein gesunder Arm war jetzt frei, und er schob die Hand zu dem Knoten in ihrer zweiten Schärpe.

»Mehr!«

»Du Unersättliche!«

Sie kicherte ganz leise. »Ich muss meinem Besitzer dienen.«

Dann hatte sie ihr Ziel erreicht. Plötzlich fühlte es sich richtig an. Es fühlte sich sogar sehr gut an.

Das Deck glänzte silbern vom Regen. Der Regi Vul und das andere Ufer waren im Dunst versteckt. Graue Wolkenarme tasteten durch die verlassenen Straßen von Casr. Nur noch wenige Schiffe lagen an dem weiten Platz, seit die Göttin aufgehört hatte, Ihre Schwertkämpfer zu schicken.

Tomiyano reichte im Ruderhaus Wein herum, und die ganze Familie hatte sich versammelt, um Gebieter Shonsu, Anführer des Heerbanns, zu ehren. Es hatte Glückwünsche und Trinksprüche gegeben, und nun war man lustig und plauderte lautstark. Wallie war mehr gerührt, als er zeigen wollte, aber den schwierigsten Teil hatte er wohl hinter sich. Da es nur zwei große Truhen gab, auf denen man sitzen konnte, ließen sich die Leute gewöhnlich auf dem Boden nieder. Heute aber, weil dies eine besondere Gelegenheit war, standen sie herum wie bei einer Cocktailparty. Dann gab es eine unerwartete Gesprächspause, in der nur der Regen zu hören war.

»Wer fehlt?«, fragte Wallie und sah sich um.

»Der Priester«, meinte Nnanji. Er war rot im Gesicht. Es sah ihm nicht ähnlich, über den Durst zu trinken, die Röte musste einen anderen Grund haben. Thana war zweifellos beschwipst und flüsterte ihm ständig etwas ins Ohr. Wahrscheinlich würde er bald einwilligen.

»Katanji?«

Nnanji nickte missgelaunt. »Er ist in der Stadt geblieben. Ich frage mich, was er um diese Zeit da will?«

Katanji hatte sein Vermögen bei sich.

Wallie kicherte. »Ich nehme an, er kauft die Freistätte und erhöht die Miete. Ich weiß jetzt, wer fehlt – unser Zauberer! Was hast du mit ihm gemacht?«

»Ihn in einer Kajüte eingesperrt«, antwortete Nnanji.

»Bring ihn her, Bruder, sei so gut.«

Nnanji befreite sich von Thana und ging schmollend hinaus. Nach kurzer Zeit kehrte er zurück und trieb Rotanxi mit dem blanken Schwert vor sich her. Der alte Mann hatte die Hände gefesselt und war barfuß. Er trug die schlecht sitzende blaue Kutte, die sie ihm für den Auftritt im Tempel gegeben hatten. Sie hatte keine Kapuze, und sein weißes Haar war zerzaust. Wahrscheinlich hatte er gerade geschlafen. Nach der *Greif* war die *Saphir* sehr erholsam.

Die Unterhaltung erstarb, während die Matrosen den Furcht einflößenden und doch jämmerlichen Gefangenen musterten.

»Löse ihm bitte die Fesseln, Nnanji«, sagte Wallie. »Wir haben eine Feier, mein Gebieter. Trinken Zauberer Wein, oder bringt das ihre Zaubersprüche durcheinander?«

Der Zauberer straffte die Schultern und rang um Würde. »Ich habe nichts zu feiern.«

»Aber ja! Gebieter Boariyi ist sicherlich schnell mit glühenden Zangen. Du solltest den Umstand feiern, dass ich gesiegt habe.«

Rotanxi war nie schön, aber wahrscheinlich immer beeindruckend gewesen und hatte in der jüngsten Zeit Macht gehabt, und auf seine Art eine hohe Gesinnung.

Nun war das alles nur verschwommen sichtbar, überlagert vom Alter, von Misserfolg und Verbitterung. »Um meiner Zunft willen wünschte ich, du hättest verloren, Gebieter Shonsu.«

Wallie nickte zustimmend. Dass er einen Siebten gefangen nähme, war vernünftigerweise nicht zu erwarten gewesen. Dieser verschlagene alte Schurke war ihm zu einem bestimmten Zweck gesandt worden. »Bist du bereit, mir einen Eid zu schwören?«

»Was für einen Eid?«, fragte Rotanxi überrascht und misstrauisch.

»Dein Ehrenwort, mein Gebieter. Ich habe dir versprochen, dich nicht zu foltern, und das erneuere ich jetzt. Die Vernunft gebietet, dich in ein Verlies einzusperren – ich vermute, dass die Freistätte ein Verlies hat. Ich würde es aber vorziehen, dich hier zu behalten. Deine Freunde werden danach trachten, dich zum Schweigen zu bringen, und auf der *Saphir* bist du sicherer als in einem Verlies. Meisterin, willst du Gebieter Rotanxi erlauben, als mein Gast hier zu bleiben, wenn er sich benimmt?«

Brota machte ein finsteres Gesicht, aber sie nickte.

Nnanji knurrte unwillig.

»Die Unterkunft ist bescheiden, aber das Essen ist köstlich«, sagte Wallie. »Man wird dich gut behandeln.« Er hielt dem Zauberer, der nun von seinen Fesseln befreit war, einen Becher Wein hin. Der Wein wurde abgelehnt. »Aber ich brauche deinen Schwur. Schwöre, dass du dieses Schiff nicht verlassen wirst, ehe ich dich dazu auffordere, dass du nichts und niemandem an Bord Schaden zufügst und dass du mit keinem an Land oder auf einem anderen Schiff sprechen wirst.«

»Für wie lange?« Der Ton war barsch, aber der Zauberer war durchaus angetan.

»Sechzig Tage sollten genügen«, fand Wallie. »Danach bringe ich dich unbeschadet an das linke Ufer. Ach – und du musst eine Robe ohne Kapuze tragen.«

Es entstand eine Pause, während der Rotanxi die ganze Runde musterte, und die Männer, Frauen und Kinder ihn wiederum anstarrten.

»Welche Verpflichtungen gibt es danach? Welche weiteren Bedingungen?«

»Keine«, antwortete Wallie. »Bis dahin wird der Krieg gewonnen oder verloren sein.«

Der alte Mann machte eine hilflose Geste. »Ich kann nichts anderes tun. Ich schwöre, was du verlangst, mein Gebieter.«

»Gut! Ich werde natürlich bei meinem Schwert schwören. Du wirst nichts dagegen haben und mit mir in die Kombüse kommen, damit du beim Feuer schwörst?«

Ein flackernder Blick, dann antwortete Rotanxi: »Natürlich nicht.«

Aber er hatte damit nicht gerechnet.

»Ausgezeichnet!«, sagte Wallie gut gelaunt. »Dann bist du unser Gast, mein Gebieter! Ich werde dir die Gastgeber vorstellen, sobald wir wieder hier sind, aber vielleicht willst du Kapitän Tomiyano vorher sein Messer zurückgeben?«

In dem folgenden Chor der Flüche waren Tomiyanos die lautesten und grässlichsten. Der Zauberer bedachte Wallie mit einem schmalen Lächeln, das einem das Blut in den Adern gefrieren ließ, aber er streckte die Hand aus, und das Messer erschien darin.

»Er hatte es oben im Ärmel«, sagte Wallie resigniert,

aber er rechnete nicht damit, dass ihm jemand glaubte, nicht einmal Nnanji.

* * *

»... Planken aus Teakholz sind selten hierzulande«, sagte Tivanixi gerade, als Tomiyano ihn ins Ruderhaus führte, »aber die Masten sind aus Fichte, nicht wahr?«

Wallie unterdrückte ein Grinsen über den Gesichtsausdruck des Kapitäns – Tomiyano verabscheute Schwertkämpfer, aber der liebenswürdige Vogt hatte ihn schon für sich eingenommen. Dann sah Tivanixi den Zauberer und erstarrte.

»Guten Abend, Gefolgsmann«, sagte Wallie rasch. Die Antwort war ein erschrockener Blick und der höfliche Gruß mit der Faust auf dem Herzen – das vollständige Grußritual hatten sie an diesem Tag bereits absolviert. »Gebieter Rotanxi hat mir sein Ehrenwort gegeben, darum wird er als unser Gast behandelt. Erlaube, dass ich dich vorstelle.«

Grimmig tauschten die beiden Siebten die Grußworte aus und sprachen die Worte, als spuckten sie Säure. Nnanji bewegte sich unauffällig auf die Tür zu, aber Wallie hielt ihn mit einem Kopfschütteln auf.

»Und Meisterin Brota, die Schwertkämpferin, die den gesamten Heerbann von Casr aufgehalten hat.«

Tivanixi besann sich auf seinen Charme. »Nun weiß ich, woher die schöne Schülerin Thana ihr Können hat ...« Er brachte Brota so schnell zum Schmelzen wie ihren Sohn, aber die Anwesenheit des Zauberers störte ihn, sodass sein altes Misstrauen wieder aufflackerte.

Dann war Nnanji an der Reihe – auch er grüßte mit der Hand auf dem Herzen.

»Darf ich nun den Eid schwören, mein Heerführer?«, bat Tivanixi.

Rot im Gesicht und unglücklich sah Nnanji Wallie flehend an.

»Gefolgsmann«, sagte Wallie. »Der Eid der Bruderschaft, den Meister Nnanji und ich geschworen haben, hat sonderbare Verwicklungen zur Folge. Es folgt tatsächlich daraus, dass auch er nun dein Heerführer ist. Da wir alle wissen, dass du ihm ohne weiteres verpflichtet bist, halten wir eine förmliche und öffentliche Bekräftigung nicht für erforderlich.«

Wallie hatte mit Erleichterung gerechnet, aber Tivanixi straffte die Schultern und runzelte die Stirn. »Mit Verlaub, mein Heerführer, da ich dazu verpflichtet bin, ziehe ich eine offene Bestätigung vor.«

»Also gut. Sollen wir uns an einen abgeschiedenen Ort begeben?«

Das offenbar auch nicht. »Es handelt sich um eine Sache von Ehre, mein Heerführer, nicht um eine Schmach.«

Also musste der unglückliche Nnanji vor einem Siebten stehen, der sich vor ihm zu Boden warf, unbedingten Gehorsam bis in den Tod schwor und ihm den Stiefel küsste. Die Matrosen sahen mit offenem Mund zu. Der Zauberer lächelte spöttisch. Wallie dachte, dass er die Schwertkämpfer wohl nie verstehen würde. Der Halbgott hatte ihn gewarnt, dass sie an furchtbare Eide gewöhnt seien, aber warum auch noch diese unnötige Demütigung?

Er konnte sich gut an einen Tag im Frühsommer erinnern, als Schüler Nnanji des Zweiten ihm auf dem Kiesstrand vor dem Tempel diesen Eid geschworen hatte. Wie viel jünger war er ihm damals vorgekommen! Und wer hätte voraussehen können, dass Nnanji noch vor Einbruch des Winters diesen Eid von einem Siebten entgegennehmen würde? Es war ein Wunder!

Er sah auf und entdeckte eine wilde Freude in Thanas Blick.

Schließlich waren alle Förmlichkeiten beendet, und dann brachte der Vogt den Schmied und den Sattler, nach denen Wallie verlangt hatte. Zwei wackere Handwerker, beides Vierte, standen in der Tür, bissen sich auf die Lippen und scharrten mit den Füßen, als sie sich drei Siebten gegenübersahen.

»Wie viele Sättel samt Zaumzeug können wir in der Freistätte ausfindig machen, was meinst du?«, fragte Wallie den Vogt.

Tivanixi hatte die Frage vorausgesehen. »Ich habe ein Dutzend vollständige gefunden, mein Heerführer. Zweifellos gibt es irgendwo noch mehr, aber die meisten sind so alt wie die Sutras und wahrscheinlich von Ratten zernagt.«

»Zwölf genügen für den Anfang.« Wallie holte ein Stück Holz hervor, eins von jenen, woran er so viele Stunden geschnitzt hatte – eine Schlaufe, die an einer Seite abgeflacht war. Er fing an, die Sache dem Schmied zu erklären.

»Mein Heerführer!«, warf Tivanixi erschrocken ein. »Da sind gewöhnliche Leute ...«

»Du meinst, da ist ein Zauberer anwesend?« Wallie lächelte. »Was ich dir zeigen will, Gefolgsmann, ist eine umwälzende Erfindung, eine von der Art, auf die man unglaublich schwer kommt und die einem hinterher lächerlich einfach erscheint. Aber es wird vollkommen unmöglich sein, sie geheim zu halten. Also lassen wir ihn zuhören. Eingeweihter, kannst du mir bis zum Morgen vierundzwanzig Stück machen?«

Er erklärte es. Er beschrieb die benötigten Lederteile und wie sie am Sattel zu befestigen wären. Die beiden Männer nickten, obwohl sie wahrscheinlich noch nie im Leben etwas ohne die Anleitung eines Sutras getan hatten. Dann versprach er ihnen je ein Goldstück und schickte sie zu dem wartenden Boot. Er musste einfach das Beste hoffen. Und er musste hoffen, dass die Götter diese Neuerung erlaubten. Der Steigbügel würde die Welt verändern. Wenn die Römer den Steigbügel gekannt hätten, wären sie niemals den Barbaren in die Hände gefallen.

Die Matrosen setzten sich allmählich, was ein Zeichen war, dass das Abendessen unterwegs war. Wallie lud Tivanixi ein, sich anzuschließen, und bot ihm Wein an. Eine enttäuschte Ratlosigkeit hatte sich im Ruderhaus ausgebreitet, und Nnanji fasste sie in Worte.

»Womit kann man denn nun die Zauberer besiegen, Bruder?«

Wallie nickte schmunzelnd. Er wandte sich Tivanixi zu. »Ein Pferd ist bekanntlich ein gutes Mittel, um an den Ort der Schlacht zu gelangen. Aber hast du je versucht, das Schwert zu schwingen, während du im Sattel saßest?«

»Nur einmal! Und da war ich noch ein Neuling.« Er lachte.

»Was geschah?«

»Ich fiel herunter und hätte mir beinahe für immer die Abende verdorben.«

»Damit wärst du nicht heruntergefallen«, erklärte Wallie bestimmt. »Wir werden eine Reiterei bilden, und hiermit gebe ich dir den Auftrag dazu. Du wirst natürlich Übung brauchen, aber mit Steigbügeln kann ein Mann einen Feind schlagen, das Pferd wenden, einen Pfeil abschießen – all das und noch mehr, ohne herunterzufallen. Mann und Pferd werden ein sechsfüßiges Kampfungeheuer.«

Tivanixi dachte einen Moment darüber nach, dann fingen seine Augen an zu leuchten. Rotanxi runzelte die Stirn. Er war auch nicht dumm. Nnanji rümpfte ablehnend die Nase – für einen Schwertkämpfer keine angemessene Art zu kämpfen.

Das Essen wurde von ein paar Jugendlichen hereingetragen: Stör in Backteig, eine dampfende Auerochsenkeule, deren Duft den Raum füllte, frisches Brot und junges Gemüse in großen Schüsseln. Wie die alte Lina jeden Tag solche Köstlichkeiten aus ihrer winzigen Küche hervorbrachte, war ein Wunder, das selbst die Götter verblüffen sollte.

Wallie ärgerte sich, dass Rotanxi und Tivanixi in verschiedenen Richtungen auseinander strebten. Der eine war ein Kriegsgefangener, der andere an bedingungslosen Gehorsam gebunden. Er beschloss, seine Macht anzuwenden, sie einander gegenüberzusetzen und zu sehen, was daraus werden würde. Es mochte unterhaltsam, wenn nicht gar lehrreich sein. Also winkte er den Zauberer an seine linke, den Schwertkämpfer an seine rechte Seite und setzte sich selbst in die Ecke, sodass die beiden mit dem Rücken zu je einer anderen Wand saßen und einander nicht einfach ignorieren konnten. Rotanxi setzte sich mit den genau bedachten Bewegungen des Alters. Der Vogt ließ sich anmutig wie eine Schneeflocke nieder, obwohl er dabei sein Schwert aus der Scheide zu ziehen hatte, was unter der niedrigen Decke nicht einfach war. Jja verstand den Wink ihres Gebieters richtig und machte an diesem Abend die Bedienung.

Während die übrige Gesellschaft ringsum auf dem Boden Platz nahm, herrschte in dieser Ecke angespannte Stille. Wallie deutete auf Tivanixis Verband und meinte: »Gebieter Boariyi hat eine Vorliebe für Schulterhiebe, wie ich sehe.«

Der Schwertkämpfer machte ein verlegenes Gesicht. »Ich muss gestehen, der Verband ist eigentlich nicht notwendig! Der Kampf um die Führung, Runde eins – der Hieb war ganz sacht, kaum stark genug, dass die Menge Blut fließen sah. Aber ich dachte, wir müssten eine gute Vorstellung bieten, mein Heerführer, bis ich Runde zwei sah! Ich werde noch meinen Enkeln davon erzählen!«

Rotanxi schnaubte. Der Vogt sah ihn finster an. »Wirst du uns morgen anweisen, wie wir dieses Zaubererpack ausrotten sollen, mein Heerführer?«

»Das werde ich«, antwortete Wallie. »Die Zauberer selbst sind nicht so schwer zu besiegen, wie wir in Ov gezeigt haben, aber ihre Türme einzunehmen wird viel schwieriger sein.«

»Sehr viel schwieriger!«, merkte der Zauberer an.

Jja kam mit zwei Platten, jede in einer Hand. Sie bot sie taktvoll allen gleichzeitig an und behandelte keinen Gast vorrangig. Wallie lächelte anerkennend.

»Unsere Aussicht auf Erfolg liegt dennoch bei fünfzig zu eins.«

»Das wäre ein gerechter Kampf, will ich meinen«, sagte Rotanxi.

Er war im Vorteil, denn Tivanixi focht im Dunkeln. Daher beschloss Wallie, sich ein bisschen aufzuspielen. Die Abneigung ringsum war zu spüren wie statische Aufladung. Die Erde hatte ihre alten Feindschaften – Christen gegen Juden, Katholiken gegen Protestanten – aber keine war so alt wie der Hass zwischen Zauberern und Schwertkämpfern.

»Es mag gerecht sein nach den alten Regeln, mein

Gebieter. Aber natürlich werde ich die Schwertkämpfer in eine neue Kriegskunst einweisen.«

Wie üblich saß die Mannschaft, wenn sie im Ruderhaus aßen, entlang der Wände, während das Essen auf der einen Truhe stand und Brota auf der anderen saß. Nnanji hatte sich jedoch den Platz gegenüber Wallie ausgesucht, um an dem Gespräch teilzunehmen. Sein Teller war wie immer geradezu unanständig voll gehäuft. Kurze Zeit später kam Thana und setzte sich neben ihn.

»Was für eine Kunst soll das sein, mein Gebieter?«, fragte Rotanxi.

»Die Pferde gehören natürlich dazu«, begann Wallie und ging über das warnende Brummen seines Gefolgsmanns hinweg. »Und Pfeil und Bogen, die wahrscheinlich tödlicher sind als eure Feuerblitze. Und Wurfgeräte, um die Mauern einzureißen.«

Tivanixi grinste so breit, dass er kaum noch richtig kauen konnte.

Der Zauberer zog eine schneeweiße Braue hoch. »Tatsächlich? Es wird einige Zeit dauern, um eine Reiterei zu drillen und Wurfgeräte zu bauen, nicht wahr?«

»Ganz recht«, stimmte Wallie zu.

Einen Moment lang war es still. Dann trat Wallie den Ball in die andere Richtung. »Gebieter Rotanxi hat mir mitgeteilt, dass die Mittel des Heerbanns sehr dünn sind, mein Gebieter.«

Tivanixi machte ein mürrisches Gesicht. »Das ist wahr, mein Heerführer.«

»Wie dünn?«

Äußerst widerstrebend antwortete der Vogt: »Wir haben noch zwanzig Goldstücke übrig. Natürlich haben wir einen guten Vorrat an Nahrung angelegt, für etwa ... nun, einen guten Vorrat eben.«

»Für eure Reise, die nicht stattgefunden hat«, bemerkte Rotanxi trocken. »Einen Wochenvorrat, wie ich mir denken kann. Du willst die Reiterei innerhalb einer Woche drillen? Und du musst Pferde und Holz kaufen, ganz zu schweigen von Bögen und Heu und Sätteln ...«

»Leder?«, flüsterte Nnanji. Thana lächelte und warf ihrer Mutter einen Blick zu. Jeder war mit essen beschäftigt, aber alle hörten zu.

»Leder für die Sättel, aber auch für die Wurfgeräte«, bejahte Wallie. »Und Pech.«

»Pech?«, wiederholte Nnanji und missbilligte es grundsätzlich, obwohl er sich nicht im Mindesten vorstellen konnte, wozu Pech gut sein konnte.

»Wir werden brennendes Pech auf die Türme schleudern. Die Wirkung wird Aufsehen erregend sein, meinst du nicht auch, Gebieter Rotanxi? Besonders wenn wir auf der Ostseite durch das südlichste Fenster der dritten Reihe von unten treffen.«

Dort lag der Raum, wo Katanji die aufgestapelten Säcke gesehen hatte. Katanji behauptete steif und fest, dass alle Türme gleich seien, und Wallie vermutete, dass in den Säcken der Schießpulvervorrat war. Rotanxis plötzliche Blässe bestätigte das. Einen Punkt für Wallie.

Tivanixi verstand das nicht, aber er bemerkte die Wirkung und setzte seine Mahlzeit still lächelnd fort. Einen Augenblick später machte der Zauberer den Gegenstoß.

»Du setzt also voraus, dass du den Überfall bezahlen kannst?«

Wallie gab die Frage mit einem Blick an Tivanixi weiter.

Ärgerlich sagte der: »Wir haben die Ältesten zweimal um Geld gebeten. Jedesmal erhoben sie eine besondere Abgabe, die vierhundert Goldstücke einbrachte – aber wir geben am Tag fünfzig aus! Wir haben so viele wie möglich in der Freistätte untergebracht, aber das hieß, dass wir Bettzeug kaufen mussten – und Sklaven natürlich. Die übrigen sind in der Stadt untergebracht, wofür wir ebenfalls bezahlen ...«

»Wurde das Geld weitergegeben?«, fragte Nnanji.

Der Vogt errötete ärgerlich, aber dieser unverschämte Fünfte war sein Heerführer. »Ich glaube, inzwischen ja. Aber erst nachdem Gebieter Boariyi Gehorsam eingefordert hatte. Und es musste Ausgleich für Schäden und Verletzungen gezahlt werden. Da sind nicht nur die Schwertkämpfer, sondern auch ihre Frauen und Nachtsklavinnen und Kinder und fahrenden Sänger und Herolde. Alle wollen sich bereichern und treiben die Preise schändlich in die Höhe. Wenn du den Aufbruch hinausschieben willst, dann haben wir auch an warme Kleidung für den Winter zu denken. Wurfgeräte und Pferde sind zweifellos teuer; sie einzustallen und auszurüsten ebenfalls – und du hast versprochen, die Matrosen der beiden Schiffe zu bezahlen ...« Seine Stimme verlor sich in einem mutlosen Seufzer.

Es klang schrecklich. Wallie hatte sich überlegt, die *Greif* zu verkaufen, um sein Spesengeld zurückzubekommen. Offenbar hatte auch er unterschätzt, was ein Heerbann kostete. Zwei- oder dreitausend Goldstücke waren nicht annähernd genug, wenn es um einen Aufschub von mehreren Wochen ging – und er würde die *Greif* ohnehin brauchen. Rotanxi griff nach der Weinflasche und goss sich selbst zur Feier etwas ein. Brota und Tomiyano tauschten einen Blick. Geld war ein

Gegenstand, an dem sie mehr Freude hatten als an Schwertkämpfergeschwätz.

»Welche Art Abgabe?«, fragte Wallie.

»Eine Kaminabgabe«, antwortete der Vogt und zeigte sich überrascht. »Gewöhnlich wird sie jährlich erhoben.«

In einer analphabetischen Welt musste das Steuersystem äußerst einfach gestaltet werden. Selbst eine Kopfsteuer wäre unmöglich einzusammeln. Eine Steuer auf Kamine? Wallie versuchte sich die Skyline von Casr ins Gedächtnis zu rufen. Er erinnerte sich an viele Schornsteine – und das hieß kalte Winter.

»Wie viel je Schornstein?«

»Zwei Silberstücke.«

Kaminabgabe und Hafengebühr? Vermutlich waren die Ältesten eine Mischung aus Händlern und Landbesitzern. Wallie dachte noch darüber nach, als Thana sich einmischte. »Vierhundert Goldstücke wären nur ein Teil des gesammelten Geldes gewesen. Wer hat den Rest bekommen?«

Tivanixi runzelte die Stirn über ihre Vermessenheit, aber Rotanxi sah eine Möglichkeit, Punkte zu machen. »Die Sammler natürlich.«

»Wie der bestechliche Hafenmeister«, meinte sie. »Verwandte der Ältesten? Und die Ältesten bekommen auch einen geheimen Anteil?«

Der Zauberer nickte und lächelte grimmig. »Und ebenso die Schwertkämpfer, die die Sammler begleiten, um die Zahlung zu erzwingen. Da haben Leute ihre Möbel verkauft, um die letzte Abgabe bezahlen zu können, mein Gebieter. Was willst du jetzt von ihnen fordern, ihre Kleider?« Seine Spitzel hatten gut gearbeitet.

Die Schwertkämpfer schwiegen, aber Thana entwickelte offenbar Neugierde an den Machenschaften. »Wer ernennt die Ältesten?«

»Die Ältesten«, antwortete Rotanxi und strahlte sie an wie ein Großvater. »Sie ernennen auch die Stadtwache, und die Schwertkämpfer halten die Ältesten an der Macht. Einer ist des anderen Schmarotzer!«

Thana sah Nnanji an, der sich in dieser Erörterung von Politik und Finanzen hoffnungslos verirrte. »Lass uns Älteste werden, Liebling«, sagte sie.

Wallie wünschte, Honakura wäre dabei und hätte die Bemerkung hören können.

Die Schwertkämpfer schienen ein paar Punkte verloren zu haben, und Nnanji sollte auf seine verlässliche Art den Punktestand noch verschlechtern.

»Bruder?«, sagte er. »Du hast Boariyi mit dem ersten Eid davonkommen lassen. Er hat doch aber Gefolgsmänner. Heißt das, wir haben jetzt einen zweiten Heerbann?«

Daran hatte Wallie noch gar nicht gedacht. Er sah Tivanixi an, der ein verdrießliches Gesicht machte.

»Ja, ich nehme an, so ist es, Heerführer Nnanji. Er hat eine Menge Sechster auf sich eingeschworen – fast die Hälfte, würde ich sagen.«

Rotanxi nahm einen Schluck Wein.

Nnanji stand auf und ging, um seinen Teller aufzufüllen.

»Was tun die Ältesten mit dem Geld«, fragte Thana, die noch immer über die Feinheiten des Regierens nachdachte.

Wallie sah wieder Tivanixi an, aber der zuckte einfach die Achseln. Schwertkämpfer machten sich über solche Dinge keine Gedanken – aber Zauberer taten es.

»Oh, sie versehen ein paar Ämter«, sagte Rotanxi. »Säubern die Straßen von Zeit zu Zeit, sammeln den nächtlichen Kot, den sie mit Gewinn an die Bauern verkaufen, unterhalten den Hafen und die Brunnen. Das Heer ist immer die größte Ausgabe. Trotzdem geben sie häufig Festessen für neu eingetroffene Schwertkämpfer!«

Tivanixi errötete und sah, dass sein Heerführer eine Erklärung erwartete. »Es gibt Tanzabende und andere Feste! Hochrangige Besucher der Stadt werden dann dazu eingeladen. Morgen Abend soll ein Tanz stattfinden. Nun da der Heerbann nicht auszieht, wirst du natürlich auch eingeladen.«

»Und Nnanji?«, fragte Thana.

»Äh ... ja, ich nehme es an.«

Thana klatschte entzückt in die Hände. »Ich werde ein Kleid brauchen! Jja, würdest du ...«

Sie unterbrach sich und schluckte. Jja senkte den Blick auf den Teller. Es herrschte Unbehagen, und ihre Verwandten starrten Thana wütend an.

Wallie sollte hingehen, um die Ältesten zu beschwichtigen und ein paar Zäune zu flicken. Jja sollte er zweifellos nicht dazu mitnehmen. Ohne Begleitung auszugehen könnte andererseits sehr seltsam aussehen. Verdammt! Als hätte er nicht schon genug Probleme! Nnanji würde sicherlich eingeladen werden ... Schlimmer als nicht hinzugehen war der Gedanke, dass Nnanji dann alleine auf sie losgelassen wäre und den Junior-Heerführer spielte.

Und Nnanji kam soeben zurück und hörte die Neuigkeit von Thana. »Fein!«, sagte er fröhlich. »Ich hoffe, ich bin nicht zu erschöpft zum Tanzen! Wie viele Sechste sind dort, Gefolgsmann?«

»Neununddreißig«, sagte Tivanixi.

Nnanji verdrehte glücklich die Augen, ohne das Kauen zu unterbrechen. »Und ich bin ihr Heerführer!

Ich kann ihnen befehlen, nach draußen fechten zu gehen! Mal sehen, bei sechs am Tag ...« Er vertiefte sich in eine lange schwierige Rechnung.

Also hielt Nnanji den Heerbann für eine große Fechtübung, wie?

»Sie werden dich abschlachten!«, sagte Wallie. »Und ich habe ein paar Aufgaben für dich.«

Nnanji grinste mit vollem Mund. »Alles, was du willst! Aber ich kann nicht reiten, und ich kann nicht mit dem Bogen schießen. Ich könnte vielleicht Abgaben eintreiben?«

»Du könntest aber herausfinden, wer reiten kann! Es muss tausenderlei nützliche Fähigkeiten im Heerbann geben. Erinnerst du dich an Kandoru? Er war ein prächtiger Pferdeheiler, hat Quili gesagt. Thana ist ein großartiger Matrose. Wir werden Schmiede und Bogenschützen und Reiter und Zimmerleute brauchen ...«

»Zimmerleute?«, platzte Nnanji empört heraus. »Das ist ein Handwerk! Genau wie Schmieden!

Wallie sah ihn verächtlich an. Das war typisch für das einspurige Denken, das er noch würde überwinden müssen, und er hatte schon gehofft, Nnanji wäre weiter. »Willst du Zimmerleute in die Schlacht mitnehmen, damit sie die Wurfgeräte ausbessern?«

Nnanji kaute eine Weile gedankenverloren, dann schluckte er und sagte: »Nein, natürlich nicht. Und Sattlerei ist auch ein Handwerk, aber es gibt Sutras über Leder, Pferde ... und übers Kochen! Über viele Dinge! Danke, Bruder! Also lässt du die Schwertkämpfer an mir vorbeiziehen und jeder soll mir seinen Namen sagen und was er kann, abgesehen vom Fechten ... Es wird eine Zeit lang dauern, aber ich kann das für dich erledigen.« Er lächelte glücklich und stopfte sich eine ganze rote Beete in sein Lächeln.

Wallie war erleichtert. Er hatte befürchtet, Nnanji könnte es ihm übel nehmen, wenn er ihn bat, als Datenspeicher des Heerbanns zu fungieren.

»Heerführer Nnanji«, sagte Tivanixi leise, wie viele Sutras bist du vom sechsten Rang entfernt?«

Mist!

Nnanji strahlte abscheulich. »Ich bin bei Zehnzweiundachtzig. Ich müsste aber bei Elfvierzehn sein.« Er und Tivanixi begannen, mit den Fingern zu rechnen.

»Zweiunddreißig«, warf Wallie missgelaunt ein. Wenn Tivanixi schon einen Heerführer niedrigen Ranges hinnehmen musste – eine Lächerlichkeit, die sie diesem höllischen vierten Eid verdankten –, dann würde er wirklich lieber einen Sechsten als einen Fünften nehmen. »Ich glaube, er ist noch nicht so weit, Gefolgsmann.«

Tivanixi würde nicht mit seinem Heerführer streiten.

»Er hat Forarfi am dritten Tag geschlagen!«, widersprach Thana spitz.

»Aber eben erst am dritten Tag«, schnauzte Wallie. »Er ist sehr gut darin, von seinen Gegnern zu lernen. Zwei unbekannte Sechste wären etwas anderes.«

»Was meinst du?«, wollte Nnanji von Tivanixi wissen.

Also bekam Tivanixi seine Chance. »Als ich dich zum ersten Mal sah, hielt ich dich für gut genug, mein Heerführer. Du hast diese beiden Fünften beschämt, und ich hatte keine leichten Gegner für dich ausgesucht. Der Ehrenwerte Forarfi ist ein ungewöhnlich guter Sechster. Fiendori meint ...«

Er unterbrach sich. Alle blickten zu Wallie. »Ich bin nicht einverstanden!«, sagte dieser mit Nachdruck. »Er ist ein guter Fünfter, aber an den sechsten Rang reicht er noch nicht heran.«

Damit war die Sache abgeschlossen. Nnanji kaute geräuschvoll weiter. Alle anderen hatten den Hauptgang beendet. Man reichte Apfelkuchen herum. Es wurde dämmrig im Ruderhaus.

»Schließlich«, meinte Tivanixi leise und nachdenklich, »ist es nicht so, als könnte er sich gleich danach um den Siebten bemühen.« Das schien an niemand bestimmtes gerichtet zu sein.

»Ach, nein?«, sagte Wallie gereizt. Glaubten sie etwa, er sei eifersüchtig auf Nnanji?

»Es wäre nicht möglich, mein Heerführer. Alle Siebten in der Stadt sind seine Gefolgsleute und darum als Prüfer unpassend – alle außer Gebieter Boariyi, und ich bezweifle, dass ihn irgendjemand bitten würde! Es gibt keine Möglichkeit für Meister Nnanji ein Siebter zu werden, bevor der Heerbann aufgelöst ist.«

»Daran habe ich nicht gedacht!«, sagte Wallie, und fragte sich, warum ihn diese Neuigkeit freute. Nnanji sah wehmütig aus. »Also gut! Morgen bei Sonnenaufgang – bringen wir's hinter uns.«

Nnanji schlang einen Arm um Thana und drückte sie an sich, dabei grinste er wie ein Wahnsinniger.

Tivanixi keuchte. »Morgen? Zweiunddreißig Sutras?«

Wallie lächelte mit dem größten Wohlwollen, das er aufbringen konnte. »Nnanji steht in dem Ruf, sich daran zu erinnern, welches Kleid seine Mutter am Tag seiner Geburt getragen hat, mein Gebieter. Es kostet mich nur eine Stunde Schlaf, das ist alles.«

»Trotzdem schade um den siebten Rang«, merkte Nnanji an. »Ich hatte Gebieter Chinarama bitten wollen!«

Die Schwertkämpfer lachten, dann erklärten sie es den Matrosen.

»Wie verfahrt ihr damit?«, wollte Wallie wissen, der plötzlich neugierig geworden war. »Unter tausend Männern finden sich gewiss ein paar rechte Trottel. Die Göttin hat volle Schiffe hierher gebracht. Sie hat nehmen müssen, wer an Bord gewesen ist.«

Tivanixi nickte. »Die leicht zugänglichen waren schnell bekannt. Wir haben ihnen einfach befohlen, auf keine weiteren Anfragen einzugehen. Andere haben wir nach Hause geschickt.«

»Wie steht es mit Herausforderungen?«, fragte Nnanji und reichte ein kleines Kuchenstück weiter, während er das größere für sich behielt. Wie blieb er nur so mager?

»Ein Aufstieg wird gewöhnlich nicht durch Herausforderung erreicht.«

»Aber möglich ist es«, entgegnete Nnanji. »Ich habe es schon getan.«

Der Vogt nickte. »Das ist wahr. In den meisten Rängen haben wir natürlich viel Auswahl. Einmal wurde von einem stattlichen Sechsten eine Herausforderung angedeutet, aber die Siebten ließen insgeheim verbreiten, dass eine Herausforderung an Gebieter Chinarama ernsthafte Blutarmut nach sich ziehen würde.«

»Morgen also«, sagte Wallie, als keine Kuchen mehr herumwanderten und er begriff, dass er das letzte Stück gerade in der Hand hielt. Nnanji hatte drei. »Wirst du zwei Sechste aussuchen? Zwei richtige Scheusale, die stark wie Ochsen, schnell wie Falken und furchtbar wie eine Bärin sind, die ihr Junges verteidigt?«

»Genau so welche kenne ich«, sagte Tivanixi. »Wahre Schlächter! Bösartig und grausam! Wir nennen sie Schlüsselbein und Hodensack.« Die Matrosen lachten schallend.

»He!«, schrie Nnanji. »Du bist auch mein Gefolgsmann. Du suchst zwei alte Krüppel aus! Die das Reißen haben und fast blind sind.«

»Ich sehe schon, diese geteilte Treuepflicht wird uns noch in die Klemme bringen.« Tivanixi seufzte. »Ich werde von jedem einen nehmen.« Er war eindeutig sehr erfreut.

»Es ist keine Ehre, ein leichter Gegner zu sein!«, schnauzte Wallie. »Und wir wollen nicht, dass der Heerbann denkt, Nnanji werde begünstigt. Du suchst zwei gute aus!« Wenn die Götter Nnanji als Sechsten sehen wollten, dann konnten sie ja ein kleines Wunder dazutun. Wenn er versagte, würde das seinem Ego auch nicht schaden. Außerdem dürfte er es erst nach einem Jahr wieder versuchen, und das Gequengel hätte vorerst ein Ende.

Der Vogt errötete und sagte, er habe selbstverständlich nur gescherzt. Er werde hoch angesehene Sechste auswählen. Thana und Nnanji zogen ein Gesicht.

Das Mahl war beendet, die Nacht senkte sich herab. Wallies Verstand drehte an den vielen Überlegungen für den nächsten Tag fast durch. Jeder andere war entspannt und gut gelaunt und lobte Lina für das gute Essen. Sogar Rotanxi machte einen Witz über die gute Beköstigung der Gefangenen in Casr. Die Frauen bedrängten Nnanji, er möge mehr von Doas Liedern singen, von denen er offenbar schon einige zum besten gegeben hatte. Er sagte, vielleicht später, und er werde den Kuchen aufessen, falls kein anderer ...

»Eher acht!«, sagte Rotanxi.

Wallie sprang wieder auf die Unterhaltung um. Die Erwähnung der Heldenlieder hatte das Gespräch auf das siebte Schwert gebracht.

»Verzeihung, mein Gebieter?«

»Ich sagte, dass dein Schwert eher achthundert Jahre

alt ist, Gebieter Shonsu, selbst wenn Chioxin es am letzten Tag seines Lebens gemacht hat.«

Plötzlich war Wallie auf der Hut. »Wie das?«

»Er starb vor siebenhundertsiebenundsiebzig Jahren!« Der Zauberer schwelgte in Zufriedenheit über sein Wissen.

Nnanji zeigte durch Geräusche seine Zweifel an, aber Wallie dachte scharf nach. Das Spionagenetz der Zauberer arbeitete erstaunlich gründlich. Das Schwert war erst am Tage seiner Ankunft in der Freistätte zur Nachricht geworden. Rotanxi war davon unterrichtet worden, aber die Aufzeichnungen solcher Belanglosigkeiten wurden sicherlich nur in Vul gelagert; es gab keinen Hinweis, dass die Zauberer das Drucken schon erfunden hatten, also waren alle Bücher handgeschrieben und Abschriften eine langwierige Angelegenheit. Rotanxi hatte eine Anfrage an die Hauptbibliothek in Vul geschickt und die Antwort erhalten, bevor Wallie ihn gefangen nahm. Sehr schnelle Arbeit!

»Was weißt du sonst noch über Chioxin, mein Gebieter? Das heißt, abgesehen davon, dass er Linkshänder war.«

Rotanxi zuckte leicht die Achseln. »Er war klein und fett.«

»Pah! Zauberer-Quatsch!« Nnanji war auf einmal ein eingefleischter Skeptiker.

»Meinst du, Meister? Dann schlage ich vor, du gehst nach Quo und siehst dir sein Standbild an!«

»Oh!« Nnanji sagte nichts mehr.

Wallie schauderte unter der plötzlichen Ahnung. »Quo? Warum Quo?«

»Weil er dort gelebt hat.«

»Chioxin war der Waffenschmied der Freistätte!«, widersprach Tivanixi ärgerlich.

Der Zauberer stimmte ihm selbstgefällig zu. »Ja, das war er. Aber damals befand sich die Freistätte in Quo. Erst einige Jahrhunderte später wurde sie nach Casr verlegt.«

Wallie bezweifelte nicht, dass das stimmte – Rotanxi hatte keinen Grund zu lügen. Aber die Neuigkeit war umwerfend. Die Interpretation der letzten Rätselzeile war ihm noch nie richtig vorgekommen. *Zuerst den Bruder* ... als er begriffen hatte, was das heißen sollte – Nnanji und der vierte Eid –, da war ihm sofort klar gewesen, dass das passte. *Eines andern Weisheit* ... er hatte nicht im Geringsten angezweifelt, dass Katanji damit gemeint war. Alles Übrige war zu gegebener Zeit klar geworden ...

Aber als Tivanixi zu ihm gesagt hatte, er habe den Schlussvers bereits erfüllt, indem er das Schwert nach Casr brachte, da war die plötzliche Gewissheit ausgeblieben. Es hatte sich falsch angefühlt. Tivanixi hatte sich geirrt.

Das Rätsel war noch ungelöst.

Am Ende gib zurück das Schwert.

Am Ende?

Gebieter Shonsu hatte das Schwert noch nicht zurückgegeben. Das Rätsel blieb. Wohin zurückgeben? Wem? Nach Quo? Der Göttin?

Damit sein Los ihm sei gewährt.

Aber was konnte sein Schicksal sein, wenn es nicht den Heerbann anführen sollte?

***

»Treffer!«, rief der Sechste und senkte sein Florett.

»Stimmt nicht«, schrie Nnanji.

»Ich habe es nicht gesehen«, sagte einer der beiden Richter.

Der andere zögerte und stimmte dann zu: »Kein Treffer. Weiter.«

Der große Hof der Freistätte lag blau im ersten Licht der Dämmerung und war klamm vom Tau. Man hörte keinen Laut außer dem Klirren der Florette und dem Keuchen der Fechter, die ihre Dampfwolken in die Morgenluft entsandten; niemand stand dabei außer denen, die eigens zu dem Zweikampf gerufen worden waren. Nackte Äste hoben sich dunkel gegen den grauen Himmel ab.

Es war das dritte Mal, dass Wallie seinen Schützling den Aufstieg anstreben sah. Die ersten beiden waren ihm leicht gefallen, aber jetzt musste er sich anstrengen. Tivanixi war seinem Befehl gefolgt und hatte gute Sechste als Prüfer ausgewählt.

Aber über die Richter hatte Wallie nichts gesagt. Da Tivanixi ein Gefolgsmann des Prüflings war, kam er selbst dafür nicht in Frage, aber er hatte die beiden Richter mit Sorgfalt ausgesucht. Wahrscheinlich hatte er nichts so Ungehobeltes getan, wie ihnen einen Wink zu geben. Er hatte aber Männer ausgesucht, die von selbst darauf kamen. Er war Wallie an der Tür begegnet, verbindlich und eine gepflegte Erscheinung trotz der frühen Stunde, und hatte ihm seine vier Sechsten vorgestellt, zwei Prüfer und zwei Richter. Aber auch ein Zeichner und ein Schneider waren aus dem Bett gerissen worden, um dienlich zu sein, und das war kaum der übliche Gang der Dinge. Er hatte Nnanji wie einen Höhergestellten gegrüßt. Er hatte angemerkt, dass das Licht zum Fechten noch zu schlecht sei – ob die Richter einverstanden seien, zuerst die Sutra-Prüfung abzunehmen, hatte er gefragt, wohl wissend, dass Nnanji darin gut war. Die Richter hatten ihr Verständnis bewiesen, indem sie die einfachen abfragten.

Wenn die Fechtprüfer die Botschaft da noch nicht begriffen hatten, dann spätestens, als die Hürden stehen gelassen wurden, obgleich der ganze Hof zur Verfügung stand.

Der erste Prüfer war zweifellos ein guter Sechster gewesen, aber viel älter als Nnanji, weshalb dieser natürlich auf Zeit gespielt hatte, um ihn außer Atem zu bringen – doch hatte man schließlich den Sechsten gemaßregelt, da er keinen echten Kampf lieferte. Von dieser Ungerechtigkeit entmutigt, hatte er die Runde wenig später verloren.

Der zweite Gegner lehnte dieses anrüchige Vorgehen ab und kämpfte hart. Jetzt, nachdem es schon eins beide stand, war es zu diesem umstrittenen Treffer gekommen. So etwas passierte alle Tage – darum gab es Schiedsrichter –, aber Wallie hätte, wäre er der Richter gewesen, gegen Nnanji entschieden.

Doch das wäre auch wieder nicht gerecht gewesen, denn tatsächlich gab er kaum Acht. Ihm gingen so viele Dinge im Kopf herum, dass er kaum ruhig bei den Hürden stehen bleiben konnte, sondern am liebsten zwischen den Bänken und Statuen auf und ab gegangen wäre. Nach und nach erschienen schläfrige Zuschauer auf den Balkonen, die das Klingenrasseln geweckt hatte.

»Treffer!«, rief Nnanji.

Die Richter stimmten zu.

Nnanji des Sechsten! Wallie trat vor, um ihn zu beglückwünschen. Dabei war er halb verärgert über die Manipulation und halb belustigt, dass sogar sein rechtschaffener Eidbruder seine Grundsätze so weit verbiegen konnte, dass es einer Nichtbeachtung gleichkam. Obendrein hatte er einen wertvollen Denkzettel zu den verschiedenen Arten des Gehorsams bekommen – Tivanixi wirkte sehr zufrieden mit sich.

Der Schneider verbeugte sich und bot Nnanji einen grünen Kilt an. Nnanji hielt ihn sich an und meinte überrascht, dass er genau passte. Der Schneider verbeugte sich lächelnd. »Gebieter Tivanixi brachte mir einen Schüler, der genau deinen Wuchs hat.«

Also war er eigens während der Nacht angefertigt worden? Wallie sah Tivanixi vorwurfsvoll an, der jedoch seinen Blick mied. Nnanji warf seinen roten ab und zog den grünen an, grinste verzückt in keine bestimmte Richtung, setzte sich sodann auf eine Bank, und der Zeichner zog sich einen Schemel heran. Wallie hätte seine Empfindungen nicht ausdrücken können, ohne einen Skandal auszulösen, darum dankte er einfach den vier Sechsten und entließ sie.

»Deine Befehle für den Tag, mein Heerführer?«, fragte Tivanixi einfach.

Wo anfangen?

»Ich wünsche so bald wie möglich mit dem Rat zu sprechen«, begann Wallie. »Dann mit den Sechsten. Die Stadt wird wie gewöhnlich überwacht, nehme ich an?« Er überlegte. »Es müssen viele alte Schwertkämpfer in der Stadt sein, die längst ihren Abschied genommen haben.«

Der Vogt nickte verständnislos. »Sie lungern ständig in der Nähe der Freistätte herum.«

»Nimm einen, der unserem Zauberer möglichst ähnlich sieht. Schwöre ihn auf den Heerbann ein, dann schmuggle ihn auf die *Saphir* …«

Tivanixi lachte. »Und bringe ihn in Ketten wieder heraus? Mit Pauken und Trompeten? Unter dem Gejohle eines Menschenauflaufs?«

Wallie nickte anerkennend. Der Mann war schnell.

»Sollen wir auch für ein paar gemeine Verbrecher sorgen, die abwechselnd aus den Verliesen schreien, was meinst du?«

Wallie kicherte und sagte, dass das vielleicht zu weit ginge. »Sind unter den einstigen Schwertkämpfern vielleicht auch Älteste oder welche, die irgendein städtisches Amt innehaben?«, fragte er.

»Einer ist Hafenmeister, mein Streiter.«

»Großartig!« Genau, worauf er gehofft hatte. »Lass auch diesen schwören! Mit der Schneide im Nacken, wenn es sein muss.«

Der Vogt runzelte die Stirn, während er zu begreifen versuchte.

»Wir müssen die gültigen Hafengebühren erfahren«, erklärte Wallie. »Ein Schiff von der Größe der *Saphir* bezahlt zwei Goldstücke in einer Zaubererstadt, aber fünf in einer Schwertkämpferstadt. Das Überzählige ist vermutlich Bereicherung.«

»Mein Heerführer?« Tivanixi verstand nicht.

»Die Zauberer haben dafür gesorgt, dass ihre Hafenmeister ehrlich sind. Sie versuchen, den Handel zu fördern, denn einige Schiffe weichen ihren Häfen aus. Wir jedoch werden lediglich das Eintreiben der Hafengebühren in Casr übernehmen. Wir brauchen die festgesetzte Höhe der Gebühr und die tatsächlich gezahlte Höhe. Dann werden wir – um in dem Beispiel zu bleiben – zwei Goldstücke an die Stadt abgeben und drei an den Heerbann, um davon die Aufwendungen zu bezahlen. Das behebt unsere Geldknappheit.«

Tivanixi holte hörbar Luft und hätte seinem Heerführer beinahe auf die Schulter geklopft. Stattdessen schlug er sich auf den Oberschenkel. »Ein glänzender Einfall! Ich werde dafür sorgen. Der Ehrenwerte Fiendori ist der rechte Mann für diese Aufgabe.«

Beschwingt ging er davon. Wallie seufzte. Es konnte kaum so einfach sein, wie es sich angehört hatte, aber vielleicht hatte er damit etwas Zeit gewonnen, um an sicherere Geldquellen zu gelangen. Nnanji kam strahlend herübergeschlendert, wobei er sich die Stirn mit dem Handrücken rieb.

»Noch einmal meinen Glückwunsch, Ehrenwerter Nnanji«, sagte Wallie. »Du siehst gerade mal halbwegs alt genug aus für diesen Rang, aber ich bin sicher, du kommst zurecht.«

»Danke, Bruder!« Dann platzte er heraus: »Jetzt bin ich wohl kein leichter Gegner mehr?«

»Ja, ich glaube, du hast Recht«, antwortete Wallie vorsichtig. »Du warst ein außergewöhnlicher Fünfter. Jetzt bist du ein gewöhnlicher Sechster, würde ich sagen. Ein Jammer, dieser umstrittene Treffer«, fügte er hinzu, »aber ich will die Entscheidung nicht in Zweifel ziehen.«

Nnanjis Augen glänzten kalt. »Danke, Bruder«, sagte er noch einmal. »Ich versichere dir, dass ich keinen Treffer gespürt habe.«

Wallie krümmte sich innerlich. Natürlich hätte Nnanji hierbei niemals gelogen. Der Grund, weshalb er Tivanixis heimliche Unterstützung nicht zurückgewiesen hatte, war der, dass sie ihm überhaupt nicht aufgefallen war. »Du solltest es mit einem längeren Florett versuchen, Bruder«, schlug er hastig vor.

Nnanji schüttelte den Kopf. »Es hatte die gleiche Länge wie mein Schwert.« Er zog es heraus und maß es in der üblichen Weise, indem er es sich über den Kopf hielt und schaute, wie weit die Spitze an seine Brust reichte. Dann starrte er Wallie an – bestürzt.

Und Wallie starrte zurück. »Als wir das Schwert für dich gekauft haben, seinerzeit in der Tempelschmiede, warst du noch nicht so groß wie ich.« Er hatte nicht gemerkt, dass Nnanji gewachsen war. Es war allmählich geschehen. Und nun sah er auch die breiter gewordenen Schultern und die kräftigeren Muskeln. Das tagelange Fechten zeigte Ergebnisse. »Sag mal, Nnanji, ist es in dieser Welt natürlich, dass ein Mann deines Alters noch so viel wächst?«

Nnanji schüttelte den Kopf. Seine Augen befanden sich nicht nur auf einer Höhe mit Wallies, sondern sie leuchteten auch plötzlich im Morgenlicht. »Nein! Überhaupt nicht! An mir muss ein Wunder geschehen sein, Bruder!«

»Das liegt an Linas guter Küche!« Wallie versuchte zu verbergen, wie unbehaglich ihn diese Entdeckung stimmte, aber er fühlte sich noch schuldig, weil er Nnanjis Ehrlichkeit angezweifelt hatte. »Na komm«, sagte er. »Ich werde ein neues für dich finden.«

Dann schrak er zusammen, als ein Hornist den Frieden der Freistätte zerschmetterte und die Anfangstöne von *Am Morgen zieh'n die Kämpfer* blies.

Wallie ging voran zum Waffensaal und hielt nur auf halbem Weg bei einem der Schlafsäle an, um ein Trio stämmiger Neulinge, die sich gerade den Schlaf aus den Augen rieben, für eine Aufgabe heranzuziehen. Er ließ sie den großen Riegel von der Tür heben, dann schickte er sie weg, und sie trollten sich ehrfürchtig und verwirrt. Die Tür ächzte wie im Todeskampf und Wallie führte Nnanji hinein.

Der lange Saal schien ihm noch kälter geworden zu sein, so dunkel, schmutzig und bedrückend wie er war. Nnanji bekam große Augen, als er sah, wo er sich befand.

»Da hängt das von Chioxin«, sagte Wallie. »Man glaubt, es ist das Rubinschwert. Ich bezweifle, ob man über das übrige Zeug überhaupt noch etwas weiß. Nimm dir ein Schwert. Bediene dich.«

Nnanji starrte auf die lange Wand, die voller Schwerter hing. »Das wäre Diebstahl, Bruder!«

»Das wäre es nicht! Wem gehört das alles?«

»Der Freistätte? Der Zunft? Der Göttin?«

»Und?«, wollte Wallie wissen. »Du bist Heerführer Ihres Heerbanns. Ich bin sicher, Sie will, dass du ein gutes Schwert hast. Bediene dich.«

»Oh!«, machte Nnanji, und seine Zähne leuchteten auf. »Also, dann werde ich mein altes hier lassen, mit dem die Schlacht von Ov gewonnen wurde – es wird in die Überlieferung eingehen. Also, wollen mal sehen.«

Sie hielten ihm ein paar Schwerter an und bestimmten die Länge, dann wanderten sie vor der Galerie auf und ab und suchten nach einem passenden. Wie Wallie schon früher aufgefallen war, hingen dort überraschend viele lange. Einige waren rostig, aber die besten Klingen hatten die Zeit überstanden und waren noch gut. Nicht lange und Nnanji rief: »Das da!«

Wallie brachte es an ein Fenster, bog es und schwang es und meinte, doch, dies sei eine feine Klinge, eine bessere sogar als die alte.

»Nun brauchst du noch einen, der es dir verleiht«, sagte er. Ich bin sicher, jeder wäre stolz, es zu tun. Tivanixi, Boariyi ... sogar Katanji, wenn du möchtest. Oder Thana vielleicht?«

»Du hast mir die Gesten des sechsten Ranges noch nicht gezeigt, Beistand«, erwiderte Nnanji geziert.

»Wie wahr! Es gibt sechs davon.« Wallie schickte sich an, sie vorzuführen: die Herausforderung, die Unterwerfung, die Warnung, die Bitte um Hilfe, die

Anerkenntnis und die Aufhebung der Absicht. Natürlich brauchte er jede nur einmal zu zeigen.

»Und das ist alles!«, schloss er. »Für den siebten Rang gibt es keine geheimen Zeichen. Wenn ein Siebter einem anderen Siebten etwas bedeuten will, gebraucht er diese Gesten.«

»Warum?«, wollte Nnanji wissen und klang, als fühle er sich betrogen.

»Ich nehme an, weil Siebte so selten sind, dass sie einander kaum über den Weg laufen.«

Nnanji kicherte. »Gut, das wäre erledigt! Ich bin jetzt ein Sechster, und du bist nicht mehr mein Beistand.« Der zweite Eid verfiel, sobald ein Schützling im Rang aufstieg. »Willst du mir erlauben, dir noch einmal zu schwören?«

»Selbstverständlich. Es ist mir eine Ehre! Und ich bin sicher, dass du den siebten schaffen wirst, sobald wir den Heerbann aufgelöst haben.«

»Danke!« Nnanji hatte nicht den geringsten Zweifel. »Aber im Augenblick bist du nicht mein Beistand, und darum ist es rechtens, dass du mir das Schwert übereignest ... wenn du es möchtest? Es würde mich freuen, Eidbruder.«

»Wenn das so ist«, meinte Wallie, obgleich er fand, dass er damit den Brauch ein bisschen verbog – er war nur zeitweilig nicht Nnanjis Beistand. Er ließ sich auf ein Knie nieder und hielt das Schwert gemäß dem alten Ritual vor sich. »Lebe durch es. Führe es in Ihrem Dienst. Halte es im Tode fest.«

Er dachte an den jungen Arganari und wie ihm das Topasschwert Chioxins verliehen worden war.

»Es soll meine Ehre und mein Stolz sein.« Die rituelle Antwort, aber Nnanji nahm sie ernster als jeder andere. Er nahm das Schwert und steckte es in die

Scheide, dann hängte er sein altes an die Wand. »Darf ich nun den zweiten Eid schwören, Gebieter Shonsu?«

»Zum letzten Mal, Ehrenwerter Nnanji«, antwortete Wallie. »Und wir sollten beide zusehen, dass wir ein paar Schützlinge bekommen. Und Leibwächter. Die Zauberer werden bestimmt bald zurückschlagen.«

Als sie in den Hof zurückkamen, begann das morgendliche Treiben. Sklaven bedienten zwei Pumpen, die einen langen Trog mit Wasser füllten, an dem nackte Schwertkämpfer standen und sich wuschen. Andere Sklaven unterhielten Feuer in behelfsmäßigen Eisenherden und kochten das Frühstück. Nnanji hielt auf einen Schleifstein zu, um sein neues Schwert zu schärfen und einen Neuling anzuwerben, der an seiner Stelle die Tretkurbel trat. Immer mehr Männer tröpfelten aus den Türen, und von der Straße strömte eine große Schar herein, angeführt von Boariyi und seinem Onkel und mindestens einem Dutzend Sechste.

Tivanixi tauchte neben Wallie auf. »Ich habe mit Fiendori gesprochen, mein Heerführer. Die Hafenmeister haben in Zukunft Begleitung.« Er lachte. »Ich glaube, die Ältesten werden dazu einiges zu bemerken haben.«

»Warum?«, fragte Wallie unschuldig. »Wir erweisen ihnen einen Dienst.«

Der Vogt lachte leise, dann deutete er mit dem Kopf auf den sich nähernden Aufzug. »Das Geld ist deine Waffe gegen den zweiten Heerbann. Gebieter Boariyi hat nicht die Mittel, um seine Männer zu ernähren. Vielleicht solltest du ihn zum Frühstück einladen?«

»Zu offensichtlich. Wir geben ihm noch ein paar Tage. Sag nichts.« Aber der Gedanke gefiel ihm. Mit Geld konnte er Boariyi also bezwingen.

Boariyi blieb stehen und vollführte den Gruß an einen Gleichrangigen, das Gesicht unbewegt unter einem blauen Verband, auf dem er mit Kohle sieben Schwerter aufgemalt hatte. Wallie grüßte ihn, antwortete dann auf den Gruß von Zoariyi, der ihn ablehnend und misstrauisch ansah. Nnanji war noch am Schleifstein mit seinem Schwert beschäftigt. Tivanixi sah Wallies Blick.

»Wir können die Ratsbesprechung sofort abhalten, wenn du es wünschst, mein Heerführer«, sagte er. »Die anderen warten schon.« Um des Anstands willen sollte Nnanji den Siebten nicht öffentlich begegnen, bevor sie auf ihn eingeschworen waren.

Wallie war einverstanden, und Tivanixi ging voran. Sie betraten das Haus durch die Tür, die dem Straßenausgang am nächsten lag, und gelangten durch eine weitere Tür in einen der langen Säle. Eine Seite bestand nur aus Fenstern, die auf einen Wust von Küchengeräten blickten. Die andere bestand aus einer Holzverkleidung, die mit den Jahren abgestoßen und gesplittert war. Die Decke verbarg sich hinter Wolken von Spinnweben.

Im Saal befanden sich bereits viele Schwertkämpfer. Sie standen herum, saßen auf Hockern oder Bänken, unterhielten sich leise und lachten. Als die Anführer hereinkamen, sprangen die Männer auf und es gab ein Gescharre von Möbeln und Stiefeln. Unter den mittleren Rängen befand sich zu Wallies Erstaunen auch Katanji.

Sein weißer Kilt war beschmutzt und verknittert, sein Pferdeschwanz halb aufgelöst und seine Augen rot gerändert, aber er lächelte, als er Wallie sah, und schien recht entspannt zu sein. Offenbar noch immer der kindliche Held, hatte er die Gesellschaft mit seinen Geschichten unterhalten, aber er sah auch aus, als habe er die ganze Nacht nicht geschlafen. Was hatte der kleine Teufel um diese Zeit getrieben? Nichts deutete darauf hin, dass er Wallie etwas zu berichten hatte. Wallie widerstrebte es zu fragen, und so nickte er bloß und lächelte, als er an ihm vorbeiging.

Diese Halle war nur das Vorzimmer. Eine Tür am fernen Ende führte in einen kleineren, quadratischen Saal, der freilich immer noch sehr groß war. Es gab einen riesigen Kamin voll kalter Asche. Drei Wände waren getäfelt, die vierte bestand aus lauter rußigen Fenstern. Ein schmutziger grauer Teppich verdeckte nur einen Teil der zerschrammten Holzdielen. In der Mitte standen sieben Stühle im Kreis. Entlang der Wand gegenüber den Fenstern gab es eine große Truhe, einen Brokatsessel – aus dem die Federn herauslugten – und überraschenderweise ein Bett mit einem fettigen Fell darauf. Ein blinder Bronzespiegel hing neben der Tür. Offensichtlich wurde dieses schal riechende Zimmer vielseitig verwendet.

Drei Siebte erhoben sich und vollführten ihren Gruß. Der auffälligste war der alte Chinarama, der im Vergleich zu seinen viel jüngeren und muskulöseren Gefährten verhutzelt und ein wenig lächerlich wirkte. Sein Pferdeschwanz war eine weiße Strähne, und der Harnisch passte ihm schlecht, aber seine Augen waren flink und klar. Ein älterer Mann konnte ein wertvoller Ratgeber sein. Wie Nnanji gemeint hatte, er konnte nicht schaden. Seine Bewegungen sahen ungeschickt aus, vielleicht wegen einer Arthritis, aber sein Gesicht war nicht allzu freundlich. Ein Boariyi-Anhänger also.

Der zweite hieß Jansilui, ein stämmiger Mann um die dreißig mit einer kantigen Kinnpartie, dessen siebtes Stirnmal noch nicht ganz verheilt war. Er schien weniger feindselig zu sein. Vielleicht scherte ihn einfach wenig, wer der Anführer war, wenn er es nicht selbst sein konnte.

Linumino war schon um die fünfzig und begann fett zu werden. Sein Gesicht war auf einer Seite fürchterlich vernarbt, wo ein Schwerthieb ihm die halbe Augenbraue und Wange und augenscheinlich auch ein Stück vom darunter liegenden Knochen abgeschlagen hatte. Die Haut darüber war eingesunken und von einem krausen Weiß wie ausgeblichenes Leder. Es war ein Wunder, dass er sein Auge behalten hatte. Er wäre kein Bewerber um die Anführerschaft gewesen. Er grüßte flüchtig, war also ebenfalls im Innersten ein Boariyi-Anhänger. Wallie fragte sich kurz, welchen von diesen sechs er fragen würde, wenn er Nnanji wäre und in den nächsten Rang aufsteigen wollte. Da der alte Chinarama schon im Aus war, vermutlich den wohl beleibten Linumino, oder vielleicht Zoariyi, der auch bald seinen Abschied nehmen würde.

Wallie lud sie ein, Platz zu nehmen. Misstrauen schwängerte die Luft wie übler Gestank. Im entscheidenden Zweikampf hatte die Göttin ihn für unschuldig erklärt, doch der Kampf war nahezu unentschieden ausgegangen, und Gottesurteile waren ohnehin kein übliches Verfahren. Die Männer trauten ihm also nicht so recht; sie würden ihm gehorchen, bereitwillig oder – wie Tivanixi bei Nnanjis Prüfung – widerstrebend, indem sie den Befehl wörtlich ausführten, seinen Zweck aber unterliefen.

Er merkte an, dass Nnanji im Rang aufgestiegen sei

und in Kürze eintreffe, um ihre Anerkennung entgegenzunehmen, als ein Sechster dem Rat aber nicht angehören werde. Wallie hatte für Nnanji ein paar besondere Aufgaben im Sinn. Dann ging er zu den Geldfragen über und erklärte, wie der Heerbann einen Anteil von den Liegegebühren abzweigen werde. Dabei lächelten sie alle.

»Demnach hast du die Geldschwierigkeiten mit einem Schlag gelöst, mein Heerführer?«, fragte Chinarama.

»Fürs Erste«, antwortete Wallie. Nun wandte er sich schwierigeren Fragen zu. »Gebieter Boariyi, du hast lediglich den ersten Eid geschworen. Ich schlage vor, dich als vollwertiges Mitglied dieses Rates zu behandeln, und deine Gefolgsmänner als Angehörige des Heerbanns. Im Gegenzug bitte ich ...«

Nnanji klopfte niemals an. Er kam herein und schlug die Tür hinter sich zu. Sein Gesicht war finster. Die Siebten standen auf, und die meisten erwiderten seinen finsteren Blick.

Er wischte sich die Hand an seinem neuen grünen Kilt ab. Er griff nach seinem Schwert. Er grüßte Gebieter Boariyi wie einen Höhergestellten und zwar auf untadelige Weise, dann warf er Wallie einen rätselhaften Blick zu und wartete.

Wer hatte wen zu grüßen? Dieser verflixte vierte Eid brachte die ganze rituelle Ordnung durcheinander. Zögerlich stellte Wallie ihn Chinarama vor, und die beiden tauschten den Gruß aus.

»Und nun schwöre ich dir den dritten Eid, Ehrenwerter Nnanji?«, fragte der alte Mann bockig.

»Es bedrückt mich, mein Gebieter«, antwortete Nnanji mit seiner weichen Stimme, »dass ich diesen Eid von einem so hoch geachteten und erfahrenen

Mann entgegennehmen muss, und doch scheint mir, dass es Gebieter Shonsus Stellung ...«

Wallie sah, wie der Schrecken über Boariyis und dann über Tivanixis Gesicht zog. Er folgte ihrer Blickrichtung. Nnanji zupfte an seinem linken Ohrläppchen, den rechten Daumen hatte er im Gürtel eingehakt, das rechte Knie leicht angewinkelt.

Nnanji gab Chinarama das geheime Zeichen der Herausforderung.

Was! War er verrückt geworden? Wollte er aufsteigen? Nein, das nicht – er hätte zuerst Richter beschaffen müssen, und die Höflichkeit verlangte, dass er zuerst darum bat, ehe er ihn herausforderte, und ohnehin war es ungesetzlich ...

Nnanji plapperte etwas über Eide. Chinarama beachtete das Zeichen nicht. Dann bemerkte er die Anspannung rings umher, und sein Blick huschte argwöhnisch von einem zum anderen.

Wallie ließ mit der linken Hand sein Schwert aus der Scheide fahren und drückte die Spitze dem alten Mann an die Kehle. »Streck die Arme in die Höhe!«, schnauzte er, wobei er Nnanji mit dem verletzten Arm beiseite schob, was schmerzhaft war. »Sprich, Nnanji!«

»Ich klage diesen Mann der Hochstapelei an.«

Chinarama krauste spöttisch die Lippen. »Es gibt also doch ein paar Schwertkämpfer mit Verstand, wie?« Dann verfiel er in eine gehässige Hetzrede voller obszöner Schmähungen. Lebenslanger Hass auf die Schwertkämpfer quoll hervor wie Eiter, während er von Schändern, Mördern, Dieben, Unzuchttreibern und Maulhelden redete. Es war übertrieben und Ekel erregend, aber Wallie ließ ihn gewähren, bis der Schwall von selbst verebbte; die Klingenspitze hielt er ruhig. Es würde nicht nötig sein, den Fall zu untersuchen. Der Mann hatte gestanden.

»Gebieter Zoariyi«, sagte Wallie. »Tritt hinter ihn. Die anderen bleiben zurück. Nun entferne seinen Harnisch, bitte. Und seinen Kilt.«

»Ist das erforderlich?«, wandte Boariyi ein.

»Ja.« Wallie wandte nicht den Blick von den hasserfüllten Augen des alten Mannes. »Die Haarspange auch! Zeig mir deine Hände!«

Der Betrüger zeigte sie vor. »Sieh mal einer an, ihr kräftigen jungen Schwertkämpfer fürchtet euch vor einem alten Mann«, höhnte er.

Wallie überging die Bemerkung. »Du darfst dich setzen, um deine Stiefel auszuziehen.«

Erst als der Mann jämmerlich nackt vor ihm stand und seine Ausrüstung außer Reichweite lag, entspannte sich Wallie und schob sein Schwert in die Scheide. Ringsum sah er Entsetzen, Angst, Scham und Zorn. »Später zeige ich euch einige Kniffe der Zauberer«, sagte er und merkte, dass er sich rechtfertigend anhörte. Es mochte lächerlich aussehen, gegen diesen Schwächling solche Vorsichtsmaßnahmen zu ergreifen. »Wie hast du es herausgefunden, Nnanji?«

Nnanji starrte Chinarama mit Abscheu und Verachtung an. »Katanji hat es mir gesagt, Bruder.«

»Katanji? Wie ...«

»Erinnere dich, wie du uns auf der *Greif* ein paar ihrer Zauber vorgeführt hast, Bruder. Deine Finger sind dabei schwarz geworden. Gestern war Katanji bei mir, als ich diesem ... Mann vorgestellt wurde. Er hat die gleichen schwarzen Flecke an den Fingern. Mir ist es nicht aufgefallen, und Katanji hat nichts gesagt. Aber er ist ihm nachher gefolgt. Er ging zum Haus eines Händlers und hielt sich lange dort auf. Es gibt einen Taubenschlag im Hof...«

»Taubenschlag?«, wiederholte Boariyi stotternd.

»Wir verstehen nicht ganz, aber wir sind dankbar, Heerführer Nnanji«, sagte Tivanixi, »dir und deinem Bruder. Und dir, Gebieter Shonsu. Wir stehen tief in eurer Schuld.« Sein Gesicht war steinhart vor Zorn und Demütigung. Die anderen sahen nicht anders aus.

»Was machen wir mit ihm?«, fragte Zoariyi.

»Zuerst wollen wir ihn sicher einsperren«, befand Wallie, drehte sich um und ging zur Tür. Der Gedanke, dass sie selbst im Rat einen Spitzel hatten, haute ihn um – aber andererseits war es nahe liegend. Chinarama brauchte nur die Grußgesten und Eide zu kennen, was sämtlich allgemein bekannt war. Man hätte von ihm nicht verlangt zu kämpfen. Er hätte sich jederzeit auf das nachlassende Gedächtnis eines alten Mannes berufen können, wenn er nach irgendetwas gefragt worden wäre. Aber offenbar hatten ihn die jüngeren still als harten alten Burschen bewundert. So hatten sie ihn geschützt. Er war es, der Rotanxi über die Pläne und die Gelder des Heerbanns unterrichtet hatte, und über die Bedeutung des siebten Schwertes. Das alles war so aufreizend offensichtlich, nun da es heraus war – durch Katanji natürlich! Darum war er der richtige gewesen, um ihm auf die Fahrt der *Greif* mitzunehmen; er beschaffte das Wissen. Und ihm entging nichts, nicht einmal Tintenflecke an den Fingern.

Wallie griff nach der Türklinke, hörte hinter sich eine Diele knarren und fuhr herum, das Schwert schon in der Hand. Chinarama stürzte von Nnanji gefällt zu Boden, wie eine zerquetschte Wanze lag er in einem Blutfleck, den Kopf nahezu vom Rumpf abgetrennt.

Ein Messer schlitterte über den Boden Wallie vor die Füße.

Sie waren alle sprachlos. Einen Moment lang war nur das Röcheln des Sterbenden zu hören, sein Zucken die einzige Bewegung im Raum. Boariyi hielt sein Schwert in der Hand, Tivanixi hatte die Hand am Heft, die übrigen drei waren mit nach oben greifender Hand erstarrt.

»Danke, Nnanji«, sagte Wallie, und seine Stimme zitterte.

Nnanji sah von der Leiche auf. Dann grinste er Wallie an. Von seinem neuen Schwert tropfte das Blut.

Wallie bückte sich und hob das Messer auf. Es war klein und sah verteufelt scharf aus, aber er testete es nicht mit dem Daumen, denn an der Klinge haftete irgendein Zeug, wie an den Messern, die er in Rotanxis Kutte gefunden hatte. Gehörte das zur Standardausrüstung?

Dieser schmuddelige Raum mit seinen schmierigen Fenstern, den Spinnweben an der Wandverkleidung, dem Aschehaufen im Kamin – das alles sah er plötzlich grauenhaft scharf und deutlich, empfand es durch die Nähe des Todes als höchst wirklich. Hier wäre er fast ums Leben gekommen. Auf dieses schmutzige Bett hätten sie ihn niedergelegt. Wahrscheinlich war das Shonsus Gemach gewesen und also der Raum, wo Doa gelegen und darauf gewartet hatte, dass ihr Geliebter aus dem Bordell zurückkam. Er hoffte, dass man sein Zittern nicht bemerkte, aber wahrscheinlich umsonst. Er war nur knapp dem Tod entronnen. Nur Nnanjis unglaubliche Reflexe hatten ihn gerettet.

»Gebieter Shonsu!« Boariyi war rot im Gesicht. »Ich bin im Irrtum gewesen, zutiefst im Irrtum! Ich möchte jetzt den dritten Eid schwören.«

Nnanji wischte sein Schwert an Chinaramas Kilt ab. Die anderen lächelten, vergessen war das Misstrauen. Der Ehrenwerte Nnanji hatte einen Spitzel entlarvt, und der Spitzel hatte versucht, Gebieter Shonsu umzubringen – es gab keinen Zweifel mehr, wem ihre Treue zu gelten hatte.

»Ehrenwerter Nnanji«, fuhr Boariyi fort, »ich habe noch keinen so vollendeten Akt der Fechtkunst gesehen. Ich lag an Schnelligkeit weit hinter dir zurück.« Damit stieg er über den Toten hinweg und streckte Nnanji bewundernd die Hand entgegen. Nnanji schob das Schwert in die Scheide, gab ihm die Hand und grinste scheu zu dem Riesen auf.

»Das meine ich auch«, sagte Tivanixi. »Ich hatte kaum die Hand erhoben. Großartig! Das Messer – war das Zauberei?«

»Er hatte es im Stiefel, nehme ich an«, antwortete Nnanji leichthin. Er hatte selbst eins im Stiefel, weil sein Beistand ihm das befohlen hatte.

»Darf ich jetzt den dritten Eid schwören, Gebieter Shonsu?«, bat Boariyi.

»Wartet! Meine Gebieter!« Zoariyis Gesicht leuchtete. »Ist das nicht eindeutig ein Fall für Elfneununddreißig?«

Es entstand eine Pause, in der fünf Gedächtnisse nach dem Sutra durchkämmt wurden. Dann schien in vier Gesichtern ein Lächeln auf, es folgte ein Chor der Übereinstimmung.

Nnanji, ratlos und ärgerlich, blickte in die lächelnden Gesichter, zuletzt zu Wallie. Wallie war eigentlich gar nicht nach Lächeln zumute. Die Siebten hatten einen Ausweg für ihr dämliches Statusproblem gefunden und machten dabei Nnanji zum Gespött. Er machte eine Miene, die hoffentlich zum Pokergesicht taugte, und gab sich alle Mühe, sie aufrechtzuerhalten. Aber die anderen warteten darauf, dass er sich äußerte. Es gab keine Möglichkeit, wie er sie abweisen konnte. Wieder einmal hatte Nnanji ihm das Leben gerettet.

Er musste sich einverstanden geben.

Darum wandte er sich zu Nnanji um und hob sein Schwert. Nnanji sah ihm erstaunt zu.

Wallie zögerte, dann sagte er: »Ich bin Shonsu, Schwertkämpfer des siebten Ranges, Heerführer des Heerbanns von Casr, und ich danke der Allerhöchsten ...«

Der Rest ging in Nnanjis Freudenschrei und dem Gelächter der anderen unter.

Es war der Gruß an einen Gleichrangigen.

* * *

Thana trat durch den Bogen und blieb am Kopf der Treppe stehen, um das laute Treiben im Hof des Schatten werfenden Kastens aus Mauern und Balkonen zu überblicken. Schwertkämpfer fochten, deklamierten Sutras, stritten, sangen, spielten ... sehr hübsch! Männer von einer Seite bis zur anderen.

Sie blickte Jja von der Seite an, die ein Bündel trug und versuchte, nicht besorgt zu erscheinen. »Nur keine Angst! Du gehörst Shonsu. Du brauchst es nur zu erwähnen und wirst hier keinen Ärger haben.«

Jja lächelte und nickte ohne große Zuversicht. Thana selbst spürte im Innersten einen unbehaglichen Schauder. Seit Yok hatte sie Landrattenschwertkämpfer in Gruppen nicht mehr ansehen können, ohne zu schaudern. Man hatte ihr versichert, dass sich diese hier, weil gebunden durch den Bluteid und strenge Maßregeln, gewöhnlichen Leuten gegenüber gut benahmen. Aber schlossen diese Regeln auch weibliche Schwertkämpfer ein? Immerhin, Jja war Shonsus und sie selbst war Nnanjis Frau, und der war ebenfalls Heerführer. Aber wie viele mochten das schon wissen?

Ein paar untere Ränge, die am Fuß der Treppe vorbeikamen, entdeckten sie und blieben stehen, um sie gebührend zu bewundern. Sie hakten grinsend die Daumen in den Gürtel, wippten auf einem Bein, stampften mit dem anderen und gaben damit ein komisches Zeichen ihrer Anerkennung, das an Stiere erinnerte, die mit den Hufen scharren. Sie sahen nicht gefährlich aus. Eher spaßig. »Komm weiter«, sagte Thana und trat den Weg nach unten an.

An der Treppe mussten sie warten, und es wäre schwierig gewesen, das nicht zu tun, denn sogleich waren sie von jungen Kerlen umringt, die grinsten, scherzten und andeutungsweise unanständige Vorschläge machten, wie es mit einem Zweikampf wäre oder ob man nicht auf ihrem Schiff zusammen in Fahrt kommen wolle. Kraftvolle junge Männer, kerngesund und gescheit – die meisten jedenfalls –, dabei überaus zuversichtlich und von sich eingenommen, denn die Göttin hatte sie zu Ihrem Heerbann berufen. Lauter Neulinge und Zweite, die nach und nach von Dritten abgedrängt wurden. Nein, da war keine Gefahr, aber viel Schmeichelei. Einige sahen umwerfend aus, zum Anbeißen. Für Jja war es natürlich schwieriger, weil sie das Necken nicht erwidern durfte, aber Thana selbst hatte großen Spaß daran und teilte so gut aus, wie sie einsteckte. Das brachte ihr mal wieder zu Bewusstsein, wie jung Nnanji für seinen Rang noch war. Sie fragte sich, wie er sich bei der Prüfung geschlagen hatte. Es würde ihn umbringen, wenn er versagt und noch ein

Jahr zu warten hätte. Er war jetzt schon unerträglich gewesen.

Ein Posaunenstoß! Was bedeutete das? Im Hof wurde es still, die Gesichter wandten sich dem Balkon zu, wo die Fanfare ertönte. Der Rat trat heraus – Shonsu, riesig und sehr düster, und hinter ihm Nnanji. Im grünen Kilt! Er hatte es geschafft! Jja griff aufgeregt nach Thanas Arm und flüsterte ihre Glückwünsche. Sie drängten sich näher heran. Nnanji des Sechsten! Das würde eine Feier geben!

Dann kamen die übrigen heraus. Nein, nicht alle – der Alte fehlte. *Aber Katanji war dabei?* Wie kam er denn dazu?

»Ihr Ehrenwerte, ihr Meister, ihr ...« Der untersetzte Herold trat zu den hohen Gebietern und begann, seine Bekanntmachung zu donnern.

»Landratten!«, schnaubte Thana Jja ins Ohr. »Sie haben's wirklich mit diesem prunkvollen Quatsch, findest du nicht?«

Dann beschrieb der Herold die Entlarvung Chinaramas als Zauberer. Thana schreckte zusammen, als die Männer alle in laute Buhrufe ausbrachen, aber sie und Jja fielen darin ein, lachten einander zu und bereicherten den Chor um ein paar hohe Töne.

Fast hätten sie das nächste Stückchen verpasst, es ging darum, wie Nnanji den Spion getötet hatte; es klang ganz so, als sei Shonsu knapp davongekommen. Thana legte einen Arm um Jja, die blass geworden war.

»Sutra Elfneununddreißig ... hervorragende Tapferkeit vor dem Feind soll ein gerechter und ausreichender Grund für einen Aufstieg im Rang sein ...« Sie hatte Nnanjis grinsendes Gesicht gemustert, und ringsum sprach man von – hatte sie richtig gehört? *Siebter?*

Plötzlich wurde sie von Jja umarmt – also musste es wahr sein. Sie hatte es geschafft! Daran hatte sie immer geglaubt.

Natürlich! Wie konnte sie je daran zweifeln? Nun, da es tatsächlich geschehen war, erschien es ihr geradezu unvermeidlich.

»Ich habe auch einen, Jja!«, sagte sie, und die Sklavin nickte und freute sich mit ihr.

Es gab viel Gemurre.

»Nie davon gehört ...«

»Du meinst, er braucht sich nicht prüfen zu lassen ...«

»Was ist mit den Sutras ...«

»Das ist ein dunkler Fleck auf ...«

Sie sah in die Gesichter. Die jungen lachten freudig, aber die älteren runzelten die Stirn. Nun, wie sollte es anders sein? Gebieter Nnanji? Das klang gut! Und jetzt ging es um seinen Bruder – es war kaum zu verstehen und noch weniger zu sehen, denn die Menge wurde immer dichter. *Dritter?* Also, das sah Katanji ähnlich!

Ein paar Männer stimmten den Kehrreim des Liedes über ihn an und wurden von bösen Blicken der höheren Ränge zum Schweigen gebracht. Dann brach Jubel aus. Der Rat ging wieder hinein.

Gebieter Nnanji!

Sie hätte am liebsten einen Freudentanz aufgeführt. Warte nur, wenn Tom erst davon erfährt!

»Ach, komm schon! Nur einen kurzen Blick!«, sagte jemand hinter ihr, aber sie gab nicht darauf Acht. Ein großer Vierter mit sehr gut entwickelten Brustmuskeln fragte sie wegen Nnanji, und sie antwortete stolz, ja, sie sei seine Frau, und dann hörte sie Jja halb kreischen, halb weinen, und Thana fuhr herum, konnte sie aber zwischen all den nackten Männerschultern und Schwertern und Pferdeschwänzen nicht entdecken. Dann sah sie schließlich, dass zwei Schüler ihr das Kleid weggerissen hatten und an dem Bündel zogen, das sie an sich gedrückt hielt. Es gab viel Gelächter und ein paar zornige Rufe, und Thana packte den Vierten und schrie, dass sie Shonsus Sklavin sei und dass es furchtbar ...

Dann wurde es furchtbar.

Wo Shonsu plötzlich herkam, wusste sie nicht, aber er kam durch die Menge wie durch hohes Gras. Männer stürzten in allen Richtungen davon, und sie selbst wurde umgestoßen und rollte in einen Wald von Beinen und Stiefeln unter einem Himmel von Kilts. Nach etlichen Tritten wurde sie aufgehoben, und sie bahnte sich voller Angst einen Weg zum Ausgang, geriet in einen Tumult und wurde vergeblich ringend mit dem Strom zurückgetragen – und dann war Nnanji da, und er nahm sie in die Arme und sie drückte sich an ihn.

Er machte ein entsetzliches Gesicht und zog sie grob zurück durch die Menge. Er konnte über die anderen hinwegsehen, sie nicht; ihr war noch gar nicht aufgefallen, wie groß er war. Sie erhaschte ein paar Blicke auf Shonsu, der zwischen den anderen aufragte, während sie und ihr Mann sich langsam in seine Richtung schoben. Nnanji gehörte zwar jetzt dem höchsten Rang an, aber hier war Muskelgewicht erforderlich. Gleichwohl hielt er sich gut. Und dann kamen sie an den Rand der Lichtung.

Die beiden Schüler knieten dort, und Shonsu loderte in der Mitte. Loderte! Das war die einzige Bezeichnung, die sie treffend fand. Noch nie hatte sie solchen Zorn erlebt – er war ein wütendes Ungeheuer. Er blickte in ihre Richtung, und *seine Augen waren rot.*

Unmöglich! Er brüllte und zog sein Schwert, das Schwert Chioxins, und ringsum war Leere und wiederum ringsum ein Heer von geduckten Männern. Die anderen Siebten waren auch dort, aber sie sagten nichts, außer wenn Shonsu sie ansprach. Wieder schaute er in Thanas Richtung, und, nein, seine Augen waren nicht rot, sondern ... Dann beugten die Knienden den Kopf, und das siebte Schwert blitzte auf und fuhr im Bogen zischend durch die Luft. Thana schrie, denn sie glaubte, die Jungen würden enthauptet, aber es waren ihre Pferdeschwänze, die zu Boden fielen.

»*Bringt sie fort!*« Das war Shonsu, der zu einem kreidebleichen Vierten sprach.

»Nnanji!«, sagte sie. »Was geschieht da?«

Er sah fast so grimmig aus wie Shonsu. »Sie gehen in die Sklaverei. Er hat befohlen, sie zu verkaufen.«

Oh, nein!

Jja, die wieder bekleidet war, stürzte nach vorn und griff ihren Besitzer an der Schulter, sagte etwas zu ihm, und wurde wortlos weggestoßen. Sie fiel Tivanixi vor die Füße, der sich bückte, um ihr aufzuhelfen.

»Nnanji!«, rief Thana. »Sie haben nur Spaß gemacht! Sie wollten ihr nichts weiter antun. Eine hübsche Sklavin ausziehen, das geschieht alle Tage!«

Er sah sie kaum an. »Shonsu ist Heerführer. Was er sagt, das geschieht.«

Der ganze Heerbann schreckte vor ihm zurück, das konnte sie sehen, und nun hatte Shonsu allen seinen Zorn gezeigt. Er redete mit Tivanixi, aber er war bestimmt bis zum Kai zu hören.

»Wie viele schlafen in der Freistätte?« Sie konnte die Antwort nicht hören, aber auch der Vogt war blass. »Wie viele sind untergebracht?« Es schien, als ob Tivanixi es nicht wusste. »Also gut! Du nimmst diese Seite.

Zoariyi die andere. Jansilui, Boariyi – ich will wissen, wie viele Schlafräume an jeder Mauer liegen, wie viele Männer hineinpassen und wie viele andere Räume leer geräumt werden können. *Bewegt euch!*«

Die vier Siebten schlugen sich in die Menge, und als sie sich vor ihnen teilte, rannten sie. Dann rollte erneut dieser menschliche Donner: »Linumino? Nimm eine Gruppe Sechster und untersuche alle umliegenden Gebäude – ob man sie zu Schlafräumen machen kann, seien es Säle oder leere Speicher. *Los!*« Noch ein Siebter, der rannte.

»Ihr übrigen! Wer von euch hier schläft, kehrt in seinen Raum zurück und *macht ihn sauber!* Das sind Schweineställe! Wascht die Böden, wascht die Fenster, rollt die Matratzen ordentlich zusammen, räumt euren Kram auf! Es wird eine Überprüfung geben, und die Götter mögen denen beistehen, die sie nicht bestehen! Wer nicht hier schläft, steht bereit, um die anderen Räume zu säubern. Ihr da! Geht und putzt den Ratssaal! Ihr da! Fangt beim Treppenhaus an.«

»Komm! Kümmere dich um sie!«, flüsterte Nnanji Thana zu und ging mit ihr zu der weinenden Jja, dann folgte er Shonsu und verschwand.

Die beiden Frauen suchten sich eine Steinbank und setzten sich. Der Hof leerte sich, aber der Lärm, den die Männer machten, während sie in alle Richtungen rannten, ließ davon kaum etwas merken. Niemand schien zu wissen, was eigentlich passierte.

Kurz darauf tauchte Katanji bei ihnen auf und grinste reichlich aufgeregt.

»Herzlichen Glückwunsch!«, sagte Thana leise. Sie hielt Jja im Arm, die an ihrer Schulter schluchzte und den Eindruck machte, als wollte sie nie wieder damit aufhören.

»Danke«, erwiderte Katanji selbstgefällig. Er setzte sich zu ihnen auf die Bank.

»Dritter? Wie hast du das wieder geschafft?«

»Weiß nicht so genau!« Er gab sich alle Mühe, nicht verblüfft auszusehen. Um die Augen hatte er rote Ränder und sein Gesicht war überanstrengt. Plötzlich gähnte er, und Thana vermutete, dass er in der Nacht nicht im Bett gewesen war. »Wahrscheinlich wegen Nanj«, sagte er. »Sie wollten ihn zum Siebten machen, und er weigerte sich, bis sie mich auch beförderten; ich glaube, so muss es gewesen sein. Ich musste versprechen, die Sutras zu lernen, und sie machten mich zum Dritten.« Er grinste einfältig.

Thana fand diesen Teil der Ereignisse ziemlich lustig – ausgerechnet Nnanji, der wegen der Rituale so empfindlich war? »Was ist mit der Fechtkunst? Was geschieht, wenn du herausgefordert wirst?«

Über Katanjis sonst so freches Gesicht kam ein seltsamer Ausdruck, den sie noch nie an ihm gesehen hatte. Er schaute einen Augenblick lang auf seinen Gipsverband. »Ich kann die Finger nicht bewegen, Thana. Ich weiß nicht mehr, ob sie noch da sind, selbst wenn ich hingucke. Ich werde nie wieder ein Schwert halten. Das habe ich auch versprechen müssen.«

Sie sagte, es tue ihr Leid, das habe sie nicht gewusst.

»Macht nichts. Ich wäre ohnehin nichts nütze gewesen. Nanj kannte dieses Sutra bisher nicht, siehst du. Keiner kennt es, nur Siebte. Aber du weißt ja, Nanj und Sutras – er meinte, wenn die Tapferkeit zählt ... und du hast gehört, was Shonsu über mich gesagt hat, als wir zuletzt hier gewesen sind. Also musste er einverstanden sein, und die anderen wollten Nanj zum Siebten machen.« Er kicherte boshaft.

»Einstimmig! Ein Neuling darf nichts besitzen – aber ein Dritter!«

Das hatte ihn bisher auch nicht abgehalten. Sie tastete nach ihrem Perlenhalsband. Er merkte es und zog ein finsteres Gesicht wie immer, wenn sie das tat. Dann lachte er, und der alte Schalk leuchtete ihm wieder aus den Augen.

»Das war eine Kleinigkeit!«, sagte er rätselhaft. »Aber ich muss jetzt gehen. Die Pflicht ruft!« Er sprang auf und verschwand in dem allgemeinen Durcheinander. Thana sah ihn noch kurz, wie er zum Tor hinausrannte.

Perlen für zweihundert Goldstücke – eine Kleinigkeit?

Der Hof war nun viel ruhiger. Dann rief jemand eine Warnung. Ein Hocker kam von einem Balkon geflogen und krachte splitternd auf den Steinboden. Eine zerbrochene Bettstelle folgte. Von weiteren Balkons begann es alte Möbel, Kisten und Kästen und Balken zu regnen. Staub wirbelte durch die Luft. Plötzlich lag der Hof voller Trümmer. Jja war so weit wiederhergestellt, dass sie sich aufsetzen und schniefend und rotäugig das Treiben bestaunen konnte.

Nnanji tauchte aus dem Dunst auf, grinsend. Er hatte sein siebtes Schwertmal erhalten, aber er trug noch den grünen Kilt.

»Bei den Göttern, was geht hier vor?«, wollte Thana wissen.

Er setzte sich zu ihr und umarmte sie flüchtig. Die geschlechtliche Begierde lag ihm völlig fern, diesmal rührte seine Aufregung von anderen Dingen her. »Großreinemachen!«, sagte er. »Hier ist viel Platz, um den Heerbann unterzubringen, aber Tivanixi hat das nie in die Hand genommen. An manchen Stellen sind die Böden unsicher, und viele Räume sind ein großer Müllhaufen. Shonsu kümmert sich darum. Ausmisten und aufwischen! Er hat gedroht, den nächsten Mann, den er mit einem schmutzigen Kilt sieht, auspeitschen zu lassen, also geht die Hälfte von ihnen nackt – willst du heimgehen oder bleiben und es genießen?«

Thana warf einen Blick auf Jja. »Können wir das Bündel dalassen und gehen?«

Er nickte und grinste ungeheuer breit. »Ich werde darauf aufpassen. Aber du lässt dir eine Menge Spaß entgehen. Jetzt redet er von Wasservorräten und Sauberkeit und Aborten und Kochen! Er will alle Sklaven verkaufen, die Tivanixi gekauft hat, und dafür Betten und anderes Zeug anschaffen. Er wird die unteren Ränge zum Kochen und Putzen verdonnern. Nur Schwertkämpfer dürfen überhaupt noch hier rein. Sogar die Herolde werden eine Begleitwache bekommen!« Er lachte. »Froh, dass du nicht sein Gefolgsmann bist?«

Sie betrachtete ihn erstaunt. »Findest du nicht, dass diese Dinge unter eurer Würde sind?«

Er schüttelte den Kopf. »Nicht, wenn eine Schlacht ansteht! Nicht seit der dritte Eid geschworen wurde! Es gibt für alles passende Sutras. Er würde uns in Zelten unterbringen, wenn genug Geld vorhanden wäre, glaube ich. Sie hatten einfach nicht genug zu tun. Danke, Jja.«

Jjas Gesicht war ein Elend, vom Weinen ganz verquollen, aber Nnanji sah ihre ungläubige Miene. »Er hat die Geduld verloren! Und das sollte öfter vorkommen. Jetzt wissen sie, dass sie einen Heerführer haben!«

»Aber, Ehrenw – Gebieter Nnanji! Er hat diese beiden Schwertkämpfer in die Sklaverei verkauft? Er hasst die Sklaverei!«

Nnanji verzog ärgerlich das Gesicht. »Nach den Gesetzen hätte er sie töten sollen! Es war gut für den Heerbann, Jja. Sie haben seine Befehle missachtet. Er hätte sie wirklich töten sollen; ich hätte es getan. Aber ich glaube, die Männer finden die Sklaverei viel entsetzlicher. Und bei ihren Beiständen wurde je ein Stirnmal ausgelöscht, und sie müssen bis auf weiteres den nächtlichen Kot wegräumen.« Er lachte boshaft. »Darauf wäre ich nie gekommen!« Dann drehte er sich nach den Sturzbächen von Unrat um, die von den Balkonen regneten, und nach den Bergen von Abfall, die sich darunter auftürmten. »Ein paar Säle waren ziemlich dreckig. Fast so schlimm wie bei der Tempelwache, einige jedenfalls. Nicht viele.«

Thana stand auf. Nach diesem Tollhaus würde die *Saphir* ein hübsches, ruhige Plätzchen sein. Sie würde Jja dorthin bringen, dann würde sie gehen und sich ein Kleid für den Tanzabend kaufen. Jja weinte wieder.

Aber ... Gebieter Nnanji!

Ihr Mann hatte sein siebtes Schwert erlangt.

* * *

Das lange Vorzimmer war jetzt sauber, wenigstens auf den ersten Blick. Der Kamin war gefegt, der Staub gleichmäßiger verteilt. Die Wandverkleidung war sorgfältig abgewischt worden, wenigstens so weit, wie ein Mann auf einem Hocker mit einem Lappen reichen konnte. Darüber war ein Rand von Staub und Spinnweben geblieben, der nach unten in anmutigen Bögen auslief. Die Fensterscheiben hatten einen fettigen Glanz bekommen.

Vom Hof zog der Lärm einer ameisenhaften Geschäftigkeit herein. Eine Kolonne Ameisen trug Trümmer nach draußen zu einem großen Feuer auf dem Platz; eine andere Kolonne Ameisen kam herein, und darunter waren auch jene, die bei den Städtern einquartiert gewesen waren und die nun ihre Habe geholt hatten. Auf fast jedem Balkon putzte ein Mann Fenster. Im Hof selbst hämmerte und sägte eine Gruppe Arbeiter und baute Latrinen und Waschhäuser. Zwei Straßen entfernt wurde ein unbenutzter Tempel in ein Frauenquartier umgewandelt.

Auf Wallies Anordnung hin war in die Mitte des Raumes ein Tisch gestellt worden, sowie sechs Hocker vor die Fenster und zwei Hockerreihen auf die andere Seite, neununddreißig Hocker für ebenso viele Sechste. Die Neulinge, die die Möbel getragen hatten, hatten das als sehr seltsame Anordnung empfunden, aber Wallie sah dann einen sehr langen Hörsaal. *Das nächste Dia bitte.* Er hatte die Beherrschung wiedererlangt und fühlte sich kaum schuldig, dass er sie verloren hatte ... kaum. Nnanji hatte es gut geheißen, und das fand er beruhigend.

Dieser junge Mann saß bereits auf einem der sechs Hocker, die Beine übereinander geschlagen, und starrte verträumt ins Leere. Er war sorgsam instruiert, und würde ganz sicher auf sein Stichwort reagieren. Nichts könnte Nnanji, Gebieter Nnanji, Schwertkämpfer des siebten Ranges und Mitglied des Rates, diesen Tag noch verderben. Denn in den Augen des Heerbanns war er der wahre siebente Siebte. Er hatte ein Ziel erreicht, von dem jeder Junge in der Welt träumte. Er war vermutlich der jüngste Siebte in der Geschichte dieses Volkes. Was würde er mit seinem restlichen Leben anfangen?

Inzwischen trudelten die Sechsten nach und nach ein, eingeschüchtert, schroff, vielleicht verärgert, aber zweifellos gehorsam. Sie füllten die beiden Reihen gegenüber den Fenstern – angefangen bei den hintersten Plätzen, sodass die zuletzt eintreffenden in der Mitte, das heißt ihrem furchtbaren Heerführer am nächsten sitzen mussten. Schließlich kamen der letzte Sechste und der letzte des Rates, und die Tür wurde geschlossen. Jeder wartete ängstlich ab.

Wallie wandte sich an Nnanji und sagte: »Vierachtzehn?«

Nnanjis helle Augen blinzelten erstaunt, aber er begann gehorsam das Sutra aufzusagen. Wallie unterbrach ihn und sagte zu Boariyi, der daneben saß: »Dreizweiundzwanzig?«

Als er mit den Siebten fertig war, ging er zu einem unruhigen, ziemlich jungen Sechsten am Ende der vordersten Reihe und verlangte Siebenneunundzwanzig ...

Am Ende kehrte er an seinen Platz zurück und lehnte sich wieder an den Tisch. »Na also«, meinte er fröhlich. »Keine Zauberer anwesend!«

Es gab ein paar leise Lacher.

»Während der nächsten zwei oder drei Tage, Ehrenwerte, sollt ihr jeden Mann im Heerbann auf diese Weise prüfen! Wenn ihr einen findet, der seine Sutras nicht kennt, Obacht! Jeder soll seine Schützlinge prüfen und sicherstellen, dass diese wiederum die ihren prüfen und so weiter.«

Er schaute in die Runde und sah sie nicken, während sie seinen Gedanken folgten.

»Ist hier jemand, der außer gestern schon einmal einen Zauberer gesehen hat?«

Nein.

»Nun, ich werde euch sagen, wie man gegen Zauberer kämpft. Es gibt zwei Kniffe anzuwenden, das ist alles. Was sagen die Sutras über sie?«

Lippen bewegten sich, Stirnen zogen sich in Falten. Stille. Die Sutras sagten überhaupt nichts darüber. Sorgsam führte Wallie sie durch die logischen Folgerungen; Zauberer waren keine Schwertkämpfer, die man mit einer Herausforderung und nach den Regeln der Ehre empfangen konnte. Auch waren sie keine gewöhnlichen Leute, die man freundlich und höflich, aber bestimmt behandeln konnte, wie die Sutras so zuversichtlich ausführten. Sie waren als gewöhnliche Bewaffnete anzusehen, also als Verbrecher. Darum war alles erlaubt, alles und jedes.

Er hob die Stimme, als draußen das Hämmern anschwoll. »Der erste Kniff besteht in Schnelligkeit. Gebieter Boariyi, würdest du mir zur Hand gehen?« Er stellte den hageren Riesen neben sich an den Tisch und zeigte den langen Raum hinunter auf die Tür, die in das Ratszimmer führte. »Wir werden ein Wettrennen versuchen, mein Gebieter. Wir tun so, als ob ein Zauberer in dieser Tür erscheint, und wir wollen sehen, wer ihn zuerst töten kann.«

Boariyi sah ihn ungläubig an, dann belustigt. Die Gesichter der Zuschauer hellten sich auf. Ein Wettrennen, das verstanden sie.

»Gebieter Tivanixi, willst du uns ein Zeichen geben?«

Tivanixi ließ die Spannung ein wenig steigen, während die beiden großen Männer nebeneinander warteten. Dann sagte er: Jetzt!« Boariyi warf sich nach vorn wie ein Sprinter, zog dabei sein Schwert ... und Wallies Messer schlug in der Tür ein, ehe Boariyi halb dort war. Er bremste rutschend ab und fuhr herum, das Gesicht flammend rot.

»Du bist tot, mein Gebieter«, erklärte Wallie. »Es tut mir Leid.«

In den Zuschauern wallte stille Empörung auf. Messer – besonders verborgene Messer – waren ein Gräuel aus dem untersten Pfuhl der Stätte der Dämonen.

Dann rief Zoariyi die Textzeile, auf die Wallie gehofft hatte. »Eine Tür zu treffen ist eine Sache, mein Heerführer. Ein Mann dagegen ist ein viel kleineres Ziel.«

»Nnanji! Zauberer!«, rief Wallie und zeigte mit ausgestrecktem Arm, als wollte er einen Hund auf einen Eindringling hetzen.

Nnanji war mit seinen Gedanken nicht so weit entfernt, wie es schien, und er hatte die Beine übereinander geschlagen, sodass das Messer im Stiefel gleich zur Hand war. Er erhob sich, schleuderte es und setzte sich, ins Leere lächelnd, wieder hin. Das Messer schlug einen Finger breit neben Wallies ein. Boariyi duckte sich, aber lange nachdem es an ihm vorbeigesaust war. Die Zuschauer machten: »Oooh!«

»Seltsamerweise ist Gebieter Nnanji mit dem Messer viel besser als ich«, sagte Wallie fröhlich, und die Sechsten merkten bei dieser Feststellung neugierig auf.

Er ging zur Tür hinüber, um sein Messer an sich zu nehmen, steckte es für alle sichtbar in seinen Stiefel zurück, dann warf er das andere Nnanji zu, sodass es vor ihm im Boden stecken blieb und Nnanji es aufnehmen konnte. Das stundenlange Üben auf dem Schiff zahlte sich aus, wenn auch nicht auf die Art, die er erwartet hatte.

»Wenn man auf ehrenvolle Weise gegen Zauberer kämpft«, sagte Wallie, »dann siegen sie jedesmal. Ich wurde in Ov vor den Zauberern gerettet, weil Nnanji und meine Matrosenfreunde mit Messern bewaffnet waren. Die Donnerwaffen der Zauberer treffen genauso gut und sind tödlicher, aber es braucht Zeit, um sie nachzuladen.«

Dann sagte er: »Nnanji, du brauchst das nicht alles anzuhören. Wir werden dich entschuldigen.« Nnanji stand auf, nickte froh und schlenderte hinaus, um sich um die vielen Dinge zu kümmern, die ihm aufgetragen waren. Was immer sein Eidbruder wollte, war ihm recht.

Als sich die Tür hinter ihm geschlossen hatte, fuhr Wallie fort: »Noch eins zum Aufdecken von Spitzeln: Nehmt euch in Acht vor den Wasserratten unter uns – sie können stumme Worte von den Lippen klauben, und viele von uns bewegen stumm die Lippen, wenn sie sich ein Sutra ins Gedächtnis rufen. Ich nehme an, dass Wasserratten im Allgemeinen die Sutras nicht sehr gut beherrschen. Darum stellt sie mit dem Florett auf die Probe – diese Prüfung werden sie bestehen!« Er wagte nicht, Tivanixi anzusehen.

Der Vortrag wurde fortgesetzt. Der zweite Kniff bestünde darin, die Zauberer ihrer Robe zu entledigen – dann seien sie harmlos wie der alte Mann, den er im Tempel vorgeführt hatte. Jjas Bündel lag auf dem Tisch und daraus brachte er Rotanxis Robe zum Vorschein. Er führte sie vor – die langen Ärmel, die zahlreichen Taschen, die listigen Schlitze, durch die der Zauberer in jede Tasche greifen konnte, während es so schien, als hielte er die Arme in den Ärmeln verschränkt. Dann holte er die Geräte hervor, eines nach dem anderen, erklärte sie, führte sie vor und reichte sie herum. Er ließ einen streunenden Hund von der Straße holen und stach ihn leicht mit Chinaramas Messer. Der Hund starb rasch und überzeugend.

Er zeigte Rotanxis Brille und eine Kupferröhre – ein kleines Fernrohr – und erklärte das Lippenlesen. Er gab sie herum, und jeder wunderte sich über das umgekehrte, undeutlich bunte, aber vergrößerte Bild.

Er erzählte von der Fingerfertigkeit, die er beobachtet hatte, gerade noch am gestrigen Tage.

Er blies ein paar Töne auf der Silberflöte und erklärte, wie ein ähnlich aussehendes Blasrohr Kandoru des Dritten niedergestreckt hatte.

Er holte einen kleinen Beutel aus geölter Seide mit einer Glasdüse daran hervor und erzählte, wie es eine feurige Flüssigkeit versprühen könne und wie die Zauberer mit einer leichten Handbewegung einen Mann damit blenden oder ihm das Gesicht verbrennen würden, während sie einen sinnlosen Spruch murmelten. Er führte die Säure an dem toten Hund vor, und beißender Gestank zog durch den Raum.

Tinte, Federkiel und Pergament zeigte er nicht, aber er erwähnte, dass mit den Tauben Zeichen gegeben werden konnten und dass Taubenschläge ein wichtiger Hinweis auf einen Spitzel seien.

Er riss ein Streichholz an, und das brachte die größte Aufregung.

Rotanxis Taschen hatten auch zwei Knallkörper enthalten, aber sie waren im Frachtraum feucht und darum nutzlos geworden. Wallie zeigte sie trotzdem. Er ließ einen davon aufschneiden und fand eine Mischung aus Schwarzpulver und Bleischrot. »Wenn ihr jemals solche Dinger seht, an denen dieser Docht brennt«, sagte er warnend, »dann rennt! Es kann euch verwunden oder blind machen. Es macht zumindest einen Donnerschlag und viel Rauch.«

Alle nickten wieder, gebannt, halb ungläubig und höchst beunruhigt.

Es gab noch mehr vergiftete Messer, einige waren winzig. Und es gab hübsche Scherzartikel wie biegsame Münzen und Seidenblumen, die sich zusammenknüllen und wieder aufsprießen konnten. Es gab einen Kompass, der bei den Schwertkämpfern viel mehr Beachtung hervorrief als bei den Matrosen, die nur zwei Richtungen kannten, flussaufwärts und flussabwärts. Es gab eine Taschenlinse, und Wallie ließ sie einen Sechsten vor dem Fenster in die Sonne halten, bis ein Stück Stoff zu rauchen anfing.

Es gab mehrere Flaschen und Päckchen, deren Zweck auch Wallie nicht kannte und die mit einer fremden Schrift bezeichnet waren, die ihn neugierig machte.

Inzwischen hatte er der Hälfte seiner Zuhörer Angst eingejagt und der anderen Hälfte Verachtung eingeflößt, darum schloss er den Vortrag mit der Pistole ab und jagte auch den Verächtlichen Angst ein. Er schoss durch den Tisch in den Boden. Draußen brach das Hämmern ab und wurde erst nach und nach wiederaufgenommen.

Zuletzt brachte er das »Spielzeug für Vixini« zum Vorschein, das er an Bord so mühsam angefertigt hatte, eine Schleuder, und damit schnellte er ein paar Kiesel durch den Raum. Seine Zuschauer waren zu bestürzt, um darüber zu lachen, worauf er gehofft hatte.

»Wir werden gegen die Zauberer mit Messern, Pfeil und Bogen, Rammböcken und großen Wurfgeräten kämpfen, wir werden ihre Türme einreißen und brennendes Pech in ihre Fenster schleudern. Sie benutzen Tauben, um Zeichen zu geben, also brauchen wir Falken! Wir werden Männer auf Pferden brauchen, die schnell sind. Wir werden bei Nacht und ohne Warnung und von hinten angreifen. Mit diesen Kriegslisten können wir siegen; ohne sie nicht. Wenn die Zauberer dämonische Waffen gebrauchen, dann müssen wir es ebenfalls tun.«

Es trat eine lange Stille ein, die zufällig mit einer Pause im Hof zusammentraf, und er glaubte, der Erfolg werde ausbleiben.

Er sagte: »Dreihundert und dreißig Männer haben versucht, gegen die Zauberer ehrenhaft zu kämpfen. Wollt ihr mir helfen, sie zu rächen?«

Noch einen Augenblick lang war er überzeugt, versagt zu haben. Dann sprang Boariyi – der Gute! – auf und rief: »Ja!« Danach musste jeder aufstehen, und alle jubelten. Der eigene Jubel überzeugte sie womöglich mehr, als Wallie es vermocht hatte.

Aber endlich konnte er lächeln. Er begann, in dem langen Raum auf und ab zu schreiten. »Wir müssen ein paar Pflichten verteilen«, sagte er. »Gebieter Tivanixi hat sich schon bereit erklärt, für die Reiterei zu sorgen. Jemand muss mein Gehilfe sein – ich meine, wir müssen unsere Kriegsstärke feststellen und Leute zuteilen und uns um die Gelder kümmern und um die Beziehungen zu den Einwohnern der Stadt und so weiter.«

Die Siebten schrumpften auf ihren Hockern.

»Das macht zwei. Wir brauchen jemanden, der den Bau der Wurfgeräte überwacht – macht drei. Steinschleudern, Pfeil und Bogen, vier – ich weiß nichts darüber, außer dass man damit Vögel jagt. Haben wir jemanden, der sich damit auskennt?«

Zwei Sechste standen ziemlich verlegen auf.

»Großartig! Ich werde auf jeden Fall einen Siebten dafür einteilen, aber ihr könnt ihn beraten. Gebieter Nnanji wird für den Nachrichtendienst und die Sicherheit zuständig sein.«

»Und zu guter Letzt«, meinte Wallie und machte

eine Pause, »brauchen wir einen Einsatz! Alles andere dauert seine Zeit; aber ein Unternehmen will ich jetzt! Sie haben schon zu lange über uns gelacht. Sie müssen lernen, uns zu fürchten.«

Zornig murmelnd wurde ihm zugestimmt.

»Ich habe ein kleines Schiff. Ich werde es zum linken Ufer hinüberschicken, um ein paar Zauberer zu töten. Es wird eine schmutzige, hässliche Arbeit sein. Es bedeutet, sich bei Dunkelheit anzuschleichen, Messer zu werfen und wegzurennen. Keine Ehre und viel Gefahr! Aber ich will ihnen Angst machen. Es würde mir gefallen, wenn sie Angst haben, nachts auf die Straße zu gehen. Sie sollten wissen, dass wir kämpfen können.

Gebieter Boariyi, ich überlasse dir die Wahl.«

Der große Mann saß mit einem Ellbogen auf ein Knie gestützt da. Jetzt richtete er sich auf und sagte grinsend: »Das Boot!«

So hatte Wallie sich das gedacht – die Anziehungskraft des Gefährlichen überwog die Bedenken, und wenn Boariyi erst einmal die unehrenhafteste Aufgabe übernommen hatte, so würden die anderen Siebten bereitwilliger nachfolgen.

»Danke«, sagte er ernst. »Gebieter Zoariyi, willst du dich an den Schleudern versuchen? Gebieter Jansilui, die Bogenschützen zusammen mit zwei ehrenwerten Sechsten? Und Gebieter Linumino, willst du mein Gehilfe sein?«

Sie nickten, keiner besonders glücklich.

Walle fühlte sich sehr müde, aber er fühlte sich auch schon sicherer. Wenn die Zauberer ihn jetzt umbrächten, könnten sie den Heerbann damit nicht mehr aufhalten. Die Zauberei war erledigt.

Dann merkte er, dass ihn alle wartend ansahen,

darum straffte er die Schultern und sagte lächelnd: »Wegtreten!«

Die Prüfung heben wir uns für nächstes Mal auf.

***

Die Verwirrung wuchs sich zum Chaos aus, aber sie bewegte sich von Wallie fort. Er weigerte sich, auf die Hilferufe der Siebten einzugehen, sondern antwortete nur, sie müssten selbst nachdenken, und bald gaben sie das Fragen auf. Draußen im Hof wurde das Hämmern von Geschrei abgelöst, als Linumino Bogenschützen und Falkner für Jansilui suchte, Wasserratten und Messerwerfer für Boariyi, Reiter für Tivanixi und Zimmerer für Zoariyi. Als der Ochsenfrosch die Freistätte aufsuchte, wurde er am Tor von einem Vierten empfangen und auf seinem Gang begleitet. Er wütete und schäumte über diese Kränkung und wurde prompt wieder hinausgeleitet – Nnanji hatte bereits Vorkehrungen für die Sicherheit getroffen. Fiendori kam mit vierzig Goldstücken, die von den Hafeneinnahmen abgezweigt waren, und wurde damit zu Linumino geschickt. Forarfi, Wallies linkshändiger Fechtpartner, kam und gab bekannt, dass er zum obersten Leibwächter ernannt worden sei. Wallie dachte, er brauche keinen Sechsten dafür, aber er ließ die Ernennung fürs Erste bestehen.

Und so weiter …

Schließlich kam der Augenblick, wo niemand mehr im Vorzimmer war außer Wallie und seinen Leibwächtern. Er war schlapp und heiser und hatte Kopfschmerzen, aber der Heerbann fing an, auf eigenen Beinen zu stehen, ohne sich auf ihn zu stützen. Er verlangte Essen und beobachtete belustigt, wie der Befehl über drei

Ränge weitergegeben wurde, ehe tatsächlich jemand den Raum verließ. Keine Besucher unter dem siebten Rang, verfügte er, ging in den Ratssaal hinüber und schloss hinter sich die Tür.

Auch dieser Raum war nur oberflächlich gereinigt worden, aber es war doch eine Verbesserung. Die Asche im Kamin war fortgeräumt, die schmutzige Bettstelle war durch eine annehmbare Strohmatratze und zwei nahezu saubere Decken ersetzt. Er legte sein Schwert ab, sank in den Brokatsessel und legte die Füße auf einen Hocker. Der Kopf rauchte ihm von an die hundert Einfällen, die er verzweifelt gern niedergeschrieben hätte. Aber das war nicht möglich – er versuchte, mit Rotanxis Feder zu schreiben, und es wollte einfach nicht gehen. Er dachte auf Englisch, aber redete in der Sprache dieses Volkes und konnte ebenso wenig schreiben wie sie. Diesen Teil seines Gedächtnisses hatte man ihm nicht gelassen.

Er vermisste Nnanji. Nnanji war ihm bisher ein unfehlbares Notizbuch gewesen, aber er wäre gedemütigt und beleidigt gewesen, hätte Wallie ihn für diesen Zweck bei sich behalten, wo es so viel anderes zu tun gab – und so vieles, das Nnanji wahrscheinlich besser konnte als jeder andere. Nnanji kannte Wallies Art zu Denken, sein Gedächtnis war ein genaues Instrument, er kam inzwischen mit Matrosen und anderen Leute tadellos zurecht und konnte sich viel besser mit anderen Schwertkämpfern verständigen, als Wallie es jemals können würde. Obwohl der jüngste Siebte im Rat, würde er sich vermutlich als der tüchtigste erweisen. Der einzige kritische Punkt mochte der Neid sein, den er bei den älteren Männern erregte – und fast jeder Mann ab dem zweiten Rang war älter als Nnanji.

Es klopfte an der Tür. Nun, es waren zwei nette ruhige Minuten gewesen ... »Herein!«

Doa trat ein und schloss die Tür.

Wallie sprang auf.

Ihr Kleid war ein schimmerndes Kornblumenblau in Satin. Es war sehr kurz, bedeckte oben kaum die Brustwarzen, spannte sich über den Brüsten, und der Saum enthüllte fast die ganze Länge ihrer wundervollen Beine. Die gewöhnlichen Sandalen des Volkes hatte sie zugunsten von Schuhen mit Absätzen verschmäht, mit denen sie so groß war wie er. Das hätte vulgär oder obszön oder lächerlich wirken können, aber nichts Dergleichen war der Fall. Über solche Kleinigkeiten siegte sie mit reiner Arroganz. Um den Hals trug sie eine feine Silberkette, die sich bis in den Ausschnitt schlängelte. Wallie dachte, sie hätte ebenso gut nur die Kette anhaben können und würde dennoch den Eindruck erzielen, als wäre sie vollkommen passend gekleidet.

Die irre Besessenheit war verschwunden. Er hatte nicht mehr die Wahnsinnige vor sich. Sie war ein Genie, und ihre Gestalt und Ausstrahlung versetzten ihn erneut in zitternde Erregung. Ihm war höchst bewusst, dass sie Shonsus Geliebte gewesen war und dass da ein Bett in der Ecke stand. Nicht einmal Jja konnte ihn so schnell in Wallung bringen. Doa sah die Wirkung oder erriet sie oder vermutete sie nur, und das reizlose, fast langweilige Gesicht glühte vor Befriedigung.

Sie war die Lösung für eins seiner Probleme.

Er fand sein Schwert und vollführte den Gruß an einen Höherstehenden. Sie gab nicht die rituelle Antwort.

»Schmeichelei?«, fragte sie leise.

»Bewunderung, Gebieterin. Gestern habe ich dich etwas hervorbringen sehen, das so lange bestehen wird, wie der Strom fließt. Du hast meinen Namen unsterblich gemacht.«

Sie schlenderte zum Fenster hin und bewies meisterliche Erfahrung mit hohen Absätzen. Ach, diese Beine! Ihre Laute schwamm auf den braunen Wellen ihres Haars.

»Die Sänger nennen es *Das Lied von Rotanxi.*« Sie schien sich nicht als eine der ihren zu betrachten. Sie war von einer anderen Art, und sie wusste es.

»Das ist gleichgültig. Mein Name wird dadurch leben und deiner wird auf ewig gefeiert werden.«

In ihren groben Zügen flackerte Belustigung auf. »Die Singvögel verlassen jetzt in Scharen die Stadt. Mich schaudert, wenn ich daran denke, was sie daraus machen werden. Aber das Lied muss schon sehr verbreitet sein.«

»Welche Belohnung darf ich dir geben?«, fragte er. Er errötete wie ein Jüngling, und seine Stimme war belegt. Narr!

Sie drehte sich zu ihm um und betrachtete ihn herausfordernd. »Was immer angemessen ist.« Ihre Stimme war rau geworden, entweder um sich ihm anzupassen oder um ihn nachzuäffen.

Er hatte noch einen Saphir von seinem Spesengeld übrig. Noch während er sich selbst einen sexbesessenen Idioten schimpfte, hatte er schon den Stein aus der Tasche genommen und ging zu ihr. Sie wich einen Schritt vor ihm zurück, dann sog sie scharf die Luft ein, als er das blaue Feuer an ihre Silberkette hielt. Mit Daumen und Zeigefinger, in der Mulde zwischen ihren Brüsten.

»Das ist nicht genug, aber alles, was ich besitze.«

Sie nahm den Stein hastig an sich und trat einen Schritt zurück.

»Er wird genügen. Das ist eine königliche Belohnung, mein Gebieter.« Sie hauchte die Worte, und da war ein Unterton dabei, den er nicht verstand und der für Shonsu bestimmt war. Wie sie ihn dabei unter halb gesenkten Wimpern ansah, wäre bei jeder anderen Frau eine Einladung gewesen, die Annäherung fortzusetzen. Bei ihr vermutlich nicht. Aber seine Hände zitterten.

»Und du wirst mich heute Abend zum Tanz begleiten?«

Sie nickte, als wäre dies so vorherbestimmt. Wer anders könnte den Heerführer in der Öffentlichkeit begleiten als Gebieterin Doa? Der größte Schwertkämpfer und die größte Sängerin – sie waren für einander gemacht.

»Und ich darf dich küssen?«

Sie prallte zurück, die Klauen ausgefahren. »Fass mich nicht an!«

Er zuckte die Achseln. Und seufzte. »Ich verstehe dich nicht, Gebieterin Doa. Du bist höchst ...«

»Du verstehst sehr wohl, Shonsu.« Ihr Ton war verächtlich, ihre Haltung verführerisch.

»Ich habe es dir gesagt, ich erinnere mich an gar nichts.«

»Spare dir diese Geschichten für deinen Handlanger auf!« Sie ging zur Tür. Er grub sich die Fingernägel in die Handflächen, während er zusah, wie der Satin über ihre Hüften strich. »Heute Abend also.«

Und fort war sie.

Er wusste nicht, wo sie wohnte oder was die angemessene Art war, eine Gebieterin zu begleiten. Eine Sänfte? Eine Kutsche? All das würde er noch herausfinden müssen, und dabei erwartete man von ihm, dass er einen Krieg führte. Sie machte ihn heiß wie einen Hengst und gleichzeitig entmannte sie ihn. Wo diese Frau auf den Plan trat, übernahmen Shonsus Drüsen die Kontrolle über Wallie Smiths Verstand. Was hätte Shonsu getan – sie aufs Bett geworfen und vergewaltigt?

Mit einem Stöhnen sank er in den Sessel und fragte sich, ob es Gewalt war, was sie von ihm erwartet hatte und wünschte. Wusste sie eigentlich, dass sie ihn beständig ermunterte? Er war schlimmer dran als Nnanji damals wegen Thana – Frau verweigert sich, Mann wird wahnsinnig vor Begierde. Nnanji hatte wenigstens die Jugend als Entschuldigung; er dagegen war nichts weiter als ein geiler Bock.

Aber er würde eine passende Begleitung für den Abend haben, und das war in der Tat wichtig ...

Die Tür ging auf, und Nnanji kam herein. Er grinste.

»Du hast es geschafft, Bruder!«, sagte er.

»Was geschafft?«

»Du hast mein Gedächtnis überfordert! Ich habe Kopfschmerzen gekriegt, also habe ich gesagt, ich bräuchte eine Pause.« Die Kopfschmerzen schienen ihn nicht zu beeinträchtigen. »Zweihundert in der Stunde! Aber wir haben einige seltene Begabungen darunter: Goldschmiede und Ziegelbrenner und Glasbläser ...«

»Alle sehr nützlich, davon bin ich überzeugt«, sagte Wallie und strengte sich an, es mit der unverwüstlichen guten Laune seines Eidbruders aufzunehmen. »Irgendwelche Falkner?«

»Bisher nicht, aber die Hälfte der Männer ist nicht in der Freistätte. Das ist ein Riesenspaß, wie?«

Er schritt ans Fenster und sah hinaus, während Wallie sich in seinem Federn lassenden Sessel zurücklehnte und vergeblich nach einer hier passenden Bedeutung von »Riesenspaß« suchte.

Nach ein paar Augenblicken der Stille fragte Nnanji: »Du wirst mir doch die letzten dreißig Sutras sagen, wenn du die Möglichkeit dazu hast, nicht wahr?«

»Selbstverständlich. Aber nicht, während einer von uns Kopfschmerzen hat – und meine sind noch schlimmer als deine!«

»Gut«, sagte Nnanji. Wieder eine Pause. »Shonsu?« So hatte er ihn noch nie angesprochen. Seine Stimme hatte ihren Glanz verloren. »Ich bin ein Schwindler!«

»Mach dir deswegen keine Gedanken! Du wirst die Sutras schnell genug können, und niemand wird dich herausfordern, bevor der Heerbann entlassen ist. Bis dahin lernst du wie ein Siebter zu fechten.«

Nnanji drehte sich nicht um. »Das hoffe ich.«

Nnanji und Selbstzweifel? »Ich bin überzeugt, du findest die Zeit, um ein bisschen zu üben! Und Übung mit vielen Gegnern ist genau das, was du jetzt brauchst. Du hast bisher immer nur mich gehabt, und ein Lehrer ist nicht genug. Du kennst alle meine ...« Der Satz erstarb ihm.

Schließlich sagte Ikondorina, mehr kann ich dich nicht lehren.

Schweigen. Nnanji kannte die Prophezeiung über den rothaarigen Bruder natürlich nicht.

»Ein leichter Gegner!« Nnanji war voller Selbstverachtung. In seinen Augen stand die Fechtkunst über allem. Er verachtete einen Mann, der nicht seinem Rang entsprechend fechten konnte. »Sobald die Sechsten ihrer Eide ledig sind, werde ich neununddreißig Aufstiegsversuchen gegenüberstehen! Du wirst doch den Krieg ein paar Wochen verlängern, nicht wahr – mir zuliebe?«

Die Forderung war so lächerlich, dass Wallie laut lachen musste, und Nnanji drehte sich kurz um und grinste ihn an. Dann starrte er wieder aus dem Fenster.

Es musste ihn noch etwas anderes bedrücken.

»Shonsu?«

»Ja, Nnanji?«

Schweigen.

Dann: »Ich glaube nicht, dass ... ich meine, ich will nicht ...«

»Heraus damit!«

Nnanji holte tief Luft und nuschelte: »Ich weiß, dass ein Heerbann nur einen Anführer haben kann, Bruder, darum wollte ich dir versprechen, dass ich nicht ... ich meine, ich will versuchen – *zum Donnerwetter!* Ich meine, du weißt so viel mehr als ich ...«

Das sah Nnanji gar nicht ähnlich.

»Was willst du mir sagen?«, fragte Wallie verwirrt und mit plötzlichem Unbehagen.

Nnanji drehte sich heftig um, das Gesicht gerötet. »Ich werde treu sein! Du bist der wahre Anführer! Ich meine, wir sind jetzt der Form nach ebenbürtig ...«

Göttin! Daran hatte Wallie nicht gedacht. Nnanji war ein Siebter. Er war nicht mehr Wallies Schützling. Er war ebenfalls Heerführer. Der Form nach ebenbürtig! Was würde geschehen, wenn sie beide verschiedener Meinung waren?

»Ich habe an deiner Treue nie gezweifelt, Nnanji.«

Nnanji nickte.

Wieder Schweigen.

»Plagt dich noch etwas anderes?«, fragte Wallie.

»Ich habe nur darüber nachgedacht, warum die Götter das alles so kommen ließen, Bruder. Warum zwei

Heerführer? Meinst du nicht, dass …« Er biss sich auf die Lippe und sah noch unglücklicher aus.

Wallie verstand auf einmal, und der Gedanke machte ihn frösteln. »Dass du mein Nachfolger werden sollst?«

Nnanji nickte wieder. »Du wirst vorsichtig sein, oder?«

»Und wie!«

»Gut!« Das alte Grinsen kehrte zurück. Beruhigt ging Nnanji zur Tür. Das Bild in dem fleckigen Spiegel hielt ihn auf. Der Spiegel war klein, und Nnanji musste sich bücken, um seinen Kilt betrachten zu können. »Wie steht mir das Blau, Shonsu?«

»Vollkommen lächerlich! Aber Auftreten ist wichtiger als Aussehen, und du scheinst das Siebenerauftreten prima hinzukriegen.«

Nnanji grinste zufrieden und drehte den Kopf in die eine Richtung, die Augen in die andere.

»Hast du die Haarspange bemerkt?« Er trug einen dicken Klumpen blaues Glas, der fast so groß war wie Wallies Saphir. »Du hast nicht zufällig einen Stein übrig, oder?«, fragte er hoffnungsvoll.

»Nein.«

»Schade. Er wäre bei mir sicher, bis du ihn brauchst, dachte ich … Aber dieser tut's auch. Er sieht ziemlich echt aus, nicht?«

Für 'ne blinde Auster vielleicht. »Ja, in der Tat – und er passt gut zu deinem roten Haar.«

Haarspange?

»Warum trägst du nicht die silberne?«, fragte Wallie vorsichtig.

Nnanji warf ihm einen rätselhaften, seltsam abwehrenden Blick zu. »Ein blauer Kilt ist schlimm genug, Bruder! Und dazu ein Greif?«

Richtig – er war gewöhnlich nicht so taktvoll.

»Außerdem habe ich Arganari versprochen, ich würde sie tragen, wenn ich nach Vul komme. Ich will sie dafür aufsparen.«

Er lächelte weniger sicher als noch kurz zuvor und verschwand, ohne die Tür zu schließen.

Schließlich sagte Ikondorina, mehr kann ich dich nicht lehren, geh nun und finde dein Königreich.

Wallie stand ganz langsam aus dem Sessel auf. Ein Dritter erschien in der Tür, der einen kleinen Tisch in der einen Hand trug und ein Tablett in anderen balancierte, worauf sich der Raum mit dem Gestank von verkohltem Fleisch füllte.

Vul?

Der Form nach ebenbürtig?

... und sein Königreich war viel größer und bedeutender.

Bedeutender als ein Heerbann?

Unmöglich!

Es war immer unmöglich gewesen – es war Geschwafel.

Er war betrogen worden! Getäuscht!

Zum zweiten Mal an diesem Tag verlor Shonsu die Beherrschung. Mit einem Aufschrei, der die Scheiben klirren ließ, warf er den Schwertkämpfer und sein Essen zur Seite, stampfte durch das lange Vorzimmer und brüllte nach seinem Leibwächter.

* * *

Ein Tempel sollte ein stiller und frommer Ort sein. Dieser war es nicht. Ein kleines Heer von Sklaven reinigte

Glas und Stein, die Überreste eingefallener Fenster. Ihr Schwatzen und das Kreischen ihrer Schaufeln hallte durch das Mittelschiff bis zur Statue.

Der leuchtende Mosaikboden vor dem Podest war fast sauber. Die Gläubigen waren für diesen Tag taktvoll ferngehalten worden und ohnehin waren es wenige, denn die Stadt war beschäftigt. Auf der weiten Fläche kniete nur einer, ein sehr kleiner Priester des siebten Ranges. Er war gekommen, um nachzudenken und zu beten, und war viel länger geblieben, als er beabsichtigt hatte. Ihm waren keine besonderen Bitten in den Kopf gekommen, nur eine tiefe Sehnsucht nach Frieden, und diese schien er mehr und mehr zu empfinden. Die Schmerzen waren gestillt. Vielleicht würde er seine Antwort bald bekommen, seine Erlösung. Vor der Göttin kniend hatte er die wortlose Tröstung empfangen, die er gesucht hatte. So war er geblieben, sie auskostend, wartend, ohne etwas zu erwarten, ohne dass ihn Eile anderswohin drängte, denn ihm war nichts mehr zu tun übrig, von dem er noch wüsste. Shonsu war Heerführer geworden, und was weiter zu geschehen hatte, brauchte keinen Honakura mehr.

Schließlich stellte er belustigt fest, dass er Hunger hatte. Das brachte ein Problem mit sich. Sein alter Leichnam war für sich genommen eine Last und ihn zu bewegen eine noch größere. Er bezweifelte, dass er aus eigener Kraft auf die Füße kommen würde, und es war niemand in der Nähe. Er stemmte sich hoch, sodass er auf den Fersen zu sitzen kam, und schaute suchend ringsum in weite Einsamkeit, wobei er an seiner Hilflosigkeit ein selbstquälerisches Vergnügen fand. Ein bisschen Fasten würde ihm natürlich nicht schaden.

Zwei Gestalten kamen aus einer der hinteren Türen. Der eine war ein Priester; er blieb stehen und zeigte mit dem Arm, dann drehte er sich auf dem Absatz um und floh. Der andere kam auf Honakura zu, ein riesiger Schwertkämpfer umgeben von einer schwarzen Wolke des Zorns.

Aufregend! Da er keine Wahl hatte, blieb Honakura, wo er war. Im nächsten Moment war ihm der Blick auf die Göttin von einem blauen Kilt verdeckt. Auf dem Saum ein weißer Greif, von Jja liebevoll aufgestickt.

Es gab keine Vorreden. Die hohle Stimme sagte: »Du hast mich belogen!«

Es schmerzte, den Kopf zurückzubeugen, darum ließ er ihn, wie er war, und musterte Jjas Nadelarbeit. Er antwortete nicht.

Lauter: »Du hast mich belogen!«

Es war keine Frage. Warum also antworten? »Sag mir, was geschehen ist, mein Gebieter.«

Nach einem Augenblick bewegte sich der Kilt. Der junge Schwertkämpfer sank auf die Knie und verschränkte die riesigen Arme über seiner massigen Brust. Honakura schaute nicht nach oben in seine Augen, er wartete nur und starrte auf den geprägten Lederharnisch.

»Nnanji hat sein siebtes Schwert.« Die Stimme war ein sehr tiefes Grollen, noch tiefer als sonst.

Nun sah der Priester zu den furchtbaren schwarzen Augen hinauf, sah durch den Zorn hindurch die Angst und den Schmerz. »Hast du je bezweifelt, dass es dazu kommt?«

»Es hätte unmöglich sein sollen! Nach den Sutras gab es scheinbar keinen Weg, wie er das hätte tun können, nicht bis der Heerbann entlassen wäre.«

Der Allerhöchsten war nichts unmöglich, aber es

war besser, das nicht zu sagen. Besser, abzuwarten. Shonsu war so aufgewühlt, dass er nicht still bleiben konnte, und gleich darauf erhielt Honakura den Bericht über den Spitzel und den Anschlag auf Shonsus Leben und jenes äußerst dunkle Sutra.

Seine Verwirrung war bemitleidenswert, dieser enorme, sanfte, wohlmeinende junge Mann … Honakura spürte einen Kloß im Hals, wie er ihn seit Jahren nicht mehr gekannt hatte. Die Götter würden ihn doch nicht dermaßen auf die Probe stellen, wenn der Grund nicht von entscheidender Bedeutung wäre?

»Ist es ein Wunder, dass Nnanji ein Siebter geworden ist?«, fragte er ruhig.

»Ja!«

»Und ein Wunder, dass du noch am Leben bist?«

»Das nehme ich an.« Shonsu ließ den Kopf hängen.

»Dann hast du keinen Grund zur Beschwerde, mein Gebieter. Diesmal wurde euch beiden eins zuteil.«

Die furchtbaren dunklen Augen hoben sich, um ihn aufzuspießen. Hätte der Tod für Honakura eine Bedrohung sein können, so hätte ihm dieser Blick jeden Knochen im Leib zermürbt. »Du hast mich belogen.«

Er seufzte. »Ja.«

»Sag es mir, Heiliger! Um der Göttin willen, sag es mir jetzt!«

»Wenn du es wünschst, mein Freund. Aber es wird dich nicht glücklicher machen.«

»Sag es!«

Leise sagte ihm Honakura die wirkliche Prophezeiung auf:

»Ikondorinas rothaariger Bruder kam zu ihm und sagte: Bruder, du hast eine wunderbare Gabe mit dem

Schwert; lehre mich, damit ich wie du ein Königreich erringen kann. Und er antwortete, das werde ich. So lehrte Ikondorina, und sein Bruder lernte. Schließlich sagte Ikondorina, mehr kann ich dich nicht lehren, geh nun und finde dein Königreich. Und er sagte zu Ikondorina, aber, Bruder, es ist dein Königreich, das ich begehre, gib es mir. Ikondorina antwortete, das werde ich nicht tun, aber sein Bruder erwiderte, ich bin dessen würdiger als du, und erschlug ihn und nahm sein Königreich.«

Lange Zeit hörte man keinen Laut außer dem Kratzen der Sklavenschaufeln am anderen Ende des Schiffes und dem Klirren des Glases, das in die Schubkarren gefüllt wurde. Zweifellos dachte der Schwertkämpfer über die Geschichte von Ikondorinas rothaarigem Bruder nach, aber Honakura dachte an Hochmut.

Er hatte gelogen, bei einem Priester eine Todsünde. Ein Leben voller Dienst und Hingabe war hierdurch ausgelöscht, am Boden zerschmettert wie die Tempelfenster. Hochmut! Er war im Hinblick auf dieses Leben zu hochmütig gewesen. Seine Überheblichkeit hatte ihn dahin gebracht, Ikondorinas Bruder vor Shonsu zu erwähnen, und dieser Fehler hatte ihn in diese Falle geführt, sodass er eine Lüge erzählte. Davor war er, aufgeblasen vom Bewusstsein der eigenen Heiligkeit, stets sicher gewesen, dass die Göttin ihn belohnen werde, dass sein Tod ein Siegesmarsch werden würde, dass Sie Tränen der Dankbarkeit weinen werde, wenn er vor Sie hintrat. Nun konnte er nur noch hoffen, dass Sie gnädig sein und sich der Arbeit seines Lebens erinnern würde, wenn sie über seine schreckliche Sünde richtete, dass Sie in Ihrer Gnade ihm erlaubte, auf der

Leiter zu bleiben, ihm einen niederen Platz zugestände, wo er neu beginnen konnte, und davon Abstand nähme, ihn von sich zu schleudern bis hinab an die Stätte der Dämonen.

Er merkte, dass er weinte, um sich selbst weinte, wo er doch um diesen gequälten Schwertkämpfer weinen sollte.

Dieser selbe Schwertkämpfer sprach nun wieder. »... warum du es mir nicht vorher gesagt hast. Du hast recht getan, mir nicht zu trauen.« Er war verbittert, verständlicherweise. »Was geschieht nun, Heiliger? Soll ich einfach darauf warten, dass er es tut?«

Honakura zwang seine Gedanken in Shonsus Richtung. Jähe Hoffnung drang in seine heruntergekommene alte Hülle. Dieser wunderbare Friede, den er empfunden hatte – wäre der einer verdammten Seele geschickt worden? War es möglich, dass er geradewegs in diese tödliche Lüge geführt worden war?

»Könnte das eine neuerliche Probe der Götter sein, mein Gebieter?«, flüsterte er.

Der Schwertkämpfer prallte zurück, sank auf die Hacken. Er erbleichte. »*Nein!*«

Die beiden Männer starrten einander stumm an.

Zuletzt sagte Honakura: »Ist es möglich?«

Der große Mann schüttelte den Kopf, als müsse er ihn von kriechenden Schreckgestalten befreien. »Wenn die Götter nicht eingreifen – ja! Er ist kein Siebter, was das Fechten angeht – noch nicht! Aber jeder Kampf kann eine Überraschung bringen, Heiliger. Es ist nicht ungewöhnlich, dass ein besserer Mann von einem geringeren geschlagen wird, nicht ungewöhnlich. Sie würden es nicht zulassen, oder? Würden sie ein Wunder schicken?«

Honakura schaute über die Schulter des Schwertkämpfers hinweg in das Gesicht der Göttin und sah es, wie es in Hann geoffenbart war, nicht diese minderwertige Nachbildung, er sah die Erhabenheit. Im Tempel war es sehr kalt. Er fror. Warum war ihm das nicht eher aufgefallen?

»Ich bin kein Prophet, mein Gebieter. Ich kenne die Antwort nicht. Aber es könnte sein, dass Sie will ... dass du ...«

»Dass ich nicht mörderisch genug bin für Ihre Zwecke? Sprich es aus, Mann! Noch eine Probe? Ich bin zu weichherzig, und Nnanji ist der geborene Schlächter? Aber falls ich ihn nun bluten lassen soll ...« Die Stimme versagte ihm, und der Schmerz vertrieb die Angst von seinem Gesicht.

Nach einer Weile flüsterte er: »Nnanji umbringen?«

»Würden die Schwertkämpfer dich danach noch anerkennen?«

Shonsu schrak zusammen, als wäre er im Nirgendwo gewesen und hätte Honakura vergessen. »Ja!«, sagte er. »Heute Morgen bin ich rasend geworden. Ich habe zwei Männer in die Sklaverei verkauft. Sie haben jetzt alle Angst vor mir; sie haben begriffen, was ihr Eid bedeutet.« Er lachte ohne Heiterkeit. »Ich habe es gewusst und sie nicht! Ja, sie werden gehorchen.«

Nach einem neuerlichen langen Schweigen murmelte er: »Aber Jja ...« Und sagte nichts weiter dazu.

»Ich kann mich furchtbar irren, mein Gebieter«, sagte Honakura. »Er ist ein ehrenhafter junger Mann. Er bewundert und verehrt dich! Er verehrt dich gleich nach der Göttin. Es fällt schwer, sich vorzustellen, dass er dir schaden will.«

»Er vertraut mir!«, knurrte der große Mann.

»Dann vertraue darauf, mein Gebieter! Diene der

Göttin, und Sie wird dafür sorgen, dass zwischen euch alles zum Besten steht.«

Shonsu knirschte mit den Zähnen. »Ich kann es nicht!«

»Was kannst du nicht?«

»Die Zauberer besiegen.«

»Aber du hast immer gesagt ...«

Shonsu starrte auf geballte Fäuste und angespannte Unterarme. »Ja. Was ich gesagt habe, ist wahr. Ich kann die Städte stürmen und die Türme niederreißen und die Zauberer vertreiben und die Schwertkämpfer wieder einsetzen. Ich glaube es, und Nnanji glaubt es, und der Heerbann glaubt es wahrscheinlich inzwischen oder bald. Die Zauberer glauben es; oder glauben es bald.«

»Ich verstehe nicht.«

Die tiefe Stimme flüsterte, obwohl niemand in der Nähe war. »Sie werden weggehen, Heiliger! Wenn wir den ersten Turm mit Leichtigkeit erobert haben, werden sie fortgehen, die Städte verlassen und in ihre Berge verschwinden.«

»Dann hättest du gesiegt!«, sagte Honakura, verblüfft über so viel Hoffnungslosigkeit.

Shonsu schüttelte den Kopf. »Nein! Ich kann Vul nicht einnehmen. Nicht im Winter. Wir wissen nicht, wo es liegt. Der vorige Shonsu mag dazu fähig gewesen sein – er machte einen Überraschungsangriff. Aber sie haben ein halbes Jahr Zeit gehabt, um sich vorzubereiten. Einen Turm nach dem anderen, ja. Fünfzig zu eins, ja. Eine befestigte Stadt, nein! Die viele Tagesmärsche vom Strom entfernt liegt? Die großen Wurfgeräte ins Gebirge tragen? Unmöglich!«

Erschrocken fragte Honakura: »Im Frühling vielleicht?«

»Nein! Wir können nicht auf den Frühling warten; wir haben kein Geld. Der Heerbann muss entlassen werden! Also werden die Zauberer zurückkommen. In fünf oder zehn Jahren …« Zuletzt flüsterte er so leise, dass Honakura es kaum hören konnte. »Ich kann die Zauberer nicht besiegen! Kein anderer weiß das, Heiliger!«

Honakura bemühte sich sehr, die Dinge gedanklich zurechtzurücken. Dann wäre alles Unsinn gewesen. Es war unbegreiflich.

»Was willst du also tun?«

Shonsu stöhnte. »Täuschen!«

»Täuschen, mein Gebieter?«

»Beide Seiten täuschen.«

Äußerst verwirrend. »Aber warum?«

Eine Pause und dann ein Flüstern: »Um einen Pakt zu erzwingen!«

Honakura keuchte. »Natürlich! Ja! Ja! Das muss der Sinn deiner Abstammungsmale sein – Schwertkämpfer und Zauberer, mein Gebieter! Es kann sein, dass das Ihre Absicht ist! Darum hat Sie dich erwählt! Kein anderer Schwertkämpfer würde daran denken! Es nicht einmal erwägen! Kannst du es?«

»Was?«, schnauzte der große Mann. »Die Schwertkämpfer zwingen? Ja! Sie haben zu gehorchen, richtig? Die Zauberer … das weiß ich nicht! Aber ich habe einen ihrer Siebten fangen dürfen. Er ist wahrscheinlich einer der Anführer, vielleicht der wichtigste von allen, denn er hat die Ausrufung des Heerbanns absichtlich herausgefordert. Also muss ich ihn bearbeiten – während ich die Schwertkämpfer auf den Krieg vorbereite.«

Der Priester seufzte tief. »Es hat einen heiligen Zweck, mein Gebieter! Ich glaube, du hast Recht!« Den uralten Hader zwischen Schwertkämpfern und Zauberern beizulegen – das war vernünftig.

Dann sah er den furchtbaren Blick und hielt inne. Hatte er etwas übersehen?

»Ich habe Recht? Ich habe zu Jja gesagt ... wenn ich versuche, mit dem Heerbann das Falsche zu tun, wird die Göttin mich aufhalten. Ich meine, deine Ikondorina-Geschichte ist eine Warnung, Heiliger! Sie will einen Schlächter. Sie will mich hindern.«

»Wieso meinst du das, mein Gebieter?«

»Ich kann vielleicht die Zauberer überzeugen«, brummte Shonsu. »Sie hören auf die Vernunft, wie ich meine. Aber Schwertkämpfer können Vernunft von Feigheit nicht unterscheiden. Einem Schwertkämpfer kann man das nicht auseinander setzen.«

»Aber du kannst es ihnen befehlen, sagtest du!«

Er fletschte die Zähne. »Allen bis auf einem – der nicht mein Gefolgsmann ist. Wir sind ebenbürtig. Beide Heerführer, beide Siebte. Er ist nicht einmal mehr mein Schützling! Glaubst du etwa, dass Nnanji einen Pakt eingehen wird?«

Schweigen.

»Glaubst du das?«

Nun war es der Priester, der flüsterte. »Nein.«

»Ich auch nicht! Du hast einmal gesagt, er habe einen Kopf wie eine Kokosnuss. Er wird sich entscheiden müssen, nicht wahr? Ich bin sein Bruder, weil wir den vierten Eid geschworen haben – aber das ist nur ein Sutra. Er wird sagen, dass Zauberer die Mörder von Schwertkämpfern sind und immer waren. Er wird sagen, dass ein Pakt den Heerbann verrät, und den Willen der Göttin. Er wird sagen, dass ein Pakt feige ist und schändlich. Wir haben es ihn gelehrt, alter Mann! Du und ich, wir lehrten ihn gut – der Wille der Göttin wiegt schwerer als Sutras! Deine Geschichte da gibt uns die Antwort – *erschlug ihn und nahm sein Königreich*! Das passt genau zu ihm! Ich kann geradezu hören, wie er es sagt: *Ich bin dessen würdiger als du!*«

Shonsu sprang auf. »Vielleicht stimmt es sogar! Vielleicht denkt die Göttin das. Sie hat ihn jedenfalls schnell genug aufsteigen lassen!«

Dann schritt er mit langen Beinen über die bunten Wirbel des Mosaikbodens und war fort.

Honakura blieb, wo er war, und schaute zur Allerhöchsten auf, die in einen Regenbogenschleier aus Tränen gehüllt war.

Fünftes Buch

Wie der Schwertkämpfer das Schwert zurückgab

Es war später Vormittag, als Wallie am nächsten Tag missmutig die Strickleiter hinauf an Deck kletterte. Die Segel eingerollt und friedlich, lag das kleine blaue Schiff im sonnenbeschienenen Wasser vor Anker, nach dem Irrsinn des Heerbanns ein Hafen der Vernunft. Doch er war nur zurückgekehrt, weil er auch hier Arbeit zu tun hatte, Arbeit an der einen Aufgabe, die er unmöglich delegieren konnte: Rotanxi. Und heute war mehr vonnöten als funkelnde kleine Wellen und kreisende weiße Vögel, um seine bohrende schlechte Laune zu besänftigen.

Als er an Deck trat, kam Jja auf ihn zugerannt, um ihn zu begrüßen. Er nahm ihre Hände in seine und wich erschrocken zurück, als er ihr geschwollenes, verfärbtes Gesicht sah.

»Was ist geschehen?«, fragte er.

Sie senkte den Blick. »Es war ein Missgeschick.«

»Wer war das?«, brüllte er. Wut stieg ihm gallebitter die Kehle hoch. Wenn das auch das Werk eines Schwertkämpfers war, dann würde es Blut geben …

»Du warst es«, sagte sie leise.

Er starrte sie mit offenem Mund an, merkte plötzlich, dass da viele Leute an Deck waren, die vorgaben, fleißig zu sein, die aber bestimmt alle – vom

Kleinkind bis zur alten Lina – zuhörten und beobachteten.

»Als du die beiden Schwertkämpfer verurteilt hast, Gebieter. Ich wollte für sie bitten. Das war falsch.«

Er hatte sie geschlagen? Er dachte zurück an den roten Nebel, der ihn in der Freistätte eingehüllt hatte. Ja, möglich, dass er es getan hatte.

»Meine Liebste!«, klagte er. »Oh, Jja!« Er nahm sie in die Arme und küsste sie.

Dann fuhr er verwirrt zurück. Klar, seine Zunge fühlte sich wie eine alte Felleinlegesohle an, und in dieser Welt gab es keine Mundwässer. Er war in der Nacht nicht betrunken gewesen, aber er hatte genug von diesem miserablen, gedärmauflösenden Wein getrunken, um einen schweren Kater zu haben. Zweifellos war er heute Morgen ein unappetitlicher Liebhaber. Aber davon abgesehen hatte ihrem Kuss eine ganze Menge gefehlt. Und sie hatte ihn Gebieter genannt.

»Ich habe den Kopf verloren, Jja. Ich wusste nicht einmal, dass ich das tat.«

Sie schaute weiter zu Boden und blieb still, aber er wartete, und endlich sprach sie.

»Ich weiß, Gebieter.«

»Kannst du mir dann nicht verzeihen?«

Nun schaute sie auf und musterte ihn unschlüssig. »Willst du es denn wieder gutmachen?«

»Wie? Sag mir, wie ich das tun kann.«

»Komm mit in die Kabine, und ich zeige es dir.«

Er drückte sie wieder an sich. »Ich wage es nicht, Liebste! Ich habe heute Nacht sehr wenig geschlafen und ich muss arbeiten.«

»Sehr wenig« war untertrieben. Er hatte überhaupt nicht geschlafen. Er hatte Doa kurz vor Morgengrauen nach Hause gebracht – und die Tür war ihm vor der

Nase zugeschlagen worden. Er war in die Freistätte zurückgekehrt, die noch immer ein brodelnder Kessel Unverstand gewesen war. Sein Adjutant Linumino hatte in der Nacht bestimmt auch kein Bett gesehen, da er mit dem Aufbau der Kaserne und der Verheirateten-quartiere, mit dem Anlegen von Vorräten und Verteilen der Arbeiten befasst war, und zwar mit allem gleichzeitig. Das Schreien und Poltern der Stiefel hatte keinmal ausgesetzt, so wenig wie die Zankereien, die nicht an den Heerführer verwiesen worden waren. Die Siebten gingen mit gutem Willen und Begeisterung vor, aber Wallie hatte ihnen zu vieles auf einmal übertragen. Der Gedanke an ein Bett mit Jja darin war eine paradiesische Vorstellung, der es aber zu widerstehen galt. Oder sprach da ein Schuldgefühl aus ihm?

Sie biss sich auf die Lippe. »Die beiden Männer, die du verkauft hast, Gebieter …«

Also sollte ihr Angebot eine Bestechung sein? »Halte dich da heraus, Jja! Wie ich den Heerbann führe, geht dich nichts an!«

»Ja, Gebieter.«

»Und nenne mich nicht so!«

»Ja, Gebieter.«

Frauen!

Sie wandte sich ab. Er fasste sie grob bei der Schulter und drehte sie zu sich herum.

»Das Verhältnis zwischen den Schwertkämpfern und den Städtern ist schlecht!«, schnauzte er. »Es ist wichtig, dass ich die Ältesten bei Laune halte. Verstehst du das?«

Sie nickte stumm.

Lügner!, sagte sein Gewissen. *Bei allem, was Shonsu sonst noch getan hat, hat er die Ältesten terrorisiert. Und vergangene Nacht sind sie vor dir gekrochen.*

»Ich musste zu diesem Tanzfest gehen!«

Blödsinn! Sie würden es wirklich vorziehen, wenn du wegbleiben und einfach Nnanji schicken würdest.

»Und sie wären schwer beleidigt, wenn ich mit einer Sklavin käme.«

Du meinst, die Schwertkämpfer würden dich auslachen.

»Und wenn ich mich entschließe, Gebieterin Doa zu einem Tanz zu begleiten, dann geht dich das nichts an!«

»Selbstverständlich nicht, Gebieter.«

Wieder wollte sie sich abwenden. Diesmal packte er sie bei beiden Schultern und fast schüttelte er sie.

»Du hast keinen Grund, auf Gebieterin Doa eifersüchtig zu sein!«

»*Eifersüchtig?*« Jetzt war es – unglaublich – es war Jja, die zu schreien anfing. »Eine Sklavin? Eifersüchtig? Was könnte eine Sklavin wohl eifersüchtig machen?«

»In diesem Fall gar nichts! Ich brauchte eine Begleiterin für das Tanzfest …«

»Du glaubst, dass es mich kümmert, wen du zu einem dummen Tanzfest mitnimmst?«

»Ja, und nichts anderes!«

»Du glaubst das wirklich? Geh ins Bett mit wem du willst, Gebieter. Rechtfertige dich nicht vor einer Sklavin.«

Wallie war erstaunt. Noch nie hatte sie die Stimme erhoben, weder gegen ihn noch gegen einen anderen. Er ließ sie los. »Was plagt dich also?«

»Du!«, schrie sie und stampfte mit dem Fuß auf. »Was tust du dir an?«

Er war ein Schwertkämpfer des Siebten. Er war Heerführer des Heerbanns, der mächtigste Mann in der Welt. Er stammelte und dann schrie er seinerseits. »Pass auf, was du sagst, Frau! Denn du bist nur eine Sklavin, Jja, denke daran!«

»Und als Sklavin bin ich glücklich gewesen! Ich tat, was meine Gebieterin von mir verlangte, für viele Männer. Und kaum einer hat mich geschlagen!«

Er riss sich zusammen und senkte die Stimme. »Ich habe gesagt, dass es mir Leid tut. Ich werde es nicht wieder tun.«

»Vielleicht solltest du es aber! Um mich zu ermahnen, dass ich nur eine Sklavin bin. Du hast mir immer gesagt, dass ich mich als wirkliche Person ansehen soll!«

Noch nie hatte sie sich so verhalten! Einen Augenblick lang drohte Shonsus furchtbarer Zorn loszubrechen. Dann zwang Wallie ihn nieder, atmete tief durch und löste seine Fäuste. Er schaute sich auf Deck um und sah, wie viele Blicke sich ängstlich abwandten. Rotanxi, den er hatte umwerben und beeindrucken wollen, saß auf dem hinteren Lukendeckel und hörte wie die anderen ausdruckslos diesem dummen Zank zu.

»Du hast gesagt, das ist es, was du willst«, rief sie. »Eine wirkliche Frau. Und nun bin ich wieder eine Sklavin ...«

»Ja!«, brüllte er, um sie zum Schweigen zu bringen. »Geh in die Kajüte!« Er drehte sich um und ging achtlos an einem zynischen, wütenden Tomiyano vorbei zu dem Zauberer hinüber. Er grüßte ihn förmlich.

Der Zauberer stand auf und erwiderte den Gruß, dann setzte er sich wieder. Wallie kam neben ihn.

»Wie steht es mit deinen Wurfgeräten an einem so schönen Tag?«, fragte Rotanxi mit beißender Höflichkeit.

Wallie lachte bitter auf. »Gebieter Zoariyi ist mit dem Bau betraut. Ich hielt ihn für den Gescheitesten.

»Vermutlich«, meinte Rotanxi, um zu zeigen, dass er die Siebten kannte.

»Er hat sich mächtig ins Zeug gelegt. Ich schaute kurz bei ihm vorbei, bevor ich hierher kam; ein Gerät hat er schon halb fertig gestellt.«

»Bemerkenswert!«

»Ja, aber sinnlos – es sei denn, er hat vor, damit den Heerbann ans andere Ufer zu schleudern. Es gibt auf dem ganzen Strom kein Schiff mit einer Luke, durch die sie passen würde. Man wird sie wegwerfen und eine neue bauen müssen.«

Rotanxi lächelte verkniffen. »Ich hoffe, er hat viel Geld für das Holz verschwendet.«

Das hatte er natürlich. »Wegen des Geldes sind wir nicht mehr in Verlegenheit«, erwiderte Wallie und erklärte das Verfahren mit den Hafengebühren.

Der Zauberer machte ein skeptisches Gesicht, sagte aber nichts.

»Hast du von Chinarama gehört?«, fragte Wallie.

Der alte Mann nickte, ohne eine Miene zu verziehen.

»Hinterher hat Nnanji seinen Schlafplatz durchsucht. Er hat eine Feuerwaffe gefunden, und einen Vorrat dafür. Feder und Tinte und Pergament natürlich auch. Und das hier.« Wallie hielt ihm eine Elfenbeinspange mit dem Bild einer jungen Frau hin, deren Schönheit wehmütig stimmen konnte.

Der Zauberer sah die Spange an, die auf Wallies Handfläche lag, machte aber keine Anstalten, sie zu nehmen, und sagte auch nichts dazu.

»Er und ich sind Feinde gewesen, mein Gebieter«, sagte Wallie, »Aber ich ehre sein Andenken. Tapferkeit ist nicht auf Schwertkämpfer beschränkt. Ist das seine Tochter?« Rotanxi und Chinarama waren etwa gleich alt gewesen. Vul konnte nicht so groß sein, dass sie einander nicht gekannt hätten.

Der Zauberer zögerte, dann antwortete er: »Seine Frau. Sie starb vor vielen Jahren, als sie ein Kind zur Welt brachte.«

»Traurig!

»In der Tat. Es war nicht sein Kind. Sie war geschändet worden von einer Bande Schwertkämpfer.«

Wallie krümmte sich innerlich, dann musterte er den alten Mann, der jetzt so unergründlich aussah wie eine Mumie. Die Geschichte war freilich nicht unwahrscheinlich, aber es konnte auch eine Masche sein, um ihn in die Defensive zu drängen. »Natürlich zweifle ich nicht an, was du berichtest, mein Gebieter, aber unsere Sutras verbieten es, Frauen Gewalt anzutun, außer in zwei genau festgelegten Fällen – bei verurteilten Verbrecherinnen oder bei Blutrache.«

Er sah sofort, dass er verloren hatte.

»Gewalt antun ist vielleicht nicht der richtige Ausdruck, Gebieter Shonsu? Es gab keine Gewalt von Seiten der Schwertkämpfer. Es geschah auf einem Schiff. Ein Neuling belästigte sie. Als sie sich wehrte, kamen seine Freunde, um ihm zu helfen. Gegen die Frau wandten sie keine Gewalt an. Sie fingen an, die Matrosen zu verstümmeln. Um sich selbst zu retten, hielten die Matrosen die Frau für die Schwertkämpfer fest. Das war keine Schändung nach den Maßstäben eurer Sutras, nicht wahr?«

Das Pergamentgesicht des Alten verzog sich zu einem faltigen Lächeln voll höhnischer Befriedigung, und Wallie musste es glauben. Ihn schauderte.

Das war der Mann, dessen Herz er zu gewinnen

hoffte? Noch einmal hielt er ihm die Elfenbeinspange hin. »Willst du das an dich nehmen? Es seiner Familie, sofern er eine hat, geben, wenn du zurückkehrst?«

Rotanxi nahm die Spange. »Er hatte keine Familie. Er hatte mal einen Bruder, aber die Schwertkämpfer haben auch ihn auf dem Gewissen. » Er schleuderte das Schmuckstück von sich, sie flog über die Reling und verschwand.

Nach einer Pause sagte Wallie: »Auch das ist traurig. Aber es gibt Witwen in Sen, mein Gebieter, und viele Waisen auf dem linken Ufer. Der Preis der Macht ist immer das Blut eines anderen.«

Der Zauberer schnaubte, erwiderte aber nichts.

Wallie wechselte das Thema. »Hast du meine Geschichte erfahren? Ich hatte die Matrosen angewiesen, deine Fragen zu beantworten.«

»Pah!«, fauchte Rotanxi. »Ich habe es hingenommen, dass du von der Zauberei nicht zu überzeugen bist, Gebieter Shonsu. Aber du erwartest von mir, dass ich an Wunder glaube?«

Wallie war verblüfft. »Nicht einmal an die Hand der Göttin?«

»Nicht einmal daran. Jedesmal, wenn ein Zauberer ein Schiff besteigt – und das ist nicht selten der Fall, wie du erraten hast –, dann fährt das Schiff, wohin es fahren soll.«

Das gab zu denken, sofern es stimmte. Hatte der Halbgott nicht gesagt, dass das Zeitalter der Legenden vor dem Zeitalter der Schrift kam? Waren die Zauberer, da sie lesen und schreiben konnten, gegen Wunder gefeit? Wallie nahm sich vor, darüber nachzudenken, sobald er Zeit hatte.

»Aber ich gebe zu, dass ich auf die Quelle deines Wissens neugierig bin«, fuhr der Zauberer fort. »Offensichtlich wurde die Zusammenkunft der Hexer unterwandert oder gestürzt.«

»Ich stamme wahrhaftig aus einer anderen Welt, mein Gebieter«, berichtete Wallie. »Welchen Beweis kann ich erbringen? Wie wär's mit einem Steigbügel? Den gibt es hier nicht.«

Rotanxi schüttelte den Kopf. »Beeindruckend, aber nicht überzeugend. Dein Steigbügel ist ganz offensichtlich von dir selbst ersonnen.«

»Ah! Aber alle großen Erfindung werden ersonnen. Nun, dann nimm diesen Weitsehapparat, den ihr da habt. Er verkehrt das Bild. Das macht es gewiss sehr schwer, Worte von den Lippen abzuschauen.«

Ein Zögern ... und ein aufgeregtes Zucken der Lider. »Eine Frage der Übung. Kannst du etwa ein Fernglas machen, das das Bild nicht verkehrt?«

Fernglas! Das war ein neues Wort. »Sicherlich. Es gibt mehrere Verfahren, je nach dem, welche Art Linsen man hat. Ihr habt die Glasdrehbank noch nicht erfunden, oder? Macht nichts. Das einfachste Mittel ist es, zwei Ferngläser in eine Röhre zu stecken – dann hat man vier Linsen. Das erste Fernglas verkehrt das Bild und das zweite stellt es wieder richtig. Das ist schon beweiskräftiger als der Steigbügel, will ich meinen.«

Der Zauberer versuchte, ein unbewegtes Gesicht zu machen, aber er riss ein wenig die Augen auf. Wallie dachte, er könnte einen Schritt vorangekommen sein. Die Matrosen hatten sich zurückgezogen, die meisten jedenfalls, da der Streit vorbei war. Eine stille Unterhaltung zwischen einem Zauberer und einem Schwertkämpfer mochte ein bahnbrechendes Ereignis sein, fand aber keine Beachtung bei derart praktisch veranlagten Leuten.

»Es gibt auch Möglichkeiten, die bunten Ränder zu

vermeiden. Bei einer braucht man verschiedene Arten von Glas in einer bestimmten Anordnung, aber das übersteigt meine Kenntnisse. Ansonsten kann man ein Fernglas mit Spiegeln versehen, und dann hat man keine bunten Ränder mehr.«

Plötzlich kam Eifer auf. »Wirklich? Sag mir, wie man das macht.«

Wallie holte ein Stück Holzkohle hervor, das er eigens zu diesem Zweck eingesteckt hatte. »Du wirst mir einige Begriffe beibringen müssen.« Er begann, auf den Lukendeckel zu zeichnen – Tomiyano würde wütend werden – und skizzierte Kegelschnitte. Das brachte ihn zur Parabel, und so erklärte er das Spiegelteleskop.

Rotanxi wurde ganz offen aufgeregt. »Fast überzeugst du mich, mein Gebieter! Es gibt andere Hexerzusammenkünfte als Vul, aber ich dachte, keine sei uns in unserem Wissen voraus. Ich weiß nicht, wo in der Welt du diese Dinge gelernt haben kannst.«

»Das ist die Absicht.«

»So erzähle mir mehr.«

Der Tiger stand vor der Fallentür. »Ach leider, das wage ich nicht. Ferngläser richten nicht viel Schaden an, aber ich mache mir schon Sorgen wegen des Steigbügels. In meiner Welt führte er zu Reitern, die vom Scheitel bis zu den Zehennägeln in Metall gehüllt waren, und ich fürchte, dass ich in dieser Welt die Tür zu solchen Schrecken schon aufgestoßen habe. Es gibt noch andere Sachen, die ich dir erzählen könnte, die noch Schlimmeres hervorbrächten. Ich will versuchen, mich auf die harmlosen Ausnahmen zu besinnen, während ich meinen Krieg vorbereite. Aber ich stamme wirklich aus einer anderen Welt, Gebieter Rotanxi.«

Er tat, als wolle er ihn allein lassen – und der Zauberer hob eine Hand, um ihn aufzuhalten. »Dieses orangene Ding, das von deinem Boot aufgeflogen ist?«

Wallie lachte. »Ach, das ist harmlos.« Er erklärte die Wirkung von Hitze auf Gase, deutete die Molekulartheorie an, beschrieb, wie ein Heißluftballon funktionierte. »Jja hat nicht viel zu tun; frage sie freundlich, und sie macht dir sogar einen, den du mit nach Hause nehmen kannst. Das Wachsrezept musst du dir von Schwertkämpfer Katanji geben lassen. Er wird dir höchstens hundert Goldstücke abverlangen, glaube ich.«

Nun wurde er mit einem langen, strengen Blick bedacht. »Ich frage mich, ob du wirklich die Absicht hast, mich heimkehren zu lassen, mein Gebieter. Du gibst eine große Menge Wissen preis.«

Wallie lächelte unschuldig. »Vertraue mir einfach«, bat er.

Rotanxi schüttelte den Kopf. »Dein Köder hat einen Haken. Wo ist er?«

Wallie zuckte die Achseln. Eine Weile schaute er über das blaue Wasser zu der goldenen Stadt, die sich am Ufer des Stroms ausbreitete und so viel älter als selbst die Pyramiden war. Er versuchte, sich dort einen schwarzen Turm der Zauberer vorzustellen, und dachte daran, was Nnanji gesagt hatte – viele Male geplündert und niedergebrannt. Wenn er mit den Zauberern Frieden machen könnte, würde er viele Städte in der Zukunft davor bewahren, geplündert zu werden. Wenn Geschichte nur eine Reihe von Schlachten war, dann gebührte die Ehre nicht denen, die Geschichte machten, sondern denen, die sie verhinderten.

»Ich könnte ein paar Geheimnisse mit dir austauschen. Zum Beispiel und nur aus Neugier: Auf meiner

Welt war das Donnerpulver ein paar Jahrhunderte lang bekannt, ehe man auf die Idee kam, es für Waffen zu gebrauchen. War das hier auch so?«

Der alte Mann dachte sorgfältig nach. Da er keine Falle in der Frage fand, nickte er.

»Eine andere Frage, also«, fuhr Wallie fort. »Nachdem es Katanji gelungen war, in euren Turm einzudringen, berichtete er, eine große, goldene Kugel auf einer Säule gesehen zu haben. Das klingt mir nach einer Sache, die wir ...« Elektrostatischer Generator brachte er nicht heraus. Es gäbe nur ein Grunzen. »Mist! Es sammelt gewissermaßen Blitze, wenn man eine Kurbel dreht und damit einen Gurt bewegt. Nun, ich vermute, dass ihr dieses Ding mit den Metallgittern vor den Türen verbindet, sodass jeder ungebetene Gast einen Schlag bekommt. Würdest du dich gern dazu äußern?«

Der Zauberer sagte kein Wort.

»Ach, bitte!«, schmeichelte Wallie. »Ich kann mir nicht vorstellen, dass das ein Heer aufhalten kann, denn es würde zu lange dauern, jedesmal neue Blitze zu sammeln. Aber es gibt eine gute Falle für Einbrecher ab. Also gut – du verrätst es mir, und ich verrate dir ein Geheimnis aus meiner Welt über die gleiche Sache.«

Rotanxi machte ein finsteres Gesicht, aber er gab schließlich zu, dass die Goldkugel bei Nacht zu dem Zweck, den Wallie vermutete, mit den Türklinken verbunden wurde. Das war ein sehr kleines Zugeständnis, aber der Anfang von Vertrauen.

Wallie beschrieb ihm den Blitzableiter – der für jeden nützlich war, der Schießpulver in einem großen Turm aufbewahrte.

»Nur um mich zu beunruhigen, erzählst du mir

diese Dinge und was du alles planst«, sagte Rotanxi. »Ich fürchte, dass du mich doch nicht gehen lassen willst, trotz deines Eides.«

Wallie erwiderte: »Wir haben gemäß unserem Eid noch viele Tage Zeit. Mein Heer wird lange vorher bereit sein. Boariyi wäre vernichtend geschlagen worden, das gebe ich zu, aber das Siegen werde ich nun übernehmen.«

Vorsichtig sagte der alte Mann: »Und was wirst du tun, wenn deine kunstvollen Wurfgeräte und die Reiter nicht erfolgreich sind?«

Wallie schüttelte den Kopf. »Das will ich nicht hoffen! Andernfalls muss ich den Schwertkämpfern beibringen, wie man Donnerpulver herstellt. Ich bin sehr vorsichtig gewesen, Gebieter Rotanxi. Ich habe viele eurer Geheimnisse vor ihnen bewahrt – die Zeichen zum Beispiel, mit denen ihr Botschaften sendet.« Er kannte das Wort für Schreiben nicht. »Ich habe keine Erkundigungen über Schwefel oder Salpeter eingezogen. Wenn ich das tun muss, dann bist du ein toter Mann, sobald deine Freunde dich haben. Ich hoffe fest, dass ich nicht so weit gehen muss.

Siehst du, auf meiner anderen Welt haben die Zauberer die Waffen ersonnen, aber die Schwertkämpfer haben die Gewalt darüber; Waffen, die so furchtbar sind, dass ich nicht einmal versuchen werde, sie zu beschreiben. Ich bin sicher, dass hier das Gleiche eintreten wird. Sobald der erste Schreck vorüber ist, werden die Schwertkämpfer diese Feuerwaffen haben wollen. Wenn ich ihnen das Geheimnis nicht verrate, dann bekommen sie es auf anderem Wege. Selbst Zauberer können überwältigt und gefoltert werden. Ihr werdet das Donnerpulver nicht lange für euch behalten können, und wenn es heraus ist, dann werden die Zauberer Diener der Schwertkämpfer sein wie auf meiner Welt. Bedenke das, mein Gebieter!«

Wallie stand auf und überließ den Zauberer seinen finsteren Gedanken.

Sein Kopf wummerte, und seine Augen fühlten sich sandig an. Von Jja war nichts zu sehen. Vielleicht hatte sie seinem gereizten Befehl gehorcht und war in die Kabine gegangen. Er sollte sich bei ihr einschmeicheln – vielleicht sogar mit ihr schlafen. Der Heerbann würde nicht zusammenbrechen, wenn er sich ein paar Stunden Pause nahm. Er trottete den Gang entlang und ging zu ihrer Kabine.

Da saß sie. Als er eintrat, erhob sie sich und stand still vor ihm, den Blick zu Boden gerichtet wie eine gut erzogene Sklavin.

Er hob ihr Kinn mit einem Finger. »Jja!, flüsterte er.

Sie wich seinem Blick aus. »Gebieter?«

Sein Zorn flammte wieder auf. Zum Teufel mit ihr! Er trug schon zu viele Lasten, um noch eine mehr ertragen zu können. Er brauchte Trost, Kameradschaft, Ermunterung; nicht diesen sturen, gleich bleibenden Vorwurf.

Er versuchte es noch einmal. Er legte einen Arm um sie. »Jja?«

»Gebieter?«

»Du zitterst! Wovor hast du Angst?«

Er musste auf ihr Flüstern warten. »Vor dir, Gebieter.«

»Vor mir? Mein Liebling, ich habe gesagt, dass es mir Leid tut! Ich brauche Liebe, Jja!«

»Natürlich, Gebieter!« Sie entschlüpfte hastig seinem Griff und begann, sich das Kleid auszuziehen.

Zum Teufel mit ihr! Das tat sie, weil sie wusste, dass es ihn ärgerte. Es war ihre einzige Waffe.

Und eine gute.

Er ging hinaus und knallte die Tür hinter sich zu.

* * *

Es war Vormittag, die Sonne schien warm; Wallie hatte soeben den Bau des Katapults in Augenschein genommen und war mit seinem Leibwächter auf dem Rückweg in die Freistätte.

Es war der achte Tag von Shonsus Regierungszeit – Shonsu II. genauer gesagt – und der fünfte Tag, seit Boariyi mit der *Greif* segelte. Er sollte inzwischen bis Wal gelangt sein. Der Feldzug war gut ausgerüstet worden, hatte Wasserratten-Schwertkämpfer als Matrosen an Bord, genügend Vorräte für zwei bis drei Wochen und eine umfangreiche Sammlung von Ketten und Fesseln. Boariyi war enttäuscht gewesen, als Wallie seine Anweisungen dahingehend ergänzt hatte, dass die Zauberer entführt und nicht getötet werden sollten, aber er hatte den Vorteil erkannt, der darin lag, die Gefangenen dann durch die Straßen ziehen zu lassen. »Töte, wenn es sein muss«, hatte Wallie ihm gesagt, »aber ein lebender Gefangener ist wertvoller als totes Fleisch, und je mehr Zaubererroben du stehlen kannst, desto besser.« Wal und Aus waren diesmal das Ziel. Er wünschte, er hätte noch ein Schiff, um es flussaufwärts nach Sen und Cha zu schicken.

Langsam fing er an, Boariyi zu mögen. Es steckte etwas von Nnanji in dieser Bohnenstange und ein gewisser verschrobener Zynismus. Wallie schätzte alle seine Siebten. Die Göttin hatte gut gewählt.

Geld floss noch immer herein, aber es floss auch wieder hinaus. Pferde, Ausrüstung und Verpflegung zu kaufen war irrsinnig teuer. Die Katapulte wurden noch teuerer, und er hatte an die Kosten für den bevorstehenden Angriff zu denken. Er könnte natürlich die *Greif* verkaufen – wenn Boariyi sie nicht verlor. Es war verrückt, einen Siebten in solche Gefahr zu schicken, aber wenigstens hatte er einen gleichwertigen Gefangenen zum Austauschen, falls nötig.

Dann bog seine Parade auf den weiten Platz vor der Freistätte ein, und er gebot Halt, damit er der Reiterei zusehen konnte. Der Steigbügel war ein ruhmreicher Erfolg. Jetzt wollten alle Schwertkämpfer in die Reiterei aufgenommen werden – war es nicht immer so gewesen? Mit Fechtmasken zu reiten war unmöglich, und das Üben mit dem Florett daher gefährlich. Darum hatte er das Polospiel eingeführt. Natürlich war Polo auf einem gepflasterten Hof nicht gerade wie Siebzehnundvier spielen, aber andererseits bildete er die Kämpfer für die Schlacht aus. Die Schwertkämpfer waren überein gekommen, dass Polo der größte Spaß seit der Entdeckung der Geschlechtsreife sei. Es war zur größten Unterhaltung des Heerbanns geworden, nach dem Huren, und der meiste Sold schien in Polowetten zu fließen.

Selbst für Wallies ungeübtes Auge war offensichtlich, dass sich Pferde und Reiter verbesserten. Nun hatte er den nächsten Schritt zu planen – das Schlagholz war nicht die beste Waffe gegen Zauberer. Polo war gut, um das Reiten zu üben, aber nun musste er die Zimmerer Lanzen anfertigen lassen. Er schickte einen Ersten mit einer Essenseinladung zu Tivanixi und setzte seinen Gang fort.

Nahe der Freistätte focht eine Gruppe Schwertkämpfer. Wallie brauchte die grünen Abzeichen auf den Schulterriemen nicht zu sehen, um zu wissen, dass sie Nnanjis Männer waren. Und da war auch Nnanji selbst, blauer Kilt und roter Pferdeschwanz, der gerade einen von Boariyis Sechsten angriff. Kein anderer seines Ranges hatte jemals Zeit zu fechten. Wallie sah ihnen eine Zeit lang zu. Nnanji machte Fortschritte – selbstverständlich. Er seufzte, versuchte seine Anspannung und Zweifel nicht zu beachten. Dann gab er Befehl weiterzugehen.

Die glatte Steinfront der Freistätte, an der einst nur ein einzelnes Bronzeschwert angebracht gewesen war, trug nun zusätzlichen Schmuck. Außer Zauberern konnte niemand lesen, aber jeder konnte das Rechenbrett gebrauchen. Auf jeder Seite des Bronzeschwerts hing darum ein riesiges Rechenbrett aus Seilen und Strohbündeln. Eines zeigte dreihundertdreißig an; das andere sechzehn – einen Gefangenen und fünfzehn Tote, Chinarama inbegriffen. Die Botschaft war leicht zu verstehen, und ebenso der Ansporn, den sie brachte. Sie zu bauen und aufzuhängen hatte zehn Männer zwei Tage lang beschäftigt. Das war die wichtigste Regel, wenn man ein Heer führte: Man musste es beschäftigt halten. Früher hatte Wallie Smith eine petrochemische Fabrik erfolgreich geführt, indem er die Belegschaft an das Arbeitsaufkommen anpasste. Hier war seine Belegschaft eine feste Größe, darum musste er sich Arbeit für sie ausdenken.

Als er am Durchgang anlangte, kam ein Trupp Männer mit widerlich stinkenden Eimern heraus – die Verlierer der täglichen Überprüfung, deren Schlafplätze am unannehmbarsten gewesen waren. Die Freistätte glänzte nun von innen und außen, aber es musste jeden Tag ein paar Verlierer geben, die die Nachttöpfe leerten, und die orangenen Abzeichen besagten, dass sie Zoariyis Männer waren. Die Farbchiffrierung wurde bei den unteren Rängen kompliziert, denn jeder Siebte hatte seine eigene Farbe, und desgleichen jeder seiner Schützlinge. Ein Dritter trug fünf Abzeichen. Nnanji wusste, was jede einzelne Kombination bedeutete. Wallie war das nicht wichtig.

Er schwenkte in den Hof ein, wo nun Waschhäuser aus Segeltuch und Latrinen standen. An der Tür zum Vorraum entließ er sein Gefolge und schickte sie, Forarfi zu suchen, bei dem man sich darauf verlassen konnte, dass er ihnen irgendetwas zu tun gab. Dann ging er hinein.

Das Zimmer war voller Leute, wie immer. Am anderen Ende saß Linumino an einem Tisch und zählte Geld. Obwohl Wallie immer das Gefühl hatte, als stünde dieser Raum voller Tische mit Schreibmaschinen und Telefonen, hatte nur Linumino so etwas wie einen Tisch. Das Geld selbst blieb in der Truhe in Wallies Arbeitszimmer, das auch als Ratssaal und in den meisten Nächten von ihm selbst als Schlafraum benutzt wurde. Alle anderen Leute saßen auf Hockern oder standen. Die Sitzenden erhoben sich, als er hereinkam, und alle drückten zum Gruß die Faust ans Herz. Innerhalb des Heerbanns hatte er den rituellen Gruß als Zeitvergeudung abgeschafft.

Er durchschritt den Raum, nickte und lächelte denen zu, die er kannte, stellte Vermutungen an, was sie hier wollten, gab Katanji einen Wink, runzelte beim Anblick von zwei Sechsten die Stirn, die mit geschwollenen Gesichtern, aber bewacht und ohne Schwert dastanden. Als er am Tisch seines Adjutanten ankam, lächelte dieser und deutete auf eine Gruppe von sechs Männern. Er brauchte nichts zu sagen – drei junge Dritte mit Tivanixis Schulterabzeichen, jeder in Begleitung eines nackten Jungen zwischen zehn und vierzehn Jahren alt, die alle sehr beunruhigt schauten.

»Wieviel macht das?«, fragte Wallie.

»Dreizehn, mein Heerführer.«

Wallie betrachtete die Jungen. Sie zitterten. Die Dritten waren fast ebenso aufgeregt, wahrscheinlich alle frisch aufgestiegen. Er drehte sich wieder zu Linumino um. »Du hast sie geprüft?«

»Der Ehrenwerte Hiokillino hat es getan, mein Heerführer. Er sagt, sie werden bestehen. Vier andere hat er abgelehnt, die keinen Ball fangen konnten, den man ihnen nicht in den Mund stopfte, sagt er. Konnten Hände und Füße nicht auseinander halten!«

Wallie lachte. »Also gut.« Er geizte mit der Zeit, aber hier war eine Zeremonie gerechtfertigt, darum sagte er: »Stelle sie vor.« Feierlich stellte Linumino die Dritten vor.

»Ich bin Genotei, Schwertkämpfer des dritten Ranges, und es ist mein innigster und untertänigster Wunsch ...«

»Ich bin Shonsu ... Stelle deinen Bewerber vor, Schwertkämpfer.«

»Mein Gebieter, ich habe die Ehre ...«

»Ich bin Jiulyuio, Sohn des Goldschmieds Kiryuio, und es ist mein innigster und ...«

Alle drei Jungen waren vergleichsweise jung, fand Wallie, aber er antwortete feierlich auf ihren Gruß. Er hörte zu, als jeder von ihnen den Schwertkämpfer-Kodex sprach und dann einem der Schwertkämpfer den zweiten Eid schwor. Der Heerführer kniete nieder und verlieh ihnen ihr erstes Schwert; für den Rest ihres Lebens würden sie damit prahlen. Zum Schluss schüttelte er jedem die Hand und hieß sie in der Zunft willkommen. Wallie ging in sein Arbeitszimmer, und die

Neulinge eilten mit ihren Beiständen aufgeregt hinaus.

Er warf sein Schwert aufs Bett und ließ sich in den Sessel fallen, womit er eine Wolke Staub und noch mehr Federn aufwirbelte. Linumino schloss die Tür und stand wartend da. Der dickliche, narbenreiche Schwertkämpfer hatte sich als ausgezeichneter Adjutant erwiesen, der eine endlose Geduld für Kleinigkeiten aufbrachte und über ein hervorragendes Gedächtnis verfügte. Viele Stunden saß er an seinem Tisch und schien täglich an Umfang zuzunehmen. Bald würde er so lächerlich fett sein, dass er kein Schwert mehr tragen könnte. Aber solange der Heerbann bestand, war das ohne Belang, und vielleicht wollte er sich hinterher ohnehin zur Ruhe setzen. In der Zwischenzeit brachte er Vernunft und Ordnung in Wallies Welt, die ohne ihn ganz leicht ein verrücktes Durcheinander hätte werden können.

»Nimm dir einen Hocker«, bat Wallie. »Etwas im Argen?«

Linumino runzelte die Stirn. »Mein Heerführer, habe ich Recht mit meiner Vermutung? Es scheinen immer Gebieter Tivanixis Männer zu sein, die diese viel versprechenden Anwärter finden.«

Wallie lachte. »Das ist mir auch aufgefallen. Ich nahm an, dir auch. Und keinem von uns.«

»Wie geht das zu – sechs Beine jeder Junge?«

»Zehn, glaube ich. Es sei denn vier davon sind ungewöhnlich gut.«

Linumino lächelte und sagte nichts weiter. Bestechung, um einen Anwärter einzuberufen, war nicht ehrenhaft, aber der Heerbann brauchte dringend gute Pferde. Der Kaufpreis war von drei Goldstücken auf zwanzig oder dreißig gestiegen, und solche Kosten konnten sie von ihren Einnahmen nicht tragen. Doch reiche Familien zahlten dafür, dass ein Sohn Schwertkämpfer werden konnte. Solange die Jungen viel versprechend waren, drückte Wallie beide Augen zu, und Tivanixi bekam mehr Berittene, mehr Stallhelfer, mehr Mäuler zu füttern, mehr Pferde.

»Gut, dann wollen wir mal!«

Steif auf seinem Hocker sitzend, schloss Linumino die Augen, wie immer, wenn er sich Einzelheiten ins Gedächtnis rief. Das war ein beunruhigender Anblick, denn das linke schloss sich nicht ganz, sondern ließ einen Streifen Weißes sehen. »Der Heilige Honakura antwortet, dass es möglich sein wird, worum du bittest, bis zu zwölf, und er hofft, dich heute Abend beim Abendessen im Haus des Steinmetzes zu sehen. Du bist morgen Abend zum Festessen der Händler eingeladen, am Abend darauf bei den Schlachtern, und zu zwei Tanzfesten am darauf folgenden Abend, zu ...«

»Zusage bei den ersten beiden für mich und Gebieterin Doa. Absage bei den beiden, die sich überschneiden. Das klingt nach örtlichen Auseinandersetzungen, und ich will nicht hineingezogen werden.«

Linumino hatte beim Zuhören die Augen geöffnet. Er schloss sie wieder. »Die Gebieter Tivanixi und Zoariyi haben beide Sechste geschickt, um nach dem Leder zu fragen.« Die Augen öffneten sich.

»Verdammt!«, sagte Wallie wütend. »Wir werden zahlen müssen! Die alte Schlampe hat gedroht, Anker zu lichten und den Zauberer mitzunehmen!« Brota hatte nicht nur eine Schiffsladung voll des feinsten Leders nach Casr gebracht, sie hatte auch den ganzen Bestand der Stadt aufgekauft. Jetzt verlangte sie vierhundert Goldstücke, und kein Bitten Wallies konnte sie davon abbringen. Sie hatten am Vorabend einen lauten Krach gehabt, der damit endete, dass die Kinder vor Angst kreischten und die Matrosen sich drohend an den Sandeimern aufstellten. Die Macht des Heerführers endete am Rand des Wassers.

»Das Entladen wird schwierig werden«, sagte Wallie. »Der Zauberer könnte in Versuchung kommen, wenn sie anlegt; du wirst es persönlich überwachen. Du brauchst etwas frische Luft. Nimm das Geld und viele Männer. Du solltest ihn ohnehin kennen lernen. Er ist ein hinreißender alter Gauner.« *Und letzte Nacht hätte er fast die Dampfmaschine aus mir herausgekriegt.*

Der Adjutant nickte, dann schloss er wieder die Augen. »Gebieter Tivanixi berichtet einen weiteren Schlüsselbeinbruch, und einem Neuling wurde der Fuß zertrampelt. Er wird bald den ganzen Heerbann in Schienen gelegt haben, mein Heerführer. Keine weiteren Fälle von Bauchkrämpfen.«

Das war eine gute Nachricht! Ein Heerbann in einem einzigen Gebäude eingezwängt, führte den Gott der Seuchen in Versuchung, der eine größere Bedrohung war, als irgendwelche Feinde je sein konnten.

»Der neue Befehl, das Wasser abzukochen, wird befolgt?«

»Offensichtlich, mein Heerführer. Das Wasser im westlichen Brunnen ist um eine weitere Elle gesunken, und im Ostbrunnen um eine Handbreit.«

Das war eine schlechte Nachricht! Brunnen zu graben kam in keinem Sutra vor; das war Sklavenarbeit, und Wallie hatte alle Sklaven verkauft.

»Gebieter Jansilui berichtet, dass er Anwerber nach Tau und Dri geschickt hat, um Pfeilmacher, Falkner und Vögel zu finden. Er fragt, ob er auch in Zaubererstädte schicken dürfe und wenn ja, ob er Hilfe von Gebieter Nnanji erbitten dürfe.«

»Ja, er mag jemanden schicken. Aber keine Schwertkämpfer natürlich. Er soll Priester oder Händler nehmen. Er soll Honakura fragen. Und Nnanjis Dienst umgehen. Anwerben kann nicht geheim bleiben.«

»Ja, mein Heerführer. Das sind alle Nachrichten. Draußen wartet eine Abordnung … von der Hafenmeisterei, nehme ich an.«

»Wenn sie ihre Sache nicht darlegen wollen, dann will ich sie nicht sprechen. Wenn sie tatsächlich Hafenmeister sind, sag ihnen, sie sollen in einer Woche wiederkommen. Ein bisschen Fasten würde ihnen nicht schaden.

Der Adjutant lächelte kurz. »Die beiden Sechsten sind der Rauferei angeklagt… Die Gebieter Nnanji und Zoariyi haben den Fall beurteilt und beide zu einundzwanzig Schlägen mit der siebenschwänzigen Katze verurteilt. Die Strafen bedürfen deiner Bestätigung.«

»Verdammt!«, sagte Wallie wieder. Er sprang auf und wanderte ans Fenster, wo er hinausstarrte. »Ich will neue Vorhänge und eine zweite Lampe. *Beide?*«

»Einer beschuldigt den anderen, angefangen zu haben, schätze ich.« Linumino war ebenfalls aufgestanden. »Die Zeugen sind nicht einer Meinung. Die Richter schlossen, dass Ukilio mit den Fäusten angefangen hat und dass Unamani als erster blankzog.«

Wallie dachte einen Moment nach. »Hast du einen Herold bei der Hand!«

»Nein, mein Heerführer.«

»Lass einen rufen, während ich mich mit Katanji unterhalte. Sonst noch etwas Dringendes?«

Der Adjutant sagte, das Übrige könne warten. Er ging hinaus. Wallie schlenderte zu seinem Sessel, sah zum Bett hinüber, wo eine neue glänzende Decke lag, und seufzte. Er verbrachte fast alle seine Tage und

Nächte in diesem Raum. Seine Besuche auf der *Saphir* wurden immer kürzer und seltener; er hatte nun schon vier Nächte nicht mehr an Bord geschlafen. Er schlief in seinem Arbeitszimmer. Allein.

Dann stand er auf und lächelte, als Katanji eintrat. Sie waren sich hin und wieder begegnet und hatten nicht über die Geschäfte geredet, aber nun kam Katanji ganz geschäftlich. Seine beiden neuen Stirnmale waren noch kaum verheilt, aber er hatte einen annehmbaren Pferdeschwanz bekommen und die Locken fachmännisch geglättet. Die Spange war ein goldener Greif. Sein brauner Kilt war aus teurem Wildleder, die Stiefel glänzten. Er trug einen Harnisch, der seinen Gipsverband hielt, aber kein Schwert. Katanji machte sich.

Katanji sah sich anerkennend im Raum um, hob einen der neuen hellen Wandteppiche hoch, kicherte über die alte Wandkerbe darunter und machte es sich dann auf einem Hocker bequem. »Du hast mich holen lassen, mein Gebieter?«

Sein unschuldiger Blick hätte einen Marmorblock erweichen können.

»Ganz recht. Es ist schlau eingefädelt, Katanji, aber es dauert zu lange. Wir brauchen sie jetzt! Soviel ich weiß, hast du siebenunddreißig.«

»Einunddreißig nach jenen drei letzten, mein Gebieter. Ich versuche, die Dinge zu beschleunigen – der Ehrenwerte Trookro geht einfach und sucht die aus, die er gerade möchte. Das spart Auseinandersetzungen. Wir bekommen aber heute weitere zehn. Gute!«

Wallie bewunderte seine schamlose Frechheit. »Du weißt, dass du mit einem Bein im Gefängnis stehst, nicht wahr? Tivanixi hat Trookro an jenem ersten Morgen geschickt, damit er Pferde kauft, und du hast den Preis verdreifacht, bevor er den ersten Grashalm sah.

Sie haben alle vermutet, dass es Chinaramas abscheuliches Werk war. Dann begannen sie eine Hetzjagd unter den Sechsten, die belauscht hatten, wie ich Tivanixi befahl, einen Sattler zum Schiff hinauszubringen. Sie haben nicht gewusst, dass ich vorher von Pferden gesprochen habe, als du dabei warst. Dann wollten sie nicht glauben, dass ein Neuling – selbst wenn er plötzlich im Rang aufgestiegen ist – fähig ist, die Fäden zu ziehen. Ich musste ihnen klar machen, dass du nicht im Heerbann eingeschworen warst und dass, was du getan hast, darum kein Verrat war, sondern nur einträglicher Handel!«

Katanji lächelte nachsichtig und erwiderte nichts.

»Wer ist dein Teilhaber?«

Ohne rot zu werden, antwortete er: »Ingioli des Fünften, mein Gebieter. Gewöhnlich handelt er mit Teppichen, aber er kennt ein paar gute Pferdehändler.«

»Offensichtlich! War er überrascht, dich wiederzusehen?«

Katanji grinste und nickte.

»Eine andere Sache«, sagte Wallie dann. »Es wird zu auffällig! Am Anfang hat niemand auf dich geachtet. Aber, wie ich höre, kreuzt du jetzt mit einer Schar Kinder auf, und die Schwertkämpfer umringen dich wie ... wie ...« Er dachte an einen Eiswagen, aber das ließ sich nicht übersetzen.

»Es ist Liebe auf den ersten Blick!«, widersprach Katanji entrüstet und baumelte mit den Beinen. »Sehr ergreifend!«

»Liebe!«, wiederholte Wallie entsetzt.

Katanjis Unschuldsmiene wurde noch bewegender. »Hast du nicht von den Mädchen gehört, mein Gebieter? Es gab vier Vermählungen in der vergangenen Nacht und fünf am Tag davor ...«

Jetzt konnte Wallie ein lautes Lachen nicht mehr unterdrücken. »Pferde als Mitgift? Was für Ehen werden das sein, Katanji? Wie lange werden sie halten, wenn der Heerbann eines Tages entlassen ist?«

Katanjis Schulterzucken rief ihm ins Gedächtnis, dass er sich nie über die Schwierigkeiten anderer Leute Gedanken machte. »Die Söhne werden mir knapp.«

»Du führst einen Sklavenhandel!«

Katanjis Augen wurden schmal, als plötzlich die Moral mit dem Geschäft vermengt wurde. »Die Schwertkämpfer wollen Reittiere. Tivanixi bekommt einen Berittenen und ein zusätzliches Pferd. Die Pferdezüchter bekommen zwanzig Goldstücke, für etwas Besonderes, wie einen vierjährigen Wallach mit guten Beinen, kriegen sie mehr. Der Heerbann bezahlt nichts – weit unter den Kosten! Eltern bringen Söhne in der Zunft unter und Töchter werden verheiratet. All diese reichen Leute werden ganz wunderlich bei dem Gedanken an Schwertkämpfer-Enkel. Wer verliert bei der Sache?«

»Nicht Schwertkämpfer Katanji, dessen bin ich sicher.«

»Wenn du die Dinge beschleunigen willst, mein Gebieter ... du hast zu viele abgelehnt! Ich gebe zu, dass Olonimpi nicht das Zeug hat, aber ich dachte, dass die anderen annehmbar wären.«

»Nein«, sagte Wallie entschieden.

»Drei Pferde jeweils?«, meinte Katanji hoffnungsvoll. Das wären zwei Dutzend von den paarunddreißig gleich auf der Stelle. Für Olonimpi machte ich vier draus. Er kann kein schlechterer Schwertkämpfer sein, als ich einer gewesen wäre.«

Der hatte Nerven! Wallie hatte keine Ahnung, welcher Bewerber dieser dumme Olonimpi gewesen war, aber offenbar war seine Familie sehr reich.

»Nein«, sagte er noch einmal. »Ich werde nicht unsere Maßstäbe senken. Wie viel für die einunddreißig Pferde?«

»Mehr als du aufbringen kannst!«

Wallie sprang auf – und Katanji zuckte nicht einmal. Jeder andere wäre derzeit vor Wallie zurückgeschreckt, aber Katanji hatte Gebieter Shonsu vor langer Zeit zutreffend eingeschätzt.

»Du weißt, dass Tivanixi gehen und sich selbst bedienen will? Bei einem Reitereiausflug?«

»Was ist mit dem Pech?«, fragte Katanji ruhig.

Wallie setzte sich wieder hin. Pech. Er hatte nicht mehr daran gedacht, aber es war wichtig für die Katapulte.

Der Junge hatte ihm den Gedanken vom Gesicht abgelesen und bemühte sich, nicht selbstgefällig auszusehen. »Es gibt in Casr zweitausendvierhunderteinundachtzig Fässer Pech, mein Gebieter. Brota hat achthundertzwölf davon. Die übrigen gehören mir.«

»Und Fässer voll Pech sind leichter zu verstecken als Pferde?«

Katanji lächelte.

»Unter der Freistätte gibt es eine Folterkammer.«

Katanji zuckte die Achseln. »Du hast dem Zauberer versprochen ... folterst du nur deine Freunde?« Er schaltete seinen Charme wieder ein. »Ich dachte nicht, dass du dich so weit erniedrigen würdest, unsere Pferde zu stehlen, aber Ingioli war unruhig und verlangte nach Sicherheit. Das war gut so, denn so entdeckten wir, was Brota gerade tat. Wir waren zu spät für das Leder, aber an dem Pech wird sie sich die Finger verbrennen.« Er weidete sich sichtlich daran.

Nun war Wallie besorgt, wie es von ihm erwartet

wurde. »Mit wie viel willst du uns für das Pech belasten?«

»Ich geb's zusammen mit den Pferden«, sagte Katanji großzügig, »wenn du die abgelehnten Bewerber annimmst und wenn die Ältesten einem gewissen Händler ein zehnjähriges Alleinverkaufsrecht für Teppiche in Casr zusagen. Einunddreißig Pferde und etwas über sechzehnhundert Fässer Pech! Und Brota kann ihres zum Frühstück essen!«

Nach dem Gefecht vom vorigen Abend war das ein verlockender Gedanke, und das hatte wusste Katanji.

»Die abgelehnten Kandidaten?«, machte Wallie nachdenklich. »Würden sich aus ihnen Priester machen lassen?«

Katanjis Pupillen weiteten sich. »Ich wusste nicht, dass du ...«

»Honakura könnte das deichseln. Ein Alleinverkaufsrecht von *Seiden*teppichen für fünf Jahre würde den armen Leuten nicht wehtun.«

Katanji machte ein finsteres Gesicht, während er rechnete. Dann sagte er: »Das Pech, alle einundvierzig Pferde, acht Priester, sechs Priesterinnen, alle Teppiche für fünf Jahre, und Olonimpi wird Schwertkämpfer.«

Honakura hatte zwölf gesagt – er würde für vierzehn sorgen müssen.

»Gemacht!«, sagte Wallie. »Mit einer Ausnahme.«

Katanji zog argwöhnisch eine Braue hoch.

»Du sagst mir – bei deiner Ehre –, wie viel dir Olonimpis Familie bezahlen wird.«

»Der Handel ist gemacht?«

»Ja. Ich habe schon mit Honakura gesprochen«, gestand Wallie, »und die Ältesten kann ich sicherlich einschüchtern.«

»Und du wirst Nanj nichts erzählen?«

»Götter, nein!« Das gäbe einen Aufruhr ... oder Schlimmeres?

»Ich kriege mehr als von den anderen ...«

»Wie viel?«

Es dauerte länger, um ihm diese Angabe zu entlocken, als die Pferde von ihm zu bekommen, aber schließlich murmelte Katanji widerstrebend: »Zwölfhundert.«

»Mach, dass du raus kommst!«, brüllte Wallie und versuchte, nicht zu lachen, allerdings ohne großen Erfolg. »Vereinbare mit Trooko die Übergabe der Ponys – und dieser Olonimpi-Kerl geht am besten in die Reiterei.«

Katanji verstand und kicherte. An der Tür blieb er stehen. »Es wäre hilfreich, wenn du deine Späher zurückziehen würdest, mein Gebieter. Sie treiben die Preise in die Höhe – die Züchter sprechen sich untereinander ab.«

»Raus! Und sag deinem Bruder, ich will ihn sprechen.«

Wallie stand auf und folgte Katanji in das Vorzimmer. Er fühlte sich, als hätte er mit einem Stier gerungen. Zwölfhundert! Olonimpi allein deckte damit sämtliche Ausgaben des Syndikats. Der Rest blieb als Gewinn – Tausende! Aber einundvierzig Reittiere kostenlos für den Heerbann ...

Linumino folgte ihm, als der Heerführer zu einem zappeligen jungen Herold des Dritten hinüberging, der neben den beiden verhafteten Sechsten wartete.

Zwei Sechste mit schwarz angelaufenen Augen, geschwollenen Lippen und sauren Gesichtern. Mindestens einer der beiden war knapp einer Mordanklage entgangen. Ukilio hatte seinen eigenen Trupp von freien Schwertern geführt, einen großen Trupp. Unamani war Oberster in einer großen Stadt gewesen. Beide gute Männer, und doch waren sie sich bereits beim ersten Anblick mit Hass begegnet, aus keinem bekannten Grund. Wallie konnte ihre Feindschaft spüren; wenn er den einen ansah, fletschte der andere die Zähne.

Er verschwendete keine Zeit mit Förmlichkeiten. »Wer ist Ukilio? Dann bist du Unamani? Ihr habt das Urteil gehört?« Sie nickten ungerührt. Wie konnte ein Mann ungerührt bleiben, wenn er einer solchen Vernichtung entgegensah? »Wisst ihr, was euch einundzwanzig Schläge antun werden?« Wallie wusste es nicht, konnte es sich aber ausmalen. Sie nickten wieder.

»Mir gefällt das nicht«, sagte er. »Ihr werdet beide für ein Jahr unbrauchbar sein, vielleicht für immer. Ich hätte lieber einen ganzen Sechsten als zwei halbe Sechste.«

Es warteten noch immer zwei Dutzend Leute im Raum. Sie alle versteiften sich ahnungsvoll.

»Was ich von einem Sechsten erwarte, sind Führungseigenschaften. Daher werde ich euch als Anführer prüfen, in einem Wettbewerb. Der Gewinner wird einen Schlag vom Verlierer bekommen. Der Gewinner darf dann so viele Schläge an den Verlierer austeilen, wie er möchte, er darf ihn zu Tode peitschen, wenn er will.«

Die Opfer waren erschrocken. Dann sahen sie einander an. Die geschwollenen Augen verengten sich, und die geschwollenen Lippen kräuselten sich spiegelgleich.

»Gebieter Linumino wird euch eure Schwerter zurückgeben«, fuhr Wallie fort, »und jedem zwei

Goldstücke austeilen. Ihr werdet Brunnen graben. Folgendes sind die Regeln. Herold, du wird sie bei den nächsten beiden Mahlzeiten ausrufen. Gebieter Linumino wird die Stellen zum Graben aussuchen und die Stellen zum Abladen, alle Erde muss aus dem Hof entfernt werden. Von den Goldstücken könnt ihr das Werkzeug kaufen, das ihr braucht, und Männer anwerben, jeder nicht mehr als zwölf. Ihr dürft jeden Mann unterhalb des sechsten Ranges nehmen. Ihr dürft euch nicht in die Gruppe oder die Grabung des anderen einmischen, sonst scheidet derjenige aus und wird zum Verlierer erklärt. Einen Tag Strafe für jede Verletzung. Die Löcher müssen die ganze Zeit über abgestützt werden. Ich werde einen Richter ernennen, und ihr dürft jeder zwei ernennen. Die Gruppe, die als Erste ein Fass voll Wasser gewonnen hat, siegt.« Er drehte sich zu Linumino, der ihn angrinste – ein schrecklicher Anblick. »Was für Regeln brauchen wir außerdem?«

»Anreize oder Drohungen?«

»Richtig!« Aber das war schwierig. Freie Schwerter verachteten Geld; einige verweigerten sogar den Hungerlohn, der ihnen als Trinkgeld geboten wurde. »Wir brauchen mehr Huren. Die Gewinnergruppe wird nach Dri geschickt, um in den Freudenhäusern nach besonderen Begabungen zu suchen und die freudenreichsten Frauen mitzubringen. Alle Ausgaben werden zurückerstattet. Meinst du, das genügt?«

Der Adjutant lachte glucksend. »Das sollte ihr Blut in Wallung bringen, mein Gebieter! Die Warteschlangen sind schlimm, weißt du.«

Das hatte Wallie schon gehört. »Und ihr dürft eure Männer nicht bedrohen oder verletzten oder bestrafen. Ihr sollt sie *begeistern*, damit sie für euch graben. Wenn ihr das könnt, dann seid ihr echte Anführer. Irgendwelche Fragen?«

»Wann fangen wir an, mein Heerführer?«, fragte Ukilio.

»Jetzt.«

»Am Ende, mein Heerführer«, fragte Unamani, »dürfen wir vor dem Auspeitschen einen Tag ausruhen? Ich möchte gerne gut ausgeruht sein, damit ich gute Arbeit an ihm leisten kann.« Sie starrten einander wütend an.

»Das ist nur gerecht. Füge das hinzu, Herold. Die Schwerter, Adjutant?«

Ich bin ein Gott, dachte Wallie. *Ich spiele mit dem Leben von Menschen.* Doch eine faire Chance war besser als keine. Zu Tode gepeitscht zu werden war kaum schlimmer, als einundzwanzig Schläge mit der Katze zu bekommen, und vielleicht – bitte, ihr Götter! – vielleicht würde der Gewinner gnädig sein. Es würde all die anderen gelangweilten Männer da draußen unterhalten. Die Wetten würden grausam werden.

Unamani und Ukilio nahmen ihre Schwerter und stießen in der Tür zusammen, wobei sie im Duett fluchten. Dann waren sie draußen und rannten beinahe Thana um, die von einer großen und eindrucksvollen Frau mit einer blauen, reich bestickten Robe begleitet wurde. Die beiden Frauen schauten den Sechsten überrascht nach.

Wallie seufzte. Offenbar war heute Familienabend, aber Thana musste Vortritt gewährt werden, obwohl sich die anderen Besucher inzwischen stapelten. Sie war kein Gefolgsmann, darum vollführte sie den rituellen Gruß und bekam ihre Antwort. Dann stellte sie die hagere, weißhaarige Matrone vor... Olonanghi, Weberin des siebten Ranges. Neugierig geleitete Wallie sie in das Arbeitszimmer und bat sie, Platz zu nehmen, wobei er Gebieterin Olonanghi den Sessel zuwies.

Thana trug nach wie vor schamlos ihren Bikini, die beiden gelben Schärpen, aber kein Mann beklagte sich darüber. Mit dem ihr eigenen Selbstvertrauen nahm sie das Gespräch in die Hand.

»Wir werden dich nicht lange aufhalten, mein Gebieter. Ich habe zufällig von Nnanji gehört, dass du dich wegen Winterkleidung sorgst. Genau genommen, Wollmäntel, glaube ich?«

Nun machte also auch Thana in Schmiergeldern?

»Das ist wahr.«

»Zu fünfzehn Silberstücken, wie er, glaube ich, erwähnte.«

Wallie nickte. Nnanji war sein Eidbruder, also war Thana seine Eidschwägerin und – oh, Götter! – Brota seine Eidschwiegermutter?

»Gebieterin Olonanghi glaubt, ein besseres Angebot machen zu können, mein Gebieter.«

Aber warum Thana?

Die Matrone deutete mit einem Finger auf ihr rechtes Augenlid. »Mein Vater war ein Schwertkämpfer, mein Gebieter, darum haben Schwertkämpfer einen besonderen Platz in meinem Herzen.«

Wallie murmelte etwas Höfliches, dachte, dass das auf viele Frauen zutraf, wenn auch nicht so spät im Leben.

Dann wusste er's! »Du bist nicht zufällig verwandt mit dem jungen Olonimpi, nicht wahr?«

Ihr faltiges Gesicht begann zu leuchten. »Mein Enkel!«

Wallie begriff und hustete hastig, um sein Lächeln zu verbergen. »Ein viel versprechender Knabe. Er steht ganz vorn in der Reihe unserer Bewerber, aber natürlich müssen wir uns bei der Anzahl beschränken ...«

»Vielleicht sollten wir über die Mäntel sprechen, mein Gebieter«, sagte Thana kalt – die Intrige entglitt ihren Händen.

»Es wäre uns vielleicht möglich, auf zehn Silberstücke pro Stück herunterzugehen«, schlug Gebieterin Olonanghi vor.

»Ich hoffe, einen Platz in der Reiterei für ihn zu finden«, überlegte Wallie. »Natürlich ist der Wettstreit dabei ungeheuerlich – das ist die begehrteste Abteilung, wenn du verstehst ... ich bitte um Verzeihung, meine Gebieterin, ich bin abgeschweift. Sagtest du sechs?«

Gebieterin Olonanghi biss sich auf die Lippe. »Acht, sagte ich, mein Gebieter.«

»Dann sind wir handelseinig! Und ich glaube wirklich, wir können ein Plätzchen für einen Jungen mit so offenkundiger Begabung finden.«

»In der begehrtesten Abteilung?«, gurrte die Gebieterin.

»Sicherlich. Man hat mir gesagt, er sei dafür sehr geeignet.«

Er brachte sie hinaus zu Linumino, damit sie mit ihm die Einzelheiten festlegten, während er sich fragte, wer am Ende des Durcheinanders am besten abschneiden würde. Olonimpi war zweimal verkauft worden. Katanji wahrscheinlich. Thana war, wenn es ums Geld ging, nicht seine Klasse.

Und morgen würde Wallie diesen ungeschickten Olonimpi kennen lernen und vor ihm niederknien, um ihm sein Schwert zu übergeben. Als Neuling in der begehrtesten Abteilung sollte er es in eine Schaufel verwandeln.

Noch mehr Bittsteller waren nun angekommen, aber wieder gab es keinen Zweifel, wer Vorrang hatte. Thana war vollständig vergessen, als er Doa sich stattlich nähern sah. Er folgte ihr in sein Zimmer und schloss sorgfältig die Tür.

Dann lächelte sie. Wie gewöhnlich gingen seine Lenden in Flammen auf.

Heute trug sie wieder die lange Robe; es wechselte. Aber der Halsausschnitt war verwegen tief, und die blassblaue Seide war so durchsichtig, wie er noch keinen Kleiderstoff gesehen hatte, und klebte am Körper wie Lack. Sie hatte ihre Laute nicht bei sich, und ihr einziger Schmuck war der Saphir, den er ihr geschenkt hatte und der an einer Silberkette baumelte.

Die Kasse des Heerbanns brauchte diesen Edelstein inzwischen dringend.

Doa schlenderte zum Fenster, um die Vorhänge zu schließen, und seine Augen hingen an jeder Bewegung dieses unübertrefflichen Körpers. Zeit und Misserfolg hatten seine Begierde nicht abgeschwächt. Fast jeden Abend begleitete er sie zu dieser oder jener Feier, und immer wurde sie gebeten, während des Abends zu singen. Sie tanzte erstklassig, aber enge Tänze wie der Walzer waren unbekannt, darum hatte er selten die Gelegenheit, mehr als ihre Hand zu berühren. Sie waren ein auffallendes Paar, wie er wusste, das alle anderen um einen Kopf überragte. Sie war anerkanntermaßen die Primadonna, der Star von Casr, für die heldenliedsüchtigen Schwertkämpfer eine erhabene Gestalt. Selbst der Heerführer konnte sein Ansehen vergrößern, indem er mit ihr gesehen wurde.

Er erzählte ihr von den Einladungen, die er am Morgen angenommen hatte.

»Gut«, sagte sie, das erste Wort, das sie gesprochen

hatte. Sie ging zum Kamin, ihrem Lieblingsplatz, und lehnte sich dagegen, um ihn mit träger Belustigung anzusehen, was ihre Lieblingsbeschäftigung war.

»Was hältst du von Meisterin Solas Vorführung neulich?«, fragte Doa. »Hast du bemerkt, was ihr Mann ...«

Sie war ein niederträchtiges Klatschweib, und eine gnadenlose Nachahmerin. Sie kam jeden Tag etwa um diese Zeit zu ihm. Dann sprach sie über die jüngsten Feste, zog über die hohe Gesellschaft von Casr und die älteren Schwertkämpfer her. Wallie nahm wenig Anteil an dem Thema, bewunderte aber ihre Vorstellung. Manchmal reizte sie ihn zu aufrichtigem Lachen – wenn sie Nnanji nachahmte, war sie unerträglich komisch –, aber meistens saß er nur still da, lächelte höflich und träumte lüsterne Gedanken.

Aber der eigentliche Zweck ihres Besuchs war der Genuss, ihn zu verspotten, zu necken und zu locken wie eine gierige Hure.

Sie war verrückt, und er auch.

Heute verspürte er kein Verlangen, seiner üblichen Gewohnheit nachzugehen. Am vorigen Abend war er zu Jja gegangen, in ihre Kabine. Ihre Begegnung war ein Desaster, wie seine Besuche bei ihr jetzt immer. Oh, sie hatte gehorcht, eine Sklavin hatte keine andere Wahl. Sie hatte sogar vorgegeben, gefallen zu wollen, aber ihre Bemühungen waren die einer gut gedrillten Nachtsklavin gewesen. Die Frau, die er gekannt hatte, die Freundin und Geliebte, war verschwunden, und seine Versuche, sie zurückzurufen, brachten Jja zum Weinen und ihn in Rage. Er hatte keine Geduld mit ihrer sturen, stillen Anklage. Doa dagegen – Doa wusste, wie ein hoher Schwertkämpfer sich zu benehmen hatte.

So hatte er Doa für sein Auftreten in der Gesellschaft, Jja für seine körperlichen Bedürfnisse. Warum sollte er sich beklagen? Die meisten Männer wären damit mehr als zufrieden gewesen.

Er ging auf Doa zu, und ihre Stimme erstarb. Sie sah ihn misstrauisch an, und er blieb stehen, wohl wissend, dass er sich mit jeder weiteren Annäherung flammende Blicke und ausgefahrene Krallen, Drohungen der Gewalt und Hilferufe einhandeln würde. Schreie von Doa würde man bis nach Vul hören.

»Warum kommst du hierher?«, fragte er.

»Ich dachte, dir gefielen unsere kleinen Plaudereien, mein Gebieter.«

Er schüttelte den Kopf. »Sei diesmal ehrlich.«

Sie gewann die Fassung wieder und lachte spöttisch. »Weil dein Leibwächter weiß, wo du nachts schläfst, Liebling. Und mit wem du schläfst. Oder sollte ich sagen, ohne wen? Sie glauben, dass du es in diesem Augenblick wieder wettmachst. Wäre es dir lieber, sie wüssten die Wahrheit? Sie würden dich auslachen!«

»Dann könnten sie auch dich auslachen.«

Sie lächelte. »Das glaube ich kaum.«

Er glaubte es auch nicht. Plötzlich zitterten ihm die Hände, ob mehr vor Zorn oder vor Erregung, wusste er nicht zu entscheiden. »Was ist der Preis, meine Gebieterin? Wieviel kostet ein Kuss? Oder mehr als ein Kuss?«

»Du kennst dein Versprechen, Shonsu.«

Das hatte sie schon früher erwähnt. Sie hatte sich immer geweigert, es zu erklären.

»Ich erinnere mich an kein Versprechen.«

Ihre Augen blitzten, aber ehe sie etwas sagen konnte, sprach er: »Ich habe dir gesagt, du sollst ehrlich sein! Du bist eine scharfe Beobachterin, Doa. Auch wenn du es nicht zugeben willst, so weißt du doch, dass ich nicht der andere Shonsu bin.«

Sie starrte ihn zornig an.

»Du weißt es genau! Und ich weiß nicht, was der andere Shonsu dir versprochen hat. Also belehre mich.«

Widerstrebend sagte sie: »Mich zur Königin zu machen.«

»Zur *was*?«

»Königin, Shonsu! Zur Königin von Vul! Du hast es bei deinem Schwert geschworen! Das hast du versprochen, und ich erwarte, dass du es einlöst.«

Wallie ging zu seinem Sessel zurück und setzte sich hin. Er war wie betäubt. Königin von Vul? Hatte Shonsu darum die Zauberer angegriffen? Nicht um die Schwertkämpfer zu rächen, sondern um diese Frau in sein Bett zu kriegen? Neunundvierzig Tote?

»Vul ist ein großer Auftrag, meine Gebieterin. Wie wär's mit einem kleineren Königreich für den Anfang? Tau zum Beispiel?«

Sie zeigte ihr tückisches Lächeln. »Das könnte genügen, wenigstens für ein Vorspiel …« Dann sah sie, dass er es nicht ernst meinte, und geriet in Wut. »Aber ich glaube, ich brauche ein kleineres Geschenk, um in der Zwischenzeit meine Aufmerksamkeit wachzuhalten.«

Er hatte sie mit Geschenken überschüttet. »Du besitzt bereits die Hälfte aller Edelsteine von Casr, Doa. Was willst du noch?«

»Eine Sklavin.«

»Welche?«

Sie schritt ans Fenster und warf die Vorhänge beiseite. »Es ist allseits bekannt, dass Shonsu die schönste Liebesdienerin der Stadt besitzt. Ich habe sie auf dem Schiff gesehen, flüchtig.«

Er sprang auf. »Niemals! Du würdest sie verstümmeln!«

»Vielleicht ein wenig!« Doa fegte zur Tür. »Aber ich will sie. Sehr bald!« Sie hielt inne, wie um die Beherrschung zurückzugewinnen. Er hatte noch nie erlebt, dass sie sie so offensichtlich einbüßte. »Ich muss gehen und ein paar neue Lieder üben. Sie werden denken, dass du heute außergewöhnlich schnell gewesen bist, mein Gebieter. Eine neue Höchstleistung!«

Und damit war sie fort.

Wallie starrte auf die geschlossene Tür. Königin von Vul? Das musste eine Lüge sein ... Und doch, welche Gründe Shonsu auch gehabt haben mochte, als er die Zauberer angriff, er dürfte ganz sicher daran gedacht haben, sich selbst zum König von Vul zu machen. Was hätte er sonst mit einer eroberten Stadt tun können, außer sie zu schleifen? Also hatte er ebenso gut Doa einen Platz neben seinem zukünftigen Thron anbieten können.

Das Versprechen allein hätte ihn aber nicht weit gebracht. *Neue Lieder,* hatte sie gesagt – eine Drohung. Wallie war in dieselbe Falle getappt wie Shonsu. Eines war nun sicher: Shonsu hatte Doa niemals Gewalt angetan. Zweifellos zog sie eine große, perverse Befriedigung daraus, mit ihren steten Lockungen am Rande der Gewalt entlangzugleiten. Aber jeder Mann, der sich weitere Vertraulichkeiten herausnähme, würde sofort in einem ihrer satirischen Meisterwerke verewigt werden, sein Ruf wäre für alle Zeiten ruiniert, er selbst eine Zielscheibe des Spotts.

Er könnte ihr nicht einmal den Laufpass geben, sonst würde das Gleiche eintreten.

Ihr Jja geben? Undenkbar. Aber viele verheiratete Männer hielten sich Nebenfrauen. Das war einer der

Vorteile der Sklavenhaltergesellschaft. Vielleicht würde sich Doa damit zufrieden geben, Königin von Tau zu sein?

Und heute Abend das Festessen der Steinmetze … der gewohnte Gang der Dinge.

Ja, zurück zum Geschäft. Indem er die Gedanken an Doa zurückdrängte, ging er zur Tür und öffnete sie. Im Vorraum herrschte lautes Gelächter. Nnanji saß auf der Kante von Linuminos Tisch und krümmte sich vor Lachen. Er stand auf, grüßte, ohne sein Grinsen zu verlieren, und fing wieder an zu lachen. »Vom Sieger zu Tode gepeitscht? Unser Heerführer weiß einen Mann anzuspornen, nicht wahr, Gebieter Linumino?«

Er schritt hinter Wallie her ins Amtszimmer und blieb vor dem Spiegel stehen, um die Heilung seines Stirnmals zu überprüfen. »Was kann ich für dich tun, Bruder?« Wie immer war er sehr guter Laune.

Seit Honakura ihm die wahre Prophezeiung genannt hatte, fühlte Wallie sich in Nnanjis Gegenwart unbehaglich. Vordergründig war Nnanji ein freundlicher, liebenswürdiger junger Mann, so ehrenwert wie sein Bruder verschlagen war, vollkommen ohne Arg. Seine Gesellschaft war angenehm, er war ein einzigartiger Gefolgsmann. Doch er war auch – wie Wallie ganz genau wusste – ein völlig rücksichtsloser Schlächter. Da die Erzählung von Ikondorinas Bruder zwischen ihnen hing, fand er diese Kombination äußerst beunruhigend.

Während Wallie die Tür schloss, zeigte er auf die Blutergüsse und Kratzer auf seinen Rippen und fragte: »Wo wird ein Siebter so zugerichtet?«

Nnanji schmollte. »Du meinst, ein betrügerischer Siebter? Er greift neununddreißig Sechste der Reihe nach an, fängt an einem Ende an – sie sind alle seine

Gefolgsmänner und können sich nicht weigern – und bis er zum zweiundzwanzigsten gelangt, ist er übel zugerichtet! Bis er zum neununddreißigsten kommt, wird er übel zurichten, meine ich.« Er grinste zuversichtlich.

Die Sechsten schlugen ihn? Das war nicht allzu überraschend. Der Wunderknabe war bei den älteren nicht beliebt. »Du hast keine Angst, dass sie dich ernsthaft verwunden könnten?«

Nnanji zuckte die Achseln. »Ich warne sie – blaue Flecke, so viele sie wollen, aber den Heerführer ernsthaft zu verwunden ist ein todeswürdiges Verbrechen. Sie fürchten dich alle, Bruder.« Dann grinste er wieder. »Und als sie von diesem Um-die-Wette-Graben hörten ...«

Wallie sank in seinen Sessel und winkte ihn zu einem Hocker, aber Nnanji lungerte weiterhin mal hier, mal dort herum.

»Woher hast du die Zeit dazu?«

Nnanji sah ihn gekränkt an. »Ich habe alles getan, was du mir aufgetragen hast, oder nicht?«

Er begann zu zählen und hob die einzelnen Finger. Daumen: »Ich habe mir alle Fähigkeiten gemerkt. Linumino hat gerade nach einem Rutengänger gefragt. Ich habe ihm drei genannt. Zoariyi will Wagenbauer; wir haben keine.«

Zeigefinger: »Der Strom wird bewacht, Tag und Nacht, und besonders die *Saphir* natürlich. Kein Schiff nähert sich der Stadt, ohne dass an Bord Schwertkämpfer zu sehen sind.«

Mittelfinger: »Katanji lässt seine Freischärler die Schiffe durchsuchen, nachdem sie angelegt haben, besonders wenn Fiendoris Eintreiber misstrauisch geworden sind. Bisher haben wir vier Taubenliebhaber ausgemacht und beobachten sie. Ja, sie kaufen auch Pergament, wie du vermutet hast.«

Ringfinger: »Tomiyano und die übrigen Matrosen hören ständig auf jeden Klatsch, und wir haben das Angebot, für uns zu spitzeln, bis zu den Händlern in Sen und weiter geschickt. Für Antworten ist es noch zu früh.«

Kleiner Finger: »Die Straßen rings um die Freistätte werden Tag und Nacht bewacht. Besucher werden begleitet. Alle hereinkommenden Pakete und Kisten werden nach diesem Donnerpulver durchsucht, das dir solche Sorge macht. Jeder Wagen, der anhält, wird zur Rede gestellt.«

Daumen: Ich lasse zwei Boote das andere Ufer beobachten, ob die Zauberer sich rühren. Nichts in Gob und in Ag, den beiden nächstgelegenen Weilern, und von dort arbeiten wir flussaufwärts und flussabwärts.«

Zeigefinger: »Ich habe – Tomiyano hat – vier Männer gefunden, die die Gegend um Sen und Wal sehr gut kennen, und auch die Dörfer ringsum. Ich halte diese Erkenntnisse für dich bereit.

Ich muss bei der Freistätte bleiben, Bruder! Sie müssen mich jederzeit antreffen können. Habe ich irgendetwas vergessen?«

Wahrscheinlich hatte Wallie ihn eigentlich nur vom Fechten abbringen wollen, darum lächelte er entschuldigend. »Nein! Ich bin einfach neidisch, glaube ich. Du bist sehr gut darin, anderen Aufgaben zu übertragen, besser als ich. Nun, ich habe über das Vergiften von Tauben nachgedacht ...«

Er erklärte es – ein paar Matrosen bestechen, damit sie in Zaubererstädte segelten und an den Türmen vergiftetes Futter verstreuten. Nnanji stellte heraus, dass gewöhnliche Männer sich sträubten, sich den Türmen bei Nacht zu nähern, aber er versprach, mit Tomiyano zu sprechen.

»Nebenbei bemerkt, Bruder«, fügte er hinzu, »ich brauche etwas Geld für Auslagen! Ich bin blank.«

Wallie stand auf und ging zu der Truhe in der Ecke. »Du solltest dein eigenes getrennt halten«, sagte er. Doch das war unmöglich, solange es weder Bücher noch Buchhaltung gab. Er selbst kaufte Geschenke für Doa aus der Kasse des Heerbanns.

»Vermutlich sollte ich das«, sagte Nnanji. »Aber Katanji brauchte welches. Gerade als er mir deine Nachricht überbrachte, hat er mich völlig ausgeraubt.«

»Katanji?« Dann sagte Wallie nichts mehr. Er gab Nnanji einen Beutel Münzen und schlug den Truhendeckel zu.

Nnanji lachte. »Ja, Katanji! Ich werde noch weich auf meine alten Tage, wie? Er scheint sich gut zu machen, ganz gleich, was er anfasst.« Er zögerte und wurde ein bisschen rot. »Er sagt, dass einige von den Jungen, die für ihn arbeiten, aus gutem Holz sind, Bruder. Ich meinte, er könne versprechen, sie hinterher einzuberufen – nicht mehr als fünf, sagte ich. Daran ist nichts auszusetzen, nicht wahr?«

Wallie seufzte. »Ja, solange sie nicht völlige Krüppel sind.«

Nnanji erschrak. »Du meinst doch nicht – er wird doch nicht von den Eltern Geld nehmen, oder?«

Jetzt wurde es knifflig. Gerade Nnanji war an diesem Punkt sehr empfindlich.

»Wir werden die Anwärter prüfen, mach dir keine Sorgen!«

Nnanji machte ein finsteres Gesicht und wandte sich ab. »Er könnte fünf oder zehn Goldstücke für jeden bekommen, meinst du nicht? Der kleine Schuft!« Dann kicherte er wieder. »Was immer er tut, es zahlt sich aus. Und wenn Thana die *Saphir* verlässt, wird ihr Anteil Tausende betragen, wusstest du das? Lustig, nicht wahr, Bruder? Geld hat mich nie gekümmert. Alles, was ich je vom Leben gewollt habe, war kaltes Bier und heiße Mädchen, und nun werde ich eine reiche Frau und einen reichen Bruder haben. Und wenn ich Geld nötig hätte, Katanji würde mir alles geben, was er hat!«

Einen Teil davon, dachte Wallie. »Und deine Habe ist meine Habe?«

»Selbstverständlich!«, rief Nnanji und meinte es offensichtlich ehrlich.

Im Hof wurde zum Mittagessen geblasen.

»Ich esse mit Tivanixi«, sagte Wallie. »Hast du Lust, dich uns anzuschließen?«

Nnanji sah ihn bedauernd an. »Wie schade! Heute ist Steinmetztag, mein Geburtstag.«

Das hatte Wallie nicht gewusst. Er schluckte die nahe liegende Frage herunter – neunzehn? Vielleicht zwanzig. Aber diese Frage zu stellen galt als große Unhöflichkeit in diesem Volk, aus dem einfachen Grund, dass die meisten die Antwort nicht wussten. Wie Nnanji würden sie den Tag wissen, aber nur weil sie ihn heilig halten mussten, mit Fasten und einer Nachtwache im Tempel.

»Ich frage mich, welches Shonsus Geburtstag gewesen ist. Ich werde mir einen aussuchen müssen. Den Tag, als ich auf diese Welt kam, nehme ich an. Das war der dritte Tag vor unserer ersten Begegnung.«

»Am Lehrertag also!«, sagte Nnanji lächelnd.

Das muss ich mir in den Kalender schreiben, dachte Wallie. »In meinem früheren Leben, Nnanji, war es üblich, seinen Freunden an ihrem Geburtstag Geschenke zu machen. Gibt es etwas, das du dir wünschst?«

»Komischer Brauch!«, erwiderte Nnanji. Er dachte darüber nach und lachte dann. »Wenn du mich das damals gefragt hättest, Bruder, hätte ich gesagt, dass ich neue Stiefel brauche. Die alten hatten Löcher. Aber jetzt?« Er deutete auf seinen blauen Kilt. »Was bleibt da übrig? Was in der Welt könntest du mir geben, das du mir nicht schon gegeben hast?«

***

Die Tage zogen vorüber.

Am Matrosentag stieß die Gruppe des Ehrenwerten Ukilio auf Fels und zerbrach alle ihre Schaufeln. Die Chancen änderten sich, und die Wetten stiegen.

Das erste Katapult zerstörte sich beim dritten Schuss selbst.

Gebieter Nnanji, dessen Rippen inzwischen mit Flecken in allen Schattierungen verziert waren, wurde mit seiner Auswahl von Sechsten fertig und ging zu den schwierigeren Kandidaten über.

Am Köhlertag erlebte die Gruppe des Ehrenwerten Unamani einen Einsturz und verlor beide Schubkarren. Die Chancen änderten sich, und die Wetten stiegen. Ebenfalls an diesem Tag berichteten die Späher der Matrosen, dass in Wal bei Nacht Donnerschläge zu hören waren.

Am Sängertag wurde der fünfte Taubenfreund ausgemacht und unter Überwachung gestellt.

Erschöpfte Männer zerrten mit bloßen Händen an Felsbrocken und schleppten wankend Eimer voller Erde durch die Dunkelheit. Die Wetten stiegen. Während der Nachtstunden waren sowohl Jubel als auch Buhrufe verboten. Vier Arbeiter brachen vor Erschöpfung zusammen und wurden ins Haus der Heiler gebracht. Strafen wurden auferlegt.

Am Schustertag befahl Gebieter Nnanji frecherweise Gebieter Linumino, mit seinem Florett nach draußen auf den Platz zu kommen. Der dickliche Adjutant steckte den Kopf in Gebieter Shonsus Arbeitszimmer, um zu erklären, wohin er sich begebe. Gebieter Shonsu ging an seiner Stelle hinaus und trieb Gebieter Nnanji rückwärts rings um den Platz, wobei er ihm drei rote Striemen auf die *linke* Seite der Brust beibrachte, um zu zeigen, dass dies möglich war. Aber Gebieter Nnanji revanchierte sich bei Gebieter Shonsu mit einem Bluterguss.

Das wiederaufgebaute Katapult ging in die Serienfertigung.

Am linken Ufer gegenüber der Stadt wurden keine Anzeichen von Zaubererumtrieben festgestellt.

Mehrere wohlhabende Matronen heirateten nach stürmischem Werben hübsche junge Hauptmänner der Reiterei und brachten Pferde als Mitgift. Schwertkämpfer Katanji war bei jeder Hochzeit geladen.

Die Ältesten gaben eine Krise der Stadtkasse bekannt und erhoben eine Herdsteuer. Der Heerführer ließ sie wissen, dass kein Schwertkämpfer abgestellt werden könne, um die Sammler zu begleiten. Die Steuer wurde widerrufen.

Kurz vor dem Mittagessen am Spitzenklöpplertag meldete die Gruppe des Ehrenwerten Unamani Grundwasser. Während des Essens ebenfalls der Ehrenwerte Ukilio. Die Wetten stiegen. Eine Stunde später beendete ein Wolkenbruch die Arbeit von drei Wochen und setzte die Löcher sechs Ellen tief unter Wasser. Die Richter erklärten ein Unentschieden.

Der Preis für Pech fiel in Casr sehr steil.

Gebieter Jansilui, im Begriff die Freistätte zu verlassen, nachdem er Gebieter Shonsu gemeldet hatte, es sei schwierig, brauchbares Holz für Pfeile und Bögen zu bekommen, wurde von Heerführer Nnanji angesprochen und bekam ein Florett in die Hand gedrückt. Gebieter Nnanji siegte.

Gebieter Shonsu gelang es nicht einmal mit Hilfe großer Mengen von verzaubertem Wein und dem Angebot besagter Talentsuche, Ukilio und Unamani zu überreden, das Urteil der Götter anzunehmen. Am Ende machte er eine Ausnahme von den Regeln und erlaubte ihnen, einen Faustkampf auszutragen – was er gleich hätte tun sollen. Sie prügelten einander windelweich und wurden die besten Freunde.

Die Matrosen meldeten, dass Donnerschläge in Aus zu hören waren.

Gebieter Shonsu nahm einen wunderbaren Seidenteppich, auf dem silberne Pelikane dargestellt waren, als Geschenk an.

Am Heilertag kehrte die *Greif* zurück.

Die Gefangenen saßen sicher im Verlies, die Menge zerstreute sich, die riesigen Rechenbretter waren entsprechend berichtigt worden. Der Heerbann hatte einen Tag frei zum Feiern. Die Jubel- und Buhrufe waren verklungen, die Sänger plagten sich mit ihren Heldenliedern ab – *Wie Boariyi des Siebten die Zauberer in Wal und Aus erschlug,* oder eine ähnlich ansprechende Eingangszeile.

Der Arbeits- und Schlafraum wurde wieder zum Ratssaal. Die Siebten wurden auf Hockern im Kreis um den glänzenden Seidenteppich versammelt. Ein Feuer prasselte im Kamin. Wallie stand davor, genoss die Wärme an den Beinen und dachte über seine Strategie nach. Dieses Treffen würde entscheidend sein. Jansilui mit der kantigen Kinnpartie legte Linumino ausführlich den Mangel an Pfeilmachern dar; Tivanixi beschrieb Boariyi die Feinheiten beim Einlegen einer Lanze; Nnanji machte einen Buckel auf seinem Hocker und starrte aufsässig auf den Boden. Sie warteten auf Zoariyi.

Der Raum war wie verwandelt; Boariyi war beim Eintreten erstaunt zurückgeprallt. Die Wandpaneelen glänzten von Wachs, die schlimmsten Schönheitsfehler waren von leuchtenden Wandbehängen verdeckt, die zu den Vorhängen passten. Die schäbigen alten Hocker waren durch vornehme Eiche ersetzt, Bett und Sessel ähnlich aufgewertet worden. Aber das Prunkstück war zweifellos der Seidenteppich, das Geschenk von

Ingioli, auf dem silberne Pelikane und bronzene Seepferdchen prangten.

Tivanixi bemerkte plötzlich: »Ich muss dich warnen, Gebieter Boariyi. Wir haben jetzt sieben wirkliche Siebte im Heerbann.«

Nnanji sah auf und grinste.

Boariyi hob eine Augenbraue und legte die rote Narbe darüber in Falten. »Ich sollte wohl lieber in Übung bleiben, meinst du?«

»Ganz entschieden! Gebieter Jansilui kann das bestätigen – und ebenso neununddreißig Sechste. Du kannst sie jetzt alle besiegen, Heerführer Nnanji?«

Nnanji nickte leicht errötend und grinste wieder.

»Ich fürchte die Vorladung«, sagte Tivanixi. »Ich erwarte sie schon seit Tagen.«

»Du schmeichelst mir, mein Gebieter.«

Der Vogt schüttelte den Kopf. »Nein, ich habe dich genau beobachtet. Ich wäre überrascht, wenn ich dich jetzt noch besiegen kann, mein Heerführer.«

Wallie schmunzelte – Schmeichelei, aber fast die Wahrheit, was Schmeichelei immer sein sollte. Jansilui war ein Grenzfall, was seinen Rang betraf, aber Nnanji nun offenbar auch. Dann kam Zoariyi hereingeeilt, verteilte nach allen Seiten Entschuldigungen, und die Sitzung kam zur Ordnung, die sieben Siebten des Heerbanns von Casr.

Wallie teilte Gläser mit Wein aus. »Gebieter Boariyi«, sagte er dann, »wir haben von deinen großen Taten gehört und deine Gefangenen besichtigt. Wir beglückwünschen dich, dass du dem Heerbann diesen großartigen Anfang bereitet hast. Ich meine, wir sollten dich nun in Kenntnis setzen, was hier in deiner Abwesenheit geschehen ist. Einen kurzen Bericht, wenn ich bitten darf, Nnanji?«

Während er es sich auf dem Hocker so behaglich wie möglich machte, ließ er sie der Reihe nach prahlen: Nnanji mit seinem Spionagenetz, Zoariyi mit seinen Katapulten, Tivanixi mit seiner Reiterei, Jansilui mit seinen Bogenschützen und den einzigen beiden Falknern, die er hatte auftreiben können. Boariyis Sechste hatten seine Männer inzwischen in eine Abteilung Messer werfender, Garotten schwingender Meuchelmörder verwandelt, die sich mit geschwärzten Gesichtern des Nachts an Land schleichen und einen Hafen erobern konnten.

Wallie spürte große Befriedigung. Er hatte den Heerbann um tausend Jahre nach vorn gebracht, von der griechischen Antike zum europäischen Mittelalter, während die Zauberer in der frühen Renaissance rangierten, nur noch ein paar Jahrhunderte voraus. Er hatte eine bedeutende Lücke geschlossen. Er konnte seine Kräfte zusammenziehen, die Zauberer nicht. Das Ergebnis war fünfzig zu eins sicher.

Und doch war alles vergeblich. Das war die vernichtende Neuigkeit, die er bald kundtun musste. Wie würden sie sie aufnehmen? Wie würde Nnanji es aufnehmen?

Wallie selbst frohlockte insgeheim. Der Gedanke, den Angriff durchzuführen, war ihm entsetzlich. Die pechwerfenden Katapulte würden unausweichlich Brände entfachen, genau wie die Kanonen der Zauberer. Welche Stadt sie auch angriffen, sie würde halb vernichtet daraus hervorgehen, die Bevölkerung wäre dezimiert. Boariyi hatte acht Zauberer lebend gefangen, sechs getötet und selbst nur einen Mann verloren. Er hatte zehn ihrer Roben mitgebracht, samt einem Schatz von Kleinigkeiten, die Wallie noch nicht hatte untersuchen können. Doch sieben Männer waren umgekommen! Zählte man sie zu den vierzehn von Ov und der Blutzoll war gestiegen. Zählte man Tarru und seine Abtrünnigen dazu, zählte man die Piraten dazu ... Bald könnte sich Wallie Smith bei den großen Schlächtern einreihen. Und wenn diesen Schwertkämpfern die Vorstellung eines Paktes nicht gefiel, so konnte er doch zeigen, dass ein solcher die einzige Hoffnung war.

Sie waren fertig. »Danke«, sagte er. Aber er hatte Linumino nicht aufgerufen, weshalb der ihn verdrossen und verwirrt ansah.

»Ich beglückwünsche euch alle«, fuhr Wallie fort. »Vielleicht hätten wir die Zauberer einladen sollen, an unserer Sitzung teilzunehmen und sich das alles anzuhören!« Man lachte pflichtschuldig und ahnte kaum, wie ernst er es meinte. »Nun, meine Gebieter, wie würdet ihr weiter vorgehen?«

Wieder lehnte er sich zurück und ließ sie planen. Sie waren nicht dumm. Nun da er ihr Denken auf unkonventionelle Pfade gebracht hatte, würden sie den Feldzug so gut wie er entwerfen oder sogar besser. Natürlich wollte Tivanixi die Reiterei hervorheben und die anderen ihre eigenen Abteilungen, aber nach einer langen Erörterung wurden sie sich mehr oder weniger einig. Die Partisanen sollten bei Nacht landen, wenn keine Tauben fliegen konnten, und die Dörfer einnehmen, die der Stadt, welche auch immer das sein mochte, am nächsten lagen. Sie würden die Einwohner zusammentreiben. Die Reiterei würde am Anleger an Land gehen, in die Stadt reiten, den Hafen sichern und die Zauberer in ihrer Festung einschließen, ehe sie noch wussten, dass sie angegriffen wurden. Dann sollten die Katapulte ausgeladen werden und der eigentliche Angriff beginnen.

Wallie stand auf und brachte Wein zum Nachfüllen. Er stellte sich an den Kamin, weil er alles nutzen musste, was ihm Dominanz verschaffen konnte.

»Das war die angenehme Seite. Nun, Gebieter Linumino, bitte den Kassenbericht.« Das war gegenüber dem loyalen Adjutanten ein gemeiner Schachzug.

Der dickliche Schwertkämpfer schaute finster auf seine Knie. »Um die Kasse steht es schlecht und schlechter, meine Gebieter. Wir können unsere Ausgaben von einem Tag zum anderen decken, aber wir haben kein Geld, um einen Angriff durchzuführen!«

Fünf Gesichter zeigten sich bestürzt. Sechs Augenpaare richteten sich auf Wallie.

»Ich fürchte, das ist wahr«, sagte er. »Tatsächlich liegen die Dinge noch schlimmer. Ich glaube nicht, dass wir unsere täglichen Ausgaben noch viel länger decken können. Ich habe zugestimmt, unseren Anteil an den Hafengebühren zu senken.«

»Warum?«, fragte Nnanji entrüstet.

»Weil die Armen kurz vor dem Verhungern stehen!«

Er bekam sechs verlegene Blicke. Alles Wirtschaftliche ging über ihren Verstand, und er selbst verstand auch nicht viel davon. »Ja, dieses Geld ist Schmiergeld, in der Hinsicht, dass es nicht durch das Gesetz gerechtfertigt ist und nicht in die Stadtkasse fließt. Es geht an die Sammler und ein Teil davon unter der Hand an die Ältesten. Ja, sie sind Schmarotzer, meine Gebieter. Sie beschäftigen Diener, halten Sklaven und kaufen Dienste und Waren in der Stadt. Wir haben sie gezwungen, sich einzuschränken, also verdienen die Armen weniger.«

Noch immer zeigte sich Bestürzung auf sechs Gesichtern.

»Seht es mal so«, fuhr er fort, »Casr kauft Lebensmittel vom Land, richtig? Die Stadt verkauft den Leuten auf dem Land Dinge, die sie herstellt – Töpfe, Werkzeuge, Seile und so weiter. Dann brachte der Heerbann Tausende Mäuler, die zu füttern waren, ließ die Herstellung aber nicht anwachsen. Vielmehr haben wir Pferde und Holz und dergleichen auch von den Leuten auf dem Land gekauft. Die Goldstücke sind aus der Stadt herausgeflossen, aber nicht wieder hineingeflossen.«

»Was hat das mit den Armen zu tun?«, fragte Zoariyi ärgerlich. »Sie sehen niemals ein Goldstück.«

Wallie seufzte. »Und Silber und Zinn und Kupfer! Die Preise für Lebensmittel haben sich vervierfacht, seit wir angekommen sind.« Er sah den ungläubigen Nnanji an. »Frag Lina – sie kennt sich aus! Die Preise für andere Waren fallen, weil verzweifelte Menschen ihre Habe verkaufen. Ich wiederhole: Die Armen werden verhungern, wenn wir den Heerbann nicht schnell von hier wegbringen.«

Sie verstanden es nicht, und es kümmerte sie nicht allzusehr. Langsam wurde Wallie wütend. »Der Teppich, den du anknurrst, Bruder: Ja, der war ein Geschenk.«

Nnanji wurde rot und schwieg.

»Aber ich habe dafür keine Gunst gewährt, und ich beabsichtige ihn zu verkaufen, bevor wir abziehen. Das Gleiche gilt für die meisten anderen Gegenstände hier. Ich habe sie im Namen des Heerbanns angenommen, aber der Heerbann besteht nur vorübergehend. Sie werden am Ende unserer Kasse zugute kommen. Ist das annehmbar, *Bruder*?«

Nnanji murmelte eine Entschuldigung.

»Vielleicht war das dumm«, sagte Wallie – und hier

musste er hübsch aufpassen, dass er nicht Boariyis empfindliche Schwertkämpferehre beschädigte, sonst handelte er sich für später eine Herausforderung ein. »Aber ich habe den Matrosen versprochen, sie für unsere Überfahrt zu bezahlen. Natürlich sollten sie das eigentlich als ihren Dienst an der Göttin beitragen, aber ich weiß, wie Matrosen sind! Eher würden uns die Schwerter wegrosten. Und wenn wir sie verärgern, würden sie uns in Sen oder Wal oder sonstwo stranden lassen; wir würden nie zu den anderen sechs Städten gelangen. Das ist unsere größte Verlegenheit: wir haben nicht das Geld, um Schiffe zu mieten!«

Fünf Gesichter starrten ihn halb zornig, halb verzweifelt an. Das sechste Gesicht war bloß zornig; Nnanji hatte noch nie seine Gefühle verbergen können. »Wieviel würde der erste Angriff kosten, Bruder?«

Wallie zuckte die Achseln und sah Linumino fragend an.

»Ich schätze fast viertausend Goldstücke, Gebieter Nnanji. Für Vorräte und Fracht, und natürlich wären wir von unseren Einkünften abgeschnitten, sobald wir segeln.«

»Er hat fünf gesagt!«

»Wer hat fünf gesagt?«

»Katanji.«

»Was hat denn Katanji damit zu tun?«, schnauzte Wallie.

»Er hat angeboten, unseren Angriff zu bezahlen.«

»Das hast du mir nicht erzählt!«

»Du hast mir nicht erzählt, dass das nötig sein könnte! Ich wollte ihm nicht glauben!«

»Ich sollte deinen Bruder wohl besser in den Rat aufnehmen, wie?«

»Besser wär's!«

Wallie atmete tief durch, dann kehrte er wie zur Beschwichtigung zu seinem Hocker zurück. Das Letzte, was er tun durfte, war sicherlich, sich mit Nnanji zu streiten. Die übrigen Siebten runzelten die Stirn, sie waren besorgt und unsicher.

»Also gut, Bruder«, sagte Wallie. »Ich bitte um Verzeihung, ich hätte es dir kundtun sollen. Ich glaubte, du seist mit deinen eigenen Pflichten genug belastet. Also, was schlägt dein reicher Bruder vor?«

»Er will uns fünftausend Goldstücke für den Angriff geben.« Nnanji war noch immer mürrisch. »Und das Gleiche für jeden nachfolgenden Angriff, solange wir siegen. Mit Ausnahme von Ov. Bei Ov ist er sich nicht sicher.«

»Und was will er dafür haben?«

Nnanji machte ein finsteres Gesicht und senkte den Blick auf die silbernen Pelikane. »Den Turm.«

»*Was?*«

»Die Zauberer haben viele Häuser niedergerissen, um ihre Türme zu bauen, und haben viel Platz drum herum gelassen, stimmt's? Katanji will den Boden. Er wird ihn verkaufen und uns wieder Geld geben, damit wir die nächste Stadt angreifen können. Er sagt, der Boden in einer Stadt ist mehr wert als Ackerland. Stimmt das? Mir scheint, es ist umgekehrt! Auf Steinplatten kann man nichts anbauen.«

Von Teppichen über Juwelen zu Vieh und Immobilien? Katanji beschritt den folgerichtigen Weg zu ... zu immensem Reichtum! Die Göttin belohnte all jene, die ihm halfen, wie Wallie wusste, und hier sah er wieder ein Beispiel, ganz klar. War der Kerl selbst schon fünftausend Goldstücke schwer, oder hatte er ein Syndikat zusammengebracht? Spielte das eine Rolle?

Was eine Rolle spielte, war der Umstand, dass Wallies Hauptargument nun gegenstandslos war. Die Sache gestaltete sich schwieriger, als er gedacht hatte.

Die anderen Siebten grinsten. Sie hatten das Recht dazu, musste Wallie einräumen. Er hatte die Möglichkeit übersehen, die Zauberer zu plündern. Katanji nicht. Wenn er vielleicht auch nicht bedacht hatte, wieviel Zerstörung so ein Angriff mit sich brachte oder was das für den Wert von Immobilien bedeutete.

»Also gut«, sagte er widerwillig. »Dann können wir den Angriff auf diese Weise bezahlen. Aber es gibt noch eine andere Schwierigkeit. Angenommen wir greifen Sen oder Wal an – oder irgendeine andere Stadt am linken Ufer. Angenommen wir nehmen den Turm ein. Was geschieht dann?«

Honakura hatte sich keine Gedanken gemacht, was dann geschehen würde. Es war unwahrscheinlich, dass die Schwertkämpfer sich Gedanken gemacht hatten, selbst wenn die Sutras über Kriegslisten hierbei nützlich wären. Sie sahen ihn verblüfft an, also erklärte er es ihnen. Die Zauberer würden in ihre Berge zurückkehren.

Dann begriffen sie.

»Vul angreifen?«, murmelte Zoariyi unbehaglich.

Sie sprachen es durch, und es gefiel ihnen nicht. Das würde sicher bis zum Frühjahr warten müssen, vielleicht sogar bis zum Sommer. Vul – wo immer das lag – würde bis dahin gut befestigt sein.

Als sie alle das faule Ei gerochen hatten, legte Wallie das nächste aus. »Forarfi hat für mich ein wenig Forschung betrieben.« Er vermied es, Nnanji anzublicken, der eigentlich der Kopf des Nachrichtendienstes war. »Er hat mit allen Sechsten und vielen Fünften gesprochen. Wir haben hier Schwertkämpfer aus allen Teilen der Welt, meine Gebieter. Er fragte sie nach anderen Zaubererstädten wie Vul. Es gibt eine bei Plo ... und andere anderswo. Er kam auf elf. Ich habe das Rotanxi erzählt. Er gab zu, dass es insgesamt dreizehn gibt. Zusammenkünfte nannte er sie. Er sagt, dass Vul die größte ist, aber das könnte Prahlerei sein.«

Die Siebten runzelten die Stirn, als Rotanxis Name fiel.

»Willst du andeuten, dass wir alle dreizehn angreifen müssen?«, fragte Zoariyi bissig.

»Ich deute an, dass sie uns angreifen könnten! Bisher hat augenscheinlich nur Vul diese Donnerwaffen oder nur Vul hat sie bisher eingesetzt. Die anderen Städte warten vielleicht nur, um zu sehen, was hier geschieht. Wir sind vielleicht fähig, Vul zu vernichten, meine Gebieter – obgleich ich nicht allzu zuversichtlich bin –, aber wir können kaum hoffen, dort alle Zauberer zu töten. Die Überlebenden werden in die anderen Städte fliehen ...«

Die Gescheiteren nickten – Zoariyi, Tivanixi, Nnanji.

Draußen war es stürmisch, sogar im Hof, und die kleine Zeltstadt da unten flatterte und ratterte im Wind.

Schließlich fasste Nnanji die Sache zusammen. »Manchmal, wenn man einen Fleck wegwischen will, verschmiert man ihn nur.«

Wallie hatte an Krebszellen gedacht, aber dieser Vergleich tat's auch. Nnanji hatte als Kind für seinen Vater Teppiche gereinigt.

»Genau! In Wirklichkeit, meine Gebieter, gibt es kein Mittel, mit dem der Heerbann vollständig über die Zauberer siegen kann. Das Beste, was wir tun können, ist, sie für ein oder zwei Jahre zu vertreiben. Das

Schlechteste, was wir tun können, ist, die Lage noch zu verschlimmern.«

»Wie lauten deine Vorschläge, Bruder?«, verlangte Nnanji zu wissen, und seine Augen glitzerten gefährlich.

Jetzt kam's: »Wir schlagen ihnen einen Pakt vor.«

Das wütende Zischen ging in dem Flattern der Zeltbahnen und dem Prasseln des Feuers unter.

Dann begannen sie Blicke zu wechseln, und zuletzt kamen alle Blicke bei Nnanji an. Das alte Misstrauen gegen Shonsu war wieder aufgebrochen. Er trug die Feder auf einem Augenlid, er beherbergte einen Zauberer auf seinem Schiff, da war immer etwas Fremdartiges an ihm gewesen. Aber Nnanji war bekanntermaßen der Zaubererschlächter von Ov, und es war unmöglich zu glauben, dass Nnanji etwas anderes sein konnte, als er zu sein behauptete: ein reiner Schwertkämpfer.

Sie waren verpflichtet, ihrem Heerführer zu gehorchen, aber der Heerbann konnte nicht ewig bestehen bleiben. Wallie konnte diese Männer zwingen, ihrem eigenen Ehrgefühl zuwiderzuhandeln, denn sie mussten seinen Befehlen gehorchen – bis der Heerbann entlassen wurde. Dann stand es ihnen allen frei, ihn herauszufordern, einer nach dem anderen bis zur Erschöpfung. Ja, sie würden gehorchen, aber Nnanji war auch ein Heerführer, und wenn er versuchen sollte, Wallie den Heerbann wegzunehmen – jung wie er war –, in ihrer gegenwärtigen Laune würden die anderen Siebten wahrscheinlich nicht widersprechen.

Nnanji war rot vor Zorn. Wallie hätte ihn vorwarnen sollen; das war ein dummes Versehen.

Endlich sagte Nnanji: »Einen Pakt mit Meuchelmördern?« Als ob ihm die Worte im Munde brannten.

»Wir wissen, dass sie ihre Eide halten werden«, erwiderte Wallie ruhig.

»Drei Städte für sie und vier für uns? Oder andersherum?«

»Sieben für uns, sieben für sie. Ich will den Streit zwischen unseren beiden Zünften beenden.«

Verblüfftes Schweigen.

»Und was sagt dein zahmer Zauberer dazu?« Die Männer überließen die Sache ganz Nnanji.

»Ich habe Rotanxi nicht gefragt«, antwortete Wallie. »Ich habe gehofft, zuerst eure Zustimmung zu bekommen. Ihm wird der Einfall ebenso wenig gefallen wie euch. Ich meine aber, die Sache ist einen Versuch wert – das Beste für beide Seiten herauszuholen. Wenn wir tatsächlich, sagen wir mal, Sen angreifen, werden wir Hunderte von unschuldigen Leuten töten. Ich finde nicht, dass das ein ehrenhaftes Verhalten ist.«

»Ich finde, ein Pakt ist schlimmer!«

Die anderen nickten kaum wahrnehmbar.

Wallie seufzte. »Der Einfall ist ungewöhnlich. Ihr braucht Zeit, um darüber nachzudenken. Bedenkt aber, dass die Zauberer von unserer Reiterei und den Wurfgeräten und den Bogenschützen wissen; wir hätten sie nicht geheim halten können, selbst wenn wir es versucht hätten. Sie sind keine Dummköpfe. Sie kennen die Vorgaben. Man muss ihnen Angst machen. Jetzt ist der Zeitpunkt, um Bedingungen anzubieten.«

»Was für Bedingungen?« Nnanji spuckte die Worte aus.

»Sie geben ihre Donnerwaffen ab. Wir gewähren ihnen den gleichen Schutz, den wir allen unseren Zünften gewähren. Die Türme bleiben stehen, aber wir setzen die Stadtwachen in den Städten wieder ein.«

Nnanjis Kinn fiel herab. Er starrte Wallie ungläubig an, dann alle anderen. Dann sackte er nach vorn, starrte lange Zeit auf die silbernen Pelikane, schüttelte in einem fort den Kopf und zog an seinem Pferdeschwanz, wie er es immer tat, wenn er angestrengt nachdachte. Niemand sprach ein Wort. Niemand wollte Wallies Blick begegnen.

Plötzlich brach im Kamin ein Scheit Funken sprühend zusammen, und Nnanji schaute auf, mit einem wunderlichen Schimmer in den Augen. »Was schlägst du vor, als Nächstes zu tun, Shonsu?«

»Ich dachte, ich könnte – wir könnten gehen und mit Rotanxi reden.«

»Ich darf also mitgehen?«

Was war daran komisch? Trotzdem, das war eine sehr gute Idee. Nnanji wäre der Stellvertreter der Schwertkämpfer. Wenn Wallie ihn irgendwie überzeugen könnte, dann müssten sich die anderen Siebten anschließen.

»Sicherlich! Dann wollen wir das tun. Gebieter Nnanji und ich werden gehen und den Zauberersiebten ausfragen, meine Gebieter, und euch dann berichten. Wenn er uns glatt abblitzen lässt, dann ist mein Plan hoffnungslos.«

Das nahmen sie als willkommene Entlassung. Sie sprangen auf, grüßten mit der Faust auf dem Herzen und marschierten zur Tür. Als Letzter ging Boariyi. Er schlug die Tür mit einem ohrenbetäubenden Knall zu.

Nnanji kicherte. »Ich glaube, du hast sie verärgert, Bruder!«

»Ich dachte, ich hätte auch dich verärgert.«

Nnanji zog belustigt die Nase kraus. »Das war, als ich glaubte, du meinst es ernst! Du hast mich ganz kurz genarrt! Und jetzt, Bruder, deine Geheimnisse sind meine Geheimnisse. Wie lautet dein wirklicher Plan?«

***

Der Heerbann hatte inzwischen seinen eigenen Frachtpier. Dort hielten sich immer ein paar Schwertkämpfer auf, aber die Ankunft beider Heerführer mitsamt ihren Leibwächtern verwandelte ihn in ein gut gerüstetes Feldlager. Eisiger Wind peitschte vom Strom heran und versprühte die Gischt. Gebieterin Olonanghis Werkstatt hatte mit der Auslieferung von Schwertkämpferumhängen begonnen – seltsame Kleidungsstücke, die das Heft und den Schwertarm freiließen –, und Wallie hatte darauf bestanden, dass die niederen Ränge als Erste ausgestattet wurden, da diese mehr Zeit im Freien verbringen mussten. Daher wallten ringsum viele weiße und gelbe Umhänge im Wind, auch ein paar braune, aber die höheren Ränge und die meisten der mittleren froren. Wallie bildete keine Ausnahme. Er konnte gerade so vermeiden, mit den Zähnen zu klappern.

Nnanji brachte eine Kombination aus blauen Lippen und schwarzem Gesichtsausdruck zustande. Ihm war am Ende klar geworden, dass Wallie es mit dem Pakt ernst meinte. Sein Abscheu war bodenlos. Gerade als die Schwertkämpfer ankamen, kam auch Thana, die ein Dingi von der *Saphir* hereinbrachte. Sie sah erstaunt Nnanjis zorniges Gesicht und seinen flüchtigen Kuss. Neugierig beäugte sie ihr Gepäck – Bündel und zwei Hocker –, dann bot sie an, die Besucher herauszubringen. Wallie stimmte zu, um kein Patrouillenboot rufen zu müssen.

Thanas Fragen setzten ein, sobald das Dingi abgelegt hatte. Sie erhielt keine Antwort. Nnanji schmollte in sprachlosem Trotz, und mit Wallie stand sie seit dem Olonimpi-Vorfall ohnehin nicht auf gutem Fuß. Offenbar war der Preis an Katanji gegangen.

Die Sonne schien recht hell, konnte aber durch die weiße Wolkendecke keine Wärme verbreiten. Weit oben strömten vom Regi Vul her, dem Entstehungsort dieses Dunstes, drei lange weiße Wolkenfedern auf die Stadt zu. Der Feuergott war aufs Äußerste erzürnt. Vielleicht billigte er Boariyis Sieg nicht, oder auch er wollte keinen Pakt. Der Strom war in dem böigen Wind unruhig und ging das Boot rau an. Ein fauler Gestank nach Schwefel lag in der Luft.

Wallie war sich Nnanjis Wut sehr bewusst und machte klägliche Versuche, nicht an die Ikondorina-Prophezeiung zu denken – *es ist dein Königreich, das ich begehre.* Wenn die Zauberer einen Pakt eingingen und er versuchte, ihn den Schwertkämpfern aufzuzwingen, könnte Nnanji sehr wohl dazu getrieben werden. Die anderen Siebten hatten keine rechtliche Stimme, aber ihre Meinung musste dennoch berücksichtigt werden. Sie könnten ihn sogar zur Meuterei ermutigen.

Na und? Nnanjis Fechtkunst erreichte sicherlich langsam den siebten Rang, und die Götter würden vielleicht keinen gerechten Kampf erlauben. Die Götter? Die Götter brauchten nicht einzugreifen! Mit dem Florett war Wallie noch immer besser, aber wenn er und Nnanji das Schwert zögen, wäre das Ergebnis ein vollendetes Blutbad. Er hatte sich sogar gesträubt, Boariyi zu verletzen, den er nicht hatte leiden können. Gegen Nnanji könnte er sich niemals anstrengen. Nnanji dagegen hätte keine weichlichen Skrupel, wenn seine Ehre betroffen war.

Ein langer Ruderschlag brachte sie neben die *Saphir*, und Wallie kletterte die Strickleiter hinauf an Deck. Es kam ihm größer vor als sonst, denn es war nahezu verlassen. Am Bug vor Anker liegend, blickte das Schiff auf den weit entfernten Regi Vul. Der alte Zauberer in seiner blauen Robe saß zusammengekauert auf Brotas Stuhl im Lee des Vordecks. Die goldene Stadt lag achtern. Schwache Rufe aus dieser Richtung zeigten an, dass die Kinder im Ruderhaus herumtollten. Jja kam soeben heraus, eingehüllt in einen Pullover und Hosen aus dickem schwarzem Wollstoff. Tomiyano und Holiyi scheuerten mittschiffs auf Händen und Knien das Deck und waren hartnäckig nur mit ihren knappen Lendenschurzen bekleidet, um männliche Gleichgültigkeit gegen die Kälte zu beweisen.

Wallie lächelte Jja kurz zu, drehte sich um und fing die Hocker und Bündel auf, die Nnanji aus dem Dingi heraufwarf. Jja war ein Problem. Es war zwei Tage her, seit er zuletzt auf der *Saphir* gewesen war, darum würden ihn seine körperlichen Reaktionen übermannen – Shonsus Drüsen würden aufbrüllen –, aber sein Besuch war zu wichtig, um Zeit mit bloßen körperlichen Vorgängen zu verschwenden. Er würde sich in Kürze freie Zeit nehmen müssen, um mit diesen persönlichen Bagatellen fertigzuwerden.

Das letzte Bündel wurde hinaufbefördert, er drehte sich um und fand sie neben sich stehen. Für einen Moment suchten ihre tiefen, dunklen Augen sein Gesicht, dann senkte sie den Kopf und wartete still.

»Wir sind nur gekommen, um mit Gebieter Rotanxi zu sprechen, Liebes«, sagte er. »Geh du wieder hinein, fort aus dem kalten Wind.«

Aber Tomiyano war auch da, die Arme in die Seite gestemmt, versperrte er Wallie den Weg. Also wollte man wieder förmlich werden, wie? Er begann den Gruß an einen Höhergestellten – und der Kapitän schnitt ihm das Wort ab.

»Lass den Quatsch, Shonsu! Ich will über Wichtiges reden.«

»Dann schnell!«

»Ich habe gehört, dem Heerbann geht das Geld aus.«

»Was hat das mit dir zu tun, Matrose?«

»Ich dachte, tausend Goldstücke könnten dich aufhorchen lassen.«

Aufgeschreckt hielt Wallie inne, um nachzudenken, und trat beiseite, als Thana und Nnanji an Bord kletterten. Tomiyano lächelte ihnen kurz zu und machte sich wieder daran, Wallie böse anzusehen. Nnanji war jetzt der allgemein beliebte Schwertkämpfer auf der *Saphir*. Er gehörte zur Familie. Er schlief jede Nacht an Bord, egal wie spät es mit den Festen wurde; Nnanji schien wochenlang mit wenig Schlaf auskommen zu können, wenn er es wollte. Aber was hatte der Matrose im Sinn? Wallie bezweifelte nicht, dass das Geld verfügbar war. Er war sicher, dass Brota viel mehr als das irgendwo an Bord versteckt hielt, die Familienersparnisse. Dann bemerkte er, dass Brota selbst in der Tür des Vordecks auftauchte und sich daneben aufstellte. Ihre rote Robe wehte im Wind. Besorgt beobachtete sie den Wortwechsel. Erwartete sie Streit?

»Tausend Goldstücke wofür, Kapitän?«

Tomiyano deute mit einer Kopfbewegung auf Jja. »Für sie.«

Jja keuchte.

»Hast die Mannschaft unterhalten, wie?«, brüllte Wallie.

Sie schüttelte heftig den Kopf. »Nein, Gebieter! Ich weiß nichts davon!«

Tomiyano hatte die Hand nah am Messer. »Du solltest sie besser kennen, Shonsu!«

»Wovon redest du dann, verdammt noch mal?«

»Ich meine, dass sie ein begehrenswerter Besitz ist, und sie kriegt nicht die Behandlung, die sie verdient. Sie grämt sich. Ich habe sie in der Kajüte weinen gehört. Wenn du sie nicht willst, dann nehme ich sie. Eintausend? Das ist ein gefälliges Angebot.«

Das war ein lächerliches Angebot. Keine Sklavin, ganz gleich wie schön, brachte je mehr als zwanzig ein. Es war ein Angebot, das den Gedanken an Mord wie eine gute Idee aussehen ließ. Wallie zitterte die Hand von seinen widerstreitenden Impulsen.

»Du hältst dich von meiner Sklavin fern, Matrose, oder, bei den Göttern, ich werde dich filetieren!«

»Zwölfhundert?«

Nnanji packte gerade rechtzeitig Wallies Arm. »Ruhig, Bruder!«

Wallie riss sich so heftig los, dass Nnanji rückwärts taumelte. »Nein!« Er starrte die von Schrecken gepackte Jja an. »Du kommst mit mir an Land, wenn ich gehe! Richte deine Sachen!«

Sie nickte angstvoll. »Vixini, Gebieter?«

Jja am Hals zu haben wäre schon lästig genug. Keinesfalls wollte er, dass ein Sklavenkind mit dem Zeichen des Schmieds als Vatermal hinter ihm herrannte und ihn vor den anderen Schwertkämpfern Papa nannte. »Er bleibt hier!«

Jja wurde noch blasser. Er hatte ihr einst versprochen ...

»Und misch dich nicht in meine Angelegenheiten, Matrose!«

Wallie nickte Nnanji zu, griff nach den Bündeln und ging voran. Thana hatte sich zu Brota gesellt. Die beiden zogen sich jetzt in das Vordeck zurück.

Zwölfhundert Goldstücke! Wallie hatte zu kämpfen, um seine Gedanken auf die Arbeit zu richten. Diese Unverschämtheit! Aber Rotanxi war im Augenblick wichtiger. Was spielte der Matrose für ein Spiel? Er hätte wissen müssen, dass Wallie nicht darauf eingehen würde. Hatte Rotanxi gelauscht? Ein abgebrühter Händler wie Tomiyano würde die Verhandlungen niemals so beginnen ...

Nnanji knallte die zwei Hocker vor dem Zauberer hin. Nnanji war wieder zu seinem finsteren Blick zurückgekehrt. Der Zauberer zog die struppigen weißen Brauen hoch. Wallie vollführte den rituellen Gruß, und der alten Mann stemmte sich auf die Füße, um ihn zu erwidern. Nnanji grüßte gebieterisch und wartete Rotanxis Antwort kaum ab, ehe er sich hinsetzte.

»Der Wind weht kalt, mein Gebieter«, begann Wallie. »Würdest du lieber nach unten gehen?«

»Hier ist es angenehm.«

Wallie setzte sich. Der alte Mann war wärmer angezogen, und das gab ihm schon zehn Punkte Vorsprung. Neben ihm auf dem Deck lag ein Blatt Pergament, beschwert mit einem Splisseisen. Feder und Tintenflasche lagen daneben. Er hatte schon vor Tagen darum gebeten – in nahezu bescheidenem Ton. Wallie hatte sie ihm gewährt, in dem Vertrauen darauf, dass er keine Nachrichten versenden würde. Wahrscheinlich schrieb er die seltsamen Kenntnisse auf, die er aus Gebieter Shonsu herausgeholt hatte.

»Wir sind gekommen, um dir vom Fortgang beim Heerbann zu berichten, mein Gebieter.«

»Um ein hämisches Vergnügen an mir zu haben?«

Die zarte Entspannung, die sich über Wochen in ihre Beziehung eingeschlichen hatte, war verschwunden. Der Zauberer wusste sofort, wenn es ums Geschäft ging, und das Geschäft war zur Zeit der Krieg. Sein stets schroffes Gesicht wurde steinhart.

Das Deck war leer bis auf die drei und Tomiyano, der das Scheuern wieder aufgenommen hatte. Alle anderen waren unter Deck gegangen. Vulkanischer Staub fegte mit dem Wind heran.

Wallie überhörte Rotanxis Frage und begann zusammenzufassen, was auf der Sitzung berichtet worden war – die Katapulte, die Bogenschützen, die Partisanen, die Reiterei. Er schilderte Boariyis Erfolg – sechs tot, acht gefangengenommen. Nnanji knirschte stumm mit den Zähnen. Am Ende versicherte Wallie dem Zauberer, dass der Heerbann seinen Angriff bezahlen könne. Man sei so gut wie bereit zur Schlacht.

»Also willst du, dass ich zurückgehe und meinen Freunden sage, sie sollen aufgeben?« Rotanxi dachte messerscharf. Schwertkämpfer stiegen im Rang durch Tapferkeit mit dem Schwert. Zauberer per Intelligenztest.

»Ich wollte dir beweisen, dass wir siegen können.«

»Gegen unsere Donnerwaffen? Das wird eine blutige Sache werden.«

»Wir verfügen über viel mehr Blut als ihr, mein Gebieter.«

Die Runzeln des alten Gesichts verzogen sich. »Wir werden sehen.«

»Das sollten wir lieber nicht«, erwiderte Wallie. »Wir werden die Städte in Trümmer legen und dabei unschuldige Menschen töten.«

»Seit wann kümmern sich Schwertkämpfer um gewöhnliche Menschen?«

Wallie schwor sich im Stillen, dass er nicht die Beherrschung verlieren werde. »Dieser Heerbann wurde ausgerufen, um die Ehre der Schwertkämpferzunft wiederherzustellen, mein Gebieter. Gewöhnliche Menschen zu töten ist nicht ehrenhaft und ist es niemals gewesen. Um ganz ehrlich zu sein, ich bin nicht einmal sicher, ob es ehrenhaft ist, Zauberer zu töten. Kennst du den Ursprung des Streits zwischen unseren beiden Zünften?«

»Nein. Das geht zurück auf die Zeit vor unseren Aufzeichnungen.«

»Dann wollen wir beide ihn beenden.«

Das machte Eindruck. Der Zauberer starrte ihn ungläubig an.

»Ich bin gekommen, um einen Pakt vorzuschlagen«, sagte Wallie. »Ehe das Töten ernsthaft anfängt.«

»Pah! Warum sollten wir uns darauf einlassen? Du kannst nicht siegen, Shonsu! Einen Turm oder zwei kannst du einnehmen, vielleicht, aber dann werden wir fortgehen! Hast du das nicht bedacht? Gib es zu – der Heerbann muss entlassen werden. Du kannst die zahlenmäßige Überlegenheit nicht halten. In fünf Jahren werden wir wieder da sein.« Er lächelte grausam. »Du darfst Vul gern angreifen. Ich hoffe, du versuchst es! Du magst auf kurze Sicht siegen, aber wir siegen am Ende. Gib es zu, Schwertkämpfer!«

»Ich gebe gar nichts zu!« Wallie nahm ein Bündel auf und ließ zwölf Pistolen herausfallen – Rotanxis, Chinaramas und die zehn, die Boariyi erbeutet hatte. Dann versiegte das Gespräch, während die *Saphir* mit ihrem Ankertau rang und hoch über ihnen ein Zug Gänse vorbeiflog. Der Zauberer runzelte ob dieser neuen Drohung die Stirn.

»Wir siegen auf kurze Sicht«, sagte Wallie. »Ihr mögt

auf mittlere Sicht siegen – vielleicht. Am Ende verlieren wir beide.«

»Inwiefern?«

»Die Schwertkämpfer wissen jetzt, dass eure Feuerblitze kein Zauber sind, sondern Waffen. Sie werden danach trachten, sie sich zu verschaffen, damit sie unter gleichen Bedingungen gegen euch kämpfen können. Und Schwertkämpfer sind viel bessere Kämpfer! Wenn ich ihnen das Geheimnis nicht verrate, werden sie es auf andere Weise aufdecken. In fünf Jahren, mein Gebieter, werdet ihr Schwertkämpfern gegenüberstehen, die genauso bewaffnet sind wie ihr jetzt. Ich könnte ihre Lage sogar noch verbessern, wenn ich wollte.«

Wieder eine Pause. Dann fuhr Wallie fort: »Und damit wird es nicht aufhören. Solche Waffen kann man nicht geheim halten. Gewöhnliche Menschen werden sie ebenfalls in die Hand bekommen. Dann wird jede Großmutter für den härtesten Schwertkämpfer ein Gegner sein. Räuber werden Zauberer in ihren Kellern gefangenhalten, damit sie Waffen für sie herstellen. Das wird der Untergang unser beider Zünfte sein, mein Gebieter.«

Das war sein Zaubererargument. Er hatte es bei den Schwertkämpfern nicht vorgebracht und fragte sich, was Nnanji nun daraus machte, aber er ließ die Augen nicht von Rotanxi.

»Ich besitze nicht die Macht, um etwas auszuhandeln«, sagte der Zauberer schließlich, und Wallie wusste, dass er einen Schritt vorangekommen war.

»Du könntest eine Nachricht schicken. Außerdem glaube ich nicht, dass der Hexer von Sen ohne jeden Einfluss ist.«

Der verbitterte alte Mann musterte ihn sorgfältig. »Was schlägst du im Wesentlichen vor, Shonsu?«

»Dass wir die unnötige Feindschaft zwischen Schwertkämpfern und Zauberern beenden. Sie ist immer schon töricht gewesen, und jetzt wird sie zu einem Kampf führen, der sich steigern und ausbreiten wird ...« Es war schwierig, mit einfachen Worten ein Wettrüsten zu umschreiben. Am Ende glaubte er, der Zauberer hätte verstanden. »Darum müsst ihr euch bereit erklären, eure Waffen zu vernichten und keine neuen mehr anzufertigen. Als Gegenleistung behandeln wir eure Zunft wie jede andere auch, und ihr stündet unter dem Schutz der Schwertkämpfer.«

Rotanxi lachte verächtlich. »Unter dem Schutz dieser Bande von Mördern, Dieben und Frauenschändern, die ihr da in Casr habt? Lieber würde ich mich von hungrigen Wölfen bewachen lassen!«

Nnanji fluchte und stand, nach dem Schwert greifend, halb von seinem Hocker auf. Dann sank er murrend darauf zurück.

Aber Wallie gelang es, sich zu beherrschen. »Ich verteidige nicht, was nach der Ankunft der Schwertkämpfer geschehen ist. Es war schändlich. Aber die Lage war auch ungewöhnlich. Seit vielen Jahrhunderten hat es keinen Heerbann mehr gegeben – Hunderte von freien Schwertern, die alle erwarteten, wie Könige und Helden behandelt zu werden, die alle nichts zu tun hatten! Sobald der Heerbann eingeschworen war, setzte Gebieter Boariyi eine strenge Zucht durch. Die Ältesten sagen, dass es in Casr noch nie so friedlich gewesen sei wie jetzt. Junge Frauen gehen bei Dunkelheit durch die Straßen, ohne belästigt zu werden. Diebe und Beutelschneider sind verschwunden. Das Gleiche biete ich euch für eure sieben Städte und alle anderen Städte!«

Rotanxi höhnte: »Solche Macht glaubst du zu haben?«

»Ich habe unbegrenzte Macht. Die Schwertkämpfer haben geschworen, mir bis in den Tod und widerspruchslos zu gehorchen.« *Außer diesem zornigen jungen Mann neben mir.* »Wenn ich ihnen sage, die Zauberer sind Freunde, dann werdet ihr wie Freunde behandelt. Ich kann die Schwertkämpfer einen entsprechenden Eid schwören lassen.«

Der Zauberer sah ihn kalt, aber mit gespannter Aufmerksamkeit an. »Und alle anderen Städte, sagtest du?«

Wallie lächelte. »Ich bin zuversichtlich. Die vierzehn Städte am Strom ganz sicher. Die übrigen, die es auf der Welt gibt, werden ein wenig Zeit brauchen. Aber ich könnte den Männern, die wir hier haben, ein neues Sutra auferlegen. Ich könnte sie schwören lassen, überall für dessen Übernahme zu sorgen. Die Göttin hat sie hergebracht und Sie wird sie nach Hause bringen. Sie können es überall verbreiten. Es sind nicht alle Schwertkämpfer der Welt hier versammelt, mein Gebieter, nur ein Bruchteil. Aber zu gegebener Zeit, mit gutem Willen auf beiden Seiten ... Ich bin überzeugt, dass ihr Zauberer der Welt viel zu bieten habt.« Er deutete auf das Pergament und die Feder. »Allein das wird dringend benötigt, von Priestern und Händlern ... sogar von Schwertkämpfern!«

Der Zauberer dachte nach, zupfte sich an der Lippe und sah Wallie nicht an. Nach einigen Augenblicken sagte er: »Das ist ein seltsamer Einfall, Gebieter Shonsu! Du hast mich häufig überrascht, aber nie so sehr wie jetzt! Lass mich eine Weile nachdenken.« Er erhob sich steif und ging über das Deck spazieren.

Wallie merkte, dass er vor Kälte zitterte. Aber er

spürte auch, wie sich Hoffnung regte. Zögerlich sah er Nnanji an.

Nnanji grinste.

Verblüfft fragte Wallie: »Was meinst du dazu?«

»Ich meine, dass er es richtig gut findet, Bruder!« Nnanji war aufgeregt. Nnanji war erfreut! Seine finstere Wut war verschwunden. Also hatte das Zaubererargument auch bei ihm gewirkt? Wallie wollte es auf jeden Fall auch an den anderen Siebten ausprobieren. Er war erstaunt, aber auch zutiefst erleichtert.

»Ein neues Sutra müsste die Nummer elffünfundvierzig bekommen, schätze ich«, sagte Wallie, »obwohl es ans falsche Ende der Reihe kommt. Aber ich darf nicht mit den anderen herumhantieren.«

Nnanji lachte. »Und die Dreizehn?«

Natürlich! Es gab kein dreizehntes Sutra. Da er die Sutras wusste, ohne sie je gelernt zu haben, war ihm das nicht gegenwärtig gewesen – und doch hatte er sofort daran gedacht, dass die Dreizehn eine Fangfrage für Neulinge war. Zwölf behandelte die Pflichten gegenüber Priestern, vierzehn die Rechte der gewöhnlichen Menschen. War nach dem großen Streit ein Sutra aufgegeben worden?

»Dann sollten wir ein Sutra Nummer Dreizehn machen!«, sagte Wallie und hatte das Gefühl, zufällig auf etwas Wichtiges gestoßen zu sein.

Rotanxi kam zu seinem Stuhl zurück, sagte kein Wort und nahm seine Schreibgeräte vom Boden auf. Er zog seine Brille aus einer Tasche hervor und setzte sie auf, was Nnanji einen Gluckser entlockte. Er entkorkte die Tintenflasche, stellte sie vorsichtig neben sich ab und begann zu schreiben. Nnanji beobachtete ihn staunend und sah dann fragend Wallie an.

»Das ist ihr größter Zauber, Nnanji. Gebieter Rotanxi ist sehr vertrauensvoll, wenn er dich zusehen lässt.«

»Aber was tut er da?«, flüsterte Nnanji.

Wallie versuchte, es zu erklären, und die unsichtbaren Brauen seines jungen Freundes kletterten in die Höhe, bis die sieben Schwerter auf seiner Stirn in Falten verschwanden. Wörter lagern?

»Was für ein Sutra würdest du auferlegen, Shonsu?«, fragte Rotanxi und spähte über die Brillengläser. Wallie sagte es ihm, und er schrieb es nieder.

»Und auf eurer Seite?«, fragte Wallie.

»Wie wäre es damit? *Gewalt ist das Vorrecht der Schwertkämpfer. Das geheime Wissen der Zauberer darf nicht gebraucht werden, um zu zerstören, zu töten oder Waffen anzufertigen.*«

»Das ist sehr gut«, fand Wallie.

Der Zauberer räumte seine Schreibgeräte zur Seite und lehnte sich zurück, um nachdenklich in die Takelage zu schauen.

»Ich sollte gehen und ein paar Decken holen, Bruder!«, sagte Nnanji zähneklappernd.

Wallie schüttelte den Kopf. Jetzt aufzustehen würde den Zauber brechen. Schwefelgestank zog durch die Luft, und das unbeladene Schiff schaukelte unangenehm, aber auf diesem Fleck der Welt wurde soeben Geschichte gemacht. Sein Leben als Shonsu würde danach beurteilt werden, was jetzt hier geschah.

»Schwertkämpfer haben Zauberer seit Jahrtausenden getötet«, murmelte Rotanxi. »Jetzt wo es in unserer Macht liegt, uns zu rächen, wollen sie Frieden?« Er probte ein Wortgefecht.

»Mehr als dreihundert Schwertkämpfer sind hier in den vergangenen fünfzehn Jahren umgekommen. Meine Seite schreit ebenfalls nach Blut.«

Der Zauberer nickte, dann verfiel er wieder in Schweigen, als wäre er vor Kälte erstarrt.

Irgendwann richteten sich die verschlagenen alten Augen wieder auf Wallie. »Es könnte gelingen! Ich kann bezeugen, dass der Anführer der Schwertkämpfer ein Mann von Ehre ist, mein Gebieter. Ich gebe zu, dass du es in den vergangenen Wochen gut angestellt hast, mich für deine Ansichten zu gewinnen.«

Das war allerdings ein Lob.

»Ich spreche für die Schwertkämpfer«, sagte Wallie. »Wer spricht für die Zauberer? Gibt es einen Großen Hexer von Vul?«

Rotanxi schüttelte den Kopf. »Wir haben einen Rat von dreizehn. Darin sind zwei Ansichten vertreten: eine, die besagt, man solle die grausamen Schwertkämpfer vertreiben, und eine andere, die behauptet, es sei unsere Sendung, nach Wissen zu streben, und das Regieren sei nicht unsere Aufgabe.«

»Die Falken und die Tauben?«

»Wie? Ein treffendes Bild! Ich gebe zu, dass ich ein Falke gewesen bin, mein Gebieter. Wenn ich die Seite wechsle, könnte ich ein paar Stimmen herüberziehen – sofern man mir Gehör schenkt.« Er runzelte die Stirn.

»Warum sollte man das nicht tun wollen?«

In seinen gescheiten Augen stand ein bitteres Lächeln. »Ich werde in derselben Klemme sitzen wie du. Man wird mich als Abtrünnigen ansehen.«

»Ich habe sehr darauf Acht gegeben, nichts zu verraten, was ich von dir erfahren habe.«

Rotanxi zuckte mit den Schultern. »Ich verhöhne zwar die Grausamkeit der Schwertkämpfer, mein Gebieter, aber ich gestehe, dass wir Zauberer selbst nicht ohne Grausamkeit sind. Wenn ich versage, werde ich den Folterknechten übergeben.«

»Dann ... wird deine Ehre umso größer sein«, stammelte Wallie.

»Wie? Ehre ist eine vornehme Belohnung, aber ein ärmlicher Trost. Und, versteh, ich kann wegen der übrigen Zusammenkünfte gar nichts unternehmen. Nur in Vul.«

»Aber Vul könnte ihnen raten?«

Rotanxi nickte. »Wie du sagst, die Welt wird Zeit brauchen und schwerer zu überzeugen sein. Aber wenn es hier glückt, können wir hoffen, dass unser Beispiel die anderen ermutigt.«

Wallie sah zu Nnanji. Das Grinsen war breiter denn je. Augenscheinlich hörten Zauberer auf die Vernunft, wie Wallie gehofft hatte, und augenscheinlich wollte Rotanxi bei seinem Plan mitwirken. Natürlich könnte er ihn auch schrecklich täuschen, nur um zu den Seinen zurückkehren und von dem neuen Schwertkämpferplan berichten zu können. Aber das Risiko war die Sache wert. Und Nnanji – unglaublich – war inzwischen beliebt. Könnte er die anderen Schwertkämpfer überzeugen?

Für ein Happy-End?

»Was schlägst du im Einzelnen vor, Shonsu?«, wollte der Zauberer plötzlich wissen und schaltete von Nachdenken auf Handeln um.

»Du und ich müssen einen Eid schwören, meine ich«, sagte Wallie – so weit war er mit seinen Überlegungen noch gar nicht gekommen. »Wir werden schwören, für diesen Frieden zu wirken, den wir ins Auge fassen. Ich werde dich an das linke Ufer zurückbringen, und du wirst die Sache deinem Rat vorlegen. Wenn sie einverstanden sind, schließen wir einen förmlichen Pakt. Natürlich wird der Heerbann Siegesmärsche brauchen, mit Musikanten, damit sie sagen können, sie hätten gesiegt, aber nicht mehr als fünfzig Männer in jeder Stadt. Ich werde die Stadtwachen wieder einsetzen, und ich werde gute Männer auswählen, keine jungen Bengel –«

»Vul bleibt davon ausgenommen! Kein Schwertkämpfer hat Vul je betreten.«

»Sicher! Aber die Zauberer werden als ehrenhafte Bewohner gelten und bleiben dürfen, auch in den anderen Städten am Strom. Danach kümmern wir uns um die übrige Welt, indem wir gemeinsam wirken, Schwertkämpfer und Zauberer Seite an Seite aussenden, um die Sache zu verbreiten.«

»Es verschlägt einem die Sprache!«, murmelte der Zauberer. »Ist aber die Mühe wert. Uns die größte Mühe zu geben – mehr können wir beide nicht schwören.«

»In meiner anderen Welt hat mal ein Gott gesagt: *Selig sind die Friedfertigen*.«

Rotanxi nickte. »Jedoch ...« Sein Ton änderte sich. »Ich sehe einen unmittelbaren Gefahrenpunkt. Du hast ein Heer da stehen. Ich bin überzeugt, dass du ein Mann von Ehre bist, aber meine Gefährten werden natürlich eine Falle vermuten. Viele Hexer der Stadt gehören dem Rat an. Damit es zu einer Beratung kommt, müssen sie nach Vul reisen.«

Wallie sah es kommen, als wäre er wie ein Vogel aufgestiegen und betrachtete es von oben.

»Zu dieser Jahreszeit könnten die Straßen schlecht sein. Wir werden Zeit brauchen, wenigstens zwanzig Tage hin und zurück.«

Der Winter stand kurz bevor. Je länger der Angriff der Schwertkämpfer hinausgezögert werden könnte, desto besser – für die Zauberer.

»Wie viele?«, fragte Wallie schroff. »Wer?«

Rotanxi schaute nachdenklich auf Nnanji. »Ich meine, einer würde genügen – ein Siebter, ein Heerführer und Eidbruder von Gebieter Shonsu. Er wäre am besten geeignet.«

Erschrocken und wütend, dass er das nicht vorher bedacht hatte, drehte Wallie sich zu Nnanji um.

Nnanji zuckte die Achseln. »Ich werde aber mein Schwert tragen!«

Rotanxi zögerte und sagte dann: »Das setze ich voraus. Du wirst der erste Schwertkämpfer sein, der Vul betritt, Gebieter Nnanji – vorausgesetzt, dass wir so weit kommen.«

Wallie sagte: »Man würde nicht von ihm erwarten, dass er verhandelt?«

»Nein, er wäre nur ein Unterpfand für deine Redlichkeit. Sie könnten ihn natürlich nach dir fragen und danach, wie die anderen Schwertkämpfer denken.« Der Zauberer lächelte ein wenig. »Man wird wegen seiner Jugend überrascht sein, aber dann tagt der Rat bereits.«

»Welche Sicherheit kannst du für seine wohl behaltene Rückkehr geben?«

»Nur mein eigenes Wort, mein Gebieter. Wenn mein Gesuch abgelehnt wird, wird er dasselbe Schicksal erleiden wie ich. Da er jünger ist, wird er länger brauchen, um zu sterben.«

Nnanji schien unbesorgt zu sein, ja sogar erfreut von der Aussicht. *Wie Nnanji des Siebten nach Vul kam . . .*

»Komm mit!«, sagte Wallie, fasste ihn an der Schulter, zog ihn vom Hocker hoch und zerrte ihn geradezu über das Deck außer Hörweite. »Ich kann das nicht erlauben!«

Nnanji kicherte. »Du kannst es nicht verhindern.«

»Oh! Tatsächlich? Ich werde diesen Eid nicht schwören, Nnanji, nicht unter diesen Bedingungen! Sein komischer Rat da könnte eine Bande Verrückter sein. Rotanxi selbst könnte heimtückisch sein – solange es nur um ein paar Wochen Verzögerung ging, war es mir die Sache wert! Aber dich setze ich nicht aufs Spiel, Eidbruder. Du wurdest gesehen, wie du in Ov die Zauberer umgebracht hast ...«

»Ich wiederhole: Du kannst es nicht verhindern! Es ist vorherbestimmt.«

»Was?«

»Verstehst du nicht? Wir haben immer gesagt, dass ich bei deiner Sendung eine Aufgabe zu erfüllen habe. Hier ist sie endlich! Darum wurde ich zu deinem Eidbruder gemacht, darum bin ich ein Siebter geworden! Besser als Tauben zu zählen! Und ich habe Arganari versprochen, dass ich seine Haarspange nach Vul tragen werde! Natürlich habe ich nicht geahnt, dass ich als Geisel hingehe ...« Er lachte. »Es ist Schicksal, Shonsu, der Wille der Göttin!« Dann fügte er mit Wonne hinzu: »Der erste Schwertkämpfer, der Vul betritt!«

Er lehnte sich an die Reling und grinste spöttisch. »Es sei denn, du möchtest selbst gehen.«

Der Gedanke genügte, um Wallies Eingeweide in Wallung zu bringen. Man würde ihn in die nächste Folterkammer werfen und auf die Bank schnallen, ihm jeden Tag ein Geheimnis für die Zauberer entreißen, die industrielle Revolution im Ein-Mann-Betrieb. Er konnte sich leicht vorstellen, wie dieser versauerte alte Rotanxi die glühenden Eisen schwänge – und daran merkte er, wie wenig er dem Zauberer eigentlich traute.

»Nnanji! Deine Eide sind meine Eide! Angenommen, sie zwingen dich zu dem Schwur, den Heerbann zu entlassen?«

Sogar Nnanji zögerte bei dieser Aussicht. Dann sagte er: »Ich verspreche dir, dass sie keinen Erfolg haben werden, Bruder.«

»Du wirst keinen Spaß haben, während sie es versuchen!«

Nnanji zuckte die Achseln, dann kehrte das Lächeln zurück.

»Wir werden zwei andere Siebte schicken!«, beharrte Wallie.

Das Lächeln verschwand wieder. »Gefolgsleute in die Gefahr schicken? Damit sie meine Pflicht tun?«

Vielleicht bildete Wallie es sich nur ein, aber er meinte zu sehen, wie sich etwas in Nnanjis Augen veränderte, sah etwas, von dem er immer gefürchtet hatte, es eines Tages sehen zu müssen. Den Mörderblick? *Es ist dein Königreich, das ich begehre?* Er wusste nun, dass Nnanji die Gelegenheit zu Ruhm und Ehre nicht verwehrt werden durfte.

Er hatte einmal gescherzt, dass Nnanji ein Ei sei, aus dem etwas Außergewöhnliches schlüpfen werde. Nun erkannte er plötzlich, was es sein würde. Man nehme einen schlaksigen, rothaarigen, treuen jungen Mann, der außerdem mutig und ehrenhaft ist, gebe Fechtkunst und ein paar Wunder dazu, lasse ihn in gewissen Sagen und Heldenliedern gar ziehen, und ...

Wallie selbst hatte es immer abgelehnt, Held eines Heldenliedes zu sein. Und selbst Doas Lied war nicht nach ihm benannt. Aber er erkannte einen Helden, wenn er einen sah.

»Einverstanden, Bruder?« Nnanji stieß Wallie an die Schulter und grinste.

»Ich ...« Er fand keine Worte.

Nnanji stolzierte zu dem Zauberer zurück. Wallie folgte. Ihm schwirrte der Kopf. Warum war er nicht hartnäckig geblieben? Versuchte er, eine Bedrohung loszuwerden?

Hatten die Götter Nnanji erschaffen, damit er nichts anderes würde als ein williger Märtyrer, dessen Tod den Heerbann anfeuert?

Rotanxi sah ihnen abschätzend entgegen. »Habe ich mein Unterpfand, Shonsu?«

Wallie nickte. »Zwanzig Tage. Aber wenn er in irgendeiner Weise zu Schaden kommt, dann schwöre ich, dass ich den Heerbann nach Vul bringe und die Stadt schleife, ganz gleich, was es kostet! Und ich habe acht Zauberer in meinen Verliesen, bedenke das!«

Der Zauberer zuckte die Achseln. »Selbstverständlich. Nun müssen wir wohl unsere Eide schwören, wir beide?«

»Ich glaube ja.« Wallie ließ sich schlaff auf dem Hocker nieder. Sein kurzes Hochgefühl war dünn geworden. Er sah ringsum Schwierigkeiten hervorbrechen wie Dornen. Er schämte sich und war entsetzt, dass er Nnanji verriet. »Ich sollte das zuvor meinem eigenen Rat unterbreiten, mein Gebieter. Sie müssen gehorchen, aber freiwilliges Einverständnis würde ich vorziehen.«

Der Zauberer nickte klug. »Ja. Ich sollte mich sicher fühlen können, dass den Heerführer kein plötzliches Unglück ereilt.«

»Dann lass uns gehen und mit ihnen sprechen.« Wallie sah sich um. Tomiyano war noch an Deck, er lehnte an der Reling und blickte ganz offen zu ihnen herüber. Wallie stand auf und ging argwöhnisch zu ihm.

»Falls du eine Mannschaft verfügbar hast, Kapitän, wäre es angenehm, wenn das Schiff jetzt hereingebracht würde. Ich verzichte auf die Anlegegebühr!«

Der Matrose musterte ihn einen Augenblick lang. Dann sagte er: »Du bist verrückt.«

»Was ist jetzt?«, fragte Wallie ärgerlich.

»Seinetwegen!« Tomiyano deutete auf Nnanji und Rotanxi, aber wen von beiden er meinte, konnte Wallie daraus nicht entnehmen. Sie waren schon in ein Gespräch vertieft, die unerbittliche Feindschaft, die noch vor einer Stunde geherrscht hatte, war augenscheinlich abgeworfen. Oh, lass das ein Omen sein!

»Du hast uns bespitzelt, nicht wahr?« Wallie hatte vergessen, dass die Matrosen Lippenlesen konnten.

»Ein Rat von dreizehn Rotanxis?«, höhnte Tomiyano. »Kannst du dir das vorstellen?«

»Kaum.«

»Und du willst diesen Jungen zu ihnen schicken? Das Erste, was sie ihn fragen, ist, wie viele Zauberer er umgebracht hat.«

Und Nnanji würde es ihnen sagen.

»Ich glaube nicht, dass ich ihn hindern kann.« Das klang schwach, auch in Wallies Ohren, aber es war die Wahrheit.

Tomiyano war wütend, er wurde lauter. »Du weißt, was sie sehen werden, wenn er vor ihnen steht? Einen erfahrenen Schlächter! Ein Ungeheuer von einem Jungen! Ich schätze, dass Zauberer den siebten Rang nicht eher erreichen, als bis sie wenigstens sechzig sind. Sie werden ein Haufen erschreckter alter Männer sein, Shonsu, und du schlägst ihnen etwas vollkommen Neues vor. Du willst, dass sie dir vertrauen – und du schickst Nnanji? Du machst meine Schwester zur Witwe, verflucht! Meinst du, sie schicken uns ein paar Teile von ihm als Andenken?«

***

Aus dem Siebenerkreis war ein Kreis von acht geworden. Sieben Schwertkämpfer saßen auf Hockern, der eine Zauberer in einem Sessel. Das Feuer knackte und ließ ein paar Funken stieben, stieß manchmal eine Rauchwolke hervor, wenn der Wind in den Kamin fuhr. Wahrscheinlich war er hundert Jahre nicht mehr gefegt worden.

Doch die Gruppe dieser acht enthielt Untergruppen. Rotanxi bildete ganz allein in seiner Kapuzenrobe eine auffallende Minderheit. Der alte Mann war verständlicherweise misstrauisch, eine Katze im Hundezwinger, wachsam und höflich.

Wallie selbst fühlte sich merkwürdig allein, das Misstrauen der Schwertkämpfer umgab ihn wie Panzerglas. Als er die vorläufige Übereinkunft mit dem Zauberer beschrieb, konnte er fühlen, wie seine Worte daran abprallten. Sie wollten es nicht hören.

Und Nnanji hielt sich ebenfalls für sich. Er blieb still. Die Arme verschränkt, die Füße überkreuzt, betrachtete er mit einem verstohlenen Lächeln in den Mundwinkeln seine Stiefel. Nicht einmal die Silberpelikane konnten ihn jetzt aufregen.

Die übrigen fünf Siebten waren unversöhnlich. Sie hatten Zeit gehabt, über den Pakt nachzudenken, und sie hielten noch weniger davon als vorher. Zu Zauberern freundlich sein? Eine Schande! Zwanzig Tage Waffenruhe, wenn der Winter kurz bevorstand? Irrsinn! Heerführer Nnanji als Geisel? Ungeheuerlich! All ihre Kriegsvorbereitungen auf den Mist geworfen? Verrat! Das sprachen sie nicht aus, aber ihre Meinung war ihnen deutlich anzusehen. Rotanxi konnte nicht umhin, als das zu bemerken. Sicher würde er von der Vereinbarung Abstand nehmen, wenn er zu dem Schluss kam, dass Shonsu nicht auf die bereitwillige

Unterstützung seiner ältesten Hauptleute zählen konnte.

Dann spielte Wallie aus, was er für seine Trumpfkarte hielt, sein Zaubererargument, das schon Nnanji bekehrt hatte: falls dieser Kampf anhielt, würden auch Schwertkämpfer und sogar gewöhnliche Leute die Waffen der Zauberer in die Hand bekommen. Es zeigte keine Wirkung. Für die Siebten war es zu weit hergeholt und beruhte nur auf Vermutungen. Ihre eisige Ablehnung schmolz nicht im Geringsten.

Nnanji fing Wallies Blick ein, grinste leicht und schüttelte den Kopf. Nnanji neigte in diesen Tagen ganz untypisch zum Telepathischen, und er teilte ihm soeben mit, dass das nicht das Argument sei, das hier einzusetzen war.

Aber welches dann? Warum hatte er so drastisch seine Meinung geändert? Wallie wusste es nicht, und die anderen Siebten schon gar nicht. Nnanji stellte sie alle vor ein Rätsel – sie starrten ihn in einem fort an und versuchten, seinen unerklärlichen Sinneswandel zu begreifen.

Schließlich bat Wallie um Bemerkungen oder Fragen. Stille senkte sich herab wie ein Sarg ins offene Grab. Als sie anhielt, drehte sich Rotanxi zu ihm um und bedachte ihn mit einem zynischen Blick – das ist deine Unterstützung?

Wallies Zorn begann sich zu regen. Tumbe Eisenzeitrohlinge! Hemmungslose Nichtswisser! Warum hatte er diese unmögliche Aufgabe bekommen? Zum ersten Mal seit seinen Anfangstagen im Tempel bei Hann spürte er, wie ihn eine große Sehnsucht nach seinem alten Leben auf der Erde und eine bodenlose Verachtung für diese primitive Kultur und ihre starrköpfigen Schwertkämpfer überkam. Fast wünschte er, er könnte sich die ganze Sache, den Heerbann und die göttliche Sendung, einfach von den Händen waschen. Er könnte mit Jja zum Strom hinuntergehen, sich ein Schiff suchen und fortsegeln, um eine Wasserratte zu sein für den Rest seiner Tage ...

Die kurz und hässlich ausfallen würden, wenn er sich der Göttin widersetzte.

»Shonsu«, sagte Nnanji, »vielleicht sollten wir den tapferen Gebietern erlauben, es zu erörtern, ohne dass der Zauberer dabei ist?« Er konnte Unschuld nicht so gut spielen wie sein doppelzüngiger Bruder. Er heckte etwas aus. Wallie zögerte und beschloss dann, dass er keine Wahl hatte. Er würde Nnanji vertrauen müssen.

»Also gut. Mein Gebieter?« Wallie stand auf und begleitete Rotanxi zur Tür. Wie er erwartet hatte, blieb Nnanji, wo er war. Die Tür schloss sich hinter ihnen, Rotanxi drehte sich um und wollte etwas sagen ...

Aber Wallie war schon gegangen.

In dem langen Vorraum harrten nur einige wenige Leibwächter aus – und Jja. Er hatte sie auf einen Hocker gesetzt und ihr befohlen zu warten, in der Überzeugung, dass sie dort sicher wäre nach allem, was bei ihrem letzten Besuch in der Freistätte passiert war. Sicher vor den Schwertkämpfern – aber da stand sie nun, die Augen niedergeschlagen, vor einer sehr großen Frau in Blau. Wallie eilte mit Riesenschritten durch den Saal.

»Doa!«

»Ah, da bist du ja, mein Lieber!«, sagte sie mit einer Stimme, die einen Bienenstock hätte ausschwärmen lassen.

»Ich bin heute sehr beschäftigt, meine Gebieterin!«

»Ich bin ganz einverstanden, *Liebling.* Ich habe nur gerade eine Unterredung mit dieser Sklavin.«

»Unterredung?«

Doas großer Mund entblößte bei diesem Lächeln sämtliche Zähne. »Das ist doch Jja, nicht wahr? Die du mir zu schenken versprachst.«

Einen Moment lang war Wallie sprachlos über ihre Dreistigkeit. Jja war stumm wie ein Fels.

Er hatte sie nie vorher zusammen gesehen – und das Glitzern in Doas Augen sagte ihm klipp und klar, dass er sich besser entschiede, welche er haben wollte.

Dann sah Jja zu ihm auf, und das Flehen in ihren Augen hätte den Sonnengott aus seinem Himmel herabgezogen.

Er trat zwischen sie und legte, verwundert, was Doa für einen Unsinn redete, einen Arm um Jja. Die Schwertkämpfer lauschten und versuchten das Gegenteil vorzutäuschen. Er durfte die Beherrschung nicht verlieren.

Jja drückte sich an ihn, suchte Nähe. Er dachte an seinen jüngsten Traum, wie er in den Sonnenuntergang davonsegelte, und entsann sich, wer darin vorgekommen war. Nicht Doa.

»Ja, das ist Jja. Jja, meine Liebe, das ist Gebieterin Doa. Ich habe nicht vor, dich ihr zu schenken. Was immer sie dir erzählt hat, es war gelogen.«

Doas Gesicht stand in Flammen. Die Schwertkämpfer waren sehr still.

»Ehrenwerter Forarfi!« Wallie konnte nur mit äußerster Anstrengung ruhig sprechen. »Geleite Gebieterin Doa aus der Freistätte. Sorge dafür, dass sie in Zukunft nicht mehr vorgelassen wird. Meine Gebieterin, ich stehe nicht zur Verfügung, um dich heute Abend zum Festmahl der Heiler zu begleiten.«

Einen Augenblick lang glaubte er, Doa werde ihn anspringen. Fast hoffte er es.

»Ich werde auf jeden Fall zu dem Festmahl gehen! Sie wollen, dass ich singe. Ich habe ein paar neue Lieder vorzustellen.«

»Hüte deine Zunge, Sängerin, oder du singst sie demnächst den Ratten im Verlies vor.«

Doa schnappte nach Luft, dann drehte sie sich um und stolzierte zur Tür.

Wallie legte auch den anderen Arm um Jja. »Es tut mir Leid, meine Liebste, so sehr Leid! Glaube ihr nichts, ganz gleich was sie gesagt hat.«

Jja sah ihn nur an, forschend.

»Wallie?«, flüsterte sie.

»Wer sonst?«

Die Tür zum Ratssaal flog auf, und Nnanjis Stimme war laut zu vernehmen: »Bruder!«

Aber Wallie war beschäftigt und hörte ihn nicht. Es war Jja, die schließlich die Umarmung unterbrach. »Sie warten auf dich, mein Liebster«, flüsterte sie.

»Lass sie!«, sagte Wallie und küsste sie wieder eine Weile. Als er sie endlich losließ und zur Sitzung ging, fühlte er sich so ausgelassen und erregt, dass ihm fast gleichgültig war, was aus dem Heerbann wurde.

Er hatte sich in Doa einen gefährlichen Feind geschaffen.

Wen kümmerte das? Er sah sofort, dass sich die Stimmung im Rat geändert hatte. Die fünf Siebten strahlten. Rotanxi, der in der Mitte stand, war bemüht, seinen Mangel an Begreifen hinter einem hochmütigen Lächeln zu verbergen.

Und Nnanji grinste von einem Ohr zum andern. »Ich glaube, die tapferen Gebieter sind übereingekommen, Bruder!«

»Es ist eine erhabene Sache, mein Heerführer!«, tat Zoariyi kund. Als der Älteste war er der natürliche Sprecher. »Gebieter Nnanji hat mich wahrhaftig überzeugt.«

Die anderen lächelten und nickten augenscheinlich begeistert.

Wie das?

Warum?

Wen kümmerte das? Wallie sah Rotanxi an und zuckte die Achseln. »Dann können wir also zur Tat schreiten und unsere Eide schwören, mein Gebieter?«

Der Zauberer nickte unbehaglich. »Welche Beweisgründe hast du zu ihrer Überzeugung angeführt, Gebieter Nnanji? Genau genommen.«

Nnanji grinste spöttisch. »Genau genommen? Genau genommen die Beweisgründe, die Gebieter Shonsu vor dir anführte und die dich überzeugt haben. Wort für Wort und nichts anderes, das schwöre ich.« Er amüsierte sich königlich. Wallie verblüffen zu können war eine neue Erfahrung für ihn. »Shonsu, zu einem Eid wie diesem solltest du die Priester kommen lassen!«

»Das denke ich mir.«

»Wie wär's, wenn wir Gebieter Rotanxi die Verliese zeigen, solange wir warten?« Er kicherte über Wallies Gesichtsausdruck. »Um ihm zu zeigen, wie Schwertkämpfer ihre Gefangenen behandeln. Und unterdessen« – er drehte sich schwungvoll zu dem Vogt um – »haben Gebieter Tivanixi und ich die Zeit für unseren Fechtkampf!«

Verliese sind Verliese – dunkel und nasskalt, voller Gestank nach Urin und Ratten. Wallie hatte darauf bestanden, dass man die Gefangenen gut behandelte.

Nach den Maßstäben dieser Welt hatte man ihm gehorcht. Er ließ Rotanxi allein mit ihnen sprechen und nahm an, dass der alte Mann ihnen erklärte, sie seien das Gegenpfand und darum nicht in unmittelbarer Gefahr. Es wäre aufschlussreich gewesen zu hören, was sie von dem vorgeschlagenen Pakt und seinen Aussichten hielten.

Doch Verliese bleiben Verliese, und es war eine Erleichterung, wieder an die frische Luft zu kommen, und sei es auch nur die Luft im Hof der Freistätte, der jetzt für zahlreiche Außenaborte und Waschhäuser herhalten musste. Die Zeltbahnen flatterten und ruckten, aber durch diese Geräusche hindurch hörte Wallie einen fernen Jubel.

»Wir haben noch etwas Zeit totzuschlagen, mein Gebieter«, behauptete er. »Wie wäre es, wenn wir ein wenig den Fechtern zuschauten? Nicht dein liebster Zeitvertreib, wie ich annehme, aber eine packende Geschichte für zu Hause.«

Der Zauberer blinzelte ins helle Tageslicht. »In der Tat!«, sagte er. »Aber erläutere mir zuvor, was mit Gebieter Nnanji geschehen ist. Wie hat er die anderen überzeugt?«

»Wenn er sagt, er hat dieselben Beweisgründe angeführt, dann muss ich ihm glauben. Ich gebe zu, dass auch ich es nicht verstehe.«

Rotanxi runzelte besorgt die Stirn. »Bei jedem anderen – sogar, mit Verlaub, dich eingeschlossen, Gebieter Shonsu – sollte ich einen Verrat annehmen. Aber bei ihm …« Er schüttelte den Kopf. Während seiner Gefangenschaft auf der *Saphir* hatte er Nnanji kennen gelernt. Selbst ein Zauberer konnte bei ihm keine Hinterhältigkeit vermuten. Nnanji würde lächelnd morden, aber er würde nicht darüber lügen.

Wallie führte Rotanxi durch den Bogengang zu den Stufen vor der Freistätte, wo er ein halbes Dutzend mittlere Ränge zwang, Platz zu machen. Die Polospiele waren vorbei, und die versammelten Schwertkämpfer sahen den Fechtern zu. Fast jeder Mann hatte den Arm um eine Frau gelegt und genoss seinen freien Tag. Wenige bemerkten den finsteren Zauberer, der bei ihrem Heerführer stand.

Im Mittelpunkt des großen Zuschauerkreises tanzten Nnanji und Tivanixi zwischen den Pferdeäpfeln vor und zurück, dass die Florette nur so blitzten.

»Ooo!«, rief die Menge, und Nnanji machte einen Luftsprung, um anzuzeigen, dass er getroffen hatte.

»Wie steht es?«, fragte Wallie einen Dritten.

»Zwei null, mein Heerführer. Bei drei Gewinnsätzen.«

Dann griffen die Fechter wieder an, ließen die Florette sausen, dass man sie kaum sah, sprangen vor und zurück, die Pferdeschwänze hüpften. Die Menge brüllte bei einem knappen Fehlstoß, aber kein Gegner forderte einen Punkt, und der Kampf ging weiter. Wallie hatte noch nie einen Kampf zwischen Siebten gesehen. Hochgeschwindigkeitsballett mit Klingen – es war großartig, diese Anmut der Athleten. Er sah, wie groß Nnanji war verglichen mit Tivanixi, und wie schnell. Hier und da erkannte er einige seiner Lieblingszüge, aber meistens waren sie zu schnell, als dass er sie hätte analysieren können. Vorzügliche Fechter, die einander beflügelten …

»Ahh!« Das war's, der entscheidende Punkt war gemacht. Nnanjis Maske wirbelte hoch in die Luft, sein Siegesschrei ging im Gebrüll der sich nach vorn drängenden Menge unter. Tivanixis gerötetes und grinsendes Gesicht tauchte auf, und er hob sein Florett zum

Gruß, während Nnanji auf die Schultern gehoben und um den Platz getragen wurde.

Wallie sah es mit Verblüffung. Also war Nnanji jetzt ein glaubhafter Siebter, keine unaufrichtige Zweckdienlichkeit mehr, und ein sehr guter Siebter dazu, wenn er Tivanixi schlagen konnte. Das kam ihm einfach unmöglich vor! Nnanji lernte blitzschnell, aber diesen Grad so schnell zu erreichen? Vor vier Wochen hatte es kaum zum Sechsten gereicht. Sicher hatte der Vogt den Kampf absichtlich verloren, als Anerkennung für Nnanjis Mut in der Vul-Sache? Wenn das stimmte, war Nnanji dann nicht fähig, den Schwindel festzustellen?

Die bezeugte Beliebtheit war sogar noch erstaunlicher. Dieses neunmalkluge Kind hatte sich durch pure Beharrlichkeit Anerkennung verschafft, mit Schweiß und ungezählten Blutergüssen. Erst vor einer kurzen Zeit hatte er die Siebten auf seine Seite gezogen und jetzt augenscheinlich auch alle übrigen Schwertkämpfer.

Wallie wandte sich dem Zauberer zu, um sich mit ihm zu unterhalten, und sah die Befriedigung auf seinem Gesicht. Eine beliebte Geisel war eine wertvolle Geisel.

Ehe sie jedoch ihre Unterhaltung beginnen konnten, erschienen neben der Treppe zwei Sänften. Honakura und Kadywinsi stiegen aus und waren sofort von einer aufgeregten Schar wartender Priester umgeben.

Wallies erste Empfindung, als er Honakura sah, war Freude. Eine Röte hatte die unheilvolle Blässe ersetzt. Aber dann schleppte sich der alte Mann die Stufen herauf, wobei er sich auf einen jungen Priester stützte. Bei näherem Hinsehen hatte seine Haut eine merkwür-

dige Durchsichtigkeit, und das Strahlen seiner Augen kam vom Fieber. Manchmal leuchten Kerzen hell auf, bevor sie verlöschen.

Wallie grüßte und stellte ihm Rotanxi vor, wobei sie wegen des anhaltenden Geschreis der Menge ebenfalls schreien mussten.

»Du befindest dich bei guter Gesundheit, Heiliger?«

Die alten Augen funkelten zu ihm herauf. »Nicht besonders. Aber du, wie ich sehe – und du hast deinen Pakt!«

Sein Gesicht stellte eine Frage.

Wallie nickte bedeutungsvoll. *Er ist begeistert.*

Honakura zog eine Braue hoch. *Wieso?*

Wallie zuckte die Achseln. *Ich weiß es nicht!*

»Wir sehen nur ein wenig beim Fechten zu, mein Gebieter«, sagte er. »Gebieter Nnanji hat soeben Gebieter Tivanixi besiegt, den drittbesten Fechter des Heerbanns.«

Honakura nickte begreifend. »Wir Priester haben ein Sprichwort, Gebieter Shonsu: *Der Schüler kann größer sein als der Lehrer.*«

Und Wallie wiederum begriff. Das konnte nur das Epigramm des Sutras sein, das die Geschichte des rothaarigen Bruders erzählte. Die Epitome dürfte sich demnach mit den Pflichten des Beistands befassen. Nun, er glaubte nicht, dass Nnanji schon ganz so weit war – aber er hegte nicht den Wunsch, es herauszufinden, und schon gar nicht mit dem Schwert.

Dann trat Kadywinsi zu ihm und die Grüße wurden ausgetauscht. Der Lärm der Menge brandete lauter auf. Wallie spähte über die Köpfe hinweg und sah gerade noch, wie Boariyis Gesicht hinter einer Maske verschwand. Nnanji wurde in Schulterhöhe zu ihm hingetragen, und er schwang lachend sein Florett. Würde Boariyi ebenfalls absichtlich verlieren?

Der Heerführer konnte nicht bleiben, um dabei zuzusehen. Er musste seinen Gast hineingeleiten. Eigentlich wollte er ohnehin nicht zuschauen.

Als sie beim Ratssaal ankamen, fanden sie ihn voller geschäftiger Schwertkämpfer. Jja war auch da, und Honakura begrüßte sie mit herzlicher Zuneigung und entsetzte die anderen Priester, weil er einen Kuss erbat.

Linumino war so tüchtig gewesen wie immer. Das Bett war fort; irgendwoher waren Sessel für die Gäste beschafft worden; auf Tischen befanden sich weiße Decken und Erfrischungen. Am Kamin stand sogar ein kleines Feuerbecken, sodass Rotanxi über Feuer würde schwören können, ohne seine Robe in Brand zu setzen.

Wichtige Eide wurden vor Priestern geleistet. Eide von großer Bedeutung erforderten sieben, einen aus jedem Rang, um Rechtsfähigkeit mit Langlebigkeit zu verbinden. Alle mussten Wallie vorgestellt werden. Ein paar kannte er schon, zum Beispiel die mürrische Priesterin des Dritten, die ihm am ersten Tag in Casr Honakuras Nachricht überbracht hatte. Schließlich brachte er den alten Mann zu einem Sessel, holte ihm ein Glas Wein und nahm sich einen Augenblick Zeit für ein vertrauliches Wort.

»Nnanji billigt es?«, flüsterte Honakura.

Wallie erzählte, wie Nnanji nicht nur den Pakt anerkannt, sondern auch die anderen überzeugt hatte.

Der alte Mann schüttelte verwundert den Kopf. »Wir haben ihn wirklich gut gelehrt, mein Gebieter!« Aber er verstand es ebenso wenig wie Wallie. Er billigte einen Pakt mit Schwertkämpfermördern? Das passte überhaupt nicht zu ihm.

Die Siebten strömten herein – Tivanixi, Zoariyi, Jansilui – und das gegenseitige Grüßen begann von vorn. Dann kamen auch Boariyi und Nnanji, erhitzt, schwitzend, glücklich wie Kinder – und Thana, katzenhafter denn je.

Als Nnanji sich neben Wallie stellte, führten seine Augen einen Freudentanz auf.

»Wieder gewonnen?«

»Volle Punktzahl!« Er war so zufrieden mit sich selbst, dass er beinahe jauchzte. »Bist du sicher, dass du nicht ein paar Augenblicke Zeit hast?«

»Ganz sicher! Wir machen das, wenn du wieder hier bist!«

Nnanji nickte enttäuscht. »Dann übe inzwischen!«

Wallie lächelte geduldig.

»Bruder?«, sagte Nnanji leise. »Nennst du mir die genauen Worte, die du schwören wirst?«

»Warum?«

»Weil auch ich daran gebunden sein werde.«

»Wie wahr! Entschuldige!« Wallie sagte ihm den Eid, wie er ihn vorbereitet hatte. Nnanji lächelte geheimnisvoll und nickte wieder.

»Vergiss nicht zu üben!«, sagte er und ging weiter.

Es musste ein Trick sein, oder nicht? Tivanixi und Boariyi hatten es zwischen sich abgemacht, wie?

Niemals!

Sie legten zu viel Wert auf ihren Ruf als Spitzenfechter. Den würden sie nicht einfach so wegwerfen, nicht einmal für Nnanji. Und ganz sicher täuschte keiner von beiden eine volle Punktniederlage vor. Drei-zwei, allenfalls, aber drei-null war eine Demütigung. Also keine Gaunerei; Nnanji hatte es beiden gezeigt. Nnanji und Shonsu waren die Besten.

Was nur eine Frage aufwarf.

Drei-null, gegen *Boariyi*!

Die Sitzung konnte beginnen. Die Priester und Priesterinnen standen in einer Reihe und warteten, alle außer Honakura, der in seinem Sessel geblieben war und darauf beharrte, er sei nur zum Zusehen gekommen. Wallie trat in die Mitte und zog sein Schwert, schaute die Gesellschaft ringsum an – Priester und Schwertkämpfer, Herolde und Sänger. Jja war, auf sein Beharren hin, auch darunter, versuchte, sich in einer Ecke unsichtbar zu machen, und hielt sich dicht bei Thana.

Dann fuhr Wallie herum und blickte ein zweites Mal zur Gruppe der Sänger. Doa! Über die Köpfe hinweg sah sie ihn spöttisch an. Wie war es ihr gelungen hineinzukommen? Er hatte Befehl gegeben – aber nur Forarfi, der gerade geschickt worden war, ein Schiff zu mieten. Und Linumino hatte natürlich festgelegt, dass Gebieterin Doa unter den Sängern zu sein hatte. Ärgerlich drehte er ihr den Rücken zu und blickte die Priester an.

Er hob das siebte Schwert in die Schwurhaltung, sodass es bei ausgestrecktem Arm über die Köpfe der Zeugen hinwegzeigte. *Ich, Shonsu, Schwertkämpfer des siebten Ranges, Heerführer ...*

Geschichte wurde gemacht. Der oberste Schwertkämpfer der Welt schwor, für den Frieden mit den Zauberern zu wirken. Kein Wunder geschah zum Eingreifen. Kein Donner rollte. Kein Erdbeben schleuderte die Freistätte auf sein Haupt herab. Er empfand fast ein Gefühl der Leere.

Er trat zurück, und Rotanxi kam nach vorn, um eine

Hand über das Feuerbecken zu halten und seinerseits zu schwören.

Und noch immer blieb die Welt ruhig.

Wallie schüttelte Rotanxi die Hand. Die Zeugen jubelten und klatschten.

Das war es? So still endete ein Zeitalter? Wallie spürte ein schwindelndes Gefühl der Unwirklichkeit. Irgendwie hatte er mehr erwartet.

Er merkte, dass die Siebten ein verdutztes Gesicht machten, und wunderte sich.

»Meine Gebieter ...« Er deutete auf die Erfrischungen.

»Shonsu?«

Wallie versteifte sich. »Ja, Nnanji?«

»Auch ich möchte einen Eid schwören.« Nnanji lächelte entschuldigend.

»Aber zunächst wirst du ihn mit mir teilen, oder.«

Nnanji nickte, dann konnte er sein breites, kindliches Grinsen nicht mehr zurückhalten. »Ich habe das göttliche Rätsel für dich gelöst, Bruder! Ich weiß, wie du das Schwert zurückgeben musst. Und ich kenne seine Bestimmung!«

Die Zuschauer waren gespannt. Jja, Honakura und Tivanixi sahen erschrocken aus, die übrigen nur verwirrt. Wallie dachte heftig nach.

Der alte Kadywinsi sprach als Erster. »Das siebte Schwert? Das Schwert der Göttin? Sie hat es gesandt, damit es den Heerbann gegen die Zauberer anführt, nicht wahr?«

»Eigentlich nicht, Heiliger«, sagte Nnanji. »Das Schwert hat mit den Zauberern nichts zu tun. Die Zauberer sind überhaupt nicht wichtig.«

Was um alles in der Welt ging unter diesem roten Haarschopf vor? Was hatte Nnanji gesehen, das Wallie entgangen war? »Wie also gebe ich das Schwert zurück, Bruder Nnanji?«

»Du gehst nach Quo, wo es geschmiedet wurde.«

Wallie starrte ihn an, mit einem unguten Gefühl und vollkommen verblüfft. »Quo?«

»Vielleicht sollten wir unter vier Augen sprechen, Bruder?«

Wallie fand, das sei ein sehr guter Einfall.

* * *

Im Vorraum standen Schwertkämpfer und vor der Tür standen Schwertkämpfer. »Die Treppe hinauf!«, sagte Nnanji. Wallie trottete hinter ihm her; aber es gab zwei Schlafsäle auf dem nächsten Stockwerk und Schwertkämpfer, die keinen Dienst hatten.

»Oberster Stock – Wettlauf!« Nnanji sprintete die Stufen hinauf wie ein begeistertes Kind. Wallie folgte ihm eher langsam, stellte Betrachtungen über seine Lage an wie ein Welpe über einen Pantoffel. Was immer Nnanji dachte, er war sich seiner sehr sicher. Er hatte sich Shonsu immer gebeugt, aber da war Shonsu noch der größte Schwertkämpfer der Welt gewesen, und darum ein Held. Wer war jetzt der größte?

Und warum Quo?

Warum Quo?

Als er oben ankam, sah er staunend, dass die Tür zum Waffensaal offenstand, der große Riegel lehnte an der Wand. Ein schlanker, rothaariger Schwertkämpfer ging an den Tischen entlang, betrachtete die Wand mit den Schwertern. Am Ende drehte er um und ging auf der anderen Seite zurück, nun die Abfälle auf den Tischen betrachtend. Wallie stellte sich einfach in den

Saal und wartete mit verschränkten Armen, was kommen würde.

»Nichts wurde angefasst!«, sagte Nnanji strahlend. »Alles, wie wir es am Händlertag, als du mir mein Schwert gegeben hast, verlassen haben. Wir haben vergessen, den Riegel wieder vorzulegen, Bruder! Ich habe nicht mehr daran gedacht!« Er kicherte. »Aber niemand hat etwas weggenommen. Das ist sehr gut!«

Wallie wartete.

»Gut!« Nnanji verschränkte ebenfalls die Arme. »Wir wollen dafür sorgen, dass ich alles verstanden habe. Wir alle schwören auf das neue Sutra. Du schickst zweihundert Männer oder so als stehendes Heer in die sieben Städte. Du lässt jeden schwören, dass er verbreitet, die Zauberer seien nette Kerle. Dann entlässt du den Heerbann. Habe ich richtig verstanden?«

Wallie nickte.

Nnanji drehte sich um und begann, auf und ab zu schreiten. »Und die Zauberer werden ihre Feuerwaffen zerstören – aber das müssen wir ihnen einfach glauben, nicht wahr?«

Er nahm ein Schwert von der Wand und wog es in der Hand. »Das ist heikel, nicht wahr? Dann wäre unwichtig, ob die Zauberer zahlenmäßig unterlegen sind. Sie könnten jederzeit ein Blutbad anrichten. Platsch – zweihundert Pfützen.«

Wallie fand seine Stimme wieder. »Aber das haben wir heute Morgen alles besprochen. Wir müssen den Pakt schließen; und er ist auch zum Vorteil der Zauberer. Wir gehen ein Wagnis ein, ja, aber wir müssen ihnen vertrauen, wie sie uns vertrauen müssen.«

Ohne den Blick von dem Schwert zu heben, sagte Nnanji leise: »Die Zauberer sind nicht das Problem.«

Wallie riss den Mund auf. Dann begriff er. Früher oder später würde ein Idiot von einem Schwertkämpfer mit einem Zauberer Streit anfangen – in einer Schenke, wegen einer Frau oder nur um zu zeigen, wie knallhart er war. Der Zauberer würde beim Obersten Gerechtigkeit verlangen, und ... Und was dann?

»Oh, Mist!«, zischte Wallie. »Verdammt! Verdammt! Verdammt!«

Er lehnte sich an einen Tisch und schlug die Hände vors Gesicht. Er hatte die Schwertkämpfer nach den Sutras und nach den Siebten seines Rates beurteilt, die aber Ausnahmefälle waren. An Hardduju und Tarru, an die Schänder von Yok, die Betrunkenen in Wo, den Greis in Tau hatte er überhaupt nicht mehr gedacht, noch nicht einmal an die anfänglichen hemmungslosen Zustände von Casr – all die schlechten Schwertkämpfer, denen er begegnet war und die er hätte berücksichtigen müssen. Die Schwertkämpfer schworen ihre übermenschlichen Eide, und vielleicht gaben sogar die meisten ihr Bestes, aber tatsächlich waren sie ein sehr gemischter Haufen – oft von der Macht verdorben, von niemandem überwacht, die Rechtsprechung lag bei ihnen selbst – besser als Anarchie, aber von einem zufriedenstellenden Zustand weit entfernt. Den müsste es aber geben, damit Wallies Plan überhaupt aufginge. Nnanji hatte die Schwertkämpfer immer besser verstanden als er, und wenn Nnanji meinte, es würde nicht gehen, dann ging es nicht. Wallie hatte Rotanxi die Welt versprochen. Er würde nicht einmal die sieben Städte befreien können.

Bodenloses Versagen! Wunschdenken – es hatte ihm so sehr widerstrebt, Krieg zu führen, dass er sich einen unmöglichen Frieden ausgedacht hatte. Und jetzt hatte

er einen Eid geschworen und den Heerbann weggeworfen.

Eine Katastrophe!

»Aber warum jetzt?«, klagte er und blickte auf. »Warum nicht im Rat?«

Nnanji hängte das Schwert wieder an die Wand und zuckte die Achseln. »Schwertkämpfer sagen so etwas über ihre Zunft nicht. Wir alle wissen darum, aber wir sprechen es nicht aus.« Er setzte seine Wanderung fort.

»Aber Rotanxi hat geschworen ...«

»Durchaus. Aber er hat damit nicht seine Freunde gebunden, nicht wahr? Sie wissen vom vierten Eid, also wandere ich in das erste beste Verlies. Mit den Zehennägeln werden sie anfangen, vermutlich, wie ich es Rotanxi seinerzeit vorgeschlagen habe.«

»Was! Du scherzest!«

»Ja«, gab Nnanji zu. »Aber wir müssen die Versuchung beseitigen!«

Wallie schauderte. »Du hast Recht! Ich hätte das bedenken müssen. Also willst du schwören, dass der Heerbann erst entlassen wird, wenn die Kasernen wieder besetzt sind?«

Nnanji war wieder bei ihm angelangt.

»Warum dann?«, fragte er.

»Häh?«

Nnanji grinste. »Das ist spaßig; du hast eine seltsame Art, die Dinge anzusprechen, Shonsu. Ich verstehe dich inzwischen, aber ... Rotanxi sagte: ›Gib es zu – der Heerbann muss entlassen werden.‹ Erinnerst du dich? Und du sagtest: ›Ich gebe gar nichts zu.‹ Was er glaubte, dass du, der Heerführer, versprachst, war, die Städte für die Zauberer sicher zu machen. Dass der Heerbann dort Ordnung halten würde, wie er es in

Casr tut. Er wollte sich damit einverstanden erklären, und als ich deine Worte vor den Siebten wiederholte, haben sie das genauso verstanden.« Er lächelte schief. »Vielleicht habe ich die Betonung ein wenig verschoben, aber ich gebrauchte dieselben Worte. Dann hast du das in deinen Eid nicht aufgenommen; wir müssen den Heerbann beibehalten!«

Die Erleichterung brach über Wallie herein wie Tauwetter im Vorfrühling.

»Natürlich!«, sagte er. »Das könnte gehen! Wir lassen sie den dritten Eid beibehalten!«

Nnanji nickte und grinste wieder. »Und wir behalten eine Gruppe guter Schwertkämpfer hier in Casr. Wenn in einer Stadt irgendein Unsinn geschieht, dann gehen wir hin und ... erziehen sie!«

»Und es würde nicht viel kosten, nur ein paar Männer mehr!« Jetzt konnte Wallie lächeln. »Du hast mir Angst gemacht, Nnanji! Aber ich meine, so kann es gelingen.« Er hatte sich gefragt, was er nach der Auflösung des Heerbanns tun würde. Jetzt war er unkündbar.

Dann kippte seine Stimmung wieder um.

»Aber das wird nur bei den sieben Städten gelingen. Ich habe die Welt versprochen.«

»Ah!« Nnanji nahm seine Wanderung wieder auf. »Das göttliche Rätsel – gib zurück das Schwert. Darum musst du nach Quo gehen, Bruder, wo Chioxin gelebt hat.«

»Warum? Was ist so Besonderes an Quo?«

»Planvolles Vorgehen!«, rief Nnanji aus der Mitte des Saales. »Neundreiundneunzig, Zehnsiebzig. Die Schleife ist geschlossen, beinahe. Du kannst nicht von Ov stromaufwärts und von Aus nicht stromabwärts gehen, richtig? Nicht mühelos. Quo ist unsere Vorder-

tür, unsere Tür zur Welt. Wir brauchen keinen ständigen Heerbann, Shonsu, sondern einen weltumspannenden Heerbann!« Vor Aufregung wurde er lauter. »Verstehst du jetzt? Wir senden die Siebten von Quo aus zu jeder Stadt am Strom. Sie werden die stehenden Heere der Kasernen auf den Heerbann einschwören! Mit Gewalt, wenn es sein muss.«

Wallie lachte lauthals. »Langsam, Junge!«, sagte er. »Wir können nicht jeden Schwertkämpfer der Welt zu unserem Gefolgsmann machen!«

Nnanji lachte nicht.

»Aber das müssen wir! Es ist der einzige Weg, um die Welt für die Zauberer sicher zu machen – und das hast du schließlich geschworen, Eidbruder! Und so sichern wir auch die Kasernen – wir werden auf einen riesigen Heerbann zählen können, falls die Zauberer falsch spielen. Sogar Vul wäre dann keine Schwierigkeit mehr.«

Wenn du schon träumst, dann richtig! Heerführer aller Schwertkämpfer?

Nnanjis Augen leuchteten. »Und was noch wichtiger ist: Wir werden gleichzeitig in der Zunft aufräumen – entledigen uns der Gauner und der Schläger und der Peiniger. Wir scheiden die schlechten von den guten Schwertkämpfern. Dann wird es in jeder Stadt ein anständiges, ehrliches und ehrbares Heer geben!«

Hier war ein jugendlicher Weltverbesserer, strahlend vor Begeisterung, ein selbstloser junger Mann, der fest entschlossen war, die Welt wiederherzustellen. Darum war er so erfreut gewesen!

»Sag mir, warum es nicht gelingen sollte!«, verlangte Nnanji und ging, von seiner Vision angeregt, rastlos auf und ab. Seine Stiefel polterten, und die Dielen knarrten.

Draußen wartete ein Schiff. Er musste sich beeilen. »Geld!«

»Geld?«, wiederholte Nnanji geringschätzig. »Die Schwertkämpfer hatten bisher zu essen, sie werden auch in Zukunft zu essen haben. Wir werden einen Weg finden.«

»Nnanji!« Wallie redete sehr sanft wie zu einem Kind. »Nicht jeder Schwertkämpfer wird dein Gefolgsmann sein wollen. Was sollen deine Männer tun, wenn sich einer weigert zu schwören?«

»Blut muss vergossen werden ... aber die ehrenwerten werden ganz froh sein, zu schwören.«

»Tapferkeit ist die höchste Ehre ...«

»Nur bei einer guten Sache!«

Das war mehr als Selbstlosigkeit. Das war blinder Eifer! Wallie spürte Angst in sich aufkeimen.

»Und was, wenn Boariyi zum Beispiel auf einen besseren Fechter trifft? Was, wenn es dein Mann ist, der getötet wird, Nnanji?«

Nnanji war gerade an der Tür, wo ein wirrer Haufen Banner an der Wand aufgeschichtet lag. Er zog eines heraus und hustete in der Staubwolke. Dann grinste er Wallie an. »Ich dachte mir, dass dich das beschäftigen würde! Du schickst mich. Ich bin der größte Schwertkämpfer der Welt – außer dir. Vielleicht außer dir. Aber ich werde mich an deiner Stelle darum kümmern, Bruder!«

Das war also die Bestimmung, die er auf dem Schiff gesehen hatte: Nnanji der Rächer, Schrecken der Gottlosen. Kein Wunder, dass er so zufrieden ausgesehen hatte! Katanji würde zu großem Reichtum kommen – was war dann Nnanjis Belohnung? Vollstrecker der Göttin ... nichts könnte ihm besser gefallen.

Wallie schauderte. Er hatte ein Ungeheuer geschaffen.

»Wie steht's mit landschaftlichen Gegebenheiten?«, fragte er so ruhig er konnte. »Was geschieht, wenn ihr nach Hither wollt und die Göttin schickt euch nach Yon?«

»Sie wird uns unterstützen!«, erwiderte Nnanji überrascht. »Du siehst doch sicher, wie sehr die Götter mir geholfen haben? Auch mir wurden Wunder zuteil!«

Größenwahn!

Nnanji der Erlöser – er würde eine blutige Gewaltherrschaft errichten. Wie Cäsar. Wie Cromwell. Es konnte nur zu einer Schreckensherrschaft führen.

Wallie schwitzte, während er sich fragte, ob er sich überwinden könnte, alles Nötige zu tun, um das aufzuhalten. »Und die freien Schwerter?«

Aber Nnanji hatte auch darauf bereits eine Antwort gefunden. »Das Gleiche. Wenn nötig, reiten wir sie nieder, mit deiner Reiterei. Sie können weiter ihre Pflicht tun, aber wir weisen jeder Gruppe ein Gebiet zu, und irgendwann ein Hauptquartier. Wie bei den Städten – jede Beschwerde kommt hier an, bei mir ... uns, meine ich.«

Das war nicht nur Größenwahn. Unmögliche Tapferkeit, keinerlei Skrupel – Nnanji war ein Geistesgestörter, und das war im Grunde genommen von Anfang an offensichtlich gewesen. Er spielte gern mit Säuglingen, in Gi hatte er geweint. Er war ein liebevoller Ehemann und Bruder ... aber auch ein wahrhaft unbarmherziger Mörder. Er hatte es genossen, Piraten und Zauberer umzubringen. Wallie hatte geglaubt, Nnanji sei reifer geworden, vom Verführer der Kasernenhuren zu dem Frauenverehrer, der

Thana so geduldig umworben hatte. Aber keineswegs!

»Was ist mit dem Rat?«, fragte er weiter, um Zeit zum Nachdenken zu gewinnen.

»Sie sind begeistert! Fechtkunst und Ehre? Besser als Wurfgeräte zu bauen, Bruder!« Er stieß das Banner mit Schwung in den Boden und wurde von einer Staubwolke eingehüllt.

Der Heerbann hatte ihn auf seine Schultern gehoben.

»Es wird Widerstand geben!«, warnte Wallie. »Abtrünnige Schwertkämpfer werden feindliche Heere aufstellen.«

»Wenn es zur Schlacht kommt, sind wir in der Überzahl – und bald auch die besseren.«

Es musste einen schwachen Punkt geben! Jetzt fing Wallie an, auf und ab zu schreiten, während er nach einem logischen Mittel suchte, wie er diesen Wahnsinn friedlich beenden, Nnanji überzeugen könnte, ehe Nnanji ihn überzeugte. »Tausende von Schwertkämpfern – ihre Pflichterfüllung, ihren Werdegang, ihre Zuverlässigkeit – hunderte von Städten und Kasernen. Wie willst du das alles im Auge behalten?«

Nnanji lachte nur.

»Mit Nachrichtenverbindungen? Nach ein paar Wochen werden die zurückzulegenden Strecken unüberwindbar.«

Nnanji breitete das Banner aus, um das Hoheitszeichen zu betrachten. »Schnelle Boote, Pferdeposten und Tauben! Die Zauberer werden den Heerbann unterstützen, weil er sie beschützt. Ich habe gesehen, was Rotanxi mit der Feder machte, erinnere dich!«

Wieder hatte er Recht. Einen ständigen und weltumspannenden Heerbann müssten die Zauberer als eine furchtbare Bedrohung empfinden. Sogar Vul wäre bedroht. Wallie hatte Rotanxi mit einem Argument überzeugt, das ihm selbst nicht bewusst gewesen war – kaum erstaunlich, dass der alte Mann die Gelegenheit eines Paktes ergriffen hatte! Die Zauberer könnten für das Nachrichtenwesen und die Aktenverwaltung sorgen. Sie würden danach trachten, sich unentbehrlich zu machen, und indem sie das taten, würden sie die Gewaltherrschaft fortbestehen lassen.

Wallie war für Frieden zwischen den beiden Bevölkerungsgruppen eingetreten. Er hatte nicht bedacht, dass die Götter gute Gründe haben könnten, um die beiden getrennt zu halten.

Aber es war möglich.

Wallie dachte: *Es wird gelingen. Ich werde es tun müssen, oder Nnanji wird es versuchen, und ich habe vielleicht nicht die Kraft, ihn noch aufzuhalten. Nnanji ist ein ungebildeter Rohling, der nichts anderes kann als töten. Ich bin ein gebildeter und friedliebender Mann. Ich kenne die Gefahren und könnte sie vermeiden ... Ist das meine Belohnung? Allmacht? Ich könnte ein gütiger Alleinherrscher sein, Herrscher der Welt, mit einer Regierung und einem Palast ...*

Die Vorstellung machte ihn schwindlig. Er konnte sich den Hof vorstellen, die Ehrenwache, die Höflinge, wie sie zu beiden Seiten des Mittelschiffs aufgereiht stünden, die kriechenden Bittsteller, wie sie sich vor dem Thron verbeugten, den Sohn des Himmels, wie er da säße und das Schwert der Göttin als Zeichen seiner Macht ...

Es würde gelingen! Da war nichts in der Welt, was ihn aufhalten konnte. Nnanji wäre frohen Herzens Heerführer und Shonsu würde Herrscher sein.

Und auf dem anderen Thron, an seiner Seite ...

Die Vorstellung war so greifbar nahe, dass er meinte, nur den Kopf drehen zu müssen und er würde sie …

Wen?

Nnanji stand an die Stange gelehnt und wartete lächelnd.

Und wartete …

Und wartete …

Traurig blickte Wallie auf. »Das Letzte, was der Gott mir erzählt hat«, sagte er, »war, dass der Bügel an meinem Heft ein Greif ist und dass der Greif klug eingesetzte Macht bedeutet. Er sagte, wenn ich das immer bedenke, könne ich nicht versagen. Das war eine Warnung, Nnanji! Er hat diese Versuchung vorausgesehen! Die Göttin hat mir Macht gegeben. Ich glaube nicht, dass es klug ist, Macht dazu zu gebrauchen, noch mehr Macht zu erlangen.«

»Aber ich! Für eine gute Sache.«

»Dann hätte ich nur umso größere Schwierigkeiten, die größere Macht klug einzusetzen. Vor einer Stunde drohte ich Doa, sie ins Verlies zu werfen, wenn sie sich über mich lustig macht – ich bin nicht reif dafür, Nnanji.«

Nnanji runzelte die Stirn. »Dann musst du zur Seite treten und mich es tun lassen.«

Die Prophezeiung: *Es ist dein Königreich, das ich begehre.*

Wallie straffte die Schultern. Gegen blinden Eifer waren vernünftige Einwände immer nutzlos, und ohnehin gab es in ihrer Sprache kein Wort für Gewaltherrscher oder dergleichen.

»Nein«, sagte er. »Der Heerbann wurde wegen der Zauberer ausgerufen. Du hast vor, ihn gegen die Schwertkämpfer zu wenden! Du weißt nicht, wohin das führen wird, Nnanji. Ich werde es nicht tun!«

»Der Heerbann wurde ausgerufen, um die Ehre der Zunft wiederherzustellen. Die Zauberer sind unwichtig! Das habe ich dir gesagt!«

»*Nein!*« Wallie blieb standhaft. »Erinnerst du dich an die erste Lehre, die ich dir erteilt habe? Wir saßen zusammen auf der Mauer beim Tempel im Schatten der Bäume. Ich habe dir damals gesagt, Macht verdirbt!«

»Nicht mich!«

Ich bin dessen würdiger.

Eine Sackgasse.

Nnanji lächelte hoffnungsvoll. »Du hast einmal gesagt, du wärst gerne Oberster in Tau, nicht wahr? Ich will es dir geben! Und ich will den Heerbann von dort fern halten, weil ich weiß, dass du ehrenhaft bist.«

Da war sie, die Gewaltherrschaft – verschenkte er bereits Städte? Wallie schüttelte still den Kopf.

Nun wurde Nnanji langsam böse. »Wir waren uns einig, dass der Heerbann nur einen Anführer haben kann. Ich habe mich dir immer untergeordnet, oder nicht? Bis jetzt. Brauchen wir zum dritten Mal einen Kampf um die Anführerschaft, Bruder? Dann lass uns das Florett nehmen und schwören, dabei zu bleiben.«

Vor einer Stunde wäre Wallie noch erschrocken gewesen.

Sie starrten einander an, in Augenhöhe – schwarze Augen und blassbraune Augen, keiner wollte weichen.

Es war Wallie, der sich abwandte. Er schritt langsam durch den langen Saal, mit einer Frage ringend. Wie ihn aufhalten? Wenn er es nicht könnte, dann niemand. Er konnte sich gegen Nnanji nicht mehr auf sein Schwert verlassen. Könnte er sich überwinden, einen

Mord zu begehen? Das Messer zu werfen zum Beispiel?

Er war bei dem zerbrochenen Stück von Chioxins Fünftem angekommen, einem weiteren traurigen Mahnmal menschlicher Dummheit. Er starrte es an. Einen Mord?

»Nein!«, sagte er laut. »Ich bin der Anführer. Du gehst nach Vul. Ich werde nach unten gehen und schwören, den Heerbann zu entlassen, sobald die Stadtwachen in den Städten stehen. Wenn sie später ein Blutbad hervorrufen, ist es ihr eigenes Versagen.«

Nnanji knallte die Tür zu, dass es donnerte, und warf die Fahnenstange quer davor in die Halter. Dann ging er polternd die Treppe hinunter. Er war fast unten angekommen, als er die Tür bersten hörte, sieben Stockwerke über ihm.

»Jja?«, rief Gebieter Honakura mit seiner brüchigen Stimme.

Jja eilte zu ihm hinüber.

»Bringst du mir noch einen Kuchen, bitte, meine Liebe?«

Vorsichtig schob sie sich durch die kauenden, schlürfenden Gäste an den nächsten Tisch und erbeutete eine Kuchenplatte, ohne jemanden anzustoßen. Thana stand auch dort.

»Was tun sie nur so lange?«, flüsterte Jja.

»Das weiß ich auch nicht!«, sagte Thana mit vollem Mund. »Jedenfalls nicht kämpfen, will ich meinen. Außer Shonsu ist verrückt geworden.«

Jja gefiel nicht, was sie in Thanas Gesicht sah. Sie kehrte zu Gebieter Honakura zurück und kniete sich neben seinen Sessel. Er dankte ihr und suchte sich den sahnigsten Kuchen aus.

»Bleib hier!«, befahl er, als sie wieder aufstehen wollte. »Nimm dir auch einen!«

Lächelnd gehorchte sie. Sie war froh, bei ihm zu bleiben; bei ihm fühlte sie sich sicher. Die furchtbare Sängerfrau begaffte sie schon, seit Wallie weggegangen war.

Plötzlich unterbrach die Stimme des Zauberers das gezwungene Geplauder. »Eure geteilte Führerschaft verwundert mich. Was tut ihr, wenn sie sich nicht einig sind?«

Jja beobachtete, wie die Schwertkämpfer einander ansahen. Irgendwie wählten sie Gebieter Tivanixi aus, die Last zu tragen.

»Das wissen wir nicht, Gebieter Rotanxi. Es ist noch nicht vorgekommen. Tatsächlich habe ich noch nie gehört, dass der vierte Eid je geschworen worden ist. Ich weiß nicht, warum die Göttin dieses Sutra gemacht hat.«

»Vielleicht nur für diese Gelegenheit?«, murmelte Gebieter Honakura und wischte sich Sahne vom Kinn. Wahrscheinlich hatte das außer Jja niemand gehört.

»Warum sollte ein Heerbann überhaupt zwei Anführer brauchen?«, fragte einer der anderen Gebieter.

»Er hat drei, meine ich«, bemerkte Honakura leise, und jetzt redete er ganz sicher mit Jja.

»Drei, mein Gebieter?«

Der kleine kahle Mann nickte. »Shonsu, Nnanji – und Wallie. Meinst du nicht auch?«

Jja nickte überrascht. Aber das war nicht vollkommen wahr. Wallie hatte gefehlt seit dem Tag, als die beiden Schüler sie ausgezogen hatten, hier in der Freistätte. Das war Shonsu gewesen, den der Zorn überwältigt und der die Schwertkämpfer verkauft hatte, und Shonsu, der sie geschlagen hatte. Als sie am nächsten Tag zur *Saphir* zurückgekehrt war, war er immer noch Shonsu gewesen. Es war Shonsu gewesen, der an diesem Morgen auf dem Schiff fast gegen den Kapitän gezogen hätte. Sie hatte Wallie nicht mehr gesehen, bis vorhin, wo er sie vor der Sängerfrau gerettet hatte. Da war Wallie wieder da gewesen. Ihr Herz hatte es ihr gesagt.

Sie glaubte, dass es Wallie war, der den Eid vor den Priestern geschworen hatte, aber sie vermutete, dass es wieder Shonsu war, der mit Gebieter Nnanji weggegangen war.

Im Vorraum wurde geschrien. Die Tür flog auf, und die Männer stoben auseinander, als Nnanji mit rotem Gesicht hereinstürmte und sein Schwert schwenkte. Auf dem Seidenteppich kam er heftig ins Rutschen, gewann das Gleichgewicht wieder und blieb keuchend stehen. Jja sank das Herz. Wo war ihr Gebieter? Nnanji sah sich suchend um, bis er Gebieter Kadywinsi fand, dann stellte er sich vor ihm auf und hielt das Schwert mit ausgestrecktem Arm von sich.

Ohne Vorrede begann er: *»Ich, Nnanji, Schwertkämpfer des siebten Ranges –«*

Honakura warf einen Kuchen nach ihm

»Junger Mann«, schnauzte er aus seinem Sessel, »es gibt gewisse Rituale, die beim Schwören beachtet werden müssen. Wenn du meine heiligen Gefährten als Zeugen haben möchtest, dann ist es das Geringste, was du tun könntest, sie um ihr Einverständnis zu bitten.«

Nnanji errötete und fragte, ob sie seinen Eid bezeugen wollten.

»Ich nehme an, wir können das tun«, sagte Honakura. »Was meinst du dazu, Gebieter Kadywinsi?«

Die Priester hatten in einer Reihe zu stehen. Gebieter Honakura bat Jja, ihm aufzuhelfen, dann ging er, um sich einzureihen, und sagte Gebieter Kadywinsi, diesen wollte er gern übernehmen. Er stellte sich auf den falschen Platz. Gebieter Nnanji zuckte vor Ungeduld und war sehr rot im Gesicht, fast hüpfte er von einem Bein aufs andere. Der Priester des Fünften versuchte zu helfen, brachte aber alles nur schlimmer durcheinander. Bei aller Unruhe musste Jja doch darüber lächeln.

Aber zuletzt waren sie bereit. Gebieter Nnanji hob wieder sein Schwert.

»Ich, Nnanji, Schwertkämpfer ...«

Aus dem Vorraum kam bedrohlicher Lärm.

»... Heerführer des Heerbanns von ...«

Zwei Vierte krachten leibhaftig durch die Tür und purzelten über den Boden. Shonsu kam knapp hinter ihnen, stolperte über sie, zog sein Schwert, hielt hinter Gebieter Nnanji an und ließ es blitzend auf dessen Schulter niedersausen – wo es, die Klinge sacht die Haut berührend, verharrte.

Schreie und Wutgeheul wurden erstickt. Die Zuschauer erstarrten. Shonsu war rot vor Zorn, die Augen waren hervorgetreten, die Adern in seinem Gesicht geschwollen, aber das siebte Schwert zitterte nicht, es schwebte einfach über der Schulter.

Auch Gebieter Nnanjis Schwert zitterte nicht. Aber die Stimme erstarb ihm, und seine Augen blickten zur Seite, wo die tödliche Klinge neben seinem Hals und so dicht an den entscheidenden Sehnen ruhte. Die beiden Vierten rappelten sich vom Boden auf und flohen, wobei sie die Tür leise hinter sich schlossen.

»Lass das Schwert fallen!«, knurrte der große Mann

mit einer Stimme, die wie mahlende Mühlsteine klang.

Jja krümmte sich. Das war Shonsu, nicht Wallie. Aber der sollte wissen, dass Gebieter Nnanji niemals vor einer Drohung zurückwich. Sie konnte sich erinnern, wie Wallie ihm diesen Grundsatz beigebracht hatte, und wenn *sie* sich daran erinnerte ...

Gebieter Nnanji richtete den Blick wieder auf die Reihe der versteinerten Priester und sagte ruhig: »Nein.«

»Lass es fallen! Oder ich sorge dafür, dass es fällt!«

»Heilige, ich werde von vorn anfangen. *Ich, Nnanji, Schwertkämpfer des ...*«

»Du wirst nie wieder diesen Arm heben!«

»*... siebten Ranges, Heer ...*«

»Ich zähle bis drei.«

Jja flüsterte ein kurzes Gebet an die Göttin.

»*... führer des Heerbanns von Casr, schwöre feierlich ...*«

»Bei drei schneide ich! Eins!«

Aus der Sängerecke kam ein leises Wimmern.

»*... dass der Heerbann von Casr ...*«

»Zwei!«

»*... nicht entlassen werden soll, bis ...*«

Gebieter Nnanji hielt inne, als forderte er seinen Peiniger heraus, als wartete er auf das schreckliche »Drei«. Aber Shonsu starrte schweigend auf Gebieter Nnanjis Hinterkopf. Sein Zorn verging bereits, meinte Jja. Ihr schmerzten die Hände. Sie hatte sich die Fingernägel in die Handflächen gebohrt.

»*... er die Aufgabe, für die er ausgerufen wurde, vollendet hat; und ich schwöre bei meiner Ehre und im Namen der Göttin.*«

Stille.

Gebieter Nnanji senkte langsam sein Schwert und verdrehte wieder die Augen, um die Chioxinklinge zu beobachten.

Wallie? Jja vergrub die Nägel in ihren Handflächen. War es Wallie? Er war sehr bleich geworden. Der Zorn war verschwunden; er wirkte wie betäubt. Er starrte unverwandt auf Gebieter Nnanjis Pferdeschwanz. Sie glaubte, dass es Wallie war.

Gebieter Nnanji duckte sich ein kleines Stück, und das siebte Schwert bewegte sich nicht. Er glitt sanft darunter weg, dann drehte er sich langsam um ... Ja, Wallie war wieder da. Was war mit ihm los? Er war starr, die Muskeln knotig, und Schweiß glänzte auf seinem Gesicht.

»Ich werde mein Schwert jetzt in die Scheide zurückschieben«, sagte Gebieter Nnanji ruhig. Er tat es, indem er sich sehr langsam und bedächtig bewegte und die Augen nicht von ... von Wallie ließ.

Und Wallie senkte sein Schwert, bis die Spitze den Boden berührte. Er blickte darauf hinunter, als hätte er es noch nie gesehen oder wüsste nicht, warum es sich dort befand. Die Zuschauer ließen in der Anspannung ein klein wenig nach, aber noch wagte keiner zu sprechen. Er drehte den Kopf und schaute zu Jja. Sie straffte sich, bestürzt von der unaussprechlichen Qual, die sie in seinem Gesicht sehen konnte, und fragte sich gleichzeitig, ob er wollte, dass sie zu ihm käme. Fragte er sie etwas? Doch ehe sie eine Bewegung machen konnte, richtete er den Blick wieder auf das Schwert ... dann kurz auf sie ... auf das Schwert ... fast als ob er sie miteinander vergleichen wollte.

Dann hob er den Kopf und sah Nnanji an. Einen Moment lang konnte er nicht sprechen. Er leckte sich über die Lippen.

»Du hast dich geirrt, Bruder!«

Nicht weniger verwundert als alle anderen, stemmte Nnanji die Fäuste in die Seiten, und sagte: »Ich habe gewartet. Du hättest mich hindern können.«

»Nicht mit dem Eid. Du hast dich über die Rückgabe des Schwerts geirrt. Ich muss es zurückgeben, ja. Aber nicht an einen Ort. Nicht nach Quo. Einem Mann – dem, der es mir verliehen hat.«

»Ein Gott hat es dir verliehen!«

Wallie schüttelte den Kopf. »Götter knien nicht vor Sterblichen nieder. Der Gott ließ das Schwert auf einem Felsen erscheinen, und ich hob es auf. Er hat es nicht verliehen ...«

»Dann ...«, begann Gebieter Nnanji und verstummte.

»Ich hätte wahrscheinlich den ersten Schwertkämpfer, dem ich begegnet bin, bitten müssen, es mir auf die gehörige Art zu verleihen. Ich habe nicht daran gedacht. Ich habe dich nicht darum gebeten – du warst ja der erste Schwertkämpfer, dem ich begegnet bin. Aber als ich in Aus an Land ging, ließ ich das Schwert in deiner Obhut. Und als ich zum Schiff zurückkam ...«

»Ich sprach die Worte! Ich kniete nieder! Aber was ich damit meinte, war ...«

»Ich weiß, was du gemeint hast, Bruder.« Wallie schluckte schwer. »Und so hast du es mir damals verliehen – wie die Schwertkämpfer eben ein Schwert verleihen. *Du* hast mir das siebte Schwert gegeben, Nnanji! Du! Nun muss ich es zurückgeben.«

Die anderen Schwertkämpfer murmelten erstaunt, als er auf ein Knie niedersank und Chioxins Schwert auf beiden Händen liegend von sich streckte. »Lebe durch es. Führe es in Ihrem Dienst. Halte es im Tode fest.«

Die Umstehenden waren ganz still, und es entstand eine lange Pause.

»Aber warum, Bruder?«, flüsterte Nnanji. »Die Göttin wollte, dass du Ihr Schwert bekommst!«

»Nicht mehr. Nimm es.«

»Du bist Heerführer des Heerbanns ...«

»Nicht mehr. Du bist es. Nimm es!«

Noch immer zögerte Nnanji und starrte wie verzaubert auf die Waffe, die ihm dargeboten wurde.

»Verdammt noch mal!«, brüllte Wallie plötzlich. Alle zuckten zusammen. »Meinst du, für mich ist es leicht? Boariyi! Bei deiner Ehre – wer ist der beste Schwertkämpfer in diesem Saal?«

»Mein Heerführer ... Gebieter Nnanji.«

»Oh!« Nnanji lächelte. »Nun, wenn das so ist ... sprich es noch einmal, Bruder!«

»Lebe durch es! Führe es in Ihrem Dienst! Halte es im Tode fest!«

Gebieter Nnanji schwankte einen Augenblick. Dann streckte er die Hand aus und sagte leise: »Es ... es soll ... meine Ehre und mein Stolz sein.« Und er nahm das siebte Schwert.

Dann sah er Thana an und stieß einen Freudenschrei aus.

* * *

Wallie lehnte sich an die Wand und Jja an seine Brust. Sie konnte gar nicht anders, denn er hatte beide Arme fest um sie gelegt. Ihr Kopf ruhte an seinem Schlüsselbein, und er konnte den süßen vertrauten Duft ihrer Haare riechen. Vielleicht versuchte er, sich hinter ihr zu verkriechen, um sich vor den Folgen seines Tuns zu verstecken. Er hatte ihr versichert, dass es ihm wieder gut ginge, aber in Wahrheit war er noch immer durcheinander und unsicher über seine plötzliche Entscheidung.

Er war bereit gewesen, Nnanji zum Krüppel zu machen und den Eid zu verhindern, indem er ihm die Schultersehne durchtrennte. Dann hatte er Arganaris Haarspange gesehen, den silbernen Greif. *Macht, die klug eingesetzt wird!* Den Anblick hatte er als Botschaft verstanden – die Götter wollten Nnanji die Macht geben. Darum hatte Wallie ihm den Heerbann gegeben.

Es ist dein Königreich, das ich begehre ... und Ikondorina war einverstanden ...

Honakura hatte gesagt, er habe die richtige Entscheidung getroffen. Thana war auf Nnanji zugestürzt, hatte ihn umarmt und beglückwünscht; dann hatten die Schwertkämpfer und die Priester ihm ihre Glückwünsche ausgesprochen, während sie Gebieter Shonsu verwundert von der Seite ansahen, denn ein Mann, der freiwillig das Schwert der Göttin abgab, musste in ihren Augen unaussprechlich sonderbar erscheinen. Aber es war Wallie gewesen, dem Honakura seine Glückwünsche entgegenbrachte, und dabei waren ihm Freudentränen über die runzligen Wangen gelaufen.

Aber warum? Warum übertrug die Göttin die Macht über Ihre Schwertkämpfer einem sturen Jugendlichen wie Nnanji? Und nicht nur über die Schwertkämpfer – über die ganze Welt! Das wusste er natürlich nicht, noch nicht. Er dachte nur daran, die unzulänglichen Stadtwachen zu reformieren, er hatte noch nicht begriffen, was unweigerlich darauf folgen würde.

Im Ratssaal war die Ordnung ein wenig wiederhergestellt. Die Priester waren bedankt und entlassen worden. Nnanji hatte Wallie zum Ausgleich sein altes Schwert geschenkt.

Dann hatte er, während er freudig Zutrauen gewann, eine Bekanntmachung für die Herolde herausgegeben und diese damit ausgesandt, damit die Schwertkämpfer von der Waffenruhe erführen. Er hatte die Sänger mit einer strengen Warnung entlassen, nicht einmal eine flüchtige Uneinigkeit zwischen den beiden Heerführern zu erwähnen – da war sie, die Zensur der Presse. Das können Tyrannen gut, dachte Wallie.

Zurück blieben die Schwertkämpfer und der Zauberer. In Nnanjis Heerbann setzte sich offenbar niemand. Der Raum war ein Durcheinander an Sesseln und Hockern, aber jeder blieb stehen. Es stank nach Wein und Kaminrauch und Menschen; den verrutschten Seidenteppich hatte niemand glatt gezogen. Keinen kümmerte das. Draußen wartete ein Schiff, aber Nnanji schritt rastlos zwischen den Möbeln umher, warf immer wieder einen Blick auf Wallie und forschte nach Anzeichen für Zustimmung oder Widerspruch. Sobald er sich wegdrehte, sah Wallie den Saphir des siebten Schwertes neben dem roten Pferdeschwanz leuchten, und dann wollte er am liebsten weinen.

Jetzt erteilte er den Siebten rasche Befehle. Im Delegieren war er gut.

Mit dem grauhaarigen Zoariyi hatte er angefangen. »Der Ehrenwerte Milinoni steht draußen. Er weiß, welche Spitzel wir beobachtet haben. Ich will, dass sie eingesperrt werden!«

Rotanxi runzelte die Stirn. »Haben wir nicht eine Waffenruhe vereinbart, Gebieter Nnanji?«

»Aha!« Nnanji drehte sich schadenfroh zu ihm um. »Bezeugst du damit, dass sie Zauberer sind, mein Gebieter? Wenn ja, dann tragen sie falsche Stirnmale und sind Betrüger! Aber darauf kommt es mir jetzt nicht an. Gefolgsmann, du sprichst mit ihnen, wenn sie hereingebracht werden. Jage ihnen ein wenig Angst ein! Sie sollen mit den Zähnen klappern! Dann erzähle ihnen von der Waffenruhe und von Gebieter Rotanxis Heimkehr – und lass sie laufen!«

Zoariyi machte ein verwundertes Gesicht, schlug aber die Faust an die Brust zum Zeichen des Gehorsams und ging zur Tür. Nnanji warf Wallie einen Blick zu. Er bekam ein anerkennendes Nicken und grinste. Die Spitzel würden natürlich mittels ihrer Tauben berichten. Sen wäre gewarnt und könnte sich auf den Empfang vorbereiten, und Vul auch, aber darin verbarg sich noch eine zweite Botschaft: Ich kenne eure Nachrichtenübermittlung und werde sie ebenfalls einsetzen.« Schlau! Bis hierher machte Nnanji es ganz gut.

Dann winkte er die furchtbar glückliche Thana zu sich und legte einen Arm um sie. »Gebieter Rotanxi?«, fragte er. »Wie viele Mitglieder im Rat der Dreizehn sind Frauen?«

Der Zauberer blinzelte. Er fand die Vorgehensweisen dieser hitzigen Schwertkämpfer zermürbend. »Immerhin zwei, Gebieter Nnanji.«

»Dann wird, falls du gegen ein zweites Unterpfand nichts einzuwenden hast, meine Frau mich begleiten.«

Welch ein Aufsehen! Rotanxi hustete, die Schwertkämpfer schnappten nach Luft, ein paar schauten auf Wallie, ob er einer solchen Gräueltat nicht entgegentreten wollte.

Aber Wallie wollte nicht. Er verstand ihn – und wieder war er beeindruckt. Er fragte sich, wessen Einfall das gewesen war. Vermutlich Thanas, aber er hätte auch von Tomiyano sein können, oder sogar von Nnanji selbst. Thana könnte Nnanjis selbstmörderische Zunge im Zaum halten. Sie könnte die elf Männer becircen, wenn nicht gar die beiden Frauen. Der Rat verängstigter alter Leute würde kein Ungeheuer von einem Jungen vor sich sehen, sondern einen Prinzen und eine Prinzessin aus dem Bilderbuch. Nnanji und Thana zusammen gaben das Wunschbild einer jungen Liebe ab, ein gut aussehender junger Mann und ein schönes Mädchen, und es musste schon ein sehr verbitterter alter Zauberer sein, der diese beiden dem Folterknecht übergab. Thana mitzunehmen war natürlich ein waghalsiges Stück, aber wahrscheinlich auch ein sehr gerissener Schachzug. Der Schüler könnte tatsächlich größer sein als der Lehrer!

Die älteren Siebten verstanden das nicht und missbilligten es. Aber Nnanjis nächste Neuerung entsetzte sie noch viel mehr.

»Gebieter Linumino? Schaffe die acht Gefangenen an den Pier und kaufe für sie ebenfalls eine Überfahrt – auf demselben Schiff, das ich nehme, wenn möglich.«

Boariyi wurde feuerrot. »Du lässt sie frei, mein Heerführer?«

Nnanji sah ihn kalt und unerschrocken an. »Du hast etwas einzuwenden?«

Und natürlich konnte sein Gefolgsmann nichts einwenden, obwohl er das eigene Leben und das seiner Männer gewagt und sogar einen Mann verloren hatte, um diese Gefangenen zu machen. Die Gegengeiseln zurückzugeben war eine hochherzige Geste und ein kluges Mittel, um den Feind aus der Bahn zu werfen, somit mehr als Wagemut. Wallie hatte darüber so seine Zweifel, aber er schwieg und nahm Jja fester in den Arm.

Unbeeindruckt von seiner Wirkung befahl Nnanji Linumino, nach einer Sänfte für Rotanxi zu schicken, und zog sein Schwert zum rituellen Abschiedsgruß, als die beiden aufbrachen. Dann betrachtete er frohlockend die geschrumpfte Versammlung wie ein Mann, der die Absicht hat, sich bei allem prächtig zu unterhalten.

»Gebieter Boariyi? Die beiden nächsten stromabwärts liegenden Städte sind Ki San und Dri. Du hast zwanzig Tage Zeit, bis ich zurückkehre. Nimm so viele Männer, wie du für nötig hältst. Geh und ermittle bei den Stadtwachen. Bestrafe die Schuldigen, wenn es welche gibt, und setze gute Männer an ihre Stelle.«

»Jawohl, mein Heerführer!« Die finstere Miene des langen Schwertkämpfers war bereits einem breiten Lachen gewichen. Das klang nach ehrenvoller Arbeit – besser als nachts mit Knüppeln umherzuschleichen. Freie Schwerter erhielten selten die Gelegenheit, sich in die Angelegenheiten der großen Städte einzumischen.

»Schwöre die Stadtwachen auf den Heerbann ein und tue dem König von Ki San und den Ältesten von Dri kund, dass jegliche Schwierigkeiten, die sie vielleicht künftig mit Schwertkämpfern haben, entweder mir oder Gebieter Shonsu in Casr zu melden sind.«

Boariyi nickte in energischem Einverständnis.

»Ich weiß genau«, fuhr Nnanji zähnefletschend fort, »dass der Oberste von Ki San, der Ehrenwerte Farandako, ein Dieb ist. Er stahl mir meine Sklavin. Setze ihn ab! Verkaufe seinen Besitz, der Erlös soll dem Heerbann gehören. Bring ihn in Ketten nach Casr. Ich werde mich selbst mit ihm befassen.«

Keine ordentliche Anklage? Kein Gerichtsverfahren? Natürlich würde Nnanji dem Mann ein Schwert geben und eine formgemäße Herausforderung aussprechen, aber das wäre ebenso gut eine Hinrichtung, als würde er seinen Kopf auf den Richtblock legen. Wallies Zweifel rüttelten an den Riegeln ihres Gefängnisses.

»Wenn Schwertkämpfer sich zu schwören weigern, mein Heerführer?«, fragte Boariyi.

Nnanji zuckte die Achseln. »Lass sie wählen, Kopf oder Daumen. Aber lass keine diensttauglichen Schwertkämpfer uneingeschworen!«

Boariyi grüßte mit der Faust an der Brust. Nnanji wandte sich gerade ab, als Thana dicht zu ihm trat und ihm etwas ins Ohr flüsterte. Er grinste sie an und drehte sich schwungvoll zu Wallie um. Seine Augen leuchteten. »Wie viel hat Casr an den Heerbann entrichtet, Bruder?«

Wallie musste scharf nachdenken, ehe er sagen konnte, dass er, die Hafeneinnahmen eingeschlossen, fünftausend Goldstücke schätzte.

Nnanji nickte und wandte sich wieder an Boariyi. »Dri und Ki San sind viel größer und reicher, aber fünftausend werden fürs Erste genug sein. Wir werden sie später genauer bewerten.«

Er grinste Wallie einfältig an; die Schwertkämpfer würden zu Essen haben.

Boariyi war gescheiter, als er aussah. »Wenn sie sich weigern, das zu erfüllen, mein Heerführer?«

Nnanji biss sich auf die Lippe, dann sagte er: »Du wirst deine Befehle nach den Regeln der Ehre ausführen, Gefolgsmann.«

Schreckerfüllt platzte Wallie heraus: »Nnanji!«

Zu allen Zeiten und an allen Orten, wahrscheinlich auf allen Welten, hatten Gewaltherrscher diesen Ausweg gefunden. Boariyi war soeben befohlen worden, bei seinem Diensteifer keine Schranken zu kennen, aber welche Grausamkeiten er dabei auch begehen würde, Nnanji würde davon abrücken können. Es war die klassische Art, der Verantwortung zu entkommen, und genau das, was eine Gewaltherrschaft ausmachte. Wallie konnte fast die brennenden Häuser riechen.

Nnanji zuckte zurück und machte eine verteidigungsbereite Miene. »Bruder?«

Und Wallie schreckte vor der Auseinandersetzung zurück. Er hatte seine Entscheidung getroffen und würde damit leben müssen. Den neuen Anführer so rasch und vor aller Augen in Frage zu stellen bezeugte auf krasse Weise mangelnden Respekt. Eines Tages würde er die Sache allein mit ihm besprechen und hoffen, Nnanji zur Einsicht zu bewegen.

»Es könnte sein, dass auch eine reiche Stadt selbst mit der Klinge im Nacken nicht so viel aufbringen kann, Nnanji«, sagte er matt.

Nnanji schmollte, aber er war offensichtlich erleichtert, dass der Einwand nicht grundlegend war. »Natürlich darfst du ihnen Zeit geben, die Forderung zu erfüllen, Gefolgsmann. Gebieter Jansilui? Stromaufwärts befinden sich Wo und Tau, sie sind kleiner. Schwöre dort die Schwertkämpfer ein, aber ... zweitausend Goldstücke von jeder Stadt werden gegenwärtig genügen. Du wirst nicht mehr die Zeit haben, um nach Shan zu gelangen, fürchte ich.«

Jansilui grüßte, und der Gedanke, zur Tat zu schreiten, schien auch ihn zu freuen.

Dann wandte sich Nnanji an Tivanixi – der sich bereits freute.

»Quo, mein Heerführer?«

Nnanji nickte.

In Wallie starb etwas. Der Steigbügel, den er eingeführt hatte, würde zum ersten Mal den Krieg sehen – aber nicht gegen die Zauberer. Die Schwertkämpfer würden gegen eine befreundete Stadt reiten und sie im Namen des Gesetzes plündern. Ihm wurde schlecht.

»Wie groß ist Quo?«, fragte Nnanji. »Lass nur – bestimme die Abgabe nach deinem eigenen Urteil.«

Wallie schluckte einen neuen Widerspruch hinunter. Eine Vollmacht! Tivanixi war ein braver Mann, aber bei keinem Schwertkämpfer konnte man sich völlig darauf verlassen, dass er gewöhnliche Leute wohlwollend behandelte. Vor lauter Eifer, seine Begeisterung und Tüchtigkeit zu beweisen, mochte er die unglückliche Stadt berauben, sie zu seinem eigenen Nutzen ausplündern. *Oh, Göttin! Vergib mir!*

Tivanixi grüßte, und Wallie wusste, dass er selbst der Nächste sein würde. Er ließ Jja sachte los und straffte die Schultern in Schwertkämpfermanier, um zu hören, was ihm beschieden war.

»Die Wurfgeräte haben ihren Zweck erfüllt, Bruder, wie ich meine«, sagte Nnanji. »Sie haben genügt, um den Zauberern Angst zu machen und sie auf deinen Pakt einwilligen zu lassen ...«

Sein Ton war freundlicher als bei seinen Gefolgsleuten, und er gab seinen Worten die Form einer Bitte. Dennoch erwartete er, dass er ihm gehorchte. Wahrscheinlich war das die Art, wie Wallie mit ihm gesprochen hatte, bevor ihre Stellung vertauscht worden war, also sollte er nicht darüber streiten. Schleudern, Bogenschützen, Messerwerfen – all das wurde ausgespuckt wie Traubenkerne. Von jetzt an seien die Sutras und die Fechtkunst alles, was der Heerbann nötig hatte, sagte Nnanji. Die Ausbildung sollte nicht mehr den unwissenden mittleren Rängen überlassen werden ... es gebe bei einigen Sutras verschiedene Überlieferungsformen, aber der Heerbann sollte einheitliche Regeln haben ... jeder Mann, der sich seit seiner Ankunft in Casr noch nicht um eine Prüfung beworben habe, müsse erklären ... jeder Mann, der bis zu Nnanjis Rückkehr um zwei Ränge aufgestiegen sein würde, könne sein Schützling werden... beginne mit der Umwandlung vorläufiger Einrichtungen wie den Frauenquartieren in dauerhafte ... halte zu jeder Zeit auf Zucht und Ordnung...

Als Nnanji fertig war, schlug sich Wallie stumm die Faust an die Brust, wie die Gefolgsmänner es getan hatten. Nnanji besaß so viel Anstand, leicht zu erröten. Aber dann sagte er mit jener jugendlichen Unschuld, die den Großteil seines Charmes ausmachte: »Und wie mache ich mich bisher, Shonsu?«

Wallie verbarg seine Niedergeschlagenheit, setzte ein Lächeln auf und antwortete: »Volle Punktzahl bisher, Bruder.«

Jetzt schon?, fragte sein Gewissen. *Sind wir schon bei der Schmeichelei angekommen? Wie wär's, ihm zu sagen, dass die Götter mit ihm zufrieden sind?*

Die Probleme würden warten müssen, dachte Wallie; da lag ein Schiff und wartete. Aber sie würden nicht lange warten. Der König von Ki San bezahlte wie verlautet einhundert Goldstücke für eine gut gebaute Beischläferin. Das klang nicht nach mildtätigem Königtum. Was glaubte man, das die neuerdings tadellosen Stadtwachen tun würden, wenn man ihnen befahl, ungerechte Gesetze auszuüben? Oder völlig überzogene Abgaben einzuziehen? Wer würde diese Abgaben festsetzen? Wer sie eintreiben? Sie bewachen? Darüber Rechenschaft ablegen? Sie wieder verteilen?

In Nnanjis einfacher Vorstellung von einer vollkommenen Welt kamen diese Fragen nicht vor. Auch Wallie wusste darauf keine Antworten.

»Richtig! Wir müssen jetzt das Schiff besteigen, Frau«, sagte Nnanji. Er machte zwei Schritte, stolperte und fing sich wieder. Dann blickte er auf den zerwühlten Teppich, der ihn fast zu Fall gebracht hätte – silberne Pelikane und bronzene Flusspferdchen. Er schaute über die Wandbehänge, die Vorhänge, die glänzenden Möbel.

Kein Tyrann in welcher Welt auch immer hätte den Blick überbieten können, mit dem er sich jetzt zu Wallie umdrehte. Wallie prallte davor zurück.

»Du wirst dieses Zeug nicht mehr brauchen, nicht wahr, Shonsu? Sobald du es losgeworden bist, mache folgendes bekannt: Von nun an ist jegliche Annahme von Bestechung durch einen Schwertkämpfer ein todeswürdiges Verbrechen – ohne Ausnahme!«

Das hatte nicht die Form der Bitte gehabt.

Nnanji drehte sich auf dem Absatz um und marschierte mit Thana im Arm hinaus. Wallie sah das siebte Schwert verschwinden. Seine Augen wurden feucht, und hastig winkte er den anderen, vorauszugehen.

Am Ende gib zurück das Schwert. Am Ende? Entweder hatte er die Sendung der Göttin erfüllt oder er hatte soeben als Ihr Streiter abgedankt, ohne sie zu vollenden. So oder so, er war fertig. Das Abenteuer war vorbei.

Die Stiefeltritte verhallten. Nur Jja war geblieben.

Eine Hand auf seinen Arm gelegt, musterte sie besorgt sein Gesicht, spürte das Entsetzen, das er vor jedem anderen verborgen hatte oder hoffte, verborgen zu haben.

Er nahm sie in die Arme und drückte sie in stillem Elend an sich.

Er konnte es nicht erklären, nicht einmal ihr. Es gab noch kein Wort für »Gewaltherrscher« in ihrer Sprache. Aber bald würde es eins geben! Nnanji hatte weniger als zwanzig Minuten gebraucht, um einer zu werden.

Epilog

Das letzte Wunder

Der Wind riss an Zeltbahnen und Roben, stürmte über die Wagen und Spaziergänger auf dem großen Platz, jagte ein paar letzte Blätter. Händler gingen mit großen Schritten heimwärts, ihre Sklaven schleppten sich müde hinterdrein. Auf den meisten Schiffen war es ruhig, während sich die Matrosen darauf vorbereiteten, den Abend in dem gesetzestreuen Schutzgebiet von Casr zu verbringen.

Wallie lehnte sich über einen Poller und sah zu, wie die länger werdenden Schatten über die gelbbraunen Steine krochen. Der Tag, der mit der Rückkehr der *Greif* begonnen hatte, näherte sich dem Ende, und die Welt würde nie wieder sein wie vorher.

Nnanji war fort. Er war die Laufplanke hinaufmarschiert, während die Musikanten *Am Morgen zieh'n die Kämpfer* spielten, hatte mit Thana und neun Zauberern an Deck gestanden, als das Schiff ablegte. Er hatte keinerlei Zweifel, wohl behalten zurückzukehren und den Pakt geschlossen zu haben. Für ihn waren die Zauberer nur noch eine unbedeutende Plage, mit der es aufzuräumen galt, bevor er sich der ernsthaften Aufgabe, die Schwertkämpfer der Welt zu reformieren, zuwenden konnte.

Die Leibwächter und Musikanten und Sänger waren

wieder gegangen. Da Wallie keine Gefahr mehr entdecken konnte, hatte er Forarfi und seine Leute weggeschickt, damit sie den restlichen freien Tag genießen konnten. Er sollte zu Jja zurückgehen – aber das dachte er schon eine ganze Weile und lehnte noch immer über dem Poller.

An welcher Stelle war er in die Irre gegangen? Es lag fast ein halbes Jahr zurück, seit er der Göttin gelobt hatte, ein Schwertkämpfer zu sein. Er hatte es versucht. Wenn seine Sendung zum Ziel gehabt hatte, die Zauberer zu besiegen, dann hatte er versagt, denn nun würden sie sich nach Belieben in der Welt verbreiten. Ihre zerstörerische Technik würde folgen.

Wenn seine Sendung zum Ziel gehabt hatte, die Schwertkämpfer zu bewahren, so hatte er auch darin versagt. Die Zauberer konnten für Nnanjis weltumspannenden Heerbann keine Bedrohung sein, aber er war sicher, dass Nnanjis weltumspannender Heerbann die Schwertkämpfer bald in größerer Zahl abschlachten würde, als die Zauberer es je getan hatten. Die gefürchteten freien Schwerter würden sich nicht bereitwillig einer zentralen Macht unterordnen, noch würden Stadtwachen ihre Unabhängigkeit aufgeben wollen.

Oder war Nnanji selbst das Ziel seiner Sendung gewesen? Der Halbgott hatte gesagt, die Aufgabe werde ihm offenbart, und Nnanji war der erste Mensch gewesen, den Wallie hinterher getroffen hatte. Nnanji hatte seinen Anteil Wunder bekommen. Doch wenn Nnanji der Zweck seiner Sendung hatte sein sollen, dann hatte Wallie ebenfalls versagt, denn er hatte einen machtversessenen Geistesgestörten auf eine hilflose Welt losgelassen. Dri, Ki San, Wo, Tau, Quo – diese ahnungslosen Städte würden als Erste fallen, und es würden noch Hunderte fallen, bevor ihn einer aufhalten könnte. Mit jedem Tag würde seine Macht wachsen. Wer oder was könnte ihn überhaupt aufhalten?

Nicht Wallie jedenfalls. Er war trotz allem zweiter Anführer, und während der nächsten zwanzig Tage würde er sich völlig verausgaben müssen, er und Linumino und Zoariyi. Dafür hatte Nnanji gesorgt. Wallie hatte ihm beigebracht, dass man ein Heer beschäftigt halten musste.

Und nach Nnanjis Rückkehr? Wallie war zu dem Schluss gekommen, dass er dann werde fortgehen müssen. Er würde es nicht ertragen können zuzusehen, was seine Torheit hervorgebracht hatte. Er würde mit Nnanji streiten, und solcher Streit könnte nur auf eine Art beendet werden. Darum würde er den Ruheposten annehmen, der ihm angeboten worden war – Oberster in dem stinkenden kleinen Tau. In seiner freien Zeit könnte er Jja zu ein paar Babys verhelfen. Seine Arbeit war getan – verpfuscht, aber erledigt. Versagt!

Er wollte sich gerade aufrichten, als eine Schar kleiner nackter Kinder lachend an ihm vorbeirannte. Ein kleiner brauner Junge blieb stehen und entblößte grinsend eine Zahnlücke ... ein Koboldgesicht ... jeder Knochen im Leib war zu sehen, wie ein Sack voll Stöcke sah er aus, das dichte schwarze Haar war kraus, die Augen leuchteten wie Juwelen.

Wallie wollte in die Knie gegen, aber der Junge sagte: »Bleib, wo du bist. Du hast einen schweren Tag gehabt.«

Also stützte sich Wallie wieder auf den Poller und sagte nichts, aber die Haut prickelte ihm vor Angst. Die Strafe, so hatte der Gott gesagt, würde der Tod oder Schlimmeres sein.

»Oh, nein!«, sagte dieser. »Ich bin gekommen, um Ihnen zu danken, Mr. Smith! Sie haben alles getan, was von Ihnen verlangt wurde, mehr noch.«

Die plötzliche Erleichterung traf ihn wie ein kalter Guss. »Wirklich?«

»Ganz sicher!« Der Junge lachte. »Sie haben ihn ausgebildet. Sie haben ihn Erbarmen gelehrt. Sie haben ihm den Heerbann überlassen. Sie haben den Pakt mit den Zauberern geschlossen und ihm, am Ende, das Schwert gegeben, ungefragt. Hervorragend ausgeführt, in der Tat!«

Wallie schnaubte ungläubig. »Erbarmen? Er tötet einen Mann so rasch, wie er eine Nuss verschluckt.«

»Das gehört zu seinem Job«, antwortete der Gott traurig. »Dschingis Khan war genauso. Aber er ist ein höflicher, gewinnender junger Mann, und er hat viel von Ihnen gelernt. Er bewundert Sie noch immer unaussprechlich. Sie haben Ihre Sache gut gemacht!«

»Ich verstehe nicht, Herr!«

Der Junge lachte. »Darum bin ich gekommen. Sehen Sie, Walliesmith, nicht alle Welten folgen demselben Pfad, aber immer beginnt mit dem Aufkommen der Sprache das Zeitalter der Legenden. Die Erfindung der Schrift beendet es.

Ach so! »Das heißt, dass die Schwertkämpfer ein Fluch für die Zauberer waren, wie Nnanji einen Fluch hatte?

»Mehr oder weniger. Denn nach dem Zeitalter der Legenden folgt das Dunkle Zeitalter, wie ein Geburtskanal, und dann das Zeitalter des Wissens – wenn auch einige Welten nie aus dem Dunklen Zeitalter herauszukommen scheinen.«

Ein Straßenhändler schob langsam seinen Karren vorbei. Der Junge streckte eine Hand aus, und zwei

Äpfel sprangen von dem Karren herunter und hinein. Einen gab er Wallie. Sie bissen gleichzeitig in ihre Äpfel, und der Junge grinste.

»Aber er wird ein Tyrann sein! Die Götter unterstützen die Tyrannei?« Wallie wagte, ein bisschen ungläubig zu klingen.

Das Koboldgesicht wurde traurig. »Die Götter werden sich nicht mehr viel einmischen – das habe ich bereits gesagt. Und denken Sie an Weltherrschaft, nicht an Tyrannei! Natürlich hat es hier noch nie ein Weltreich gegeben, darum kann er sich keins vorstellen. Er wird herausfinden, dass er mit den Garnisonen auch die Städte regiert. Das wird ihn furchtbar ärgern! Thana erfindet das Weltreich.«

Wallie schüttelte den Kopf. »Ich hielt ihn für irre.«

»Oh, ganz und gar nicht!«, widersprach der Junge. »Wenn einer so viele Segnungen erhalten hat, ist es keine Verrücktheit zu glauben, dass die Götter auf seiner Seite sind. Dasselbe haben Sie von sich gedacht. Nein, er weiß jetzt, dass er ein schicksalhafter Mann ist. Er hat höchste Macht. Er ist rücksichtslos, furchtlos, eifrig und unbestechlich. Geld bedeutet ihm gar nichts. Er trachtet nach Macht nur um seiner Ideale willen.«

Ein Weltreich? Einfach für Götter, die nicht darin zu leben brauchten. Wallie glaubte an die Demokratie. Würde er je ein Weltreich unterstützen können?

»Eins haben Sie noch zu erledigen«, sagte der Halbgott mit einem verschmitzten Lächeln.

»Ja, Herr.«

»Die letzte Zeile meines Rätsels – Sie müssen das Schicksal des Schwerts akzeptieren!«

»Ja, Herr.«

Der Junge schüttelte tadelnd den Kopf. »Mehr Begeisterung! Er wird Nnanji der Große sein, Gründer

der ersten Dynastie. Für fast eintausend Jahre wird das Symbol seines Hauses das Saphirschwert sein.«

Wallie erinnerte sich an den Tag, als er es zum ersten Mal gesehen hatte – er hatte sofort an Kronjuwelen denken müssen. Das hätte er sich denken können! Jetzt sah er den Gott zaghaft an. »Nnanji ist Shonsu niemals begegnet, aber Du hast mich glauben lassen, dass mir dieselbe Aufgabe übertragen wird, bei der Shonsu versagt hatte. War das fair?«

Die Zahnlücke erschien. »Ich habe Sie nicht belogen! Sie wussten, dass die Worte von Göttern oder ihrer Orakel sehr sorgfältig abgewogen werden müssen. Das Ziel waren nicht die Zauberer oder Nnanji oder Shonsu ... das Ziel ist immer das Weltreich gewesen. Darum konnte ich es Ihnen nicht sagen! Aber Sie haben vorhergesehen, welches Chaos das Wissen der Zauberer anrichten würde, wenn es sich verbreitet. Nur ein Weltreich kann das kontrollieren.

Beinahe hätte Shonsus Überraschungsangriff funktioniert – ganz sicher sogar, wenn er auf die Idee gekommen wäre, seinen Anmarsch mit Pferden zu beschleunigen. Er hätte sich zum König über Vul gemacht, dann, mit Hilfe der Feuerwaffen, zum König über alles andere. Sie wären nicht ins Spiel gebracht worden, und Nnanji hätte unauffällig weitergelebt und wäre gestorben – und jung gestorben, denn er ist eine der großen Seelen und wäre anderweitig gebraucht worden.

Ihr Pakt hält die Feuerwaffen unter Kontrolle, was viel besser ist. Das wird das Dunkle Zeitalter abkürzen. Nnanji hätte sich diesen Pakt nicht ausdenken können.«

»Und ich hätte keinen Herrscher abgegeben«, sagte Wallie traurig.

Der Junge sah ihn fest an. »Ja. Sie könnten Ihre Truppen nicht auf Quo und Ki San stürmen lassen, wie er es tat. Aber es wurde Ihnen angeboten! Sie haben eine Welt für die Liebe einer Sklavin ausgeschlagen, Mr. Smith – und das Himmelsgewölbe hallte von Freude wider!«

Wallie blinzelte. Es tat noch immer ein bisschen weh. War das der einzige Grund für Jjas Anwesenheit gewesen – ihn davon abzulenken? »Es wird viel Blut vergossen werden!«

»Nicht so viel, wie Sie denken«, erwiderte der Gott. »Die Schwertkämpfer sind in dieser Hinsicht sehr zivilisiert, viel mehr als man in Ihrer Welt gewesen ist. Und wir haben jetzt das Dunkle Zeitalter.«

Es entstand ein langes Schweigen, während dessen Wallie nachdachte und seinen Apfel kaute. Auf der anderen Seite des Platzes ritt ein klirrender Trupp Schwertkämpfer entlang. Seine Schwermütigkeit schien den kleinen Gott mehr zu belustigen als zu ärgern.

»Sie haben es gut gemacht. Sie alle haben es gut gemacht – Brota, Tomiyano. Sie alle werden belohnt werden.«

»Und Honakura?«

»Natürlich auch. Sie müssen ihm morgen Lebewohl sagen, aber sein Lohn wird wunderbar sein.«

Wallie nickte und konnte nichts sagen.

»Kommen Sie!«, bat der Junge. »Meine Zeit ist knapp und ich muss Ihnen etwas zeigen. Wir können uns unterwegs unterhalten.«

Wallie stand auf und ging neben ihm her. Er war noch nicht überzeugt. »Herr«, sagte er. »Erkläre mir die Sache mit dem Prinzen. Musste er nur sterben, damit mir die Haarspange zum Zeichen werden konnte?«

Der magere kleine Junge sah ihn Furcht erregend an. »Wenn Sie über die Götter richten wollen, müssen Sie wissen, was die Götter wissen. Da Sie sich aber heute so gut verhalten haben ... sollen Sie erfahren, dass es einige Seelen gibt, die strahlender – älter, tüchtiger sind. Höher auf der Leiter! Wie Nnanjis Seele. Wenn Shonsu sein Weltreich errichtet hätte, dann wäre es fünfzehn Jahre später zu einer Krise gekommen – zu einem Wendepunkt – und zwar in Kra, welches die Zaubererstadt südlich von Plo ist. Ein starker Verbündeter, ein Schwertkämpferkönig ... begreifen Sie jetzt, was aus Arganari hätte werden sollen?«

»Ich glaube ja.«

»Unter Nnanji wird das nicht nötig sein, denn die Zauberer sind auf seiner Seite. Aber er ist Begründer einer Dynastie, darum wird es eine andere Krise zu späterer Zeit geben.«

»Wegen der Nachfolge?«, fragte Wallie, der anfing zu verstehen.

»Richtig! Erinnern Sie sich an die Nacht, als Arganari starb?«

»Nnanjis Hochzeitsnacht?«

Der Junge nickte und lächelte, was doch viel angenehmer war. »Thana empfing in jener Nacht einen Sohn. Sie hat keine Zeit verloren. Nnanji ganz sicher auch nicht! Verstehen Sie jetzt, welche Bedeutung Arganari hat? Versuchen Sie nicht, ein Gott zu sein, Mr. Smith. Sie könnten nicht einmal einen Herrscher abgeben!«

Sie verließen den Platz und gingen eine breitere Straße entlang. Die wenigen Menschen, die unterwegs waren, machten dem großen Schwertkämpfer bereitwillig Platz. Den Jungen bemerkten sie gar nicht.

»Nnanji wird ein viel besserer Herrscher sein, als

Shonsu es je gewesen wäre«, stellte der Gott heraus. Er blickte mit einem verschlagenen Lächeln zu ihm auf. »Und Thana eine bessere Herrscherin als Doa!«

Wallie schnaubte. »Am allerwenigsten begreife ich, was Doa sein soll!«

»Kaum überraschend! Ein Genie ihrer Größe ist auf jeder Welt eine Seltenheit!« Er kicherte über die Grillen der Sterblichen und bog um eine Ecke. »Vergessen Sie Doa! Sie hat das Interesse an Ihnen verloren und riecht förmlich, dass Geschichte gemacht wird. Sie befindet sich auf jenem Schiff!«

»Um nach Vul zu kommen?«

»Sie wird es versuchen. Sie werden ihr nie wieder begegnen. Sie haben ihr Shonsu ausgetrieben, Mr. Smith!« Seinem Ton war zu entnehmen, dass das Thema nun beendet war.

Doa hatte also ebenfalls ihren Zweck erfüllt, entschied Wallie, denn sie hatte Shonsu in ihm geweckt – aber ein rascher Blick des kleinen Gottes warnte ihn, diesen Gedanken auszusprechen.

Er sah jetzt, dass die Freistätte ihr Ziel war, und er hatte noch so viele Fragen zu stellen.

»Nnanji hat also Recht, wenn er behauptet, dass die Schwertkämpfer sich ihm unterordnen werden?«

»Die meisten.«

»Aber was wird aus den Städten? Den gewöhnlichen Menschen? Sobald er die Garnisonen kontrolliert, wird er über ihre Streitigkeiten entscheiden müssen – interne Politik, Steuern, Handel. Die ganze Wirtschaft der Welt wird zittern. Ich kann nicht sehen, wie Nnanji mit diesen Problemen fertig werden soll! Er kann es nicht und wird es auch nicht!«

»Natürlich nicht!« Die Verachtung des Halbgottes machte ihm eine Gänsehaut. »Aber er hat Thana, und er hat Katanji, Ikondorinas schwarzhaarigen Bruder! Mit einem verkrüppelten Arm wird er die Leute nicht in Angst versetzen, aber für die Schwertkämpfer ist er einer der ihren und der Bruder des Heerführers. Natürlich ist er ein Gauner! Er wird der reichste Mann der Welt sein, ehe er zwanzig ist. Aber er steht treu zu Nnanji, und das ist alles, was zählt.«

Katanji der Premierminister?

»Finanzminister«, sagte der Junge.

Die Götter hatten ihr Vorhaben gut geplant. In Gedanken versunken, wäre Wallie fast gegen ein Pferd gelaufen, das vor einem Wagen angeschirrt stand. Er gab ihm seinen Apfelgriebs und ging weiter.

»Nnanji greift also nach der Macht, Thana verwandelt sie in eine Weltherrschaft, und Katanji macht sie profitabel? Das wird eine Allianz für immer?«

»Sie werden natürlich Fehler machen«, räumte der Gott ein. »Aber Nnanji lernt schnell. Sie brauchen einen klugen Ratgeber, der ihre Torheiten begrenzt.«

Wallie Herz hüpfte. Sollte das heißen ...

»Klar!« Der Junge verschwand in einer Gruppe Klatschweiber und tauchte dahinter wieder auf. »Sie wollen doch nicht den Rest Ihres Lebens damit verbringen, sich in Tau mit Betrunkenen herumzuschlagen, oder? Sie sind Nnanji ein Merlin gewesen. Jetzt können Sie ihm ein Aristoteles sein, ein Alkuin, ein Imhotep – ein treuer Freund, ein weiser Ratgeber und manchmal sein Gewissen; die Macht hinter der Schwertscheide!«

»Wird er auf mich hören?«

»Meistens. Ich sage nicht, dass es leicht sein wird. Aber er weiß, dass Sie Dinge wissen, die er nicht einmal ahnt, genau wie er gewisse Dinge tun kann und Sie nicht.«

»Nnanji und ich? Wie das Schwert – Schärfe und Geschmeidigkeit?«

»Wie der Greif – ein Löwe und ein Adler!«

Und auf einmal fühlte sich Wallie besser. Nein, er war noch nicht bereit, sich in Tau zur Ruhe zu setzen. Wie könnte er dort glücklich sein und gleichzeitig wissen, dass Nnanji unkontrolliert im Leben der Leute herumtrampelte? Er folgte seinem göttlichen Herrn durch die Gasse und auf den weiten Platz, auf dem es schon dämmrig war ... und blieb überrascht stehen, als er sah, dass eine riesige, laute Feier im Gange war. Der Heerbann feierte. Ochsen brieten über dem Feuer. Überall Schwertkämpfer und Frauen, die lachten und sangen und wild tanzten. Fahrende Sänger und Herolde wurden von Lärm und Musik übertönt.

Dann fiel ihm ein, dass sie mehr als nur Boariyis Sieg feiern mussten. Nnanjis Machtübernahme war bereits bekannt. Der junge Held von Ov war akzeptabler als der dubiose, unorthodoxe Shonsu. Sutras und Fechtkunst bedeuteten wieder etwas. Diese Verirrungen wie Bogenschießen konnte man vergessen. Nnanji hatte es gewusst.

Gekränkt von dieser Undankbarkeit, sah er zu Boden und entdeckte, dass der Halbgott ihn amüsiert musterte. Seine Augen leuchteten in der Dämmerung.

»Reichtum für Katanji, Macht für Thana, Ruhm für Nnanji«, sagte er freundlich. »Aber Sie wählten die Liebe, nicht wahr?«

Wallie nickte.

»Sie sollen sie haben ... es sei denn, Sie wollen sich noch einmal anders entscheiden? Wenn Sie versuchen möchten, Herrscher zu sein, könnte die Göttin es arrangieren, dass Nnanji in Vul stirbt.«

»Nein!«, sagte Wallie hastig. »Ich ... ich entscheide mich für die Liebe!«

Der Junge kicherte. »Das dachte ich mir! Macht hat keinen Reiz für dich, Shonsu, so wenig wie Nnanji oder die beiden anderen das Volk interessiert. Du würdest lieber ein Unrecht wieder gutmachen, oder?«

Das stimmte, gab Wallie im Stillen zu. Und ein Weltreich könnte vieles leisten: einheitliche Gesetze schaffen, Ungerechtigkeit ausmerzen, Folter, vielleicht sogar die Sklaverei abschaffen, Kanalisation einführen... Man würde Hunderte junger Zauberer als Schreiber und Buchhalter brauchen; die Ältesten der Städte sollten gewählt werden und nicht sich selbst ernennen; Steuern sollten gerecht bemessen und ehrlich eingezogen werden ... Ideen und Pläne rasten ihm durch den Kopf, bis er zuletzt sah, wie ihn der kleine Gott angrinste. Dann lachten sie beide.

»Deine Belohnung!«, sagte der Junge. »Die Welt kommt dir alt vor, Shonsu, aber in Wahrheit ist sie sehr jung. In allen Zeitaltern, die da noch kommen werden, wird dieser Tag wie die Morgenröte der Geschichte erscheinen, der Anbruch der Nnanji-Zeit. *Am Morgen zieh'n die Kämpfer*!«

Er winkte Wallie weiterzugehen. Sie bahnten sich einen Weg über den Platz zwischen den Feuern und den Tanzenden hindurch. Niemand bemerkte, dass der stellvertretende Heerführer vorbeiging; das war ein Trick, den der Halbgott schon einmal vorgeführt hatte, und Wallie war dankbar für die vorübergehende Unsichtbarkeit.

»Aber du wirst ein Haus für deine Gebieterin brauchen«, stellte der Junge fest. »Immobilien sind zur Zeit in Casr eine gute Geldanlage. Sprich mit Katanji.«

Wallie hustete. »Ich muss diesen verdammten Teppich loswerden, bevor Nnanji wiederkommt! Glaubst du, er wird es dulden, dass ich ein Haus bekomme? Ein möbliertes Haus?«

»Du wirst Katanji die *Greif* geben, die dir gehört. Ein gerechter Tauschhandel, also wird Nnanji nichts dagegen haben.«

»Eine undichte alte Wanne wie das? Was für ein Schuppen wird dabei herausspringen?«

Der Gott lachte hell auf. »Einen maßvollen Herrensitz! Nnanji wird es gar nicht einschätzen können – er kümmert sich nicht um Gelddinge. Du wirst über den Palast verblüfft sein, den Thana baut – natürlich mit dem Geld, das sie von der *Saphir* bekommt! Du musst lernen, mit ihm umzugehen, wie sein Bruder und Thana auch. Er ist ein unumschränkter Herrscher, vergiss das nicht. Du bist jetzt ein Höfling.«

»Dann bin ich also nicht besser als diese beiden?«

»Urteile nicht! Du hast Nnanji gelehrt, dass jeder Mann Richter über sich und seine Ehre sein muss. Du wirst ihm so treu sein, wie du kannst. Du kannst kein Gott sein, Walliesmith, du kannst kein Herrscher sein, und du kannst Nnanjis Maßstäben nicht gerecht werden! Aber du kannst ein guter und hilfreicher Freund sein.«

»Und was springt für Katanji aus diesem Haus-gegen-Schiff-Geschäft heraus? Für Katanji und seine Freunde?«

»Biete ihm an, dass er Schatzmeister des Heerbanns werden kann, und warte ab, was er sagt! Wenn du es nicht tust, tut Nnanji es auf jeden Fall. Und warne ihn vor dem Gold, das von Ki San und Dri hereinkommt – er ist klug genug, um zu sehen, was es mit den Preisen anstellt, und er wird allein daran ein Vermögen verdienen. Morgen ist dazu noch genug Zeit. Schwertkämpfer Katanji hat die Neuigkeit gerade erst erfahren, und im Augenblick ist er wie von Sinnen über die Aussichten, die ein weltumspannender Heerbann bietet. Diese Welt ist bei alldem primitiv, Shonsu. Erwarte keine Lohnabzüge und Krankenversicherungen und Pensionspläne ... Ah! Da sind wir ja.«

Er blieb stehen und zeigte auf den Eingang zur Freistätte. Eine Frau in Blau kam die Stufen herab, einen kleinen nackten Knaben an ihrer Seite.

Wallie sah zweimal hin und dann auf seinen Begleiter.

»Das bist du, nicht wahr?«, sagte er.

»Selbstverständlich! Könnte ich je meine ganze Arbeit bewältigen, wenn ich an nur einem Ort zur gleichen Zeit wäre? Und die Gebieterin neben mir, die Näherin des Siebten?«

Wallies Augen wurden feucht, und er konnte nichts sehen.

»Du bist mir vielleicht ein Schwertkämpfer!« Der Junge lachte leise. »Shonsu, die Götter sind dankbar! Dein Lohn wird wunderbar sein: langes Leben und Glück, Macht und Erfüllung.« Er kicherte. »Und Liebe, natürlich! Du wirst regieren, wenn Nnanji nicht da ist. Du wirst den Atlas dieser Welt erstellen und sehen, wie sich die Kreise schließen. Du wirst Katanji Gerechtigkeit, Thana Vernunft und Nnanji Gnade aufzwingen. Du wirst als sein Botschafter durch die Welt reisen und an seiner Seite reiten, wenn er nach Hann zurückkehrt, um der Göttin zu danken und seine Eltern zu besuchen.

Die anderen werden die Ehre und den Ruhm haben, aber dir wird die Liebe des Volkes gehören. Und wenn du am Ende stirbst, mit deinen Urenkeln an deiner Seite und einer wachenden Menschenmenge vor dem

Haus, dann wird eine Welt um dich weinen. Bis dahin gehört dir Jjas Liebe und ihre unvergängliche Schönheit. Ihr hat es wenig ausgemacht, eine Sklavin zu sein, aber dir, und darum sind sie und Vixini nun frei. Aber keiner außer dir und ihr wird die Veränderung je bemerken – es ist ein rückwirkendes Wunder, und das Letzte. Ich habe es ihr schon erklärt.«

Wallie rieb sich ärgerlich die Augen, die sich mit Tränen füllten. Der kleine Junge war losgerannt, um mit dem anderen kleinen Jungen zusammenzutreffen, und dann rannten sie Seite an Seite, nur dass da plötzlich nur noch einer war und dann verschwand auch dieser zwischen den Tanzenden und den Feuern ...

Und Gebieterin Jja stand am Fuß der Treppe, lächelte und wartete auf ihren Schwertkämpfer.

Sprich »Freund« und tritt ein!

Die Erfindung von Sprachen ist die Grundlage von J. R. R. Tolkiens Werk. *Der Herr der Ringe* spielt vor dem Hintergrund der Geschichte der unsterblichen Elben und ihrer Sprachen, die eine Zeit von mehr als zehntausend Jahren umfasst.

Lernen Sie die Sprachen der Elben des Dritten Zeitalters kennen, das feierliche Quenya und das anmutige Sindarin. Schreiben Sie in der Schrift der Elben, in Tengwa-Buchstaben und Certhas-Runen. Verstehen Sie, was sich hinter den Namen der Wesen, Orte und Dinge verbirgt.

Die Sprachen von Mittelerde sind der Schlüssel zum Buch des Jahrhunderts.

3-404-20476-X

BASTEI
LÜBBE